2020年度国家古籍整理出版专项经费资助项目

温州大学中文学科建设丛书

张惠言《词选》
董毅《续词选》校笺疏解

正编

黄世中 注疏

黄山书社

图书在版编目(CIP)数据

张惠言《词选》董毅《续词选》校笺疏解 / 黄世中注疏.—合肥:黄山书社,2019.12
ISBN 978-7-5461-8786-0

Ⅰ.①张… Ⅱ.①黄… Ⅲ.①词(文学)-作品集-中国-古代②《词选》-诗词研究③《续词选》-诗词研究
Ⅳ.①I222.82②I207.23

中国版本图书馆 CIP 数据核字(2019)第 298249 号

张惠言《词选》董毅《续词选》校笺疏解
ZHANGHUIYAN CIXUAN DONGYI XUCIXUAN JIAOJIAN SHUJIE

黄世中 注疏

出 品 人 贾兴权
策划编辑 汤吟菲
责任编辑 朱莉莉 常舒雅
装帧设计 观止堂_未氓
责任印制 李 磊
出版发行 黄山书社(http://www.hspress.cn)
地址邮编 安徽省合肥市蜀山区翡翠路 1118 号出版传媒广场 7 层 230071
印 刷 合肥华苑印刷包装有限公司
版 次 2022 年 5 月第 1 版
印 次 2022 年 5 月第 1 次印刷
开 本 700mm × 1000mm 1/16
字 数 900 千字
印 张 58
书 号 ISBN 978-7-5461-8786-0
定 价 238.00 元(全二编)

服务热线 0551-63533706
销售热线 0551-63533761
官方直营书店(https://hsss.tmall.com)

前　言

笔者在温州大学长期从事中国文学史、唐宋诗词研究与教学，业余则从事陆游研究，李商隐研究，张惠言《词选》、董毅《续词选》的校笺疏解工作。已完成《钗头凤与沈园本事考略》《类纂李商隐诗笺注疏解》《李商隐诗选》《李商隐研究》《中国古典诗词：考证与解读》等多种图书。因两个孩子长年在美国，夫妻年老，生活无人照拂，于2008年赴美国定居。

在美国，平时闲来无事，想继续从事旧业，甚感资料缺乏，无法再从事学术研究工作，笔者只好做起文学创作，打发时间。几年来，笔者完成了长篇小说《昨夜群星陨落》（黄花岗起义题材）、《血魂》（抗日战争题材），散文随笔集《昨夜星辰》《花开花落，聚散依依》，并“客串”了现代文学研究，完成了《情多处处有悲欢：民国才子诗人的情感心态》《王映霞：关于郁达夫的心声——王映霞致黄世中书简156封笺注》。

《张惠言〈词选〉董毅〈续词选〉校笺疏解》开始于二十世纪六十年代末。由于三部情节具有连续性的小说只完成了《昨夜群星陨落》和《血魂》，第三部《勿忘我》还没动手，出版社希望抓紧完成，形成“三部曲”，故笔者于2014年将《词选》《续词选》的校笺工作停了下来。2015年年初，完成《勿忘我》，5月才又重新开始《张惠言〈词选〉董毅〈续词选〉校笺疏解》的有关工作；到今天，2017年12月25日，笔者总算是断断续续地完成了。

《张惠言〈词选〉董毅〈续词选〉校笺疏解》，笔者开始拟定的体例，分为“题解”“校注”“集说”“集评”“疏解”五个部分，后来将“题解”合并到“校注”中去。“校注”是本书最为繁重的部分，每首词几乎都要引用数种书进行校勘，尽量找到最原始的书证及旁证等。“集说”是后人对该词的本事、背景及有关轶事、杂说的汇总。“集评”则撷取对该词内容、形式的评价，包括时代特征、语言、用字、结构、风格等。至于“疏解”，顾名思义，就是笔者的“疏通”和“解读”。在此做简要的说明。

张惠言《词选》共选唐、五代、两宋词116首，董毅《续词选》选词120首。两位选家的选词标准十分严格，以时代特征和艺术造诣有可取者选入，不似现当代选家以具阳刚之气的豪放词为主选。因此，《词选》《续词选》所选词较具艺术性和风格的多样性。

本人多年来在美国，资料来源有限，可参考的书籍甚少。“疏解”部分，只是个人的简要解释。书中的差错与谬误，均由本人负责。敬请读者多加指正、纠谬。

黄世中

2017年12月25日，美国马里兰州克拉斯维尔

序　言｜四篇

（一）张惠言《〈词选〉序》

叙曰：词者，盖出于唐之诗人，采乐府之音以制新律，因系其词，故曰“词”。传曰：“意内而言外者谓之词。”其缘情造端，兴于微言，以相感动，极命风谣里巷男女哀乐，以道贤人君子幽约怨悱不能自言之情，低徊要眇，以喻其致。盖《诗》之比兴、变风之义，骚人之歌，则近之矣。然以其文小，其声哀。放者为之，或淫荡靡曼，杂以昌狂俳优。然要其至者，莫不恻隐盱愉，感物而发，触类条鬯，各有所归，不徒雕琢曼饰而已。

自唐之词人，李白为首。其后韦应物、王建、白居易、刘禹锡之徒，各有述造，而温庭筠最高，其言深丽闳美。五代之际，孟氏、李氏，君臣为谑，竞变新调，词之杂流，由是作矣。至其工者，往往绝伦，亦如齐、梁五言，依托魏、晋，近古然也。

宋之词家，号为极盛，然张先、苏轼、秦观、周邦彦、辛弃疾、姜夔、王沂孙、张炎，渊渊乎文有其质焉。其荡而不反，傲而不理，枝而不物，柳永、黄庭坚、刘过、吴文英之伦，亦各引一端，以取重于当世。而前数子者，又不免有一时通脱放浪之言，出于其间。后进弥以驰逐，不务原其指意，破碎奔析，坏乱而不可纪。故自宋之亡而正声绝，元之末而规矩隳。五百年来，作者十数，谅其所是，互有繁变，皆可谓安蔽乖方，迷不知门户者也。

今第录此篇，都为二卷，义有幽隐，并为指发，庶几以塞其下流，导其渊源。无使风雅之士惩乎鄙俗之音，不敢与诗赋之流同类而讽诵之也。

（二）张琦《重刻〈词选〉序》

嘉庆二年，余与先兄皋文先生，同馆歙金氏。金氏诸生好填词。先兄以为词虽小道，失其传且数百年。自宋之亡而正声绝，元之末而规矩隳。窔宧不辟，门户卒迷。乃与余校录唐宋词四十四家，凡一百十六首，为二卷，以示金生，金生刊之。而歙郑君善长，复录同人词九家为一卷，附刊于后，版存于歙。同志之乞是刻者，踵相接，无以应之，乃校而重刊焉。呜呼！忆余同先兄选此词，迄今已三十四年，而先兄没已二十九年矣！当时之乐，岂可复得；今日之悲，其何能已。是选先兄手定者居多，今故列先兄名，而余序之云尔。

道光十年夏四月十有一日张琦序。

（三）金应珪《〈词选〉后序》

《词选》二卷，吾师张皋文、翰风两先生之所录也。夫楚谣汉赋，既殊风雅；齐歌唐律，亦乖苏李，何者？古愈远则愈杀，声弥近则弥悲，此由音调所成，故亦渊源莫二。譬之纂绣异制，而合度于镊，蛾眉各盼，而同美于魂。故知法不虚采，神不虚艳，其揆一也。

乐府既衰，填词斯作，三唐引其绪，五季畅其支。两宋名公，尤工此体。莫不飞声尊俎之上，引节丝管之间。然乃琼楼玉宇，天子识其忠言；斜阳烟柳，寿皇指为怨曲。造口之壁，比之诗史；太学之咏，传其主文。举此一隅，合诸四始，途归所会，断可识矣。

近世为词，厥有三蔽：义非宋玉，而独赋蓬发；谏谢淳于，而唯陈履舄。揣摩床笫，污秽中篝，是谓淫词，其蔽一也。猛起奋末，分言析字，诙嘲则俳优之末流，叫啸则市侩之盛气，此犹巴人振喉以和阳春，黾蜮怒嗌以调疏越，是谓鄙词，其蔽二也。规模物类，依托歌舞，哀乐不衷其性，虑叹无与乎情，连章累篇，义不出乎花鸟；感物指事，理不外乎酬应。虽既雅而不艳，斯有句而无章，是谓游词，其蔽三也。原其所昧，厥亦有由；童蒙撷其粗而失其精，达士小其文而忽其义，故论诗则古近有祖祢，谈词则风骚若河汉，非其惑欤？

昔之选词者，蜀则《花间》，宋有《草堂》，下降元、明，种别十数。推其好尚，亦有优劣。然皆雅郑无别，朱紫同贯。是以乖方之士，罔识别裁，盖《折杨》《皇荂》，概而同悦，申椒萧艾，杂而不芳。今欲塞其歧途，必且严其科律，此《词选》之所以止于一百十六首也。

先生以所托既末，知音盖希，虽复辟彼窔宧，且拟弃诸巾箧。珪窃不敏，以为先路有觉，来哲难诬，昭明之选不兴，则六代文赋宗风盖息乎，乃校而刻之，序其后云尔。

嘉庆二年八月日歙金应珪。

（四）张琦《〈续词选〉序》

《词选》之刻，多有病其太严者，拟续选而未果。今夏，外孙董毅子远来署，携有录本，适惬我心。爰序而刊之，亦先兄之志也。

道光十年七月张琦。

总　评｜四十则

（一）周济《词辨·序》：

余年十六学为词，甲子始识武进董晋卿。晋卿年少于余，而其词缠绵往复，穷高极深，异乎平时所仿效，心向慕不能已。晋卿为词，师其舅氏张皋文、翰风兄弟。二张辑《词选》而序之，以为词者意内而言外，变风、骚人之遗。其叙文旨深词约，渊乎登古作者之堂，而进退之矣。晋卿虽师二张，所作实出其上，予遂受法晋卿。已而造诣日以异，论说亦互相短长。

（二）周济《宋四家词选》：

皋文不取梦窗，是为碧山门径所限耳。梦窗立意高，取径远，皆非余子所及。

（三）潘祖荫刊周济《宋四家词选·序》：

近世论词，张氏《词选》称极善。止庵《词辨》，亦惩时俗倡狂雕琢之习。与董晋卿同期复古，意仍张氏，言不苟同。

（四）丁绍仪《听秋声馆词话·卷十九》：

嘉庆间，填词家咸推吾郡张皋文太史（惠言），专主比兴。所选词自五季迄同时朋从，仅四百余阕，矜严已甚。顾学之者往往非平即晦，盖词固不尚尖艳，亦不宜过求纯正，如弹古瑟，谁复耐听？

（五）许宗彦《莲子居词话·序》：

王少寇述庵先生尝言："北宋多北风雨雪之感，南宋多黍离麦秀之悲，所以为高。"亡友阳湖张编修皋文为《词选》，亦深明此意。

（六）李佳《左庵词话·卷上》：

张茗柯论词，谓取意内言外之旨。谢枚如内翰论之甚详。予仍一言以蔽之曰："词达而已矣。"

（七）江顺诒《词学集成·卷一》：

常州张皋文先生校录唐宋词凡四十四家，仅一百十六首，可谓严矣。

（八）江顺诒《词学集成·卷五》：

汪稚松云："茗柯《词选》，张皋文先生意在尊美成，而薄姜、张。至苏、辛仅为小家，朱、厉又其次者。其词贵能有气，以气承接，通首如歌行然。又要有转无竭，全用缩笔包举时事，诚是难臻之诣。"

（九）谢章铤《赌棋山庄词话·续编一》：

张皋文《词选》，凡词四十四家，一百十六首。由唐逮宋，所选止此，可谓严矣。末附其友黄仲则（景仁《竹眠斋词》）、左仲甫（辅念《宛斋词》）、恽子居（敬《蒹塘词》）、钱黄山（季重《黄山词》）、李申耆（兆洛《蜩翼词》）、丁若士（履恒《宛芳楼词》）、陆祁生（继辂《清邻词》）凡七家。郑善长（抡元）又益以皋文（《茗柯词》）与其弟翰风（琦《立山词》），其徒金子彦（应珹《兰簃词》）、朗甫（式玉《竹邻词》），而善长之作（《字桥词》）亦自列焉。二张及七家，皆常州人。二金及郑，则歙产也。合十家，或一二阕，或十数阕，其题多咏物，其言率有寄托。相其微意，殆为朱、厉末派饾饤涂泽者别开真面，将欲为词中之铮铮佼佼者乎！《续选》凡词五十二家，一百二十二首，则翰风外孙董子远（毅）所录，以补前选之遗，亦肄业之善本也。

（一〇）谢章铤《赌棋山庄词话·续编三》：

《清淮词》二卷，常州汤果卿（成烈）撰。……果卿为皋文戚属，故其词有家法。张曜孙曰："自先世父先子《词选》出，常州词格为之一变，故嘉庆以后，与雍、乾间判若两途也。"

（一一）沈曾植《菌阁琐谈》：

《齐物论斋词》为皋文正嫡。皋文疏节阔调，犹有曲子律缚不住者。在晋卿则应徽按柱，敛气循声，兴象风神，悉举骚雅古怀。

（一二）蒋敦复《芬陀利室词》：

嘉庆末，余年童稚，始识阳湖周保绪先生于田若谷邑宰署中。……盖先生少年时，与张皋文、翰风兄弟同里相切劘，又与董晋卿各致力于词，启古人不传之秘。近来浙、吴二派，俱宗南宋，独常州诸公，能瓣香周、秦以上，窥唐人微旨，先生其眉目也。

（一三）陈廷焯《白雨斋词话·卷一》：

张氏（惠言）《词选》，可称精当，识见之超，有过于竹垞十倍者，古今选本，以此为最。但唐、五代、两宋词，仅取百十六首，未免太隘。而王元泽《眼儿媚》、欧阳公《临江仙》、李知几《临江仙》，公然列入，令人不解。即朱希真《渔父》五章，亦多浅陋处，选择既苛，即不当列入。又东坡《洞仙歌》，只就孟昶原词敷衍成章，所感虽不同，终是依傍前人。《词综》讥其有点金之憾，固未为知己。而《词选》必推为杰构，亦不可解。至以吴梦窗为变调，摈之不录，所见亦左。总之，小疵不能尽免，于词中大段，却有体会。温、韦宗风，一灯不灭，赖有此耳。

（一四）陈廷焯《白雨斋词话·卷二》：

张皋文《词选》，独不收梦窗词，以苏、辛为正声，却有巨识。而以梦窗与耆卿、山谷、改之辈同列，不知梦窗者也。至董氏《续词选》只取梦窗《唐多令》《忆旧游》两篇，此二篇绝非梦窗高诣。《唐多令》一篇，几于油腔滑调，在《梦窗集》中，最属下乘。《续选》独取此两篇，岂故收其下者，以实皋文之言耶？

（一五）陈廷焯《白雨斋词话·卷四》：

张皋文《词选》一编，扫靡曼之浮音，接风骚之真脉。

（一六）陈廷焯《白雨斋词话·卷四》：

万事万理，有盛必有衰。而于极衰之时，又必有一二人焉，扶持之使不灭。词盛于宋，亡于明。国初诸老，具复古之才，惜于本原所在，未能穷究。乾、嘉以还，日就衰靡，安所底止。二张出而溯其源流，辨别真伪。至蒿庵而规模大定，而词赖以存矣。盛衰之感，殊系人思，独词也乎哉。

（一七）陈廷焯《白雨斋词话·卷五》：

千古词宗，温、韦发其源，周、秦竟其绪，白石、碧山各出机杼，以开来学。嗣是六百余年，鲜有知者。得茗柯一发其旨，而斯诣不灭，特其识解虽超，尚未能尽穷底蕴。然则复古之功，兴于茗柯。必也成于蒿庵乎。

（一八）陈廷焯《白雨斋词话·卷五》：

卓哉皋文！《词选》一编，宗风赖以不灭，可谓独具只眼矣。惜篇幅狭窄，不足以见诸贤之面目。而去取未当者，十亦有二三。

（一九）陈廷焯《白雨斋词话·卷六》：

碧山、玉田而后，得张皋文一揭其旨，而词以不灭。其间五六百年，亦多杰出之士，竟无溯其源者，亦足异矣。

（二〇）陈廷焯《白雨斋词话·卷六》：

《词选》后附录诸家词，大旨皆不悖于风骚。惟冠以仲则一首，殊可不必。仲则于词，本属左道。此一词不过偶有所合耳，亦非超绝之作。

（二一）陈廷焯《白雨斋词话·卷七》：

自温、韦以迄玉田，词之正也，亦词之古也。元、明而后，词之变也。茗柯、蒿庵，其复古者也。斯编若传，轮扶大雅，未必无补。

（二二）陈廷焯《白雨斋词话·卷八》：

至陈、朱辈出而古意全失，温、韦之风，不可复作矣。贞下起元，往而必复。皋文唱于前，蒿庵成于后。风雅正宗，赖以不堕。好古之士，又可得寻其绪焉。

（二三）陈廷焯《白雨斋词话·卷八》：

无论诗、古文、词，推到极处，总以一诚为主。杜诗、韩文，所以大过人者在此。求之于词，其为碧山乎！

（二四）谭献《复堂词话·二张词》：

翰风（珂谨按：即张琦。）与哲兄（珂谨按：即张惠言。）同撰《宛邻词选》，虽町畦未辟，而奥窔始开。

（二五）谭献《复堂词话·周济词》：

《茗柯词选》（珂谨按：即《宛邻词选》。）出，倚声之学，日趋正鹄。张氏甥董晋卿，造微踵美。止庵切磋于晋卿，而持论益精。……以予所见，周氏撰定《词辨》、《宋四家词筏》（珂谨按：即《宋四家词选》。）推明张氏之旨，而广大之，此道遂于著作之林，与诗赋文笔同其正变。止庵自为词，精密纯正，与茗柯把臂入林。

（二六）谭献《复堂词话·潘德舆词》：

四农大令（珂谨按：潘德舆。）与叶生书略曰："张氏《词选》，抗志希古，标高揭己，宏音雅调，多被排摈。五代、北宋有自昔传诵，非徒只句之警者，张氏亦多惄然置之。窃谓词滥觞于唐，畅于五代，而意格之闳深曲挚，则莫盛于北宋。词之有北宋，犹诗之有盛唐，至南宋则稍衰矣"云云。

张氏之后，首发难端，亦可谓言之有故。然不求立言宗旨，而以迹论，则亦何异明中叶诗人之侈口盛唐耶？宜《养一斋词》平钝浅狭，不足登大雅之堂也。然其针砭张氏，亦是诤友。

（二七）陈锐《褒碧斋词话》：

本朝词选，周止庵最精，张皋文最约，若冯梦华之《六十一家词选例言》，可谓囊括先民之矩矱，开通后学之津梁，字字可宝矣。

（二八）张祥龄《词论·词主谲谏》：

词主谲谏，与诗同流。……所谓“《国风》好色而不淫，《小雅》怨悱而不乱”，此固有之。

（二九）徐珂《清稗类钞》：

乾、嘉之际，作词者约分浙西、常州二派。浙西派始于厉鹗，常州派始于武进张惠言。鹗词宗彝尊，而数用新事，世多未见，故重其富。后生效之，每以掯摭为工，后遂浸淫而及于大江南北。然钞撮堆砌，音节顿挫之妙未免荡然。惠言乃起而振之，与其弟琦选唐、宋词四十四家百六十首为《词选》一书，阐意内言外之旨，推文微事著之原，比傅景物，张皇幽渺，约千篇为一简，蹙万里于径寸，诚为乐府之揭橥，词林之津逮。……其学于惠言而有得者，则歙县金应珹、金式玉也。其以惠言之甥而传其学者，则武进董士锡也。

（三〇）王国维《〈人间词话〉删稿·词人须忠实》：

读《花间》《尊前集》，令人回想徐陵《玉台新咏》。读《草堂诗余》，令人回想韦縠《才调集》。读朱竹垞《词综》，张皋文、董子远《词选》，令人回想沈德潜《三朝诗别裁集》。

（三一）郑文焯《大鹤山人词话》：

自宋迄今将千年，正声绝，古节陵，变风小雅之遗，骚人比兴之旨，无复起其衰而提倡之者。宜夫朱、厉雕琢为工，后进驰逐，几欲奴仆命骚矣。独皋文能张词之幽隐，所谓“不敢以诗赋之流，同类而讽诵之”，其道日昌，其体日尊。近卅年作者辈出，罔敢乖刺，自蹈下流。然求其述造渊微，洞明音吕，以契夫意内言外之精义，殆十无二三焉。

（三二）郑文焯《四印斋本〈花间集〉跋》：

词者意内而言外，理隐而文贯，其原出于变风小雅，而流滥于汉魏乐府歌谣，皋文所谓“不敢同诗赋而并诵之”者，亦以风雅之馨遗，文章之流别，其体微，其道尊也。

（三三）夏敬观《〈蕙风词话〉诠评》：

张皋文、周止庵辈“尊体”之说出，词体乃大。其所自作，仍不能如其所说者，则先从南宋词入手之故也。

（三四）蒋兆兰《词说·清季词人》：

嘉庆初，茗柯、宛邻，溯流穷源，跻之风雅，独辟门径，而词学以尊。

（三五）陈洵《海绡说词·师周吴》：

张氏辑《词选》，周氏撰《词辨》，于是两家并立，皆宗美成。而皋文不取梦窗，周氏谓其为碧山门径所限。周氏知不由梦窗不足以窥美成，而必曰问涂碧山者，以其蹊径显然，较梦窗为易入耳。非若皋文欲由碧山直造美成也。

（三六）蔡嵩云《柯亭词论·清词三期》：

常州派倡自张皋文，董晋卿、周介存等继之，振北宋名家之绪，以立意为本，以叶律为末。

（三七）蔡嵩云《柯亭词论·看词偏见与陋见》：

看人词极难，看作家之词尤难。非有真赏之眼光，不易发见其真意。有原意本浅，而视之过深者。如飞卿《菩萨蛮》，本无甚深意，张皋文以为感士不遇，为后人所讥是也。

（三八）陈匪石《声执·卷上》：

张惠言论词曰：“缘情造端，兴于微言，以相感动。”又曰：“恻隐盱愉，感物而发，触类条鬯，各有所归。”盖托体风骚，一扫纤艳靡曼之习，而词体始尊。清季词风上追天水，实启于此。

（三九）陈匪石《宋词举》：

张惠言《词选》，四十四家、百十六首，陈锐称为最约。其旨趣见于自叙中。无一首不可读，无一首有流弊，加圈之句为词之筋节处，须细心体会始能得之。指发幽微，在所加之注。虽有时不免穿凿，然较诸明人、清初人之评点，陈义为高。盖所取在比兴，比兴之义，上通《诗》《骚》。此为前所未有者，张氏实创之。词体既因之而尊，开后人之门径亦复不少。常州派之善于浙西派者以此。其说相承至今，而莫之能易，亦以此。学者入门由此取径，绝不至误入歧趋。此最善之选本，宜先玩索者也。然于屯田、梦窗之佳处未能知之，序中且有不满之语。其外孙董毅作《续词选》，一守其家法，柳、吴各选数首，而仍非两家特色所在，则仍不能知柳、吴也。又《续选》中玉田独多，至二十三首。则玉田之寄托显而易知。董氏初好玉田，旋亦厌之，见周济《词辨·序》，乃作于好玉田时耳。

（四〇）陈匪石《宋词举》：

周济于嘉庆间作《词辨》十卷，今所存者前二卷。一卷起温庭筠，为正。二卷起李后主，为变。谭复堂谓为解人难索，实则古文家阴柔与阳刚之说，而托体《风》《骚》，取义比、兴，犹是张惠言之法。……盖周氏友董毅而私淑张氏，张氏之说本无所谓刚柔正变，观其所选可以概见。……《词辨》所附之《论词杂著》、《宋四家词选》之叙与论及眉评，皆指示作词之法，并评论两宋各家之得失，示人以入手之门及深造之道。清季王半塘为一代宗匠，即有得于周氏之途径者。其“非寄托不入，专寄托不出”二语，尤为不二之法门。自周氏书出而张氏之学益显，百余年来词径之开辟，可谓周氏导之。至其能识屯田、梦窗，评论确当，则不仅弥张氏之缺憾，且开后此风气矣。

目　录

正编

副编

正编

李太白（李白）｜一首

一、李白传文

（1）《旧唐书·李白传》：

李白字太白，山东人。少有逸才，志气宏放，飘然有超世之心。父为任城尉，因家焉。少与鲁中诸生孔巢父、韩沔、裴政、张叔明、陶沔等隐于徂徕山，酣歌纵酒，时号“竹溪六逸”。天宝初，客游会稽，与道士吴筠隐于剡中。既而玄宗诏筠赴京师，筠荐之于朝，遣使召之，与筠俱待诏翰林。白既嗜酒，日与饮徒醉于酒肆。玄宗度曲，欲造乐府新词，亟召白，白已卧于酒肆矣。召入，以水洒面，即令秉笔，顷之成十余章，帝颇嘉之。尝沉醉殿上，引足令高力士脱靴，由是斥去。乃浪迹江湖，终日沉饮。时侍御史崔宗之谪官金陵，与白诗酒唱和。尝月夜乘舟，自采石达金陵。白衣宫锦袍，于舟中顾瞻笑傲，傍若无人。

初，贺知章见白，赏之曰：“此天上谪仙人也。”禄山之乱，玄宗幸蜀，在途以永王璘为江淮兵马都督、扬州节度大使。白在宣州谒见，遂辟从事。永王谋乱，兵败。白坐长流夜郎。后遇赦得还，竟以饮酒过度，醉死于宣城。有文集二十卷行于时。

（2）《新唐书·李白传》：

李白字太白，兴圣皇帝九世孙。其先隋末以罪徙西域，神龙初，遁还，客巴西。白之生，母梦长庚星，因以命之。十岁通诗书，既长，隐岷山。州举有道，不应，苏颋为益州长史，见白，异之，曰：“是子天才英特，少益以学，可比相如。”然喜纵横术，击剑，为任侠，轻财重施。更客任城，与孔巢父、韩凖、裴政、张叔明、陶沔居徂徕山，日沈饮，号“竹溪六逸”。

天宝初，南入会稽，与吴筠善，筠被召，故白亦至长安。往见贺知章，知章见其文，叹曰：“子，谪仙人也！”言于玄宗，召见金銮殿，论当世事，奏颂一篇。帝赐食，亲为调羹，有诏供奉翰林。白犹与饮徒醉于市。帝坐沈香子亭，意有所感，欲得白为乐章，召入，而白已醉，左右以水颒面，稍解，授笔成文，婉丽精切无留思。帝爱其才，数宴见。白尝侍帝，醉，使高力士脱靴。力士素贵，耻之，摘其诗以激杨贵妃，帝欲官白，妃辄沮止。白自知不为亲近所容，益骜放不自修，与贺知章、李适之、汝阳王琎、崔宗之、苏晋、张旭、焦遂为“酒中八仙人”。恳求还山，帝赐金放还。白浮游四方，尝乘舟与崔宗之自采石至金陵，著宫锦袍坐舟中，旁若无人。

安禄山反，转侧宿松、匡庐间，永王璘辟为府僚佐。璘起兵，逃还彭泽；璘败，当诛。初，白游并州，见郭子仪，奇之。子仪尝犯法，白为救免。至是子仪请解官以赎，有诏长流夜郎。会赦，还寻阳，坐事下狱。时宋若思将吴兵三千赴河南，道寻阳，释囚辟为参谋，未几辞职。李阳冰为当涂令，白依之。代宗立，以左拾遗召，而白已卒，年六十余。

白晚好黄老，度牛渚矶至姑孰，悦谢家青山，欲终焉。及卒，葬东麓。元和末，宣歙观察使范传正祭其冢，禁樵采。访后裔，惟二孙女嫁为民妻，进止仍有风范，因泣曰：“先祖志在青山，顷葬东麓，非本意。”传正为改葬，立二碑焉。告二女，将改妻士族，辞以孤穷失身，命也，不愿更嫁。传正嘉叹，复其夫徭役。

文宗时，诏以白歌诗、裴旻剑舞、张旭草书为“三绝”。

(3)《唐才子传·李白传》：

白字太白，山东人。母梦长庚星而诞，因以命之。十岁通五经，自梦笔头生花，后天才赡逸名闻天下。喜纵横，击剑为任侠，轻财好施。更客任城，与孔巢父、韩凖、裴政、张叔明、陶沔居徂徕山中，日沉饮，号“竹溪六逸”。天宝初，自蜀至长安，道未振，以所业投贺知章，读至《蜀道难》，叹曰：“子，谪仙人也！”乃解金龟换酒，终日相乐，遂荐于玄宗，召见金銮殿，论时事，因奏颂一篇，帝喜，赐食，亲为调羹，诏供奉翰林。尝大醉，上前草诏，使高力士脱靴，力士耻之，摘其《清平调》中飞燕事，以激怒贵妃，帝每欲与官，妃辄沮之。白益傲放，与贺知章、李适之、汝阳王琎、崔宗之、苏晋、张旭、焦遂为“饮酒八仙人”。恳求还山，赐黄金，诏放归。白浮游四方，欲登华山，乘醉跨驴经县治，宰不知，怒，引至庭下曰：“汝何人，敢无礼！”白供状不书姓名，曰：“曾令龙巾拭吐，御手调羹，贵妃捧砚，力士脱靴。天子门前，尚容走马；华阴县里，不得骑驴。”宰惊愧，拜谢曰：“不知翰林至此。”白长笑而去。尝乘舟，与崔宗之自采石至金陵，著宫锦袍坐，傍若无人。禄山反，明皇在蜀，永王璘节度东南，白时卧庐山，辟为僚佐。璘起兵反，白逃还彭泽。璘败，累系浔阳狱。初，白游并州，见郭子仪，奇之，曾救其死罪。至是，郭子仪请官以赎，诏长流夜郎。白晚节好黄、老，度牛渚矶，乘酒捉月，沉水中。初，悦谢家青山，今墓在焉。有文集二十卷，行世。或云：白，凉武昭王暠九世孙也。

(4)《白香词谱笺·卷一》：

白字太白，自号青莲居士，凉武昭王九世孙。蜀人，亦云山东人。天才奇特，游长安，贺知章见其文，曰：“谪仙人也。”言于明皇。召对金銮殿，诏供奉翰林。帝在沉香亭赏名花，召赋《清平调》三章。帝爱其才。因醉，命高力士脱靴。力士耻之，摘诗中语激杨贵妃，谮于帝，赐金放还。安禄山反，永王璘辟为府僚佐。璘起兵，白逃回。璘败，当诛。先是，尝救郭子仪，至是，子仪请解官以赎。诏长流夜郎。赦还，客当涂令李阳冰所。代宗立，以左拾遗召，而白已卒矣。葬当涂之青山。

二、李白轶事

(1)魏颢《李翰林集·序》：白亦因之入翰林，名动京师。《大鹏赋》时家藏一本，故宾客贺公奇白风骨，呼为谪仙子。由是朝廷作歌数百篇。上皇豫游召白。白时为贵门邀饮，比至半醉，令制《出师诏》，不草而成，许中书舍人。以张垍谗逐，游海、岱间，年五十余，尚无禄位。

(2)范传正《唐左拾遗翰林学士李公新墓碑》：天宝初，召见于金銮殿。玄宗明皇帝降辇步迎，如见园绮。论当世务，草答蕃书，辩如悬河，笔不停辍。玄宗嘉之，以宝床方丈赐食于前，御手和羹，德音褒美。褐衣恩遇，前无比俦。遂直翰林，专掌密命。将处司言之任，多陪侍从之游。他日，泛白莲池，公不在宴。皇欢既洽，召公作序。时公已被酒于翰苑中，仍命高将军扶以登舟，优宠如是。

(3)刘全白《唐故翰林学士李君碣记》：天宝初，玄宗辟翰林待诏。因为和蕃书，并上《宣唐鸿猷》一篇。上重之，欲以纶诰之任委之。为同列者所谤，诏令归山。遂浪迹天下，以诗酒自适。又志尚道术，谓神仙可致，不求小官，以当世之务自负。

(4)李濬《松窗杂录》：开元中，禁中初重木芍药，即今牡丹也。得四本：红、紫、浅红、通白者，上因移植于兴庆池东沉香亭前。会花方繁开，上乘照月夜召真妃以步辇从。诏特选梨园子弟中尤者，得乐十六色。李龟年以歌擅一时之名，手捧檀板，押众乐前，欲歌之。上曰："赏名花，对妃子，焉用旧乐词为？"遂命龟年持金花笺宣赐翰林学士李白，进《清平调》词三章。白欣承诏旨，犹苦宿酲尤未解，因援笔赋之。……龟年遽以词进，上命梨园子弟约略调抚丝竹，遂促龟年以歌。太真妃持玻璃七宝杯，酌西凉州蒲萄酒，笑领，意甚厚。上因调玉笛以倚曲。每曲遍将换，则迟其声以媚之。太真饮罢，饰绣巾重拜上意。……上自是顾李翰林尤异于他学士。

(5)段成式《酉阳杂俎》：李白名播海内，玄宗于便殿召见，神气高朗，轩轩然若霞举。上不觉忘万乘之尊，因命纳履，白遂展足与高力士，曰："去靴！"力士失势，遽为脱之。

(6)孟棨《本事诗》：李太白初自蜀至京，舍于逆旅。贺监知章闻其名，首访之。既奇其姿，复请所为文。出《蜀道难》以示之。读未竟，称叹者数四，号为"谪仙"，解金龟换酒，与倾尽醉。期不间日，由是称誉光赫。贺又见其《乌栖曲》，叹赏苦吟曰："此诗可以泣鬼神矣。"……(玄宗)尝因宫人行乐，谓高力士曰："对此良辰美景，岂可独以声伎为娱？倘时得逸才词人吟咏之，可以夸耀于后。"遂命召白。时宁王邀白饮酒，已醉。既至，拜舞颓然。上知其薄声律，谓非所长，命为宫中行乐五言律诗十首。白顿首曰："宁王赐臣酒，今已醉。倘陛下赐臣无畏，始可尽臣薄技。"上曰："可。"即遣二内臣掖扶之，命研墨濡笔以授之。又令二人张朱丝栏于其前。白取笔抒思，略不停辍，十篇立就，更无加点。笔迹遒利，凤跱龙拏。律度对属，无不精绝。

(7)王定保《唐摭言》：李白著宫锦袍，游采石江中，傲然自得，旁若无人，因醉入水中捉月而死。

（8）**王琦《李太白集注》引《方舆胜览》：**磨针溪，在眉州象耳山下。世传李太白读书山中，未成，弃去。过小溪，逢老媪方磨铁杵，问之，曰："欲作针。"太白感其意，还卒业。媪自言姓武，今溪旁有武氏岩。

（9）**胡仔《苕溪渔隐丛话》前集卷五引《该闻录》：**李太白负大名，尚曰："眼前有景道不得，崔颢题诗在上头。"欲拟之较胜负，乃作《金陵登凤凰台诗》。

（10）**胡仔《苕溪渔隐丛话》前集卷五引《蔡宽夫诗话》：**太白之从永王璘，世颇疑之。《唐书》载其事甚略，亦不为明辨其是否。独其诗《自序》云："半夜水军来，浔阳满旌旃。空名适自误，迫胁上楼船。从赐五百金，弃之若浮烟。辞官不受赏，翻谪夜郎天。"然太白岂从人为乱者哉？

菩萨蛮·平林漠漠烟如织(1)

平林漠漠烟如织(2)，寒山一带伤心(3)碧。暝色(4)入高楼，有人楼上愁。　　玉阶空伫立(5)，宿鸟(6)归飞急。何处是归程(7)？长亭更(8)短亭。

校注

(1)菩萨蛮：唐教坊曲名。《尊前集》选李白词十二首。（注：中吕宫。）又名《子夜歌》《重叠金》。小令，四十四字，前后阕各两仄韵，转两平韵。苏鹗《杜阳杂编》卷下："大中初，女蛮国贡双龙犀……明霞锦……其国人危髻金冠，璎珞被体，故谓之'菩萨蛮'。当时倡优遂制《菩萨蛮曲》，文士亦往往声其词。"后来，《菩萨蛮》便成为词牌。杨慎《丹铅总录》："唐词有《菩萨蛮》，不知其义。"崔令钦《教坊曲》有《菩萨蛮》曲名。一言大中年间传入，一言开元年间已有此曲名。无可考，两说并存。沈际飞《草堂诗余》：词牌下题作《闺情》。《花庵词选》卷一调名下注："二词为百代词曲之祖。"（按：二词者，连《忆秦娥·箫声咽》。）朱祖谋《彊村丛书》本（以下简称彊村本）《尊前集》调名下注中吕宫。万树《词律》："两句一韵，其易四韵。'连'字或作'更'字。然此一字用平为佳；用平，则此首句一字可用仄。"

(2)平林：远望原上林木一片平齐。《诗经·小雅·车舝》："依彼平林。"毛传："平林，林木之在平地者也。"漠漠：茫茫密布，迷蒙貌。王逸《九思·疾世》："时咄咄兮旦，尘漠漠兮未晞。"《西京杂记》卷四引枚乘《柳赋》："阶草漠漠，白日迟迟。"陆机《君子有所思行》："廛里一何盛，街巷纷漠漠。”谢朓《游东田》:“远树暖阡阡,生烟纷漠漠。”杜甫《茅屋为秋风所破歌》:“俄顷风定云墨色,秋天漠漠向昏黑。”许浑《送薛秀才南游》:“绕壁旧诗尘漠漠,对窗寒竹雨潇潇。”烟如织:暮烟浓密。明抄《尊前集》(一卷本):“织”作“纤”。

(3)伤心:用作程度副词,表示“极”“万分”等义,极甚之辞。愁苦、欢快均可用伤心修饰。(按:或以“伤心”为程度副词,乃五代、宋以后之事。以下三言可为例证:冯延巳《抛球乐》:“酒罢歌余兴未阑,小桥流水共盘桓。波摇梅蕊伤心白,风入罗衣贴体寒。”沈端节《菩萨蛮》:“楚山千叠伤心碧。”元好问《赠别孙德谦》:“鹊山一带伤心碧,羡杀孙郎马首东。”)

(4)暝色:暮色,夜色。谢灵运《石壁精舍还湖中作》:“林壑敛暝色,云霞收夕霏。”李白《之广陵宿常二南郭幽居》:“暝色湖上来,微雨飞南轩。故人宿茅宇,夕鸟栖杨园。”杜甫《光禄坂行》:“树枝有鸟乱鸣时,暝色无人独归客。”杜甫《宿江边阁》:“暝色延山径,高斋次水门。”

(5)玉阶:玉石砌成或装饰的台阶,此处泛指华美洁净的台阶。班固《西都赋》:“玄墀扣砌,玉阶彤庭。”张铣注:“玉阶,以玉饰阶。”班婕妤《自悼赋》:“华殿尘兮玉阶苔,中庭萋兮绿草生。”明安肃荆聚校刊《增修笺注妙选草堂诗余》(以下简称《妙选草堂诗余》)、沈际飞《草堂诗余》:“玉阶”作“栏杆”。谢朓《秋夜》:“夜夜空伫立。”明抄《尊前集》、文莹《湘山野录》、陈耀文《花草粹编》:“玉阶”作“玉梯”。伫立:长时间地站着等候。

(6)宿鸟:归巢栖宿之禽鸟。(按:古“宿”字亦作“宿鸟”解。)《论语·述而》:“子钓而不纲,弋不射宿。”杨伯峻注:“宿,歇宿了的鸟。”

(7)彊村本明抄《尊前集》、《妙选草堂诗余》后集卷下:“归程”作“回程”。

(8)亭:古代城外大道、驿路,每五里设短亭,十里建长亭,供行人饯别送行或憩息。《白孔六帖》卷九:“十里一长亭,五里一短亭。”《释名》卷五:“亭,停也,人所停集也。”《新集藏经音义随函录》:“汉家因秦十里一亭,谓亭留也。”庾信《哀江南赋》:“十里五里,长亭短亭。”彊村本明抄《尊前集》:“更”作“接”。文莹《湘山野录》、《花庵词选》:“更”作“连”。

集说

(1)张侃《拙轩词话》：然乐府之坏，始于《玉台》杂体，而《后庭花》等曲流入淫侈，极而变为倚声，则李太白、温飞卿、白乐天所作《清平调》《菩萨蛮》《长相思》。

(2)魏庆之《诗人玉屑》：鼎州沧水驿，有《菩萨蛮》云……曾子宣家有《古风集》，此词乃太白作也。

(3)文莹《湘山野录》：此词不知何人写在鼎州沧水驿楼，复不知何人所撰。魏道辅（泰）见而爱之。后至长沙，得古集于子宣（曾布）内翰家，乃知李白所作。

(4)黄昇《唐宋诸贤绝妙词选》：二词(按：含《忆秦娥》。)为百代词曲之祖。

(5)陈霆《渚山堂词话》：其以李白《菩萨蛮》为百代词曲之祖，以今考之，殆非也。

(6)杨慎《词品》：西域诸国妇人，编发垂髻，饰以杂华，如中国塑佛像璎珞之饰，曰"菩萨鬘"，曲名取此。

(7)王世贞《艺苑卮言》：昔人谓李太白《菩萨蛮》《忆秦娥》，杨用修又传其《清平乐》二首，以谓调祖。不知隋炀帝已有《望江南》词。

(8)王又华《古今词论》引徐伯鲁语：自乐府亡而声律乖，谪仙始作《清平调》《忆秦娥》《菩萨鬘》诸词，时因效之。厥后行卫尉少卿赵崇祚辑为《花间集》，凡五百阕，此近代倚声填词之祖也。

(9)李调元《雨村词话》：词非诗之余，乃诗之源也。……自唐开元盛日，王之涣、高适、王昌龄绝句流播旗亭，而李白《菩萨蛮》等词亦被之管弦，实皆古乐府也。

(10)田同之《西圃词说》：词自隋炀、李白创调之后，作者多以闺词见长。

(11)徐釚《词苑丛谈》：今诗余名《望江南》外，《菩萨蛮》《忆秦娥》称最古，以《草堂》二词出太白也。近世文人学士或以为实然。予谓太白在当时，直以风雅自任，即近体盛行，七言律鄙不肯为，宁屑事此？……详其意调，绝类温方城辈，盖晚唐人词嫁名太白耳。

(12)吴衡照《莲子居词话》：唐词《菩萨蛮》《忆秦娥》二阕，花庵以后，咸以为出自太白，然太白集本不载。至杨齐贤、萧士赟注，始附益之。胡应麟《笔丛》疑其伪托，未为无见。谓“详其意调，绝类温方城”，殊不然。如“暝色人高楼，有人楼上愁”“西风残照，汉家陵阙”，神理高绝，却非《金荃》手笔所能。

(13)宋翔凤《乐府余论》：太白《忆秦娥》《菩萨蛮》，皆绝句之变格，为小令之权舆。旗亭画壁赌唱，皆七言断句。后至十国时，遂竞为长短句。自一字、两字至七字，以抑扬高下为声，而乐府之体一变。则词实诗之余，遂名曰“诗余”。

(14)况周颐《蕙风词话》：《杜阳杂编》亦云：“《菩萨蛮》乃宣宗大中初所制。”明胡元瑞《笔丛》据之，《太白集》中《菩萨蛮》四词为伪作。然崔令钦《教坊记》末所载教坊曲名三百六十五中，已有此二调。崔令钦见《唐书·宰相世系表》，乃隋恒农太守宣度之五世孙，是其人当在睿、玄二宗之世。其书纪事，迄于开元，亦足略推其时代。据此，则《望江南》《菩萨蛮》皆开元教坊旧曲。……胡元瑞斥太白《菩萨蛮》四词为伪作，姑勿与辩。试问此伪词孰能作，孰敢作者。未必两宋名家克办。元瑞好驳升庵，此等冒昧之谈，乃与升庵如骖之靳，何耶？

集评

(1)胡应麟《少室山房笔丛》卷二十一引杨慎《词品》：昔宋人选填词，曰《草堂诗余》。其曰“草堂”者，太白诗名《草堂集》，见郑樵书目。太白本蜀人，而草堂在蜀，怀故国之意也。曰“诗余”者，《忆秦娥》《菩萨蛮》二首，为诗之余而百代词曲之祖也。今士林多传其书而昧其名，故于余所著《词品》首揭之云。此用修《词品》中第一误处。(按：见上胡应麟引《词品》。)蜀草堂始自子美，李于杜年行俱先，讵肯以其《草堂》名集？盖杨以李为蜀人，故傅会其说，靡所不至。夫《草堂》所选太白词止二首，余尝疑非其作，余率宋人之制，安得尽系于李之草堂哉？（按：胡应麟原注云："二词非太白作，余详辨于《庄岳委谈》，李集名《草堂》，见唐《艺文志》，当自他有取义。"）诗圣如杜子美，而填词若《菩萨蛮》《忆秦娥》者，集中绝无。《菩萨蛮》起宣宗世，杜何缘预知其调？杨硬遣太白承当，故娓娓不已，且波及少陵。一小词累二钜公，可笑。

（2）胡应麟《少室山房笔丛》卷四十一：今诗余名《望江南》外，《菩萨蛮》《忆秦娥》称最古，以《草堂》二词出太白也。近世文人学士或以实然。余谓太白在当时，直以风雅自任，即近体盛行，七言律鄙不肯为，宁屑事此？且二词虽工丽，而气亦衰飒，于太白超然之致不啻穹壤。藉令真出青莲，必不作如是语。详其意调，绝类温方城辈。盖晚唐人词，嫁名太白。

（3）陈耀文《花草粹编》：自玄宗末以至大中初，相去殆几百年，始有此调。其在太白同时如王、杜，后此如元、白，诸家俱未有此词。且曾氏亦止云"古风"。岂后之词家以其字句之同而遂名之耶？

（4）沈际飞《草堂诗余》正集："云如髻"，方可"烟如织"。

（5）许昂霄《词综偶评》：玩末二句，乃是远客思归口气。或注作闺情，恐误。又按李益《鹧鸪词》云："处处湘云合，郎从何处归？"此词末二句，似亦可作此解，故旧人以为闺思耳。楼上凝愁，阶前伫立，皆属遥想之词。或以"玉阶"句为指自己，于义亦通。

（6）王奕清《历代词话》：白，蜀人，草堂在蜀，怀故国也。《菩萨蛮》《忆秦娥》二首，为百代词曲之祖。

（7）李调元《雨村词话》：词用"织"字最妙，始于太白词"平林漠漠烟如织"，孙光宪亦有句云："野棠如织"，晏殊亦有"心似织"句，此后遂千变万化矣。

（8）吴衡照《莲子居词话》：汉人之诗，浑浑穆穆。魏人之诗，浩浩落落。汉诗高在体，魏诗高在气。

（9）吴衡照《莲子居词话》："暝色入高楼，有人楼上愁""西风残照，汉家陵阙"等语，神理高绝。

（10）王又华《古今词论》：男中李后主，女中李易安，极是当行本色。前此太白，故称词家三李。

（11）冯金伯《词苑萃编》引《词洁》：若总统诸家而求其极致，于不食烟火，不落言诠，如女中之有国色，无事矜庄修饰，使当之者忽然自失，而未由仿佛其皎好，其惟太白之“暝色入高楼，有人楼上愁”乎？惜乎今之才人，动而不静，往而不返，识此宗趣者盖寡。

（12）徐釚《词苑丛谈》：李白《菩萨蛮》云：“何处是归程，长亭更短亭。”“覃”“咸”通用。

（13）徐釚《词苑丛谈》：且二词（《菩萨蛮》《忆秦娥》）虽工丽而气衰飒，于太白超然之致，不啻穹壤。

（14）李佳《左庵词话》：（《菩萨蛮》《忆秦娥》）二作为此调鼻祖，实也千古绝唱，谪仙才固自不凡。

（15）刘熙载《词概》：太白《菩萨蛮》《忆秦娥》，张志和《渔歌子》，两家一忧一乐，归趣难名。或灵均《思美人》《哀郢》，庄叟濠上近之耳。

（16）刘熙载《词概》：梁武帝《江南弄》、陶弘景《寒夜怨》、陆琼《饮酒乐》、徐孝穆《长相思》，皆具词体，而堂庑未大。至太白《菩萨蛮》之繁情促节，《忆秦娥》之长吟远慕，遂使前此诸家，悉归环内。太白《菩萨蛮》《忆秦娥》两阕，足抵少陵《秋兴八首》，想其情境，殆作于明皇西幸后乎？

（17）陈廷焯《白雨斋词话》：所谓沉郁者，意在笔先，神余言外，写怨夫思妇之怀，寓孽子孤臣之感。凡交情之冷淡，身世之飘零，皆可于一草一木发之。而发之又必若隐若现，欲露不露，反复缠绵，终不许一语道破。匪独体格之高，亦见性情之厚。飞卿词，如“懒起画蛾眉，弄妆梳洗迟”，无限伤心，溢于言表。

（18）陈廷焯《白雨斋词话》：唐代词人，自以飞卿为冠。太白《菩萨蛮》《忆秦娥》两阕，自是高调，未臻无上妙谛。皇甫子奇《梦江南》《竹枝》诸篇，合者可寄飞卿庑下，亦不能为之亚也。

（19）黄苏《蓼园词评》：入首二句，意兴苍凉壮阔。第三、第四句，说到“楼”、到“人”，又自静细孤寂，真化工之笔！第二阕，“阑干”字跟上“楼”字来，“伫立”字跟上“愁”字来。末联始点出“归”字，是题目归宿。所以“愁”者此也，所以“寒山”伤心者亦此也。更觉前阕凌空结撰，意兴高远。至结句仍含蓄不说尽，雄浑无匹。

（20）唐圭璋《唐宋词简释》：此首望远怀人之词，寓情于境界之中。一起写平林寒山境界，苍茫悲壮。梁元帝赋云：“登楼一望，唯见远树含烟。

平原如此，不知道路几千。”此词境界似之。然其写日暮景色，更觉凄黯。此两句，自内而外。“暝色”两句，自外而内。烟如织、伤心碧，皆暝色也。两句折到楼与人，逼出“愁”字，唤醒全篇。所以觉寒山伤心者，以愁之故；所以愁者，则以人不归耳。下片，点明“归”字。“空”字，亦从“愁”字来。鸟归飞急，写出空间动态，写出鸟之心情。鸟归人不归，故云“空伫立。”“何处”两句，自相呼应，仍以境界结束。但见归程，不见归人，语意含蓄不尽。

(21)何满子：总之，迄今为止，虽然没有确切不移的证据，断定这首词必属李白之作，但也没有无法还价的证据，断定确非李白所作。因此，历来的词评家都不敢轻率地剥夺李白的创作权，从宋代黄昇《花庵词选》起到近人王国维，词学大家都尊之为“百代词曲之祖”。

(22)蒋述卓《诗词小札》：词写的是深秋暮色之景，但渗透着词人浓浓的思归之情。词的起句就在暮色烟霭的描写中融进了词人的心情，营造了一种惆怅落寞的气氛，这种气氛笼罩着全篇，使整首词都浸染在一种愁情离绪当中。全词的结构也如同这如织的烟色，处处都传达出一种思归的愁绪，如令人伤心的寒山，漫入高楼的暝色，急飞归家的宿鸟，迎来送往的驿亭，相互交织又相互映衬着一个词“归愁”。

疏解

文莹《湘山野录》云：“魏道辅（泰）见而爱之。后至长沙，得古集于子宣(曾布)内翰家，乃知李白所作。”

在沈际飞《草堂诗余》中本词题为《闺情》。清许昂霄言：“玩末二句，乃是远客思归口气。或注作闺情，恐误。”然许氏又据末二句，折中为“闺思”。（按：词于唐世始兴，皆未有题；题目当为后人所加。“闺情”为闺中人念记、牵挂行役在外的丈夫；而“闺思”更属羁旅行役的惜别伤离之作，二者虽近似而有异。然以为《菩萨蛮》题目，皆误；旨意当从词句中悟出。)张惠言《词选序》云：“意内而言外者谓之词。”其“言外”当为归思之作。

上阕首二句写行旅途中，一望平林漠漠，岚烟如织；寒山伤碧连绵，远山横亘如带。羁旅在外，何日得归？三、四句为遥想之词，想得家中高楼，恐亦已是暮色苍茫，故云“暝色入高楼”。诗人想象家中妻子或在楼中远望凝愁呢。此“有人”，当指“闺中人”。

过片曲换而意连，仍是遥想：妻子下至“玉阶”伫立眺望，行人过尽，唯见远天一片茫茫，不见心中人还家。“空”，想其徒然久立，失望惆怅；却见宿鸟回巢，急急归飞。言外“何不见丈夫归家”。自“暝色”四句，不言己之思念家中妻子，而言家中妻子久立玉阶遥望、思念自己，更显自己思归之情之切。此翻过一步法。结尾“何处是归程”，一“归”字点明归思念家题旨，而以问句出之，怅惘哀叹之情立现。末以望“长亭短亭”相连，“十里五里”相接，以景结情，篇终混茫，归思无限；既道乡关遥远，又与开首“平林漠漠”“寒山伤碧”之景之情相应。

此为李白行旅途中思念家室之词也。赵翼《瓯北诗话·李青莲诗》：“盖古乐府本多托于闺情女思，青莲深于乐府，故亦多征夫怨妇、惜别伤离之作。”其《春思》一首殆似之：

燕草如碧丝，秦桑低绿枝。
当君怀归日，是妾断肠时。
春风不相识，何事入罗帏？

然张惠言倡比兴寄托，以为词须自“言外”寻求“意内”。《词选·序》云：“其缘情造端，兴于微言，以相感动，极命风谣里巷男女哀乐，以道贤人君子幽约怨悱不能自言之情，低徊要眇，以喻其致。盖《诗》之比兴、变风之义，骚人之歌，则近之矣。”以比兴言之，此或流夜郎赦归，思明皇之作。

首二句言自远处眺望，但见平原上林木密布，树林中升腾、弥漫着烟雾，寒山令人惆怅。此当为夜郎赦归，旅途中高楼望远所见：“平林漠漠烟如织，寒山一带伤心碧。”于今长流夜郎，何日得遇赦，回归朝廷，重建功业？回想天宝初年，金銮召见，草答蕃书，笔不停辍；被酒翰苑，优宠赐食。布衣之遇，前所未闻。入夜，楼中暝色昏昏，愁思茫茫；长安不见，伤心惨目。悲凄之情，不觉涌上心头。故三、四句云：“暝色入高楼，有人楼上愁。”“有人”者，李白自谓也。

肃宗至德元载(756)秋，李白隐居庐山屏风叠。十二月江陵大都督永王李璘以抗敌平乱为号召，领水军自广陵东下。李白入永王幕后有《永王东巡歌十一首》，其二云：

三川北虏乱如麻，四海南奔似永嘉。
但用东山谢安石，为君谈笑静胡沙。

其十一云：

试借君王玉马鞭，指挥戎虏坐琼筵。
南风一扫胡尘静，西入长安到日边。

可知李白入永王幕，本意在以“静胡沙”“扫胡尘”为己任。至德二载(757)二月，永王兵败，李白亡走彭泽，未久因罪系浔阳监狱，旋长流夜郎，自浔阳溯江西上。乾元元年(758)十月，肃宗因册太子而大赦天下，李白却不在赦免之列。乾元二年(759)三月，李白行至白帝城，闻赦，喜极，立返江陵。流放途中每思长安，思念朝廷，有《与史郎中钦听黄鹤楼上吹笛》云：“一为迁客去长沙，西望长安不见家。”又有《放后遇恩不沾》，自比贾谊，而以明皇比汉文帝，云：“独弃长沙国，三年未许回。何时入宣室，更问洛阳才？”(按：至德二载十二月，明皇自蜀返京，李白已放夜郎。遥想当年明皇之恩遇，比照今日流放，其思念明皇之切自不待言。)

温飞卿（温庭筠）｜十八首

一、温庭筠传文

（1）《旧唐书·温庭筠传》：

温庭筠者，太原人，本名岐，字飞卿。大中初，应进士。苦心砚席，尤长于诗赋。初至京师，人士翕然推重。然士行尘杂，不修边幅，能逐弦吹之音，为侧艳之词，公卿家无赖子弟裴诚、令狐缟之徒，相与蒱饮，酣醉终日，由是累年不第。徐商镇襄阳，往依之，署为巡官。咸通中，失意归江东，路由广陵，心怨令狐绹在位时不为成名。既至，与新进少年狂游狭邪，久不刺谒。又乞索于杨子院，醉而犯夜，为虞候所击，败面折齿，方还扬州诉之。令狐绹捕虞候治之，极言庭筠狭邪丑迹，乃两释之。自是污行闻于京师。庭筠自至长安，致书公卿间雪冤。属徐商知政事，颇为言之。无何，商罢相出镇，杨收怒之，贬为方城尉。再迁隋县尉，卒。

子宪，以进士擢第。弟庭皓，咸通中为徐州从事，节度使崔彦鲁为庞勋所杀，庭皓亦被害。

庭筠著述颇多，而诗赋韵格清拔，文士称之。

（2）《北梦琐言》：

温庭云字飞卿，或“云”作“筠”字，旧名岐。与李商隐齐名，时号“温李”。才思艳丽，工于小赋。每入试，押官韵作赋，凡八叉手而八韵成。多为邻铺假手，号曰“救数人”也。而士行有缺，缙绅薄之。李义山谓曰：“近得一联句云：‘远比召公，三十六年宰辅。’未得偶句。”温曰：“何不云：‘近同郭令，二十四考中书。’”……遣未第进士对之。庭云乃以“玉条脱”续也。宣宗赏焉。又药有名“白头翁”，温以“苍耳子”对，他皆此类也。宣宗爱唱《菩萨蛮》词，令狐相国假其新撰密进之，戒令勿他泄，而遽言于人，由是疏之。温亦有言云：“中书堂内坐将军。”讥相国无学也。宣皇好微行，遇于逆旅，温不识龙颜，傲然而诘之曰：“公非司马、长史之流？”帝曰：“非也。”又谓曰：“得非大参、簿、尉之类？”帝曰：“非也。”谪为方城县尉。其制词曰：“孔门以德行为先，文章为末。尔既德行无取，文章何以补焉？徒负不羁之才，罕有适时之用。”云云。竟流落而死也。

(3)《唐才子传·温庭筠传》：

庭筠字飞卿，旧名岐，并州人，宰相彦博之孙也。少敏悟，天才雄赡，能走笔成万言。善鼓琴吹笛，云：“有弦即弹，有孔即吹，何必爨桐与柯亭也。”侧词艳曲，与李商隐齐名，时号“温李”。才情绮丽，尤工律赋。每试，押官韵，烛下未尝起草，但笼袖凭几，每一韵一吟而已，场中曰：“温八吟”。又谓八叉手成八韵，名“温八叉”。多为邻铺假手。然薄行无检幅，与贵胄裴诚、令狐滈等饮博。后夜尝醉诟狭邪间，为逻卒折齿，诉不得理。举进士，数上又不第。出入令狐相国书馆中，待遇甚优。时宣宗喜歌《菩萨蛮》，绹假其新撰进之，戒令勿泄，而遽言于人。绹又尝问玉条脱事，对以出《南华经》，且曰：“非僻书，相公燮理之暇，亦宜览古。”又有言曰：“中书省内坐将军。”讥绹无学，由是渐疏之。自伤云：“因知此恨人多积，悔读《南华》第二篇。”徐商镇襄阳，辟巡官，不得志，游江东。大中末，山北沈侍郎主文，特召庭筠试于帘下，恐其潜救。是日不乐，逼暮，先请出，仍献启千余言。询之，已占授八人矣。执政鄙其为，留长安中待除。宣宗微行，遇于传舍，庭筠不识，傲然诘之曰：“公非司马、长史流乎？”又曰：“得非文参、簿、尉之类？”帝曰：“非也。”后谪方城尉，中书舍人裴坦当制，忸怩含毫久之，词曰：“孔门以德行居先，文章为末。尔既早随计吏，宿负雄名，徒夸不羁之才，罕有适时之用。放骚人于湘浦，移贾谊于长沙。尚有前席之期，未爽抽毫之思。”庭筠之官，文士诗人争赋诗祖饯，唯纪唐夫擅场，曰：“凤凰诏下虽沾命，鹦鹉才高却累身。”唐夫举进士，有才名。庭筠仕终国子助教。竟流落而死。今有《汉南真稿》十卷，《握兰集》三卷，《金荃集》十卷，诗集五卷及《学海》三十卷，又《采茶录》一卷，及著《乾𦠆》一卷……并传于世。

二、温庭筠评价

(1)汤显祖评《花间集》:“碧纱如烟隔窗语”，得画家三昧，此更觉微远。

(2)陈廷焯《白雨斋词话》:“春梦正关情，镜中蝉鬓轻。”凄凉哀怨，真有欲言难言之苦。

(3)龙榆生《唐宋名家词选》:温庭筠，太原人。本名岐，字飞卿。大中初(约850)，应进士。苦心砚席，尤长于诗赋。初至京师，人士翕然推重。然士行尘杂，不修边幅，能逐弦吹之音，为侧艳之词。屡年不第。徐商镇襄阳，署为巡官。商知政事，用为国子助教。商罢官，贬方城尉，再迁隋县尉，卒。（龙榆生自注：“参考《旧唐书》列传卷一百四十下及《历代诗人考略》卷二。”）

(4)王士禛《花草蒙拾》:弇州谓苏、黄、稼轩为词之变体，是也；谓温、韦为词之变体，非也。夫温、韦视晏、李、秦、周，譬赋有《高唐》《神女》而后有《长门》《洛神》，诗有古诗录别，而后有建安、黄初、三唐也；谓之正始则可，谓之变体则不可。……“蝉鬓美人愁绝”，果是妙语。飞卿《更漏子》《河渎神》，凡两见之。李空同所谓“自家物终久还来”耶？温、李齐名，然温实不及李；李不作词而温为花间鼻祖，岂亦同能不如独胜之意耶？

(5)王拯《龙壁山房文集》:唐之中叶，李白沿袭乐府遗音，为《菩萨蛮》《忆秦娥》之阕，王建、韩偓、温庭筠诸人复推衍之，而词之体以立。其文窈深幽约，善达贤人君子恺恻怨悱不能自言之情，论者以庭筠为独至。

(6)周济《介存斋论词杂著》:词有高下之别，有轻重之别。飞卿下语镇纸，端己揭响入云，可谓极两者之能事。……皋文曰：“飞卿之词，深美闳约。”信然。飞卿酝酿最深，故其言不怒不慑，备刚柔之气。针缕之密，南宋人始露痕迹，花间极有浑厚气象。如飞卿则神理超越，不复可以迹象求矣。然细绎之，正字字有脉络。

(7)刘熙载《艺概》:温飞卿词，精妙绝人，然类不出乎绮怨。

(8)王国维《人间词话》:张皋文谓飞卿之词“深美闳约”，余谓此四字唯冯正中足以当之。刘融斋谓“飞卿精艳绝人”，差近之耳。

(9)龙榆生《唐宋名家词选》:更出其余力，依新兴曲调作歌词，遂开五代、宋词之盛，与韦庄并称“温韦”。温丽密而韦清疏，各擅胜场。温词《金荃集》，今已不传。诸家选本，以《花间集》收六十六首为最多，《全唐诗》附词收五十九首，《金奁集》收六十二首。江山刘毓盘辑《金荃词》一卷（北京大学排印本唐五代宋辽金元名家词集六十种），共得七十六首。

菩萨蛮·小山重叠金明灭[1]

小山重叠金明灭[2],鬓云欲度香腮雪[3]。懒起画蛾眉[4],弄妆梳洗迟。　　照花前后镜,花面交相映。新帖绣罗襦[5],双双金鹧鸪[6]。

校注

(1)彊村本《金奁集》:列中吕宫。

(2)“小山”句:指女子头上插戴的饰金小梳子重叠闪烁的样子,或指女子额上涂成梅花图案的额黄因有所脱落而或明或暗,又指形容阳光照在屏风上金光闪闪的样子。小山,小山眉,眉妆的名称,指女子弯弯的眉毛。金明灭,金指唐时妇女眉际妆饰之“额黄”;明灭即或隐或现、忽明忽灭的样子。(按:《词综偶评》云:“小山盖指屏山而言。”非。小山应为眉妆之名,盛行于晚唐五代,见《海录碎事》。韦庄《荷叶杯》:“一双愁黛远山眉”,毛熙震《女冠子》云:“修蛾慢脸,不语檀心一点,小山妆”,均指“小山眉”。)重叠,眉蹙,或言多次重叠描画。

(3)“鬓云”句:女子如云之鬓发,似乎披垂在面颊上。鬓云,形容妇女鬓发美如乌云。李冰若《花间集评注》卷一:《诗》:“鬓发如云。”香腮,形容女子散发着香气的面颊。

(4)蛾眉:蚕蛾触须细长而弯曲,用以比喻女子美丽的眉毛。《诗·卫风·硕人》:“螓首蛾眉,巧笑倩兮。”《楚辞·离骚》:“众女嫉余之蛾眉兮,谣诼谓余以善淫。”高爽《咏镜》:“初上凤皇墀,此镜照蛾眉。言照长相守,不照长相思。”李白《怨情》:“美人卷珠帘,深坐颦蛾眉。但见泪痕湿，不知心恨谁。”张祜《集灵台二首》其二：“虢国夫人承主恩，平明骑马入宫门。却嫌脂粉污颜色，淡扫蛾眉朝至尊。”李冰若《花间集评注》卷一：“螓首蛾眉。”《古今注》：“魏宫人好画长眉，令作蛾眉警鹤髻。”

(5)“新帖”句：言新穿上绣着图案花纹的罗缎衣裳。襦，短衣，短袄。襦有单、复。单襦近乎衫，复襦则近袄。《说文》：“襦，短衣也。”《急就篇》：“袍襦表里曲领群。”《礼记·内则》：“衣不帛襦袴。”《乐府诗集·陌上桑》：“缃绮为下裙，紫绮为上襦。”《花庵词选》：“贴”作“着”。李冰若《花间集评注》卷一：《国语》：“罗襦甫解，香泽微闻。”

(6)鹧鸪：一种鸟，体长约30厘米羽毛大多黑白相杂，尤以背上和胸、腹等部的眼状白斑更为显著。《本草》：“鹧鸪形似鹑而大，背苍灰色，有紫斑点，腹前有白圆点如真珠。其鸣声如曰‘行不得也哥哥’。”李白《越中览古》：“宫女如花满春殿，只今惟有鹧鸪飞。”郑谷《鹧鸪》：“游子乍闻征袖湿，佳人才唱翠眉低。”

集说

(1)许昂霄《词综偶评》：“小山重叠金明灭”，小山盖指屏山而言。“鬓云欲度香腮雪”，犹言鬓丝缭乱也。“照花前后镜，花面交相映”，承上梳妆言之。

(2)谭献《谭评词辨》卷一：“懒起画娥眉”句是起步。

集评

(1)张惠言《词选》：此感士不遇之作也。篇法仿佛《长门赋》，而用节节逆叙。此章从梦晓后，领起“懒起”二字，含后文情事，“照花”四句，《离骚》初服之意。

(2)谭献《谭评词辨》：以士不遇读之最确。

(3)陈廷焯《白雨斋词话》：所谓沉郁者，意在笔先，神余言外，写怨夫思妇之怀，寓孽子孤臣之感。凡交情之冷淡，身世之飘零，皆可于一草一木发之。而发之又必若隐若现，欲露不露，反复缠绵，终不许一语道破。匪独体格之高，亦见性情之厚。飞卿词如“懒起画蛾眉，弄妆梳洗迟”，无限伤心，溢于言表。……此种词，第自写性情，不求胜人，已成绝响。后人刻意增奇，愈趋愈下。安得一二豪杰之士，与之挽回风气哉！

（4）李冰若《栩庄漫记》：小山，当即屏山，犹言屏山之金碧晃灵也。此种雕缕太过之句，已开吴梦窗堆砌晦涩之径。“新贴绣罗襦”二句，用十字止说得襦上绣鹧鸪而已。统观全词意，谀之则为盛年独处，顾影自怜；抑之则侈陈服饰，搔首弄姿。“初服”之意，蒙所不解。

（5）唐圭璋《唐宋词简释》：此首写闺怨，章法极密，层次极清。首句，写绣屏掩映，可见环境之富丽；次句，写鬓丝缭乱，可见人未起之容仪。三、四两句叙事，画眉梳洗，皆事也。然“懒”字、“迟”字，又兼写人之情态。“照花”两句承上，言梳洗停当，簪花为饰，愈增艳丽。末句，言更换新绣之罗衣，忽睹罗衣上有鹧鸪双双，遂兴孤独之哀与膏沐谁容之感。有此收束，振起全篇。上文之所以懒画眉、迟梳洗者，皆因有此一段怨情蕴蓄于中也。

（6）任中敏《词曲通义》：常州词派谓温庭筠之《菩萨蛮》与《离骚》同一宗旨，但考温氏并无屈原之身世，而此词又无切实之本事，则“新帖绣罗襦，双双金鹧鸪”，绝非《离骚》初服之意，仅不过因鹧鸪之双飞，制襦之人乃兴起自身之孤独之感耳，与上文弄妆迟懒，花面交映之旨实一贯，此就全词之措辞，可以定其意境者也。

（7）周汝昌《唐宋词鉴赏辞典》：此篇通体一气，精整无只字杂言，所写只是一件事，若为之拟一题目增入，便是“梳妆”二字。领会此二字，一切迎刃而解。

（8）张燕瑾、杨钟贤《唐宋词选析》：这首《菩萨蛮》，不仅称物芳美，也具有“其文约，其词微”的特点，富有暗示性，容易使人产生种种联想。

（9）刘大杰《中国文学发展史》：他写词的手法，是将许多可以调和的颜色、景致、物件放在一起，使它们自己组织配合，形成一个意境，一个画面，让读者自己去领略其中的情意。

疏解

上片言女子因昨夜眠迟，故今早“懒起”。一、二句言她起床之后先是饰以额黄，后画眉黛。那额黄在晨光照射下，忽明忽暗，若隐若现。她偏着头画眉之时，一边像乌云似的头发轻轻垂下来，似乎要遮住面颊。三、四句始点出今晨之“懒起”，所以画眉、梳洗都迟了，行文十分含蓄。为何“懒起”，可以想象到是因昨夜“有事”而不得不如此。

下片进一层。为应付今日，她要早早化妆，对着镜子看看头发上插的花是否合适、优雅，一看，插戴得不错。然后她自我欣赏一番：“花面交相映”，果然是美呀！末二句言她换上新的罗裳，而罗裳上的图案正是两只金色的鹧鸪，预示着今日的事应当十分和谐。

温飞卿经常去花街柳巷寻花问柳，行为不检。此词所写应是与其相好之女，无所谓“感士不遇”。张惠言之说，非。

菩萨蛮·水精帘里颇黎枕

水精帘里颇黎[1]枕,暖香惹梦鸳鸯锦[2]。江上柳如烟,雁飞残月[3]天。　　藕丝[4]秋色浅,人胜[5]参差剪。双鬓隔香红[6],玉钗头上风[7]。

校注

(1)水精：水晶，一种可用于装饰的矿物。《后汉书·西域传·大秦》："宫室皆以水精为柱，食器亦然。"杜甫《丽人行》："紫驼之峰出翠釜，水精之盘行素鳞。"《山海经》谓之水玉,《广雅》谓之石英。李时珍曰："水精，亦颇黎之属，有黑、白二色。倭国多水精，第一。南水精白，北水精黑，信州、武昌水精浊。性坚而脆，刀刮不动，色澈如泉，清明而莹，置水中无瑕、不见珠者佳。古语云水化，谬言也。药烧成者，有气眼，谓之硝子，一名海水精。《抱朴子》言，交广人作假水精碗，是此。"李冰若《花间集评注》：宋之问诗："水精帘外转逶迤。"颇黎：玻璃。此处当指天然水晶。《太平御览》卷八十八引汉东方朔《十洲记》："昆仑山上有红碧颇黎宫，名七宝堂是也。"据沈约《梁四公子记》记载，刘宋文帝时，扶南国商人曾从西天竺国带来一面广一尺五寸、重四十斤的碧颇黎镜。文帝问其价，商人称值百万贯。文帝让官吏们算了下，结果即使把皇家内库里的钱全拿出来也不够，书称"举国不识，无敢酬其价者"。可见当时"颇黎"价格不菲。李时珍《本草纲目》云："本作颇黎。……其莹如水，其坚如玉，故名水玉。"(按：《新唐书·吐火罗传》称，吐火罗国居葱岭西、乌浒河之南，古大夏地。北有颇黎山。吐火罗国有山叫颇黎山，山中多水晶。)《花庵词选》："颇黎"作"玻璃”。《花草粹编》：“颇”作“玻”。彊村本《金奁集》：“颇黎”作“珊瑚”。李冰若《花间集评注》卷一：《玉篇》：“颇黎，玉也。”

（2）鸳鸯锦：古时绣有鸳鸯图案的锦缎织品，此处当指绣有鸳鸯图形的被面，象征男女恩爱。刘禹锡《浪淘沙》：“女郎剪下鸳鸯锦，将向中流定晚霞。”

（3）《花庵词选》：“残月”作“残日”。

（4）藕丝：藕合色丝织的衣服。

（5）人胜：花胜，以人日为之，故称“人胜”。刘熙《释名·饰首饰》：“胜，言人形容正等，一人著之则胜也。”《汉书·司马相如传》：“皓然白首戴胜而穴处兮。”颜师古注：“胜，妇人首饰也，汉代谓之华胜。”《荆楚岁时记》：“正月七日为人日……剪彩为人，或缕金箔为人，以贴屏风，亦戴之头鬓。……又造华胜以相遗。”（按：华胜，古时男女均可戴；有时亦戴小幡，合称幡胜；宋时风俗犹存，见《武林旧事》。）李冰若《花间集评注》卷一：“人胜即花胜也，取象于西王母戴胜。《荆楚岁时记》作‘华胜’。”

（6）香红：花，此处即以代花。顾况《春怀》：“园莺啼已倦，树树陨香红。”

（7）“玉钗”句：幡胜摇曳，花气摇荡，都在春风中。温庭筠另有《咏春幡》诗云：“玉钗风不定，香步独徘徊”，与本句意境相近。

集评

（1）张惠言《词选》：“梦”字提，“江上”以下，略叙梦境。“人胜参差”“玉钗香隔”，言梦亦不得到也。“江上柳如烟”是关络。

（2）杨慎《丹铅总录》：王右丞诗：“杨花惹暮春。”李长吉诗：“古竹老梢惹碧云。”温庭筠：“暖香惹梦鸳鸯锦。”孙光宪：“六宫眉黛惹春愁。”用“惹”字凡四，皆绝妙。

（3）田艺蘅《留青日札》：诗中用“惹”字，有有情之“惹”，有无情之“惹”。……隋炀帝：“被惹香黛残。”贾至：“衣冠身惹御炉香。”古辞：“至今衣袖惹天香。”温庭筠：“暖香惹梦鸳鸯锦。”孙光宪：“眉黛惹春愁。”皆有情之“惹”也。王维:“杨花惹暮春。”李贺“古竹老稍惹碧云。”皆无情之“惹”也。

(4)卓人月《古今词统》徐士俊评:“藕丝秋色染”,牛峤句也。“染”“浅”二字皆精。

(5)陈廷焯《白雨斋词话》:“江上柳如烟,雁飞残月天。”飞卿佳句也。好在全是梦中情况,便觉绵邈无际。若空写两句景物,意味便减,悟此方许为词。

(6)陈廷焯《白雨斋词评》:“杨柳岸,晓风残月”,从此脱胎。“江”字韵,押得妙。

(7)吴衡照《莲子居词话》:飞卿《菩萨蛮》云:“江上柳如烟,雁飞残月天。”《更漏子》云:“银烛背,绣帘垂。梦长君不知。”《酒泉子》云:“月孤明,风又起,杏花稀。”作小令不如此着色,便觉寡味。

(8)谭献《谭评词辨》:“江上柳如烟”是关络。

(9)孙麟趾《词径》:何谓浑?如“泪眼问花花不语,乱红飞过秋千去。”“江上柳如烟,雁飞残月天。”“西风残照,汉家陵阙。”皆以浑厚见长者也。词至浑,功候十分矣。

(10)李冰若《栩庄漫记》:“暖香惹梦”四字与“江上”二句均佳,但下阕又雕缋满眼,羌无情趣。即谓梦境有柳烟残月之中,美人盛服之幻,而四句晦涩已甚。

疏解

此词写一位年轻女子虽住在临江一幢华贵的楼阁里,却仍显得寂寞空虚。

上片言:门帘、窗帘是华美的水晶所制,枕头也由水晶制成。然而房间空荡荡的,并无一个人到来,只有“鸳鸯锦”织就的被面伴随着自己。她躺卧在床,不觉睡着了,那是暖香惹起的梦境。但是,她睡了又醒,辗转反侧,直到天上残月将落。她无法忍耐寂寞,抬眼望望窗外,但见卧室近处的江岸上,柳树像一堆堆烟雾般留在江上,天上的月亮似乎也将残落。

下片言:此女子顾影自怜,再也无法躺在床上了。天还没亮,她就起床了。换上藕合色丝织的衣服；看看自己身上穿的，竟像残月下浅浅的秋色一般。然后她梳洗，装扮，拿起花胜，戴在额前。然后又把喷香的花儿戴在鬓上，再在发髻上插上玉钗。此时，一阵晨风吹来，只见女子头上的花胜、玉钗荡曳，花气摇漾，在风中竟自飘舞起来。女子端起镜子一看，两腮香红，竟似花朵一般艳丽。

菩萨蛮·蕊黄无限当山额

蕊黄无限当山额[1],宿妆隐笑纱窗隔[2]。相见牡丹时[3],暂来还别离[4]。　　翠钗金作股,钗上蝶双舞[5]。心事竟谁知,月明花满枝。

校注

(1)“蕊黄”句:蕊黄,额黄。六朝至唐,女子常用黄色染料点额,因似花蕊,故名。梁简文帝《戏赠丽人》:“同安鬟里拨,异作额间黄。”

(2)“宿妆”句:女子清晨起床后,还带着昨日的装饰,回想昨夜的情景,隐隐地微笑着。宿妆,隔夜的妆饰。岑参《醉戏窦子美人》:“朱唇一点桃花殷,宿妆娇羞偏髻鬟。”隐笑,浅笑,微笑。

(3)牡丹时:牡丹花开在四月中下旬,故“牡丹时”指暮春时节。

(4)“暂来”句:才来,就要分手、别离。暂,才,刚刚,表示逗留时间非常短暂。《列子·杨朱》:“太古之人,知生之暂来,知死之暂往。”白居易《答张籍因以代书》:“今日正闲天又暖,可能扶病暂来无?”

(5)“翠钗”二句:古时女子头饰金钗或玉钗,一股分作两钗;钗头或作凤飞,或作蝶舞。

集说

郑方坤《五代诗话》引《西神脞说》:妇人匀面,古惟施朱傅粉而已。至六朝乃兼尚黄。《幽怪录》："神女智琼额黄。"梁简文帝诗："同安鬟里拨，异作额间黄。"唐温庭筠诗："额黄无限夕阳山。"又："黄印额山轻为尘。"又词："蕊黄无限当山额。"牛峤词："额黄侵腻发。"此额妆也。北周静帝令宫人黄眉墨妆。温诗："柳风吹尽眉间黄。"张泌词："依约残眉理旧黄。"此眉妆也。段氏《酉阳杂俎》所载……辽时，燕俗妇人有颜色者，目为细娘。面涂黄，谓为佛妆。温词："脸上金霞细。"又："粉妆黄蕊花靥。"宋彭汝砺诗："有女夭夭称细娘，真珠络髻面涂黄。"此则面妆也。

集评

(1)张惠言《词选》：提起。以下三章本入梦之情。

(2)李冰若《栩庄漫记》：以一句或二句描写一简单之妆饰而其下突接别意，使词意不贯，浪费丽字，转成赘疣，为温词之通病。如此词"翠钗"二句是也。

疏解

此为女子闺思之词。上片一、二句言女子清晨起床后化妆，额头、面颊均贴以蕊黄。她隔着纱窗，对着昨夜的残妆悄悄地笑了。三、四句回忆她与相好的在牡丹花开的时候见过一面。据南朝宗懔《荆楚岁时记》："始梅花，终楝花，凡二十四番花信风。"牡丹花开，应在四月中下旬。然而，他们短暂一见就分手、别离，所谓"暂来还别离"。

下片写女子为了打发春日的寂寞，把玩起头上的翠玉钗、黄金股。所谓钗者，叉也。此女子所戴的翠钗上有双蝶在飞舞，正反衬她独处的孤单。故末云"心事竟谁知"，知晓的只有天上的明月与眼前的花枝了。

菩萨蛮·翠翘金缕双鸂鶒

翠翘金缕双鸂鶒(1),水纹细起春池碧。池上海棠梨(2),雨晴红满枝。　绣衫遮笑靥(3),烟草粘飞蝶。青琐对芳菲(4),玉关(5)音信稀。

校注

(1)翠翘:翠鸟尾巴上的长长的羽毛。此指古代妇人的一种首饰,状似翠鸟尾上的长羽。韦应物《长安道》:“丽人绮阁情飘摇,头上鸳钗双翠翘。”白居易《长恨歌》:“花钿委地无人收,翠翘金雀玉搔头。”或言,翠翘是古代男子头上的一种饰品。《说文解字》:“翘,尾长毛也。”“翠”是翠鸟。古人把翠鸟尾巴上的长毛戴在发髻或冠上,称之为翠翘。《妆台记》:“周文王于髻上加珠翠翘花,傅之铅粉。”把这种鸟羽插戴在发冠上,可以给男子平添几分英武之气。李冰若《花间集评注》卷一引《招魂》:“砥室翠翘,挂曲琼些。”金缕:古人用黄金制成的一种穗状饰物。梁简文帝《大法颂》:“幢号摩尼,幡悬金缕。”戴叔伦《长亭柳》:“雨搓金缕细,烟袅翠丝柔。”(按:温庭筠《定西番》:“双鬓翠霞金缕,一枝春艳浓。”华钟彦注:“金镂,钗穗也。”)鸂鶒:一种长有漂亮的彩色毛羽的水鸟,形似鸳鸯而稍大,亦称紫鸳鸯,经常雌雄相随,喜欢共宿,也爱同飞并游,羽毛美丽华艳。其成双成对活动的习性,使人产生恋人成双成对或夫妻双栖的联想。温庭筠《病中书怀呈友人》:“暝渚藏鸂鶒,幽屏卧鹧鸪。”顾嗣立补注:“《临海异物志》:鸂鶒,水鸟。毛有五采色,食短狐。”杜甫《卜居》:“无数蜻蜓齐上下,一双鸂鶒对沉浮。”毛文锡《醉花间》:“春水满塘生,鸂鶒还相趁。”

(2)海棠梨：又名海红，二月开花，八月果熟。一说就是海棠花，又一说为棠梨。海棠花姿潇洒，花开似锦，自古以来便是雅俗共赏的名花，素有“花中神仙”“花贵妃”“花解语”之称。沈立《海棠记》：“(海棠)二月开花五出，初如胭脂点点然，开则渐成缬晕，落则有若宿妆淡粉。”《花庵词选》卷一：“海棠梨”作“海棠黎”。

(3)笑靥：女子微笑时颊部露出来的酒窝，也指古代女性一种贴在脸上的装饰。萧统《拟古诗》：“眼语笑靥迎来情，心怀心想甚分明。”

(4)“青琐”句：女子虽居住在华贵的房屋里，却空虚寂寞地面对室外郊野的树木花草。青琐，涂上青色的门户窗棂，此处泛指豪华富丽的房屋。周祈《名义考》：“青琐，即今之门有壳隔者，刻镂为连琐文也。以青涂之，故曰青琐。”《汉武故事》：“西王母尝见帝于承华殿，东方朔从青琐窃窥之。”刘义庆《世说新语·惑溺》：“韩寿美姿容，贾充辟以为掾。充每聚会，贾女于青琐中看，见寿，说之。”沈约《八咏诗·登台望秋月》：“散朱庭之奕奕，入青琐而玲珑。”杨炯《后周青州刺史齐贞公宇文公神道碑》：“黄扉蔼蔼，青琐沉沉，有若张公之万户千门。”(按:《汉书·元后传》：“曲阳侯骄奢僭上，赤墀青琐。”颜师古注引孟康曰：“青琐者，刻为连环文而青涂之也。”)后华贵的宅第、寺院等门窗亦用此种装饰。《后汉书·梁冀传》：“窗牖皆有绮疏青琐。”后每借指宫廷。《晋书·夏侯湛传》：“出草苗，起林薮，御青琐，入金墉者，无日不有。”芳菲，花草芳香而美丽，此处泛指花草树木，谓美好时节。顾野王《阳春歌》：“春草正芳菲，重楼启曙扉。”李峤《二月奉教作》：“乘春重游豫，淹赏玩芳菲。”韩愈《梁国惠康公主挽歌二首》之二：“从今沁园草，无复更芳菲。”

(5)玉关：玉门关。在今甘肃敦煌西北，为汉、唐通往西域的边关，后泛指战士久戍之边地。当年班超出关征战的关就是玉门关，他盼望有生之年能够入玉门关，就是希望能够征战得胜归来。《后汉书·班超传》载，班超戍守西域，凡三十一年。年老思归，上和帝疏云：“臣不敢望到酒泉郡，但愿生入玉门关。”《元和郡县志》：“玉门故关，在龙勒县西，为西域门户。”玉关情指久戍思归之情。毛本“玉关”作“玉门”。

集评

(1)刘永济《唐五代两宋词简析》:此首追叙昔日欢会时之情景也。上半阕描写景物，极其鲜艳，衬出人情之欢欣。下半阕前二句补明欢欣之人情。后二句则以今日孤寂之情，与上六句作对比，以见芳菲之景物依然，而人则音信亦稀，故思之而怨也。

(2)俞平伯《读词偶得》:上两首皆以妆为结束，此则以妆为起笔，可悟文格变化之方。“水纹”以下三句，突转入写景，由假的水鸟，飞渡到春池春水，又说起池上春花的烂漫来。此种结构正与作者之《更漏子》“惊塞雁，起城乌，画屏金鹧鸪”，同一奇绝。“水纹”句初联上读，顷乃知其误。金翠首饰，不得云“春池碧”，一也。飞卿《菩萨蛮》另一首“宝函钿雀金鸂鶒，沉香阁上吴山碧”，两句相连而绝不相蒙，可以互证，二也。“海棠梨”即海棠也。昔人于外来之品物每加“海”字，犹今日对于舶来品，多加一“洋”字也。上云“鸂鶒”，下云“春池”，非仅属联想，亦写美人游春之景耳。于过片云“绣衫遮笑靥”乃承上“翠翘”句;“烟草粘飞蝶”乃承上“水纹”三句。“青琐”以下点明春恨缘由，“芳菲”仍从上片“棠梨”生恨，言良辰美景之虚设也。其作风犹是盛唐佳句。“琐”训连环，古人门窗多刻镂琐文，故曰琐窗。曰青琐者，宫门也，此殆宫词体耳。

疏解

此词上阕描绘了一个女子寂寞地在房子里等待着心上人到来的场景。首句写她一边等待，一边把玩着华贵美丽的头饰。鸂鶒如鸳鸯并偶，成双成对地在一起，暗示了女子心中热切的期待。她似乎等了许久。第二句转写她抬眼看看室外的春景：春天的池塘，一片碧绿，水面上泛起微微的涟漪。三、四句写春池岸上的海棠梨：雨刚刚下过，天放晴了，海棠梨满树红遍。海棠在这里有特定的情韵。

有人说海棠的花语和象征的特定意义为“单恋”。看来，此女子似乎因心中人迟迟不来而怀疑自己在单相思。民歌有云：“如果没有天上的雨水呀，海棠花儿不会自己开。”苏轼曾为海棠倾倒，有诗云：“只恐夜深花睡去，故烧高烛照红妆。”两宋之交有诗人刘子翚咏海棠云：“幽姿淑态弄春晴，梅借风流柳借轻。”他形容海棠似娴静的淑女，因集梅、柳的优点于一身而妩媚动人。陆游也有诗咏海棠：“虽艳无俗姿，太皇真富贵”，形容了海棠的艳美高雅。在另一首诗中，陆游道：“猩红鹦绿极天巧，叠萼重跗眩朝日”，写出了海棠花鲜艳的红花绿叶及花朵繁茂与朝日争辉的形象。

下片首二句：“绣衫遮笑靥，烟草粘飞蝶。”此女子由池岸上的海棠花联想到自己，不禁摆弄起绣满花枝的衣衫。她认为心中人会很快到来，于是将绣衫悄悄遮住自己的笑脸。再看看外面，一片迷蒙的烟草上，不是有飞蝶黏着花儿吗？然而心中人没有到来，她看到“青琐”内孤寂的自己只能对着春日的花草，不禁联想到许多思妇同样在闺房中苦等着身处玉关的情郎。

菩萨蛮·杏花含露团香雪

杏花含露团香雪(1),绿杨陌上多离别。灯在月胧明(2),觉来闻晓莺。　　玉钩褰翠幕(3),妆浅旧眉薄(4)。春梦正关情,镜中蝉鬓(5)轻。

校注

(1)香雪：杏花白，故比作香雪。韩偓《寒食夜》：“恻恻轻寒剪剪风，小梅飘雪杏花红。”(按：香雪除了形容杏花，也可形容梅花。)

(2)月胧明：形容月色朦胧、不明的样子。引申为模糊不清。

(3)“玉钩”句：掀挂帐幕的玉制帘钩，将帐子掀起。玉钩，掀开帐幕或窗帘的玉制帘钩。《楚辞·招魂》：“挂曲琼些。”汉王逸注：“曲琼，玉钩也。雕饰玉钩，以悬衣物也。”南唐李璟《摊破浣溪沙》：“手卷真珠上玉钩，依前春恨锁重楼。”褰，揭起，掀开。

(4)旧眉薄：旧眉指昨日所画的黛眉，因隔夜而颜色变浅，故称“薄”。

(5)蝉鬓：古代妇女的一种发式，其两鬓薄如蝉翼。晋崔豹《古今注·杂注》：“魏文帝宫人绝所爱者，有莫琼树、薛夜来、田尚衣、段巧笑，四人日夕在侧。琼树乃制蝉鬓。”梁元帝《登颜园故阁》：“妆成理蝉鬓，笑罢敛蛾眉。”薛道衡《昭君辞》：“蛾眉非本质，蝉鬓改真形。”卢照邻《长安古意》：“片片行云着蝉鬓。”

集评

(1)汤显祖评《花间集》:“碧纱如烟隔窗语”,得画家三昧,此更觉微远。

(2)陈廷焯《白雨斋词话》卷一:末二句凄凉哀怨,真有欲言难言之苦。

疏解

此词描写了思妇的梦境及梦醒后的情态。上片一、二句写梦境:陌上杏花含露,像团团香雪,可所见的陌上男女却多离别情事。此为全词张本,正因为她心中藏掖着离别,故所梦多为别离之事。三、四句写梦醒以后,她尚在枕上,始见昨晚睡觉时竟未熄灯。灯光似朦胧的月色。室外唯有拂晓的黄莺的鸣声,似乎在叫唤:可以起来了。

下片续写起后情事。她先是用玉钩将翠绿色的帐幕揭起,然后照照镜子,发现昨日的装扮已经很浅了,眉黛也已经很淡了。她想起起床以前的“春梦”,引发相思之情;看看镜中,头发如蝉鬓一般轻薄。本词写了从梦中到梦醒的一系列情事,“多离别”正是这一篇的主旨。

菩萨蛮·玉楼明月长相忆

玉楼明月长相忆,柳丝袅娜春无力[(1)]。门外草萋萋[(2)],送君闻马嘶。　　画罗金翡翠,香烛消成泪[(3)]。花落子规啼[(4)],绿窗残梦迷。

校注

(1)“玉楼”二句:女子与心中人在玉楼中、明月下相别,均许愿永远不要互相忘记;此时玉楼外柳丝虽袅娜,却是一点留春的力量都没有。“柳”者,留也;“无力”者,无法挽留“春”住,即无法留下情人。

(2)草萋萋:淮南小山《招隐士》:“王孙游兮不归,春草生兮萋萋。”王维《山中送别》:“山中相送罢,日暮掩柴扉。春草明年绿,王孙归不归?”此借《招隐士》“春草萋萋”之句,问心中人何时归来。

(3)《花间集》、彊村本《金奁集》《花草粹编》:“消成泪”作“销成泪”。

(4)“花落”句:花落,春去也。子规即杜鹃鸟。旧时人们认为杜鹃鸟鸣声似“不如归去”。作者借此劝情人不如归来,莫要远行。辛弃疾《贺新郎》:“更那堪、鹧鸪声住,杜鹃声切。”

集评

(1)张惠言《词选》:“柳丝袅娜”,送君之时。故“江上柳如烟”,梦中情境亦尔。七章“阑外垂丝柳”,八章“绿杨满院”,九章“杨柳色依依”,十章“杨柳又如丝”,皆本此“柳丝袅娜”言之,明相忆之久也。

(2)陈廷焯《白雨斋词话》：此种词，第自写性情，不必求胜人，已成绝响。

(3)谭献《谭评词辨》："玉楼明月"句，提。"花落子规啼"句，小歇。

(4)李冰若《栩庄漫记》：前数章时有佳句而通体不称，此较清绮有味。

(5)叶嘉莹《唐宋词名家论稿》：何必牵攀拟楚骚，总缘物美觉情高。玉楼明月怀人句，无限相思此意遥。

疏解

此词写思妇在"玉楼"上因苦于相思而茶饭不思的情景。

上片一、二句写梦中，点明地点为"玉楼"上，时间为"明月"当空的深夜。思妇因梦见室外"柳丝袅娜"而盼望情人不要远行；柳者，留也，表依依之情。"春无力"，言无法留住"春"，说明情人终究是要走的。三、四句"门外草萋萋，送君闻马嘶"，倒叙当日送行时情景，芳草萋萋、马嘶充耳，思念之情十分浓郁。

过片"画罗金翡翠，香烛消成泪"，又回写眼前情事，从梦境写到现实，从室外移至房中。思妇在玉楼中长夜思念，罗帐上绣有一双金色的翡翠鸟，芳香的蜡烛融为滴滴的蜡泪，暗示女子在情人离开后十分悲伤。"花落子规啼，绿窗残梦迷"则写思妇梦醒以后，听到子规"不如归去"的声声啼鸣，似乎在呼唤情人不要远行。

全词描绘了思妇对远行人的无穷思念。

菩萨蛮·凤凰相对盘金缕

凤凰相对盘金缕[(1)],牡丹一夜经微雨[(2)]。明镜照新妆,鬓轻双脸[(3)]长。　　画楼相望久,阑外垂丝柳。音信不归来,社前[(4)]双燕回。

校注

(1)“凤凰”句:女子的金穗头饰上有一双凤凰相对。盘金缕,古时女子用金属制成的穗状物头饰盘于头上。梁简文帝《大法颂》:“幢号摩尼,幡悬金缕。”戴叔伦《赋得长亭柳》:“雨搓金缕细,烟袅翠丝柔。”白居易《秦中吟》:“红楼富家女,金缕绣罗襦。”(按:温庭筠《定西番》:“双鬟翠霞金缕,一枝春艳浓。”华钟彦注:“金缕,钗穗也。”)

(2)“牡丹”句:室外的牡丹花,一夜经受着微雨。此句似存双关义:“牡丹”,女子自比;“经微雨”,言一整晚与恋人绸缪缱绻。

(3)双脸:照镜而兼镜中之脸。

(4)社前:春社之前。春社源自中国的传统民俗节日,自商周至唐宋,也是男女幽会的节日,一般为立春之后的第五个戊日。

集评

(1)汤显祖评《花间集》:“牡丹”句,眼前语,非会心人不知。

(2)李冰若《栩庄漫记》:此词“双脸长”之“长”,尤为丑恶。明镜莹然，一双长脸，思之令人发笑。故此字点金成铁，纯为凑韵而已。

疏解

上片写女子美丽的头饰和面容，下片表女子对美好爱情的期望。

上片一句“凤凰相对盘金缕”，写女子的金穗头饰上有一对凤凰。二句“牡丹一夜经微雨”，形容女子如雨后牡丹。此手法较为常见，如元稹《莺莺诗》：“夜合带烟笼晓月，牡丹经雨泣残阳。”作者将思妇凤凰双栖的头饰与娇媚红艳的牡丹花对举，极显其美丽。三、四句写她妆后照镜欣赏自己轻巧的鬟鬓与美丽的脸。

过片“画楼相望久”，“相”，偏指一方，指女子心中思念，非“互相”。这里写女子默默地、长久地等待心上人，心上人却迟迟未归。期盼之情，尽在一个“望”字，一个“久”字，显示了女子等待时间之长。“相望久”是词眼。可是栏外未见人归，“阑外垂丝柳。音信不归来”，女子所见唯有春社前的燕子双双飞回。双燕飞回，是反衬之笔。而“社前”更须当重看。男女幽会的节日里，不见心上人归来，是何等的孤寂和痛苦！

此词以“凤凰相对”起，以“双燕回”结，是匠心独运之笔。

菩萨蛮·牡丹花谢莺声歇

牡丹花谢莺声歇,绿杨满院中庭月。相忆梦难成,背窗灯半明。　　翠钿金压脸[(1)],寂寞香闺[(2)]掩。人远泪阑干[(3)],燕飞春又残。

校注

(1)翠钿：又名花钿，古代妇女的一种首饰，用翡翠珠玉制成。唐代妇女多用金箔、彩纸等剪成花样贴在额上作为装饰。杨慎《词品》："唐韦固妻少时为盗刃所刺，以翠掩之，女妆遂有靥饰。"后蜀张太华(孟昶妃)《葬后见形诗》："寻思往日椒房宠，泪湿衣襟损翠钿。"(按：温庭筠又有《南歌子》云："脸上金霞细，眉间翠钿深。")金压脸：以黄粉敷面。

(2)香闺：女子居室。陶翰《柳陌听早莺》："乍使香闺静，偏伤远客情。"韦庄《赠姬人》："请看京与洛，谁在旧香闺？"司空图《冯燕歌》："传道张婴偏嗜酒，从此香闺为我有。"

(3)泪阑干：泪流满面。阑干，横斜貌。蔡琰《胡笳十八拍》："岂知重得兮入长安，叹息欲绝兮泪阑干。"

集评

张惠言《词选》："相忆梦难成"，正是残梦迷情事。

疏解

此为女子在香闺思念情人之词。

上片：一句以景物点明时节，此时牡丹花谢，黄莺的啼鸣也已消歇。二句“绿杨满院”，写院中杨树婆娑，落叶满院；她听听室外，十分静寂，唯有庭中洒满清冷的月光。这两句营造了氛围。三、四句写女子背着窗坐着，但见夜间灯火半明半暗；她因一直在思念心上人而无法入眠，所谓“梦难成”也。

下片：女子似乎走近镜子，对镜看着自己的翠钿与蕊黄。可是有谁会欣赏自己的美丽呢？香闺里只有一片寂寞空虚。末二句言她一向背着人悄悄垂泪；这时窗外掠过一双燕子，更反衬心中的孤单。

菩萨蛮·满宫明月梨花白

满宫[(1)]明月梨花白，故人万里关山[(2)]隔。金雁[(3)]一双飞，泪痕沾绣衣。　　小园芳草绿，家住越溪曲[(4)]。杨柳色依依[(5)]，燕归君不归。

校注

（1）满宫：满室，整个房间。宫，室。《尔雅·释宫》：“宫谓之室，室谓之宫。”《经典释文》：“古者贵贱同称宫。秦汉以来，唯王者所居称宫焉。”此指一般庭院住宅之类，非王者所居。

（2）关山：关隘山岭。《木兰诗》：“万里赴戎机，关山度若飞。”前蜀朱希济《谒金门》：“秋已暮，重叠关山歧路。嘶马摇鞭何处去，晓禽霜满树。”

（3）金雁：金色的雁，此处指绣衣上的图案。宋之问《送赵司马赴蜀州》：“桥寒金雁落，林曙碧鸡飞。”司空图《灯花三首》：“几时金雁传归信，剪断香魂一缕愁。”

（4）越溪曲：指越溪深处弯曲的地方。《广雅·释诂一》：“曲，折也。”越溪即若耶溪，传说为越国美女西施浣纱之处。李白《送祝八之江东赋得浣纱石》：“西施越溪女，明艳光云海。”和凝《宫词百首·七一》：“越溪姝丽入深宫，俭素皆持马后风。”

（5）柳色依依：柳叶轻柔貌，有依依不舍之情韵。出自《诗经·小雅·采薇》：“昔我往矣，杨柳依依；今我来思，雨雪霏霏。”黄滔《下第东归留辞刑部郑郎中诚》：“莺声历历秦城晓，柳色依依灞水春。”

集评

汤显祖评《花间集》：兴语似李贺，结语似李白，中间平调而已。

疏解

此为思妇月夜怀念情人之词。上片一、二句写女子深闺独居，见皓月当空、满院梨花雪白而兴起怀念之情。“万里关山”，极言距离之遥远。三、四句言正思念之间，忽接“万里关山”外情人的书信，女子一时悲喜交集，不禁泪下沾衣。

下片一句，写家居景色之美：小园里，芳草嫩绿，情人却不归来。此手法早已有之，如淮南小山《楚辞·招隐士》：“王孙游兮不归，春草生兮萋萋。岁暮兮不自聊，蟪蛄鸣兮啾啾。”二句点明自己家住若耶溪的深处。三句“杨柳色依依”，写出对情人的无限依恋。四句写女子忽然抬头，见一双燕子都已经归窝了，心中盼望情人能够早日归家，但是以“君不归”收束。

菩萨蛮·宝函钿雀金鸂鶒

宝函钿雀金鸂鶒(1),沉香阁上吴山碧(2)。杨柳又如丝,驿桥(3)春雨时。　　画楼(4)音信断,芳草江南岸。鸾镜与花枝(5),此情谁得知。

校注

(1)“宝函”句:居于画楼的女子寂寞地把玩梳妆盒。宝函,梳妆盒。钿雀,有雀鸟装饰的金钗。鸂鶒,钗上饰物。

(2)“沉香”句:女子在阁楼中见窗外吴山一片青碧。沉香阁,沉香木制的楼阁。吴山,一说泛指吴地之山,一说为屏风上所绘的吴地山川风景。

(3)驿桥:驿站附近的小桥。驿站为古时供传递文书、官员来往及运输等中途暂息、住宿的地方;一说为旅店。白居易《望驿台》:“靖安宅里当窗柳,望驿台前扑地花。两处春光同日尽,居人思客客思家。”

(4)画楼:雕梁画栋之楼,也是对楼的美称。李峤《晚秋喜雨》:“聚霭笼仙阁,连霏绕画楼。”李商隐《无题》:“昨夜星辰昨夜风,画楼西畔桂堂东。”

(5)鸾镜:背上镌刻有鸾凤图案的铜镜。鸾鸟是古代传说中的神鸟。据《异苑》记载,罽宾王养一鸾,三年不鸣。后悬镜照之。鸾睹影悲鸣,一奋而绝。后人在诗中多以鸾镜表示夫妻或恋人别离。花枝:女子对镜,照见自己所簪戴的花。此处借指该女子。“枝”与“知”谐音。

集评

（1）汤显祖评《花间集》："沉香""芳草"句，皆诗中画。

（2）陈廷焯《云韶集》：只一"又"字，有多少眼泪。音节凄缓。

疏解

上片首句"宝函钿雀金㶉鶒"，写女子的饰物。由于恋人远离，她在画楼十分孤寂，遂把玩自己的钗盒，而见宝函中的金钗上有一双㶉鶒。次句写人窗外所见春山之美。"吴山碧"，可知此女子身在江南。"杨柳"两句承上，写春日春山雨后的驿桥边上柳色青碧如丝；"丝"谐音"思"，表达了对远别恋人的无穷思念。一个"又"字，显示他们别离已经不止一个春天了，可能已经过了几个年头了。

过片"画楼音信断"，言人去后而音信全无，抒发了春去人不归的隐痛，故下云"芳草江南岸"。末二句，自伤苦忆。"鸾镜与花枝，此情谁得知。"女子只好寂寞地与鸾镜为伴。她照照镜子，自己虽有如花美貌，却只能在画楼中消耗青春，而"此情"又有谁知晓？

菩萨蛮·南园满地堆轻絮[1]

南园满地堆轻絮[2]，愁闻一霎清明雨[3]。雨后却斜阳，杏花零落香。　　无言匀睡脸[4]，枕上屏山[5]掩。时节欲黄昏[6]，无憀[7]独倚门。

校注

（1）沈际飞《草堂诗余》：题作《春闺》。

（2）轻絮：漫天飞舞的柳絮。此处指飘飞的柳絮已经堆满地。张仲素《春游曲三首》其一："烟柳飞轻絮，风榆落小钱。"李商隐《江东》："今日春光太漂荡，谢家轻絮沈郎钱。"

（3）清明雨：指天气乍暖还寒的清明时节。雨水纷纷，是人们对清明时节气候的印象。杜牧《清明》："清明时节雨纷纷，路上行人欲断魂。"李商隐《柳》："清明带雨临官道，晚日含风拂野桥。"

（4）匀睡脸：梳妆涂脸时，涂抹使之均匀。睡脸，醒后犹带睡意的面庞。白居易《吴宫辞》："淡红花帔浅檀蛾，睡脸初开似剪波。"彊村本《尊前集》："匀"作"弹"。

（5）屏山：屏风。温庭筠有《南歌子》词云："鸳枕映屏山。"

（6）沈际飞《草堂诗余》：潘阆《宫词》："花落黄昏空掩门。"

（7）无憀：空闲寂寞，因无所事事而烦闷。《花庵词选》："无憀"作"无聊"。

集评

（1）张惠言《词选》：此下乃叙梦。此章言黄昏。

(2)沈际飞《草堂诗余》正集卷一：隽逸之致，追步李白。

(3)谭献《谭评词辨》卷一："雨后却斜阳"句，余韵。"无憀独倚门"句，收束。

疏解

此词写一女子在清明时节的黄昏思念情人，因孤寂无事而倚门眺望，似乎希望情人出现。

上片一、二句言女子于深闺寂寞，忧愁无聊，忽见"清明雨"。她眺望南园，唯见柳絮飘飞，满地堆积，却不见情人归来。三、四句言雨后的斜阳挂在西天，天色的转晴，使她或许萌起一丝希望。映入眼帘的是杏花零落，除了闻到一丝杏花香气，什么也没有。此女子由于寂寞，一直由午后睡到黄昏。

下片写她黄昏后起身，将刚刚睡醒的脸上的化妆之物涂得均匀一些。后来又躺到枕上去，用屏风遮住自己的脸。末二句才点出"黄昏"（天色将晚）和"无憀"（独自倚门)，增添了愁思，亦点睛之笔。

菩萨蛮·夜来皓月才当午

夜来皓月才当午(1),重帘(2)悄悄无人语。深处麝煤(3)长,卧时留薄妆(4)。　　当年还自惜,往事那堪忆。花落(5)月明残,锦衾(6)知晓寒。

校注

(1)皓月才当午：午夜皓月才当空。

(2)重帘：窗门帘幕重重。卢纶《萧常侍瘿柏亭歌》："重帘不动自飘香，似到瀛洲白玉堂。"彊村本《尊前集》："重帘"作"重门"。

(3)麝煤：麝墨，古人于房中常烧麝煤以散出麝烟、麝香。韩偓《横塘》："蜀纸麝煤添笔媚，越瓯犀液发茶香。"麝烟即火燃麝墨所散发的烟。成彦雄《夕》："台榭沉沉禁漏初，麝烟红烛透虾须。"彊村本《尊前集》《花间集》《花草粹编》："麝煤"作"麝烟"。

(4)薄妆：淡妆，言浓妆既卸，犹稍脂粉匀面。古代妇女白天浓妆高髻，睡时则稍留薄妆，支枕以睡，使髻发不致散乱。

(5)彊村本《尊前集》《花间集》《花草粹编》："花落"作"花露"。

(6)锦衾：锦缎的被子。《诗经·唐风·葛生》："角枕粲兮，锦衾烂兮。"江淹《学梁王菟园赋》："美人不见紫锦衾，黄泉应至何所禁。"岑参《白雪歌送武判官归京》："忽如一夜春风来，千树万树梨花开。散入珠帘湿罗幕，狐裘不暖锦衾薄。"

集评

(1)张惠言《词选》：此自卧时至晓，所谓“相忆梦难成”也。

(2)陈廷焯《词则·大雅集》：“知”字凄警，与“愁人知夜长”同妙。

(3)李冰若《栩庄漫记》：《菩萨蛮》十四首中，全首无生硬字句而复饶绮怨者，当推“南园满地”“夜来皓月”二阕，余有佳句无章，非全璧也。

(4)唐圭璋《词学论丛》：《菩萨蛮》云：“夜来皓月才当午，重帘悄悄无人语”“竹风轻动庭除冷，珠帘月上玲珑影”“杨柳又如丝，驿桥春雨时”“雨后却斜阳，杏花零落香”“牡丹花谢莺歌歇，绿杨满院中庭月”，皆写境如画，韵味隽永。

疏解

上片一、二句写女子在重帘垂挂的卧室里，因思念情人，直至午夜都无法睡着。三、四句言卧房内点燃了麝煤，气味经久不散，闻之更无法入眠。说不定明天一早情人就回来了，因此她睡时暂留薄妆，以免明早梳妆太费时。

过片两句最当重看：“当年还自惜，往事那堪忆。”她似乎对目前的情况有些懊悔，似乎是当年过于谨慎，并没有马上答应那人的追求，才造成如今分离的痛苦。由末二句可知此女子一直躺卧到天明。黎明时月明花落，她却在被褥中感到拂晓的寒冷。

菩萨蛮·雨晴夜合玲珑日

雨晴夜合玲珑日[1],万枝香袅红丝拂[2]。闲梦忆金堂[3],满庭萱草[4]长。　　绣帘垂箓簌[5],眉黛远山[6]绿。春水渡溪桥,凭阑魂欲销[7]。

校注

(1)“雨晴”句:雨后天色放晴,合欢花盛开,日光也显得玲珑明澈。夜合即合欢花。古人以合欢花赠人,以消怨合好。玲珑,空明。彊村本《尊前集》:“玲珑日”作“玲珑月”。

(2)香袅:香气浮动。袅,形容香气袅袅升腾。红丝拂:夜合下垂飘动。

(3)金堂:金饰的厅堂,形容其华丽宏伟。李商隐《水天闲话旧事》:“王昌且在墙东住,未必金堂得免嫌。”李庾《两都赋·赋东都》:“金堂玉户,丝哇管语。”(按:或依《洛阳伽蓝记》“蓬莱山上,银阙金堂”,指神仙居处,非。)

(4)萱草:草本植物,俗称黄花菜,传说能使人忘忧。《毛传》:“萱草令人忘忧。”

(5)箓簌:下垂貌。这里指下垂的穗子、流苏等饰物。

(6)眉黛远山:以黛墨画眉,眉弯如远山。(按:远山眉与小山眉为古代流行的眉式。)李商隐《代赠》:“总把春山扫眉黛,不知供得几多愁。”

(7)魂欲销:魂魄将散,神情恍惚。

集评

(1)张惠言《词选》：此章正写梦。垂帘、凭栏，皆梦中情事，正应“人胜参差”三句。

(2)陈廷焯《词则·大雅集》卷一：“绣帘”四语婉雅。叔原“梦魂惯得无拘检，又踏杨花过谢桥”，聪明语，然近于轻薄矣。

(3)李调元《雨村词话》卷一：温庭筠喜用……及“金鹧鸪”“金凤凰”等类字，是西昆积习。

(4)浦江清《词的讲解》：词人言夜合，言萱草，皆托物起兴，闺怨之辞也。……故“闲梦忆金堂”者，即金堂中人有所闲忆，亦即美人有所想念之意。此女子见夜合萱草之盛开，不能忘忧蠲忿，反起离索之感，忆者忆念远人，梦者神思飞越，非真烈日炎炎，作南柯之一梦也。闲思闲想，无情无绪，亦可称梦，亦可称忆。

疏解

此为闺怨词，写一春闺女子白日闲梦的情景，时令当在春末夏初。

上片开头二句，写雨后阳光下，“万枝”红色的合欢花低垂，微风吹拂，香气飘散。三、四句接写女子在思绪中睡着，做着美梦，醒后回味梦中到了一处金饰华丽的堂屋，见到开满庭院的萱草花。

过片二句回到眼前：女子隔着流苏的绣帘沉思，自知那带愁的眉黛应如一弯远山。末二句言女子凭栏眺望，但见一江春水从溪桥下缓缓流过。她触景生情，深感美妙年华也将如春水一样流逝，不禁情思茫茫。

菩萨蛮·竹风轻动庭除冷

竹风轻动庭除[1]冷,珠帘月上[2]玲珑影。山枕[3]隐浓妆,绿檀[4]金凤凰。　　两蛾[5]愁黛浅,故国吴宫[6]远。春恨正关情,画楼残点声[7]。

校注

(1)庭除:庭院。李绅《过梅里》:“笙磬谅谐和,庭除还洒扫。”柳宗元《游朝阳岩遂登西亭二十韵》:“庭除植蓬艾。”李咸用《题陈将军别墅》:“不独春光堪醉客,庭除长见好花开。”杨衡《寄赠田仓曹湾》:“芳兰媚庭除,灼灼红英舒。”

(2)珠帘月上:即“月上珠帘”。月光自珠帘的缝隙透进卧房。

(3)山枕:古时两人合睡的“双枕”,中间突出,形状如山,一人分睡一边。

(4)绿檀:绿色的檀枕。

(5)两蛾:两眉。蛾,眉,犹言蛾眉。

(6)吴宫:吴地的宫阙。此处暗用西施入吴的典故。西施身在吴国而思念越国。

(7)残点声:漏壶滴水将尽的声音;言天将明,漏尽更残。

集说

(1)张宗橚《词林纪事》卷一:飞卿《菩萨蛮》词,《花间集》选十四首,

《全唐诗》所载十五首，俱不满二十首之数。今从《全唐诗》本。

(2)吴衡照《莲子居词话》卷一：飞卿《菩萨蛮》二十首，以《全唐诗》校之，逸其四之一，未审《金荃词》所载何如也。长洲顾氏（嗣立）言所见宋版《金荃集》八卷，末《金荃词》一卷。而其刻飞卿诗，则不及诗余，益集外诗以傅合宋本卷数，致使零篇剩句……亦可惜已。

集评

(1)张惠言《词选》：此言梦醒。"春恨正关情"与五章"春梦正关情"相对双锁。"青琐""金堂""故国吴宫"，略露寓意。

(2)汤显祖评《花间集》：芟《花间集》者，额以温飞卿《菩萨蛮》十四首。而李翰林一首为词家鼻祖，以生不同时，不得列入。今读之，李如藐姑仙子，已脱尽人间烟火气；温如芙蕖浴碧，杨柳挹青，意中之意，言外之言，无不巧隽而妙入。珠璧相耀，正是不妨并美。

(3)陈廷焯《白雨斋词话》："春恨"二语是两层。言春恨正关情，况又独居画楼而闻残点之声乎？

(4)王国维《人间词话》：固哉，皋文之为词也！飞卿《菩萨蛮》、永叔《蝶恋花》、子瞻《卜算子》皆兴到之作，有何命意？皆被皋文深文罗织。阮亭《花草蒙拾》谓："坡公命宫磨蝎，生前为王珪、舒亶辈所苦，身后又硬受此差排。"由今观之，受差排者，独一坡公已耶？

(5)吴梅《词学通论》：今所传《菩萨蛮》诸作，固非一时一境所为，而自抒性灵，旨归忠爱，则无弗同焉。张皋文谓皆感士不遇之作。盖就其寄托深远者言之，即其直写景物，不事雕缋处，亦夐绝不可追及。

(6)俞平伯《读词偶得》："竹风"以下说人晚无聊，凭枕闲卧。"隐"当读"隐几而卧"之隐。"绿檀"承"山枕"言，檀枕也；"金凤凰"承"浓妆"言，金凤钗也；描写明艳。"吴宫"明点是宫词，昔人傅会立说，谬甚。其又一首"满宫明月梨花白"，可互证。欧阳炯之序《花间》曰："自南朝之宫体，扇北里之倡风。"此二语诠词之本质至为分明。温氏《菩萨蛮》诸篇本以呈进唐宣宗者，事见《乐府纪闻》，其述宫怨，更属当然。末二句不但结束本章，且为十四首之总结束，韵味悠然无尽。 画楼残点，天将明矣。

(7)浦江清《词的讲解》:“故国吴宫远”用西施之典故，不必指实，犹上章之“家住越溪曲”也。“春恨正关情”较前章“春梦正关情”仅换一字，此十数章本非接连叙一人一事，故亦不妨重复。 前章言晨起，故曰春梦，此章尚未入睡，故云春恨。 春恨者，春闺遥怨也。 画楼残点，天将明矣，见其心事翻腾，一夜未睡，故乡既远，彼人又遥，身世萍飘，一无着落，不胜凄凉之感。 飞卿特以此章作结，不但画楼残点，结语悠远，而且自首章言晨起理妆，中间多少时日风物之美，欢笑离别之情，直至末章写夜深入睡，是由动返静也。

疏解

上片写女子在所居卧室的寂寞凄清。 一、二句言室外风吹竹梢，庭院里十分寒冷，而月光照射在珠帘上，衬托女子心中的凄凉。 三、四句言女子在卧房，一点兴致都没有。 她躺在床上，将头埋在山枕之间，让绣有金凤凰的绿色的檀枕遮住浓妆。

下片一、二句，直接写愁：两眉愁黛，女子想起自己像西子一般孤单地住在别处，离故乡是多么遥远！ 末二句云心中有一片“春恨”，正是自己最为关情之处。 她如此相思，一直到画楼上残漏更尽都没能入眠。

更漏子[1]·柳丝长

柳丝长，春雨细，花外漏声迢递[2]。惊塞雁[3]，起城乌[4]，画屏金鹧鸪[5]。　　香雾薄[6]，透帘幕[7]，惆怅谢家池阁[8]。红烛背[9]，绣帘[10]垂，梦长君不知。

校注

(1)更漏子：词牌名，又名《付金钗》《独倚楼》《翻翠袖》《无漏子》。《尊前集》注大石调，《黄钟商》又注商调，《金奁集》入林钟商调。《词律》卷四、《词谱》卷六列存此词，以四十六字体为正体。彊村本《尊前集》注：刻李王作。彊村本《金奁集》列林钟宫。更漏，古人用铜壶滴漏来计时，将一夜分为五更。子，曲子的简称。

(2)漏声迢递：指更漏报点之声显得十分遥远、轻细。嵇康《琴赋》："指苍梧之迢递，临回之威夷。"杜甫《送樊二十三侍御赴汉中判官》："居人莽牢落，游子方迢递。"唐欧阳詹《蜀中将回留辞韦相公贯之》："明晨首乡路，迢递孤飞翼。"

(3)塞雁：北雁，边塞之雁春来北飞，喻远离家乡的人。杜甫《登舟将适汉阳》："塞雁与时集，樯乌终岁飞。"

(4)城乌：城头上的乌鸦。白居易《叙德书情四十韵上宣歙崔中丞》："城乌惊画角，江雁避红旗。"彊村本《尊前集》："城乌"作"寒乌"。

(5)"画屏"句：画了金鹧鸪的屏风，为女主人公居室中的摆设。金鹧鸪，用金线绣成的鹧鸪，绣在屏风或衣服上，此处当指画在屏风上。江淹《空青赋》："亦有曲帐画屏，素女彩扇。"韦庄《奉和观察郎中春暮忆花言怀见寄四韵之什》:“落花带雪埋芳草,春雨和风湿画屏。”

(6)薄:通“迫”,迫近,靠近。屈原《涉江》:“腥臊并御,芳不得薄兮。”《荀子·天论》:“寒暑未薄而疾。”

(7)彊村本《尊前集》:“帘幕”作“重幕”。

(8)谢家池阁:豪华的宅院,指女主人公的住处。谢氏为南朝望族,住处多有池阁之胜,后来“谢家池阁”便成为一个代称。韦庄《归国遥》:“日落谢家池阁。”张泌《寄人》:“别梦依依到谢家,小廊回合曲阑斜。多情只有春庭月,犹为离人照落花。”彊村本《金奁集》:“惆怅”作“怊怅”,“谢家池”作“谢池家”。

(9)红烛背:背向红烛;或言以物遮住红烛,使光线不直射向人。

(10)彊村本《尊前集》:“绣帘”作“绣帏”。

集说

胡震亨《唐音癸签》:李德裕镇浙日,悼亡妓谢秋娘,用隋炀所作《望江南》调撰《谢秋娘曲》。

集评

(1)张惠言《词选》:此三首亦《菩萨蛮》之意。“惊塞雁”三句,言欢戚不同,下“梦长君不知”也。

(2)胡仔《苕溪渔隐丛话》:庭筠工于造语,极为绮靡,《花间集》可见矣。

(3)李冰若《花间集评注》卷一引尤侗评:飞卿《玉楼春》《更漏子》,最为擅长之作。

(4)陈廷焯《白雨斋词话》:此言苦者自苦,乐者自乐。

(5)陈廷焯《词则·大雅集》卷一:思君之词,托于弃妇,以自写哀怨,品最工,味最厚。

（6）俞陛云《唐五代两宋词选释》：《更漏子》四首，与《菩萨蛮》词同意。“梦长君不知”即《菩萨蛮》之“心事竟谁知”“此情谁得知”也。前半词意以鸟为喻，即引起后半之意。塞雁、城乌，俱为惊起，而画屏上之鹧鸪，仍漠然无知，犹帘垂烛背，耐尽凄凉，而君不知也。

（7）王国维《人间词话》：“画屏金鹧鸪”，飞卿语也，其词品似之。“弦上黄莺语”，端己语也，其词品亦似之。

（8）李冰若《栩庄漫记》：全词意境尚佳，惜“画屏金鹧鸪”一句强植其间，文理均因而扞格矣。

（9）俞平伯《唐宋词选释》：“塞雁”“城乌”是真的鸟，屏上的“金鹧鸪”却是画的，意想极妙。……“谢家池阁”，字面似从谢灵运《登池上楼》诗来，词意盖为“谢娘家”，指女子所居。韦庄《浣溪沙》：“小楼高阁谢娘家”，这里不过省去一“娘”字而已。

（10）夏承焘《唐宋词欣赏》：这一首是描写相思的词。上片开头三句是说，在深夜里听到遥远的地方传来的漏声，这声音好像柳丝那样长，春雨那样细。由此可知，已经是夜深人静的时候了。同时也点出人的失眠，因为只有夜深失眠的人，才会听见这又远、又细、又长的声响。下面“惊塞雁”三句是说：这漏声虽细，却能惊起边疆关塞上的雁儿和城墙上的乌鸦，而只有屏风上画的金鹧鸪却不惊不起，无动于衷。事实上细长的漏声是不会惊起“塞雁”与“城乌”的，这是作者极写不眠者的心情不安，感觉特别灵敏。……鹧鸪不惊不起，是何道理？这使我们想起温庭筠《菩萨蛮》词中有“双双金鹧鸪”之句，由此可以悟这首词写金鹧鸪不惊不起，是由于它成双成对、无忧无愁。这样写的目的，正是反衬人的孤独。……下片结句点明“惆怅”的原因，也很隐微曲折。一首四十多字的小令，而写来这样婉约、含蓄，这正是温庭筠小令的特有风格。

（11）华钟彦《花间集注》卷一：按：塞雁、城乌，对文。此言漏声迢递，非但感人，即征塞之雁，闻之则惊；宿城之乌，闻之则起，其不为感动者，惟画屏上之金鹧鸪耳。以真鸟与假鸟对比，衬出胸中难言之痛，此法惟飞卿能之。

（12）吴世昌《词林新话》卷二：飞卿《更漏子》写暮春景色。柳絮已飘尽，无絮可飘，不可咏絮，故曰：“惆怅谢家池阁”，正用咏絮故事，当然要说

“谢家”，亦兼叹春色已尽。“谢家池阁”，或注为谢娘家，添入一“娘”字，把道韫之大家闺秀改成倡家之通称，岂不唐突古人？ ……此词关键全在下片。 由末句说明上片之“塞雁”“城乌”，皆梦中所见，因而惊醒，则其人仍独宿于金鹧鸪之画屏前。 下片写醒后情景，点出帘幕中所卧者乃谢家姑娘(以专名作为共用名)。“红烛背，绣帘垂”二句，正小山“酒醒帘幕低垂”一语所本。 凡此皆文人代怨女作怀人之词也。 而张惠言《词选》评上片末三句曰“三句言欢戚不同。”亦峰亦曰：“此言苦者自苦，乐者自乐。”两说皆非真不知所云，试问谁欢谁戚，谁苦谁乐？

疏解

此词写思妇于春雨之夜的孤单和愁苦之思恋。

上片写室外之景。 开首三句写春雨绵绵洒在柳条上，思妇听到花丛外的雨滴声，误以为是房中计时的漏声。 她因对恋人的思念萦系在心而心绪不宁。 四、五、六句写她的想象：边塞大雁、城头乌鸦甚至是屏风上的金鹧鸪都会闻声而惊起。

下片写思妇居室。 一至三句，言炉香即将燃尽，香雾渐渐消散，香气已经很淡，给寂寞的“谢家池阁”添了物是人非之感。“红烛背”三句，写思妇在孤寐的夜晚，以为吹熄红烛，放下帐帷，进入梦乡，才不会愁心萦绕，然而进入了梦乡，与所思之人相会，“梦长君不知”，却发出一声轻轻的怨叹。

更漏子・星斗稀

星斗[1]稀，钟鼓[2]歇。帘外晓莺残月。兰露[3]重，柳风[4]斜，满庭堆落花。　　虚阁[5]上，倚阑望，还是去年惆怅[6]。春欲暮，思无穷，旧欢如梦中。

校注

(1)星斗：泛指天上星星。《晋书》："驰章献号，高盖成阴，星斗呈祥，金陵表庆。"李白《宿清溪主人》："夜到清溪宿，主人碧岩里。檐楹挂星斗，枕席响风水。"

(2)钟鼓：钟和鼓，古代击以报时之器。唐代长安城中设有钟鼓楼，以钟鼓报时告知百官和民众时间。鼓响，城门关闭，实行宵禁；钟鸣，城门开启，万户活动。杜甫《院中晚晴怀西郭茅舍》："复有楼台衔暮景，不劳钟鼓报新晴。"

(3)兰露：兰木花上露水已重。武元衡《甫构西亭偶题因呈监军及幕中诸公》："暗香兰露滴，空翠蕙楼深。"

(4)柳风：春风。

(5)虚阁：空阁，凉亭。

(6)《花间集》卷一、彊村本《金奁集》《花庵词选》《花草粹编》："还是"作"还似"。彊村本《金奁集》："惆怅"作"怊怅"。

集评

(1)张惠言《词选》："兰露重"三句，与"塞雁""城乌"义同。

(2)汤显祖评《花间集》:“帘外晓莺残月”,妙矣。而“杨柳岸,晓风残月”更过之。宋诗远不及唐,而词不多让,其故殆不可解。

(3)陈廷焯《白雨斋词话》:“兰露重,柳风斜,满庭堆落花”,此又言盛者自盛,衰者自衰,亦即上章苦乐之意。颠倒言之,纯是风人章法,特改换面目,人自不觉耳。

(4)俞陛云《唐五代两宋词选释》:此首总结四首。……下阕追忆去年已在惆怅之时,则此日旧欢回首,更迢遥若梦矣。

疏解

此词写女子晨起后登阁望远,因思念情人而思绪万千。

上片前三句,言拂晓时月残星稀,报时的钟鼓之声已经停歇,唯闻晓莺啼月,以景抒情,衬托女子的孤单寂寞。四至六句,言露重风斜、落花满院,点明时令为暮春。

下片写女子登阁,倚栏远眺,想排解一下心情。然而,这不仅不能纾解愁情,去年别离时的惆怅依旧袭来,她感觉到春天就要过去,春情也将消逝,一时生出无穷无尽的思念。往日的欢乐,似乎还在梦中。

更漏子·玉炉香(1)

玉炉香(2)，红蜡(3)泪，偏照画堂秋思(4)。眉翠(5)薄，鬓云残，夜长衾枕寒(6)。　　梧桐树，三更雨(7)，不道离愁正苦(8)。一叶叶，一声声，空阶滴到明(9)。

校注

(1)《尊前集》：刻为冯延巳作。沈际飞《草堂诗余》卷一：题作《秋思》。

(2)彊村本《尊前集》、四印斋本《阳春集》："炉香"作"炉烟"。

(3)彊村本《尊前集》、四印斋本《阳春集》："红蜡"作"红烛"。

(4)秋思：此处指悲秋。宋玉《九辩》："悲哉秋之为气也！萧瑟兮草木摇落而变衰。憭栗兮若在远行，登山临水兮送将归。"张籍《秋思》："洛阳城里见秋风，欲作家书意万重。复恐匆匆说不尽，行人临发又开封。"

(5)四印斋本《阳春集》："眉翠"作"翠眉"。

(6)"夜长"句：《妙选草堂诗余》前集卷下：《长恨歌》："翡翠衾寒谁与共。"四印斋本《阳春集》："夜长"作"夜来"。

(7)"梧桐"二句：《妙选草堂诗余》前集卷下：《长恨歌》："秋雨梧桐叶落时。"

(8)四印斋本《阳春集》："愁正苦"作"情最苦"。《花间集》、彊村本《金奁集》《尊前集》《苕溪渔隐丛话》《花庵词选》："离愁"作"离情"。《尊前集》："正苦"作"最苦"。

(9)"空阶"句：在空空的阶石上，三更之雨一直滴到天亮。何逊《临行与故游夜别》:“历稔共追随，一旦辞群匹。复如东注水，未有西归日。夜雨滴空阶，晓灯暗离室。相悲各罢酒，何时同促膝?”《妙选草堂诗余》前集卷下:《诗选》:“夜雨滴空阶。”

集说

许昂霄《词综偶评》:《更漏子·玉炉香》以上三首，与后毛文锡作，皆言夜景，略及清晨，想亦缘调所赋耳。

集评

(1)胡仔《苕溪渔隐丛话》:庭筠工于造语，极为绮靡,《花间集》可见矣。《更漏子》一词尤佳。

(2)卓人月《古今词统》徐士俊评:“夜雨滴空阶”，五字不为少;“梧桐树”，此二十三字不为多。

(3)沈际飞《草堂诗余》正集卷一:子野句“深院锁黄昏，阵阵芭蕉雨”，似足该括此首，第睹此始见其妙。

(4)李廷机《草堂诗余评林》:前以夜阑为思，后以夜雨为思，善能体出秋夜之思者。

(5)谭献《谭评词辨》卷一:似直下语，正从“夜长”逗出，亦书家“无垂不缩”之法。

(6)谢章铤《赌棋山庄词话》卷八:“梧桐树，三更雨，不道离情正苦。一叶叶，一声声，空阶滴到明。”语弥淡，情弥苦，非奇丽为佳者矣。

(7)陈廷焯《云韶集》卷一:遣词凄艳，是飞卿本色。结三句开北宋先声。

(8)陈廷焯《白雨斋词话》卷一:不知“梧桐树”数语，用笔较快，而意味无上二章之厚。

(9)陈廷焯《词则·大雅集》:后半阕无一字不妙，沉郁不及上二章，而凄警特绝。

(10)李冰若《栩庄漫记》：飞卿此词，自是集中之冠，寻常情景，写来凄婉动人，全由秋思离情为其骨干。宋人“枕前泪共窗前雨，隔个窗儿滴到明”，本此而转成淡薄。温词如此凄丽有情致不为设色所累者，寥寥可数也。温韦并称，赖有此耳。

(12)唐圭璋《唐宋词简释》：此首写离情，浓淡相间，上片浓丽，下片疏淡。通篇自昼至夜，自夜至晓，其境弥幽，其情弥苦。上片，起三句写境，次三句写人。画堂之内，惟有炉香、蜡泪相对，何等凄寂。迨至夜长衾寒之时，更愁损矣。眉薄鬓残，可见辗转反侧、思极无眠之况。下片，承夜长来，单写梧桐夜雨，一气直下，语浅情深。宋人句云：“枕前泪共阶前雨，隔个窗儿滴到明。”从此脱胎，然无上文之浓丽相配，故不如此词之深厚。

(13)俞平伯《唐宋词选释》：后半首写得很直，而一夜无眠却终未说破，依然含蓄；谭意或者如此罢。

疏解

此词吟咏了女子思念情人之事。

上片开首三句言，玉炉香袅，红烛滴泪，烛光照在思妇的脸上。由于寂寞孤苦加上无人欣赏，女子不愿梳妆打扮，故言“眉翠薄，鬓云残，夜长衾枕寒”。

下片转到室外，秋夜三更，冷雨滴在梧桐树上。这离情之苦是无人可解的，呼应了上片的“秋思”。然而“雨”也好，“梧桐”也好，都无法纾解女子心中的痛苦，她只好以整夜不眠，故下接“一叶叶，一声声，空阶滴到明”。

梦江南(1)·梳洗罢

梳洗罢,独倚望江楼(2)。过尽千帆(3)皆不是,斜晖(4)脉脉水悠悠。肠断白蘋(5)洲。

校注

(1)梦江南：又名《望江南》《忆江南》，原唐教坊曲名，后用为词牌。段安节《乐府杂录》："《望江南》始自朱崖李太尉(德裕)镇浙日，为亡妓谢秋娘所撰。"《金奁集》入南吕宫。小令，单调，二十七字，三平。彊村本《金奁集》：列南吕宫。

(2)独倚：独自倚靠。望江楼：楼名，因临江而得名。(按：此望江楼，当即因临江所建之楼，非薛涛流寓成都时的望江楼。)

(3)千帆：许多帆船。帆，船上使用风力的布篷，又为船的代名词。刘禹锡《酬乐天扬州初逢席上见赠》："沉舟侧畔千帆过，病树前头万木春。"

(4)斜晖：日落前的余晖。晖，阳光。

(5)白蘋：水中浮蘋，色白故称。古时男女常采蘋花赠别。柳宗元《酬曹侍御过象县见寄》："春风无限潇湘意，欲采蘋花不自由。"

集评

(1)汤显祖评《花间集》："朝朝江上望，错认几人船。"同一结想。

(2)沈际飞《草堂诗余》别集：痴迷、摇荡、惊悸、惑溺，尽此二十余字。

(3)谭献《复堂词话》：犹是盛唐绝句。

(4)陈廷焯《白雨斋词评》：绝不著力，而款款深深……是亦谪仙才也。吾安得不服古人？

(5)俞陛云《唐五代两宋词选释》："千帆"二句窈窕善怀，如江文通之"黯然销魂"也。

(6)夏承焘《唐宋词欣赏》：这"过尽千帆皆不是"一句，一方面写眼前的事实，另一方面也有寓意，含有"天下人何限，慊慊只为汝"的意思，说明她爱情的坚贞专一。清代谭献的"红杏枝头侬与汝，千花百草从渠许"词句和这意思也相近。

疏解

此为闺怨词，言思妇于楼头，望恋人不归。开头二句"梳洗罢，独倚望江楼"，写思妇正要迎接久别的恋人归来，因心情激动而赶紧梳妆打扮，到江边的望江楼独倚等候。

第三句转折，思妇似乎十分失望："过尽千帆皆不是。"已经有无数的船只过去了，每过一只船，她都要站起来迎望，可每次都是因失望而重新倚靠在江楼的栏杆上。

望人不至，十分惆怅，她只好抬头看看西天的夕阳，原来"斜晖脉脉"；低下头看看江水，水也"悠悠"。斜晖、江水的"脉脉""悠悠"正是思妇心中急盼的反映。她一直等不到恋人的归来，最后只望着白蘋洲而伤心断肠。

无名氏 | 一首

后庭宴·千里故乡

千里故乡，十年华屋[(1)]，乱魂飞过屏山簇[(2)]。眼重眉褪不胜春[(3)]，菱花知我销香玉[(4)]。　双双燕子归来，应解笑人幽独。断歌零舞，遗恨清江曲[(5)]。万树绿低迷，一庭红扑簌[(6)]。

校注

(1) 华屋：华美的屋宇。《战国策》："见说赵王于华屋之下。"《史记·平原君虞卿列传》："歃血于华屋之下。"《史记·滑稽列传》："楚庄王之时，有所爱马，衣以文绣，置之华屋之下，席以露床，啖以枣脯。"

(2) 屏山簇：床前曲折如重山叠嶂的屏风。

(3) "眼重"句：年纪大了，眼皮下垂，眉毛脱落、稀疏。眼重，眼袋。眉褪，眉毛脱落，变得淡且稀疏。

(4) "菱花"句：用镜子照脸，见香玉一般的脸容已经消瘦。菱花，镜子的别称。古代以铜为镜，映日则发光影如菱花，故名菱花镜。《埤雅·释草》："旧说镜谓之菱花，以其面平，光影所成如此。"庾信《镜赋》："照日则壁上菱生。"杨凌《明妃怨》："匣中纵有菱花镜，羞对单于照旧颜。"香玉，原指美玉，此处比喻美女。

（5）清江曲：清江水流之拐弯处。曲，弯曲处。

（6）扑簌：纷纷下落貌。此句言绿树上的红花轻轻坠落，整个庭院满地都是红花。刘叉《雪车》："小小细细如尘间，轻轻缓缓成扑簌。"

集说

（1）杨慎《词品》卷一：唐人作也。本无题，后人名曰《后庭宴》。

（2）陈岩肖《庚溪诗话》：宋宣和中，掘地得石刻唐词，调名《后庭宴》。

疏解

上片一、二句："千里故乡，十年华屋"，表达了女子对故乡的深切怀念。她远离故乡，独自漂泊，常年如此，十分痛苦。第三句"乱魂飞过屏山簇"，言乱魂飞越床前曲折的屏风，然与情人会合仍十分困难。屏山簇拥丛叠，则暗示返乡途中有千山万水以及在"故乡"或"华屋"中有种种难以忘怀的往事。四、五两句又回到眼前，极力渲染思乡之苦。她照照镜子，发现眼皮下垂，所谓"眼重"，感叹佳人易老，然而无心梳妆打扮，故即使眉毛疏淡也不画。"菱花"，指铜镜。如李白《代美人愁镜》："狂风吹却妾心断，玉箸并堕菱花前。"然而，她之"不胜春"，除了伤叹年华，也因为未能返乡一见华屋，而至于"销香玉"。

下片一、二句："双双燕子归来，应解笑人幽独。"因燕子双飞而反衬"幽独"。接着"断歌零舞，遗恨清江曲"，又从现在回到过去。"清江曲"似指故乡。往昔华屋中"断歌零舞"的情景，则在对故乡的无穷思念中涌现脑际。其感叹时光流逝、人事蹉跎，往日的种种欢乐，犹如场场春梦，转瞬即逝，唯余惆怅的回忆。末二句又回到眼前：绿叶成阴，万树低迷，却遍地残红无数，好一幅凋零的暮春景象！

南唐中主（李璟）| 三首

李璟传文

《南唐书·元宗本纪》：

元宗明道崇德文宣孝皇帝，名璟，字伯玉，烈祖长子。母曰宋皇后。初名景通，风度高秀……累进诸卫大将军。烈祖为齐王，立为王太子，固让。昇元初，烈祖受禅，封吴王，徙齐王。四年八月，立为皇太子，复固让曰："前世以嫡庶不明，故早建元良，示之定分。如臣兄弟友爱，尚何待此？"烈祖为下诏，称其"守廉退之风，师忠贞之节。有子如此，予复何忧？"赦殊死以下。臣民奉笺齐王，如太子礼。七年二月，烈祖病疽……人皆莫知。庚午，疾亟。太医吴廷绍密遣人告帝。帝驰入宫，侍疾于东阁。是夕，烈祖崩，秘不发丧，而下诏命帝监国，大赦。颁赉有差。丙子，始宣遗诏。

浣溪沙·风压轻云贴水飞(1)

风压轻云贴水飞。乍晴池馆燕争泥(2)。沈郎多病不胜衣(3)。

沙上未闻鸿雁信(4)，竹间时有鹧鸪啼(5)。此情惟有落花知。

校注

(1)《花草粹编》卷二：题《春恨》。沈际飞《草堂诗余》卷一：题《春晴》。（注：或作《春恨》。）刻为苏东坡作。浣溪沙：唐代教坊曲名，后用为词牌。分平仄两体，双调，上片三句全用韵，下片末二句用韵。

(2)“风压”二句：《妙选草堂诗余》前集卷下：李尧夫《燕》诗：“江上飞高雨乍晴。”轻云，原指轻薄飘浮的白云，此处比喻柳絮。贴水，紧紧贴近水面上。乍晴，雨后初晴。乍，初，刚。池馆，池苑馆阁，此处指池沼。谢朓《游后园赋》：“惠气湛兮帷殿肃，清阴起兮池馆凉。”孟云卿《邺城怀古》：“永怀故池馆，数子连章句。逸兴驱山河，雄词变云雾。”燕争泥，燕子趁着天晴衔泥筑巢。

(3)“沈郎”句：言自己如沈约多病，体弱消瘦，连衣服都似乎变得太大、太重，无法承受。沈郎多病，沈郎即沈约，字休文，南朝诗人。沈约晚年体弱，消瘦，腰细，有“沈腰”之称。《南史·沈约传》：“百日数旬，革带常应移孔。”后遂以“沈腰”作为多病的代称。不胜衣，形容消瘦无力，连衣服都难以承受。胜，承受。

(4)“沙上”句：《妙选草堂诗余》前集卷下：欧阳公诗：“惊起暮天沙上雁。”沙上，沙渚、沙滩之上。鸿雁信，古人有鸿雁传书的说法。据《汉书·苏武传》记载，汉武帝命苏武出使匈奴，被匈奴扣留，流放北海（今俄罗斯贝加尔湖一带）十九年。昭帝即位，匈奴与汉和亲，汉请求匈奴归还苏武。

匈奴诈言苏武已死。汉使者哄言:“天子射上林中,得雁,足有系帛书,言武等在某泽中。”匈奴单于大惊,使苏武归汉。鸿雁传书或雁足传书的典故出此。

(5)“竹间”句:沈际飞《草堂诗余》卷一:“时有”作“时听”。(注:一作“时有”,误。)《妙选草堂诗余》前集卷下:李诗:“苦竹南枝鹧鸪啼。”(按:李白《山鹧鸪词》:“苦竹岭头秋月辉,苦竹南枝鹧鸪啼。”)鹧鸪啼,鹧鸪的叫声嘶哑,听起来像“行不得也哥哥”,极容易勾起旅人对旅途艰险的联想和满腔的离愁别绪,所以,鹧鸪也就成了哀怨的象征。李白《越中览古》:“宫女如花满春殿,只今惟有鹧鸪飞。”李商隐《桂林路中作》:“欲成西北望,又见鹧鸪飞。”张籍《湘江曲》:“送人发,送人归,白蘋茫茫鹧鸪飞。”

集评

(1)沈际飞《草堂诗余》正集:首句化腐为新。

(2)黄苏《蓼园词评》:首尾自喻。“燕争泥”,喻别人得意;“沈郎”,自比;“未闻鸿雁”,无佳信息也;“鹧鸪啼”,声凄切也。通首婉恻。

疏解

上片一、二句写景,言因风压,柳絮像薄薄的云彩,贴着水面轻轻地飞;而燕子正在初晴的池沼边上衔泥筑巢。柳絮飘拂,燕子争泥,正是一派典型的春日景象。三句却是“沈郎多病不胜衣”,作者自比如沈郎般腰围渐小。是什么让他如此瘦弱不堪?原来不是生病,而是一直在等待的远方来鸿未能按时将书信寄到。

下片首句即言“沙上未闻鸿雁信”,他在沙洲上翘首远望,却只听到鹧鸪在竹林里啼鸣。末云“此情惟有落花知”,落花本无知觉,他将心中久待的情愫移入,落花便成了知音。

此词掇拾多种自然意象进入词境:风压、轻云贴水、池馆、飞燕争泥、沙洲、竹林、鹧鸪啼鸣、落花缤纷，只有“沈郎”与“鸿雁”两个典故，虽是景语，却多白描。 小令如此最为得体。

山花子·菡萏香销翠叶残[(1)]

菡萏[(2)]香销翠叶残,西风愁起绿波[(3)]间。还与韶光[(4)]共憔悴,不堪看。　　细雨梦回鸡塞[(5)]远,小楼吹彻玉笙寒。多少泪珠何限恨[(6)],倚阑干[(7)]。

校注

(1)《南唐二主词校订》:调名作《摊破浣溪沙》。 彊村本《尊前集》:刻为李后主作。《花庵词选》卷一:刻为李后主作,调名《浣溪沙》。 沈际飞《草堂诗余》卷一:题作《秋思》,刻为李后主作。 山花子:词牌名。 本为唐教坊曲,后用为词牌。 此调在五代时为杂言《浣溪沙》之别名,即在《浣溪沙》的上下段中各增添三个字的结句,故又名《摊破浣溪沙》或《添字浣溪沙》。 亦有径称《浣溪沙》者,见敦煌曲子词。 又因南唐李璟词“细雨梦回”两句颇为著名,故又称《南唐浣溪沙》。 双调,四十八字,平韵。 敦煌曲子词中的一首押仄韵。

(2)菡萏:荷花的别称。《尔雅·释草》:“荷,芙渠,其华菡萏。”《诗·陈风·泽陂》:“彼泽之陂,有蒲菡萏。”李渔《闲情偶寄》:“菡萏花开鸳并立,梧桐树上凤双栖。”

(3)《南唐书·王感化传》:“绿波”作“碧波”。

(4)《宣和书谱》《宣和画谱》《南唐书·王感化传》:“韶光”作“容光”。韶光:美好的时光,多指美丽的春光。 梁简文帝《与慧琰法师书》:“五翳消空,韶光表节。”王勃《梓州郪县兜率寺浮图碑》:“每至韶光照野,爽霭晴遥。”秦韬玉《对花诗》:“长与韶光暗有期,可怜蜂蝶却先知。”冯延巳《鹊踏枝》："烦恼韶光能几许？ 肠断魂销，看却春还去。"

(5)《宣和书谱》《宣和画谱》《南唐书·王感化传》："鸡塞远"作"清漏永"。 鸡塞：鸡鹿塞，古塞名，汉时筑城塞于此。 后亦泛指西北少数民族地区，亦省作"鸡鹿""鸡塞"。 班固《封燕然山铭》："遂凌高阙，下鸡鹿。"李商隐《寄太原卢司空三十韵》："鸡塞谁生事，狼烟不暂停。"

(6)《宣和书谱》《宣和画谱》《南唐书·王感化传》："多少泪珠何限恨"作"簌簌泪珠多少恨"。《南唐二主词》："何限恨"作"无限恨"。

(7)《南唐书·王感化传》："倚阑干"作"寄阑干"。

集说

(1)胡仔《苕溪渔隐丛话》前集引《雪浪斋日记》：荆公问山谷云："作小词曾看李后主词否？"云："曾看。"荆公云："何处最好？"山谷以"一江春水向东流"为对。 荆公云："未若'细雨梦回鸡塞远，小楼吹彻玉笙寒。'又'细雨湿流光'最好。"

(2)马令《南唐书·冯延巳传》：元宗乐府词云："小楼吹彻玉笙寒"，延巳有"风乍起，吹皱一池春水"之句，皆为警策。 元宗尝戏延巳曰："'吹皱一池春水'，干卿何事？"延巳曰："未如陛下'小楼吹彻玉笙寒'。"元宗悦。

(3)吴任臣《十国春秋》：王感化，建州人。 善讴歌，声韵悠扬，清振林木。 ……元宗常作《浣溪沙》词二阕，手写赐感化，"菡萏香销翠叶残"与"手卷珠帘上玉钩"是也。 后主即位，感化以其词札上，后主感动，优赏之。

(4)陈振孙《直斋书录解题》：卷首四阕，《应天长》《望远行》各一，《浣溪沙》二，中主所作。 重光尝书之。 墨迹在盱江晁氏。

(5)郑方坤《五代诗话》引《十国春秋》：杨花飞者，保大初居乐部。 元宗初嗣位，春秋鼎盛，留心内宠。 宴私、击鞠，略无虚日。 常乘醉命花飞奏《水调》词进酒。 花飞唯歌"南朝天子爱风流"一句，如是者数四。 元宗悟，覆杯大怿，厚赐金帛，以旌敢言，且曰："使孙、陈二主得此一语，固不当有衔璧之辱也。”

(6)阮阅《诗话总龟》:朱觑仕江南,为县令,甚疏逸,有诗云:“好是晚来香雨里,担簦亲送绮罗人。”李璟闻之,处以闲曹。又有僧庭实献诗云:“吟中双鬓白,笑里一生贫。”璟曰:“诗以言志,终是寒薄。”以束帛遣之。

集评

(1)沈际飞《草堂诗余》正集:少游“指冷玉笙寒,吹彻小梅春透”,翻入春词,不相上下。

(2)贺裳《皱水轩词筌》:然细看词意,含蓄尚多。

(3)许昂霄《词综偶评》:“细雨”二句合看,乃愈见其妙。

(4)王世贞《艺苑卮言》:《花间》伤促碎,至南唐李王父子而妙矣。“‘风乍起,吹皱一池萍水’,关卿何事?”与“未若陛下‘小楼吹彻玉笙寒’”,此语不可闻邻国,然是词林本色佳话。

(5)陈廷焯《白雨斋词话》卷一:南唐中主《山花子》云:“还与韶光共憔悴,不堪看。”沉之至,郁之至,凄然欲绝。后主虽善言情,卒不能出其右也。

(6)黄苏《蓼园词评》:“细雨梦回”二句,意兴清幽,自系名句。结末“倚阑干”三字,亦有说不尽之意。

(7)王闿运《湘绮楼词选》:选声配色,恰是词语。

(8)王国维《人间词话》:南唐中主词“菡萏香销翠叶残,西风愁起绿波间”,大有众芳芜秽、美人迟暮之感。乃古今独赏其“细雨梦回鸡塞远,小楼吹彻玉笙寒”,故知解人正不易得。

(9)吴梅《词学通论》:中宗诸作,自以《山花子》二首为最,盖赐乐部王感化者也。此词之佳,在于沉郁。夫菡萏销翠,西风愁起,与韶光无涉也。而在伤心人见之,则夏景繁盛,亦易摧残,与春光同此憔悴耳。故一则曰“不堪看”,一则曰“何限恨”。其顿挫空灵处,全在情景融洽。不事雕琢,凄然欲绝。至“细雨”“小楼”二语,为“西风愁起”之点染语。炼词虽工,非一篇中之至胜处。而世人竟赏此二语,亦可谓不善读者矣。

疏解

此《山花子》，自南唐乐部王感化至吴梅，人多欣赏“细雨”二句。其实“菡萏香销翠叶残，西风愁起绿波间”，始是“至情”文字。“菡萏”，至美之芙蓉，微风吹拂，在波间摇漾，美妙如少妇披着彩裙，含羞点头。如此美丽、令人爱怜的荷花，在李璟心中，竟是“愁起绿波”，原来已经到了“翠叶”残时。李璟移情入景，点明了残荷与“韶光共憔悴”。此时，人与残荷已经合二为一，是花也是人了，故云“不堪看”。陈廷焯《白雨斋词话》云：“‘还与韶光共憔悴，不堪看。’沉之至，郁之至，凄然欲绝。后主虽善言情，卒不能出其右也。”当指这几句。

过片言他已于卧室入眠，忽然想起北方边事正紧，后周南侵，虽“鸡塞远”，却令人不安；即使称臣，也未必保得住南唐江山。“小楼吹彻玉笙寒”，正是李璟借暂时的行乐以排解心中的烦扰情绪。然写一“寒”字，正说明其心中的不自在，所以乐部杨花飞歌“南朝天子爱风流”以提醒李璟。李璟即“悟，覆杯大怿，厚赐金帛，以旌敢言，且曰：‘使孙、陈二主得此一语，固不当有衔璧之辱也。’”心怀郁结，只好靠在阑干上流泪了。

山花子·手卷真珠上玉钩[1]

手卷真珠上玉钩[2],依前春恨锁重楼[3]。风里落花谁是主[4],思悠悠[5]。　　青鸟[6]不传云外信,丁香[7]空结雨中愁。回首渌波三峡暮[8],接天流。

校注

(1)《妙选草堂诗余》前集卷下:题作《春恨》,调名《浣溪沙》。沈际飞《草堂诗余》卷一:题作《春恨》,刻李璟作,调名《摊破浣溪沙》。管效先《南唐二主全集》:调名作《摊破浣溪沙》。

(2)《花庵词选》卷一、沈际飞《草堂诗余》卷一:“真珠”作“珠帘”。《妙选草堂诗余》前集卷下:(“手卷”句)李白诗:“真珠高卷对帘钩。”(按:李白无“真珠高卷对帘钩”句。)杜甫《月》:“风帘自上钩。”此指以珍珠编织之帘,或为帘之美称。《西京杂记》:“昭阳殿织珠为帘,风至则鸣,如珩佩之声。”玉钩,帘钩的美称。

(3)彊村本《尊前集》:“重楼”作“眉头”。

(4)《妙选草堂诗余》前集卷下:(“风里”句)陈谢贞诗:“风定花犹落。”(按:沈括《梦溪笔谈》云,古人诗有“风定花犹落”之句,以谓无人能对。王安石对以“鸟鸣山更幽”。“鸟鸣山更幽”本王籍诗,原为“蝉噪林愈静,鸟鸣山更幽”,上下句只有一意。“风定花犹落,鸟鸣山更幽”,上句静中有动,下句动中有静,可谓青出于蓝。)

(5)悠悠:形容忧思不尽。

(6)青鸟:据《妙选草堂诗余》前集卷下记载,汉武帝好神仙,乃筑灵台，设祭西王母。感得王母将仙桃下至汉宫。王母欲下，先有青鸟一双，御书报帝。帝与王母相见。后王母升云驾雾而去。胡曾诗："青鸟西沉陇树秋。"青鸟在传说中曾为西王母传递消息给汉武帝，这里指带信的人。《史记·司马相如列传》："幸有三足鸟为之使。"（注：三足鸟即青鸟，主要为西王母取食。）（按：《山海经》载，青鸟共有三只："三青鸟赤首黑目，一名曰大鵹，一名少鵹，一名曰青鸟。"）陶潜《读〈山海经〉·其五》云："翩翩三青鸟，毛色奇可怜。朝为王母使，暮归三危山。我欲因此鸟，具向王母言：在世无所须，惟酒与长年。"传说西王母驾临之前，总有青鸟先来传书报信。

（7）丁香：此处诗人用以象征愁心。

（8）《妙选草堂诗余》前集卷下：杜："词源倒流三峡水。"（按：杜甫《醉歌行》："词源倒倾三峡水。"常用来形容写文章者才华横溢。）三峡为瞿塘峡、巫峡、西陵峡。

集说

胡仔《苕溪渔隐丛话》：元宗即嗣主李璟，尝作此二词，《古今词话》乃以为后主作，非也。

集评

（1）阮阅《诗话总龟》引《翰苑名谈》：李璟作诗……如"青鸟不传云外信，丁香空结雨中愁"……然思清句雅可爱。

（2）沈际飞《草堂诗余》正集卷一：落花一事而用意各别，亦妙。

（3）黄苏《蓼园词评》：按"手卷真珠"，似可旷日舒怀矣，谁知依然"恨锁重楼"，所以恨者何也？见落花无主，不觉心共悠悠耳。且远信不来，幽愁空结。第见三峡波接天流，此恨何能自已乎！清和婉转，词旨秀颖。然以帝王为之，则非治世之音矣。

（4）王方俊《唐宋词赏析》：全词情景融为一体，气象雄伟，意境深沉委婉，留有余韵，可称词中之神品，不为过誉。

疏解

此为伤春、春恨之词。

上片感念落花无主，点明春恨为何而产生。开头写他于“重楼”内十分孤寂，故“手卷真珠上玉钩”，拟往重楼外望去。然重楼外的景物并不能让他舒心，却是“依然春恨”。此处明确“春恨”，当有无限伤心、烦扰之情事，故用一“锁”字，可知其心灵之桎梏。三、四句以落花无主自比：“风里落花谁是主，思悠悠。”

下片进一步渲染其思念纷扰难解。“青鸟不传云外信，丁香空结雨中愁”，点出了“春恨”的缘由。青鸟为西王母的信使，不为传信，春恨十分沉重。“丁香”固结难解，喻己之烦忧郁结不散。李义山《代赠》云：“芭蕉不展丁香结，同向春风各自愁。”“丁香空结”，那就不仅是同芭蕉“同愁”，而是孤独地在“雨中愁”。末二句以景结情：绿波三峡，接天涌流，又是在黄昏日暮之时，以景物暗示愁思。但是，“春恨”指什么？乐部杨花飞尝连唱“南朝天子爱风流”，不仅大臣已经感受到北方后周的威胁，连乐部之人都能感受得到了，所以李璟忧心如焚。

南唐后主（李煜）｜七首

一、李煜传文

《南唐书·后主本纪》：

后主名煜，字重光，元宗第六子，初名从嘉。母曰光穆皇后钟氏。从嘉广颡丰颊骈齿，一目重瞳子。文献太子恶其有奇表，从嘉避祸，惟覃思经籍。历封安定郡王、郑王。文献太子卒，徙吴王，以尚书令知政事，居东宫。

建隆二年，遂立为太子。元宗南巡，太子留金陵监国，以严续、殷崇义辅之，张洎主笺奏。六月，元宗殂，太子嗣立于金陵，更名煜。居丧哀毁，几不胜。赦境内，尊钟后曰圣尊后，以后父名太章也。立妃周氏为国后，徙信王景逷为江王，邓王从善为韩王，立弟从镒为邓王，从谦为宜春王，从信为文阳郡公，从度为昭平郡公。从度，景迁子也。令诸司四品至九品无职事者，日二员待制于内殿。以右仆射严续为司空平章事，余进位有差。遣中书侍郎冯延鲁于京师，奉表陈袭位。太祖赐诏答之，自是始降诏。秋九月，太祖遣鞍辔库使梁义来吊祭。冬十月，太祖遣枢密承旨王文来贺袭位。初，元宗虽臣于周，惟去帝号，他犹用王者礼。至是，国主始易紫袍，见使者，使退如初服。十二月，置龙翔军，以教水战。……

乙亥岁，春二月壬戌，王师拔金陵关城。三月丁巳，吴越攻我常州，权知州事禹万诚以城降，诛神卫都指挥使皇甫继勋。彗出五车，色白，长五尺。夏六月，转见西方，犯太微，六十日灭。王师及吴越围润州，留后刘澄以城降。吴越遂会王师，围金陵。洪州节度使朱令赟帅胜兵十五万赴难，旌旗战舰甚盛，编木为筏，长百余丈，大舰容千人，令赟所乘舰尤大，拥甲士，建大将旗鼓，将断采石浮桥。至皖口，与王师遇，倾火油焚北船，适北风反焰自焚，我军大溃……外援既绝，金陵益危蹙。王师百道攻城，昼夜不休，城中米斗万钱，人病足弱，死者相枕藉。国主两遣徐铉等厚贡方物，求缓兵守祭祀，皆不报。冬十一月，白虹贯天，昼晦。乙丑，城陷，将军呙彦、马承信，及弟承俊帅壮士数百，力战而死。勤政殿学士钟蒨朝服坐于家，乱兵至，举族就死不去。光政使、右内史侍郎陈乔请死，不许，自缢死。国主帅司空、知左右内史事殷崇义等肉袒降于军门。明年正月辛未，至京师。乙亥，授右千牛卫上将军，封违命侯。太宗即位，加特进，改封陇西公。太平兴国三年七月辛卯殂，年四十二。是日，七夕也，后主盖以是日生。赠太师，追封吴王，葬洛阳北邙山。

二、李煜评价

(1)徐铉《大宋左千牛卫上将军追封吴王陇公墓志铭(并序)》:王以世嫡嗣服，以古道驭民。钦若彝伦，率循先志。奉蒸尝，恭色养，必以孝；宾大臣，事耆老，必以礼。居处服御必以节，言动施舍必以时。至于荷全济之恩，谨藩国之度，勤修九贡，府无虚月；祗奉百役，知无不为。十五年间，天眷弥渥。……精究六经，旁综百氏。常以周孔之道，不可暂离，经国化民，发号施令，造次于是，始终不渝。酷好文辞，多所述作。一游一豫，必颂宣尼。载笑载言，不忘经义。洞晓音律，精别雅郑；穷先王制作之意，审风俗淳薄之原。为文谕之，以续《乐记》。所著文集三十卷，杂说百篇。味其文，知其道矣。至于弧矢之善，笔札之工，天纵多能，必造精绝。本以恻隐之性，仍好竺乾之教。草木不杀，禽鱼咸遂。赏人之善，常若不及；掩人之过，惟恐其闻。以至法不胜奸，威不克爱。以厌兵之俗，当用武之世。孔明罕应变之略，不成近功；偃王躬仁义之行，终于亡国。道有所在，复何愧欤?

(2)郑文宝《江表志》:后主天性纯孝，孜孜儒学，虚怀接下，宾对大臣，倾奉中国，惟恐不及。但以著述，勤于政事，至于书画皆尽精妙。然颇耽竺乾之教，果于自信，所以奸邪得计，排斥忠谠，土地日削，贡举不充。越人肆谋，遂于敌国。

(3)**陆游《南唐书》**:后主天资纯孝。……专以爱民为急，蠲赋息役，以裕民力。尊事中原，不惮卑屈，境内赖以少安者十有五年。……然酷好浮屠，崇塔庙，度僧尼，不可胜算。

(4)**龙衮《江南录》**:后主自少俊迈，喜肄儒学，工诗，能属文，晓悟音律。姿仪风雅，举止儒措，宛若士人。

(5)**陈彭年《江南别录》**:(后主煜)幼而好古，为文有汉魏风。

(6)**欧阳修《新五代史》**:煜性骄侈，好声色，又喜浮图，为高谈，不恤政事。

(7)**王世贞《艺苑卮言》**:花间犹伤促碎，至南唐李王父子而妙矣。

(8)**胡应麟《诗薮》**:后主目重瞳子，乐府为宋人一代开山。盖温、韦虽藻丽，而气颇伤促，意不胜辞。至此君方为当行作家，清便宛转，词家王、孟。

(9)**余怀《玉琴斋词》**:李重光风流才子，误作人主，致有入宋牵机之恨。其所作之词，一字一珠，非他家所能及也。

(10)**纳兰性德《渌水亭杂识》**:花间之词如古玉器，贵重而不适用。宋词适用而少质重。李后主兼有其美，更饶烟水迷离之致。

(11)**沈谦《填词杂说》**:男中李后主，女中李易安，极是当行本色。

(12)**郭麐《灵芬馆诗集》**:作个才子真绝代，可怜薄命作君王。

(13)**周济《介存斋论词杂著》**:李后主词，如生马驹，不受控捉。毛嫱、西施，天下美妇人也，严妆佳，淡妆亦佳，粗服乱头，不掩国色。飞卿，严妆也。端己，淡妆也。后主，则粗服乱头矣。

(14)**陈廷焯《白雨斋词话》**:后主词思路凄婉，词场本色，不及飞卿之厚，自胜牛松卿辈。

(15)**王鹏运《半塘老人遗稿》**:莲峰居士词，超逸绝伦，虚灵在骨。芝兰空谷，未足比其芳华；笙鹤瑶天，讵能方兹清怨？后起之秀，格调气韵之间，或月日至，得十一于千百。若小晏，若徽庙，其殆庶几。断代南流，嗣音阒然，盖间气所钟，以谓词中之帝，当之无愧色矣。

(16)**冯煦《蒿庵论词》**:词至南唐，二主作于上，正中和于下，诣微造极，得未曾有。宋初诸家，靡不祖述二主。

(17)王国维《人间词话》:主观之诗人，不必多阅世，阅世愈浅，则性情愈真，李后主是也。……尼采谓:“一切文字，余爱以血书者。”后主之词，真所谓以血书者也。宋道君皇帝《燕山亭》词亦略似之。然道君不过自道身世之戚，后主则俨有释迦、基督担荷人类罪恶之意，其大小固不同矣。

(18)叶嘉莹《唐宋名家词赏析》:李后主的词是他对生活的敏锐而真切的体验，无论是享乐的欢愉，还是悲哀的痛苦，他都全身心地投入其间。我们有的人活过一生，既没有好好地体会过快乐，也没有好好地体验过悲哀，因为他从来没有以全部的心灵感情投注入某一件事，这是人生的遗憾。

临江仙·樱桃落尽春归去

樱桃[1]落尽春归去，蝶翻金粉[2]双飞。子规[3]啼月小楼西，玉钩罗幕，惆怅暮烟垂。　别巷[4]寂寥人散后，望残烟草低迷[5]。炉香闲袅凤凰儿[6]，空持罗带，回首恨依依。

校注

(1)樱桃：初夏时结果实，古代有帝王以樱桃献宗庙的传统。《礼记·月令》："仲夏之月，天子以含桃(樱桃)先荐寝庙。"(按：这是李煜在汴梁城中悼伤亡国之作。他原本贵为帝王，每年初夏即以樱桃荐奠寝庙，如今已不再是了，故于"樱桃落尽"之时，感怀而作此。)

(2)金粉：原为铅粉，妇女晨起梳妆打扮时，取其涂脸，略施粉黛，是为淡妆。此处借指蝴蝶翅膀。

(3)子规：杜鹃鸟之别称。传说杜鹃鸟为古蜀国望帝杜宇的魂魄所化，经常于夜间啼叫，令人生悲，故古人有"杜鹃啼血"之说。白居易《琵琶行》："其间旦暮闻何物？杜鹃啼血猿哀鸣。"李商隐《锦瑟》："庄生晓梦迷蝴蝶，望帝春心托杜鹃。"胡曾《咏史诗·成都》："杜宇曾为蜀帝王，化禽飞去旧城荒。年年来叫桃花月，似向春风诉国亡。"

(4)别巷：大街分出的支巷，有"分离""分开""分出"之义。《书·禹贡》："岷山导江，东别为沱。"

(5)《古今词统》《古今词话》《历代诗余》："低迷"作"凄迷"。低迷：草色模糊不清。

(6)"炉香"句：雕镌有凤凰图案的香炉里，缓慢地升起。闲袅，形容细长柔软的东西随风轻轻摆动，这里指香烟缭绕悠闲而缓慢上升的样子。 凤凰儿，绣有凤凰花饰的丝织品，这里指饰有凤凰图形或制成凤凰形状的香炉。

集评

陈鹄《耆旧续闻》：蔡绦作《西清诗话》，载江南李后主《临江仙》云："围城中书，其尾不全。"以余考之，殆不然。 余家藏李后主《七佛戒经》及杂书二本，皆作梵叶，中有《临江仙》，涂注数字，未尝不全，其后则书李太白诗数章，似平日学书也。 本江南中书舍人王克正家物，后归陈魏公孙世功君懋。 余陈氏婿也。 其词云："樱桃落尽……"后有苏子由题云："凄凉怨慕，真亡国之音也。"

疏解

此词写作者被俘入汴的伤怀。

上片一、二句以"樱桃落尽"和"蝶粉双飞"点明时令在春末夏初。 三句"子规啼月小楼西"，点明时间已经是夜半之后。"樱桃落尽"，难祭宗庙；"子规啼月"，暗示失国。 四、五句转写室内，但见玉钩罗幕、炉烟轻垂。

下片开头写他眺望室外，但支巷中再没有行人，郊野残烟，野草低迷，比卧室更加寂寥，一种寂寞无助之情油然而生。 外面无人可以依赖，他的目光又转至室内，而室内亦"寂寥"，唯有炉里"闲袅"的香烟陪伴着自己。 自己被囚禁，能怎么样呢？ 只有下意识地拿着罗带，回首往事，除了遗恨，还剩下什么呢？ 这是一首充满"归为臣虏"后的无奈、无助、无以言怀的痛苦的词。

虞美人·春花秋月何时了(1)

春花秋月何时了(2)，往事知多少，小楼昨夜又东风(3)，故国不堪回首月明中(4)。　雕栏玉砌应犹在(5)，只是朱颜改。问君能有(6)几多愁，恰似(7)一江春水向东流。

校注

(1)沈际飞《草堂诗余》、谢朝征《白香词谱笺》：题作《感旧》。彊村本《尊前集》调名下注：中吕调。虞美人原为唐教坊曲，初咏项羽宠姬虞美人，因以为名，又名《一江春冰》《玉壶冰》《巫山十二峰》等，双调，五十六字，上下片各四句，皆为两仄韵转两平韵。谢朝征《白香词谱笺》卷一："《虞美人》，又名《虞美人令》《玉壶冰》《忆柳曲》《一江春水》。双调，五十六字，前后段各四句，两仄韵两平韵。"

(2)"春花"句：问天，这春花秋月、岁月轮回，何时是尽头？彊村本《尊前集》《花庵词选》："秋月"作"秋叶"。了，了结，完结。

(3)马令《南唐书》："小楼"作"小园"。《妙选草堂诗余》后集卷下：("小楼"句)《月令》："东风解冻。"

(4)马令《南唐书》："回首"作"翘首"。《妙选草堂诗余》后集卷下：("故国"句)"夜深潇洒月明中。"

(5)砌：垒石，以泥灰黏合；台阶。《战国策·魏策》："砌以青玉。"雕栏玉砌：这里指远在金陵的南唐故宫。彊村本《尊前集》："应犹"作"依然"。

(6)彊村本《尊前集》："问君能有"作"不知都有"。沈际飞《草堂诗余》卷三："问君能有"作"问君却有"。(注：作"能"，又作"都"，误。)

《花庵词选》卷一："能有"作"还有"。《花草粹编》卷六、《妙选草堂诗余》后集卷下："能有"作"都有"。君，作者自谓。

(7)彊村本《尊前集》："恰似"作"恰是"。

集说

(1)沈括《梦溪笔谈》卷二：江南府库中书画至多。……诸书画中时有李后主题跋，然未尝题书画人姓名，唯钟隐画皆后主亲笔题"钟隐笔"三字。后主善画，尤工翎毛。或言凡言"钟隐笔"者皆后主自画，后主尝自号钟山隐士，故晦其名，谓之钟隐，非姓钟人也。

(2)王铚《默记》卷上：徐铉归朝，为左散骑常侍，迁给事中。太宗一日问："曾见李煜否？"铉对以："臣安敢私见之。"上曰："卿第往，但言朕令卿往相见可矣。"铉遂径往其居。望门下马，但一老卒守门。徐言："愿见太尉。"卒言："有旨不得与人接，岂可见也？"铉云："我乃奉旨来见。"老卒往报。徐入，立庭下久之。老卒遂入，取旧椅子相对。铉遥见，谓卒曰："但正衙一椅足矣。"顷间，李主纱帽道服而出。铉方拜，而李主遽下阶，引其手以上。铉告辞宾主之礼，主曰："今日岂有此礼！"徐引椅少偏，乃敢坐。后主相持大哭。乃坐，默不言。忽长吁叹曰："当时悔杀了潘佑、李平。"铉既去，有旨召对，询："后主何言？"铉不敢隐，遂有秦王赐牵机药之事。牵机药者，服之前却数十回，头足相就，如牵机状也。又，后主在赐第，因七夕命故妓作乐，声闻于外。太宗闻之大怒。又传"小楼昨夜又东风"及"一江春水向东流"之句，并坐之，遂被祸云。

(3)周亮工《因树屋书影》：南唐李后主以七月七日生，亦以七月七日死。吴越王俶以八月二十四日生，亦以八月二十四日死。两王生死相同如此。海盐姚叔祥云："后主以'故国不堪回首'句及徐铉所探语，赐牵机药死。忠懿荷礼最优，宜无他。顾两王皆以生辰死者，盖衔忌未消，各借生辰赐酒，阴毙之耳。

集评

（1）龙衮《江南录》：李国主小周后随后主归朝，封郑国夫人，例随命妇入宫。每一入辄数日而出，必大泣，骂后主，声闻于外，后主多宛转避之。

（2）陈师道《后山诗话》：王游，平甫之子，尝云："今语例袭陈言，但能转移耳！"世称秦词"愁如海"为新奇，不知李国主已云："问君能有几多愁，恰似一江春水向东流。"但以"江"为"海"耳。

（3）马令《南唐书》：后主乐府词云："故国梦初归，觉来双泪垂。"又云："小园昨夜又西风，故国不堪翘首月明中"，皆思故国者也。

（4）王楙《野客丛书》：《后山诗话》载王平甫子游谓秦少游"愁如海"之句，出于江南李后主"问君还有几多愁，恰似一江春水向东流"之意。仆谓李后主之意，又有所自。乐天诗曰："欲识愁多少？高于滟滪堆。"刘禹锡诗曰："蜀江春水拍山流，水流无限似侬愁。"得非祖此乎？则知好处前人皆已道过，后人但翻用之耳。

（5）王世贞《艺苑卮言》："归来休放烛花红，待踏马蹄清夜月"，致语也。"问君能有几多愁，恰似一江春水向东流"，情语也。后主直是词手。

（6）毛先舒《南唐拾遗记》：词女紫竹爱缀词。一日，手《李后主集》，其父问曰："后主词中何处最佳？"答曰："问君能有几多愁，恰似一江春水向东流。"

（7）陆游《避暑漫钞》：李煜归朝后，郁郁不乐，见于词语。在赐第七夕，命故妓作乐，声闻于外，太宗怒。又传"小楼昨夜又东风"，并坐之，遂被祸。

（8）谭献《谭评词辨》：后主之词足当太白诗篇，高奇无匹。

（9）郑方坤《五代诗话》引《蓉槎蠡说》：司马君问刘禅："颇思蜀否？"应："此间乐，不思蜀。"及再问云云，曰："何乃似郤正语？"禅惊视："诚如尊命。"人笑禅骏，不知禅黠。"小楼一夜又东风"，歌声未毕，牵机随至。即善谀如降王，长亦不免。宋祖且然，何况司马。

（10）王世禛《花草蒙拾》：钟隐入汴后，"春花秋月"诸词，与"此中日夕，只以眼泪洗面”一帖，同是千古情种。较长城公煞是可怜。

(11)吴梅《词学通论》：余尝谓二主词，中主能哀而不伤，后主则近于伤矣。然其用赋体，不用比兴，后人亦无能学者也。此二主之异处也。

(12)任中敏《词曲通义》：此首表示五代词中有白描一体，与温氏之作以精丽胜者，截然不同。但意境远大，辞虽清而含蓄愈甚，与温氏一派，同为词中至境。

疏解

“春花秋月”的美好，原应是人之所望，而李煜偏偏希望“春花秋月”早点结束。这种有异于寻常人的思绪，是由俘虏生活的痛苦引起的。因为“春花秋月”会激起他对南唐故国的深沉怀思。此词作于归宋之后，是李煜的“绝命词”。

上片一句问美好的自然光景何时结束，二句回忆帝王生活的“往事”。三、四句因“春风”而联想到故都金陵宫内的小楼：“小楼昨夜又东风。”他想到江南的“明月”，然而“故国不堪回首月明中”。

下片具体到宫廷的“雕栏玉砌”。离开时间不算长，宫中的一切，大约依然在，而自己和所有被俘的妃嫔、宫女，朱颜已改。末二句回应开首，仍以问句出之，问自然景象，此处“问君”者，却是自问：能有多少愁？下接比喻句：“一江春水向东流。”

以水喻愁，不从李煜始。李白《金陵酒肆留别》云：“请君试问东流水，别意与之谁短长。”李白又有《宣州谢朓楼饯别校书叔云》：“抽刀断水水更流，举杯销愁愁更愁。”白居易《长相思》：“汴水流，泗水流，流到瓜洲古渡头，吴山点点愁。”刘禹锡《竹枝词》：“花红易衰似郎意，水流无限似侬愁。”李涉《再宿武关》：“关门不锁寒溪水，一夜潺湲送客愁。”前人之作不胜枚举。后人之作亦有很多，如苏轼《虞美人》：“无情汴水自东流，只载一船离恨、向西洲。”秦观《江城子》：“便作春江都是泪，流不尽，许多愁。”

浪淘沙·帘外雨潺潺[1]

帘外雨潺潺[2]，春意阑珊[3]。罗衾不耐[4]五更寒。梦里不知身是客[5]，一晌贪欢[6]。　　独自莫凭栏，无限江山[7]，别时容易见时难。流水落花归去[8]也，天上人间[9]。

校注

(1)谢朝征《白香词谱笺》卷一："《浪淘沙》，又名《曲入冥》《卖花声》《过龙门》《炼丹砂》，《词谱》作《浪淘沙令》。双调，五十四字，前后段各五句四平韵。"浪淘沙：原为唐教坊曲，又名《浪淘沙令》《卖花声》等。唐人多用七言绝句入曲，南唐李煜始演为长短句，双调，五十四字（宋人有稍加增减者），平韵，此调又由柳永、周邦彦演为《长调浪淘沙慢》，是别格。《花草粹编》卷五：调名下注：一名《卖花声》。沈际飞《草堂诗余》卷一：题作《怀旧》。（注：作《春闺》，非。）

(2)潺潺：形容雨声。柳宗元《雨中赠仙人山贾山人》："寒江夜雨声潺潺，晓云遮尽仙人山。"

(3)阑珊：衰残，将尽。白居易《咏怀》："白发满头归得也，诗情酒兴渐阑珊。"

(4)罗衾：丝绸被子。不耐：受不住，禁不起。（注：耐，轻刑之名。一岁刑为罚作，二岁刑以上为耐。）《苕溪渔隐丛话》前集卷五十九、《花庵词选》卷一、《妙选草堂诗余》前集卷上、《花草粹编》卷五："不耐"作"不暖"。

(5)《花草粹编》卷五："身是客"作"身似客"。

(6)《花庵词选》卷一、《妙选草堂诗余》前集卷上："一晌"作"一饷"。

一晌：片刻。《妙选草堂诗余》前集卷上：（“一晌”句）一晌谓一食之顷。贪欢：贪恋梦境中的欢乐。

(7)“独自”二句：独自一人的时候，不要去靠在高高的栏杆上远眺，那会想起故国的山河。凭栏，靠在栏杆上。崔涂《上巳日永崇里言怀》：“游人过尽衡门掩，独自凭栏到日斜。”《苕溪渔隐丛话》前集卷五十九：“江山”作“关山”。江山，此指南唐的河山。

(8)《苕溪渔隐丛话》前集卷五十九：“归去”作“何处”。《妙选草堂诗余》前集卷上：“归去”作“春去”。

(9)《妙选草堂诗余》前集卷上：（“天上”句）杜诗：“天上秋期近，人间月影清。”白居易《长恨歌》：“天上人间会相见。”

集说

胡仔《苕溪渔隐丛话》引《西清诗话》：南唐李后主归朝后，每怀江国，且念嫔妾散落，郁郁不自聊，尝作长短句云“帘外雨潺潺……”含思凄惋，未几下世。

集评

(1)吴曾《能改斋漫录》卷十六：《颜氏家训》曰：“别易会难，古人所重。江南饯送，下泣言离。北间风俗不屑此，歧路言别，欢笑分首。”李后主长短句盖用此耳。故云：“别时容易会时难。”又云：“别易会难无可奈。”然颜说又本《文选》陆士衡答贾谧诗云：“分索则易，携手实难。”

(2)沈际飞《草堂诗余》正集卷一：“梦觉”语妙，那知半生富贵，醒亦是梦耶？末句，可言不可言，伤哉！

(3)贺裳《皱水轩词筌》：南唐主《浪淘沙》曰：“梦里不知身是客，一晌贪欢。”至宣和帝《燕山亭》词曰：“无据。和梦也有时不做。”其情更惨矣。呜呼！此犹《麦秀》之后，有《黍离》也。

(4)许昂霄《词综偶评》:《浪淘沙》全首语意惨然。

(5)谭献《谭评词辨》:雄奇幽怨,乃兼二难。后起稼轩,稍伧父矣。

(6)王闿运《湘绮楼词选》:高妙超脱,一往情深。

(7)王国维《人间词话》:词至李后主而眼界始大,感慨遂深,遂变伶工之词而为士大夫之词。周介存置之温、韦之下,可谓颠倒黑白矣。"自是人生长恨水长东","流水落花春去也,天上人间"。《金荃》《浣花》,能有此气象耶?

(8)陈锐《裒碧斋词话》:古诗"行行重行行",寻常白话耳。赵宋人诗亦说白话,能有此气骨否?李后主词"帘外雨潺潺",寻常白话耳。金元人词亦说白话,能有此缠绵否?

疏解

此词写故国之思。上片一至三句,写天将明时寒意袭人,他因"不耐五更寒"而醒来,因听见"帘外雨潺潺"而觉得春天将要消逝。不仅是自然之春,人事、国事之"春"也将永远消逝。四、五句,忽觉梦中不知道自己已经是"臣虏",却在贪恋片刻的欢乐,微露些少悔意。

过片三句亦稍做警醒,言独自一个人不要去靠在高高的栏杆上。凭栏则远眺,自汴梁南望,原本的江南有"无限江山",今日却丢在自己的手中。当时"归为臣虏",别得匆匆;如今想回去,拟再见故国,只是空想,故云"别时容易见时难"。是怎样的"难"呢?如流水东逝,如落花漂流,已经消逝了的再也不会回来,如崔颢《七夕词》:"仙裙玉佩空自知,天上人间不相见。"当年他是一国之主,正是"天上";如今成为俘虏,就只能在"人间",境遇完全不同,又如何相见?

此词写亡国之君的绵绵哀思,是一支低沉凄怆、宛转无助的哀歌。

浪淘沙·往事只堪哀

往事只堪哀,对景难排。秋风庭院藓侵阶[1]。一桁[2]珠帘闲不卷,终日谁来[3]?　　金剑[4]已沉埋,壮气蒿莱[5]。晚凉天静[6]月华开。想得玉楼瑶殿影,空照秦淮[7]。

校注

(1)藓侵阶:苔藓上阶,表明很少有人来。藓,苔藓植物的一种,茎和叶都很小,常生长在阴湿地方。

(2)一桁:一列,一挂。《花草粹编》卷五:"一桁"作"一行"。《南唐二主词》:"一桁"作"一任"。《续选草堂诗余》《古今词统》作"一片"。杜牧《十九兄郡楼有宴病不赴》:"燕子嗔重一桁帘。"

(3)"终日"句:一整天有谁来呢?

(4)金剑:古剑的一种。此处借指以武力抗拒宋兵。《刀剑录》:"汉章帝建初八年,铸一金剑投伊水中,压人膝之怪。"《南唐二主词》:"金剑"作"金锁"。《续选草堂诗余》《古今词统》:"金剑"作"金敛"。《古今词统》注:"敛",一作"剑"。(按:应作"剑"。"敛""剑"形似。)

(5)蒿莱:借指野草、杂草。此处用作动词,暗指金剑已经淹没在野草之中。

(6)《南唐二主词》:"天静"作"天净"。

(7)秦淮:秦淮河,长江下游流经金陵(今南京)的一条河流。

集评

(1)沈际飞《草堂诗余》续集：此在汴京念秣陵事作，读不忍竟。

(2)陈廷焯《云韶集》：起五字凄婉，却来得突兀，故妙。凄恻之词而笔力精健，古今词人谁不低首？

(3)俞陛云《唐五代两宋词选释》：藓阶帘静，凄寂等于长门，“金锁”二句有铁锁沉江、王气黯然之慨。回首秦淮，宜其凄咽。唐人《浪淘沙》本七言断句，至后主始制二段，每段尚存七言诗二句，盖因旧曲名而别创新声也。原注谓此词昔已散佚，乃自池州夏氏家藏传播者。

(4)詹安泰《李璟李煜词校注》：这是李煜抒写入宋后怀念南唐的一种哀痛的心情。前后段都先以无比怨愤的声调冲激而出，然后通过具体的生活现象和内心活动来表达当时十分难堪的情况。前段写风景撩人，而珠帘不卷，无谁告语，是日间生活的难堪。后段写天清月白，想起秦淮河畔的楼殿，只有影儿投入河里，一切繁华旧事，都成空花，是夜间生活的难堪。日夜并举，用突出的形象，作高度的概括。

(5)唐圭璋《李后主评传》：他自迁宋都后，自然是事事不得自由。他看不见江南的人物风景，他也挽不回过去的青春。仅仅有自由的梦魂，时时去萦绕他的故国。他的词说：“往事只堪哀”……“无言独上西楼”……可想见他孤独的悲哀。李易安所谓“寻寻觅觅，冷冷清清，凄凄惨惨戚戚”的生活，也正是他的写照。

(6)唐圭璋《唐宋词简释》：此首念秣陵。上片，白昼凄清状况，哀思弥切。起两句，总括全篇。“秋风”一句，补实上句难排之景。秋风袅袅，苔藓满阶，想见荒凉无人之情，与当年“春殿嫔娥鱼贯列”之盛较之，真有天渊之别。“一桁”两句，极致孤独之哀。后主入汴以后之生活，于此可见。换头自叹当年之意气，都已消尽。“晚凉”一句，点月出。“想得”两句，因月生感，怅望无极。月影空照秦淮，画出失国后惨淡景象。

疏解

据“秋风庭院”“晚凉天静”，可知此为李煜在囚汴期间的一个秋夜所作。据《默记》记载，李煜居处有“老卒守门”，他“不得与人接”，故有“终日谁来”的感叹。

在以泪洗面的被囚禁的日子里，他只能回忆。然而回忆往事，想起往昔金陵的帝王生活，他就感到哀痛，面对眼前的秋风秋景，无法排解。故上片以“往事只堪哀”领起。二句即转至眼前的景物，“对景难排”。三至五句言他被囚禁在庭院中，任一列珠帘静静地垂下。秋风落叶，台阶上遍是苔藓，已经没有什么人行走了。

上片着重写眼前之景物，下片则转抒悲凉的心志。过片“金剑已沉埋，壮气蒿莱”，遥想当年，他身为一国之君，执着“金剑”，如今，“金剑已沉埋”，“壮气”也随着国家的灭亡而葬送于野草中。三至五句，面对今夜“晚凉天静月华开”的景色，他想起往日金陵的玉楼瑶殿无人居住，只能在月光下将影子洒在秦淮河畔。“空照”二字，用无穷的感慨、无尽的凄苦呼应首句：“往事只堪哀。”

清平乐[1]·别来春半

别来春半[2]，触目柔肠断。砌下落梅如雪乱[3]，拂了一身还满[4]。　　雁来音信无凭[5]，路遥归梦难成。离恨恰如[6]春草，更行更远还生[7]。

校注

(1)清平乐：原唐教坊曲名，后用为词牌名。调名取用汉乐府“清乐”“平乐”两乐调命名，双调，四十六字，八句，上片四仄韵，下片三平韵。

(2)“别来”句：金陵城破，作者被俘至汴，春已过半。春半，春天已过一半。柳宗元《柳州二日》：“宦情羁思共凄凄，春半如秋意转迷。”

(3)“砌下”句：台阶下飘落的白梅花犹如雪片纷飞。砌下，台阶下。砌，台阶。

(4)“拂了”句：刚把满身的落梅拂去，梅花又落了满身。

(5)“雁来”句：鸿雁虽然来了，书信却没有传来。古代有凭借雁足传递书信的故事。《汉书·苏武传》：“言天子射上林中，得雁，足有系帛书。”故见雁就联想到了所思之人的音信。无凭，没有凭证，这里指没有书信。

(6)恰如：正像，《全唐诗》《古今词统》作“却如”，毛本《尊前集》中作“怯如”。

(7)更行更远：指行程越远。更，越。还生：还是生得很多。还，仍然，还是。

集评

（1）俞平伯《唐宋词选释》：梦的成否原不在乎路的远近，却说路远以致归梦难成，语婉而意悲。

（2）俞平伯《诗词偶得》：于愁则喻春水，于恨则喻春草，颇似重复，而“恰似一江春水向东流”，以长句一气直下，“更行更远还生”，以短语一波三折，句法之变换，直与春水春草之姿态韵味融成一片，外体物情，内抒心象，岂独妙肖，谓之入神也。虽同一无尽，而千里长江，滔滔一往，绵绵芳草，寸接天涯，其所以无尽则不同尽也。词情调情之吻合，词之至者也。

疏解

此《清平乐》为李煜于春色中触景生情，抒发对故国的无尽的思念之作。

上片首句一“别”字，可知为自金陵故国被俘至汴。二句“触目”，可知为触景而增愁。三、四句承“触目”：“砌下落梅如雪乱，拂了一身还满。”这里的“乱”字，不仅指“落梅”之乱，也指心中之乱。

过片二句，言翘首望天，天却不应，唯有一行大雁掠过。大雁是否带来了江南的消息呢？“无凭。”他能不能回去探看呢？囚虏如何能够离开！故想起“路遥”，即使是多次梦中回归，他实际上也难以成行，此所谓“路遥归梦难成”。末二句点明“离恨”，那是离别江南故国之恨。“离恨”有多少？用一个比喻：离恨恰如“春草”，无穷无尽。即使他沿着南方一直往回走，也只能“更行更远还生”。

相见欢[1]·林花谢了春红

林花谢了春红[2]，太匆匆。无奈朝来寒雨[3]晚来风。　胭脂泪[4]，相留醉[5]，几时重[6]？自是[7]人生长恨水长东。

校注

（1）相见欢：该调仿于唐，正名《相见欢》，又名《忆真妃》。又因为此调中有“上西楼”“秋月”等句，故又名《上西楼》《西楼子》《秋夜月》《乌夜啼》《锦堂春》。此调有多种格体，俱为双调，三十六字，前片三平韵，后片两平韵，过片处错叶两仄韵。旧谱分作六言、三言两句，不尽适合。

（2）春红：春天的花朵。

（3）《南唐二主词》：“无奈”作“长恨”。（注：旧抄本作“常恨”，《全唐诗》作“无奈”。）“寒雨”，《全唐诗》作“寒重”。

（4）胭脂泪：原指女子的眼泪。女子脸上搽有胭脂，泪水流经脸颊时沾上胭脂的红色，故云。在这里，胭脂是指林花被雨淋后的鲜艳颜色，指代美丽的花。

（5）相留醉：《全唐诗》同，《南唐二主全集》作“留人醉”，意为令人陶醉。留，遗留，给以。醉，心醉。

（6）几时重：何时再度相会。

（7）自是：从此。或解为“自然是”“必然是”，非。

集评

（1）谭献《谭评词辨》：前半阕濡染大笔。

(2)俞陛云《唐五代两宋词选释》：后主为樊若水所卖，举国与人。词借伤春为喻，恨风雨之摧花，犹逆臣之误国，迨魁柄一失，如水之东流，安能挽沧海尾闾，复鼓回澜之力耶！

(3)俞平伯《读词偶得》：此词全用杜诗“林花著雨燕支湿”，却分作两片，可悟点化成句之法。上片只三韵耳，而一韵一折，犹书家所谓“无垂不缩”，特后主气度雄肆，虽骨子里笔笔在转换，而行之以浑然元气。谭献曰“濡染大笔”，殆谓此也。首叙，次断，三句溯其经过因由，花开花谢，朝朝暮暮，风风雨雨，片片丝丝，包孕甚广。试以散文译之，非恰好三小段而何？下片三短句一气读。忽入人事，似与上片断了脉络。细按之，不然。盖“春红”二字已远为“胭脂”作根，而匆匆风雨，又处处关合“泪”字。春红着雨，非胭脂泪欤，心理学者所谓联想也。结句转为重大之笔，与“一江春水”意同，因此特沉着。后主之词，兼有阳刚阴柔之美。

(4)唐圭璋《唐宋词简释》：此首伤别，从惜花写起。“太匆匆”三字，极传惊叹之神。“无奈”句，又转怨恨之情，说出林花所以速谢之故。朝是雨打，晚是风吹，花何以堪，人何以堪。说花即说人，语固双关也。“无奈”二字，且见无力护花，无计回天之意。一片珍惜怜爱之情，跃然纸上。下片，点明人事，以花落之易，触及人别离之易。花不得重上故枝，人亦不易重逢也。“几时重”三字轻顿。“自是”句重落。以水之必然长东，喻人之必然长恨，语最深刻。“自是”二字，尤能揭出人生苦闷之义蕴，与“此外不堪行”“肠断更无疑”诸语，皆重笔收束，沉哀入骨。

疏解

开首写春日树林里的红花，语序似乎应该为“林花春红谢了”，春花都已经凋谢，暗寓个人的、家国的“春天”也已经凋落了。紧接言“太匆匆”。他觉得实在是凋谢得太快了。李煜当然想挽留住“林花”，希望它不要匆匆凋谢。但是，这是自然法则，亦是人类社会的法则，弱肉强食，自古如此。老杜《曲江对雨》云：“林花著雨燕支湿，水荇牵风翠带长。”李商隐《即日》：“一岁林花即日休，江间亭下怅淹留。”后主分明从老杜和义山诗中的

“林花”脱化而来，“林花”又受“朝来寒雨”和“晚来风”的摧残，更令人十分“无奈”。

过片三个三字句：“胭脂泪，相留醉，几时重？”字面上看，是对过去帝王生活的留恋，也是对亡国的沉痛反思，是借宫廷生活的消失表明一切都无法再来了。末句“长恨”“长东”，两“长”相叠，与上片“朝来”“晚来”相呼应，使音节达到“和鸣”的效果。

相见欢·无言独上西楼

无言独上西楼,月如钩。寂寞梧桐深院锁清秋(1)。　　剪不断,理还乱,是离愁,别是一般(2)滋味在心头。

校注

(1)锁清秋：被秋色深深地笼罩。清秋，深秋，或言明净之秋日。殷仲文《南州桓公九井作》："独有清秋日。"李白《忆秦娥》："乐游原上清秋节，咸阳古道音尘绝。"杜甫《宿府》："清秋幕府井梧寒，独宿江城蜡炬残。"李贺《马诗》(其五)："何当金络脑，快走踏清秋。"刘长卿《石梁湖有寄》："潇潇清秋暮，袅袅凉风发。"

(2)一般：一种。

集评

(1)沈际飞《草堂诗余》续集：七情所至，浅尝者说破，深尝者说不破。破之浅，不破之深。"别是"句妙。

(2)茅暎《词的》：绝无皇帝气。可人！可人！

(3)王闿运《湘绮楼词选》：词之妙处，亦别是一般滋味。

(4)陈廷焯《词则》：哀感顽艳。妙，只说不出。

(5)陈廷焯《云韶集》：凄凉况味，欲言难言，滴滴是泪。

(6)俞陛云《唐五代两宋词选释》：后阕仅十八字，而肠回心倒，一片凄异之音，伤心人固别有怀抱。

(7)刘永济《词论》：纯作情语，比托情景中为难工也。此类佳者，如李后主“剪不断，理还乱，是离愁，别是一般滋味在心头”。

(8)刘永济《唐五代两宋词简析》：后首上半阕言所处之寂寞。下半阕满腹离怨，无语可以形容，故朴直说出。“别是”句，尤为沉痛。盖亡国君之滋味，实尽人世悲苦之滋味无可与比者。故曰“别是一般”。此二首表面似春、秋闺怨之词，因不敢明抒己情，而托之闺人离思也。

(9)俞平伯《唐宋词选释》：虽上片写景，下片抒情，凄凉的气氛，却融会全篇。如起笔“无言独上西楼”一句，已摄尽凄惋的神情。“别是一番滋味”，也是离愁。剪不断，理还乱，还可形状，但却说不出，是更深一层的写法。

(10)唐圭璋《唐宋词简释》：此词写别愁，凄婉已极。“无言独上西楼”一句，叙事直起，画出后主愁容。其下两句，画出后主所处之愁境。举头见新月如钩，低头见桐阴深锁，俯仰之间，万感萦怀矣。此片写景亦妙，惟其桐阴深黑，新月乃愈显明媚也。下片，因景抒情。换头三句，深刻无匹，使有千丝万缕之离愁，亦未必不可剪，不可理，此言“剪不断，理还乱”，则离愁之纷繁可知。所谓“别是一般滋味”，是无人尝过之滋味，惟有自家领略也。后主以南朝天子，而为北地幽囚；其所受之痛苦，所尝之滋味，自与常人不同，心头所交集者，不知是悔是恨，欲说则无从说起，且亦无人可说，故但云“别是一般滋味”。

疏解

此词上片写景，景中有情；下片抒情，情中有景，情景交融。

上片一句“无言独上西楼”，写自己默默走上了西边的楼阁。“无言独上”，有一“我”在也。二句抬眼望天，但见“月如钩”。三句再移目看看庭院，庭中唯有月光笼罩着寂寞的梧桐树。

下片写离愁，先以乱丝作为暗喻，“剪不断，理还乱”，然后才点出“是离愁”。末云这种“离愁”没人能够体会到，故将“别是一般滋味”隐藏于心头。

除了情景交融，此词之“声”与“情”亦合而为一。上片三平之后，下片以“断”“乱”二仄紧随其后，再接二平，全词形成平仄平的波浪形的曲折结构。从音节上看，三音节、六音节与九音节交叉穿插，亦富有节奏感。

韦端己（韦庄）｜四首

韦庄传文

《十国春秋·韦庄传》：

韦庄字端己，杜陵人，唐臣见素之后也。曾祖少微，宣宗中书舍人。庄疏旷，不拘小节。幼能诗，以艳语见长。应举时，遇黄巢犯阙，著《秦妇吟》云："内库烧为锦绣灰，天街踏尽公卿骨。"人称为"《秦妇吟》秀才"。

乾宁□年，登进士第，为判官，晋秩左补阙。高祖为西川节度副使，昭宗命庄与李洵宣谕两川，遂留蜀，同冯涓并掌书记，文不加点，而语多称情。时有县令扰民者，庄为高祖草牒曰："正当凋瘵之秋，好安凋瘵；勿使疮痍之后，复作疮痍。"时以为口实。寻擢起居舍人。

天复间，高祖遣庄进贡，亦修好于梁王全忠，谈言微中，颇得全忠心，随使押牙王殷报聘。昭宗既遇弑，全忠遣告哀使司马卿宣谕蜀土。……

明年，高祖立行台于蜀，承制封拜，以庄为安抚副使。未几，梁篡唐改元。……进左散骑常侍，判中书门下事。凡开国制度号令，刑政礼乐，皆由庄所定。顷之，梁复通好高祖，推高祖为兄。庄得书笑曰："此神尧骄李密之意也。"其机敏多此类。

累官至门下侍郎、吏部尚书、同平章事。武成三年，卒于花林坊，葬白沙之阳。是岁，庄日诵杜甫"白沙翠竹江村暮，相送柴门月色新"之诗，吟讽不辍，人以为诗谶焉。……有集二十卷，笺表一卷，《蜀程记》一卷，又有《浣花集》五卷，乃庄弟蔼所编，以所居即杜氏草堂旧址，故名。

庄有美姬，善文翰。高祖托以教宫人为词，强夺去。庄作《谒金门》辞忆之。姬闻之不食而死。

庄又常取唐人丽句，勒成《又玄集》。其自序云：“谢玄晖文集盈编，止诵‘澄江’之句；曹子建诗名冠古，惟吟‘清夜’之篇。是知美稼千箱，两歧奚少；繁弦九变，大濩殊稀。入华林而珠树非多，阅众籁而紫箫唯一。所以撷芳林下，拾翠岩边，沙之汰之，始辨辟寒之宝；载雕载琢，方成瑚琏之珍。故知颔下采珠，难求十斛；管中窥豹，但取一斑。思食马留肝，徒云染指；岂烹鱼去乙，或至伤鳞。自惭乎鼹鼠易盈，非嗜其熊蹯独美。然则律者既采，繁者是除，何知黑白之鹅，强识淄渑之水。左太冲十年三赋，未必无瑕；刘穆之一日百函，焉能尽丽？班、张、屈、宋，亦有芜辞；沈、谢、应、刘，犹多累句。虽遗妍可惜，而备载斯难。亦由执斧伐山，止求嘉木；挈瓶赴海，但汲井泉。等同于风月烟花，各是其楂梨橘柚。鱼兔虽存，筌蹄是弃。金盘饮露，惟挹沆瀣之精；花界食珍，仅享醍醐之味。”庄文词甚多，不具录。

菩萨蛮·红楼别夜堪惆怅[1]

红楼别夜堪惆怅[2]，香灯半卷流苏帐[3]。残月出门时，美人和泪辞[4]。　琵琶金翠羽[5]，弦上黄莺语[6]。劝我早归家，绿窗[7]人似花。

校注

（1）彊村本《金奁集》：列中吕宫。

（2）红楼：红色的楼，泛指华美的楼房。此指官宦人家女子的香闺。段成式《酉阳杂俎续集·寺塔记上》："长乐坊安国寺红楼，睿宗在藩时舞榭。"一说红楼犹青楼，妓女所居。堪惆怅：因失意或失望而令人伤感、懊恼。堪，实在令人；或云"那堪"，非。

（3）香灯：女子在闺房以香油燃点之灯。流苏帐：饰有流苏的帷帐。流苏是穗状垂饰物，常饰于车马、帷帐等上。李冰若《花间集评注》引《决疑录要》："流苏者，缉鸟尾垂之若旒然。以其蕊下垂，故曰'苏'。凡龔簾旌旗帐幕及马饰之类，皆饰之以为美观。如张衡赋：'飞流苏之骚杀。'此用五采毛结流苏，以为马饰也。王维诗：'翠羽流苏帐。'此用五采缯结流苏，以为帐饰也。吴均诗：'丹梁翠柱飞流苏。'此则梁树之上，皆悬流苏以为饰也。"徐陵《杂曲》："流苏锦帐挂香囊，织成罗幌隐灯光。"江总《新入姬人应令诗》："新人羽帐挂流苏，故人网户织蜘蛛。"又，《东飞伯劳歌》："银床金屋挂流苏，宝镜玉钗横珊瑚。"

（4）"残月"二句：当黎明之时将要出门离去时，相恋的女子流着眼泪与他辞别。

(5)琵琶：乐器名，见《释名·释乐器》。此类乐器原流行于波斯、阿拉伯等地，汉代传入中国。李冰若《花间集评注》引《隋书·音乐志》：“今曲琵琶，并出自西域，非华夏旧器。”金翠羽：琵琶上用金粉涂饰翠羽制成的饰物。翠羽，翠绿色的羽毛。

(6)“弦上”句：琵琶之声犹如黄莺的宛转啼鸣。

(7)绿窗：绿色的纱窗。

集评

(1)张惠言《词选》：此词盖留蜀后寄意之作。一章言奉使之志，本欲速归。

(2)谭献《谭评词辨》：亦填词中《古诗十九首》，即以读《十九首》心眼读之。

(3)许昂霄《词综偶评》：语意自然，无刻画之痕。

(4)陈廷焯《白雨斋词评》：情词凄艳，柳耆卿之祖。

疏解

此为韦庄于将离洛阳之夜与美人相别之词。红楼为离别地点。

上片首句言，今夜于红楼与所恋之人相别，十分惆怅。二句言离别之夜，室内香灯之光迷漫，流苏帐半卷着。三、四句言，二人缠绵至黎明之时，终须一别。此时他正要出门，正当残月挂在天边，美人流着眼泪辞别。

过片写美人依依不舍：她擎起琵琶弹奏一支别离曲，但见琵琶上的饰物闪闪发光；女子弹出像黄莺一般的美妙乐曲，而乐曲所表达的情愫似乎在说：希望你能早点回来，绿窗内还有如花的美人等着你。言下之意是，若回家太迟，则青春消逝，美人迟暮矣。

菩萨蛮·人人尽说江南好(1)

人人尽说(2)江南好，游人(3)只合江南老。春水碧于天，画船听雨眠(4)。　垆边人似月(5)，皓腕凝霜雪(6)。未老莫还乡，还乡须断肠(7)。

校注

(1)彊村本《尊前集》：刻李白作，注中吕宫。四印斋本《阳春集》：刻冯延巳作。四印斋本《阳春集》注：别作韦庄(作)，又作李白(作)。

(2)彊村本《尊前集》："尽说"作"尽道"。彊村本《金奁集》、四印斋本《阳春集》："尽说"作"说尽"。

(3)游人：这里指漂泊江南的人，为作者自谓。

(4)彊村本《尊前集》："春水"二句，与后"未老"二句互易。四印斋本《阳春集》："听雨眠"作"听雨瞑"。

(5)彊村本《尊前集》："垆边"二句，作"绣屏金屈曲，醉入花丛宿"。垆边，酒家。垆，旧时酒店用土砌成酒瓮卖酒的地方。人似月，江南当垆的女子很美，个个都长得像月里嫦娥。

(6)"皓腕"句：言手腕像霜雪那样洁白。皓腕，洁白的手腕。

(7)四印斋本《阳春集》："未老莫还乡，还乡须断肠"作"此去几时还，绿窗离别难"。彊村本《尊前集》："须"作"空"。须，应，会。

集说

吴幵《优古堂诗话》："春水碧于天，画船听雨眠。"皮日休《松陵集》诗云：“汉水碧于天，荆南廓然秀。”豫章取以作《演雅》云：“江南野水碧于天，中有白鸥闲似我。”

集评

（1）张惠言《词选》：此章述蜀人劝留之辞，即下章云“满楼红袖招”也。中原沸乱，故曰“还乡须断肠”。

（2）许昂霄《词综偶评》：或云江南好处如斯而已耶？然此景此情，生长雍、冀者，实未曾梦见也。

（3）谭献《复堂词话》：强颜作愉快语，怕肠断，肠亦断矣。

（4）陈廷焯《白雨斋词话》：端己《菩萨蛮》：“未老莫还乡，还乡须断肠。”又：“凝恨对斜晖，忆君君不知。”《归国谣》云：“别后只知相忆，泪珠难远寄。”《应天长》云：“夜夜绿窗风雨，断肠君信否。”皆留蜀后思君之辞。时中原鼎沸，欲归不得。端己人品未为高，然其情亦可哀矣。

（5）陈廷焯《白雨斋词评》：一幅春水画图。意中是乡思，笔下却说江南风景好，真是泪溢中肠，无人省得。

疏解

此为韦庄《菩萨蛮》之二，极写江南之好。上片一句即点明：“人人尽说江南好。”白居易《忆江南》：“日出江花红胜火，春来江水绿如蓝。”韦庄客游江南，听许多人说“游人只合江南老”，奉劝其终老江南，不须回到洛阳；不仅因为中原正战乱鼎沸，即使平日，对于诗人来说，居于江南或许更有助于诗情的勃发。三、四句直接对江南景物加以描绘：春水一片碧绿，比天空还明净；我躺在画船上，听听细雨沙沙，看看两岸闲花，真可好眠而不管任何事。

下阕转而写人：酒家女貌美似月里嫦娥，肤白如雪：“垆边人似月，皓腕凝霜雪。”词人写到这里，把江南的美景美人刻画得淋漓尽致，所以回应“游人只合江南老”并作结：“未老莫还乡，还乡须断肠。”

菩萨蛮·如今却忆江南乐

如今却忆江南乐，当时年少春衫薄。骑马倚斜桥，满楼红袖(1)招。　　翠屏金屈曲，醉入花丛宿(2)。此度见花枝(3)，白头誓不归。

校注

(1)红袖：少女，这里指青楼的妓女。南齐王俭《齐白纻》："情发金石媚笙簧，罗袿徐转红袖扬。"梁简文帝《采莲赋》："素腕举，红袖长。"卢纶《宴席赋得姚美人拍筝歌》："微收皓腕缠红袖，深遏朱弦低翠眉。"元稹《遣风》："唤上驿亭还酩酊，两行红袖拂尊罍。"杜牧《书情》："摘莲红袖湿，窥渌翠蛾频。"欧阳炯《南乡子》："红袖女郎相引去，游南浦，笑倚春风相对语。"

(2)彊村本《尊前集》："翠屏"二句，为"人人尽说"一阕后段之起二句。翠屏，镶有翡翠的屏风。金屈曲，屏风上的金属环纽。《辍耕录》："今人家窗户设铰具，或铁或铜，名曰环纽，即古金铺之遗意。北方谓之屈戌，其称甚古。"《名义考》云："门环双曰金铺，单曰屈膝。"（按：屈戌、屈膝、屈曲，皆古今字。）

(3)花枝：比喻女子或钟爱的青楼女。张景修《虞美人》："旁人应笑髯公老，独爱花枝好。"

集评

(1)张惠言《词选》：上云"未老莫还乡"，犹冀老而还乡也。其后朱温篡成，中原愈乱，遂决劝进之志，故曰“如今却忆江南乐”，又曰“白头誓不归”，则此词之作，其在相蜀时乎？

（2）陈廷焯《白雨斋词评》：风流自赏，决绝语正是凄楚。

（3）谭献《谭评词辨》：“如今却忆江南乐”是半面语。后半阕意不尽而语尽。“却忆”“此度”，四字度人金针。

（4）李冰若《栩庄漫记》：端己此二首自是佳词，其妙处如芙蓉出水，自然秀艳。（按：韦曾二度至江南，此或在中和时作，与入蜀后无关。张氏《词选》好为附会，其言不足据也。）

疏解

韦庄初离洛阳，即先到江南。首句言“如今却忆江南乐”，说明其人并不在江南。下片云“此度见花枝，白头誓不归”，可知他也不在洛阳。“不归”即不回到洛阳去。由此可以断定，此词当是他晚年作于蜀地。

上片开头：“如今却忆江南乐”，领起以下三句。“当时”，即往昔年少时初到江南的情景：江南天气暖和，故“春衫薄”；日日骑马过斜桥，但见满楼红袖飘拂。

过片又回到蜀地：蜀地与江南一样，到处是“花丛”。“花丛”喻指妓院，如谢朓《和王主簿季哲怨情诗》：“花丛乱数蝶，风帘入双燕。”或指所恋女子之闺阁，如元稹《杂忆》诗之三：“寒轻夜浅绕回廊，不辨花丛暗辨香。”自己喝醉酒以后就“入花丛”。末二句“此度见花枝，白头誓不归”，写他这一回在“花丛”中见到一位绝色的美人。或许因为惊艳，或者找到“知音”，所以“白头誓不归”，他不愿回到洛阳。事实上，韦庄的确老死蜀地。

菩萨蛮·洛阳城里春光好[1]

洛阳城里春[2]光好，洛阳才子[3]他乡老。柳暗魏王堤[4]，此时心转迷。　　桃花春水渌[5]，水上鸳鸯浴。凝恨对斜晖[6]，忆君君不知[7]。

校注

(1)韦庄《菩萨蛮》共五首，此为第五首。张惠言《词选》未选第四首（“劝君今夜须沉醉”）。

(2)春：一作“风”。

(3)洛阳才子：西汉时洛阳人贾谊，少负才华，人称洛阳才子。此为韦庄自指，他早年寓居洛阳。

(4)魏王堤：洛水流入洛阳城内，过皇城端门，经尚善、旌善两坊之北，南溢为池。唐太宗贞观中赐给魏王李泰，故名魏王池。有堤与洛水相隔，为魏王堤。

(5)《花庵词选》卷一：“渌”作“绿”。渌：水清貌。

(6)凝恨：愁恨聚结。《花庵词选》卷一：“斜晖”作“残晖”。

(7)彊村本《金奁集》：“君不知”作“君不归”。

集说

李冰若《栩庄漫记》：此首以词意按之，似是客居洛阳时作。与前诸首无可联系处，亦无从推断为入蜀暮年之词也。

集评

（1）汤显祖评《花间集》卷一：可怜可怜，使我心恻。

（2）张惠言《词选》：此章致思唐之意。

（3）谭献《谭评词辨》："洛阳才子他乡老"，是至此揭出。项庄舞剑，怨而不怒之义。

（4）陈廷焯《白雨斋词话》卷一：端己《菩萨蛮》四章，惓惓故国之思，而意婉词直，一变飞卿面目，然消息正自相通。余尝谓：后主之视飞卿，合而离者也；端己之视飞卿，离而合者也。

（5）陈廷焯《白雨斋词话》卷六：词有貌不深而意深者，韦端己《菩萨蛮》、冯正中《蝶恋花》是也。

（6）陈廷焯《白雨斋词话》卷八：韦端己《菩萨蛮》四章、辛稼轩《水调歌头》《鹧鸪天》等阕，间有朴实处，而伊郁即寓其中。浅率粗鄙者，不得借口。

（7）俞陛云《唐五代两宋词选释》：故四章致其乡国之思。洛地风景，为唐初以来都城胜处，魏堤柳色，回首依依。结句言"忆君君不知"者，言君门万里，不知羁臣恋主之忱也。

（8）丁寿田等《唐五代四大名家词》：结尾二语，怨而不怒，无限低回，可谓语重心长矣。

（9）唐圭璋《唐宋词简释》：此首忆洛阳之词。身在江南，还乡固不能，即洛阳亦不得去，回忆洛阳之乐，不禁心迷矣。起两句，述人在他乡，回忆洛阳春光之好。……"桃花"两句，又说到眼前景色，使人心恻。末句，对景怀人，朴厚沉郁。

疏解

上片首句追忆早年客居洛阳，春光无限。二句紧接感叹"洛阳才子"将终老于蜀地。从“他乡”二字，可知韦庄一直视洛阳为故乡。三句回忆洛阳魏王堤上的杨柳飘拂。如今魏王堤上或许已经是“柳暗”无人了。当年韦庄或许曾与恋人在魏王堤的杨柳岸上携手同游呢，故第四句云“此时心转迷”。

下片回到现实的蜀地。一、二句言眼前桃花盛开，春水澄澈；鸳鸯成双成对地在水上浴水嬉戏，反衬在蜀老境之孤独及对洛阳年轻时恋人的无穷的思念，故末二句言“凝恨对斜晖，忆君君不知”。此“君”字深刻玩味：应是年轻时洛阳的恋人、那位弹着琵琶和泪与韦庄辞别的女子，她说：“劝我早归家，绿窗人似花。”可是，韦庄“归家”了没有？他最终还是老死蜀地。《栩庄漫记》以为此首“是客洛阳时作”，非也。

牛松卿（牛峤）｜三首

牛峤传文

《十国春秋·牛峤传》：

牛峤字松卿，一字延峰，陇西人也，唐相僧孺之后。博学有文，以歌诗著名。乾符五年登进士第，历官拾遗、补阙、校书郎。高祖以节度使镇西川，辟为判官，及开国，拜给事中，卒。

有集三十卷，歌诗三卷。自言窃慕李贺长歌，举笔辄效之。尤善制小词，《女冠子》云："绣带芙蓉帐，金钗芍药花。"《菩萨蛮》云："山月照山花，梦回灯影斜。"皆峤佳句也。

菩萨蛮·舞裙香暖金泥凤

舞裙香暖金泥凤[1]，画梁语燕惊残梦。门外柳花飞，玉郎[2]犹未归。　　愁匀红粉泪，眉剪春山翠。何处是辽阳[3]？锦屏[4]春昼长。

校注

(1)金泥凤：用金粉涂印的凤凰图案。金泥即泥金，以金粉饰物。孟浩然《宴张记室宅》："玉指调筝柱，金泥饰舞罗。"李存勖《阳台梦》："薄罗衫子金泥凤，困纤腰怯铢衣重。"

(2)玉郎：对青年男子的美称，如元稹《送王十一郎游剡中》："想得玉郎乘画舸，几回明月坠云间。"又为古代女子对丈夫或情人的爱称，如《渔歌子》："雅奴卜，玉郎至，扶下骅骝沉醉。"

(3)辽阳：地名，今属辽宁，这里代指玉郎征戍之地。沈佺期《独不见》："九月寒砧催木叶，十年征戍忆辽阳。"

(4)锦屏：锦绣制作的屏风。李益《长干行》："鸳鸯绿浦上，翡翠锦屏中。"魏承班《玉楼春》："愁倚锦屏低雪面，泪滴绣罗金缕线。"亦指妇女闺阁，如温庭筠《蕃女怨》："年年征战。画楼离恨锦屏空，杏花红。"

集评

(1)张惠言《词选》：《花间集》七首，词意颇杂，盖非一时之作。《词综》

删存二首，章法绝妙。

(2)陈廷焯《云韶集》：通首音节天然合拍，“剪”字妙。

(3)俞陛云《唐五代两宋词选释》：晚唐五代之际，神州云扰，忧时之彦，陆沉其间，既谠论之不容，借俳语以自晦，其心良苦。温飞卿《菩萨蛮》词及《更漏子》乃感士之不遇，兼怀君国。

(4)李冰若《栩庄漫记》：松卿《菩萨蛮》“舞裙香软”一首，词意明晰，层次井然。盖首句形容服饰之丽，次句燕语惊梦，以下由梦醒凝望而见柳花，次联忆远人之未归，因而念及远人所在之地，愈增相思，倍觉春昼之长也。全词流丽动人。而皋文《词选》云：“惊残梦一点，以下纯是梦境”，不知其如何推测为此语也。

(5)唐圭璋《唐宋词简释》：此首，首句形容服饰之盛，次句言燕语惊梦。以下言梦醒凝望，柳花乱飞，遂忆及远人未归。换头，言勉强梳洗，愁终难释。“何处”两句，更念及远人所在之处，愈增相思；相思无已，故倍觉春昼之长。写来声情顿挫，自臻妙境。

疏解

此为女子思念远别丈夫之词。

上片一句，展现女子之美：舞裙香暖，还以金泥凤涂饰。二句急转写她残梦初醒，倚门望归。三、四句写她倚门所见，门外唯有柳花乱飞，一片凄茫，“玉郎犹未归”，十分失望。

过片言女子在空寂的闺阁里梳洗、愁思，一边匀胭脂、抹眉黛，一边流泪。末言，她一直在想：辽阳边地在哪？何时可以到辽阳见见丈夫？然而她只能在春日独守空闺，终日与锦屏为伴。

菩萨蛮·绿云鬓上飞金雀

绿云鬓上飞金雀(1),愁眉敛翠春烟薄。香阁掩芙蓉,画屏山几重。　　窗寒天欲曙,犹结同心苣(2)。啼粉(3)污罗衣,问郎何日归。

校注

(1)飞金雀:金雀钗在头上颤动如飞。雀钗为古时妇女的首饰,即有雀形饰物的钗子。《晋书·元帝纪》:"将拜贵人,有司请市雀钗,帝以烦费不许。"何逊《嘲刘谘议孝绰》:"雀钗横晓鬓,蛾眉艳宿妆。"李贺《贝宫夫人》:"丁丁海女弄金环,雀钗翘揭双翅关。"

(2)同心苣:用苇秆扎成的火炬。《后汉书·皇甫嵩传》:"嵩乃约敕军士,皆束苣乘城。"此处指同一条灯芯上燃起了两朵灯花。又,同心苣常作为图案织于锦缎之上。沈约《少年新婚为之咏》:"锦履并花纹,绣带同心苣。"段成式《嘲飞卿七首》:"愁机懒织同心苣,闷绣先描连理枝。"

(3)啼粉:泪水夹着脂粉流下。

疏解

此为空闺念远之词。

上片开头二句,以发、"眉"描写女主人公的形象,突出她的"愁"。三、四句言她空闺独守,唯对画屏上的芙蓉和重山。

过片言她寂寞难耐，一夜不眠。末言她由“同心苣”而想到远行的丈夫，不禁罗衣泪湿，不知丈夫何时能回。

西溪子[1]·捍拨双盘金凤

捍拨双盘金凤[2]，蝉鬓玉钗摇动。画堂前，人不语，弦解语。弹到昭君[3]怨处。翠蛾愁，不抬头。

校注

(1)西溪子：词牌名。单调，三十三字，八句，四仄韵，一叠韵，两平韵。

(2)"捍拨"句：琵琶捍拨上盘绕着两只金凤凰。捍拨，弹拨乐器上的饰物，用来防护琴身，以免弹拨时磨坏拨触面板。叶廷珪《海录碎事·音乐部》："金捍拨在琵琶面上当弦，或以金涂为饰，所以捍护其拨也。"王建《宫词》："黄金捍拨紫檀槽，弦索初张调更高。"双盘金凤，两只盘绕的金凤凰。

(3)昭君：王昭君。晋代为避司马昭之讳，改称明君。昭君姓王名嫱，汉元帝宫女，后赐给匈奴呼韩邪单于，出塞和亲，临行时令琵琶马上作乐，以慰其道路之思。古乐府辞中有《王昭君》(又名《昭君辞》《昭君叹》)，描写昭君出塞之事。杜甫《咏怀古迹》之三："群山万壑赴荆门，生长明妃尚有村。一去紫台连朔漠，独留青冢向黄昏。画图省识春风面，环佩空归月夜魂。千载琵琶作胡语，分明怨恨曲中论。"(按：王安石《明妃曲二首》其二云："明妃初嫁与胡儿，毡车百两皆胡姬。含情欲语独无处，传与琵琶心自知。黄金捍拨春风手，弹看飞鸿劝胡酒。汉宫侍女暗垂泪，沙上行人却回首。汉恩自浅胡自深，人生乐在相知心。可怜青冢已芜没，尚有哀弦留至今。")

集评

陆游《老学庵笔记》：则又刻细似晚唐矣。

疏解

此词写琵琶女之幽怨。首句言琵琶之精美，二句写琵琶女之美艳。“画堂前，人不语，弦解语”，言琵琶女虽强颜弹拨，却默默无言，唯有弦声能解她心中的幽怨，能诉说她的身世。末二句，妙在用琵琶曲《昭君怨》引出她的愁情：“翠蛾愁，不抬头。”情思莽莽，幽怨感人。

牛希济 | 一首

牛希济传文

《十国春秋·牛希济传》：

牛希济，后主时累官翰林学士、御史中丞。国亡入洛，唐明宗宣宰相王锴、张格、庾传素及牛希济各赐一韵，试蜀主降唐诗五十六字，锴等皆讽后主僭号，荒淫失国，独希济得川字，诗意但述数尽，不谤君亲。明宗得诗叹曰："如希济才思敏妙，不伤两国，迥存忠孝者，罕矣。"即拜雍州节度副使。

希济素……所撰《临江仙》二阕有云："月斜江上，征棹动晨钟。"又云："皆道胜人间，须知狂客，拼死为红颜。"特为词家之隽。

生查子[1]·春山烟欲收

春山烟[2]欲收，天淡稀星[3]小。残月脸边明，别泪临清晓。　　语已多，情未了[4]，回首犹重道。记得绿罗裙，处处怜芳草。

校注

(1)生查子：唐教坊曲名。《尊前集》注：双调。元高拭词注：南吕宫。朱希真词有“遥望楚云深”句，名《楚云深》。韩淲词有“山意入春晴，都是梅和柳”句，名《梅和柳》；又有“晴色入青山”句，名《晴色入青山》。双调，四十字，前后段各四句、两仄韵。

(2)烟：此指春晨弥漫于山前的薄雾。

(3)《花庵词选》卷一：“稀星”作“星稀”。

(4)《花草粹编》卷一：“语已多，情未了”作“语多情更深”。《花间集》卷五词末注云：一本无“已”字。

集评

(1)李冰若《栩庄漫记》：“记得绿罗裙，处处怜芳草”，词旨悱恻温厚而造句近乎自然，岂飞卿辈所可企及？“语已多，情未了，回首犹重道”，将人人共有之情和盘托出，是为善于言情。

(2)俞陛云《唐五代两宋词选释》：上首言清晓欲别，次第写来，与《片玉词》之“泪花落枕红绵冷”词格相似。下阕言行人已去，犹回首丁宁，可见眷恋之殷。结句见天涯芳草，便忆及翠裙，表“长毋相忘”之意。

(3)唐圭璋《唐宋词简释》：此首写别情。上片别时景，下片别时情。起写烟收星小，是黎明景色。“残月”两句，写晓景尤真切。残月映脸，别泪晶莹，并当时人之愁情，都已写出。换头，记别时言语，悱恻温厚。着末，揭出别后难忘之情，以处处芳草之绿，而联想人罗裙之绿，设想似痴，而情则极挚。

疏解

此为情人伤别之词。

上片写伤别之地。一、二句言春山晨雾即将散去，天色清淡，星星亦将隐没。三、四句转写情人的别离。在月光的映照下，女子已经泪流满面了。

过片二句“语已多，情未了”，写二人自昨夜即已依依不舍，虽言谈已多，离情却没能散去；直至天明尚在春山旁的路边难舍难分。虽然不忍分手，已经走了，却仍“回首犹重道”。叮咛、重道什么呢？女子云：“记得我绿色的罗裙，颜色和芳草一样。须当怜惜，珍重，珍重！”《十国春秋》云牛希济“才思敏妙”，于此可见。

欧阳炯 | 一首

一、欧阳炯传文

《宋史·欧阳迥传》：

欧阳迥（注：即欧阳炯。）益州华阳人。……迥少事王衍，为中书舍人。……广政十二年，拜翰林学士。……迥好为歌诗，虽多而不工，掌诰命亦非所长。但在蜀日，卿相以奢靡相尚，迥犹豫能守俭素，此其可称也。

二、欧阳炯《花间集》序

镂玉雕琼，拟化工而回巧；裁花剪叶，夺春艳以争鲜。是以唱《云谣》则金母词清，挹霞醴则穆王心醉。名高《白雪》，声声而自合鸾歌；响遏行云，字字而偏谐凤律。《杨柳》《大堤》之句，乐府相传；《芙蓉》《曲渚》之篇，豪家自制。莫不争高门下，三千玳瑁之簪；竞富樽前，数十珊瑚之树。则有绮筵公子、绣幌佳人，递叶叶之花笺，文抽丽锦；举纤纤之玉指，拍按香檀。不无清绝之辞，用助妖娆之态。自南朝之宫体，扇北里之倡风。何止言之不文，所谓秀而不实。有唐已降，率土之滨，家家之香径春风，宁寻越艳；处处之红楼夜月，自锁嫦娥。在明皇朝，则有李太白应制《清平乐》词四首。近代温飞卿复有《金荃集》。迩来作者，无愧前人。今卫尉少卿字弘基，以拾翠洲边，自得羽毛之异；织绡泉底，独殊机杼之功。广会众宾，时延佳论。因集近来诗客曲子词五百首，分为十卷。以炯粗预知音，辱请命题，仍为叙引。昔郢人有歌《阳春》者，号为绝唱，乃命之为《花间集》，庶使西园英哲，用资羽盖之欢；南国婵娟，休唱莲舟之引。唐广政三年夏四月，大蜀欧阳炯叙。

三字令[1]·春欲尽

春欲尽，日迟迟[2]，牡丹时。罗幌[3]卷，翠帘[4]垂。彩笺书，红粉泪[5]，两心知。　　人不在，燕空归[6]，负佳期。香烬落，枕函欹[7]。月分明，花淡薄[8]，惹相思。

校注

(1)三字令：龙榆生《唐宋词格律》："《三字令》，双调小令，始见《花间集》。"《张子野词》入林钟商，四十八字，前后片各四平韵。宋人有于第二句下增"平仄仄"一句作成对偶者。

格律对照：

例词：欧阳炯《三字令》：

平仄仄，仄平平(韵)。
春欲尽，日迟迟，
仄平平(韵)。
牡丹时。
平仄仄，仄平平(韵)。
罗幌卷，翠帘垂。
仄平平，平仄仄，仄平平(韵)。
彩笺书，红粉泪，两心知。

平仄仄，仄平平(韵)。

人不在，燕空归，
仄平平（韵）。
负佳期。
平仄仄，仄平平（韵）。
香烬落，枕函攲。
仄平平，平仄仄，仄平平（韵）。
月分明，花淡薄，惹相思。

注：本书中格律处以“平”表示填平声字，以“仄”表示填仄声（上声、去声或入声）字，以“中”表示可平可仄。全书如此，以下不再一一说明。

（2）迟迟：日长而天暖。《诗经·豳风·七月》：“春日迟迟，采蘩祁祁。”朱熹注：“迟迟，日长而暄也。”

（3）罗幌：丝罗绸缎制作的帷幕。幌，帷幔。杜甫《月夜》：“何时倚虚幌，双照泪痕干。”

（4）翠帘：翠绿色的帘幕。温庭筠《定西番》：“罗幕翠帘初卷，镜中花一枝。肠断塞门消息，雁来稀。”韦庄《谒金门》：“楼外翠帘高轴，倚遍阑干几曲。”

（5）《花草粹编》卷二：无“彩笺书，红粉泪”六字。红粉泪，女子的胭脂、铅粉将脸上的泪水染成粉红色。牛峤《感恩多》：“两条红粉泪，多少香闺意。”

（6）空归：空空归来，没有一点音信。

（7）枕函：枕套。攲：倾斜貌。司空图《杨柳枝》：“偶然楼上卷珠帘，往往长条拂枕函。”

（8）淡薄：稀疏，稀少，言春日将阑，春花亦即将凋谢。

集评

（1）汤显祖评《花间集》：逐句三字，转而不窘、不坌、不崛头，亦是老手。

（2）许昂霄《词综偶评》：“罗幌卷”五句，由外而内。“香烬落”五句，由内而外。“花淡薄”，春光欲尽，故曰“淡薄”。

（3）陈廷焯《云韶集》：“两心知”三字温厚，较“忆君君不知”更深。好在“分明”“淡薄”四字。

（4）俞陛云《唐五代两宋词选释》：十六句皆三字，短兵相接，一句一意。如以线贯珠，粒粒分明，仍一丝萦曳。

（5）唐圭璋《唐宋词简释》：此首每句三字，笔随意转，一气呵成。大抵上片白昼之情景，由外及内。下片午夜之情景，由内及外。起句，总点春尽之时。次两句，点帘外日映牡丹之景。“罗幌”两句，记人在帘内之无绪。“彩笺”两句，记人在帘内之感伤。人去不归，徒有彩笺，见笺思人，故不禁泪下难止。“两心知”一句，因己及人，弥见两情之深厚。换头三句，说明燕归人不归，空负佳期。“香烬”两句，写夜来室内之惨淡景象。结句，又从室内窥见外面之花月，引起无限相思。

疏解

此为闺怨之词。“春欲尽，日迟迟，牡丹时”三句，言暮春牡丹正开的时候，春天即将过去，白天仍显得很长。思妇在绵长的春日，只是卷起罗幌，将翠帘垂挂，孤独地待在深闺里。她十分寂寞无聊，只好铺开彩色笺纸，给恋人写信。她一边书写，一边流泪，胭脂和铅粉将脸上的泪水都染成了粉红色。彩笺上只说了几个字：“两心知”。

过片“人不在，燕空归”，写她仰头看着窗外，只有燕子空空归来，并无一点恋人的消息，故紧接“负佳期”三字。室内“香烬落，枕函欹”，她只好躺卧在床，一任香灰掉落，自己则倚着枕函朝窗外看，但见月色分明，花枝稀疏淡薄。这种有花有月的夜晚不能与所爱的人在一起的情形，勾起她无穷的相思之情。

鹿虔扆 | 一首

鹿虔扆传文

《十国春秋·鹿虔扆传》：

鹿虔扆（一作虔扆），不知何地人。历官至检校太尉。与欧阳炯、韩琮、阎选、毛文锡等，俱以工小词供奉。后主时，人忌之者号曰“五鬼”。虔扆……有“双带绣窠盘锦荐，泪侵花暗香消”之句，词家推为绝唱。

临江仙·金锁重门荒苑静(1)

金锁重门荒苑(2)静，绮窗(3)愁对秋空。翠华(4)一去寂无踪。玉楼歌吹，声断已随风(5)。　烟月不知人事改，夜阑还照深宫。藕花(6)相向野塘中，暗伤亡国，清露泣香红。

校注

(1)《妙选草堂诗余》后集下卷：注：人事类，宫词。《花草粹编》卷上：题作《宫词》。沈际飞《草堂诗余》卷二：题作《宫词》。（注：唐人《临江仙》词，前后第四句各少一字。）

(2)荒苑：荒废的皇家园林。

(3)绮窗：雕刻有花纹或绘饰得很精美的窗户。《文选·左思》："开高轩以临山，列绮窗而瞰江。"吕向注："绮窗，雕画若绮也。"《古诗十九首·西北有高楼》："西北有高楼，上与浮云齐。交疏结绮窗，阿阁三重阶。"王维《杂诗》："君自故乡来，应知故乡事。来日绮窗前，寒梅著花未？"韦应物《月夜》："坐念绮窗空，翻伤清景好。"李商隐《瑶池》："瑶池阿母绮窗开，黄竹歌声动地哀。"沈际飞《草堂诗余》卷二："绮窗"作"倚窗"。

(4)翠华：皇帝仪仗所用的旗子，此处代指皇帝车驾。沈际飞《草堂诗余》卷二：相如《上林赋》："建翠华之旗。"《妙选草堂诗余》后集下卷：《长恨歌》："翠华摇摇行复止，西出都门百余里。"

(5)"玉楼"二句：《妙选草堂诗余》后集下卷：《长恨歌》："玉楼宴罢醉和春。"

(6)藕花：荷花。孟郊《送李翱习之》："新秋折藕花，应对吴语娇。"

集评

(1)李冰若《花间集评注》引杨慎语：故宫禾黍之思，令人黯然。此词比李后主《浪淘沙》词更胜。

(2)汤显祖评《花间集》：“曲终人不见，江上数峰青。”似有神助，以此方之，可谓勍敌。

(3)李廷机《草堂诗余评林》：周美成《西河》词云：“燕子不知何世，入寻常巷陌人家，如说兴亡，斜阳里。”亦就是“烟月不知人事改”一段变化出来。

(4)沈际飞《草堂诗余》正集卷二：结到“藕花泣露”，伤感复伤感。

(5)陈廷焯《白雨斋词评》：“一声何满子，双泪落君前。”深情苦调，有黍离麦秀之悲。

(6)沈雄《古今词话》引《乐府纪闻》：鹿虔扆事蜀，为永泰军节度使。初读书古祠，见画壁有周公辅成王图，期以此见志。国亡不仕，词多感慨之音。

(7)沈辰垣《历代诗余》引倪瓒语：鹿公高节，偶尔寄情倚声，而曲折尽变，有无限感慨淋漓处。

(8)许昂霄《词综偶评》：曰“不知”，曰“暗伤”，无情有恨，各极其妙。

(9)谭献《谭评词辨》卷二：哀悼感愤，终当存疑，当以入正集。

(10)况周颐《餐樱庑词话》：鹿太保，孟蜀遗臣，坚持雅操。其《临江仙》含思凄惋，不减李重光“晚凉天净月华开，想得玉楼瑶殿影，空照秦淮”之句。

(11)王国维《唐五代二十一家词·鹿太保词辑本跋》：虔扆字里无考。《历代诗余》谓虔扆事孟昶，为永泰军节度使，进检校太尉，加太保。《乐府纪闻》谓其国亡不仕，词多感慨之音，盖指《临江仙》一调言之。然《花间集》辑于蜀广政三年，首载此词。此时后蜀未亡。若云伤前蜀，则虔扆固仕于昶矣。《纪闻》之言，实无所据。其词只存《花间集》所载六首，在五代各家中为最少矣。

(12)李冰若《栩庄漫记》：太白诗“只今惟有西江月，曾照吴王宫里人。”已开鹿词先路。此阕之妙，妙在以暗伤亡国托之藕花，无知之物，尚且泣露啼红，与上句“烟月还照深宫”相衬而愈觉其悲婉。其全词布置之密，感喟之深，实出后主“晚凉天净”一词之上。

疏解

《临江仙》为鹿虔扆于蜀亡后所作。

上片开篇二句写在一个荒苑里，铁锁紧扣，重门深闭；时令在秋天。他为什么“愁对秋空”？原来后蜀已经亡国，皇帝亦已经离开了故土。“玉楼”歌吹，声断随风，已经一去不复返。“玉楼”，后蜀的宫殿。词中“愁”有着深沉的故国之思，是以亡国之后，鹿虔扆不再出仕。

然而人事的沧桑，所谓“人事改”，自然的“烟月”是不会知晓的，在深更半夜仍然对着深宫闪烁。只有一丛丛的“藕花”在野塘中摇曳。词人只能“暗伤亡国”，见荷载清露，像嫔妃与众多宫女在哭泣。刘禹锡《石头城》：“淮水东边旧时月，夜深还过女墙来。”李煜《浪淘沙》：“想得玉楼瑶殿影，空照秦淮。”晏殊《蝶恋花》：“明月不谙离恨苦，斜光到晓穿朱户。”以上均可与“藕花”等句互参。

冯正中（冯延巳）｜五首

一、冯延巳传文

《南唐书·冯延巳传》：

冯延巳字正中，一名延嗣，广陵人，父令頵，事烈祖，至吏部尚书，致仕。尝为歙州盐铁院判官，刺史滑言病笃，或言已死，人情颇恟恟。延巳年十四，入问疾，出以言命谢将吏，外赖以安。及长，以文雅称，白衣见烈祖，起家授秘书郎。元宗以吴王为元帅，用延巳掌书记。与陈觉善，因觉以附宋齐丘，同府位高者，悉以计出之，于是无居巳右者。元宗亦颇悟其非端士，而不能去，延巳负其材艺，狎侮朝士。尝诮孙忌曰："君有何所解而为丞郎？"忌愤然答曰："仆山东书生，鸿笔藻丽，十生不及君；诙谐歌酒，百生不及君；谄媚险诈，累劫不及君。然上所以置君于王邸者，欲君以道义规益，非遣君为声色狗马之友也。仆固无所解，君之所解者，适足以败国家耳。"延巳惭，不得对。给事中常梦锡屡言延巳小人，不可使在王左右。烈祖感其言，将斥之，会晏驾。

元宗立，延巳喜形于色，未听政，屡入白事，元宗方哀慕，厌之，谓曰："书记自有常职，余各有司存，何为不惮烦也？"乃少止。保大初，拜谏议大夫、翰林学士，迁户部侍郎、翰林学士承旨，又进中书侍郎。四年，同平章事、集贤殿大学士。罢为太子少傅。顷之，拜抚州节度使。以母忧去镇，起复冠军大将军，召为太弟太保，领潞州节，俄以左仆射同平章事。

延巳数居柄任，揣元宗不能察其奸，遂肆为大言，谓己之才略，经营天下有余，而人主躬览庶务，大臣备位，安足致理。元宗果谓然，悉委以政，凡事奏可而已。延巳初以文艺进，实无他长，纪纲颓弛，吏胥用事，军旅一切，以委边帅，无所可否。愈欲以大言盖众，而惑人主，至讥笑烈祖戢兵，以为龌龊无大略。尝曰："安陆之役，丧兵数千，辍食咨嗟者旬日。此田舍翁，安能成天下事？今上暴师数万于外，宴乐击鞠，未尝少辍，此真英雄主也。"九年，湖南平，而朗州刘言叛，势张甚。元宗亦知用兵之难，谓延巳与孙忌曰："湖湘之役，楚人求息肩，吾之出师，不得已耳。今若授刘言旄节，使和其民，吾亦得休养衡湘之民，国其庶几乎？"忌即欲奉行，延巳方以克楚为功，乃曰："本朝出偏师，平一国，宇县震动。今一旦三分弃其二，伤威毁重，非所以示天下。且诸将行奏功矣。"持不下。又不欲缘军兴取资于国，以损其功，遣使如长沙调兵赋，苛征暴敛，重失民心，言遂取长沙，尽据故楚地，周人亦伺衅而动。朝论藉藉，延巳力求去，而元宗待之如初。及周师大入，尽失江北地，始罢延巳，犹为太子少傅。数月，复相，会疾，改太子太傅。建隆元年五月乙丑卒，年五十八。谥忠肃。

延巳工诗，虽贵且老不废，如"宫瓦数行晓日，龙旗百尺春风"，识者谓有元和词人气格。尤喜为乐府词。元宗尝因曲宴内殿，从容谓曰："'吹皱一池春水'，何干卿事？"延巳对曰："安得如陛下'小楼玉笙寒'之句。"时丧败不支，国几亡，稽首称臣于敌，奉其正朔，以苟岁月，而君臣相语乃如此。

延巳晚稍自厉为平恕。萧俨尝廷斥其罪，及为大理卿，断军使李甲妻狱，失入，坐死，议者皆以为当死，延巳独扬言曰："俨为正卿，误杀一妇人，即当以死。君等今议杀正卿，他日孰任其责？"乃建议，俨素有直声，今所坐已更赦宥，宜加弘贷，俨遂免，人士尤称之。弟延鲁。

二、冯延巳评价

(1)郑方坤《五代诗话》引《说郛》：南唐冯延巳词，有"斗鸭阑干独倚"之句。人疑鸭未尝斗。余按：《三国志·孙权传注》引《江表传》："魏文帝遣使求斗鸭，群臣奏宜无与。权曰：'彼居谅阴中，所求若此，岂可与言礼哉？'具以与之。"

(2)马令《南唐书》：冯延巳著乐府百余阕，其《鹤冲天》词云："晓月坠，宿云披。银烛锦屏围。建章钟动玉绳低，宫漏出花迟……”又《归国谣》云：“江水碧，江上何人吹玉笛。扁舟远送潇湘客，芦花千里霜月白。伤行色，明朝便是关山隔。”见称于世。

(3)赵令畤《侯鲭录》：余往在中都，见一士大夫家收南唐李后主书一词，下云“冯延巳”三字。词中复云：“圣寿南山永同”，恐冯延巳作也。词云：“铜壶漏滴初尽，高阁鸡鸣半空。催启五更金锁，犹垂三殿珠栊。阶前御柳摇绿，仗下金花散红。鸳瓦数行晓日，鸾旗百尺春风。侍臣蹈舞重拜，圣寿南山永同。”

(4)徐釚《词苑丛谈》：南唐宰相冯延巳有乐府一章，名《长命女》，云：“春日宴，绿酒一杯歌一遍。再拜陈三愿：一愿郎君千岁，二愿妾身常健，三愿如同梁上燕，岁岁长相见。”其后有以其词改为《雨中花》云……味冯公之词典雅丰容。虽置在古乐府，可以无愧。一遭俗子窜易，不惟句意重复，而鄙恶甚矣。

(5)蔡居厚《诗史》：南唐元宗优待藩邸旧僚。冯延巳自元帅府书记至中书侍郎，遂相，时论以为非才。江文蔚因其弟延鲁福州败亡，请从退削，乃出抚州。秩满还朝，因赴内宴，进诗曰：“青楼阿监应相笑，书记登坛又却回。”

(6)刘熙载《艺概》：冯延巳词，晏同叔得其俊，欧阳永叔得其深。

(7)王国维《人间词话》：冯正中词虽不失五代风格，而堂庑特大，开北宋一代风气。

蝶恋花·六曲阑干偎碧树[1]

六曲阑干偎[2]碧树，杨柳风轻，展尽黄金缕[3]。谁把钿筝[4]移玉柱，穿帘燕子[5]双飞去。　满眼游丝兼落絮[6]，红杏开时，一霎[7]清明雨。浓睡觉来莺乱语，惊残好梦无寻处。

校注

（1）曾慥《乐府雅词》卷上：刻作欧阳修词。《花庵词选》卷二：题《清明》，刻作欧阳修词。 蝶恋花：唐教坊曲，本名《鹊踏枝》，宋晏殊改今名。《乐章集》注：小石调。 赵令畤词注：商调。《太平乐府》注：双调。 晏殊词有"杨柳风轻，展尽黄金缕"句，故又名《黄金缕》；赵令畤词有"不卷珠帘，人在深深院"句，又名《卷珠帘》；司马槱词有"夜凉明月生南浦"句，又名《明月生南浦》；韩淲词有"细雨吹池沼"句，又名《细雨吹池沼》；贺铸词名《凤栖梧》；李石词名《一箩金》；衷元吉词名《鱼水同欢》；沈会宗词名《转调蝶恋花》。

（2）偎：紧靠着。《列子·黄帝》："不偎不爱。"《山海经·海内经》："偎人爱人。"罗隐《柳》："灞岸晴来送别频，相偎相倚不胜春。"

（3）黄金缕：嫩黄的柳条，如同丝丝金线一般。 柳永《归去来》："一夜狂风雨，花英坠、碎红无数。 垂杨漫结黄金缕。"汪莘《次潘别驾韵》："野店溪桥柳色新，千愁万恨为何人。 殷勤织就黄金缕，带雨笼烟过一春。"

（4）钿筝：用金翠宝石装饰的筝。

（5）《乐府雅词》卷上、《花庵词选》卷二："燕子"作"海燕"。

（6）游丝：在空中飞扬的虫丝，飘动着的蛛丝。 沈约《三月三日率尔成篇》："游丝映空转，高杨拂地垂。"李白《赋得鹤送史司马赴崔相公幕》："珍禽在罗网，微命若游丝。"皎然《效古诗》："万丈游丝是妾心，惹蝶萦花乱相续。"落絮：飘落的柳絮。欧阳炯《浣溪沙》："落絮残莺半日天，玉柔花醉只思眠。"

（7）一霎：一阵子。孟郊《春后雨》："昨夜一霎雨，天意苏群物。"

集评

（1）谭献《复堂词话》：金碧山水，一片空蒙，此正周氏所谓"有寄托入，无寄托出"也。

（2）陈廷焯《白雨斋词话》：忧谗畏讥，思深意苦，信其言不必论其人也。

（3）陈廷焯《云韶集》卷一：雅秀工丽，是欧公之祖。字字和雅，字字秀丽，词中正格也。

（4）陈廷焯《白雨斋词话》卷六：《蝶恋花》一调，最为古雅，"六曲阑干"唱后，几成绝句。

（5）蔡嵩云《柯亭词论》：正中《鹊踏枝》十四章，郁伊惝恍，究莫测其意旨。刘融斋谓其词流连光景，惆怅自怜。冯梦华则以为有家国之感寓乎其中，然欤，否欤？

（6）唐圭璋《唐宋词简释》：此首，情绪亦寓景中。"六曲"三句，阑外景；"谁把"两句，帘内景。阑外杨柳如丝，帘内海燕双栖，是一极富丽极幽静之金屋。而钿筝一声，骤惊双燕，又是极微妙之兴象。下片，"满眼"三句，因雨而引起惜花情绪，"浓睡"两句，因梦而引起恼莺情绪。镇日凄清，原无欢意，方期睡浓梦好，一晌贪欢，偏是莺语又惊残梦，其惆怅为何如耶？谭复堂评此词如"金碧山水，一片空蒙"，可谓善会消息矣。

疏解

此词为深闺女子思念情人、流连春光之作。上片三句，言女子所见："六曲阑干偎碧树，杨柳风轻，展尽黄金缕。”显示春日已经降临，春景无比艳丽。四句问，是谁弹起了玉筝？其实就是自己因闺中寂寞而“移玉柱”。五句又回到所见：闺中安栖的燕子被筝声惊起，双双穿帘飞去了。

下片承上，续写所见：“满眼游丝兼落絮，红杏开时，一霎清明雨。”断了的游丝、纷纷飘落的柳絮，令人不由感慨韶华易逝、青春难驻。然而词人笔锋一转，用红杏开了、飘飘洒洒下起了一阵细雨，反衬自己的空闺寂寞。女子在百般无聊时，只好躺卧床上，不觉睡去。无奈窗外黄莺的叫声把她吵醒，打破了她与情人欢会的好梦，留下不尽之意给梦醒以后的她去咀嚼，也让读者去寻味。

蝶恋花·莫道闲情抛弃久(1)

莫道闲情(2)抛弃久，每到春来，惆怅还依旧。日日花前常病酒(3)，不辞(4)镜里朱颜瘦。　　河畔青芜(5)堤上柳，为问新愁，何事年年有？独立小桥风满袖，平林新月(6)人归后。

校注

(1)《谭评词辨》：此阕叙事。王鹏运《半塘丁稿·鹜翁集》："冯正中《鹊踏枝》十四阕，郁伊惝恍，义兼比兴。"调名即《蝶恋花》。

(2)四印斋本《阳春集》："莫道"作"谁道"。莫道：莫说、不用说。杜审言《春日京中有怀》："莫道今年春将尽，明年春色倍还人。"王昌龄《重别李评事》："莫道秋江离别难，舟船明日是长安。"刘禹锡《酬乐天咏老见示》："莫道桑榆晚，为霞尚满天。"罗隐《浮云》："莫道无心便无事，也曾愁杀楚襄王。"闲情：闲愁，闲散的心情。皎然《酬乌程杨明府华雨后小亭对月见呈》："夜凉喜无讼，霁色摇闲情。"

(3)四印斋本《阳春集》："日日"作"旧日"。病酒：饮酒过量引起身体不适。《晏子春秋·谏上三》："景公饮酒，酲，三日而后发。"《史记·魏公子列传》："日夜为乐饮者四岁，竟病酒而卒。"李清照《凤凰台上忆吹箫》："新来瘦，非干病酒，不是悲秋。"

(4)四印斋本《阳春集》："不辞"作"敢辞"。不辞：不避，不惧。

(5)青芜：杂草丛生貌。杜甫《徐步》："整履步青芜，荒庭日欲晡。"

(6)平林：平原上的树林。李白《菩萨蛮》："平林漠漠烟如织，寒山一带伤心碧。"新月：农历每月初出现的弯月。阴铿《五洲夜发》："夜江雾里阔，新月迥中明。”

集评

（1）陈廷焯《白雨斋词话》卷六：可谓沉着痛快之极，然却是从沉郁顿挫来。

（2）陈廷焯《云韶集》卷一：“独立”二语，仙境、凡境？ 断非凡笔。

（3）王国维《人间词话》附录：温、韦之精艳，所以不如正中者，意境有深浅也。

（4）梁令娴《艺蘅馆词选》引梁启超语：稼轩《摸鱼儿》，起处从此脱胎。 文前有文，如黄河伏流，莫穷其源。

（5）唐圭璋《唐宋词简释》：末两句，只写一美境，而愁自寓焉。

疏解

此词写词人心中的孤寂。

不要说起“闲情抛弃久”，是“闲情”欲抛不得，未能抛弃，所以二句紧接“每到春来”依旧惆怅。 三、四句具体写惆怅：日日花前过量饮酒，看看镜里，脸容消瘦。

过片写他为消愁，踏着青草丛生的野地，行至河岸堤上；拟构思一曲新词，却是旧愁未消，又来“新愁”。 不禁自问：“何事年年有？”然而自己也没能回答，无奈独自立于小桥之上，一直等到新月初上、一个人影都没有的时候才怏怏而归。

蝶恋花·几日行云何处去

几日行云何处去,忘却归来,不道[(1)]春将暮。百草千花寒食[(2)]路,香车[(3)]系在谁家树?　　泪眼倚楼人独语,双燕来时[(4)],陌上相逢否?掩乱[(5)]春愁如柳絮,依依[(6)]梦里无寻处。

校注

(1)不道:不觉,不料。苏轼《洞仙歌》:"但屈指、西风几时来,又不道、流年暗中偷换。"杨万里《戊戌正月二日雪》:"只愁雪虐梅无奈,不道梅花领雪来。"

(2)百草千花:寒食时节春天草长莺飞、花红柳绿的景色。同时暗喻花街柳巷的妓女。白居易《赠长安妓人阿软》:"绿水红莲一朵开,千花百草无颜色。"寒食:清明节前一两日,禁烟火,只吃冷食。

(3)香车:七香车,指情郎的马车。曹操《与太尉杨彪书》:"今赠足下……画轮四望通幰七香车一乘。"《乌栖曲四首》其三:"青牛丹毂七香车,可怜今夜宿倡家。倡家高树乌欲栖,罗帏翠帐向君低。"李商隐《壬申七夕》:"已驾七香车,心心待晓霞。"

(4)四印斋本《阳春集》:"来时"作"飞来"。

(5)四印斋本《阳春集》:"掩乱"作"撩乱"。

(6)四印斋本《阳春集》:"依依"作"悠悠"。

集评

(1)张惠言《词选》：三词忠爱缠绵，宛然《骚》《辨》之义。延巳为人……又敢为大言。

(2)谭献《复堂词话》：行云、百草、千花、香车、双燕，必有所托。

(3)陈廷焯《白雨斋词话》："泪眼问花花不语，乱红飞过秋千去。"词意殊怨，然怨之深，亦厚之至。盖三章犹望其离而复合，四章则绝望矣。作词解如此用笔，一切叫嚣纤冶之失，自无从犯其笔端。

(4)陈廷焯《白雨斋词话》：冯正中《蝶恋花》四章忠爱缠绵，已臻绝顶，然其人亦殊无足取，尚可疑于史梅溪耶？诗词不尽能定人品，信矣。

(5)陈廷焯《云韶集》：正中词为五代之冠。正中词高处入飞卿之室，却不相沿袭；雅丽处，时或过之。

(6)况周颐《蕙风词话》引《织余琐述》：元好问《清平乐》云："飞去飞来双乳燕，消息知郎近远。"用冯延巳"双燕来时，陌上相逢否"句意。彼未定其逢否，此则直以为知，唯消息近远未定耳。妙在能变化。

(7)王国维《人间词话》：正中词除《鹊踏枝》(按：即《蝶恋花》)《菩萨蛮》十数阕最煊赫外，如《醉花间》之"高树鹊衔巢，斜月明寒草"，余谓韦苏州之"流萤渡高阁"，孟襄阳之"疏雨滴梧桐"不能过也。

(8)王国维《人间词话》："我瞻四方，蹙蹙无所骋。"诗人之忧生也。"昨夜西风凋碧树。独上高楼，望尽天涯路"似之。"终日驰车走，不见所问津。"诗人之忧世也。"百草千花寒食路，香车系在谁家树"似之。

(9)刘熙载《艺概》：冯延巳词，晏同叔得其俊，欧阳永叔得其深。

(10)周济《介存斋论词杂著》：李后主词，如生马驹，不受控捉。毛嫱、西施，天下美妇人也，严妆佳，淡妆亦佳，粗服乱头，不掩国色。飞卿，严妆。端己，淡妆也。

疏解

上片一至三句写女子埋怨游荡不归的情人，点明时令在"春将暮"，暗寓她的青春将要逝去。 四、五句写她想到清明、寒食，陌上正是百草千花之时，不知情人的香车系在谁家门前的树下，他到了哪里住宿？

过片三句，写女子“倚楼”远眺、“独语”，她忽然望见双燕归来，不禁问燕子：陌上可曾与那人相遇？ 四、五句言柳絮飘飞，搅乱她的春愁，她无奈，只好到梦里寻他，可梦里又何处可寻呢？

有人以为此词有寄托，认为南唐开国时冯延巳当政，他深得李璟信任。朝廷党争激烈，朝士分为两党，许多人对冯延巳进行攻击，使李璟疏远冯延巳。 此词为党争时所作，冯延巳有向李璟剖白之意，可备一说。

虞美人·玉钩鸾柱调鹦鹉

玉钩鸾柱调鹦鹉，宛转留春语[1]。云屏冷落画堂空，薄晚[2]春寒无奈落花风。　　搴帘燕子双飞去[3]，拂镜尘鸾舞[4]。不知今夜月眉弯，谁佩同心双结[5]倚阑干。

校注

(1)“玉钩”二句：言鹦鹉在玉石制作的笼架上嬉戏，声音婉转，似乎想要留住春天。玉钩，玉制挂钩，或为挂钩之美称。《楚辞·招魂》：“挂曲琼些。”王逸注：“曲琼，玉钩也。雕饰玉钩，以悬衣物也。”李璟《摊破浣溪沙》：“手卷真珠上玉钩，依前春恨锁重楼。”鸾柱，装饰华美的鹦鹉架，或雕成鸾鸟形状的柱子，此处指鸟笼里架设供鹦鹉嬉戏的架子。

(2)薄晚：傍晚，黄昏时刻。《北齐书·祖珽传》：“薄晚，就家掩之，缚珽送廷尉。”韩愈《答张籍书》：“薄晚，须到公府，言不能尽。”

(3)“搴帘”句：言掀起窗帘，让燕子双双飞出。搴，取，采摘，掀起。《广韵》：“搴，取也。”《晏子春秋》：“子独搴草而坐之，何也?”《楚辞·九歌·湘君》：“搴芙蓉兮木末。”《史记·刘敬叔孙通列传》：“斩将搴旗之士。”杜甫《前出塞》：“捷下万仞冈，俯身试搴旗。”四印斋本《阳春集》、《花草粹编》：“双飞”作“低飞”。

(4)“拂镜尘”句：拂去鸾镜上的灰尘，有鸾鸟起舞。鸾舞，鸾鸟起舞，比喻和乐。毛文锡《中兴乐》：“红蕉叶里猩猩语，鸳鸯浦。镜中鸾舞。丝雨隔，荔枝阴。”

(5)同心双结：也称同心结，一种古老而寓意深长的花结。由于其两结相连的特点，常被视为爱情的象征，取“永结同心”之意。李白《捣衣篇》：“横垂宝幄同心结，半拂琼筵苏合香。”李白《去妇辞》：“君恩既断绝，相见何年月？悔倾连理枝，虚作同心结。”温庭筠《更漏子》：“垂翠幕，结同心，待郎熏绣衾。”

疏解

据“薄晚春寒”句，可知此词时令当在春暮。

上片一、二句言女子在卧房，显得十分孤寂无聊，只能站在鹦鹉笼前摆弄笼中的鹦鹉，让它学舌，以解寂寞。“宛转留春语”，双关，她似乎在教鹦鹉婉转的人语，又似乎在听鹦鹉模仿往日情人的声音。三句“云屏冷落画堂空”，一“冷”、一“空”，点出女子的冷落空寂。四句，又兼之薄暮春寒，风吹花落，一种由对自然到对身世的“无奈”引譬，更显出她的孤单寂寞。

下片一、二句言女子掀开窗帘，放双燕飞去；拂去镜尘，看鸾鸟双舞，均暗示女子热切盼望情人归来，与之团圆。她抬头望望天空，新月初上，她心想，今夜有哪一对恋人佩着同心双结而倚栏望月呢？在远方佩着同心结的他不知今夜是否与她一样在倚栏望月？

清平乐·雨晴烟晚

雨晴烟晚，渌水(1)新池满。双燕飞来垂柳院，小阁画帘高卷。

黄昏独倚朱阑，西南初月(2)眉弯。砌下落花风起，罗衣特地(3)春寒。

校注

(1)四印斋本《阳春集》、林大椿校《欧阳文忠公近体乐府》："渌水"作"绿水"。

(2)四印斋本《阳春集》、《花草粹编》卷三："初月"作"新月"。

(3)特地：特别。

集评

(1)俞陛云《唐五代两宋词选释》：纯写春晚之景。"花落春寒"句论词则秀韵珊珊，窥词意或有忧谗自警之思乎？

(2)唐圭璋《唐宋词简释》：此词纯写景物，然景中见人，娇贵可思。

疏解

此词咏闺情，时间是暮春的一个黄昏。

上片一、二句，以景物点明时令。 三、四句写女子在深闺小阁，见双燕飞入自家栽满垂柳的院子。 她赶紧打开小阁的窗户，将画帘高高地卷起。 也许有感于燕子的成双成对地飞来，她想问问燕子：路上是否邂逅郎君？ 他何时能够归来？ 燕子并没有飞入小阁，其实即便恰巧飞进，又如何知道他何时能够归家？

过片："黄昏独倚朱阑，西南初月眉弯。"已经是新月眉弯之时。 三、四句写春风鼓荡，花叶飘零，夜色降临，也许是纱罗衣薄，恐怕是因为等不到情人回归的消息，这时才感到一阵阵寒意，故女子觉得"罗衣特地春寒"。

宋徽宗（赵佶）｜一首

赵佶传文

《宋史·徽宗本纪》：

徽宗体神合道骏烈逊功圣文仁德宪慈显孝皇帝，讳佶，神宗第十一子也，母曰钦慈皇后陈氏。元丰五年十月丁巳生于宫中。明年正月赐名，十月授镇宁军节度使，封宁国公。哲宗即位，封遂宁郡王。绍圣三年，以平江、镇江军节度使封端王，出就傅。五年，加司空，改昭德、彰信军节度。元符三年正月己卯，哲宗崩，皇太后垂帘，哭谓宰臣曰："国家不幸，大行皇帝无子，天下事须早定。"章惇厉声对曰："在礼律当立母弟简王。"皇太后曰："神宗诸子，申王长而有目疾，次则端王当立。"惇又曰："以年则申王长，以礼律则同母之弟简王当立。"皇太后曰："皆神宗子，莫难如此分别，于次端王当立。"知枢密院曾布曰："章惇未尝与臣等商议，如皇太后圣谕极当。"尚书左丞蔡卞、中书门下侍郎许将相继曰："合依圣旨。"皇太后又曰："先帝尝言，端王有福寿，且仁孝，不同诸王。"于是惇为之默然。乃召端王入，即皇帝位，皇太后权同处分军国事。

燕山亭·见杏花作[1]

裁剪冰绡[2],轻叠数重,冷淡[3]胭脂匀注。新样靓妆[4],艳溢香融,羞杀蕊珠宫[5]女。易得凋零,更多少、无情风雨。愁苦。问院落[6]凄凉,几番春暮。　凭寄离恨重重,这双燕,何曾会人言语。天遥地远,万水千山,知他故宫何处。怎不思量,除梦里、有时曾去。无据。和梦也、新来[7]不做。

校注

(1)赵闻礼《阳春白雪》卷二:刻仲殊作。(注:一作宋徽宗。)《花草粹编》卷十:题《杏花》。彊村本曹元忠辑《宋徽宗词》:题作《北行见杏花》。燕山亭:词牌名,一作《宴山亭》,与《山亭宴》无涉,以宋徽宗赵佶词为准,双片,九十九字,上片十一句五仄韵,下片十句五仄韵。上片第八句为上三、下四句式,第九句二字多为感叹词语,第十句首字领格,引领两个四言句。下片第二句首字领格,下片第八句为上三、下四句式,下片第九句多为感叹词语,第十句为上三、下四句式。

(2)冰绡:薄而洁白的丝绸。王勃《七夕赋》:"停翠梭兮卷霜縠,引鸳杼兮割冰绡。"李商隐《利州江潭作》:"河伯轩窗通贝阙,水宫帷箔卷冰绡。"殷文圭《江南秋日》:"青笠渔儿筒钓没,蒨衣菱女画桡轻。冰绡写上江南景,寄与金銮马长卿。"

(3)彊村本曹元忠辑《宋徽宗词》:"冷淡"作"淡著"。《草堂诗余》:"冷淡"作"浅淡"。

(4)靓妆:用脂粉装扮。晋王廙《洛都赋》:"若乃暮春嘉禊,三巳之辰，丽服靓妆，祓乎洛滨。”鲍照《代朗月行》：“靓妆坐帷里，当户弄清弦。”《情史类略》：“贵妃常于阁上靓妆，临轩槛，宫中望之，飘飘若神仙焉。”

(5)蕊珠宫：道教经典中仙宫，内有宫女。《十洲记》：“君治蕊珠贝阙。”顾云《华清词》：“相公清斋朝蕊宫，太上符箓龙蛇踪。”邵雍《二色桃》：“疑是蕊宫双姊妹，一时俱肯嫁春风。”

(6)《花草粹编》卷十、《草堂诗余》：“问院落”作“闲院落”。

(7)《草堂诗余》：“新来”作“有时”。

集评

(1)贺裳《皱水轩词筌》：南唐主《浪淘沙》曰：“梦里不知身是客，一晌贪欢。”至宣和帝《燕山亭》则曰：“无据。和梦也、有时不做。”其情更惨矣。呜呼，此犹《麦秀》之后有《黍离》也。

(2)徐釚《词苑丛谈》卷六：徽宗北辕后，赋《燕山亭·杏花》一阕，哀情哽咽，仿佛南唐李主，令人不忍多听。

(3)张宗橚《词林纪事》卷三引《词品》：徽宗此词，北狩时作也。词极凄惋，亦可怜矣。

(4)王国维《人间词话》：尼采谓：“一切文学，余爱以血书者。”后主之词，真所谓“以血书者”也。宋道君皇帝《燕山亭》词亦略似之。然道君不过自道身世之戚，后主则俨有释迦、基督，担荷人类罪恶之意，其大小固不同矣。

疏解

1127年金兵攻破汴京，北宋徽宗皇帝赵佶被掳往北方五国城。他在北行途中见到杏花，托物兴感而作本词。

上片摹写杏花以寄意。“裁剪”三句，写杏花冰洁如白色丝绸裁剪而成，花瓣轻柔重叠，花色淡雅似胭脂匀染。“新样”三句，将杏花比喻为“靓妆”后艳香流融的美女，直令天界蕊珠宫仙女为之羞惭汗颜。“易得凋零”，笔势陡转，写尽杏花遭受风雨摧折之凄凉愁苦。

下片由感叹杏花凋落转入被掳的离恨。双燕不解人语，故宫“天遥地远，万水千山”，原只能在梦中怀乡思国，如今却连梦亦不来做一个，凄楚之至。借杏花之凋落，伤江山之陆沉；以归梦之难成，寓无法复国的绝望。全词托物咏怀，抒写故国沦亡之悲慨，幽咽委曲，无限伤感。

晏同叔（晏殊）| 二首

晏殊传文

《宋史·晏殊传》：

晏殊字同叔，抚州临川人，七岁能属文。景德初，张知白安抚江南，以神童荐之。帝召殊与进士千余人并试廷中，殊神气不慑，援笔立成。帝嘉赏，赐同进士出身。宰相寇凖曰："殊江外人。"帝顾曰："张九龄非江外人邪？"后二日，复试诗、赋、论，殊奏："臣尝私习此赋，请试他题。"帝爱其不欺，既成，数称善。擢秘书省正字，秘阁读书。命直史馆陈彭年察其所与游处者，每称许之。

明年，召试中书，迁太常寺奉礼郎。东封恩，迁光禄寺丞，为集贤校理。丧父，归临川，夺服起之，从祀太清宫。诏修宝训，同判太常礼院。丧母，求终服，不许。再迁太常寺丞，擢左正言、直史馆，为昇王府记室参军。岁中，迁尚书户部员外郎，为太子舍人，寻知制诰，判集贤院。久之，为翰林学士，迁左庶子。帝每访殊以事，率用方寸小纸细书，已答奏，辄并稿封上，帝重其慎密。

仁宗即位，章献明肃太后奉遗诏权听政。宰相丁谓、枢密使曹利用，各欲独见奏事，无敢决其议者。殊建言："群臣奏事太后者，垂帘听之，皆毋得见。"议遂定。迁右谏议大夫兼侍读学士，太后谓东宫旧臣，恩不称，加给事中。预修《真宗实录》。进礼部侍郎，拜枢密副使。上疏论张耆不可为枢密使，忤太后旨。坐从幸玉清昭应宫从者持笏后至，殊怒，以笏撞之折齿，御史弹奏，罢知宣州。

数月，改应天府，延范仲淹以教生徒。自五代以来，天下学校废，兴学自殊始。召拜御史中丞，改资政殿学士、兼翰林侍读学士，兵部侍郎、兼秘书监，为三司使，复为枢密副使，未拜，改参知政事，加尚书左丞。太后谒太庙，有请服衮冕者，太后以问，殊以《周官》后服对。太后崩，以礼部尚书罢知亳州，徙陈州，迁刑部尚书，以本官兼御史中丞，复为三司使。

陕西方用兵，殊请罢内臣监兵，不以阵图授诸将，使得应敌为攻守；及募弓箭手教之，以备战斗。又请出宫中长物助边费，凡他司之领财利者，悉罢还度支。悉为施行。康定初，知枢密院事，遂为枢密使。进同中书门下平章事。庆历中，拜集贤殿学士、同平章事，兼枢密使。

殊平居好贤，当世知名之士，如范仲淹、孔道辅皆出其门。及为相，益务进贤材，而仲淹与韩琦、富弼皆进用，至于台阁，多一时之贤。帝亦奋然有意，欲因群材以更治，而小人权幸皆不便。殊出欧阳修为河北都转运，谏官奏留，不许。孙甫、蔡襄上言："宸妃生圣躬为天下主，而殊尝被诏志宸妃墓，没而不言。"又奏论殊役官兵治僦舍以规利。坐是，降工部尚书，知颍州。然殊以章献太后方临朝，故志不敢斥言；而所役兵，乃辅臣例宣借者，时以谓非殊罪。

徙陈州，又徙许州，稍复礼部、刑部尚书。祀明堂，迁户部，以观文殿大学士知永兴军，徙河南府，迁兵部。以疾，请归京师访医药。既平，复求出守，特留侍经筵，诏五日一与起居，仪从如宰相。逾年，病寖剧，乘舆将往视之。殊即驰奏曰："臣老疾，行愈矣，不足为陛下忧也。"已而薨。帝虽临奠，以不视疾为恨，特罢朝二日，赠司空兼侍中，谥元献，篆其碑首曰"旧学之碑"。

殊性刚简，奉养清俭。累典州，吏民颇畏其悁急。善知人，富弼、杨察，皆其婿也。殊为宰相兼枢密使，而弼为副使，辞所兼，诏不许，其信遇如此。文章赡丽，应用不穷，尤工诗，闲雅有情思，晚岁笃学不倦。文集二百四十卷，及删次梁、陈以后名臣述作，为《集选》一百卷。子知止，为朝请大夫。

浣溪沙·一曲新词酒一杯(1)

一曲新词酒一杯(2)，去年天气旧亭台(3)。夕阳西下几时回。无可奈何花落去，似曾相识燕归来。小园香径(4)独徘徊。

校注

(1)沈际飞《草堂诗余》卷一：题《春恨》，刻晏同叔作。"'无可奈何花落去'，律诗俊语也。然自是天成一段词，著诗不得。"(按：此词张惠言《词选》定为南唐中主李璟作，不取。仍归晏殊词。)《妙选草堂诗余》前集卷下："敏楗诗千首，飘零酒一杯。"(按：此词调名一行下方未刻作者姓名。前一首，系同调之"风压云轻"，亦无作者姓名。)《花草粹编》卷二：刻此词为晏同叔《浣溪沙》"阆苑瑶台"之三。

(2)"一曲"句：词为宴饮席上歌女所演唱，故称"一曲"。白居易《长安道》："花枝缺入青楼开，艳歌一曲酒一杯。"

(3)"去年"句：天气、亭台均与去年同。郑谷《和知己秋日伤怀》："流水歌声共不回，去年天气旧亭台。"

(4)小园香径：小园中花草芳香的小径。以其落花满径，幽香四溢，故云"香径"。戴叔伦《游少林寺》："石龛苔藓积，香径白云深。"白居易《题灵岩寺》："娃宫屧廊寻已倾，砚池香径又欲平。"

集说

管效先《南唐二主全集》：《南唐二主词》补遗谓"风约云轻贴水飞"一阕

为中主作。(注:见《草堂诗余》。)(按:《草堂诗余》载中主作此词凡二阕。余一阕别见晏殊《珠玉词》。)毛晋注云:“向误入《南唐二主词》,而词中‘无可奈何花落去’二句又见《复斋漫录》,为殊《示张寺丞王校勘》七言律诗之腹联。”《十国春秋》注:以二词与《帝台春》一阕并属之中主,称为“绝伦”。而《帝台春》词,《花庵词选》《草堂诗余》并谓李景元作,《词谱》《词律》谓李甲作。杜文澜《词人姓名录》谓:“李甲字景元,华亭人。”是以知中主之词,固止五阕而已。

集评

(1)杨慎《词品》:“无可奈何”二语工丽,天然奇偶。

(2)王士禛《花草蒙拾》:或问诗词、词曲分界,余曰:“无可奈何花落去,似曾相识燕归来”,定非香奁诗。“良辰美景奈何天,赏心乐事谁家院”,定非草堂词也。

(3)张宗橚《词林纪事》卷三:元献尚有《示张寺丞王校勘》七律一首:“元巳清明假未开,小园幽径独徘徊。春寒不定斑斑雨,宿醉难禁滟滟杯。无可奈何花落去,似曾相识燕归来。游梁赋客多风味,莫惜青钱万选才。”中三句与此词同。……细玩“无可奈何”一联,情致缠绵,语调谐婉,的是倚声家语,若作七律,未免软弱矣。

(4)刘熙载《艺概》卷四:词中句与字,有似触著者,所谓极炼犹如不炼也。晏元献“无可奈何花落去”,二句触著之句也。宋景文“红杏枝头春意闹”,“闹”字,触著之字。

(5)沈际飞《草堂诗余》正集:“无可奈何花落去”,律诗俊语也。然自是天成一段词,著诗不得。

(6)吴梅《词学通论》:宋初如王禹偁、钱惟演辈亦有小词。王之《点绛唇》,钱之《玉楼春》,虽有佳处,实非专家。故宋词应以元献为首,所作《浣溪沙》有“无可奈何花落去,似曾相识燕归来”之语,为一时传诵。相传下语为王琪所对,无俟深考。……惟“满目山河空念远,落花风雨更伤春”二语,较“无可奈何”,胜过十倍,而人未之知,可云陋矣。

疏解

此词为作者惜残春，感年华之易逝，又暗寓怀人之作。

上片一、二句言他听一曲新词，饮一杯酒，回忆在与去年相同的天气在去年的亭台，曾和那人一起唱曲，一同饮酒。三句写他忽然抬头望望西天，感夕阳即将西下，正不知几时可以追回。此处“夕阳西下”，不只是自然景观，亦是感怀人生、家国的“夕阳”。

下片一句，看看小园之中，许多鲜花即将凋落，可是人们无法阻止，此谓“无可奈何”也。对人生的青春年华、仕途升迁，亦是一种“无可奈何”。只有春燕无忧无虑地归飞而来。燕子似乎去年也曾来过，故云“似曾相识”也。自然消退，红颜易老，即使让人十分感慨，又有何用呢？只能在园中的落花小径上徘徊思索。一个“独”字，一个“徘徊”，见词中有一词人在也。

踏莎行·小径红稀[1]

小径红稀[2],芳郊绿遍,高台树色阴阴见[3]。春风不解[4]禁杨花,蒙蒙乱扑行人面。　　翠叶藏莺,珠帘隔燕[5],炉香静逐游丝转[6]。一场[7]愁梦酒醒时,斜阳却照深深院。

校注

(1)《花庵词选》卷三：题作《春思》。沈际飞《草堂诗余》卷二：题作《春思》；(注：一作《春闺》。)姓氏下注：误刻寇(準)。踏莎行：词牌名，又名《喜朝天》《柳长春》《踏雪行》《平阳兴》《踏云行》《潇潇雨》等，双调小令，《张子野词》入中吕宫，五十八字，上下片各三仄韵。四言双起，例用对偶。

(2)红稀：到晚春时节，春花因凋谢而稀少。

(3)高台：高高的楼台，这里指高楼。阴阴见：暗暗显露。阴阴，隐隐约约。

(4)沈际飞《草堂诗余》卷二："春风"作"东风"。不解：不懂得。

(5)"翠叶"二句：意谓莺燕都深藏不见。这里的莺燕暗喻"伊人"。《花草粹编》卷六、沈际飞《草堂诗余》卷二："珠帘"作"朱帘"。

(6)游丝转：烟雾旋转上升，像游动的青丝一般。

(7)沈际飞《草堂诗余》卷二："场"下注：一作"番"。

集评

(1)张惠言《词选》：此词亦有所兴，其欧公《蝶恋花》之流乎？

(2)沈际飞《草堂诗余》正集："深深"妙，换不得实字。

(3)李调元《雨村词话》：晏殊《珠玉词》极流丽，能以翻用成语见长。如"垂杨只解惹春风，何曾系得行人在"，又"春风不解禁杨花，蒙蒙乱扑行人面"等句是也。翻覆用之，各尽其致。

(4)黄苏《蓼园词评》：首三句言花稀叶盛，喻君子少、小人多也。"高台"指帝阍。"东风"二句，言小人如杨花轻薄，易动摇君心也。"翠叶"二句，喻事多阻隔。"炉香"句，喻己心郁纡也。斜阳照深深院，言不明之日，难照此渊也。

(5)俞陛云《词境浅说》：此词或有白氏讽谏之意。杨花乱扑，喻谗人之高张；燕隔莺藏，喻堂帘之远隔，宜结句之日暮兴嗟也。

(6)唐圭璋《唐宋词简释》：此首通体写景，但于景中见情。上片写出游时郊外之景，下片写归来后院落之景。心绪不宁，故出入都无兴致。

疏解

起首三句描绘了一幅具有典型特征的芳郊春暮图：小路两旁，花儿已经稀疏，只看到星星点点的几瓣残红；放眼一望，只见高台附近，翠绿的树木已经遍布山野。"红稀""绿遍""树色阴阴"，标志着春天即将消逝，暮春初夏的气息已经很浓。"春风不解禁杨花，蒙蒙乱扑行人面"，将春风拟人化，言春风不懂得约束杨花，以致乱扑行人的脸孔。此处，杨花似有隐喻。

下片一、二句，"翠叶藏莺，珠帘隔燕"，言翠绿的树叶丛里藏着黄莺，珍珠串成的窗棂帘子把燕子隔在外面。莺莺燕燕，似亦有所寓指。结言，词人只能在卧室静燃炉香，饮酒醉梦，直到夕阳即将西下："炉香静逐游丝转。一场愁梦酒醒时，斜阳却照深深院。"

此或为晏殊对某一女子相约而失时未至一事有所感怀之词。

范希文（范仲淹）｜一首

范仲淹传文

《宋史·范仲淹传》：

范仲淹字希文，唐宰相履冰之后。……仲淹二岁而孤，母更适长山朱氏，从其姓，名说。少有志操，既长，知其世家，乃感泣辞母，去之应天府，依戚同文学。昼夜不息，冬月惫甚，以水沃面；食不给，至以糜粥继之，人不能堪，仲淹不苦也。举进士第，为广德军司理参军，迎其母归养。改集庆军节度推官，始还姓，更其名。……

天圣七年，章献太后将以冬至受朝，天子率百官上寿。仲淹极言之，且曰："奉亲于内，自有家人礼，顾与百官同列，南面而朝之，不可为后世法。"且上疏请太后还政，不报。寻通判河中府，徙陈州。……

拜尚书礼部员外郎、天章阁待制，召还，判国子监，迁吏部员外郎、权知开封府。时吕夷简执政，进用者多出其门。仲淹上《百官图》，指其次第曰："如此为序迁，如此为不次，如此则公，如此则私。况进退近臣，凡超格者，不宜全委之宰相。"夷简不悦。他日，论建都之事，仲淹曰："洛阳险固，而汴为四战之地，太平宜居汴，即有事必居洛阳。当渐广储蓄，缮宫室。"帝问夷简，夷简曰："此仲淹迂阔之论也。"仲淹乃为四论以献，大抵讥切时政。且曰："汉成帝信张禹，不疑舅家，故有新莽之祸。臣恐今日亦有张禹，坏陛下家法。"夷简怒诉曰："仲淹离间陛下君臣，所引用，皆朋党也。"仲淹对益切，由是罢知饶州。

殿中侍御史韩渎希宰相旨，请书仲淹朋党，揭之朝堂。于是秘书丞余靖上言曰："仲淹以一言忤宰相，遽加贬窜，况前所言者在陛下母子夫妇之间乎？ 陛下既优容之矣，臣请追改前命。"……

明年，夷简亦罢，自是朋党之论兴矣。 ……夷简再入相，帝谕仲淹使释前憾。 仲淹顿首谢曰："臣乡论盖国家事，于夷简无憾也。"……

仲淹内刚外和，性至孝，以母在时方贫，其后虽贵，非宾客不重肉。 妻子衣食，仅能自充。 ……死之日，四方闻者，皆为叹息。

苏幕遮·碧云天[1]

碧云天,红叶[2]地。秋色连波,波上寒烟翠[3]。山映斜阳天接水。芳草无情,更在斜阳外[4]。　　黯乡魂[5],追旅思[6],夜夜除非,好梦留人睡。明月楼高休独倚。酒入愁肠,化作相思泪[7]。

校注

(1)彊村本《范文正公词》、沈际飞《草堂诗余》卷二:题《怀旧》。《花庵词选》卷三:题《别恨》。《花草粹编》卷七词后注:《唐书·宋务光传》:"比见坊邑相率为浑脱队,骏马胡服,名曰'苏莫遮'。"作"幕",误。苏幕遮:原唐教坊曲名,来自西域,后用作词牌名,又名《云雾敛》《鬓云松令》,双调,六十二字,上下片各五句。

(2)《乐府雅词拾遗》卷上、《花草粹编》卷七、彊村本《范文正公词》:"红叶"作"黄叶"。沈际飞《草堂诗余》卷二:"红叶"下注:作"黄叶",误。

(3)"秋色"二句:江波之上笼罩着一层翠色的寒烟。烟本呈白色,因其上连碧天,下接绿波,远望即与碧天同色,即所谓"秋水共长天一色"。《乐府雅词拾遗》卷上、《花草粹编》卷七:"寒烟"作"含烟"。

(4)"芳草"二句:草地绵延到天涯,似乎比斜阳更遥远。"芳草"常暗指故乡,因此,这两句有感叹故乡遥远之意。班固《西都赋》:"竹林果园,芳草甘木。郊野之富,号为近蜀。"崔颢《黄鹤楼》:"晴川历历汉阳树,芳草萋萋鹦鹉洲。日暮乡关何处是?烟波江上使人愁。"毛熙震《浣溪沙》:"花榭香红烟景迷,满庭芳草绿萋萋。"

(5)《乐府雅词拾遗》卷上、《花庵词选》卷三："乡魂"作"芳魂"。沈际飞《草堂诗余》卷二："乡魂"下注：一作"香魂"，误。黯乡魂：因思念家乡而黯然神伤。黯，形容心情忧郁。乡魂，思乡的情思。江淹《别赋》："黯然销魂者，唯别而已矣。"

(6)《乐府雅词拾遗》卷上："旅思"作"芳意"。《花草粹编》卷七："旅思"作"旅意"。追旅思：撇不开羁旅的愁思。追，追随，这里有缠住不放的意思。旅思，旅居在外的愁思。思，心绪，情怀。谢朓《之宣城出新林浦向板桥》："旅思倦摇摇，孤游昔已屡。"王勃《羁游饯别》："宁觉山川远，悠悠旅思难。"

(7)沈际飞《草堂诗余》卷二："相思泪"，一作"相思味"，误。

集说

(1)文莹《湘山野录》：范文正公谪睦州，过严陵祠下。会吴俗岁祀，里巫迎神，但歌《满江红》，有"桐江好，烟漠漠，波似染，山如削。绕严陵滩畔，鹭飞鱼跃"之句。公曰："吾不善音律，撰一绝送神曰：'包六合网英豪，一个冥鸿惜羽毛。世祖功臣三十六，云台争似钓台高。'"吴俗至今歌之。

(2)龚明之《中吴纪闻》：范文正与欧阳文忠公席上分题作《剔银灯》，皆寓劝世之意。文正云："昨夜因看蜀志，笑曹操孙权刘备，用尽机关，徒劳心力，只得三分天地。屈指细寻思，争如共、刘伶一醉。　人世都无百岁，少痴騃，老成尪悴。只有中间，些子少年，忍把浮名牵系。一品与千金，问白发、如何回避？"

(3)陆游《老学庵笔记》：范文正公喜弹琴，然平日只弹《履霜》一操，时人谓之"范履霜"。

集评

(1)张惠言《词选》：此去国之情。

（2）王奕清《历代词话》引《词苑》：范文正公《苏幕遮》词云：“碧云天……”公之正气塞天地，而情语入妙至此。

（3）彭孙遹《金粟词话》：范希文《苏幕遮》一调，前段多入丽语，后段纯写柔情，遂成绝唱。

（4）许昂霄《词综偶评》：铁石心肠人亦作此销魂语。

（5）谭献《谭评词辨》：大笔振迅。

（6）邹祗谟《远志斋词衷》：范希文《苏幕遮》一阕，前段多入丽语，后段纯写柔情，遂成绝唱。

（7）卓人月《古今词统》：“芳草无情，更在斜阳外”，“行人更在春山外”两句，不厌百回读。又曰：人但言睡不得尔，“除非好梦留人”，反言愈切。

（8）王闿运《湘绮楼词选》：范希文《苏幕遮》“外”字，嘲者以为“江西腔”。今江西人“支”“佳”却分。且范是吴人，吴亦分“宾”“泰”也。正是宋朝京语耳。

（9）江顺诒《词学集成》：《会真记》之“碧云天，黄花地”，非即范文正之“碧云天，红叶地”乎？诗词曲三者之意境各不同，岂在词句之末？

（10）唐圭璋《唐宋词简释》：此首，上片写景，下片抒情。上片，写天连水，水连山，山连芳草；天带碧云，水带寒烟，山带斜阳。自上及下，自近及远，纯是一片空灵境界，即画亦难到。下片，触景生情。“黯乡魂”四句，写在外淹滞之久与乡思之深。“明月”一句陡提，“酒入”两句拍合，“楼高”点明上片之景为楼上所见。酒入肠化泪亦新。

疏解

此词抒发了词人的羁旅乡思之情。

上片一、二句，“碧云天，红叶地”，即从“天”“地”的广漠落笔，展现出一派长空湛碧、大地橙红的高远境界，而无一般秋景之衰飒气象。三、四句，“秋色连波，波上寒烟翠”，更由碧天的秋色接入原野上之秋水。秋色、秋景、高天、大地，一直向远方伸展，连接着天地尽头的淼淼秋江。江波之上，由于上连碧天，下接绿波，远望即与碧天同色，此所以“寒烟”而成

“翠”色。五、六、七句，“山映斜阳天接水。芳草无情，更在斜阳外。”夕阳晚照山峦，碧天遥接秋水，芳草萋萋，延伸至天际。天、地、山、水、斜阳、芳草，组接在一起，正如《楚辞·招隐士》：“王孙游兮不归，春草生兮萋萋。”乡思与别情茫茫，却在斜阳之外，不可追思。悠悠之乡思别情，令游子心中感怀。

过片“乡魂”与“旅思”，言思乡之情怀，黯然凄怆；羁旅之愁绪，连续相接。三、四句，“夜夜除非，好梦留人睡”，言除了好梦熟睡，则思乡之情令人心碎，每夜无法入眠。末言尤其在“明月楼高”的情境下，一个人不要去靠在高高的栏杆上；以酒消愁，酒入愁肠后不仅不能解却乡思，反而化作相思的泪水。

晏叔原（晏幾道）｜一首

一、晏幾道生平简介

晏幾道的父亲晏殊在北宋真宗时官居知制诰、翰林学士，仁宗登基后任宰相，是北宋著名的婉约派词人。晏幾道为晏殊幼子，但他对为官没有兴趣，只热衷于饮酒作词。

宋仁宗至和二年（1055），晏殊去世，晏家家道中落。宋神宗熙宁七年（1074），因友人郑侠反对王安石变法而受到牵连，晏幾道被逮捕下狱。虽然后来被释放，但晏幾道自此看破了世事。

晏幾道与黄庭坚为好友，二人均负盛名。晏幾道为官期间自编词集，取汉淮南小山《招隐士》“王孙兮归来，山中兮不可以久留”意，名《小山词》，黄庭坚作序。宋徽宗大观四年（1110），晏幾道年过七旬，安然辞世。

二、晏幾道评价

（1）王灼《碧鸡漫志》：叔原如金陵王、谢子弟，秀气胜韵，得之天然，将不可学。

（2）陈振孙《直斋书录解题》：其词在诸名胜中，独可追逼花间，高处或过之。

（3）《小山词》毛晋跋：晏氏父子，具足追配李氏父子云。

（4）周济《介存斋论词杂著》：晏氏父子仍步温、韦，小晏精力尤胜。

（5）刘熙载《艺概》：叔原贵异，方回赡远，耆卿细贴，少游清远。四家词趣各别，惟尚婉则同耳。

(6)杜文澜《憩园词话》：(周稚圭)所选《心日斋十六家词》，专取唐、宋，而以元之张蜕岩殿焉。其论曰："词之有令，唐五代尚矣。宋惟晏叔原最擅胜场，贺方回差堪接武。其余间有一二名作流传，然皆专门之学。自兹以降，专工慢词，不复措意令曲。其作令曲，仍与慢词声响无异。"

(7)陈廷焯《词坛丛话》：晏小山词风流绮丽，独冠一时。

(8)陈廷焯《词坛丛话》：北宋之晏叔原，南宋之刘改之，一以韵胜，一以气胜。别于清真、白石外，自成大家。

(9)陈廷焯《白雨斋词话》：《诗》三百篇，大旨归于无邪。北宋晏小山工于言情，出元献、文忠之后。然不免思涉于邪，有失风人之旨。而措词婉妙，则一时独步。

(10)陈廷焯《白雨斋词话》：晏元献、欧阳文忠皆工词，而皆出小山下。专精之诣，固应让渠独步。然小山虽工词，而卒不能比肩温、韦，方驾正中者，以情溢词外，未能意蕴言中也。故悦人甚易而复古则不足。

(11)陈廷焯《白雨斋词话》：李后主、晏叔原皆非词中正声，而其词则无人不爱，以其情胜也。情不深而为词，虽雅不韵，何足感人？

(12)冯煦《蒿庵论词》：淮海、小山，真古之伤心人也。其淡语皆有味，浅语皆有致。求之两宋词人，实罕其匹。子晋欲以晏氏父子追配李氏父子，诚为知音。

(13)况周颐《蕙风词话》：晏叔原词自序曰："始时沈十二廉叔、陈十君龙家有莲、鸿、蘋、云，清讴娱客。"廉叔、君龙，殆亦风雅之士，竟无篇阕流传，并其名亦不可考。宋兴百年已还，凡著名之词人，十九《宋史》有传，或附见父若兄传。大抵黄阁巨公，乌衣华胄。即名位稍逊者，亦不获二三焉。当时词称极盛，乃至青楼之妙姬，秋坟之灵鬼，亦有名章俊语，载之囊籍，流为美谈。万不至章甫缝掖之士，尺板斗食者流，独无含咀宫商，规抚秦、柳者。矧天子右文，群公操雅提倡，甚非无人，而卒无补于湮没不彰，何耶？国初顾梁汾有言："燠凉之态，浸淫而入于风雅。"良可浩叹。即北宋词人以观，盖此风由来旧矣。即如叔原，其才庶几跨灶，其名殆犹恃父以传。夫传不传亦何足轻重之有，唯是自古迄今，不知埋没几许好词。而其传者，或反不如不传者之可传，是则重可惜耳。

(14)况周颐《蕙风词话》:《小山词》从《珠玉》出，而成就不同，体貌各具。《珠玉》比花中之牡丹,《小山》其文杏乎。

(15)王国维《人间词话》:冯梦华《宋六十一家词选》序例谓:“淮海、小山，古之伤心人也。其淡语皆有味，浅语皆有致。”余谓此唯淮海足以当之。小山矜贵有余，但可方驾子野、方回，未足抗衡淮海也。

(16)夏敬观《二晏词评》:晏氏父子嗣响南唐二主，才力相敌。盖不特词胜，尤有过人之情。叔原以贵人暮子，落拓一生。华屋山邱，身亲经历，哀丝豪竹，寓其微痛纤悲，宜其造诣又过于父。山谷谓为狎邪之大雅，豪士之鼓吹，未足以尽之也。

(17)夏敬观《二晏词评》:殊父子词，语浅意深，有回肠荡气之妙。幾道殆过其父。

(18)陈匪石《声执》:至于北宋小令，近承五季。慢词蕃衍，其风始微。晏殊、欧阳修、张先固雅负盛名，而砥柱中流，断非幾道莫属。

(19)陈匪石《声执》:珠玉、小山、子野、屯田、东山、淮海、清真，其词皆神于炼，不似南宋名家针线之迹未灭尽也。

(20)吴世昌《词林新话》:《小山词》比当时其他词集，令读者有出类拔萃之感。它的文体清丽宛转如转明珠于玉盘，而明白晓畅，使两宋作家无人能继。

(21)郑骞《成府谈词》:小山词境，清新凄婉，高华绮丽之外表不能掩其苍凉寂寞之内心，伤感文学，此为上品。《人间词话》云:“小山矜贵有余，但可方驾子野、方回，未足抗衡淮海。”是犹以寻常贵公子目小山矣。

(22)郑骞《成府谈词》:小山词伤感中见豪迈，凄凉中有温暖，与少游之凄厉幽远异趣，小山多写高堂华烛、酒阑人散之空虚，淮海则多写登山临水、栖迟零落之苦闷。二人性情、家世、环境、遭遇不同，故词境亦异，其为自写伤心则一也。

三、晏幾道《小山词》评价

(1)《小山词》晏幾道序:补亡一编，补乐府之亡也。叔原往者浮沉酒中，病世之歌词不足以析酲解愠。试续南部诸贤绪余，作五、七字语，期以自娱。不独叙其所怀，兼写一时杯酒间闻见，所同游者意中事。尝思感物之情，古今不易。窃以谓篇中之意，昔人所不遗，第于今无传尔。故今所制，通以“补亡”名之。

始时，沈十二廉叔、陈十君龙家有莲、鸿、蘋、云，品清讴娱客。每得一解，即以草授诸儿。吾三人持酒听之，为一笑乐而已。而君龙疾废卧家，廉叔下世，昔之狂篇醉句，遂与两家歌儿酒使俱流传于人间。自尔邮传滋多，积有窜易。七月己巳，为高平公缀缉成编。追惟往昔过从饮酒之人，或垄木已长，或病不偶。考其篇中所记悲欢合离之事，如幻如电，如昨梦前尘，但能掩卷怃然，感光阴之易迁，叹境缘之无实也。

(2)《小山词》黄庭坚序：晏叔原，临淄公之暮子也。磊隗权奇，疏于顾忌。文章翰墨，自立规摹。常欲轩轾人，而不受世之轻重。诸公虽称爱之，而又以小谨望之，遂陆沉于下位。平生潜心六艺，玩思百家，持论甚高，未尝以沽世。余尝怪而问焉。曰：“我盘跚勃窣，犹获罪于诸公；愤而吐之，是唾人面也。”乃独嬉弄于乐府之余，而寓以诗人之句法，清壮顿挫，能动摇人心。士大夫传之，以为有临淄之风耳，罕能味其言也。余尝论：叔原，固人英也，其痴亦自绝人。爱叔原者，皆愠而问其目，曰：“仕宦连蹇，而不能一傍贵人之门，是一痴也。论文自有体，不肯一作新进士语，此又一痴也。费资千百万，家人寒饥，而面有孺子之色，此又一痴也。人百负之而不恨，己信人，终不疑其欺己，此又一痴也。”乃共以为然。虽若此，至其乐府，可谓狎邪之大雅，豪士之鼓吹，其合者，《高唐》《洛神》之流，其下者岂减《桃叶》《团扇》哉？

(3)《四库全书·小山词提要》：《小山词》一卷，宋晏幾道撰。幾道字叔原，号小山，殊之幼子，监颍昌许田镇。熙宁中，郑侠上书下狱，悉治平时所往还厚善者，幾道亦在数中。从侠家搜得其诗，裕陵称之，始得释。事见《侯鲭录》。黄庭坚《小山集》序曰：“其乐府可谓狭邪之大雅，豪士之鼓吹。其合者《高唐》《洛神》之流，其下者岂减《桃叶》《团扇》哉？”又，《古今词话》载程叔微之言曰：“伊川闻人诵叔原词‘梦魂惯得无拘检，又踏杨花过谢桥。’曰‘鬼语也。’”意颇赏之。然则幾道之词，固甚为当时推挹矣。马端临《经籍考》载《小山词》一卷，并录黄庭坚全序。此本佚去庭坚序，惟存无名氏跋后一篇。又“似幾道词本名《补亡》，以为补乐府之亡。单文孤证，未敢遽改，姑仍旧本题之。”至旧本字句，往往讹异。如《泛清波摘遍》一阕，“暗惜光阴恨多少”句，此于“光”字上误增“花”字，衍作八字句。《词汇》遂改“阴”作“饮”，再误为“暗惜花光，饮恨多少”。如斯之类，殊失其真，今并订正焉。

(4)**《小山词》郑文焯跋**：比于《文献通考》得黄山谷所制小山集序，论叔原痴绝，有之，称其乐府“寓以诗人句法，精壮顿挫，能动摇人心，士大夫传之，以为有临淄之风尔，罕能味其言也。”又谓：“其合者《高唐》《洛神》之流，其下者岂减《桃叶》《团扇》？”诚足当小山知音雅旧。已别录一卷，即以兹叙弁首，更为校订词中踳驳，以小字密行，精刊墨版，名曰《小山乐府补亡》，从其自序义例也。

(5)**《小山词》朱祖谋校记**：右小山词一卷，赵氏星凤阁藏明抄本。以校毛氏汲古阁刻，校正八十余字。其讹文之显见者，即以毛本校录如右。他所参校亦附见焉。

(6)**《小山词》林大椿跋**：《小山词》一卷，毛晋刊在《六十一家词》中。近岁，归安朱氏《彊村丛书》取赵氏星凤阁藏明钞本以校毛刻，校正八十余字，视毛本增多一阕。兹编次序悉依《彊》本，以毛刻及诸选本参校一过，列其同异，录为校记一卷。凡《彊》本校记所及，不复重著。

临江仙[1]·梦后楼台高锁

梦后楼台高锁，酒醒帘幕低垂[2]，去年春恨却来时，落花人独立，微雨燕双飞[3]。　　记得小蘋[4]初见，两重心字罗衣[5]。琵琶弦上说相思，当时明月在，曾照彩云[6]归。

校注

(1)临江仙：双调小令，唐教坊曲名，后用为词牌。《乐章集》入仙吕调，《张子野词》入高平调，五十八字，上下片各三平韵。约有三格，第三格增二字。柳永演为慢曲，九十三字，前片五平韵，后片六平韵。

(2)“梦后”二句：眼前实景，“梦后”“酒醒”互文，犹晏殊《踏莎行·小径红稀》所云“一场秋梦酒醒时”。“楼台高锁”，从外面看；“帘幕低垂”，就里面说，也只是一个地方的互文，表示春来意兴阑珊。许浑《客有卜居不遂薄游汧陇因题》：“楼台深锁无人到，落尽春风第一花。”

(3)“去年”三句：独立花前，闲看燕子，比今年的醉眠愁卧、静掩房栊意兴还稍好一些。郑谷《杏花》：“小桃初谢后，双燕却来时。”“独立”与“双燕”对照，已暗含怀人意。《五代诗话》卷七引翁宏《宫词》：“落花人独立，微雨燕双飞。”（注：翁诗全篇见《诗话总龟》前集卷十一。）

(4)此篇本事：小蘋，歌女名。汲古阁本《小山词》作者自跋：“始时，沈十二廉叔、陈十君龙家，有莲、鸿、蘋、云，品清讴娱客。每得一解，即以草授诸儿。”小莲、小蘋等名，又见他的《玉楼春》中。

(5)心字罗衣：杨慎《词品》卷二：“‘心字罗衣’则谓心字香薰之尔，或谓女人衣曲领如心字。”说亦未必确。疑指衣上的花纹。心“当是篆体，故可作为图案”。“两重心字”殆含“心心”义。李白《宫中行乐词八首》之一：“山花插宝髻，石竹绣罗衣。”仅就两句字面，虽似与此句差远，但太白彼诗篇末云：“只愁歌舞散，化作彩云飞。”显然为此词结句所本，则“罗衣”云云盖亦相绾合。前人记诵广博，于创作时，每以联想的关系，错杂融会，成为新篇。此等例子正多，殆有不胜枚举者。

(6)彩云：比喻美人。宋玉《高唐赋》：“妾在巫山之阳，高丘之阻，旦为朝云，暮为行雨，朝朝暮暮，阳台之下。旦朝视之，如言，故为立庙，号曰朝云。”江淹《丽色赋》：“其少进也，如彩云出崖。”

集说

(1)张宗橚《词林纪事》卷六：(按：《小山词跋》：始时，沈十二廉叔、陈十君龙家，有莲、鸿、蘋、云，品清讴娱客。每得一解，即以草授诸儿。吾三人持酒听之，为一笑乐而已。而君龙疾废卧家，廉叔下世，昔之狂篇醉句，遂与两家歌儿酒使俱流转人间。……)此词当是追忆蘋、云而作。

(2)张宗橚《词林纪事》卷六：《小山词》尚有《玉楼春》两阕。一云“小蘋若解愁春暮”，一云“小莲未解论心素”。其人之娟姿艳态，一座皆倾，可想见矣。

集评

(1)杨万里《诚斋诗话》：惟晏叔原云：“落花人独立，微雨燕双飞。”可谓好色而不淫矣。

(2)陈廷焯《白雨斋词话》：小山词如“去年春恨却来时，落花人独立，微雨燕双飞”，“当时明月在，曾照彩云归”，既闲婉，又沉着，当时更无敌手。

(3)谭献《谭评词辨》：“落花”二句，名句千古，不能有二。末二句，可谓柔厚在此。

(4)梁令娴《艺蘅馆词选》引梁启超语：起二句，纯是华严境界。

(5)吴梅《词学通论》：小山词之最著者，如此词之“落花”二句。及《鹧鸪天》之“舞低杨柳楼心月，歌尽桃花扇底风”，又“今宵剩把银釭照，犹恐相逢是梦中”，又“梦魂惯得无拘检，又踏杨花过谢桥”。《浣溪沙》之“户外绿杨春系马，床头红烛夜呼卢”，皆为世人盛称者。余谓艳词自以小山为最，以曲折深婉，浅处皆深也。

疏解

此词抒发对歌女小蘋的怀念。

上片一、二句言他酒醒后，仍困于楼台高锁、帘幕低垂之中。三句“去年春恨却来时”，回忆去年与歌女小蘋初见相悦又相别之情景，所谓“春恨”也。四、五句“落花人独立，微雨燕双飞”，可知他已经漫步至小园，但见落花遍地，微雨轻洒，燕子双飞。此处花落、雨微、双燕，皆隐含对消逝了的岁月的深沉怀恋。是以下文有“记得”等句。

下片一、二句，回忆去年与小蘋初见时给自己留下的印象：她穿着“两重心字罗衣”。虽然已经过去整整一年，然其倩影仍如此清晰。那琵琶弦上传出的对自己的思慕之情，他怎能忘怀？末二句回想当时初见时明月清辉照着她款款归去的身影，这一印象于今仍在，如此深刻。

一个贵公子对一位歌女的怀念，正是此词的感人之处。

韩玉汝（韩缜）｜一首

韩缜相关诗歌

观韩玉汝胡人贡奉图

梅尧臣

时世重古不重新，破图谁画旧胡人？
臂鹰捧盘犀判水，铁锁狮子同麒麟。
翘翘雉尾插头上，深目巨鼻青搭巾。
涂朱点绿笔画大，筋骨怒露蛮祠神。
茜袍白马韩公子，从何得此来秘珍。
定应海客远为赠，中国未睹难拟伦。
公子自言吴生笔，吴笔精劲瘦且匀。
我恐非是不敢赞，退归书此任从嗔。

韩玉汝使归

曾　巩

顾命逮殊邻，辅轩遵此道。
公府戒行期，禁庭颁重宝。
积雪正东流，度河盛前导。
士勇践胡尘，马骄嘶塞草。
玉节所镇临，毡庐先汛扫。
赫尔示威灵，坦然布怀抱。
国倚材实优，虑得声名早。

慷慨服天骄，从容问遗老。
光华及原隰，沆砀看西颢。
迎劳动都门，旌旗风亦好。

芳草·锁离愁(1)

锁离愁,连绵无际,来时陌上初熏(2)。绣帷(3)人念远,暗垂珠露(4),泣送征轮。长行长在眼,更重重、远水孤云。但望极楼高,尽日目断王孙(5)。　消魂。池塘别后,曾行处、绿妒轻裙(6)。恁时携素手(7),乱花飞絮里,缓步香茵(8)。朱颜空自改,向年年、芳意长新。遍绿野,嬉游醉眼,莫负新春(9)。

校注

(1)《花草粹编》卷十:题下注:“古《凤箫吟》。”丁绍仪《听秋声馆词话》卷十三:“《凤箫吟》一名《芳草》……盖‘芳草’二字即题,后人误为调名耳。”据记载,韩玉汝有爱姬,能词。韩使北时,姬作《蝶恋花》送之云:“香作风光浓着露。正恁双栖,又遣分飞去。密诉东君应不许。泪波一洒奴衷素。”神宗知之,特命步军司搬家追送。时莫测中旨所出,后乃知因别曲传入内廷也。

(2)陌上初熏:田野阡陌小路,黄昏已经降临。陌,田间道路。熏,黄昏,亦作“曛”。《后汉书·赵壹传》:“至熏夕,极欢而去。”

(3)绣帏:绣房、闺阁,亦指代闺中少妇。

(4)“暗垂”句:珠露,露珠。此处喻指女子落下一串串珠露般的眼泪。王融《青青河畔草》:“珠露春华返,璇霜秋照晚。”

(5)“尽日”句:汉淮南小山《招隐士》:“王孙游兮不归,芳草生兮萋萋。”

(6)“绿妒”句:轻柔的罗裙和芳草争绿。

(7)“恁时”句：那时轻轻携着女子洁白如玉的手。恁，那，那时。素手，女子洁白如玉的双手。

(8)香茵：芳草地。茵，绿草。

(9)《花草粹编》卷十：“新春”作“青春”。

集说

(1)叶梦得《石林诗话》：元丰初，虏人来议地界。韩丞相玉汝自枢密院都丞旨出分画。玉汝有爱妾刘氏，将行，剧饮通夕，且作乐府词留别。翌日，神宗已密知。忽中批步军司遣兵为搬家追送之。玉汝初莫测所因，久之，方知其自乐府发也。盖上以恩礼待下，虽闺门之私，亦恤之如此，故中外士大夫无不乐尽其力。刘贡父，玉汝姻党，即作小诗寄之以戏云：“票姚不复顾家为，谁谓东山久不归?《卷耳》幸容携婉娈,《皇华》何啻有光辉？”玉汝是词，由此遂盛传于天下。

(2)沈雄《古今词话》卷上引《乐府纪闻》：韩缜出使契丹……姬作《蝶恋花》云：“香作风光浓着露。正恁双栖，又遣分飞去。密诉东君应不许。泪波一洒奴衷素。”神宗知之，遣使送行。刘贡父赠以诗：“《卷耳》幸容携婉娈,《皇华》何啻有光辉？”莫测中旨何自而出。后知姬人别曲传入内廷也。韩作芳草词别云……此《凤箫吟》咏芳草以留别，与《兰陵王》咏柳以叙别同意。后人竟以芳草为调名，则失《凤箫吟》原唱意矣。

(3)丁绍仪《听秋声馆词话》：换头第二、三句，本作“池塘别后，曾行处”,《词律》谓“曾”字上必落一“旧”字。按奚倬然词亦系四字两句，其他句读，无不相同，似以“旧曾行处”为是，于文理亦觉明顺。

疏解

此词借咏芳草以寄托别离情绪。

上片起首三句自赋别离说起，言芳草连天，离愁无际，美姬于高楼上目送，时正“陌上初熏”。四、五句言美姬因“我”远行而洒别离之泪。六、七句言她目送相随，直至“我”走过“远水孤云”。“长行长在眼”，出句奇异。

下片“消魂”二字，独句，一起立煞，特显“黯然”。江淹《别赋》：“黯然销魂者，唯别而已！”所谓“春草碧色，春水绿波。送君南浦，伤如之何”，真是深闺念远！“池塘”二句，忆当年伤别后，经行处，萋萋芳草，如谢灵运《登池上楼》：“池塘生春草，园柳变鸣禽。”昔日同游池畔，旋赋别离。“恁时”三句，仍是回忆。其轻携素手，在乱絮飞花的暮春时节，漫步于如茵绿草之间。刘希夷云：“年年岁岁花相似，岁岁年年人不同。”时光流逝，人事已非，朱颜空改，相逢不知何日！年华已逝，唯有芳草被春风吹过而新绿又生。结末呼应上文，言似无须触景伤情，当春回大地、绿满田野之时，又当放怀宴游，到那时便不会辜负了青春的好时光。

欧阳永叔（欧阳修）｜二首

一、欧阳修传文

《宋史·欧阳修传》：

欧阳修字永叔，庐陵人。四岁而孤，母郑，守节自誓，亲诲之学。家贫，至以荻画地学书。……始从尹洙游，为古文，议论当世事，迭相师友，与梅尧臣游，为歌诗相倡和，遂以文章名冠天下。入朝为馆阁校勘。

范仲淹以言事贬，在廷多论救，司谏高若讷独以为当黜，修贻书责之，谓其不复知人间有羞耻事。若讷上其书，坐贬夷陵令，稍徙乾德令、武成节度判官。仲淹使陕西，辟掌书记，修笑而辞曰："昔者之举，岂以为己利哉。同其退不同其进可也。"久之，复校勘，进集贤校理。庆历三年，知谏院。

时仁宗更用大臣，杜衍、富弼、韩琦、范仲淹皆在位，增谏官员，用天下名士，修首在选中。每进见，帝延问执政，咨所宜行；既多所张弛，小人翕翕不便。……

修论事切直，人视之如仇，帝独奖其敢言，面赐五品服。……会保州兵乱，以为龙图阁直学士、河北都转运使。陛辞，帝曰："勿为久留计，有所欲言，言之。"对曰："臣在谏职得论事，今越职而言，罪也。"帝曰："第言之，毋以中外为间。"……

方是时，杜衍等相继以党议罢去。修慨然上疏曰："杜衍、韩琦、范仲淹、富弼，天下皆知其有可用之贤。……正士在朝，群邪所忌，谋臣不用，敌国之福也。今此四人一旦罢去，而使群邪相贺于内，四夷相贺于外，臣为朝廷惜之。"于是邪党益忌修，因其孤甥张氏狱傅致以罪，左迁知制诰、知滁州。居二年，徙扬州、颍州。复学士，留守南京。……小人畏修复用，有诈为修奏，乞澄汰内侍为奸利者，其群皆怨怒，谮之，出知同州，帝纳吴充言而止。迁翰林学士，俾修《唐书》。……

熙宁四年，以太子少师致仕。五年，卒，赠太子太师，谥曰文忠。修始在滁州，号"醉翁"，晚更号"六一居士"。

二、欧阳修轶事

(1)文莹《湘山野录》：欧阳公顷谪滁州，一同年将赴阆倅，因访之，即席为一曲歌以送曰："记得金銮同唱第，春风上国繁华。而今薄宦老天涯。十年歧路，空负曲江花。　　闻说阆山通阆苑，楼高不见君家。孤城寒日等闲斜。离愁无尽，红树远连霞。"其飘逸清远，皆李白之品流也。……予皇祐中都下已闻此阕，歌于人口者二十年矣。

(2)赵令畤《侯鲭录》：欧公闲居汝阴时，一妓甚颖，公歌词尽记之。筵上戏约，他年当来作守。后数年，公自维扬果移汝阴，其人已不复见矣。……有诗《留撷芳亭》云："柳絮已将春去远，海棠应恨我来迟。"后三十年，东坡作守，见诗笑曰："杜牧之'绿叶成荫'之句耶？"

(3)张邦基《墨庄漫录》：扬州蜀冈上大明寺平山堂前，欧阳文忠公手植柳一株，谓之"欧公柳"，公词所谓"手植堂前杨柳，别来几度春风"者。薛嗣昌作守，相对亦种一株，自榜曰"薛公柳"，人莫不嗤之。嗣昌既去，为人伐之，不度德有如此者。

(4)陆游《老学庵笔记》："水流天地外，山色有无中"，王维诗也。权德舆《晚渡扬子江》诗云："远岫有无中，片帆烟水上。"已是用(王)维语。欧阳公长短句云："平山阑槛倚晴空，山色有无中。"诗人至是盖三用矣。然公但以此句施于平山堂为宜，初不自谓工也。东坡先生乃云："记取醉翁语，山色有无中。"则似谓欧阳公创为此句，何哉？

(5)朱熹《三朝名臣言行录》：公……集三代以来金石刻为一千卷……在滁州时，自号"醉翁"。晚年自号"六一居士"，曰："吾《集古录》一千卷，藏书一万卷，有琴一张，有棋一局，而常置酒一壶，吾老于其间，是为'六一'。"

(6)徐釚《词苑丛谈》:王铚《默记》载欧阳公《望江南》双调云:“江南柳,叶小未成阴。人为丝轻那忍折,莺怜枝嫩不胜吟。留取待春深。　十四五,闲抱琵琶寻。堂上簸钱堂下走,恁时相见已留心。何况到如今。”初,欧公有盗甥之疑,上表自白云:“丧厥夫而无托,携幼女以来归。”张氏此时年方七岁。钱穆父素恨公,笑曰:“正是学簸钱时也。”欧知贡举,下第举人复作《醉蓬莱》词讥之。愚按:欧公词出《钱氏私志》,盖钱世昭因公《五代史》中多毁吴越,故诋之。此词不足信也。

蝶恋花·庭院深深深几许

庭院深深深几许[1]。杨柳堆烟[2],帘幕无重数。玉勒雕鞍游冶处[3]。楼高不见章台[4]路。　　雨横[5]风狂三月暮。门掩黄昏,无计留春住。泪眼问花花不语。乱红[6]飞过秋千去。

校注

(1)几许：多少。许，估计数量之词。《古诗十九首·迢迢牵牛星》：“河汉清且浅，相去复几许？”

(2)堆烟：形容杨柳枝叶浓密，如烟雾堆积。

(3)“玉勒”句：骑着刺绣精雕的宝马，到歌楼妓院游宿。玉勒，玉制的马衔、马络头。庾信《三月三日华林园马射赋》：“控玉勒而摇星，跨金鞍而动月。”高适《送浑将军出塞》：“银鞍玉勒绣蝥弧，每逐嫖姚破骨都。”雕鞍，刺绣精雕的马鞍。骆宾王《帝京篇》：“宝盖雕鞍金络马，兰窗绣柱。”游冶处，指歌楼妓院，极言车马的豪华。

(4)章台：汉长安街名。《汉书·张敞传》有“走马章台街”语。唐许尧佐有《章台柳传》记妓女柳氏事。后人常以章台代指歌妓聚居之地。

(5)雨横：急雨，骤雨。

(6)乱红：这里形容各种花瓣纷纷飘落的样子。

集评

(1)茅暎《词的》：凄如送别。

(2)李廷机《草堂诗余评林》：首句叠用三个“深”字最新奇，后段形容春暮光景殆尽。

(3)黄苏《蓼园词评》：首阕因杨柳烟多，若帘幕之重重者，庭院之深以此，即下句章台不见，亦以此。总以见柳絮之迷人，加之雨横风狂，即拟闭门，而春已去矣。不见乱红之尽飞乎？语意如此，通首诋斥，看来必有所指。第词旨浓丽，即不明所指，自是一首好词。

(4)王又华《古今词论》引毛先舒评：人愈伤心，花愈恼人，语愈浅而意愈入，又绝无刻画费力之迹，谓非层深而浑成耶！

(5)唐圭璋《唐宋词简释》：此首写闺情，层深而浑成。首三句，但写一华丽之庭院，而人之矜贵可知。“玉勒”两句，写行人游冶不归，一则深院凝愁，一则章台驰骋，两句射照，哀乐毕见。换头，因风雨交加，更起伤春怀人之情。……观毛氏此言，可悟其妙。

疏解

此词亦见于冯延巳的《阳春集》。刘熙载云：“冯延巳词，晏同叔得其俊，欧阳永叔得其深。”在词的发展史上，宋初词风承南唐，没有太大的变化，而欧与冯俱仕至宰执，政治地位与文化素养基本相似，因此他们两人的词风大同小异，有些作品往往混淆在一起。据李清照《临江仙》词序云：“欧阳公作《蝶恋花》，有‘深深深几许’之句，予酷爱之，用其语作‘庭院深深’数阕。”李清照去欧阳修未远，所云当不误。

此词写闺怨。上片开首言“庭院深深”，写女子深锁闺房。二、三句言窗外杨柳如烟遮蔽，室内则“帘幕无重数”，言女子不得与外界接触。四、五句言，她料想情人骑着“玉勒雕鞍”到处游冶，正在章台妓院行乐。

过片“雨横风狂”“门掩黄昏”，正写三月春残：春天即将过去，自己的青春也即将消逝，然而却“无计留春住”，暗寓无法留住“冶游子”。末云只有在闺中流泪，无人可问，只有“问花”。然而“花不语”，但见乱花飘洒，朵朵飞过秋千而去，十分无奈。

临江仙·柳外轻雷池上雨[1]

柳外轻雷池上雨[2],雨声滴碎荷声。小楼西角断虹明。阑干倚处[3],待得月华[4]生。　　燕子飞来窥画栋[5],玉钩垂下帘旌[6]。凉波不动簟纹平[7]。水精[8]双枕,旁有堕钗横[9]。

校注

(1)沈际飞《草堂诗余》:题《夏景》。(注:一作《赠妓》。)

(2)《野客丛书》卷十:(“柳外轻雷”句)用李商隐“芙蓉塘外有轻雷”之语。

(3)《妙选草堂诗余》前集卷下:“阑干倚处”作“栏杆凭倚处”。

(4)月华:月光、月色之美丽。这里指月亮。庾信《舟中望月》:“舟子夜离家,开舲望月华。”韦庄《捣练篇》:“月华吐艳明烛烛,青楼妇唱捣衣曲。”《妙选草堂诗余》前集卷下:陶渊明诗:“月华临静夜。”

(5)画栋:彩绘装饰的楼阁梁栋。《妙选草堂诗余》:《滕王阁诗》:“画栋朝飞南浦云。”《宣和遗事》:“画栋雕梁,高楼邃阁,不可胜计。”

(6)“玉钩”句:言以玉制的帘钩,挂住帘旌。玉钩,精美的帘钩,亦为挂钩的美称。《楚辞·招魂》:“挂曲琼些。”王逸注:“曲琼,玉钩也。雕饰玉钩,以悬衣物也。”李璟《摊破浣溪沙》:“手卷真珠上玉钩,依前春恨锁重楼。”帘旌,帘端下垂,用以装饰的布帛,此指代帘幕。亦泛指酒店或茶馆的招子。白居易《旧房》:“床帷半故帘旌断,仍是初寒欲夜时。”李商隐《正月崇让宅》:“蝙拂帘旌终展转,鼠翻窗网小惊猜。”冯浩笺注:“帘旌,帘端施帛也。”

（7）“凉波”句：指竹子做的凉席上平整如不动的波纹。簟，竹席。韩愈《奉和虢州刘给事使君三堂新题二十一咏·新亭》：“湖上新亭好，公来日出初。水文浮枕簟，瓦影荫龟鱼。”《妙选草堂诗余》前集卷下：韩诗：“水纹浮枕簟。”

（8）水精：水晶，古称“水玉”“水精”。《后汉书·西域传·大秦》：“（大秦）宫室皆以水精为柱，食器亦然。”杜甫《丽人行》：“紫驼之峰出翠釜，水精之盘行素鳞。”洪迈《夷坚支志丁·灵山水精》：“水精出于信州灵山之下，唯以大为贵，及其中现花竹象者。”

（9）堕钗横：《妙选草堂诗余》前集卷下：《太真外传》：“上皇登沉香亭，诏妃子。妃子时饮酒未醒；醒后残妆，鬓乱钗横。”

集说

王楙《野客丛书》卷十：旧说谓欧公为郡幕日，因郡宴，与一官妓荏苒。郡守得知，令妓求欧词以逸过。公遂赋此词。仆观此词，正祖李商隐《偶题》诗云：“小亭闲眠微醉消，石榴（按：应为‘山榴’。）海柏枝相交。水纹簟上琥珀枕，旁有堕钗双翠翘。”又，“外轻雷”亦用商隐“芙蓉塘外有轻雷”之语。“好风微动帘旌”，用唐《花间集》中语。欧词又曰：“阑干敲遍不应人，分明窗下闻裁剪。”此语见韩偓《香奁集》。

集评

（1）王楙《野客丛书》卷十：欧公词“柳外轻雷池上雨，雨声滴碎荷声”云云，末曰：“水晶双枕，旁有堕钗横。”此词甚脍炙人口。

（2）沈际飞《草堂诗余》正集：雨忽虹，虹忽月，夏景尔尔，拈笔不同。玩末句，风韵直当凌厉秦、黄，一金钗何足以偿之！

（3）许昂霄《词综偶评》：不假雕饰，自成绝唱。

（4）王闿运《湘绮楼词选》：原钞作“窥画栋”，垂帘矣，何得始窥？且此写闺人睡景，非狎语也，岂自嘲自状之人？ 因帘垂不能归栋，故窥也。

(5)夏承焘《宋词鉴赏辞典》：此词甚奇，奇在所取时节、景色、人物、生活，都不是一般作品中常见重复或类似的内容，千古独此一篇，此即是奇，而不待挟山超海、揽月驱星，方是奇也。 所写是夏景，傍晚阵雨旋晴，一时之情状，画所难到，得未曾有。 ……而结以钗横，后来苏东坡《洞仙歌》亦以之写夏夜：“绣帘开，一点明月窥人，人未寝，欹枕钗横鬓乱。”末四字为俗流妄用为亵词，其实坡公是写热甚不能入寝，毫无他意。 欧公此处，神理不殊，先后一揆。 若深求别解，即堕恶趣，而将一篇奇绝之名作践踏矣。

疏解

胡适之考证后认为，该词为欧阳修在河南钱惟演幕中，与一妓女相亲，为妓女所作。 时天圣九年(1031)至明道二年(1033)，欧阳修在西京留守推官任上。

据钱世昭《钱氏私志》：“欧文忠任河南推官，亲一妓。 时先文僖(钱惟演)罢政为西京留守，梅圣俞、谢希深、尹师鲁同在幕下，惜欧有才无行，共白于公，屡微讽之而不恤。 一日，宴于后园，客集而欧与妓俱不至，移时方来，在坐相视以目。 公责妓云：‘末至何也？’妓云：‘中暑，往凉堂睡着，觉而失金钗，犹未见。’公曰：‘若得欧阳推官一词，当为偿汝。’欧即席云：‘柳外轻雷池上雨……’坐皆称善。 遂命妓满酌赏欧，而令公库偿钗。”

上片一、二句言柳荫外、池塘上，一阵惊雷后，下起了一阵急雨。 雨水滴落在池塘的荷叶上。“滴碎荷声”四字妙，仿佛听见雨水滴在荷叶上发出的声响。“小楼”三句写雨后情景。 女子倚靠在栏杆上，看天上断虹半道，她一直在等待月亮升起。 或许当晚情人就会到来，所谓“待得月华生也”。

下片一、二句言，等到的是一双燕子飞来，偷窥画栋；而帘旌下垂，其他似乎什么也看不见。 她只好躺卧在平整如波的凉簟上，头上的钗钿则垂落在水晶枕旁，看来她并不快乐。 凉席上、玉枕旁，陪伴她的只有她自己金钗。这就暗示着她正独守空闺。

张子野（张先）| 三首

张先生平简介

张先（990—1078），字子野，乌程（今浙江湖州）人。北宋词人。有《张子野词》。《古今诗话》中说："有客谓子野曰：'人皆谓公"张三中"，即心中事、眼中泪、意中人也。'子野曰：'何不目之为"张三影"？'客不晓。公曰：'"云破月来花弄影"，"娇柔懒起，帘幕卷花影"，"柳径无人，堕飞絮无影"，此余生平所得意也。'"后来，人们就称他为"张三影"。

张子野嗜诗词，宋叶梦得《石林诗话》称其"能为诗及乐府，至老不衰"。其诗词内容大多反映士大夫的诗酒生活和男女欢情，语言清新工丽。在婉约、豪放两大词派中别树一帜，在词的发展中具有重要的历史地位。清代词论家陈廷焯在《白雨斋词话》中评其词曰："张子野词，古今一大转移也。前此则为晏、欧，为温、韦，体段虽具，声色未开。后此则为秦、柳，为苏、辛，为美成、白石，发扬蹈厉，气局一新，而古意渐失。子野适其中，有含蓄处，亦有发越处。"

天仙子·水调数声持酒听[1]

水调[2]数声持酒听,午睡[3]醒来愁未醒。送春春去几时回,临晚镜。伤流景[4],往事悠悠[5]空记省。　　沙上并禽[6]池上暝。云破月来花弄影[7]。重重帘幕密遮灯,风不定,人初静。明日落红[8]应满径。

校注

(1)《乐府雅词》卷上调名下注:(按:《草堂诗余》题曰《送春》,又一题《时为嘉禾小倅以病眠不赴府会》。嘉禾:秀州别称,治所在今浙江省嘉兴市。倅,副职,作者时任秀州通判。)《花庵词选》卷五:题《春恨》。沈际飞《草堂诗余》卷二:题《送春》。(注:一作《春恨》。)彊村本《张子野词》卷二:中吕调,题《时为嘉禾小倅以病眠不赴府会》。天仙子:唐教坊舞曲,后用为词牌。段安节《乐府杂录》:"龟兹部,《万斯年》曲,是朱崖李太尉(德裕)进。此曲名即《天仙子》是也。"《金奁集》入歇指调,所收为韦庄作五首,皆平韵或仄韵转平韵体。《花间集》收皇甫松二首,皆仄韵单调小令,三十四字,五仄韵。《张子野词》兼入中吕、仙吕两调,并重叠一片为之。

(2)水调:曲调名。杜牧《扬州》:"谁家唱《水调》,明月满扬州。"自注:"炀帝凿汴渠成,自造《水调》。"贺铸《罗敷歌·采桑子》:"谁家《水调》声声怨,黄叶秋风。"胡震亨《唐音癸签·乐通二》:"《海录碎事》云:'隋炀帝开汴河,自造《水调》。'《水调》及《新水调》,并商调曲也。唐曲凡十一迭,前五迭为歌,后六迭为入破。"

(3)《乐府雅词》卷上、《花庵词选》卷五、沈际飞《草堂诗余》卷二:"午睡”作“午醉”。沈注：一作“午睡”，误。

（4）流景：像水一样的年华，逝去的光阴。景，日光。刘知几《史通·叙事》：“夫杲日流景，则列星寝耀；桑榆既夕，而辰象粲然。”武平一《妾薄命》：“流景一何速，年华不可追。”

（5）《乐府雅词》卷上、《妙选草堂诗余》前集卷上、彊村本《张子野词》卷二：“悠悠”作“后期”（注：一作“悠悠”。）沈际飞《草堂诗余》卷二：作“悠悠”。（注：一作“后期”。）（按：后期：以后的约会。）记省：思念省识。记，思念；省，省识，省悟。

（6）并禽：禽鸟成双成对。此处指鸳鸯。

（7）弄影：此言花丛摇曳，月影子随花而摇晃。鲍照《舞鹤赋》：“叠霜毛而弄影，振玉羽而临霞。”王勃《江曲孤凫赋》：“尔乃忘机绝虑，怀声弄影。”

（8）落红：落花。戴叔伦《相思曲》：“落红乱逐东流水，一点芳心为君死。”

集说

（1）胡仔《苕溪渔隐丛话》引《古今诗话》：有客谓子野曰：“人皆谓公‘张三中’，即心中事，眼中泪，意中人也。”公曰：“何不目之为‘张三影？’”客不晓。公曰：“‘云破月来花弄影’，‘娇柔懒起，帘压卷花影’，‘柳径无人，堕飞絮无影’，此余平生所得意也。”（按：苕溪渔隐曰：细味三说，当以《后山》《古今》二诗话所载“三影”为胜。）

（2）胡仔《苕溪渔隐丛话》引《遁斋闲览》：张子野郎中以乐章擅名一时。宋子京尚书奇其才，先往见之。遣将命者谓曰：“尚书欲见‘云破月来花弄影’郎中乎？”子野屏后呼曰：“得非‘红杏枝头春意闹’尚书耶？”遂出，置酒尽欢。盖二人所举，皆其警策也。

（3）曾慥《高斋诗话》：子野尝有诗云：“浮萍断处见山影。”又长短句云：“云破月来花弄影。”又云：“隔墙送过秋千影。”并脍炙人口，世谓“张三影”。

（4）陈师道《后山诗话》：尚书郎张先善著词，有云：“云破月来花弄影”

“帘压卷花影”“堕飞絮无影”，世称诵之，谓之“张三影”。介甫谓“云破月来花弄影”，不如李冠“朦胧淡月云来去”也。(李)冠，齐人，为《六州歌头》，道刘、项事，慷慨雄伟，刘潜，大侠也，喜诵之。

(5)陆游《入蜀记》：坐花月亭，有小碑，乃张先子野“云破月来花弄影”乐章，云得句于此亭也。

集评

(1)吴幵《优古堂诗话》：张子野长短句“云破月来花弄影”，往往以为古今绝唱。然余读古乐府唐氏谣《暗别离》云：“朱弦暗度不见人，风动花枝月中影。”意子野本此。

(2)杨慎《词品》：“云破月来花弄影”，景物如画，画亦不能至此，绝倒，绝倒！

(3)沈际飞《草堂诗余》正集卷二：“云破月来”句，心与景会，落笔即是，着意即非，故当脍炙。

(4)沈辰垣《历代诗余》卷四引《词统》：张先以“三影”名者……然以“云破月来花弄影”为最，余二“影”字不及。

(5)黄苏《蓼园词评》：听“水调”而愁，为自伤卑贱也。“送春”四句，伤其流光易去，后期茫茫也。“沙上”二句，言所居岑寂，以沙禽与花自喻也。“重重”三句，言多障蔽也。结句仍缴送春本题，恐其时之晚也。

(6)陈廷焯《白雨斋词话》卷五：王介甫谓张子野“云破月来花弄影”，不及李世英“朦胧淡月云来去”，此仅就一句言之，未观全体，殊觉武断。即以一句论，亦安见其不及也？

(7)陈廷焯《白雨斋词话》卷六：宋人如“红杏尚书”“贺梅子”“张三影”“山抹微云秦学士”“晓风残月柳三变”“滴粉搓酥左与言”之类，皆以一语之工，倾倒一世。

(8)王国维《人间词话》：“红杏枝头春意闹”，着一“闹”字而境界全出。“云破月来花弄影”，着一“弄”字，而境界全出矣。

(9)唐圭璋《唐宋词简释》：此首不作发越之语，而自然韵高。中间自午至晚，自晚至夜，写来情景宛然。

(10)王方俊《唐宋词赏析》：全词将词人慨叹年老位卑、前途渺茫之情与暮春之景有机地交融在一起，工于锻炼字句，体现了张词的主要艺术特色。

(11)沈祖棻《宋词赏析》：这首词乃是临老伤春之作，与词中习见的少男少女的伤春不同。一上来就写出了这一点。

疏解

据说此为张先任嘉禾通判时作，词中有“云破月来花弄影”句。陈师道《后山诗话》及胡仔《苕溪渔隐丛话》所引各家评论，皆以张先带有三个“影”字的佳句为世所称，人们誉之为“张三影”。

此词为临老伤春之作。上片一、二句言中午饮酒听《水调》歌以后即午睡，直到傍晚（“临晚镜”）方才醒来，然而酒并未能消除心中的愁闷，故云“愁未醒”。三至五句，点明时令在暮春；然而春天即将消逝，几时才能再回来？暗寓人生的春天也将是一去不复返，所谓“临晚镜。伤流景”。末句“往事悠悠”，岁月蹉跎，唯留下片片令人“空记省”的事情。正如李义山《锦瑟》云：“此情可待成追忆，只是当时已惘然。”

下片写薄暮时，漫步至园中，但见鸳鸯成对地在池塘上戏游，而池塘上分明已经是黄昏降临了。他抬眼望望天空，只见云彩的缝隙，已经透下月光，照得园中花蕊随着晚风摇曳多姿，似是有意摆弄花影。此时，花园里外，似乎所有的房屋都被翠幕所遮，嘈杂的人声也已经静了下来。因为有风，所以末句言花园中明天一定有落花铺满小径。“花落”与“水流”都有时光荏苒、岁月流逝的色彩。此处“明日落红”亦应作如是观。

木兰花·乙卯吴兴寒食[1]

龙头舴艋吴儿竞[2],笋柱秋千游女并[3]。芳洲拾翠[4]暮忘归,秀野踏青来不定[5]。　行云[6]去后遥山暝,已放[7]笙歌池院静。中庭月色正清明,无数杨花过无影。

校注

(1)寒食:寒食节,相传与晋文公、介子推的故事有关。寒食节在农历三月,古时为清明前一两日。汉代以前寒食节禁火的时间较长,以一月为限。据《荆楚岁时记》记载:"去冬节一百五日,即有疾风甚雨,谓之寒食,禁火三日。"唐宋时期减为清明前一天,唐太宗时还曾下政令将祭祖定于寒食节这一天。从先秦到南北朝,寒食都被当作一个很重要的节日。唐朝时它仍然是一个较重要的节日,但已开始式微,后来逐渐为清明节所兼。

(2)舴艋:形状如蚱蜢(一种小虫)的小船。《广雅·释水》:"舴艋,舟也。"王念孙疏证:"《玉篇》:'舴艋,小舟也。'小舟谓之蚱蜢,小蝗谓之舴艋,义相近也。"《南齐书·张敬儿传》:"部伍泊沔口,敬儿乘舴艋过江。"皮日休《送从弟皮崇归复州》诗:"车螯近岸无妨取,舴艋随风不费牵。"吴儿:吴地的年轻人。竞:竞舟,赛龙舟。

(3)笋柱:竹竿做的柱子,此处以笋指代竹竿。笋是竹子的幼芽,立春过后即破土而出。秋千:《荆楚岁时记》:"正月……又为打球、秋千之戏。"注引《古今艺术图》云:"秋千本北方山戎之戏……后中国女子学之。乃以采绳悬木立架,士女炫服,坐立其上推引之,名曰秋千。"王建《秋千词》:"身轻裙薄易生力,双手向空如鸟翼。下来立足重系衣,复畏斜风高不得。旁人送上那足贵，终赌鸣珰斗自起。回回若与高树齐，头上宝钗从堕地。眼前争胜难为休，足踏平地看始愁。”《析津志》：“辽俗最重清明，上自内苑，下至士庶，俱立秋千架，日以嬉戏为乐。自前明以来，此风久革，不复有半仙之戏矣。”并：并排。此指特大秋千架，其粗大之横杆上，可并排多座秋千。

(4)芳洲：芳草丛生的小洲。《楚辞·九歌·湘君》：“采芳洲兮杜若，将以遗兮下女。”王逸注：“芳洲，香草藂生水中之处。”郑愔《采莲曲》：“不觉芳洲暮，菱歌处处闻。”拾翠：古代春游，妇女们常采集百草。曹植《洛神赋》：“或采明珠，或拾翠羽。”南朝梁纪少瑜《建兴苑》：“踟蹰怜拾翠，顾步惜遗簪。”吴融《闲居有作》：“踏青堤上烟多绿，拾翠江边月更明。”

(5)秀野：景色秀丽的郊野。踏青：寒食、清明时出游郊野。《尚书·大传》：“春，出也，万物之出也。”在西周，万物萌动之时，迎春郊游于野外就已成为礼制。踏青的起源，与上巳节的出现有关。上巳节因日期为三月的第一个巳日而得名。经过一个漫长的冬天之后，被寒风禁锢在屋内的青年男女们迎来春天，同时也有了择偶相配、生育的需求。这样人们便在祭祀地神(社神)、春神求农业丰收之后，又祭祀女性的生育神兼媒神以祈求子嗣繁衍，同时男女互相择偶，歌舞欢会，然后相配。来不定：往来不绝。

(6)行云：如云的游女。

(7)已放：已经停止。

集说

李调元《雨村词话》卷一：“张三影”已胜称人口矣，尚有一词，合之应名“四影”。

集评

(1)朱彝尊《静志居诗话》：张子野吴兴寒食词“中庭月色正清明，无数杨花过无影”，余尝叹其工绝，在世所传“三影”之上。

(2)吴梅《词学通论》：余谓子野词气度宛似美成，如《木兰花慢》云……《山亭宴》云："落花荡漾怨空树，晓山静，数声杜宇。天意送芳菲，正黯淡疏星短雨。"《渔家傲》云："天外吴门清霄路，君家正在吴门住。赠我柳枝情几许。春满缕，为君将入江南去。"此等词意，同时鲜有及者也。

疏解

此为写寒食游春、赏月之词。

上片四句写吴兴寒食游春的盛事：赛龙舟、打秋千、芳洲拾翠、秀野踏青。下片言游人如行云般散后，唯余远处苍茫的山岭，各处笙歌也已经停止。作者回到自己的住处，却别有一番景致：院子中间月色清明，更有无数的杨花柳絮飘飞无影。

青门引·乍暖还轻冷

乍暖还轻冷，风雨晚来方定。庭轩寂寞近清明。残花中酒[1]，又是去年病[2]。　　楼头画角[3]风吹醒，入夜[4]重门静。那堪更被明月，隔墙送过秋千影[5]。

校注

(1)中酒：喝醉，醉酒。张华《博物志》卷九："人中酒不解，治之以汤，自渍即愈。"左思《吴都赋》："鄱阳暴谑，中酒而作。"王建《赠溪翁》诗："伴僧斋过夏，中酒卧经旬。"韦庄《晏起》："迩来中酒起常迟，卧看南山改旧诗。"

(2)病：字承上"中酒"来，言酒病。

(3)画角：古代军队中绘有彩色图案的管乐器。

(4)入夜：到了晚上。王勃《寒梧栖凤赋》："游必有方，哂南飞之惊鹊；音能中吕，嗟入夜之啼乌。"李端《云际中峰》："经秋无客到，入夜有僧还。"

(5)秋千影：言秋千影，则人影可知。盖值寒食佳节，明月中有人在打秋千。王建《秋千》："长长丝绳紫复碧，袅袅横枝高百尺。少年儿女重秋千，盘巾结带分两边。"韩偓《偶见》："秋千打困解罗裙，指点醍醐索一尊。见客入来和笑走，手搓梅子映中门。"

集评

(1)黄苏《蓼园词评》：落寞情怀，写来幽隽无匹。不得志于时者，往往借闺情以写其幽思。角声而曰“风吹醒”，“醒”字极尖刻。末句“那堪送影”，真见描神之笔，极希微窅渺之致。

(2)沈际飞《草堂诗余》正集：怀则多触，触则愈怀，未有触之至此极者。

(3)俞陛云《词境浅说》：残春病酒，已觉堪伤，况情怀依旧，愁与年增，乃加倍写法。结句之意，一见深夜寂寥之景，一见别院欣戚之殊。梦窗因秋千而忆凝香纤手，此则因隔院秋千而触绪有怀，别有人在，乃侧面写法。

疏解

上片一、二句言晚来风雨才停，他感觉“乍暖还轻冷”。三、四、五句点明时近清明，可室内、院子里一片寂寞；无奈只能以醉酒打发无聊，竟然喝醉了，同去年一样患了“酒病”。

下片一、二句言困酒而睡，忽然晚风吹来楼头的声声画角，重门内十分安静。末二句言月映中庭，隔墙忽然送过了女子打秋千的影子来。末句或是实景的点缀，更是寂寞时词人静思的幻影，故言“送过秋千影”。

苏子瞻（苏轼）| 四首

贺新郎·乳燕飞华屋[1]

乳燕飞华屋[2]。悄无人，槐阴转午[3]，晚凉新浴。手弄生绡白团扇[4]，扇手一时[5]似玉。渐困倚，孤眠清熟[6]。帘外[7]谁来推绣户，枉教人、梦断瑶台曲[8]。又却是、风敲竹[9]。　石榴半吐红巾蹙[10]。待浮花浪蕊[11]都尽，伴君幽独[12]。秾艳一枝细看取[13]，芳意千重似束[14]。又恐被秋风惊绿[15]。若待得[16]君来向此，花前对酒不忍触。共粉泪、两簌簌[17]。

校注

（1）贺新郎：又名《金缕曲》《贺新凉》《乳燕飞》《貂裘换酒》。传世作品以《东坡乐府》所收为最早。每句都是以仄声结尾，与诸家颇多不合。《词谱》以叶梦得词作谱。此调声情沉郁苍凉，宜抒发激越情感，历来为词家所习用，后人又改名《金缕衣》《金缕词》《金缕歌》《风敲竹》《雪月江山夜》等。《花庵词选》卷二：题作《夏景》。

（2）《妙选草堂诗余》前集卷下：（“乳燕”句）杜诗：“鸣鸠乳燕青春深。”乳燕，雏燕。赵彦卫《云麓漫钞》：“飞”作“栖”。华屋，用蓬草盖的住所，指贫穷者住的简陋房屋。谢灵运《拟魏太子邺中集诗·徐幹》：“华屋非蓬居，时髦岂余匹。”陈子昂《昭夷子赵氏碑》：“故蓬居穷巷，轩冕结辙。”卢纶《客居喜崔补阙司空拾遗访宿》：“步月访诸邻，蓬居宿近臣。”

(3)《苕溪渔隐丛话》前集卷三十九引《古今词话》、《花庵词选》卷二、彊村本《东坡乐府》卷三：“槐阴”作“桐阴”。《妙选草堂诗余》前集卷下：(“槐阴”句)赵师民诗：“槐夏午阴凉。”(按：赵师民有零句：“菱天晨气润，槐夏午风清。”)

(4)生绡：未漂煮过的丝织物，古时多用以作画，因亦以指画卷。此处指丝绢绘图之团扇。韩愈《桃源图》：“流水盘回山百转，生绡数幅垂中堂。”团扇：汉班婕妤《团扇歌》：“新裂齐纨素，鲜洁如霜雪。裁为合欢扇，团团似明月。”后人喻指佳人薄命失宠。

(5)《妙选草堂诗余》前集卷下：(“扇手”句)“晋王衍盛美，才貌明映若神，每执玉柄麈尾玄谈，与手同色。”扇手，白团扇与素手。一时，一并，一齐。《晋书·李矩传》：“矩曰：‘俱是国家臣妾，焉有彼此！’乃一时遣之。”

(6)清熟：睡眠安稳、沉酣。(按：陆游《夜行至平羌憩大悲院》诗，有“下马憩村寺，颓然睡清熟”句。)

(7)《苕溪渔隐丛话》前集卷三十九引《古今词话》：“帘外”作“门外”。

(8)瑶台：玉石砌成的台，神话传说中它在昆仑山上，此指梦中仙境。王嘉《拾遗记·昆仑山》：“旁有瑶台十二，各广千步，皆五色玉为台基。”李商隐《无题》：“紫府仙人号宝灯，云浆未饮结成冰。如何雪月交光夜，更在瑶台十二层。”曲：曲角，幽深，此言在瑶台曲折幽深之处。

(9)风敲竹：李益《竹窗闻风寄苗发司空曙》：“开门风动竹，疑是故人来。”

(10)红巾蹙：形容石榴花半开时，如红巾皱缬。蹙，皱。

(11)浮花浪蕊：指轻浮斗艳，虽早开而早谢的桃、李、杏花等春花。韩愈《杏花》：“浮花浪蕊镇长有，才开还落瘴雾中。”

(12)幽独：寂寞孤独，默然独守。屈原《九章·涉江》：“哀吾生之无乐兮，幽独处乎山中。”陈子昂《感遇》：“幽独空林色，朱蕤冒紫茎。”杜甫《久雨期王将军不至》：“天雨萧萧滞茅庐，空山无以慰幽独。”司空图《秋思》：“势利长草草，何人访幽独？”

（13）秾艳：花木繁盛鲜艳，亦指秾艳之花木。司空图《效陈拾遗子昂感遇》之二："北里秘浓艳，东园锁名花。"（按：或指女子艳丽，如蒋防《霍小玉传》："姿质秾艳，一生未见，高情逸态，事事过人。"）《花庵词选》卷二："细看取"作"君看取"。

（14）《苕溪渔隐丛话》引《古今词话》、《花庵词选》卷二、《花草粹编》卷十二、彊村本《东坡乐府》卷三："芳意"作"芳心"。《妙选草堂诗余》前集卷下："芳意千重"作"芳心千种"。千重似束：形容石榴花瓣重叠，此处暗指佳人心事重重。

（15）秋风惊绿：秋风乍起使榴花凋谢，只剩绿叶。

（16）《花草粹编》卷十二："若待得"作"若传得"。

（17）两簌簌：形容花瓣与眼泪同落。簌簌，纷纷落下貌。

集说

（1）王奕清《历代词话》引《古今词话》：苏子瞻守钱塘，有官妓秀兰，天性黠慧，善于应对。一日，湖中有宴会，群伎毕集，惟秀兰不至，督之良久方来。问其故，对以沐浴倦睡，忽闻叩门甚急，起而问之，乃乐营将催督也，谨以实告。子瞻已恕之，坐中一倅怒其晚至，诘之不已。时榴花盛开，秀兰折一枝借手告倅，倅怒愈。

（2）胡仔《苕溪渔隐丛话》：子瞻之作，皆记目前事。盖取自沐浴新凉，曲名《贺新凉》也。后人不知之，误为《贺新郎》，盖不得子瞻之意也。子瞻真所谓风流太守也，岂可与俗吏同日语哉！（按：苕溪渔隐曰："野哉，杨湜之言，真可入《笑林》矣。东坡此词，冠绝古今，托意高远，宁为一娼而发耶？"）"帘外谁来推绣户……"用古诗"帘卷风动竹，疑是故人来"之意，今乃云"忽有人叩门声，急起而问之，乃乐营将催督"，此可笑者一也。"石榴半吐红巾蹙……"盖初夏之时，千花事退，榴花独芳，因以中写幽闺之情，今乃云："是时榴花盛开，秀兰以一枝借手告倅，其怒愈甚"。此可笑者二也。此词腔调寄《贺新郎》，乃古曲名也。今乃云"取其沐浴新凉，曲名《贺新凉》，后人不知之，误为《贺新郎》"。此可笑者三也。词话中可笑者甚众，姑举其尤者。第东坡此词深为不幸，横遭点污，吾不可无一言雪其耻。宋子京云：“江左有文拙而好刻石者，谓之‘诊嗤符’。”今杨湜之言俚甚，而锓版行世，殆类是也。

（3）陈鹄《耆旧续闻》：陆辰州子逸，左丞农师之孙，太傅公之元孙也。晚以疾废，卜筑于秀野，越之佳山水也。……公尝谓余曰：“曾看东坡《贺新郎》否？”余对以“世所共歌者”。公云：“东坡此词，人皆知其为佳，但后撷用榴花事，人少知其意。某尝于晁以道家，见东坡真迹。晁氏云：‘东坡有妾，名曰朝云、榴花。朝云死于岭外，东坡尝作《西江月》一阕，寓意于梅，所谓“高情已逐晓云空”是也。惟榴花独存，故其词多及之。观“浮花浪蕊都尽，伴君幽独”，可见其意矣。’”

（4）陈鹄《耆旧续闻》：曩见陆辰州，语余《贺新郎》词用榴花事，乃妾名也，退而书其语，今十年矣，亦未尝深考。近观顾景蕃续注，因悟东坡词中用“白团扇”“瑶台曲”，皆侍妾故事。（按：晋中书令王珉好执白团扇，婢作《白团扇歌》以赠珉。）又，《唐逸史》：许瀍暴卒复悟，作诗云：“晓入瑶台露气清，坐中惟见许飞琼。尘心未尽俗缘重，十里下山空月明。”复寝，惊起，改第二句，云：“昨日梦到瑶池，飞琼令改之，云‘不欲世间知有我也。’”（按：《汉武帝内传》所载董双成、许飞琼，皆西王母侍儿。东坡用此事，乃知陆辰州得榴花之事于晁氏为不妄也。《本事词》载榴花事极鄙俚，诚为妄诞。）

集评

（1）赵彦卫《云麓漫钞》卷四：版行东坡长短句，《贺新郎》词云：“乳燕飞华屋。”尝见其真迹，乃“栖华屋”。《水调歌》词，版行者末云“但愿人长久”，真迹云“但得人长久”。以此知前辈文章为后人妄改亦多矣。

（2）胡仔《苕溪渔隐丛话》：东坡此词，冠绝古今，托意高远，宁为一娼而发耶！

（3）曾季狸《艇斋诗话》：东坡《贺新郎》，在杭州万顷寺作。寺中有榴花树……又是日，有歌者昼寝，故词中云：“渐困倚孤眠清熟。”

(4)吴师道《吴礼部诗话》：东坡《贺新郎》词“乳燕飞华屋”云云，后段“石榴半吐红巾蹙”以下皆咏榴；《卜算子》“缺月挂疏桐”云云，“缥缈孤鸿影”以下皆说鸿，别一格也。

(5)徐釚《词苑丛谈》卷一引毛稚黄(先舒)曰：前半泛写，后半专叙，盛宋词人多此法。如子瞻《贺新凉》后段只说榴花；《卜算子》后段只说鸣雁；清真《寒食词》后段只说邂逅，乃更觉意长。

(6)沈际飞《草堂诗余》正集：至换头单说榴花……意到处即为之，不当限以绳墨。

(7)周济《介存斋论词杂著》：北宋有无谓之词以应歌，南宋有无谓之词以应社。然美成《兰陵王》、东坡《贺新凉》，当筵命笔，冠绝一时。碧山《齐天乐》之咏蝉，玉潜《水龙吟》之咏白莲，又岂非社中作乎？故知雷雨郁蒸，是生芝菌；荆榛蔽芾，亦产蕙兰。

(8)丁绍仪《听秋声馆词话》卷十一：《贺新郎》调一百十六字，或名《贺新凉》，或名《乳飞燕》，均因东坡词而起，其词寄托深远，与咏雁《卜算子》……同一比兴。乃杨湜《词话》谓为酒间召妓、铺叙实事之作，谬妄殊甚。词云……计一百十五字。窃意“若待得君来向此”下，直接“花前对酒不忍触”，语气未洽，必系“花前”上脱一字。虽韩淲词此句亦仅七字，恐同一残缺，非全本也。其“蕊”字，乃以“上”作“平”，与“两簌簌”句中“簌”字，以“入”作“平”同。

(9)陈廷焯《白雨斋词话》：词至东坡，一洗绮罗香泽之态，寄慨无端，别有天地。《水调歌头》《卜算子》《贺新凉》诸篇，尤为绝构。

(10)黄苏《蓼园词评》：末四句是花是人，婉曲缠绵，耐人寻味不尽。

(11)谭献《复堂词话》：颇欲与少陵《佳人》一篇互证。

(12)俞陛云《唐五代两宋词选释》：此词极写其特立独行之概。以上阕“孤眠”之“孤”字，下阕“幽独”之“独”字，表明本意。“新浴”及“扇手”三句喻其身之洁白，焉能与浪蕊浮花为伍，犹屈原不能以皓皓之白入汶汶之世也。下阕“芳心千重似束”句及“秋风”句言已深闭退藏，而人犹不恕，极言其忧谗畏讥之意。对花真赏，知有何人，惟有沾襟之粉泪耳。

(13)薛砺若《宋词通论》：此词写来极迂回缠绵，一往情深。丽而不艳，工而能曲，毫无刻画斧斫之痕。

(14)唐圭璋《唐宋词简释》：此首不必为官妓秀兰而作，写情景俱高妙。

疏解

本词抒闺怨，上片咏人，下片咏物。

上片一至三句，以初夏景物为衬托。四至六句写一位孤高绝尘、出浴后的美丽女子，特点出其“手弄生绡白团扇，扇手一时似玉”的风姿。自从汉班婕妤作《团扇歌》后，在古代诗人笔下，团扇常是红颜薄命、佳人失时的象征。以下数句言其浴后“困倚孤眠”及有人“推绣户”，呼其出外侍宴。

下片描绘榴花，为美人写照。过片“石榴半吐红巾蹙”，化用白居易“山榴花似结红巾”句意，形象地写出了榴花的表象特征。“待浮花浪蕊都尽，伴君幽独”，言其不与桃李争艳，独立于群芳之外。此不与“浮花浪蕊”为伍的榴花，即“浴后”女子之写照：她不是出水莲荷，而是“雨后”的榴花，红艳艳的，让人心动！故下云“秾艳一枝细看取”，刻画出花色的明丽动人。“芳意千重似束”，不仅捕捉住了榴花外形的特征，还再次托喻美人那颗坚贞不渝的心，写出了她似若有情、愁心难展的情态。“又恐被秋风惊绿”，由花及人，油然产生美人迟暮之感。“若待得君来向此”至结尾，写怀抱迟暮之感的美人与榴花两相怜惜，花与泪同落。

此词以物寄情，特写美人触景伤情，花人合一。

水龙吟·和章质夫杨花韵(1)

似花还似非花(2)，也无人惜从教(3)坠。抛家傍路，思量却似(4)，无情有思(5)。萦损柔肠(6)，困酣娇眼(7)，欲开还闭。梦随风万里，寻郎去处，又还被、莺呼起(8)。　　不恨此花飞尽，恨西园、落红难缀(9)。晓来雨过，遗踪何在？一池萍碎(10)。春色三分，二分尘土，一分流水(11)。细看来，不是杨花，点点是离人泪。

校注

(1)水龙吟：又名《龙吟曲》《庄椿岁》《小楼连苑》。《清真集》入越调。一百零二字，前后片各四仄韵。又第九句第一字并是领格，宜用去声。结句宜用上一、下三句法，较二、二句式收得有力。《妙选草堂诗余》后集卷下：题《和章质夫韵》。《花庵词选》卷二、彊村本《东坡乐府》卷二：作“次韵”。《花草粹编》卷十一：题作《杨花》。彊村本《东坡乐府》卷二：题《次韵章质夫杨花词》。和(韵)：用原作之韵，若按照原作用韵次序进行创作，称为次韵。章质夫(1027—1102)：章楶，字质夫，浦城(今属福建)人，北宋诗人。治平二年(1065)进士及第。哲宗朝，历集贤殿修撰，知渭州，进端明殿学士。徽宗建中靖国元年，除同知枢密院事。崇宁元年，为资政殿学士、中太乙宫使。

(2)《妙选草堂诗余》后集卷下：(“似花”句)白居易诗：“花非花，雾非雾。”

(3)从教：任凭，听任。韦骧《菩萨蛮》：“白发不须量，从教千丈长。”(按：明高启《夜雨》云：“醉来独灭青灯卧，风雨从教滴夜长。”)

（4）《花庵词选》卷二、彊村本《东坡乐府》卷二："却似"作"却是"。

（5）无情有思：言杨花看似无情，却自有它的愁思。思，心绪，情思。韩愈《晚春》："杨花榆荚无才思，惟解漫天作雪飞。"这里反用其意。《妙选草堂诗余》后集卷下：韩退之诗："杨花榆荚无情思，惟解漫天作雪飞。"

（6）柔肠：柳枝细长柔软，故以柔肠为喻。白居易《杨柳枝》："人言柳叶似愁眉，更有愁肠如柳枝。"

（7）娇眼：美人娇媚的眼睛，比喻柳叶。古人诗赋中常称初生的柳叶为柳眼。

（8）"梦随"三句：金昌绪《春怨》："打起黄莺儿，莫教枝上啼。啼时惊妾梦，不得到辽西。"

（9）落红：落花。缀：联结。

（10）"一池"句：苏轼自注："杨花落水为浮萍，验之信然。"

（11）"春色"三句：言春天景致，其中二分体现在春日的尘土上，一分则随着杨花飞入春水流逝，了无踪影。谢朓《和徐都曹出新亭渚诗》："宛洛佳遨游，春色满皇州。"《妙选草堂诗余》后集卷下：叶通乡《和圣朝·郊词》："三分春色，一分愁闷，二分风雨。"

集评

（1）朱弁《曲洧旧闻》卷五：章楶质夫作《水龙吟》咏杨花，其命意用事，清丽可喜。东坡和之，若豪放不入律吕，徐而视之，声韵谐婉，便觉章词有织绣工夫。晁叔用云："东坡如毛嫱、西施，净洗却面，与天下妇人斗好，质夫岂可比耶！"

（2）姚宽《西溪丛语》卷下：杨柳二种，杨树叶短，柳树叶长，花初发时，黄蕊子为飞絮。今絮中有小青子，著水泥沙滩上，即生小青芽，乃柳之苗也。东坡谓絮化为浮萍，误矣。（按：《词林纪事》卷五词末："原注：'旧说杨花入水为浮萍，验之信然。'"）

（3）张炎《词源》卷下：词中句法，要平妥精粹。一曲之中，安能句句高妙？只要拍搭衬副得去，于好发挥笔力处，极要用工，不可轻易放过，读之使人击节可也。如东坡《杨花》词云:“似花还似非花,也无人惜从教坠。”又云:“春色三分,二分尘土,一分流水。”

(4)张炎《词源》卷下:词不宜强和人韵,若倡者之曲韵宽平,庶可赓歌;倘韵险,又为人所先,则必牵强赓和,句意安能融贯?徒费苦思,未见有全章妥溜者。东坡次章质夫杨花《水龙吟》韵,机锋相摩。起句便合让东坡出一头地。后片愈出愈奇,真是压倒今古。我辈倘遇险韵,不若祖其原韵;随意换易,或易韵答之,是也古人“三不和”之说。

(5)张炎《词源》卷下:东坡词如《水龙吟》咏杨花、咏闻笛,又如《卜算子》等作,皆清丽舒徐,高出人表。

(6)魏庆之《诗人玉屑》:章质夫咏杨花词,东坡和之,晁叔用以为:“东坡如王嫱、西施,净洗却面,与天下妇人斗好,质夫岂可比哉!”是则然也。余以为质夫词中所谓“傍珠帘散漫,垂垂欲下,依前被风扶起”,亦可谓曲尽杨花妙处,东坡所和虽高,恐未能及,诗人议论不公如此。

(7)先著、程洪《词洁》卷五:《水龙吟》末后十三字,多作五四四,此作七六,有何不可?近见论谱者于“细看来不是”及“杨花点点”下分句,以就五四四之印版死格,遂令坡公绝妙好词,不成文理。

(8)先著、程洪《词洁》卷五:起句入魔,非花矣而又似,不成句也。“抛家傍路”,四字欠雅。“缀”字,趁韵不稳。“晓来”以下,真是化工神品。

(9)许昂霄《词综偶评》:与原作均是绝唱,不容妄为轩轾。“思量却是,无情有思”,贯下文六句。

(10)李调元《雨村词话》卷一:宋初叶清白《贺圣朝》词云:“三分春色,二分愁,更一分风雨。”东坡《水龙吟》演为长句……神意更远。

(11)吴衡照《莲子居词话》卷一:杨慎《词品》云:“词人语意所到,间有参差。或两句作一句,或一句作两句,惟妙于歌者,上下纵横取协。”此是笃论。如曲子家之有“活板眼”也。东坡“小乔初嫁了,雄姿英发”“细看来,不是杨花,点点是离人泪”等处,皆当以此说通之。若契舟胶柱,徐虹亭所谓“髯翁命宫磨蝎,身后又硬受此差排”矣。

(12)刘熙载《艺概》卷四:邻人之笛,怀旧者感之;斜谷之铃,溺爱者悲之。东坡《水龙吟·和章质夫咏杨花》云:“细看来,不是杨花,点点是离人泪”,亦同此意。

(13)刘熙载《艺概》卷四：东坡《水龙吟》起调云："似花还似非花"，此句可作全词评语，盖不离不即也。时有举史梅溪《双双燕》咏燕、姜白石《齐天乐》赋蟋蟀，令作评语者，亦曰"似花还似非花"。

(14)王国维《人间词话》：东坡《水龙吟》咏杨花，和韵而似原唱，章质夫词原唱而似和韵，才之不可强也如是。

(15)王国维《人间词话》：咏物之词，自以东坡《水龙吟》为最工，邦卿《双双燕》次之，白石《暗香》《疏影》，格调虽高，然无一语道着，视古人"江边一树垂垂发"等句何如耶？

(16)郑文焯手批《东坡乐府》：煞拍画龙点睛，此亦词中一格。

(17)唐圭璋《唐宋词选注》：此词是和作。咏物拟人，缠绵多态。词中刻画了一个思妇的形象。萦损柔肠，困酣娇眼，随风万里，寻郎去处，是写杨花，亦是写思妇，可说是遗貌而得其神。而杨花飞尽化作"离人泪"，更生动地写出她候人不归所产生的幽怨。能以杨花喻人，在对杨花的描写过程中，完成对人物形象的塑造。这比章质夫的闺怨词要高一层。

疏解

此词约作于宋神宗元丰四年(1081)，为苏轼因"乌台诗案"被贬谪至黄州的第二年。章楶是苏轼的同僚和好友。他作有咏杨花的《水龙吟·莺忙燕懒芳残》，原词曰："莺忙燕懒芳残，正堤上、柳花飘坠。轻飞乱舞，点画青林，全无才思。闲趁游丝，静临深院，日长门闭。傍珠帘散漫，垂垂欲下，依前被，风扶起。　　兰帐玉人睡觉，怪春衣、雪沾琼缀。绣床旋满，香球无数，才圆却碎。时见蜂儿，仰粘轻粉，鱼吞池水。望章台路杳，金鞍游荡，有盈盈泪。"

苏轼的这一首是次韵之作。依章词次序"步韵"。苏轼在一封给章质夫的信中说："《柳花》词妙绝，使来者何以措辞？本不敢继作，又思公正柳花飞时出巡按，坐想四子，闭门愁断，故写其意，次韵一首寄去，亦告不以示人也。"有人认为这首词作于哲宗元祐二年(1087)，时苏轼与章楶同在京城，交往频繁。但信中提到章质夫"正柳花飞时"出任巡按，又与元丰四年(1081)

四月章出为荆湖北路提点刑狱的经历及季节特征相吻合。

东坡词向以豪放著称，然《水龙吟》却是婉约词之代表作。词借暮春之际“抛家傍路”的杨花，化“无情”之花为“有思”之人，“直是言情，非复赋物”，借杨花飘絮“点点是离人泪”，抒写了一曲幽怨缠绵而又空灵飞动的离情别意。篇末“细看来，不是杨花，点点是离人泪”，实为显志之笔，千百年来为人们反复吟诵，堪称神来之笔。

洞仙歌·冰肌玉骨[1]

仆七岁时,见眉州[2]老尼,姓朱,忘其名,年九十岁。自言尝随其师入蜀主孟昶[3]宫中,一日大热,蜀主与花蕊夫人夜纳凉摩诃池[4]上,作一词,朱具[5]能记之。今四十年,朱已死久矣,人无知此词者,但记其首两句,暇日寻味,岂《洞仙歌》令乎?乃为足[6]之云。

冰肌玉骨[7],自清凉[8]无汗。水殿风来[9]暗香满。绣帘开、一点[10]明月窥人,人未寝,欹枕[11]钗横鬓乱。　　起来携素手[12],庭户无声,时见疏星度河汉[13]。试问夜如何[14]?夜已三更,金波淡,玉绳低转[15]。但屈指、西风几时来,又不道流年,暗中偷换[16]。

校注

(1)《妙选草堂诗余》前集卷下:题《夏夜》。《花草粹编》卷八:(东坡名下注)或云李季成作。洞仙歌:原唐教坊曲,后用为词牌。原用以咏洞府神仙。敦煌曲中有此调,但与宋人所作此词体式不同。有中调和长调两体。《乐章集》兼入中吕、仙吕、般涉三调,句读亦不同。常以《东坡乐府》之《洞仙歌令》为准,音节舒徐,极尽骀宕摇曳之致。《洞仙歌》共八十三字,前后片各三仄韵。前片第二句是上一、下四句法,后片收尾八言句是以一去声字领下七言,紧接又以一去声字领下四言两句作结。前片第二句亦有用上二、下三句法,并于全阕增一、二衬字,句读平仄略异者。

(2)眉州:今四川眉山境内。眉州自南齐建武三年(496)建制以来,已有1500多年历史,自古以来文化鼎盛,名扬四海。

(3)孟昶:五代时蜀国君主,在位三十一年,后国亡降宋,深知音律,善填词。

(4)摩诃池：故址在今成都昭觉寺，建于隋代，五代蜀国时曾改为宣华池。

(5)具：通“俱”，全、都。《说文》：“俱，皆也。”《史记·廉颇蔺相如列传》：“其势不俱生。”杜甫《春夜喜雨》：“野径云俱黑，江船云独明。”

(6)足：补足。

(7)冰肌：肌肤洁白如冰雪。《庄子·逍遥游》：“有神人焉，肌肤若冰雪，绰约若处子。”玉骨：清瘦秀丽的身架，多形容女子的体态。李商隐《偶成转韵七十二句赠四同舍》：“天官补吏府中趋，玉骨瘦来无一把。”向子諲《丑奴儿·宣和辛丑》：“无双亭下琼花树，玉骨云腴。倾国称姝。除却扬州是无处。”

(8)《妙选草堂诗余》前集卷下：杜《月》诗：“清凉破炎毒。”(按：杜甫《雨》诗：“清凉破炎毒，衰意欲登台。”非《月》诗，《妙选草堂诗余》误。)

(9)沈际飞《草堂诗余》卷三：(“水殿风来”)“来”作“休”，误。杜诗：“暗香浮动月黄昏。”(按：此为林逋《山园小梅》句：“疏影横斜水清浅，暗香浮动月黄昏。”沈际飞以此为杜诗，误。)

(10)《妙选草堂诗余》前集卷下：杜《月》诗：“关山同一点。”(按：杜甫《玩月呈汉中王》：“关山同一照，乌鹊自多惊。”“同一照”，非“同一点”；题亦非《月》。《妙选草堂诗余》误。)

(11)欹枕：斜靠在枕上。米芾《水调歌头·中秋》：“醉困不知醒，欹枕卧江流。”欹，斜靠。刘禹锡《八月十五夜桃源玩月》：“金霞昕昕渐东上，轮欹影促犹频望。”

(12)《妙选草堂诗余》前集卷下：《文选》：“纤纤出素手。”又，李陵诗：“携手上河梁，游子暮何之？”(按：《古诗十九首·青青河畔草》：“娥娥红粉妆，纤纤出素手。”李陵《与苏武诗》：“携手上河梁，游子暮何之？徘徊蹊路侧，悢悢不得辞。”)

(13)河汉：银河。《古诗十九首·迢迢牵牛星》：“河汉清且浅，相去复几许。”沈约《夜夜曲》：“河汉纵且横，北斗横复直。”

(14)《妙选草堂诗余》前集卷下：杜诗：“明朝有封事，数问夜如何？”(按：《诗·小雅·庭燎》：“夜如何其？夜未央，庭燎之光。君子至止，鸾声将将。”)

(15)《妙选草堂诗余》前集卷下:(“金波”二句)谢朓诗:“金波丽鳷鹊,玉绳低建章。”沈际飞《草堂诗余》:《前汉志》:“月漠漠以金波。”金波:月光或月亮。《汉书·礼乐志》:“月穆穆以金波,日华耀以宣明。”颜师古注:“言月光穆穆,若金之波流也。”白居易《对琴待月》:“玉轸临风久,金波出雾迟。”羊士谔《和武相早朝中书候传点书怀奉呈》:“耿耿金波缺,沉沉玉漏稀。”司马光《闰正月十五日夜监直对月怀诸同舍》之一:“雾净金波溢,天开碧幕空。”玉绳:星名,位于北斗星附近。《太平御览·天部五》引《春秋元命苞》曰:“玉衡北两星为玉绳。玉之为言沟,刻也。瑕而不掩,折而不伤。”宋均注:“绳能直物,故名玉绳。沟,谓作器。”玉衡,北斗第五星也。秋夜半,玉绳渐自西北转,冉冉而降,时为夜深或近晓也。谢朓《暂使下都夜发新林至京邑赠西府同僚》:“金波丽鳷鹊,玉绳低建章。”

(16)《妙选草堂诗余》前集卷下:柳子厚诗:“从此发来非一事,岂容华发待流年。”(按:柳宗元《岭南江行》:“从此忧来非一事,岂容华发待流年。”“发来”为“忧来”之误。)沈际飞《草堂诗余》卷三:子厚诗:“暗中不觉流年换,岂有华发待流年。”流年:如流水般逝去的年华、岁月。鲍照《登云阳九里埭》:“宿心不复归,流年抱衰疾。”钱起《省中春暮酬嵩阳焦道士见招》:“流年催素发,不觉映华簪。”黄滔《寓言》:“流年五十前,朝朝倚少年。流年五十后,日日侵皓首。”

集说

(1)周紫芝《竹坡诗话》:世传此诗为花蕊夫人作。东坡尝用此诗作《洞仙歌》曲。或谓东坡托花蕊以自解耳,不可不知也。

(2)胡仔《苕溪渔隐丛话》卷六十:《漫叟诗话》云:杨元素作本事曲,记《洞仙歌》……钱塘有一老尼,能诵后主诗首章两句,后人为足其意,以填此词。余尝见一士人诵全篇云:“冰肌玉骨清无汗,水殿风来暗香暖。帘开明月独窥人,攲枕钗横云鬓乱。起来琼户启无声,时见疏星度河汉。屈指西风几时来?只恐流年暗中换。”

(3)王明清《挥麈余话》卷一："柳色黄金嫩，梨花白雪香。"阴铿诗也。李太白取用之。杜子美《李白诗》云："李白有佳句，往往似阴铿。"后人谓以此讥之。然子美诗有"蛟龙得云雨，雕鹗在秋天"一联，已见《晋书·载记》矣。如"冰肌玉骨清无汗，水殿风来暗香满"，孟蜀王诗，东坡先生度以为词，昔人不以蹈袭为非。

(4)赵闻礼《阳春白雪》卷二：《洞仙歌》调下注：宜春潘明叔云："蜀王与花蕊夫人避暑摩诃池上，赋《洞仙歌》，其词不见于世。东坡得老尼口诵两句，遂足之。蜀帅谢元明因开摩诃池，得古石刻，遂见全篇：'冰肌玉骨，自清凉无汗。贝阙珠宫恨初远，玉阑干倚遍。怯尽朝寒，回首处、何必流连穆满？　芙蓉开过也，楼阁香融千片。红英泛波面。洞房深深锁，莫放轻舟瑶台去，甘与尘寰路断。更莫遣流红到人间，怕一似当时，误他刘阮。'"

(5)沈际飞《草堂诗余》正集卷三：自高则诚《琵琶记》采入《赏夏》，遂觉耳熟。喜留得"一点明月窥人"句，初致未损。

(6)宋翔凤《乐府余论》：《丛话》载《漫叟诗话》而辨之甚备，则元素《本事曲》仍是东坡词。所谓"见一士人诵全篇"云云者，乃《漫叟诗话》之言，不出元素也。元素与东坡同时，先后知杭州，东坡是追忆当时词，当在杭足成之。元素至杭闻歌此词，未审为东坡所足，事皆有之。东坡所见者蜀尼，故能记蜀宫词。若钱尼，何自得闻之也?《本事曲》已误。至所传"冰肌玉骨清无汗"一词，不过檃括苏词，然删去数虚字，语遂平直，了无意味。盖宋自南渡，典籍散亡，小书杂出，真伪互见。《丛话》多有别白。而竹垞《词综》，顾弃此录彼，意欲变《草堂》之所选，然亦千虑之一失矣。

集评

(1)张邦基《墨庄漫录》卷九：东坡作长短句《洞仙歌》，所谓"冰肌玉骨，自清凉无汗"者，公自叙云："予幼时见一老人，年九十余，能言孟蜀主时事，云：'蜀主尝与花蕊夫人夜起，纳凉于摩诃池上，作《洞仙歌令》。'老人能歌之。予今但记其首两句，乃为足之。"近见李公彦《季成诗话》，乃云："杨元素作《本事曲》，记《洞仙歌》'冰肌玉骨，自清凉无汗'。钱塘有老尼能诵后主诗首章两句，后人为足其意，以填此词。”其说不同。予友陈兴祖德昭云：“顷见一诗话，亦题云：‘李季成作。’乃全载孟蜀主一诗：‘冰肌玉骨清无汗，水殿风来暗香满。帘间明月独窥人，攲枕钗横云鬓乱。三更庭院悄无声，时见疏星度河汉。屈指西风几时来？只恐流年暗中换。’云：‘东坡少年遇美人，喜《洞仙歌》，又邂逅处景色暗相似，故檃括稍协律以赠之也。’予以谓此说近之。”据此，乃诗耳，而东坡自叙乃云：“是《洞仙歌令》”，盖公以此叙自晦耳。《洞仙歌》腔出近世，五代及国初未之有也。

（2）张炎《词源》卷下：词以意为主，不要蹈袭前人语意。如东坡……夏夜《洞仙歌》……此数词皆清空中有意趣，无笔力者未易到。

（3）朱彝尊《词综》：夜起避暑摩诃池上作。（按：苏子瞻《洞仙歌》本檃括此词，然未免反有点金之憾。）

（4）田艺蘅《留青日札》：杜工部“关山同一点”，岑嘉州“严滩一点舟中月”，又“草头一点疾如飞”，又“西看一点是关楼”，又“净中云一点”，花蕊夫人云：“绣帘一点月窥人”，张安国词“更无一点风色”，夫月、云、风也，马也，楼也，皆谓之“一点”，甚奇！

（5）李调元《雨村词话》卷一：蜀主孟昶“冰肌玉骨”一阕，本《玉楼春》调，苏子瞻《洞仙歌》檃括其词，反为添“蛇足”矣。《词综》谓为“点金”，信然。

（6）吴衡照《莲子居词话》卷三：杨用修《词品》四卷，论列诗词，颇有知人论世之概，不独引据博洽而已，其引据处，亦足证俗本之误……杜公“关山同一点”，一“点”字绝妙。东坡《洞仙歌》“一点明月窥人”用此。今杜诗改“点”作“照”，成小儿语。幸《草堂诗余》注可证。其他辨订，渊该综述，终非陈耀文、胡应麟辈所可仰而攻也。

（7）宋翔凤《乐府余论》：宋赵文礼《阳春白雪》卷二，载宜春潘明叔云……（按云：“自清凉无汗”，确是避暑，而又云“怯尽朝寒”，则非避暑之意。）且坡《序》云“夜起”，而此词俱昼景，其中贝阙珠宫、阑干楼阁、洞房瑶台，拉杂凑集，明是南宋人伪托。

（8）郑文焯手批《东坡乐府》：坡老改添此词数字，诚觉气象万千，其声亦如空山鸣泉，琴筑竞奏。

疏解

此词写五代蜀主孟昶和妃子花蕊夫人夏夜在摩诃池上消夏的情景，借花蕊夫人之感慨，寄托人生流年消逝的无奈。

上片写花蕊夫人水殿乘凉的风姿：馨香妩媚、风度娴雅、神仙姿态。下片一句“起来携素手”紧接前意，“试问”数句写金波澹荡，银河暗度，月下之缠绵，情调亲昵。“但屈指”突转，暗示良辰美景终有尽日之惋惜。“西风”来而“流年”换，由夏至秋，是自然之规律。“不觉”二字道尽其妙，写帝王艳情，表达得清凉幽寂。全词境界幽眇，空灵神妙，跌宕起伏，读之令人如临其境。

苏轼在小序中交代了写此词之缘由：他七岁时，曾听过蜀主孟昶的《洞仙歌令》，而四十年后，只能隐约记住首两句。东坡运用文思才力，补足剩余部分。朱孝臧校注《东坡乐府》云：“公生丙子，七岁为壬午，又四十年为壬戌也。”定此词为元丰五年(1082)壬戌作。他此时正谪居黄州，心情十分悲伤。就此中流露，时或与姬妾朝云辈倾吐郁郁情怀。

花蕊夫人于后蜀灭亡后入宋，以“十四万人齐解甲，更无一人是男儿”的诗句令赵匡胤大为倾倒。不久，孟昶暴亡，花蕊夫人成了赵匡胤的贵妃，据说跟太宗赵光义也有瓜葛。对这样一个与三个皇帝有绯闻的“亡国之妃”，苏轼坦然地把她刻画得几近仙女，且毫不避讳地写她与孟昶的爱情，亦可见其贬谪黄州时或有借此寓托婉讽之意。张炎《词源》云苏词“清空中有意趣”，“清丽舒徐，高出人表”，阅此《洞仙歌》，信然。

卜算子·缺月挂疏桐[1]

缺月挂疏桐,漏断人初定[2]。时有幽人[3]独往来,缥缈孤鸿[4]影。　　惊起却回头[5],有恨无人省[6]。拣尽寒枝不肯栖,寂寞沙洲冷[7]。

校注

(1)《妙选草堂诗余》后集卷下、《花草粹编》卷二、沈际飞《草堂诗余》卷一：题《孤鸿》。彊村本《东坡乐府》卷二：题《黄州定慧院寓居作》。(按：定慧院在今湖北省黄冈市东南。苏轼初贬黄州，寓居于此。)卜算子：北宋时盛行此曲。万树《词律》以为取义于“卖卜算命之人”。其引毛氏云：“骆义乌(宾王)诗，用数名，人谓为卜算子，故牌名取之。”相传是借用唐代诗人骆宾王的绰号。骆宾王写诗好用数字取名，人称“卜算子”，词家遂取以为名。又云：“按山谷词‘似扶着，卖卜算’，盖取义以今卖卜算命之意。”双调，四十四字，上下片各两仄韵。两结亦可酌增衬字，化五言句为六言句，于第三字逗。宋教坊复演为慢曲《卜算子慢》，双调，八十九字，前片四仄韵，后片五仄韵。《乐章集》入歇指调。又因秦观词有“极目烟中百尺楼”之句，故《图谱》删《卜算子》而名《百尺楼》；然《卜算子》之名，得之较早也。《卜算子》又名《缺月挂疏桐》《眉峰碧》《楚天遥》等。另有《卜算子》曲牌名，属南曲仙吕宫。字数与词牌半阕同，用作引子。八十九字，前片四仄韵，后片五仄韵。格律对照：例词：苏轼《卜算子·缺月挂疏桐》：

中仄仄平平,中仄平平仄。

缺月挂疏桐，漏断人初静。
中仄平平仄仄平，中仄平平仄。
时有幽人独往来，缥缈孤鸿影。

中仄仄平平，中仄平平仄。
惊起却回头，有恨无人省。
中仄平平仄仄平，中仄平平仄。
拣尽寒枝不肯栖，寂寞沙洲冷。

(2)漏：更漏，古人计时用的漏壶；“漏断”指深夜。古人以观察岩洞水落滴石的节奏，发明以容器蓄水，下设一孔，令水下滴，根据水滴的规律而制造的计时装置，命名为“滴漏”。《苕溪渔隐丛话》前集卷三十九、《花庵词选》卷二、《妙选草堂诗余》后集卷下、《花草粹编》卷二、沈际飞《草堂诗余》卷一、彊村本《东坡乐府》卷二：“初定”作“初静”。

(3)时有：《能改斋漫录》卷十六、《妙选草堂诗余》后集卷下：“时有”作“时见”。《苕溪渔隐丛话》前集卷三十九：“时有”作“谁有”。彊村本《东坡乐府》卷二：“时有”作“谁见”。幽人：幽居之人，或指隐士。苏轼另有《定慧院寓居月夜偶出》：“幽人无事不出门，偶逐东风转良夜。”《易·履》：“履道坦坦，幽人贞吉。”孔颖达疏：“幽人贞吉者，既无险难，故在幽隐之人守正得吉。”《后汉书·逸民传序》：“光武侧席幽人，求之若不及。”韦应物《秋夜寄邱员外》：“怀君属秋夜，散步咏凉天。山空松子落，幽人应未眠。”

(4)缥缈：隐隐约约，若有若无，形容虚空渺茫。木华《海赋》：“群仙缥渺，餐玉清涯。”李善注：“缥渺，远视之貌。”李白《愁阳春赋》：“缥缈兮翩绵，见游丝之萦烟。”孤鸿：形单影孤的鸿雁。阮籍《咏怀诗》：“孤鸿号外野，朔鸟鸣北林。”张九龄《感遇》之四：“孤鸿海上来，池潢不敢顾。侧见双翠鸟，巢在三珠树。”杜甫《白帝城最高楼》：“城尖径仄旌旆愁，独立缥缈之飞楼。”白居易《长恨歌》：“忽闻海上有仙山，山在虚无缥缈间。”

(5)《妙选草堂诗余》后集卷下：（“惊起却回头”）杜牧诗：“惊起暮天沙上雁。”

(6)省：理解，明白。“无人省”犹言“无人理解”。

(7)沈际飞《草堂诗余》卷一：“洲”下注：一作“汀”，误。“冷”下注：一作“枫落吴江冷”。沙洲：江河中由泥沙淤积而成的陆地，通常指在河浅水处形成的沙滩。

集说

(1)沈雄《古今词话》:《女红余志》云：惠州温氏女超超，年及笄，不肯字人。闻东坡至，喜曰：“我婿也。”日徘徊窗外，听公吟咏，觉则亟去。东坡知之，乃曰：“吾将呼王郎与子为姻。”及东坡渡海归，超超已卒，葬于沙际。公因作《卜算子》，有“拣尽寒枝不肯栖”之句。(按：词为咏雁，当别有寄托，何得以俗情傅会也？)

(2)龙榆生《东坡乐府笺》卷二：元本末句作“枫落吴江冷”。从傅本。毛本题作：“惠州有温都监女，颇有色，年十六，不肯嫁人。闻坡至甚喜，每夜闻坡讽咏，则徘徊窗下。坡觉而推窗，则其女逾墙而去。坡从而物色之，曰：‘吾当呼王郎与之子为姻。’未几而坡过海，女遂卒，葬于沙滩侧。坡回惠，为赋此词。”

集评

(1)张惠言《词选》：此东坡在黄州作。鲖阳居士云：“缺月”，刺明微也；“漏断”，暗时也；“幽人”，不得志也；“独往来”，无助也；“惊鸿”，贤人不安也；“回头”，爱君不忘也；“无人省”，君不察也；“拣尽寒枝不肯栖”，不偷安于高位也；“寂寞沙洲冷”，非所安也。此词与《考槃》诗极相似。

(2)吴曾《能改斋漫录》：其属意盖为王氏女子也，读者不能解。张右史文潜继贬黄州，访潘邠老，闻得其详，题诗以志之云：“空江月明鱼龙眠，月中孤鸿影翩翩。有人清吟立江边，葛巾藜杖眼窥天。夜冷月堕幽虫泣，鸿影翘沙衣露湿。仙人采诗作步虚，玉皇饮之碧琳腴。”

(3)胡仔《苕溪渔隐丛话》前集卷三十九：黄庭坚曰：“东坡道人在黄州作《卜算子》云：‘……语意高妙，似非吃烟火食人语。非胸中有数万卷书，笔下无一点尘俗气，孰能至此？’”

(4)胡仔《苕溪渔隐丛话》前集卷三十九：“拣尽寒枝不肯栖”之句，或云：“鸿雁未尝栖宿树枝，惟在田野苇丛间，此亦语病也。”此词本咏夜景，至换头但只说鸿。正如《贺新郎》词“乳燕飞华屋”，本咏夏景，至换头但只说榴花。盖其文章之妙，语意到处即为之，不可限于绳墨也。

(5)王楙《野客丛书》卷十：仆谓人读书不多，不可妄议前辈诗句。观隋李元操《鸣雁行》曰：“夕宿寒枝上，朝飞空井旁。”坡语岂无自耶？

(6)陈鹄《耆旧续闻》卷二：鲁直跋东坡道人黄州所作《卜算子》词云：“语意高妙，似非吃烟火食人语”，此真知东坡者也。盖“拣尽寒枝不肯栖”，取兴鸟择木之意，所以谓之“高妙”。而《苕溪渔隐丛话》乃云：“鸿雁未尝栖宿树枝，惟在田野苇丛间，此亦语病。”

(7)王若虚《滹南遗老集诗话》卷二：东坡雁词云：“拣尽寒枝不肯栖”，以其不栖木，故云尔。盖激诡之致，词人正贵其如此，而或者以为语病，是尚可与言哉？近日张吉甫复以“鸿渐于木”为辩，而怪昔人之寡闻，此益可笑。易象之言，不当援引为证也。其实雁何尝栖木哉？

(8)沈际飞《草堂诗余》正集卷一：或以鸿雁未尝栖宿树枝，欲改作“寒芦”。夫拣尽则不栖枝矣，子瞻不误也。

(9)沈际飞《草堂诗余》正集卷一：宋人解传时事，已成恶套。“枫落”句又崔信明诗，与篇中不相应，作“吴江冷”，非。

(10)王士禛《花草蒙拾》：坡孤鸿词，山谷以为“非吃烟火食人语”，良然。鲖阳居士云：“‘缺月’，刺明微也；‘漏断’，暗时也；‘幽人’，不得志也；‘独往来’，无助也；‘惊鸿’，贤人不安也；此与《考槃》诗相似云云。”村夫子强作解事，令人欲呕。韦苏州《滁州西涧》诗，叠山亦以为小人在朝，贤人在野之像。令韦郎有知，岂不叫屈？仆尝戏谓坡公命宫磨蝎，湖州诗案，生前为王珪、舒亶辈所苦，身后又硬受此差排耶？

(11)徐釚《词苑丛谈》卷十：东坡在黄州作《卜算子》词。山谷以为“非吃烟火食人语”《词学筌蹄》强为之解，皆未得其故。余载入《品藻》

中。(按:《丛谈》卷三《品藻》一所载即《花草蒙拾》语。)昨读《野客丛书》又云……梨庄曰:“此言亦非,似亦忌公者以此谤之,如阶下簸钱之类耳。”小说纰缪,不足凭也。

(12)谭献《谭评词辨》卷二:以《考槃》为比,其言非河汉也。此亦鄙人所谓作者未必然,读者何必不然。

(13)陈廷焯《词则·大雅集》:寓意高远,运笔空灵,措语忠厚,是坡仙独至处,美成、白石亦不能到也。

(14)刘熙载《艺概》引黄庭坚语:余按:词之大要,不外厚而清。厚,包诸所有;清,空诸所有。

(15)黄苏《蓼园词评》:语语双关,格奇而语隽,斯为超诣神品。

(16)黄苏《蓼园词评》:此词乃东坡自写在黄州之寂寞也。初从人说起,言如孤鸿之冷落。第二阕,专就鸿说,语语双关。格奇而语隽,斯为超诣神品。

(17)江顺诒《词学集成》:诒按:此非抬高此人身份,实古人狮子搏兔,亦用全力,非同后人浮光掠影也。

(18)郑文焯手批《东坡乐府》:此亦有所感触,不必附会温都监女故事,自成馨逸。

疏解

苏轼因“乌台诗案”被贬为黄州团练副使。苏轼自元丰三年(1080)二月至黄州,至元丰七年(1084)六月移至汝州,在黄州贬所居住四年多,很穷困,相传他曾在州府东面的山坡上耕种三十亩地以增加用度。他乐观旷达地率领全家通过自身的努力来渡过生活难关,然内心深处十分幽独、寂寞。此词借月夜孤鸿,表达了他孤高自许、蔑视流俗的心情。

秦少游（秦观）｜十首

一、秦观传文

《宋史·秦观传》：

秦观字少游，一字太虚，扬州高邮人。少豪隽，慷慨溢于文词，举进士不中。强志盛气，好大而见奇，读兵家书与己意合。见苏轼于徐，为赋黄楼，轼以为有屈、宋才。又介其诗于王安石，安石亦谓清新似鲍、谢。轼勉以应举为亲养，始登第，调定海主簿、蔡州教授。元祐初，轼以贤良方正荐于朝，除太学博士，校正秘书省书籍。迁正字，而复为兼国史院编修官，上日有砚墨器币之赐。

绍圣初，坐党籍，出通判杭州。以御史刘拯论其增损实录，贬监处州酒税。使者承风望指，候伺过失，既而无所得，则以谒告写佛书为罪，削秩徙郴州，继编管横州，又徙雷州。徽宗立，复宣德郎，放还，至滕州，出游华光亭，为客道梦中长短句，索水欲饮，水至，笑视之而卒。先自作挽词，其语哀甚，读者悲伤之。年五十三，有文集四十卷。

观长于议论，文丽而思深。及死，轼闻之叹曰："少游不幸死道路，哀哉！世岂复有斯人乎！"

二、秦观评价

(1)朱彝尊、汪森《词综》：晁无咎云：近来作者，皆不及少游。如"斜阳外，寒鸦数点，流水绕孤村"。虽不识字人，亦知是天生好言语也。

(2)陈廷焯《白雨斋词话》:蔡伯世云：子瞻辞胜乎情，耆卿情胜乎辞。辞情相称者惟少游而已。

(3)黄苏《蓼园词评》:张綖云：少游多婉约，子瞻多豪放。当以婉约为主。

(4)李清照《词论》:秦词专主情致，而少故实。譬如贫家美女，虽极妍丽风逸，而终乏富贵态。

(5)胡仔《苕溪渔隐丛话》:少游词虽婉美，然格力失之弱。

(6)苏籀《双溪集》:秦校理词，落尽畦畛，天心月胁，逸格超绝，妙中之妙。议者谓前无伦而后无继。

(7)张炎《词源》:秦少游词，体制淡雅，气骨不衰，清丽中不断意脉，咀嚼无滓，久而知味。

(8)永瑢、纪昀《四库全书总目提要》:(秦观)词则情韵兼胜，在苏、黄之上。流传虽少，要为倚声家一作手。

三、秦观轶事

(1)胡仔《苕溪渔隐丛话》引《艺苑雌黄》:程公辟守会稽，少游客焉，馆之蓬莱阁。一日，席上有所悦，自尔眷眷，不能忘情，因赋长短句，所谓“多少蓬莱旧事，空回首、烟霭纷纷”也。

(2)蔡絛《铁围山丛谈》卷四:范内翰祖禹作《唐鉴》，名重天下，坐党锢事，久之。其幼子温，(按:《东都事略》作“仲温”。)字元实，与吾善。政和初，得为其尽力，而朝廷因还其恩数，遂官温焉。温实奇士也。一日，游大相国寺，而诸贵珰盖不辨有祖禹，独知有《唐鉴》而已。见温，辄指目，方自相谓曰：“此唐鉴儿也。”

(3)蔡絛《铁围山丛谈》卷四:温尝预贵人家会。贵人有侍儿，善歌秦少游长短句，坐间略不顾；温亦谨，不敢吐一语。及酒酣欢洽，侍儿者始问“此郎何人耶？”温遽起，叉手而对曰：“某乃‘山抹微云’女婿也。”闻者多绝倒。

(4)黄昇《花庵词选》卷三:后秦少游自会稽入京，见东坡。坡云：“久别当作文甚胜，都下盛唱公‘山抹微云’之词。”秦逊谢。坡遽云：“……‘消魂当此际'，非柳词句法乎？"秦惭服。然已流传，不复可改矣。又问："别作何词？"秦举"小楼连苑，横空下窥，绣毂雕鞍骤"，坡云："十三个字，只说得一个人骑马楼前过。"秦问："先生近著？"坡云："亦有一词，说楼上事。"乃举"燕子楼空，佳人何在，空锁楼中燕"。晁无咎在座云："三句说尽张建封燕子楼一段事，奇哉！"

（5）吴曾《能改斋漫录》：杭之西湖，有一倅闲唱少游《满庭芳》，偶然误举一韵云："画角声断斜阳。"妓琴操在侧，云："'画角声断谯门'，非'斜阳'也。"倅因戏之曰："尔可改韵否？"琴即改作"阳"字韵，云："山抹微云，天连衰草，画角声断斜阳。暂停征棹，聊共饮离觞。多少蓬莱旧侣，频回首，烟霭茫茫。孤村里，寒鸦万点，流水绕低墙。　魂伤，当此际，轻分罗带，暗解香囊。谩赢得青楼，薄幸名狂。此去何时见也，襟袖上空有余香。伤心处，高城望断，灯火已昏黄。"（按：琴操，杭州妓，后削发为尼。）

（6）彭大翼《山堂肆考》：海棠桥在南宁府横州，桥南北皆植海棠。有书生祝姓者家此。宋秦观尝醉宿其家，明日题一词云："唤起一声人悄。衾冷梦寒窗晓。瘴雨过，海棠开，春色又添多少。　社酒酿成微笑。半缺椰瓢共舀。觉倾倒，急投床，醉乡广大人间小。"

（7）张邦基《墨庄漫录》：秦少游侍儿朝华，姓边氏，京师人也。元祐癸酉岁纳之。尝为诗云："天风吹月入栏杆，乌鹊无声子夜闲。织女明星来枕上，了知身不在人间。"时朝华年十九也。后三年，少游欲修真断世缘，遂遣朝华归。父母家贫，以金帛而嫁之。朝华临别，泣不已。少游作诗云："月雾茫茫晓柝悲，玉人挥手断肠时。不须重向灯前泣，百岁终当一别离。"朝华既去二十余日，使其父来云："不愿嫁，却乞归。"少游怜而复取归。明年，少游出倅钱塘，至淮上，因与道友议论，叹光景之遄。归谓华曰："汝不去，吾不得修真矣。"亟使人走京师呼其父，遣朝华随去。复作诗云："玉人前去却重来，此度分携更不回。肠断龟山离别处，夕阳孤塔自崔嵬。"

（8）曾慥《高斋诗话》：秦少游在蔡州，与营妓娄琬字东玉者甚密。赠之词云："小楼连苑横空"……又赠妓陶心儿《南歌子》云："……臂上妆犹在，襟间泪尚盈。水边灯火渐人行。天外一钩残月、带三星。"末句谓"心"字也。

（9）惠洪《冷斋夜话》：少游郴州作长短句云："雾失楼台，月迷津渡，桃源望断无寻处。可堪孤馆闭春寒，杜鹃声里斜阳暮。　　驿寄梅花，鱼传尺素，砌成此恨无重数。郴江幸自绕郴山，为谁流下潇湘去。”东坡绝爱其尾两句，自书于扇，曰：“少游已矣，虽万人何赎？”

(10)**惠洪《冷斋夜话》**：东坡初未识少游，少游知其将复过维扬，作坡笔语题壁于一山寺中。东坡果不能辨，大惊。及见孙莘老，出少游诗词数十篇读之，乃叹曰：“向书壁者，定此郎也。”后与少游维扬饮别，作《虞美人》曰：“波声拍枕长淮晓，隙月窥人小。无情汴水自东流，只载一船离恨、向西州。　　竹阴花圃曾同醉，酒味多于泪。谁教风鉴在尘埃，酝造一场烦恼、送人来。”世传此词是贺方回所作。虽山谷亦云大观中于金陵见其亲笔，醉墨超放，气压王子敬，盖东坡词也。

(11)**惠洪《冷斋夜话》**：少游小词奇丽，咏歌之，想见其神情，在绛阙道山之间。词曰：“柳边沙外，城郭春寒退。花影乱，莺声碎。飘零疏酒盏，离别宽衣带。人不见，碧云暮合空相对。　　忆昔西池会，鸳鸯同飞盖。携手处，今谁在？日边清梦断，镜里朱颜改。春去也，落红万点愁如海。”

(12)**惠洪《冷斋夜话》**：秦少游在处州，梦中作《好事近》词云：“山路雨添花，花动一山春色。行到小桥深处，有黄鹂千百。　　飞云当面化龙蛇，夭矫转空碧。醉卧古藤阴下，了不知南北。”后南迁，久之北归，逗留于滕州光华亭。方醉起，以玉壶汲泉，笑视而死。

(13)**惠洪《冷斋夜话》**：山谷词《千秋岁》：少游得谪，尝梦中作词云：“醉卧古藤阴下，了不知南北。”竟以元符庚辰，死于滕州光华亭上。崇宁甲申，庭坚窜宜州，道过衡阳，览其遗墨，始追和其《千秋岁》词，云：“苑边花外，记得同朝退。飞骑轧，鸣珂碎。齐歌云绕扇，赵舞风回带。严鼓断，杯盘狼藉犹相对。　　洒泪谁能会，醉卧藤阴盖。人已去，词空在。兔园高宴悄，虎观英游改。重感慨，波涛万顷珠沉海。”(按：并见《晁无咎集》。)

(14)**徐釚《词苑丛谈》**：钱起《湘灵鼓瑟》诗末句：“曲终人不见，江上数峰青。”秦少游尝用以填词云：“千里潇湘挼蓝浦，兰桡昔日曾经。月高风定露华清。微波澄不动，冷浸一天星。　　独倚桅樯情悄悄，遥闻妃瑟泠泠。新声含尽古今情。曲终人不见，江上数峰青。”

望海潮·梅英疏淡[1]

梅英[2]疏淡，冰澌溶泄[3]，东风暗换年华。金谷[4]俊游，铜驼[5]巷陌，新晴细履平沙[6]。长记误随车[7]。正絮翻蝶舞[8]，芳思[9]交加。柳下桃蹊[10]，乱分春色到人家[11]。　西园夜饮鸣笳[12]。有华灯碍月，飞盖妨花。兰苑[13]未空，行人渐老，重来事事[14]堪嗟。烟暝酒旗斜。但倚楼极目，时见栖鸦[15]。无奈归心，暗随流水到天涯[16]。

校注

(1)望海潮：词牌名，一百零七字，双调，前片五平韵，后片六平韵，一韵到底，也有于过片(下片的起句)两字增一韵的。

词牌格律：

平平中仄，平平中仄，平平仄仄平平。
平仄仄平，平平仄仄，平平仄仄平平。
中仄仄平平。
仄平仄平仄，平仄平平。
仄仄平平，仄平平仄仄平平。

平平仄仄平平。
仄平平仄仄，中仄平平。
平仄仄平，平平仄仄，平平仄仄平平。

平仄仄平平。

仄仄平中仄,平仄平平。

中仄平平仄仄,平仄仄平平。

注：前片第八句有作“仄仄平仄仄”并为上一、下四句式，后片结尾有作“平仄平平，仄平平仄仄平平”者。亦有前片第四句作“平平仄仄”，后片首二字增一韵者。

《花草粹编》卷十二：题《洛阳怀古》。叶恭绰曰：“吴本、故宫本、朱祖谋本均无。”

(2)梅英：梅花；英，花。陶渊明《桃花源记》：“忽逢桃花林，夹岸数百步，中无杂树，芳草鲜美，落英缤纷。”

(3)冰澌：解冻时冰块的流融。苏辙《游城西集庆园》诗：“冰澌片断水光浮，柳线和柔风力软。”溶泄：冰块溶解后，水流荡漾流泄貌。叶恭绰曰：“(‘冰澌’)吴本、故宫本均作‘水澌’。”又曰：“(‘泄’)清黄仪本作‘曳’。”

(4)金谷：晋石崇所筑之金谷园，西晋石崇之别墅；别称梓泽，遗址在今洛阳金谷涧内。杜牧《金谷园》：“繁华事散逐香尘，流水无情草自春。日暮东风怨啼鸟，落花犹似坠楼人。”(按：“坠楼人”指绿珠。《晋书·石崇传》载，石崇有妓曰绿珠，美而艳。孙秀使人求之，不得，矫诏收崇。崇正宴于楼上，谓绿珠曰：“我今为尔得罪。”绿珠泣曰：“当效死于君前。”因自投于楼下而死。)

(5)铜驼：汉代所铸之铜骆驼，置于宫门外。《邺中记》：“二铜驼如马形，长一丈，高一丈，足如牛，尾长二尺，脊如马鞍，在中阳门外，夹道相向。”徐陵《洛阳道》：“东门向金马，南陌按铜驼。”《晋书·索靖传》：“靖有先识远量，知天下将乱，指洛阳宫门铜驼，叹曰‘会见汝在荆棘中耳！’”后来，索靖的预言果然应验。太康十二年(291)，西晋发生了“八王之乱”，朝政昏暗，各方争战不休，持续时间长达16年，都城洛阳遭到严重破坏。故铜驼为太平盛世的标志，铜驼没于荆棘则为衰亡的迹象。“铜驼巷陌”指铜驼所在之铜驼街。《妙选草堂诗余》前集卷上：(“金谷”二句)杜：“金谷铜驼非故乡。”(注：金谷园、铜驼陌皆在蜀中。)(按：杜甫《至后》：“青袍白马有何意，金谷铜驼非故乡。”）

(6)《妙选草堂诗余》前集卷上：杜：“新晴锦绣文。”又，“地阔平沙岸”。（按：杜甫《晴二首》其一：“久雨巫山暗，新晴锦绣文。”又，杜甫《遣闷》：“地阔平沙岸，舟虚小洞房。”）

(7)《妙选草堂诗余》前集卷上：（“长记”句）韩：《雪》诗：“随车番素缟，逐马散银杯。”（按：韩愈《咏雪赠张籍》：“随车翻缟带，逐马散银杯。”）

(8)《妙选草堂诗余》前集卷上：“蝶舞”作“叶舞”。

(9)芳思：春天引起的情思。朱晞颜《一萼红·盆梅》：“何事东君，解将芳思，巧缀一斛春冰。”

(10)桃蹊：桃树下的小路。江总《修心赋》：“果丛药苑，桃蹊橘林。”韩愈《闻梨花发赠刘师命》：“桃蹊惆怅不能过，红艳纷纷落地多。”《妙选草堂诗余》前集卷上：《汉书·李广传赞》：“桃李不言，下自成蹊。”

(11)“乱分”句：《妙选草堂诗余》前集卷上：杜：“春色到江亭。”（按：杜甫《漫兴九首》其一：“眼见客愁愁不醒，无赖春色到江亭。”）

(12)鸣笳：胡笳，古代西北少数民族的一种管乐器，似笛。汉时传入中原，通常称“胡笳”。最初是卷芦叶为笳，吹以作乐。后在形制上有所变化，将芦叶制成的哨插入管中，遂成为管制的双簧乐器，形似筚篥。《妙选草堂诗余》前集卷上：《选》诗：“清夜游西园，飞盖相追随。”又，“鸣笳翼高盖，迭鼓送华辀。”（按：六臣本《文选·北阁》：“清夜侍西园，降贵深知己。”曹植《公宴诗》：“公子敬爱客，终宴不知疲。清夜游西园，飞盖相追随。”李善注：“公子，谓文帝。”西园，在今河北临漳县西，为曹操所筑。曹王为公子时常在此夜宴，款待文士。）

(13)兰苑：美丽的园林，或栽有兰花的苑囿。此处指西园。《妙选草堂诗余》前集卷上：《楚辞》：“既滋兰之九畹。”（按：屈原《离骚》：“余既滋兰之九畹兮，又树蕙之百亩。”王逸注：“十二亩曰畹。”一说田三十亩曰畹。）

(14)《妙选草堂诗余》前集卷上、《花草粹编》卷十三：“事事”作“是事”。

(15)“烟暝”三句：烟暝，烟霭弥漫的黄昏。暝，日落、黄昏。烟暝倚楼：言在烟雾中的黄昏，倚靠楼上栏杆，凭栏眺望。极目，眺望，远望。杜甫《遣怀》:“夜来归鸟尽,啼杀后栖鸦。”《妙选草堂诗余》前集卷上:陈充诗:“烟店酒旗何处开。”杜:“行藏独倚楼。”“极目总无波。”杜:“啼杀后栖鸦。”(按:杜牧《江南春》:“千里莺啼绿映红,水村山郭酒旗风。”杜甫《江上》:“勋业频看镜,行藏独倚楼。”又,杜甫《泛江》:“方舟不用楫,极目总无波。”)

(16)“无奈”二句:言归心暗暗地随着流水到了天涯海角。杜甫《绝句》:“今春看又过,何日是归年?”又,《八月十五夜》:“满月飞明镜,归心折大刀。”《妙选草堂诗余》前集卷上:杜:“归心折大刀。”又,杜:“各在天一涯。”

集评

(1)谭献《谭评词辨》:(“长记误随车”句)顿宕。(“柳下”二句)旋断仍连。(下阕)陈、隋小赋缩本,填词家不以唐人为止境也。

(2)陈廷焯《白雨斋词话》:“柳下桃蹊,乱分春色到人家”二句,著一寻常“乱”字,形容姹紫嫣红的春色无处不在,设想奇绝,语意妙绝,极得前人称赏。……思路幽绝,其妙不可思议。

(3)周济《宋四家词选》:两两相形,以整见动。以两“到”字作眼点出换字精神。

疏解

此词为伤春感旧之作。元祐年间,秦观常参与公卿名流的文酒期会,对元祐七年(1092)的赐宴印象最深。《淮海集》载《西城宴集》诗序云:“诏赐馆阁官花酒,以中浣日游金明池、琼林苑,又会于国夫人园。会者二十有六人。”绍圣元年(1094)政局大变,秦观坐党籍被贬,即将遣离汴京,重游其地,当年情景再现眼前,不由感慨良多,形诸笔端。

上片追怀往昔在汴京时与友人结伴游览名园胜迹的乐趣,继写此次重来旧地时的颓丧情怀。虽然风景不殊，他却丧失了当年那种兴致。梅花稀疏，色彩轻淡，冰雪正在消融，春风吹拂，暗暗换了年华。想昔日金谷胜游的园景、铜驼街巷的繁华，趁新晴漫步在雨后平沙。总记得曾误追了人家香车，正是柳絮翻飞，蝴蝶翩舞，引得春思缭乱。柳荫下的桃花小径，乱纷纷地将春色送到万户千家。

换头“西园”三句，从美妙的景物写到愉快的饮宴，时间则由白天转为夜晚，以见当时的尽情欢乐。“兰苑”二句，暗中转折，逼出“重来事事堪嗟”，点明怀旧，与上“东风暗换年华”相呼应，追忆前游。“重来”旧地，则感慨至深。今日酒楼独倚，只见烟暝旗斜，暮色苍茫，既无飞盖而来的俊侣，也无鸣笳夜饮的豪情，极目所至，已经看不到絮、蝶、桃、柳等春色。“栖鸦”二字，写自己不如归鸦尚有栖处，抒发浩莽、悲凉之心境。

满庭芳·山抹微云[1]

山抹微云，天粘[2]衰草，画角声断谯门[3]。暂停征棹，聊共饮离尊[4]。多少蓬莱旧事[5]，空回首，烟霭[6]纷纷。斜阳外，寒鸦数点，流水绕孤村[7]。消魂[8]。　　当此际，香囊暗解，罗带轻分。漫赢得青楼，薄幸名存[9]。此去[10]何时见也，襟袖上空惹[11]啼痕。伤情处，高城望断[12]，灯火已黄昏。

校注

(1)满庭芳：词牌名。因唐吴融“满庭芳草易黄昏”诗句而得名，一说得名于柳宗元“偶地即安居，满庭芳草积”。又名《锁阳台》《满庭霜》《潇湘夜雨》等，有平韵、仄韵二体。平韵正体为双调，九十五字，上下片各四平韵，或上片四平韵，下片五平韵。仄韵体又名《转调满庭芳》，双调，九十六字，上下片各四仄韵。又为曲牌名，南北曲均有。南曲入中吕宫引子，字句格律与词牌平韵体同；又入高大石调正曲，字句格律与词牌异。北曲入中吕调只曲，字句格律与词牌平韵体上片略异。万氏《词律》则以九十三字者为《满庭芳》，以九十五字者为《满庭霜》，实则仅后者之前后片第七句较前者各多一字而已。《花庵词选》卷四：题《晚景》。《花草粹编》卷九：题《春景之二》。沈际飞《草堂诗余》卷三：题《别意》，注作《晚景》，误。

格律对照：

例词：苏轼《满庭芳·三十三年》：

中仄平平，中平中仄，仄中平仄平平（韵）。

仄平平仄,平仄仄平平(韵)。
中仄平平仄仄,中中仄、中仄平平(韵)。
平平仄,中平中仄,中仄仄平平(韵)。
平平(韵)。

平仄仄,平平仄仄,中仄平平(韵)。
仄平仄平平,中仄平平(韵)。
中仄中平仄仄,中中仄、中仄平平(韵)。
平平仄,中平中仄,中仄仄平平(韵)。

(2)《花庵词选》卷四、《妙选草堂诗余》后集卷上、《花草粹编》卷九:“天粘”作“天连”。沈际飞《草堂诗余》卷三:“天粘”下注:“一作‘天连’。”韩文:“洞庭漫汗,粘天无壁。”(按:《祭河南张员外文》。)张祜诗:“草色粘天鶗鴂恨。”或云:庾阐《扬都赋》:“涛声动地,浪势粘天。”本为奇语。昌黎祖之曰:“洞庭漫汗,粘天无壁。”张祜诗“草色粘天鶗鴂恨”,黄山谷“远山粘天吞钓舟”,秦少游小词“山抹微云,天粘衰草”,正用此字为奇。今俗本作“天连”,非矣。

(3)谯门:城门上的望楼。古代为防盗和御敌,京城和州郡皆在城门上方都建有望楼。《汉书·陈胜传》:“攻陈,陈守、令皆不在,独守丞与战谯门中。”颜师古注:“谯门,谓门上为高楼以望者耳。”柳宗元《柳州东亭记》:“出州南谯门,左行二十六步,有弃地,在道南。”

(4)离尊:古人长亭送别时,饮别离之酒;尊,酒杯。《妙选草堂诗余》后集卷上:“离尊”作“离樽”。(注:李诗:“别离有相思,瑶瑟与金樽。”)

(5)蓬莱旧事:男女情爱之往事。(按:早年秦观曾经到蓬莱阁畅游,曾与一歌女相恋,有过一段美好的时光,可最终却只能分离。此所谓“蓬莱旧事”也。)

(6)烟霭:云雾。王勃《慈竹赋》:“崇柯振而烟霭生,繁叶动而风飙起。”

(7)《妙选草堂诗余》后集卷上:杜:“孤村春水生。”(按:杜甫《遣意二首》其一:“一径野花落,孤村春水生。”)沈际飞《草堂诗余》卷三:隋炀帝诗:“寒鸦千万点，流水绕孤村。”(按:隋炀帝杨广《野望》。)

(8)消魂:形容因悲伤或快乐到极点而心神恍惚不知所以，仿佛魂将离体，多用以形容悲伤愁苦时的情状，也可形容飘飘欲仙的情状。江淹《别赋》:“黯然销魂者，唯别而已矣。”钱起《别张起居》:“有别时留恨，销魂况在今。”(按:或谓灵魂离开肉体，形容极其惊惧恐慌。如杜甫《入衡州》:“销魂避飞镝，累足穿豺狼。”)

(9)“漫赢得”二句:此秦观伤春自解之辞，言徒然得了对青楼女的无情之名。漫，徒然。青楼，南朝梁刘邈《万山见采桑人》:“倡妾不胜愁，结束下青楼。”杜牧《遣怀》:“十年一觉扬州梦，赢得青楼薄幸名。”《妙选草堂诗余》后集卷上、沈际飞《草堂诗余》卷三:“青楼”作“秦楼”。薄幸，薄情。

(10)《妙选草堂诗余》后集卷上:“此去”作“此夫”。

(11)《妙选草堂诗余》后集卷上、沈际飞《草堂诗余》卷三:“空惹”作“空染”。《妙选》注:杜:“啼垂旧血痕。”(按:杜甫《得弟消息二首》其一:“烽举新酣战，啼垂旧血痕。”)沈际飞《草堂诗余》:注:一作“惹”，误。

(12)《妙选草堂诗余》后集卷上:韩:“凄然自伤情。”杜:“望极春城上。”(按:韩愈《食曲河驿》:“晨及曲河驿，凄然自伤情。”杜甫《题新津北桥楼(得郊字)》:“望极春城上，开筵近鸟巢。”)

集评

(1)叶梦得《避暑录话》卷三:秦观少游亦善为乐府，语工而入律。知乐府者谓之“作家歌”。元丰间，盛行于淮、楚。“寒鸦万点，流水绕孤村”，本隋炀帝诗也，少游取以为《满庭芳》词，而首言“山抹微云，天粘衰草”，尤为当时所传。苏子瞻于“四学士”中最善少游，故他文未尝不极口称善，岂特乐府?然犹以气格为病。故常戏云:“山抹微云秦学士，露花倒影柳屯田。”“露花倒影”，柳永《破阵子》语也。

(2)严有翼《艺苑雌黄》:其词极为东坡所称道，取其首句，呼之为“山抹微云君”。中间有“寒鸦万点，流水绕孤村”之句，人皆以为少游自造此语，殊不知亦有所本。予在临安，见平江梅知录云：隋炀帝诗云：“寒鸦千万点，流水绕孤村”，少游用此语也。予又尝读李义山《效徐陵体赠更衣》云：“轻寒衣省夜，金斗熨沉香。”乃知少游词“玉笼金斗，时熨沉香”，与夫“睡起熨沉香，玉腕不胜金斗”。其语亦有来历处，乃知名人必无杜撰语。

(3)胡仔《苕溪渔隐丛话》后集卷三十三：晁无咎云：“少游如《寒景》词云‘斜阳外，寒鸦万点，流水绕孤村’，虽不识字人，亦知是天生好言语。其褒之如此，盖不曾见炀帝诗耳。”

(4)吴曾《能改斋漫录》：近世以来作者，皆不及秦少游，如“斜阳外，寒鸦数点，流水绕孤村”，虽不识字人，亦知是天生好言语也。

(5)王世贞《艺苑卮言》：“寒鸦千万点，流水绕孤村”，隋炀帝诗也。“寒鸦数点，流水绕孤村”，少游词也。语虽蹈袭，然入词尤是当家。

(6)沈际飞《草堂诗余》正集卷三：人之情，至少游而极。结句“已”字，情波几叠。

(7)贺裳《邹水轩词筌》：唐李益诗曰：“嫁得瞿塘贾，朝朝误妾期。早知潮有信，嫁与弄潮儿。”子野《一丛花》末句云：“沉恨细知，不如桃杏，犹解嫁春风。”此皆无理而妙。吾亦不敢定为所见略同，然较之“寒鸦数点”，则略无痕迹矣。

(8)徐釚《词苑丛谈》卷五：韩文“洞庭汗漫，粘天无壁”，张祜诗“草色粘天鶗鴂恨”，山谷诗“远水粘天吞渔舟”，邵博诗“老滩声殷地，平浪势粘天”，赵文昇词“玉关芳草粘天碧”，严次山词“粘云江影伤千古”，叶梦得词“浪粘天、蒲桃涨绿”，刘行简词“山翠欲粘天”，刘叔安词“暮烟细草粘天远”，“粘”字极工，且有出处。若作“连天”，是小儿语也。

(9)先著、程洪《词洁》：词家正宗，则少游、周美成。然秦之去周，不止三舍。宋末诸家，皆从美成出。

(10)许昂霄《词综偶评》：“烟霭纷纷”，四字引起下文。自起至换头数语，俱是追叙，玩结处自明。

(11)周济《宋四家词选》：将身世之感，打并入艳情，又是一法。

(12)吴衡照《莲子居词话》卷一：词有袭前人语而得名者，虽大家不免。如方回“梅子黄时雨”，耆卿“杨柳岸、晓风残月”，少游“寒鸦数点，流水绕孤村”，幼安“是他春带愁来，春归何处？却不解带将愁去”等句。惟善于调度，正不以有蓝本而嫌。

(13)陈廷焯《白雨斋词话》卷一：少游《满庭芳》诸阕，大半被放后作，恋恋故园，不胜热中。其用心不逮东坡之忠厚，而寄情之远，措语之工，则各有千古。

(14)谭献《谭评词辨》卷一：淮海在北宋，如唐之刘文房。下阕不假雕琢，水到渠成，非平钝所能借口。

(15)纽琇《觚剩》：“离离山抹云，窅窅天粘浪”，此少游《松江》诗也。“山抹微云，天粘衰草”，此少游《满庭芳》词也。其用意在“抹”字、“粘”字，盖屡见矣。况庾阐赋“浪势粘天”，张祜诗“草色粘天鶗鴂恨”，俱有来历。俗本以“粘”作“连”，益信其谬。

(16)唐圭璋《唐宋词简释》：此首写别情，缠绵凄婉。“山抹”两句，写别时所见景色，已是堪伤。“画角”一句，写别时所闻，愈加肠断。……“高城”两句，以景结，回应“谯门”，伤情无限。

疏解

此词作于宋神宗元丰二年(1079)岁暮，地点在会稽(今浙江绍兴)，少游与越地一歌伎相恋。此词伤春感旧，写艳情而融入仕途不遇、前尘似梦的身世之感。

上片写景，引出别意，在高旷辽阔中又寓冷峻、衰飒。全词情调凄婉。“多少蓬莱旧事”以下，回首越中往事，于今唯余“寒鸦数点，流水绕孤村”的落寞情怀。

下片忆念昔日恋情，言其“销魂”情事，却因伤怀难解，而自我解嘲：徒然赢得“青楼薄幸”之名。此用牧之“杜郎俊赏”事，虽亦感慨“十年一觉扬州梦，赢得青楼薄幸名”，而他对之前的岁月十分留恋：“此去何时见也”，回想伊人“襟袖啼痕”，“高城望断”，已是“灯火黄昏”。

满庭芳·晚色云开[1]

晚色[2]云开，春随人意[3]，骤雨方过[4]还晴。高台芳树[5]，飞燕蹴红英[6]。舞困榆钱[7]自落，秋千外，绿水桥平[8]。东风里[9]，朱门映柳，低按小秦筝[10]。　多情[11]。行乐处，珠幡翠盖[12]，玉辔红缨[13]。渐酒空金榼[14]，花困蓬瀛[15]。豆蔻梢头旧恨[16]，十年梦[17]，屈指堪惊。凭阑[18]久，疏烟淡日，寂寞下芜城[19]。

校注

(1)《花庵词选》卷四、沈际飞《草堂诗余》卷三、谢朝征《白香词谱笺》卷二：题《春游》。沈注：一作《春景》。《花草粹编》卷九：题《春景》。《白香词谱笺》：《满庭芳》即《潇湘夜雨》。白香所选乃变体之一。

(2)晚色：黄昏时之天色。《花庵词选》卷四、《花草粹编》卷九、谢朝征《白香词谱笺》卷二："晚色"作"晓色"。沈际飞《草堂诗余》卷三："晚色"作"晓色"。（注：一作"晚兔"。)《妙选草堂诗余》前集卷上："晚色"作"晚兔"。

(3)《妙选草堂诗余》前集卷上：（"春随人意"句）杜甫诗："随意陇头云。"

(4)《花庵词选》卷四、《花草粹编》卷九："方过"作"才过"。《妙选草堂诗余》前集卷上、沈际飞《草堂诗余》卷三："方过"作"才过"。

(5)高台：《花庵词选》卷四、《妙选草堂诗余》前集卷上、《花草粹编》卷九："高台"作"古台"。《妙选草堂诗余》前集卷上：《礼记·月令》："仲夏之月，可以处台榭。"（注："有土谓之台，有木谓之榭。"）《花草粹编》卷九:“芳树”作“芳榭”。

(6)蹴:踢。红英:此指飘落的花瓣。《妙选草堂诗余》前集卷上:杜甫诗:“燕蹴飞花落舞筵。”

(7)榆钱:春天时榆树初生的榆荚,形状似铜钱而小,甜嫩可食,俗称榆钱。此处言榆荚在风中飞舞,然后纷纷掉下。施肩吾《戏咏榆荚》:“风吹榆钱落如雨,绕林绕屋来不住。知尔不堪还酒家,漫教夷甫无行处。”苏轼《榆》:“我行汴堤上,厌见榆阴绿。千株不盈亩,斩伐同一束。及居幽囚中,亦复见此木。”《妙选草堂诗余》前集卷上:丁晋公《梨花》:“狂风知价掷榆钱。”(注:“榆钱即榆荚也。”)

(8)绿水桥平:春水涨满了小河,与小河平齐。《妙选草堂诗余》前集卷上:“《古今艺术》:‘秋千,北方戎戏。’”杜甫诗:“野水平桥路。”

(9)《妙选草堂诗余》前集卷上:(“东风里”句)李白诗:“东风扇淑气。”

(10)秦筝:与瑟相似。古代秦地所造的一种弦乐器,形似瑟,十三弦。《礼记·乐记》:“筝,五弦,筑身也。今并、凉二州筝形如瑟,不知谁所改作。或曰:秦蒙恬所造。”《昭明文选》卷十八《赋壬·音乐下·笙赋》:“晋野悚而投琴,况齐瑟与秦筝。新声变曲,奇韵横逸。萦缠歌鼓,网罗钟律。”《妙选草堂诗余》前集卷上:《风俗通》:“筝,秦声也,形如瑟。”

(11)《妙选草堂诗余》前集卷上:(“多情”句)鲍照《远行乐词》:“春风太多情。”

(12)“珠幡”句:形容装饰华丽的车子。珠幡,车队仪仗中装饰有珠宝的旗幡。梁简文帝《大爱敬寺刹下铭》:“珠幡转曜,宝铃韵响;闻声者入道,见形者除累。”唐玄奘《大唐西域记·秣兔罗国》:“珠幡布列,宝盖骈罗。”《花庵词选》卷四、《妙选草堂诗余》前集卷上、《花草粹编》卷九、沈际飞《草堂诗余》卷三:“珠幡”作“珠钿”。盖,缀有翠羽的车盖,又名“盖荷”“文荷”,此泛指华美的车辆。《淮南子·原道训》:“驰要袅,建翠盖。”高诱注:“翠盖,以翠鸟羽饰盖也。”辛延年《羽林郎》:“银鞍何煜耀,翠盖空踟蹰。”李白《东武吟》:“乘舆拥翠盖,扈从金城东。”《妙选草堂诗余》前集卷上:《唐韵》:“钿,金华饰。”《甘泉赋》:“留翠盖以电烛。”

(13)“玉辔”句:形容马匹装扮华贵。玉辔,用玉装饰的马缰绳。陈陶

《巫山高》诗："飘摇丝散巴子天，苔裳玉辔红霞幡。"《妙选草堂诗余》前集卷上、《花草粹编》卷九："玉辔"作"金辔"。沈际飞《草堂诗余》卷三"玉辔"下注：一作"金辔"，误。红缨，红色的穗子。此处指马脖上垂挂的红色丝绳。

(14)金榼：金制的酒杯，饮酒器具。《妙选草堂诗余》前集卷上、《花草粹编》卷九："金榼"作"醽醁"。沈际飞《草堂诗余》卷三"金榼"下注：一作"醽醁"，误。《妙选草堂诗余》前集卷上：《吴都赋》："酌醽醁。"(注：酒名。)

(15)"花困"句：花指美人。蓬瀛，传说中的海上仙山蓬莱、瀛洲。此指饮酒之地。

(16)"豆蔻"句：化用杜牧《赠别》"娉娉袅袅十三余，豆蔻梢头二月初。春风十里扬州路，卷上珠帘总不如"句意，写旧识的少女。

(17)"十年"句：用杜牧《遣怀》"十年一觉扬州梦，赢得青楼薄幸名"句意，抒今昔之慨。《妙选草堂诗余》前集卷上："十年"作"千年"。沈际飞《草堂诗余》卷三"十年"下注：一作"千年"，误。

(18)《花庵词选》卷四、沈际飞《草堂诗余》卷三："凭阑"作"凭栏"。

(19)芜城：广陵城，今之扬州。因鲍照作《芜城赋》，铺叙扬州城的废毁荒芜，后世遂以芜城代指扬州。《妙选草堂诗余》前集卷上、《花草粹编》卷九："寂寞下芜城"作"微映百层城"。沈注：杜甫诗："山城仅百层。"

集评

(1)蔡絛《铁围山丛谈》：秦观婿范温，常预贵人家会。贵人有侍儿，喜歌秦少游长短句。坐间略不顾温。……酒酣欢洽，始问"此郎何人？"温遽起，叉手对曰："某乃山抹微云女婿也。"闻者绝倒。

(2)李攀龙《草堂诗余隽》卷一眉批："秋千外"，"东风里"，字字奇巧。"疏烟淡日"，此时之情还堪远眺否？就暗中描出春色，林峦欲滴。就远处描出春情，城郭隐然如无。

(3)杨慎《词品》：秦少游《满庭芳》"晚色云开"，今本误作"晚兔云开”，不通。维扬张綖刻《诗余图谱》，以意改“兔”作“见”，亦非。按《花庵词选》作“晚色云开”，当从之。

(4)(托名)杨慎评点《草堂诗余》：景胜于情。

(5)王世贞《弇州山人词评》：“秋千外，绿水桥平”，又“地卑山近，衣润(‘润’字原脱，据《清真集》补)费炉烟”，淡语之有情者也。

(6)卓人月《古今词统》：敖陶孙评少游诗“如时女步春，终伤婉弱”，其在于词，正相宜耳。

(7)沈际飞《草堂诗余》正集：“兔”字不通，张世文改为“见”，今从《词选》，“色”字为优。……据诸本，首云“晚色”，末云“淡月”。《词选》首云“晓色”，末云“淡日”。细味词中“玉辔红缨”等，岂晚来事？悉从《词选》。

(8)黄苏《蓼园词评》：此必少游被谪后作。雨过还晴，承恩未久也。“燕蹴红英”，喻小人之谗构也。“榆钱”，自喻也。“绿水桥平”，喻随所适也。“朱门”“秦筝”，彼得意者自得意也。前一阕叙事也，后一阕则事后追忆之词。“行乐”三句，追从前也。“酒空”二句，言被谪也。“豆蔻”三句，言为日已久也。“凭栏”二句，结通首，黯然自伤也。章法极绵密。

(9)周济《宋四家词选》：君子因小人而斥。“多情”二句，一笔挽转。“结处”应首句，不忘君子也。秦本眉批：“秋千外、绿水桥平。”景语却无限清婉。

(10)许昂霄《词综偶评》：“晚色云开”三句，天气。“高台芳榭”四句，景物。“东风里”三句，渐说到人事。“珠钿翠盖”二句，会合。“渐酒空金榼”四句，离别。“疏烟淡月”二句，与起处反照作收。

(11)俞陛云《唐五代两宋词选释》：前写景，后写情，流利轻圆，是其制胜处。

疏解

秦观在《与李乐天简》中说，宋元丰二年己未(1079)岁暮，他自会稽还乡，“杜门却扫，日以文史自娱。时复扁舟循邗沟而南以适广陵”。从描写的景色以及“豆蔻梢头旧恨，十年梦，屈指堪惊”等句，可知此词可能是秦观次年春日游扬州追忆汴京旧游而作。

上片写景忆人。雨过天晴，燕子轻飞，红花盛开，风舞榆钱，是一副生机盎然之景。在这明媚的春光中，有人正在朱门里抚奏秦筝。歇拍一笔画出一个端庄高雅的女子形象。

下片继续追忆，写春日里两人共行的情趣。“渐酒”之后笔锋暗转，表明时过境迁，往事已成空。结尾凭栏远眺，只见暮中薄雾，夕阳余晖，他更加黯然神伤。

江城子·西城杨柳弄春柔[1]

西城杨柳弄春柔[2],动离忧[3],泪难收。犹记多情[4],曾为系归舟。碧瓦[5]朱桥当日事,人不见,水空流。　韶华[6]不为少年留,恨悠悠,几时休。飞絮[7]落花时候一登楼。便做春江[8]都是泪,流不尽,许多愁。

校注

(1)江城子：此词调起源于晚唐五代时期的唐著词(唐著词是唐代的酒令。晚唐《江城子》在酒筵上流行，经过文人的加工，就成为一首小令的词调)曲调。唐五代时为单调，始见《花间集》韦庄词，单调，三十五字，七句五平韵。又有三十六字七句五平韵、三十七字七句五平韵等。可见唐五代《江城子》词调兴起不久，格式尚未定型。

欧阳炯单调词将结尾两个三字句加一衬字成为七言句，开宋词衬字之法。后蜀尹鹗单调词将起首七言句改作三字两句，开宋词减字、摊破之法。宋代晁补之曾将其改名为《江神子》。

至北宋苏轼始变为双调，由此发展成熟、格式定型并得到推广。双调《江城子》是在单调的基础上，在结尾处增一字，变三言两句作七言一句，又依原曲重增一片，双调，共七十字，上下片都是七句五平韵。苏轼的《江城子·记梦》和《江城子·密州出猎》开创一代词风，引起后代乃至于同时代人的追和。全宋以江城子为词调的词有 192 首，除 2 首张先词为单调外，其他都为双调。南宋韩滮的《江城子》中有“腊后春前村意远，回棹稳，水西流”之句，所以又名村意远。《花庵词选》卷四、沈际飞《草堂诗余》卷三：

题《春别》。

(2)弄春柔：树木花草在春日欣欣向荣，在春风中婆娑起舞。《宋史·乐志十五》："宝阁珠楼临上苑，百卉弄春柔。"王安石《酴醿金沙二花合发》诗："相扶照水弄春柔，发似矜夸敛似羞。"春柔，春日优美的景色、树木花草柔软的枝条。《魏书·程骏传》："仰歌祖业，俯欣春柔。大哉肆眚，荡民百忧。"

(3)离忧：忧伤，遭遇忧患。此处指离别的忧思，离人的忧伤。《楚辞·九歌·山鬼》："风飒飒兮木萧萧，思公子兮徒离忧。"《史记·屈原贾生列传》："离骚者，犹离忧也。"司马贞索隐引应劭曰："离，遭也。"《楚辞·离世》："哀仆夫之坎毒兮，屡离忧而逢患。"王逸注："言己不自念惜身之放逐，诚哀仆御之夫，坎然恚恨，以数逢忧患无已时也。"杜甫《长沙送李十一》诗："李杜齐名真忝窃，朔云寒菊倍离忧。"仇兆鳌注："离忧，离别生忧也。"

(4)多情：富于感情，常指对人或情人感情深挚，亦指多情之人。《南史·后妃传下·梁元帝徐妃》："徐娘虽老，犹尚多情。"杜牧《赠别》："多情却似总无情，唯觉樽前笑不成。蜡烛有心还惜别，替人垂泪到天明。"张先《南乡子·京口》："春水一篙残照阔，遥遥，有个多情立画桥。"苏轼《蝶恋花》："墙里秋千墙外道。墙外行人，墙里佳人笑。笑渐不闻声渐悄，多情却被无情恼。"（按：或将自然景物内化为人的情感。如唐何兆《玉蕊花》诗："惟有多情天上雪，好风吹上绿云鬟。"冯延巳《鹊踏枝·梅落繁枝千万片》："梅落繁枝千万片，犹自多情，学雪随风转。昨夜笙歌容易散，酒醒添得愁无限。"）

(5)碧瓦：绿色的屋瓦，一般指琉璃瓦。《花庵词选》卷四、沈际飞《草堂诗余》卷三："碧瓦"作"碧野"。

(6)韶华：美好的时光，常指春光。戴叔伦《暮春感怀》："东皇去后韶华尽，老圃寒香别有秋。"李贺《嘲少年》诗："莫道韶华镇长在，发白面皱专相待。"

(7)飞絮：飘飞的柳絮。庾信《杨柳歌》："独忆飞絮鹅毛下，非复青丝马尾垂。"欧阳修《采桑子》："群芳过后西湖好，狼藉残红，飞絮蒙蒙。"苏轼《洞仙歌·江南腊尽》："断肠是飞絮时，绿叶成阴，无个事、一成消瘦。"

(8)春江：春日的江水。张若虚《春江花月夜》："滟滟随波千万里，何处春江无月明。”(按：张若虚《春江花月夜》之“江”，或言专指长江。)苏东坡《惠崇春江晚景》：“竹外桃花三两枝，春江水暖鸭先知。”

集评

(1)薛砺若《宋词通论》：我们知道少游既是一个情种，自不免因落拓的宦途，羁旅的生涯，和失恋的萦绕所侵袭，因而使他变为一个伤心厌世的词人。所以他的词，往往于清丽淡雅中，带出一种凄婉哀怨的情绪。

(2)俞陛云《唐五代两宋词选释》：结尾两句与李后主之“恰似一江春水向东流”、徐师川之“门外重重叠叠山，遮不断愁来路”，皆言愁之极致。

疏解

此为暮春怀人伤别之词，当为秦观前期的作品。

上片以“弄春柔”“系归舟”的杨柳，勾起了他对往事的回忆。他想起与情人在“碧瓦朱桥”相会的情景，感叹眼前“人不见”的离愁。下片写年华老去而产生的悠悠别恨，“便做”三句，表现了离愁的深长。全词于清丽淡雅中又含凄婉哀伤的情绪。

过片则道破人生真理：“韶华不为少年留。”少年时期，风华正茂，而年华易衰，青春不再；更将仕途不遇、理想落空的伤感融注其间。结尾“便做春江都是泪，流不尽，许多愁”，是对愁思的形象性认识。李白诗“抽刀断水水更流，举杯销愁愁更愁”，李后主“问君能有几多愁，恰似一江春水向东流”，秦观“便做春江都是泪，流不尽，许多愁”，应为唐、五代、宋三朝写愁的经典名句。

踏莎行·郴州旅舍[1]

雾失楼台[2],月迷津渡[3]。桃源望断无寻处[4]。可堪[5]孤馆闭春寒,杜鹃声里斜阳暮[6]。　驿寄梅花[7],鱼传尺素[8]。砌成此恨无重数[9]。郴江幸自[10]绕郴山,为谁流下潇湘去[11]。

校注

(1)踏莎行:又名于《柳长春》《喜朝天》等,双调,五十八字,仄韵。郴州:位于今湖南东南部。秦观绍圣四年(1097)因坐党籍遭贬谪,于郴州旅舍作本词。《妙选草堂诗余》前集卷上、《花草粹编》卷六、沈际飞《草堂诗余》卷二:题作《春旅》。

(2)“雾失”句:暮霭沉沉,楼台消失在浓雾中。“失”为为动用法,……为……所失。

(3)“月迷”句:月色朦胧,渡口迷失不见。“迷”为为动用法,……为……所迷。

(4)“桃源”句:虽望断,仍看不见心中理想之桃花源。陶渊明《桃花源记》:“晋太元中,武陵人捕鱼为业。缘溪行,忘路之远近。忽逢桃花林,夹岸数百步,中无杂树,芳草鲜美,落英缤纷……阡陌交通,鸡犬相闻。其中往来种作,男女衣着,悉如外人。黄发垂髫,并怡然自乐。”

(5)可堪:岂堪,怎堪,哪受得住。

(6)“杜鹃”句:杜鹃,俗称布谷鸟,又名子规、杜宇、子鹃,春夏季节,彻夜不停啼鸣,啼声清脆而短促,唤起人们多种情思。(按:传说中周朝末年蜀地的君主,名叫杜宇。后来禅位退隐,不幸国亡身死,死后魂化为鸟,暮春啼苦，至于口中流血，其声哀怨凄悲，动人肺腑，名为杜鹃。相传其鸣叫声像人言“不如归去”，容易勾起人的思乡之情。)王维《送梓州李使君》：“万壑树参天，千山响杜鹃。”李白《宣城见杜鹃花》：“蜀国曾闻子规鸟，宣城还见杜鹃花。一叫一回肠一断，三春三月忆三巴。”李商隐《锦瑟》：“庄生晓梦迷蝴蝶，望帝春心托杜鹃。”《妙选草堂诗余》前集卷上：《成都记》：“蜀望帝死，其魄化为鸟，名杜鹃，一名子规，一名杜宇。其声哀悲，不忍听也。”

(7)“驿寄”句：陆凯《赠范晔》：“折梅逢驿使，寄与陇头人。江南无所有，聊赠一枝春。”在此处与下句“鱼传尺素”中，作者均自比范晔，表示收到了来自远方的问候。

(8)“鱼传”句：蔡邕《饮马长城窟》：“客从远方来，遗我双鲤鱼。呼儿烹鲤鱼，中有尺素书。”

(9)砌：堆积。无重数：数不尽。

(10)郴江：据顾祖禹《读史方舆纪要·湖广》载，郴水在“州东一里，一名郴江，源发黄岑山，北流经此……下流会来水及自豹水入湘江”。幸自：本自，原来，本来是。韩愈《戏题牡丹》：“幸自同开俱隐约，何须相倚斗轻盈。”沈际飞《草堂诗余》卷二：《地舆志》：“黄岑山在郴州城南，一名黄箱山，郴水所出。郴水一名郴江。”

(11)“为谁”句：为什么要流到潇湘去呢？意思是连郴江都耐不住寂寞，何况人呢？为谁，为什么。潇湘，潇水和湘水，是湖南的两条河流，合流后称湘江，又称潇湘。(按：“潇”指湘江上游最大支流潇水，因其水流清绿幽深而得名。“湘”指湖南省最大的河流湘江。《山海经·中山经》：“帝之二女居之，是常游于江渊。澧沅之风，交潇湘之渊。”谢朓《新亭渚别范零陵》：“洞庭张乐池，潇湘帝子游。”李善注引王逸曰：“娥皇、女英随舜不返，死于湘水。”)

集说

(1)胡仔《苕溪渔隐丛话》前集卷五十：《冷斋夜话》云：“少游到郴州，

作长短句。……东坡绝爱其尾两句，自书于扇，曰：‘少游已矣，虽万人何赎！’”

（2）周辉《清波杂志》卷九：秦少游发郴州，反顾有所属，其词曰……山谷云：“语意极似刘梦得楚蜀间语。”“泪湿阑干花着露，愁到眉峰碧聚。（按：‘阑干’，泪脸也，见《邺侯家传》。‘愁到眉峰碧聚’，乃张泌《思越人》词‘黛眉愁聚春碧’。）此恨平分取，更无言语空相觑。　断雨残云无意绪，寂寞朝朝暮暮。今夜山深处，断魂分付潮回去。”毛泽民元祐间罢杭州法曹，至富阳所作赠别也。因是受知东坡。语尽而意不尽，意尽而情不尽，何酷似少游也！

（3）吴衡照《莲子居词话》卷二：秦少游姬人边朝华极慧丽。恐碍学道，赋诗遣之。白傅所谓“春随樊素一时归”也。未及南迁，过长沙，有妓生平酷慕少游词，至是托终身焉。少游有“郴江幸自绕郴山，为谁流下潇湘去”云云，缱绻甚至。岂情之所属，遽忘其前后之矛盾哉？借令朝华闻之，又何以为情？及少游卒于藤，丧还，妓自缢以殉。此女固出娄琬、陶心儿上矣。

集评

（1）范元实《诗眼》：或问余：“东坡有言：‘诗至杜子美，天下之能事毕矣。’老杜之前，人固未有如老杜，后世安知无过老杜者？”余曰：如“一片花飞减却春”，若咏落花，则语意皆尽。所以古人既未到，决知后人更无好语。如《画马》诗云：‘玉花却在御榻上，榻上庭前屹相向。’则曹将军能事与造化之功，皆不可以有加矣。至其他吟咏人情，模写景物，皆如是也。老杜《谢严武》诗云：“雨映行宫辱赠诗。”山谷云：“只此‘雨映’两字，写出一时景物，此句便雅健。”余然后晓句中当无虚字。后诵淮海小词云：“杜鹃声里斜阳暮。”公曰：“此词高绝！但既云‘斜阳’，又云‘暮’，则重出也。”欲改“斜阳”作“帘栊”。余曰：“既言‘孤馆闭春寒’，似无帘栊。”公曰：“亭传虽未必有帘栊，有亦无害。”余曰：“此词本写牢落之状，若曰‘帘栊’，恐损初意。”先生曰：“极难得好字，当徐思之。”然余因此晓句法不当重叠。

(2)王楙《野客丛书》卷八:《诗眼》载前辈有病少游“杜鹃声里斜阳暮”之句，谓“斜阳暮”似觉意重。仆谓不然。此句读之，于理无碍。谢庄诗曰:“夕天际晚气，轻霞澄暮阴。”一联之中，三见晚意，尤为重叠。梁元帝诗:“斜景落高舂。”既言“斜景”，复言“高舂”，岂不为赘? 古人为诗，正不如是之泥。观当时米元章所书此词，乃是“杜鹃声里斜阳曙”，非“暮”字也。得非避庙讳而改为“暮”乎?

(3)张端义《贵耳集》卷下:《诗话》谓“斜阳暮”语近重叠，或改“帘栊暮”;既是“孤馆闭春寒”，安得见所谓“帘栊”? 二说皆非。尝见少游真本乃“斜阳树”，后避庙讳，故改定耳。

(4)俞彦《爰园词话》:古人好词即一字未易弹，亦未易改……少游“斜阳暮”，后人妄肆讥评，托名山谷,《淮海集》辨之详矣。又有人亲在郴州见石刻是“斜阳树”。“树”字甚佳，犹未若“暮”字。

(5)王士禛《花草蒙拾》:“郴江幸自绕郴山，为谁流下潇湘去。”千古绝唱。秦殁后，坡公常书此于扇，云:“少游已矣，虽万人何赎!”高山流水之悲，千载而下，令人腹痛!

(6)沈际飞《草堂诗余》正集卷二:少游坐党籍，安置郴地，谓郴江与山相守，而不能不流，自喻最凄切。

(7)徐釚《词苑丛谈》:东坡绝爱尾两句。余谓不如“杜鹃声里斜阳暮”，尤堪断肠。

(8)黄昇《花庵词选》卷四:东坡绝爱尾两句。

(9)先著、程洪《词洁》卷二:“斜阳暮”，犹之唐人“一孤舟”句法耳。升庵之论破的。

(10)黄苏《蓼园词评》:前一阕是写在郴，望想玉堂天上，如桃源不可寻，而自己意绪无聊也。次阕言书难达意，自己同郴水之自绕郴山，不能下潇湘以向北流也。语意凄切，亦自蕴藉，玩味不尽。雾失、月迷，总是被谗写照。

(11)张綖《草堂诗余别录》:又《王直方诗话》载黄山谷谓此词“斜阳暮”意重，欲易之，未得其字。……愚谓此亦何害，而病其重也。李太白诗“睠彼落日暮”，即“斜阳暮”也。刘禹锡“乌衣巷口夕阳斜”，杜工部“山木苍苍落日曛”，皆此意。别如韩文公《纪梦》诗“中有一人壮非少”,《石鼓歌》“安置妥帖平不颇”之类尤多，岂可亦谓之重耶？ 山谷尝无此言。

(12)宋翔凤《乐府余论》：分属时日，则尚欠明晰。《说文》：“莫，日且冥也，从日在草中。”今作“暮”者俗。 是“斜阳”为日斜时，“暮”为日入时；言自日昃至暮，杜鹃之声，亦云苦矣。 山谷未解“暮”字，遂生轇轕。

(13)陈廷焯《白雨斋词话》卷一：少游词最深厚，最沉着，如“柳下桃蹊，乱分春色到人家”。 ……其妙令人不能思议，较“郴江犹自绕郴山，为谁流下潇湘去”之语，尤为入妙。 世人动辄秦七，真所谓井蛙谤海也。

(14)王国维《人间词话》：境界有大小，然不以是分优劣。“细雨鱼儿出，微风燕子斜”，何遽不若“落日照大旗，马鸣风萧萧”；“宝帘间挂小银钩”，何遽不若“雾失楼台，月迷津渡”也！ ……少游词境最为凄婉。 至“可堪孤馆闭春寒，杜鹃声里斜阳暮”，则变而凄厉矣。 东坡赏其后二语，尤为皮相。

(15)王国维《人间词话》：“风雨如晦，鸡鸣不已。”“山峻高以蔽日兮，下幽晦以多雨；霰雪纷其无垠兮，云霏霏而承宇。”“树树皆秋色，山山尽落晖。”“可堪孤馆闭春寒，杜鹃声里斜阳暮。”气象皆相似。

(16)唐圭璋《唐宋词简释》：此首写羁旅，哀怨欲绝。 起写旅途景色，已有归路茫茫之感。 ……末引“郴江”“郴山”，以喻人之分别，无理已极，沉痛已极，宜东坡爱之不忍释也。

(17)王方俊《唐宋词赏析》：这首词层次极为分明。 开头两句都以对句起，都是平叙；中间第三句一顿；末两句是中心所在。 虽是小词，用的是慢词作法。

(18)叶嘉莹《唐宋词十七讲》：头三句的象征与结尾的发问有类似《天问》的深悲沉恨的问语，写得这样沉痛，是他过人的成就，是词里的一个进展。

疏解

此词为作者于绍圣四年(1097)因坐党籍连遭贬谪时在郴州旅店所写。 秦观因新旧党争，先贬杭州通判，再贬监州酒税，后又被贬至郴州，削去所有官爵和俸禄后又贬横州。 此词作于离郴州之前，抒写客次旅舍的感慨，以委婉曲折的笔法，抒写了失意人的凄苦和哀怨的心情，流露出对现实的不满。

上片写谪居时寂寞凄冷的环境：浓雾弥漫，楼台依稀难辨，月色朦胧，渡口也隐匿不见。望尽天涯，心中的桃花源无处觅寻。岂能受得了独居孤馆的寂寞？更兼春寒料峭，斜阳西下，杜鹃声声哀鸣。

下片由写实开始，虽远方友人音问、叮嘱、温暖，却平添了深深的别恨离愁。末云“郴江幸自绕郴山，为谁流下潇湘去”，最为深厚沉着。

鹧鸪天·枝上流莺和泪闻(1)

枝上流莺(2)和泪闻。新啼痕(3)间旧啼。一春鱼雁无消息(4)，千里关山劳梦魂(5)。　　无一语，对芳尊(6)。安排(7)肠断到黄昏。甫能炙得灯儿(8)了，雨打梨花深闭门(9)。

校注

(1)鹧鸪天：又名《思佳客》《思越人》《醉梅花》《半死梧》等。此调很像两首七绝相并而成，唯后阕换头处稍变。双调，五十五字，前后阕各三平韵，一韵到底，上阕第三、四句，下阕第一、二句一般要求对仗。又是曲牌名，南曲仙吕宫、北曲大石调都有。字句格律都与词牌相同。北曲用作小令，或用于套曲。南曲列为“引子”，多用于传奇的结尾处。《填词名解》：“鹧鸪天采郑嵎诗：‘春游鸡鹿塞，家在鹧鸪天。’”（按：“鹧鸪”为乐调名，许浑《听歌鹧鸪辞》：“南国多情多艳词，鹧鸪清怨绕梁飞。”郑谷《迁客》诗：“舞夜闻横笛，可堪吹鹧鸪？”又，《宋史·乐志》引姜夔言：“今大乐外，有曰夏笛鹧鸪，沈滞郁抑，失之太浊。”故“鹧鸪”似为一种笙笛类之乐调，词名或与“瑞鹧鸪”同取义于此。）至元马臻诗：“春回苜蓿地，笛怨鹧鸪天”，则似已指词调矣。《妙选草堂诗余》前集卷下、《花草粹编》卷五、沈际飞《草堂诗余》卷一：题作《春闺》。

词牌格律：

中仄平平中仄平（韵），
中平中仄仄平平（韵）。

中平中仄平平仄,中仄平平中仄平(韵)。

平仄仄,仄平平(韵)。
中平中仄仄平平(韵)。
中平中仄平平仄,中仄平平中仄平(韵)。

(2)流莺:莺。流,谓其鸣声婉转。沈约《八咏诗·会圃临东风》:"舞春雪,杂流莺。"李商隐《流莺》:"流莺飘荡复参差,渡陌临流不自持。"晏殊《酒泉子》:"春色初来,遍拆红芳千万树,流莺粉蝶斗翻飞。"

(3)啼痕:泪痕。岑参《长门怨》诗:"绿钱侵履迹,红粉湿啼痕。"沈际飞《草堂诗余》卷一"新啼痕"注:杜诗:"啼时旧血痕。"(按:杜甫《得舍弟消息二首》:"烽举新酣战,啼垂旧血痕。")

(4)鱼雁:相传鲤鱼、鸿雁可以传递书信。传说古代剖开鲤鱼时,人们能看见鱼肚里有书信。汉乐府《饮马长城窟行》:"客从远方来,遗我双鲤鱼。呼儿烹鲤鱼,中有尺素书。"后来人们便把书信叫作鱼书。鸿雁是候鸟,往返有期,故人们想象其能传递音讯,因而书信又被称作"飞鸿""鸿书"等,而古称信使为"鱼雁",也叫"鸿鳞"。《汉书·苏武传》:"天子射上林中,得雁,足有系帛书。"汉武帝时,苏武奉命出使匈奴,被囚胡地十九年,矢志不变。他后来得以归汉,主要是因为匈奴单于相信汉使所说鸿雁传书飞到上林苑,被天子射获从而得知苏武在北海牧羊一事。匈奴单于无奈,只得放回苏武,"鸿雁传书"一时传为美谈。王昌龄《独游》:"手携双鲤鱼,目送千里雁。"消息:音信。蔡琰《悲愤诗》:"迎问其消息,辄复非乡里。"刘悚《隋唐嘉话》卷上:"人言陛下欲幸山南,外皆严妆已毕,而竟不行,何也?"《妙选草堂诗余》前集卷下:("一春"句)《古乐府》:《赠张徐书》:"寄书云间雁,为我西北飞。"(按:见范云《赠张徐州谡》。)

(5)关山:关隘山岭。梦魂:古人以为人的灵魂在睡梦中会离开肉体,故称"梦魂"。刘希夷《巫山怀古》诗:"颓想卧瑶席,梦魂何翩翩。"白居易《长恨歌》:"闻道汉家天子使,九华帐里梦魂惊。"晏幾道《鹧鸪天》:"春悄悄,夜迢迢,碧云天共楚宫遥。梦魂惯得无拘检,又踏杨花过谢桥。"

(6)芳尊:精致的酒器,亦借指美酒。"尊"通"樽"。钱惟演《木兰花・城上风光莺语乱》："昔年多病厌芳尊，今日芳尊惟恐浅。"《妙选草堂诗余》前集卷下、《花草粹编》卷五："芳尊"作"芳樽"。《妙选草堂诗余》注：杜诗："定知相见日，烂熳倒芳樽。"（按：见杜甫《寄高适》诗。）

(7)安排：听任自然的变化。《庄子・大宗师》："造适不及笑，献笑不及排，安排而去化，乃入于寥天一。"郭象注："安于推移，而与化俱去，故乃入于寂寥，而与天为一也。"王安石《和微之登高斋》："余年无欢易感激，亦愧庄叟能安排。"

(8)甫能：犹言"方才""刚刚"。辛弃疾《杏花天》："甫能得见茶瓯面。却早安排肠断。"沈际飞《草堂诗余》卷一"灯儿"下注：作"灯光"，误。

(9)《妙选草堂诗余》前集卷下：《长恨歌》："梨花一枝春带雨。"杜："愁时早闭门。"（按：杜甫《返照》："衰年肺病唯高枕，绝塞愁时早闭门。"）

集评

(1)黄苏《蓼园词评》引《古今词话》：此词形容愁怨之意最工，如后叠"甫能炙得灯儿了，雨打梨花深闭门"，颇有言外之意。

(2)沈际飞《草堂诗余》正集卷一："安排肠断"三句，十二时中无间矣，深于闺怨者。

(3)陈廷焯《白雨斋词话》：不经人力，自然合拍。

疏解

此为女子思念远人之词。

上片一、二句言思妇凌晨在梦中被莺声唤醒，远忆征人，泪流不止。三句写致梦之因："一春鱼雁无消息。"四句言因"无消息"而"千里关山劳梦魂"。

过片三句，写女子在白天的无奈、寂寞和愁思。她只能沉默地对着芳樽自酌，直至黄昏，以遣散烦愁。末二句情境感人。刚刚把灯油熬干了，又听着一声声雨打梨花的声音，她睁着眼睛等到天明。"雨打梨花深闭门"，让人十分警醒。

海棠春·流莺窗外啼声巧[1]

流莺窗外啼声巧[2],睡未足,把人惊觉。翠被晓寒轻,宝篆沉烟袅[3]。　　宿酲[4]未解,宫娥[5]报道。别院笙歌会早[6]。试问海棠花,昨夜开多少?

校注

(1)海棠春:此调始自秦观,因词中有“试问海棠花,昨夜开多少”句,故名。马庄父词名《海棠花》,史达祖词名《海棠春令》。格一为双调,四十八字,前后段各四句,三仄韵。格二为双调,四十八字,前段四句,三仄韵;后段五句,三仄韵。格三为双调,四十六字,前后段各四句,三仄韵。《妙选草堂诗余》前集卷上、《花草粹编》卷四、沈际飞《草堂诗余》卷一:题《春晓》。

(2)《妙选草堂诗余》前集卷上:韦苏州诗:“流莺日日啼花间,能使万家春意闲。”(按:韦应物《听莺曲》:“不及流莺日日啼花间,能使万家春意闲。”)《乐府雅词拾遗》:“流莺”作“晓莺”。

(3)“宝篆”句:形容沉香焚烧时烟如篆状,如古老的篆体字一般消散在空中,好似龙凤舞动。将“香”的形状比作“宝篆”,形、神、意恰到好处。

(4)宿酲:犹宿醉。三国魏徐幹《情诗》:“忧思连相属,中心如宿酲。”司马光《和留守相公寄酒与景仁》:“想对白衣初满倾,执杯未饮已诗成。怀贤孤坐悄无语,不是朝来困宿酲。”《妙选草堂诗余》前集卷上:“晋刘伶妻使伶断醉酒,伶祝曰:‘天生刘伶,以酒为名。一饮一石,五斗解酲。’”

(5)《乐府雅词拾遗》下:“宫娥”作“双蛾”。(注:一作“宫娥”。)

(6)《乐府雅词拾遗》下、《花草粹编》卷四:“会早”作“宴早”。

集评

沈际飞《草堂诗余》正集卷一:再睡,不几负花耶? 时本以“宿酲未解”作一句,大误。

疏解

上片开首三句,言清晨尚未睡足,女子已被窗外流莺的啼鸣声惊醒。四、五句言女子醒后感受到“晓寒”,感觉翠被过于轻薄。下片一、二句言因昨晚“宿酲”未解,女子只能继续躺卧,无所事事地看着香炉里沉烟缭绕。忽然侍女“报道”:别院笙歌聚会尚早。女子想知道昨夜的海棠花究竟开了多少。

女子思念恋人、思念故乡,情绪凄婉。古人常以海棠花比喻侍妾、歌姬。此词为秦观心中思念一位歌女的情感的外化。

减字木兰花[1]·天涯旧恨

天涯旧恨，独自凄凉人不问。欲见回肠，断续熏炉小篆香[2]。

黛蛾长敛[3]，任是东风吹不展[4]。困倚危楼，过尽飞鸿字字愁[5]。

校注

(1)减字木兰花：又名《减兰》《木兰香》《天下乐令》《玉楼春》《偷声木兰花》《木兰花慢》等，唐教坊曲。《金奁集》入林钟商调。《张子野词》将其归入林钟商。《花间集》所录三首各不相同。《乐章集》入仙吕调。双调，四十四字，与木兰花相比，前后片第一、三句各减三字，改为平仄韵互换格，每片两仄韵，两平韵。（按：《木兰花令》，始于韦庄，系五十五字，全用韵。《花间集》魏承班有五十四字词一体，毛熙震有五十三字词一体，亦用仄韵，皆非减字。自南唐冯延巳制《偷声木兰花》，五十字，前后起两句仍作仄韵七言，结处乃偷平声，作四字一句、七字一句，始有两仄两平四换头体。此词亦四换韵，盖又就偷声词两起句各减三字，自成一体也。）

(2)小篆香：犹盘香。唐宋时将香料做成篆文形状，点其一端，依香上的篆形印记，烧尽计时。据记载：“时待次梅溪，始作百刻香印，以准昏晓，又增置五夜香刻如左。”故又称百刻香。

(3)黛蛾：指女子所画眉毛弯曲如蚕蛾。温庭筠《晚归曲》：“湖西山浅似相笑，菱刺惹衣攒黛蛾。”敛：收，聚集，指紧锁。此处指女子心绪不佳，眉毛紧蹙不曾舒展，故下云“任是东风吹不展”。

(4)《花草粹编》卷二：“不展”作“不转”。

(5)“过尽”句：虽鸿雁飞来，却没有一点音信。大雁排成“一”字或“人”字，在思念远人的女子看来，字字都变成了“愁”字。

疏解

此为女子思念远人之词。

上片首句言，良人多年远在天涯海角，未有音信，故云“旧恨”。二句言自己独自一人，凄凉寂寞，却不曾有人稍问一声。三、四句言想要见他一面，总是令人回肠九转。她终日在卧房看那断断续续的盘香缭绕。

过片言她眉间紧锁，即使是春风长吹也无法吹开。末言她因相思困扰，只好日日倚靠在高高的栏杆上眺望，希望能看见良人归来，可是没有一点人影。她抬眼望望天空，正有一阵大雁飞过却不曾带来书信；在她看来，天空的大雁，不管是排成“一”字，或者排成“人”字，字字似乎变成了“愁”字。末句警策。

浣溪沙[1]·漠漠轻寒上小楼

漠漠[2]轻寒上小楼，晓莺无赖似穷秋[3]。淡烟流水画屏幽[4]。
自在飞花轻似梦，无边丝雨[5]细如愁。宝帘闲挂[6]小银钩。

校注

(1)浣溪沙：唐教坊曲名，因春秋时期西施浣纱于若耶溪而得名，后用作词牌名，又名《小庭花》《满院春》等。张泌词有“露浓香泛小庭花”句，名《小庭花》。韩淲词有“芍药荼蘼满院春”句，名《满院春》；有“东风拂槛露犹寒”句，名《东风寒》；有“一曲西风醉木犀”句，名《醉木犀》；有“霜后黄花菊自开”句（应作“霜后黄花尚自开”），名《霜菊黄》；有“广寒曾折最高枝”句，名《广寒枝》；有“春风初试薄罗衫”句（应作“春衫初试薄香罗”），名《试香罗》；有“清和风里绿荫初”句，名《清和风》；有“一番春事怨啼鹃”句，名《怨啼鹃》。此调有平仄两体。平韵体始于唐代韩偓，流传至今；仄韵体始于南唐李煜。通常以韩偓词《浣溪沙·宿醉离愁慢髻鬟》为正体。全词分上下两片，上片三句全用韵，下片末二句用韵，过片二句用对偶句的居多。音节明快，句式整齐，易于上口，为多数词人所常用。

《浣溪沙》，双调，四十二字。上片三句，三平韵；下片三句，两平韵。词牌格律：

中仄中平中仄平(韵)，
中平中仄仄平平(韵)。
中平中仄仄平平(韵)。

中仄中平平仄仄(句),
中平中仄仄平平(韵)。
中平中仄仄平平(韵)。

(2)漠漠：淡淡。

(3)无赖：原指没有出息。据《史记·高祖列传》记载，高祖奉玉卮，起为太上皇寿，曰：“始大人常以臣无赖，不能治产业，不如仲力。今某之业所就，孰与仲多？”又指放刁、撒泼、蛮不讲理。《宋书·始安王休仁传》：“休佑平生，狼抗无赖。”此处指顽皮，或因喜欢而爱昵。如辛弃疾《清平乐·村居》：“最喜小儿无赖，溪头卧剥莲蓬”。穷秋：晚秋，深秋。鲍照《代白纻曲》：“穷秋九月荷叶黄，北风驱雁天雨霜。”

(4)“淡烟”句：画屏上轻烟淡淡，流水潺潺。柳永《轮台子》：“匆匆策马登途，满目淡烟衰草。”幽，意境悠远。

(5)丝雨：细雨。唐周彦晖《晦日宴高氏林亭》：“云低上天晚，丝雨带风斜。”

(6)宝帘：缀着珠宝的帘子，或华丽的帘幕。闲挂：随意地挂着。

疏解

此词写一个女子生发的淡淡的哀愁和寂寞。

上片写阴冷的春天早晨，她独上小楼，却感受到了像深秋一样的寒意。她在空房内画屏前竖立，显得格外清幽。下片所写眼前景物，待她慢慢挂起窗帘，观落花轻飘、细雨蒙蒙，触目伤情。全词意境悠闲，含隐深沉。

生查子·眉黛远山长

眉黛远山长[(1)],新柳开青眼[(2)]。楼阁断霞[(3)]明,罗幕春寒浅。杯嫌玉漏迟,烛厌金刀剪[(4)]。月色忽飞来。花影和帘卷。

校注

(1)“眉黛”句:女子所画的长眉如远山那样细长。眉黛,古代女子用黛(青黑色颜料)画眉,因称眉为眉黛。白居易《喜小楼西新柳抽条》:“须教碧玉羞眉黛,莫与红桃作曲尘。”眉黛因此亦借指妇女。温庭筠《杨柳枝》:“金缕毵毵碧瓦沟,六宫眉黛惹春愁。”

(2)“新柳”句:春日初生之绿柳如女子惺忪的睡眼。青眼,此处指初生的柳树嫩叶。李元膺《洞仙歌》:“雪云散尽,放晓晴庭院。杨柳于人便青眼。”(按:“青眼”俱多义性。或与“白眼”相对,指对人器重。如杜甫《短歌行·赠王郎司直》:“仲宣楼头春色深,青眼高歌望吾子。”黄庭坚《登快阁》:“朱弦已为佳人绝,青眼聊因美酒横。”亦借指知心朋友。权德舆《送卢评事婺州省觐》:“客愁青眼别,家喜玉人归。”司马光《同张圣民过杨之美明日投此为谢》:“呼儿取次具杯盘,青眼相逢喜无极。”亦比喻青春年少。张祜《喜王子载话旧》:“相逢青眼日,相叹白头时。”王安石《次韵酬宋玘》之一:“青眼坐倾新岁酒,白头追诵少年文。”)

(3)断霞:片段的云霞,即云霞片片,断而不相连续。梁简文帝《舞赋》:“似断霞之照彩,若飞鸾之相及。”张说《巴丘春作》:“日出洞庭水,春山挂断霞。”

(4)“杯嫌”二句:以酒相聚至深夜,多次“西窗剪烛”,连剪刀都已经有些厌烦了。玉漏,古代计时漏壶的美称。苏味道《正月十五夜》:“金吾不禁夜，玉漏莫相催。”

疏解

彊村本《淮海居士长短句》七十七首未录此词。毛晋本、冯（冯煦）本《宋六十一家词选》收录淮海词八十七首，均载有此词，而词句多与晏幾道、张孝祥词重。如张孝祥《生查子》：“远山眉黛横，媚柳开青眼。楼阁断霞明，帘幕春寒浅。　　杯延玉漏迟，烛怕金刀剪。明月忽飞来，花影和帘卷。”二词相同之处颇多。此词作者究竟是秦观还是晏幾道、张孝祥，很难定论。余揣测当误在毛晋，将淮海七十七首“随意”增至八十七首，此词当在所增的十首中。

此词写一女子从黄昏至深夜的一段“春愁”。上片写傍晚。一、二句自眉黛似新柳写起，引出楼阁中的女子。三句写女子在阁楼中远眺，见天边断霞尚明，而因有罗幕遮掩，故觉春寒尚浅。下片一、二句言女子独自一人在灯下，一边剪去燃尽的灯芯，一边饮酒至深夜。应该是思念远人的“春愁”使她有些不胜酒力，从而产生了“嫌”与“厌”：“杯嫌玉漏迟，烛厌金刀剪。”三、四句突发奇景，她又一次抬眼望天，窗外的花影与帘幕一起卷了起来，看见溶溶月色飞进楼阁。饮酒，剪灯，她两次停杯眺望窗外。本词描写女子思念远方情人的一段春愁，十分细腻、生动。

贺方回（贺铸）｜一首

贺铸传文

（1）《宋史·贺铸传》：

贺铸字方回，卫州（今河南卫辉市）人，孝惠皇后之族孙。……喜谈当世事，可否不少假借，虽贵要权倾一时，小不中意，极口诋之无遗辞，人以为近侠。博学强记，工语言，深婉丽密，如次组绣。尤长于度曲，掇拾人所遗弃，少加檃栝，皆为新奇。

（2）叶石林《贺铸传》：

贺方回名铸，卫州人。自言唐谏议大夫知章后，故号鉴湖遗老。长七尺，眉目耸拔，面铁色。博学强记，工语言，深婉丽密，如次组绣，尤长于度曲。家藏书万余卷，手自校雠，无一字脱误。所与交终始厚者，惟信安程俱致道。

（3）《中吴纪闻》：

贺方回，本山阴人，徙姑苏之醋坊桥，有小筑在盘门之南十余里，地名横塘。方回往来其间，尝作《青玉案》调："凌波不过横塘路，但目送，芳尘去。锦瑟华年谁与度，月桥仙馆，绮窗朱户，唯有春知处。　碧云冉冉蘅皋暮。彩笔新题断肠句。试问闲愁都几许？一川烟草，满城风絮，梅子黄时雨。"山谷有诗云："解道江南断肠句，只今唯有贺方回。"其为前辈推重如此。

（4）《老学庵笔记》：

方回貌奇丑，俗谓之贺鬼头。喜校书，朱黄未尝去手。潘邠老赠方回诗云:"诗束牛腰藏旧稿,书讹马尾辨新雠。"有二子,曰房,曰廪,于文房从方,廪从回,盖寓父字于二子名也。

(5)《太平清话》:

方回居吴下昇平桥及横塘别墅,藏书万余卷。

(6)《苏州府志》:

企鸿轩在昇平桥,贺铸所居,其亲题书籍云昇平地。

(7)《建炎以来朝野杂记》:

高宗渡江,书籍散失。绍兴初,有言贺方回子孙鬻故书于道者,上命有司市之。洪玉父为少监,言芜湖僧有蔡京所寄书籍,因取之,以实三馆。

(8)《野客丛书》:

仆得昆陵贺方回家所藏缮写《嵇康集》十卷。

(9)《天禄琳琅》:

《吕氏春秋》,有镜湖遗老识语,云:"此本得于东牟王氏。四明使君于元丰初奉诏修书于资善堂,尝取太清楼藏本为之校定。元祐壬申,余喜得此书。校雠始就,为一客挟去。后三年见归,因募笔工录之。"

青玉案·凌波不过横塘路[1]

凌波[2]不过横塘路,但目送芳尘去[3]。锦瑟年华[4]谁与度,月台花榭[5],琐窗朱户[6]。唯有[7]春知处。　碧云冉冉蘅皋暮[8],彩笔新题断肠句[9]。试问闲愁[10]都几许?一川[11]烟草,满城风絮,梅子黄时雨[12]。

校注

(1)青玉案:张衡《四愁诗》诗:“美人赠我锦绣段,何以报之青玉案。”调名取此。《中原音韵》注双调。《太和正音谱》注高平调。蒋氏《九宫谱目》入中吕引子。韩淲词有“苏公堤上西湖路”句,故亦名《西湖路》。沈际飞《草堂诗余》卷二:题作《春暮》。彊村本《东山词》:题《横塘路》。谢朝征《白香词谱笺》:《青玉案》又名《西湖路》,双调,六十七字,前后段六句、五仄韵。后段第二句例作拗体,即仄仄平平仄平仄。

《青玉案》,双调,六十七字,前后段各六句、五仄韵。词牌格律:

中平中仄平平仄(韵),
仄中仄(读)平平仄(韵)。
中仄中平平仄仄(韵),
中平中仄(句)中平平仄(韵)。
中仄平平仄(韵)。

中平中仄平平仄(韵),

中仄平平仄平仄(韵)。
中仄中平平仄仄(韵)。
中平中仄(句),中平中仄(韵),
中仄平平仄(韵)。

(2)凌波:形容女子步态轻盈。汉庄忌《哀时命》:“势不能凌波以径度兮,又无羽翼而高翔。”曹植《洛神赋》:“凌波微步,罗袜生尘。”葛洪《抱朴子·博喻》:“骋逸策迅者,虽遗景而不劳;因风凌波者,虽济危而不倾。”骆宾王《棹歌行》:“写月图黄罢,凌波拾翠通。”

(3)芳尘去:美人已去。芳尘,芳香之尘,多指因女子之步履而起者。封孟绅《赋得行不由径》:“紫陌悠悠去,芳尘步步清。澹台千载后,公正有遗名。”《妙选草堂诗余》前集卷上:(“但目送芳尘去”)晋王嘉《拾遗记》:“石虎起楼四十丈,杂宝异香为屑,风作则扬之,名曰‘芳尘’。”

(4)锦瑟年华:美好的青春时期。锦瑟,饰有彩纹的瑟。李商隐《锦瑟》:“锦瑟无端五十弦,一弦一柱思华年。”《乐府雅词》卷中、魏庆之《诗人玉屑》卷二十引《冷斋夜话》、《花草碎编》卷七、彊村本《东山词》上卷:“年华”作“华年”。龚明之《中吴纪闻》卷三:“年华”作“华筵”。《妙选草堂诗余》前集卷上:(“锦瑟年华谁与度”)杜:“醉卧佳人锦瑟旁。”(按:杜甫《曲江对雨》:“何时诏此金钱会,暂醉佳人锦瑟旁。”)

(5)“月台”句:龚明之《中吴纪闻》卷三:“月台花榭”作“月桥仙馆”。《冷斋夜话》:“月台花榭”作“小桥幽径”;《妙选草堂诗余》前集卷上:作“月楼花院”;《花草粹编》卷上:作“月楼仙馆”;彊村本《东山词》上卷:作“月桥花院”。沈际飞《草堂诗余》卷二:“月台”下注:一作“月楼”。“花榭”下注:一作“花院”。“月台花榭”下注:一作“小桥幽径”。月台,古代女子赏月之亭台楼阁。花榭,花木丛中的台榭,或栽有花木的亭榭。官宦、富贵人家常在花园里池塘或水流旁修建花榭。许浑《瓜洲留别李诩》:“柳堤惜别春潮落,花榭留欢夜漏分。”毛熙震《浣溪沙》:“花榭香红烟景迷,满庭芳草绿萋萋。”

(6)琐窗:雕绘有连环花纹的窗子。鲍照《玩月城西门廨中》:“蛾眉蔽珠栊,玉钩隔琐窗。”朱户:官宦或富贵人家涂漆朱红色之门户。葛洪《抱朴子·畅玄》:“怡颜丰柯之下,而朱户变为绳枢。”李绅《过吴门二十四韵》:“朱户千家室,丹楹百处楼。”冯延巳《虞美人》:“碧波朱户垂帘暮,帘下莺莺语。”龚明之《中吴纪闻》卷三、《妙选草堂诗余》前集卷上、《花草粹编》卷七:“琐窗”作“绮窗”。沈际飞《草堂诗余》:“琐窗”作“绮窗”,注:一作“琐窗”。《妙选草堂诗余》前集卷上:《古诗》:“交疏结绮窗。”韩诗:“黄帘绿幕朱户闭。”

(7)彊村本《东山词》上卷:“唯有”作“只有”。沈际飞《草堂诗余》卷二:“唯有”下注:一作“只有”。

(8)“碧云”句:碧空的云彩缓缓地移动,香草沼泽中长满香草的水边高地上,黄昏已然降临。碧云,碧空的云彩。江淹《杂体诗·休上人怨别》:“日暮碧云合,佳人殊未来。”戴叔伦《夏日登鹤岩偶成》诗:“愿借老僧双白鹤,碧云深处共翱翔。”温庭筠《梦江南》:“山月不知心里事,水风空落眼前花。摇曳碧云斜。”冉冉,云彩缓缓流动。葛洪《神仙传·栾巴》:“即平坐却入壁中去,冉冉如云气之状,须臾,失巴所在。”蘅皋,生长着香草的沼泽边高地。曹植《洛神赋》:“尔乃税驾乎蘅皋,秣驷乎芝田。”柳永《彩云归》:“蘅皋向晚舣轻航。”彊村本《东山词》上卷:“碧云”作“飞云”。沈际飞《草堂诗余》卷二:“暮”下注:一作“闭”,误。沈际飞《草堂诗余》卷二:《洛神赋》:“税驾乎衡皋。”《埤雅》:“四五月间,梅欲黄落,则水润土溽,柱础皆湿,蒸郁成雨,谓之梅雨。三月雨为迎梅,五月雨为熟梅。”杜诗:“思沾道暍黄梅雨。”

(9)彩笔:比喻有诗才、文才的人。《南史·江淹传》:“(淹)尝宿于冶亭,梦一丈夫自称郭璞,谓淹曰:‘吾有笔在卿处多年,可以见还。’淹乃探怀中得五色笔一以授之。”断肠句:指伤感的诗句。《冷斋夜话》、《妙选草堂诗余》前集卷上、《花草粹编》卷七:“新题”作“空题”。沈际飞《草堂诗余》卷二:“新”下注:一作“空”,误。

(10)闲愁:无端无谓的忧愁。张碧《惜花》:“一窖闲愁驱不去,殷勤对尔酌金杯。”

(11)一川:遍地,一片。川,平地,平野,平坦的陆地。北朝乐府《敕勒川》:“敕勒川,阴山下。”崔颢《黄鹤楼》:“晴川历历汉阳树,芳草萋萋鹦鹉洲。”韦庄《山墅闲题》:“迤逦前冈压后冈,一川桑柘好残阳。”《妙选草堂诗余》前集卷上：杜："水暖通草径。"或曰："川岂有草乎？"应之曰："杜'江白草纤纤''无名江上草'，岂得无草乎？"

(12)"梅子"句：梅雨。《岁时广记》卷一引《东皋杂录》："后唐人诗云：'楝花开后风光好，梅子黄时雨意浓。'"杜甫《梅雨》："南京西浦道，四月熟黄梅。湛湛长江去，冥冥细雨来。"（按：郭子仪、李光弼平定安史之乱后，唐明皇自成都返长安后，改称成都为"南京"。）《妙选草堂诗余前集》卷上：杜："四月熟黄梅。"生梅熟时多雨。

集说

(1)王灼《碧鸡漫志》：江南某氏者解音律，时时度曲。周美成与有瓜葛，每得一解，即为制词。故周集中多新声。贺方回初在钱塘，作《青玉案》，鲁直喜之，赋绝句云："解道江南断肠句，只今惟有贺方回。"贺集中如《青玉案》者甚众。大抵二公卓然自立，不肯浪下笔。予故谓语意精新，用心甚苦。

(2)周紫芝《竹坡诗话》：贺方回尝作《青玉案》词，有"梅子黄时雨"之句，人皆服其工，士大夫谓之"贺梅子"。郭功父有示耿天骘一诗，王荆公尝为书之。其尾云："庙前古木藏训狐，豪气英风亦何有？"方回晚倅姑孰，与功父游甚欢。方回寡发，功父指其髻，谓曰："此真'贺梅子'也。"方回乃捋其须曰："君可谓郭训狐。"功父髯而胡，故有是语。

(3)潘淳《潘子真诗话》：世推贺方回所作"梅子黄时雨"为绝唱，盖用莱公语也。

(4)吴曾《能改斋漫录》：贺方回为《青玉案》词，山谷尤爱之，故作小诗以纪其本事。及谪宜州，山谷兄元明和以送之云："千峰百嶂宜州路。天黯淡，知人去。晓别吾家黄叔度。弟兄华发，远山修水，异日同归处。长亭饮散尊罍暮。别语缠绵不成句。已断离肠能几许。水村山郭，夜阑无寐，听尽空阶雨。"山谷和云："烟中一线来时路。极目送、幽人去。第四阳关云不度。山胡声转，子规言语，正是人愁处。别恨朝朝连暮暮。忆我当年醉时句。渡水穿云心已许。晚年光景，小轩南浦，帘卷西山雨。"

洪觉范亦尝和云："绿槐烟柳长亭路。恨取次、分离去。日永如年愁难度。高城回首，暮云遮盖，目断人何处。　　解鞍旅社天将暮。暗忆丁宁千万句。一寸危肠情几许，薄衾孤枕，梦回人静，侵晓潇潇雨。"

(5)龚明之《中吴纪闻》：贺铸字方回，本山阴人，徙姑苏之醋坊桥。方回尝游定力寺，访僧不遇，因题一绝云："破冰泉脉漱篱根，坏衲犹疑挂树猿。蜡屐旧痕浑不见，东风先为我开门。"王荆公极爱之，自此声价愈重。有小筑，在盘门之南十余里，地名横塘。方回往来其间，作《青玉案》词云……后山谷有诗云："解道江南断肠句，至今唯有贺方回。"其为前辈推重如此。初，方回为武弁，李邦直为执政时力荐之，其略谓："窃见西头供奉官贺某，老于文学，泛观古今，词章议论，迥出流辈。欲望改换一职，令入文资，以示圣时育材进善之意。"上可其奏，因易文阶，积官至正郎，终于常倅。

(6)魏庆之《诗人玉屑》引《冷斋夜话》：贺方回妙于小词，吐语皆蝉蜕尘埃之表。……山谷尝手写所作《青玉案》者，置之几砚间，时自玩味，曰(略)。山谷云："此词少游能道之。"作小诗曰："少游醉卧古藤下，无复愁眉唱一杯。解道江南断肠句，而今唯有贺方回。"

(7)郎瑛《七修类稿》：秦观与苏、黄齐名，尝于梦中作《好事近》一词……其后以事谪藤州，竟死于藤，此词其谶乎？少游同时有贺铸，尝作《青玉案》悼之。……秦词世人少知，余尝亲见其墨迹，后有近代刘菊庄题云："名并苏黄学更优，一词遗墨至今留。无人唤醒藤州梦，淮水淮山总是愁。"亦不胜其感慨。因忆贺、黄二作并书之，以见少游固竟没于贬所，而山谷厄于城楼之死尤艰哉！咏诗之日，孰知又为少游之后耶？

(8)徐釚《词苑丛谈》：仆壬子渡江，题《北征》词，亦有句云："纵使红盐裁一曲，也应肠断贺方回。"

(9)朱彝尊《词综》：周少隐云："方回有'梅子黄时雨'之句，人谓之'贺梅子'。方回寡发，郭功父指其髻曰：'此真贺梅子也。'"

集评

(1)周紫芝《竹坡诗话》：贺方回尝作《青玉案》，有"梅子黄时雨"之句，人皆服其工，士大夫谓之“贺梅子”。

(2)罗大经《鹤林玉露》：诗家有以山喻愁者，杜少陵云：“忧端如山来，澒洞不可掇”；赵嘏云：“夕阳楼上山重叠，未抵春愁一倍多”是也。有以水喻愁者，李群玉云：“请量东海水，看取浅深愁”；李后主云：“问君能有几多愁，恰似一江春水向东流”；秦少游云：“落红万点愁如海”是也。贺方回云：“试问闲愁都几许？一川烟草，满城风絮，梅子黄时雨。”盖以三者比愁之多也，尤为新奇，兼兴中有比，意味更长。

(3)王灼《碧鸡漫志》：语意精新，用心甚苦。

(4)沈谦《填词杂说》：“一川烟草，满城风絮，梅子黄时雨。”不特善于喻愁，正以琐碎为妙。

(5)先著、程洪《词洁》：方回《青玉案》词，工妙之至，无迹可寻，语句思路亦在目前，而千人万人不能凑泊。

(6)沈际飞《草堂诗余》正集：叠写三句闲愁，真绝唱！

(7)刘熙载《艺概》：贺方回《青玉案》词收四句云：“试问闲愁都几许？一川烟草，满城风絮，梅子黄时雨。”其末句好处全在“试问”呼起，及与上“一川”二句并用耳。或以方回有“贺梅子”之称，专赏此句，误矣。且词句原本寇莱公“梅子黄时雨如雾”诗句，然则何不目莱公为“寇梅子”耶？

(8)黄苏《蓼园词评》：言斯所居横塘断无宓妃到，然波光清幽，亦常目送芳尘。第孤寂自守，无与为欢，惟有春风相慰藉而已。次阕言幽居肠断，不尽穷愁，惟见烟草风絮，梅雨如雾，共此旦晚耳。无非写其境之郁勃岑寂也。

(9)王方俊《唐宋词赏析》：贺铸晚年退隐至苏州，并在城外十里处横塘有住所，词人常往来其间。这首词写于此时此地。词中写路遇一女子，而引起了作者对生活的感慨。

疏解

贺铸，字方回，自号庆湖遗老，卫州(治今河南卫辉)人，宋太祖孝惠皇后族孙，曾任泗州通判等职，晚居苏州。博学强记，长于度曲，缀拾前人诗句，少加檃括，皆为新奇。又好以旧谱填新词而改易调名，谓之“寓声”。词多刻画闺情离思，也有嗟叹功名不就而纵酒狂放之作；风格多样，盛丽、妖冶、幽洁、悲壮，皆深于情，工于语。有《庆湖遗老集》《东山词》。

《青玉案》词，通过对暮春景色的描绘，抒发一己之“闲愁”。上片写于横塘路遇佳人，而不知所往，只好“但目送芳尘去”。三句“锦瑟”，化用李商隐“锦瑟无端五十弦，一弦一柱思华年”，含蓄地流露其沉沦下僚、怀才不遇的感慨。下片写因思慕而引起的无限愁思，表现了幽居寂寞、积郁难抒的情绪。其相思之情乃虚写，实抒其悒悒不得志之“闲愁”。本词立意新颖，构想奇特，想象丰富。

赵德麟(赵令畤) | 一首

一、赵令畤传文

《宋史·赵令畤传》:

令畤字德麟，燕懿王玄孙也，蚤以才敏闻。元祐六年，签书颍州公事。时苏轼为守，爱其才，因荐于朝。宣仁太后曰:“宗室聪明者岂少哉? 顾德行何如耳。”竟不许。轼被窜，令畤坐交通轼罚金。已而附内侍谭稹以进。绍兴初，官至右朝请大夫。吕颐浩请以令畤主行在大宗正司，帝命易环卫官。颐浩言:“令畤读书能文，恐不须易。”帝曰:“令畤昔事谭稹，颇违清议。”改右监门卫大将军、荣州防御使，权知行在大宗正事。迁洪州观察使，袭封安定郡王。寻迁宁远军承宣使，同知行在大宗正事。四年薨，贫无以为殓，帝命户部赐银绢，赠开府仪同三司。

二、赵令畤生平简介

赵令畤(1051—1134)，初字景贶，后改字德麟，自号聊复翁。燕王德昭玄孙。元祐六年签书颍州公事，时苏轼为知州，荐其才于朝。坐元祐党籍，苏轼被窜，以交通党人，罚金，被废十年。绍圣初，官至右朝请大夫，改右监门卫大将军，历荣州防御使、洪州观察使。绍兴初，袭封安定郡王，迁宁远军承宣使，同知行在大宗正事。四年卒，赠开府仪同三司。有《侯鲭录》《聊复集》，后者不传，赵万里辑有《聊复词》。

三、赵令畤评价

(1)胡仔《苕溪渔隐丛话》:《王直方诗话》云:“白藕作花风已秋,不堪残睡更回头。晚云带雨归飞急,去作西窗一夜愁。”此赵德麟细君王氏所作也。德麟既鳏居,因见此篇,遂与之为亲。余以为乃二十八字媒也。

(2)王国维《戏曲考源》:然诸家《调笑》,虽合多曲而成,然一曲分咏一事,非就一人一事之首尾而咏之也。惟石曼卿作《拂霓裳转踏》述开元天宝遗事。……今其辞不传,传者惟赵德麟(令畤)之商调蝶恋花述《会真记》事,凡十阕,并置原文于曲前;又以一阕起,一阕结,之视后世戏曲之格律,几于具体而微。德麟于子瞻守颍州时,为其属官,至绍兴初尚存。其词作于何时,虽不可考,要在元祐之后,靖康之前。原词具载《侯鲭录》中。

锦堂春·楼上萦帘弱絮[1]

楼上萦帘弱絮，墙头碍月低花。年年春事关心事，肠断欲栖鸦[2]。　舞镜鸾衾[3]翠减，啼珠凤蜡[4]红斜。重门不锁相思梦[5]，随意绕天涯。

校注

(1)锦堂春：又名《乌夜啼》《圣无忧》。唐教坊曲，平韵，四十七字，又有四十八字体，与《相见欢》之别名《乌夜啼》不同。《太和正音谱》注：南吕宫，又大石调。（按：郭茂倩《乐府诗集》有清商曲《乌夜啼》，乃六朝及唐人古今诗体，与此不同，此盖借旧曲名另翻新声也。此又名《相见欢》《秋夜月》《上西楼》。唐教坊曲，三十六字，前片三平韵，后片两平韵，过片处错叶两仄韵。两结九言，宜于第二字略逗，旧谱分作六言、三言两句，不尽适合。）《花庵词选》卷六：题作《春思》。沈际飞《草堂诗余》卷一：题《春思》。《花草粹编》卷四：调名《乌夜啼》，题《春思》；词后注：《诗余》作《锦堂春》。宋欧阳修词名《圣无忧》，赵令畤词名《锦堂春》。

(2)"肠断"句：《妙选草堂诗余》前集卷下：《选》诗："啼杀后栖鸦。"

(3)舞镜鸾衾：女子的衾被上绣着鸾鸟，鸾鸟只能对镜而舞，托喻女子的孤寂。亦可解为梳妆台前，女子无聊地拿着镜子，把床上衾被上的鸾鸟照着。《妙选草堂诗余》前集卷下：《异苑》："罽宾国王获一鸾，悬镜照之，鸾乃舞。"

(4)啼珠凤蜡：啼珠喻指露珠。元稹《月临花》诗："夜久清露多，啼珠坠还结。"又，《生春》诗之二十："柳误啼珠密，梅惊粉汗融。"凤蜡是蜡烛的美称。《南史》卷二十二《王昙首列传·王僧虔》:“僧虔,金紫光禄大夫僧绰弟也。父昙首,与兄弟集会子孙,任其戏适。……僧绰采蜡烛珠为凤皇,僧达夺取打坏,亦复不惜。伯父弘叹曰:‘僧达俊爽,当不减人。然亡吾家者,终此子也。僧虔必至公,僧绰当以名义见美。’或云僧虔采烛珠为凤皇,弘称其长者云。”皇甫松《抛球乐》词:“几回冲凤蜡,千度入香怀。”周邦彦《风流子·愁怨》词:“酒醒后,泪花销凤蜡,风幕卷金泥。”

(5)“重门”句:沈际飞《草堂诗余》卷一:僧齐己诗:“重城不锁梦,每夜自归山。”

集评

(1)胡仔《苕溪渔隐丛话》:德麟“重门不锁相思梦,随意绕天涯”,徐师川“柳外重重叠叠山,遮不断愁来路”,二词造语虽不同,其意绝相类。

(2)王灼《碧鸡漫志》:赵德麟、李方叔皆东坡之客,其气味殊不近,赵婉而李俊,各有所长。

(3)沈雄《古今词话》:山谷谓好词惟取陡健圆转。屯田意过久许,笔犹未休。待制滔滔漭漭,不能尽变。如赵德麟云:“新酒又添残酒病,今春不减前春恨。”陆放翁云:“只有梦魂能再遇,堪嗟梦不由人做。”……梁贡父云:“拼一醉留春,留春不住,醉里春归。”此则陡健圆转之榜样也。

(4)沈际飞《草堂诗余》正集:休文“梦中不识路,何以慰相思”,反其指而用之,情思缠绵动人。

(5)王士禛《花草蒙拾》:“重门不锁相思梦,随意绕天涯”与“枕上片时春梦中,行尽江南数千里”同一机杼,然赵词较胜岑诗。

(6)许昂霄《词综偶评》:(“重门不锁”二句)从休文“梦中不识路,何以慰相思”化出。

(7)况周颐《历代词人考略》:赵德麟词《菩萨蛮》云:“凭船闲弄水。中有相思意。忆得去年时,水边初别离。”《好事近》云:“酒醒香冷梦回时,虫声正凄绝,只觉小窗风月,与昨宵都别。”语淡而深,耐人寻味。又《蝶恋花》云:“恼乱横波秋一寸,斜阳只与黄昏近。”《浣溪沙》全阕云:“风急花飞昼掩门。一帘残雨滴黄昏。便无离恨也销魂。　　翠被任熏终不暖，玉杯慵举几番温。个般情事与谁论。”益复婉约风流，置之子野、少游集中亦不失为合作。

疏解

此为女子伤春之词。

上片一、二句言：女子于楼阁中看楼上柳絮飘飞，萦绕帘幕；室外墙头春花虽低，却仍妨碍月光照入。此以景写情，可见女子十分孤寂。三、四句直点是年年春天所关心的“春事”让自己“肠断”。

下片一、二句言：女子照镜，见镜中反映衾被上鸾鸟孤舞、蜡烛烧尽，暗示她独坐至深夜；室外则露水成珠，女子自内徘徊至楼外。最后点明题旨：相思之梦早越过锁闭之重门，随意到了天涯海角，去寻觅梦中之人。末云“重门不锁相思梦，随意绕天涯”，以景结情，心绪茫茫。

张芸叟（张舜民）| 一首

一、张舜民传文

《宋史·张舜民传》：

张舜民字芸叟，邠州人。中进士第，为襄乐令。王安石倡新法，舜民上书言："裕民所以穷民，强内所以弱内，辟国所以蹙国。以堂堂之天下，而与小民争利，可耻也。"时人壮之。元丰中，朝廷讨西夏，陈留县五路出兵，环庆帅高遵裕辟掌机宜文字。王师无功，舜民在灵武诗有"白骨似沙沙似雪"，及官军斫受降城柳为薪之句，坐谪监邕州盐米仓；又追赴鄜延诏狱，改监郴州酒税。

会赦北还，司马光荐其才气秀异，刚直敢言，以馆阁校勘为监察御史。上疏论西夏强臣争权，不宜加以爵命，当兴师问罪，因及文彦博，左迁监登闻鼓院。台谏交章乞还职，不听。通判虢州，提点秦凤刑狱。召拜殿中侍御史，固辞，改金部员外郎。进秘书少监，使辽，加直秘阁、陕西转运使，知陕、潭、青三州。元符中，罢职付东铨，以为坊州、凤翔，皆不赴。

徽宗立，擢右谏议大夫，居职才七日，所上事已六十章。陈陕西之弊曰："以庸将而御老师，役饥民而争旷土。"极论河朔之困，言多剀峭。徙吏部侍郎，旋以龙图阁待制知定州，改同州。坐元祐党，谪楚州团练副使，商州安置。复集贤殿修撰，卒。

舜民慷慨喜论事，善为文，自号浮休居士。其使辽也，见其太孙禧好音乐、美姝、名茶、古画，以为他日必有如唐张义潮挈十三州来归者，不四十年当见之。后如其言。绍兴中，追赠宝文阁直学士。

二、张舜民生平简介

张舜民，字芸叟，号浮休居士，邠州（治今陕西彬州）人。英宗治平进士，为襄乐令。元祐初，为监察御史。张舜民为人刚直敢言，曾因元祐党争事，牵连治罪，被贬商州，后又出任过集贤殿修撰。南宋绍兴年间，追赠宝文阁直学士。

卖花声·题岳阳楼[1]

木叶下君山,空水漫漫。十分斟酒敛芳颜[2]。不是渭城西去客,休唱阳关[3]。　　醉袖抚危[4]栏,天淡云闲。何人此路得生还?回首夕阳红尽处,应是长安[5]。

校注

(1)卖花声:唐刘禹锡、白居易并作七言绝句体,五代时起始流行长短句双调小令,且词句即咏江浪淘沙,为唐时教坊曲名。五十四字,前后片各四平韵,多作激越凄壮之音。《乐章集》名《浪淘沙令》,入歇指调,前后片首句各少一字。复就本宫调演为长调慢曲,共一百三十四字,分三段,第一、二段各四仄韵,第三段两仄韵,定用入声韵(唐宋人词,凡同一曲调,原用平声韵者,如改仄韵,例用入声,原用入声韵者,亦常改作平韵)。《清真集》入商调,韵位转密,句读亦与《乐章集》多有不同,共一百三十三字,第一段六仄韵,第二、三段各五仄韵,并叶入声韵。

词牌格律:以二十八字为正格,而以本调为变体,又名《曲入冥》《过龙门》《卖花声》。而《谢池春》亦名《卖花声》,不容稍混也。

中仄仄平平(韵),
中仄平平(韵)。
中平中仄仄平平(韵)。
中仄中平平仄仄,
中仄平平(韵)。

中仄仄平平(韵),
中仄平平(韵)。
中平中仄仄平平(韵)。
中仄中平平仄仄,
中仄平平(韵)。

注:此调五十四字,前后阕字句完全相同。第一句五字,与《忆江南》次句同。第二句四字,为中仄平平,第一字平仄不拘。第三句即平起平收之七言句。第四句为仄起仄收之七言句。第五句则与第二句同。此调平仄既宽,而后半又同前半,为初学填词者最易模拟之词调也。

(2)敛芳颜:收敛容颜,肃敬的样子。芳颜,美称他人之容颜。陶潜《诸人共游周家墓柏下》诗:“清歌散新声,绿酒开芳颜。”柳永《小镇西》:“意中有个人,芳颜二八。天然俏。”

(3)阳关:古关名,在今甘肃敦煌西南。古曲《阳关曲》以王维《送元二使安西》诗引申谱曲,增添词句,抒写离情别绪,因曲分三段,原诗三返,故称“三叠”。王维《送元二使安西》(《渭城曲》):“渭城朝雨浥轻尘,客舍青青柳色新。劝君更尽一杯酒,西出阳关无故人。”

(4)危:高。

(5)长安:此指北宋都城汴京。

集评

(1)费衮《梁溪漫志》:张芸叟词云:“回首夕阳红尽处,应是长安。”人喜诵之。乐天《题岳阳楼》诗云:“春岸绿时连梦泽,夕波红处近长安。”盖芸叟用此换骨也。

(2)梁令娴《艺蘅馆词选》引麦孺博语:声可裂石。

疏解

此词为作者登岳阳楼望洞庭湖抒情之作。

上片一、二句言湖中木叶纷纷，空水漫漫。屈原《九歌·湘夫人》：“帝子降兮北渚，目眇眇兮愁予。袅袅兮秋风，洞庭波兮木叶下。”作者怀古凭吊，兼抒胸中感慨。柳永《小镇西》：“芳颜二八。天然俏。”三句即言楼中歌女伴酒，酒樽斟满十分，而芳颜敛容，似不胜酒力。当歌女唱起《阳关三叠》时，他忽灵感来袭：此行南下岳阳，非西去之客，又何必听那《阳关曲》呢！

下片言他酒微醉后凭倚在高高的栏杆上，但见“天淡云闲”。想起往昔无数迁客南下洞庭，甚至远赴蛮荒，有几人能得生还？末言忽然回首西天，却见夕阳红满天边，暗寓此生已老，盼能再回汴京。

王元泽（王雱）| 一首

王雱生平简介

王雱（1044—1076），字元泽，王安石之子，抚州临川（今江西抚州）人。王雱为治平进士，调旌德尉。历任太子中允、崇政殿说书、龙图阁直学士，后因病辞职。著作今仅留《南华真经新传》。

眼儿媚·杨柳丝丝弄轻柔[1]

杨柳丝丝弄轻柔[2],烟缕[3]织成愁。海棠未雨,梨花先雪,一半春休[4]。　　而今往事难重省[5],归梦绕秦楼[6]。相思只在,丁香枝上[7],豆蔻梢头[8]。

校注

(1)沈际飞《草堂诗余》卷一:题作《春景》。《眼儿媚》又名《秋波媚》,双调,四十八字,前片三平韵,后片两平韵。

词牌格律:

平仄平平仄平平(韵),
中仄仄平平(韵)。
中平中仄,中平中仄,中仄平平(韵)。

中平中仄平平仄,中仄仄平平(韵)。
中平中仄,中平中仄,中仄平平(韵)。

(2)《妙选草堂诗余》前集卷上:(“杨柳”句)魏野《柳》诗:“蓝染丝丝翠色匀。”《花草粹编》卷四:“轻柔”作“金柔”。

(3)《花草粹编》卷四:“烟缕”作“烟雨”。

(4)“海棠”三句:海棠花尚未飘飞,梨花亦还开放,而春天已经过去了一半。海棠未雨,海棠在春季三四月开花,五月凋谢。雨,用作动词,言花儿像雨点一样地飘谢。梨花先雪，梨花于海棠凋谢前就已经开花了。雪，用作动词，言梨花色白如雪，先于海棠开放，故云“先雪”。

（5）“而今”句：如今对往事已经难以重新去省识。省，省识，省察。《论语》：“曾子曰：‘吾日三省吾身：为人谋而不忠乎？与朋友交而不信乎？传不习乎？’”

（6）秦楼：此指夫妇所居婚房，非“秦楼楚馆”之谓。《太平广记》卷四《神仙四·萧史》：“萧史不知得道年代，貌如二十许人，善吹箫作鸾凤之响。而琼姿炜烁，风神超迈，真天人也。混迹于世，时莫能知之。秦穆公有女弄玉，善吹箫，公以弄玉妻之。遂教弄玉作凤鸣。居十数年，吹箫似凤声，凤凰来止其屋。公为作凤台，夫妇止其上，不饮不食，不下数年。一旦，弄玉乘凤，萧史乘龙，升天而去。秦为作凤女祠，时闻箫声。”《乐府诗集》卷五十一《箫史曲》：“弄玉秦家女，箫史仙处童。来时兔月满，去后凤楼空。密笑开还敛，浮声咽更通。相期红粉色，飞向紫烟中。”

（7）“丁香”句：丁香又名“百结”，诗人常以喻愁结难解。李璟《摊破浣溪沙》：“青鸟不传云外信，丁香空结雨中愁。”（按：历代诗人对丁香的吟咏，为此百结之花增添了无限情韵。杜甫的《丁香》云：“丁香体柔弱，乱结枝犹垫。细叶带浮毛，疏花披素艳。深栽小斋后，庶近幽人占。晚堕兰麝中，休怀粉身念。”陆龟蒙《丁香》：“悠悠江上无人问，十年云外醉中身。殷勤解却丁香结，从放枝头散诞春。”元好问《赋瓶中杂花》：“香中人道睡香浓，谁信丁香臭味同？一树百枝千万结，更应熏染费春工。”明代许邦才《丁香花》：“苏小西陵踏月回，香车白马引郎来。当年剩绾同心结，此日春风为剪开。”诗人通过想象，把昔日美女苏小小与眼前名卉丁香花联系起来，富有情韵。丁香花清香宜人，花团锦簇，外朴而内秀，具有“花中君子”之美誉。）沈际飞《草堂诗余》卷一：《本草》：“丁香，一名百结花。”

（8）“豆蔻”句：比喻年少的女子或姬妾。杜牧《赠别》：“娉娉袅袅十三余，豆蔻梢头二月初。春风十里扬州路，卷上珠帘总不如。”晁补之《江城子》：“豆蔻梢头春尚浅，娇未顾，已倾城。”沈际飞《草堂诗余》卷一：《汇苑》：“豆蔻……一穗数十蕊，每蕊心有两瓣相并。”

集评

(1)沈际飞《草堂诗余》正集卷一：补青莲句“烟如织”之妙。“未雨”“先雪”“枝上”“梢头”，皆两字法。

(2)沈雄《古今词话》：王介甫子雱，字元泽，有心疾。妻独居小楼事佛。介甫怜而嫁之。雱作《眼儿媚》词，有“相思只在，丁香枝上，豆蔻梢头”之句。更有《倦寻芳》云：“恨被榆钱买断，两眉长斗。”皆人所不能及。

(3)许昂霄《词综偶评》：词固佳，嫌太软媚如妇人耳。

(4)黄苏《蓼园词评》：语语清新婉倩。

疏解

王安石子王雱有心疾，常怀疑妻子庞氏有外遇，妻子因心中苦闷而念佛。安石知儿子有心病，怜儿媳，遂让儿子离异，让儿媳再嫁他人。此词当为王雱省悟后所作。然妇已嫁人，虽思之而无补于事，兼之心疾，王雱三十三岁即死去。

上片开首，“杨柳丝丝”，“柳”者，留也；“丝”者，思也。二句言心中之愁苦，如烟霭、如雾茫织成。三至五句，字面上写春景，实以海棠喻妻，以雨自比，暗寓自己与庞氏极少或没有夫妻之实。

周美成（周邦彦）｜四首

一、周邦彦传文

《宋史·周邦彦传》：

周邦彦字美成，钱塘人。疏隽少检，不为州里推重，而博涉百家之书。元丰初，游京师，献《汴都赋》余万言，神宗异之，命侍臣读于迩英阁，召赴政事堂，自太学诸生一命为正，居五岁不迁，益尽力于辞章。出教授庐州，知溧水县，还为国子主簿。哲宗召对，使诵前赋，除秘书省正字。历校书郎、考功员外郎，卫尉、宗正少卿，兼议礼局检讨，以直龙图阁知河中府。徽宗欲使毕礼书，复留之。逾年，乃知隆德府，徙明州，入拜秘书监，进徽猷阁待制、提举大晟府。未几，知顺昌府，徙处州。卒，年六十六，赠宣奉大夫。

邦彦好音乐，能自度曲，制乐府长短句，词韵清蔚，传于世。

二、周邦彦评价

（1）陈振孙《直斋书录解题》卷二十：清真词多用唐人诗语，檃栝入律，浑然天成；长调尤善铺叙，富艳精工，词人之甲乙也。

（2）陈郁《藏一话腴》：美成自号清真，二百年来，以乐府独步。贵人、学士、市侬、妓女，皆知美成词为可爱。

（3）刘肃《片玉集》序：周美成以旁搜远绍之才，寄情长短句，缜密典丽，流风可仰。其征辞引类，推古夸今，或借字用意，言言皆有来历，真足冠冕词林。

(4)**张炎《词源》**:古之乐章、乐府、乐歌、乐曲，皆出于雅正。粤自隋、唐以来，声诗间为长短句；至唐人则有《尊前》《花间》集。迄于崇宁，立大晟府，命周美成诸人讨论古音，审定古调，沦落之后，少得存者。由此八十四调之声稍传。而美成诸人又复增演慢曲、引、近，或移宫换羽，为三犯、四犯之曲，按月律为之，其曲遂繁。美成负一代词名，所作之词，浑厚和雅，善于融化诗句，而于音谱却有未谐，可见其难矣。

(5)**沈义父《乐府指迷》**:凡作词当以清真为主。盖清真最为知音，而无一点市井气，下字运意，皆有法度，往往自唐、宋诸贤诗句中来，而不用经、史中生硬字面，此所以为冠绝也。

(6)**张炎《词源》**:词欲雅而正，志之所之，一为情所役，则失其雅正之音。耆卿、伯可不必论，虽美成亦有所不免。如“为伊泪落”，如“最苦梦魂，今宵不到伊行”，如“天便教人，霎时得见何妨”，如“又恐伊寻消问息，瘦损容光”，如“许多烦恼，只为当时，一晌留情”，所谓淳厚日变成浇风也。

(7)**张炎《词源》**:美成词只当看浑成处，于软媚中有气魄，采唐诗融化如自己者，乃其所长。惜乎意趣却不高远。所以出奇之语，惟白石骚雅句法润色之，真天机云锦也。

(8)**《词综》强焕序**:美成词，模写物态，曲尽其妙。刘潜夫云：“美成颇偷古句”；陈质斋云：“美成词，多用唐人诗语，檃括入律，浑然天成。”长调尤善铺叙，富艳精工，词人之甲乙也。沈伯时云：“作词当以清真为主。”盖清真最为知音，且下字用句，皆有法度。

(9)**永瑢、纪昀《四库提要》**:《宋史·文苑传》：“好音乐，能自度曲。制乐府长短句，词韵清蔚。”

(10)**永瑢、纪昀《四库提要》**:邦彦妙解音律，为词家之冠。所制诸调，不独音之平仄宜遵，即仄字中上、去、入三音，亦不容相混。所谓分寸节度，深契微芒。故千里和词，字字奉为标准。

(11)**彭孙遹《金粟词话》**:美成词如十三女子，玉艳珠鲜，政未可以其软媚而少之也。

(12)**周济《介存斋论词杂著》**:美成思力，独绝千古，如颜平原书，虽未臻两晋，而唐初之法，至此大备。后有作者，莫能出其范围矣。读得清真词多，觉他人之作，都不十分经意。勾勒之妙，无如清真。他人一勾勒便薄，清真愈勾勒愈浑厚。

(13) **刘熙载《艺概》**：周美成词，或称其无美不备。余谓论词莫先论品。美成词信富艳精工，只是当不得一个贞字。是以士大夫不肯学之，学之则不知终日意萦何处矣。周美成律最精审，史邦卿句最警炼，然未得为君子之词者，周旨荡而史意贪也。

(14) **冯煦《宋六十一家词选》例言**：陈氏子龙曰："以沉挚之思而出之必浅近，使读之者骤遇之如在耳目之前，久诵之而得隽永之趣，则用意难也。以儇利之词而制之必工炼，使篇无累句，句无累字，圆润明密，言如贯珠，则铸词难也。其为体也纤弱，明珠翠羽犹嫌其重，何况龙鸾？必有鲜妍之姿而不借粉泽，则设色难也。其为境也婉媚，虽以惊露取妍，实贵含蓄不尽，时在低回唱叹之余，则命篇难也。"张氏纲孙曰："结构天成，而中有艳语、隽语、奇语、豪语、苦语、痴语、没要紧语，如巧匠运斤，毫无痕迹。"毛氏先舒曰："北宋词之盛也，其妙处不在豪快而在高健，不在艳冶而在幽咽。豪快可以气取，艳冶可以言工，高健幽咽，则关乎神理，难可强也。"又曰："言欲层深，语欲浑成。"诸家所论，未尝专属一人，而求之两宋，惟片玉、梅溪，足以备之。周之胜史，则又在浑之一字，词至于浑而无可复进矣。

(15) **王国维《人间词话》**：美成深远之致，不及欧、秦。唯言情体物，穷极工巧，故不失为第一流之作者。但恨创调之才多，创意之才少耳。

(16) **谢朝征《白香词谱笺》**：邦彦字美成，钱塘人。元丰中，献《汴都赋》，召为太乐正。徽宗朝，仕至徽猷阁待制。出知顺昌府，徙处州，卒。自号清真居士。有《片玉词》三卷。

六丑·蔷薇谢后作(1)

正单衣试酒(2),怅客里、光阴虚掷(3)。愿春暂留,春归如过翼(4),一去无迹。为问家(5)何在,夜来风雨,葬楚宫倾国(6)。钗钿坠处(7)遗香泽,乱点桃蹊,轻翻柳陌(8)。多情更谁追惜(9)?但蜂媒蝶使,时叩窗隔(10)。　东园岑寂(11),渐蒙笼暗碧(12),静绕珍丛(13)底,成叹息。长条故惹(14)行客,似牵衣待话,别情无极(15)。残英小、强簪巾帻(16)。终不似一朵、钗头颤袅,向人欹侧(17)。漂流处、莫趁潮汐(18),恐断红、尚有相思字(19),何由见得。

校注

(1)六丑:词牌名,为周邦彦所创中吕调曲。周密《浩然斋雅谈》:邦彦曾对宋徽宗云:“此犯六调,皆声之美者,然绝难歌。昔高阳氏有子六人,才而丑,故以比之。”一百四十字,前片八仄韵,后片九仄韵。例用入声部韵,诸领格字并用去声。彊村本《片玉集》卷七:《晋志》云:“汉仪,后亲蚕桑,着十二笄步摇,衣青,乘神盖云母安车,驾六丑马。”注曰:“丑,类。”《阳春白雪》卷一、《妙选草堂诗余》后集卷下、《花草粹编》卷十二:有题作《落花》。彊村本陈元龙集注《片玉集》卷七:题《落花》,调名下注中吕。

(2)试酒:宋代风俗,农历三月末或四月初尝新酒。周密《武林旧事》卷三:“户部点检所十三酒库,例于四月初开煮,九月初开清,先至提领所呈样品尝,然后迎引至诸所隶官府而散。”这里用以指时令。

(3)《阳春白雪》卷一、彊村本《片玉集》卷七:“怅”作“恨”。彊村本《片玉集》卷七:(“光阴虚掷”)刘宾客诗:“遥羡光阴不虚掷。”

（4）过翼：比喻迅速、短暂。汪元量《杭州杂和林石田》之四："百年如过翼，抚掌笑孙刘。"《妙选草堂诗余》后集卷下："翼"作"翌"。

（5）《阳春白雪》卷一、彊村本《片玉集》卷七："家"作"花"。

（6）楚宫倾国：楚王宫里的美女，比喻蔷薇花。倾国，形容女子极其美丽，这里以之比落花。南朝梁何思澄《南苑逢美人》："倾城今始见，倾国昔曾闻。"李隆基《好时光》："莫倚倾国貌，嫁取个、有情郎。"李白《清平调》之三："名花倾国两相欢，常得君王带笑看。"《妙选草堂诗余》后集卷下："葬"作"送"。彊村本《片玉集》卷七："西汉李延年歌曰：'北方有佳人，绝世而独立。一顾倾人城，再顾倾人国。'"温庭筠诗："夜来风雨落残花。"

（7）钗钿坠处：花落处。白居易《长恨歌》："花钿委地无人收，翠翘金雀玉搔头。"《阳春白雪》卷一、《妙选草堂诗余》后集卷下、彊村本《片玉集》卷七："坠"作"堕"。彊村本《片玉集》卷七：杜诗云："神女花钿落。"

（8）桃蹊、柳陌：桃树下的路，绿柳成荫的路，指春景艳丽处。刘禹锡《踏歌词》之二："桃蹊柳陌好经过，灯下妆成月下歌。"彊村本《片玉集》卷七：刘宾客诗："桃蹊柳陌好经过。"

（9）"多情"句：即"为谁多情追惜"，还有谁多情（似我一般）地痛惜花残春逝呢？《阳春白雪》卷一、彊村本《片玉集》卷七："更"作"为"。

（10）"但蜂媒"二句：裴说诗："游蜂与蝴蝶，来往亦多情。"

（11）"东园"句：《游池亭》："岑寂东园可散愁。"

（12）《妙选草堂诗余》后集卷下："渐"作"斩"。彊村本《片玉集》卷七：《文选》云："绿萝结高林，蒙笼盖一丘。"

（13）珍丛：美丽的花丛。晏殊《菩萨蛮》："高梧叶下秋光晚，珍丛化出黄金盏。"朱熹《次秀野韵》之二："蜡屐未妨泥步稳，珍丛终恨雨来频。"

（14）惹：招引，挑逗。何逊《九日侍宴乐游苑》："春风不为吹愁去，春日偏能惹恨长。"李贺《昌谷北园新笋四首》："古竹老梢惹碧云，茂陵归卧叹清贫。"

（15）"别情"句：卢仝诗："此情终无极。"

（16）"强簪"句：勉强插戴在头巾上。巾帻，头巾。彊村本《片玉集》

卷七：应璩诗："醉酒巾帻落。"

(17)"向人"句：言花儿倾斜，似乎在向人表示依恋之态。《洛阳伽蓝记·闻义里》："自此以西，山路欹侧；长坂千里，悬崖万仞。"杜甫《阆水歌》："巴童荡桨欹侧过，水鸡衔鱼来去飞。"

(18)"漂流"二句：陈充《落花》："终寻流水送漂流。"王介甫《高举》诗："百年沧州自潮汐。"

(19)"恐断红"二句：红花凋谢、飘零时，对人间充满了依恋之情。此处用唐人卢渥和宫女在红叶上题诗的典故。见范摅《云溪友议》："卢渥到长安应试，拾得御沟漂出的红叶，上有宫女题诗。后娶遣放宫女为妻，恰好是题诗者。"断红，花儿凋谢飘零。红，指花。黄庭坚《念奴娇·断红霁雨》："断红霁雨，净秋空，山染修眉新绿。"《阳春白雪》卷一："尚有"作"上有"。《妙选草堂诗余》前集卷下："断红"作"断鸿"。彊村本《片玉集》卷七：《摭遗》云："乌依国寄王榭诗：'来春纵有相思字，三月天南无雁飞。'"

集说

庞元英《谈薮》："御沟红叶"，本朝词人罕用其事，惟清真《六丑》咏落花云："恐断红尚有相思字"，则"鸿"字疑误。

集评

(1)黄苏《蓼园词评》：自叹年老远宦，意境落寞；借花起兴，以下是花、是自己，比兴无端。指与物化，奇情四溢，不可方物，人巧极而天工生矣！结处意致尤缠绵无已。

(2)周济《宋四家词选》：十三字千回百折，千锤百炼，以下如鹏羽自逝。……不说人惜花，却说花恋人。不从无花惜春，却从有花惜春。不惜已簪之残英，偏惜欲去之断红。

(3)谭献《谭评词辨》:“为问”三句,搏兔用全力。……末二句仍在逆挽,《片玉》之所独。

(4)陈廷焯《白雨斋词话》:此处(指“怅客里”二句)点醒题旨,既突兀,又绵密,妙只五字束住。下文反复缠绵,更不纠缠一笔,却满纸是羁愁抑郁,且有许多不敢说处,言中有物,吞吐尽致。

疏解

此词写游子思念佳人,以美人喻鲜花,抒发迟暮之感。作者在惜花伤春的同时亦自怜自伤,“惜花”更“惜人”。上片抒写春归花谢之景象,下片着意刻画人惜花、花恋人的生动情景。

开首二句,“正单衣试酒,怅客里、光阴虚掷”,点明时令与主人公的身世。“愿春暂留,春归如过翼,一去无迹。”三句一句一转。“为问家何在”一笔喷醒,从下句“夜来风雨”至上片结束,皆从此问出。“夜来风雨,葬楚宫倾国”二句,正面写落花,同时以美人为比。如沈亚之《异梦录》:“王炎梦游吴,闻葬西施。”韩偓《哭花》:“若是有情争不哭,夜来风雨葬西施。”此处本应说“吴宫”,但为词律所限,故用“楚宫”。这里将人与花融合,以花之遭际喻羁人无家、随处飘零的身世,表达了词人内心的矛盾与苦闷。“钗钿坠处遗香泽”以下六句尽写蔷薇谢后的飘落情况。“钗钿坠处遗香泽”则以美人佩戴的“钗钿”来比喻落花,化用徐夤《蔷薇》诗“晚风飘处似遗钿”之意,零落之余,只留下香泽。“乱点桃蹊,轻翻柳陌”,落花飘零太惨,而以“桃蹊”“柳陌”来衬托,更有情致。接下接写一笔:“多情更谁追惜?”春去花残,观赏者已经散去,不会再有多情之人了。“但蜂媒蝶使,时叩窗隔”二句一转,蜂蝶却以媒人的身份“时叩窗隔”,似乎在提醒室中人去“追惜”。

下片着意刻画人惜花、花恋人之情景。“东园岑寂,渐蒙笼暗碧”,引起下文。“静绕珍丛底,成叹息”,写人惜花。“成叹息”三字承上启下。“长条故惹行客,似牵衣待话,别情无极”三句写花恋人。“残英小、强簪巾帻。终不似一朵、钗头颤袅,向人欹侧。”此处既慨叹花之今不如昔,又慨叹自己的“光阴虚掷”“人老珠黄”。最后几句“漂流处、莫趁潮汐，恐断红、尚有相思字，何由见得”则用红叶题诗的故事，借指飘零的花瓣。末句用问语，逆挽而不直下，拙重而不呆滞。

兰陵王・柳[1]

柳阴直[2]，烟里丝丝弄碧[3]。隋堤[4]上，曾见几番，拂水飘绵送行色[5]。登临望故国[6]，谁识京华倦客[7]？长亭[8]路，年去岁来，应折柔条过千尺[9]。　闲寻旧踪迹[10]。又酒趁哀弦，灯照离席[11]。梨花榆火催寒食[12]。愁一剪风快[13]，半篙波暖[14]，回头迢递[15]便数驿，望人在天北[16]。　凄恻[17]，恨[18]难积。渐别浦萦回[19]，津堠岑寂[20]。斜阳冉冉春无极[21]。念月榭携手[22]，露桥闻笛[23]，沉思前事[24]，似梦里，泪暗滴。

校注

(1)兰陵王：《碧鸡漫志》卷四引《北齐史》及《隋唐嘉话》："齐文襄之子恭，封兰陵王。与周师战……击周师金墉城下，勇冠三军。武士共歌谣之，曰《兰陵王入阵曲》。今《越调・兰陵王》，凡三段，二十四拍，或曰遗声也。"《清真集》正入越调。毛幵《樵隐笔录》："绍兴初，都下盛行周清真咏《柳兰陵王慢》，西楼南瓦皆歌之，谓之《渭城三叠》。以周词凡三换头，至末段，声尤激越，惟教坊老笛师能倚之以节歌者。"一百三十字，分三段。第一段七仄韵，次段五仄韵，末段六仄韵，宜入声韵。首见于周邦彦词。彊村本《片玉集》卷八：调名下注越调，题《柳》。《绀珠集》："北齐兰陵王长恭，白皙而美风姿。乃着假面对敌，数立功。齐人作舞效之，曰'代面舞'。"

词牌格律：

仄平仄(韵)，

平仄平平仄仄(韵)。

平平仄(句),平仄仄平(句),仄仄平平仄平仄(韵),

平平仄仄仄(韵)。

平仄(韵),

平平仄仄(韵),

平平仄(句),平仄仄平(句),平仄平平仄平仄(韵)。

平平仄平仄(韵)。

仄仄仄平平(句),平仄平仄(韵)。

平平平仄平平仄(韵)。

平仄仄平仄(句),仄平平仄(句),

平平平仄仄仄仄(韵),

仄平仄平仄(韵)。

平仄(韵),

仄平仄(韵)。

仄仄仄平平(句),平仄平仄(韵)。

平平仄仄平平仄(韵)

仄仄仄平仄(句)。仄平平仄(韵)。

平平平仄(句),仄仄仄(句),仄仄仄(韵)。

(2)“柳阴”句：长堤之柳，排列整齐，其阴影连成直线。

(3)“烟里”句：言薄雾中，细长轻柔的柳条随风飞舞。弄，此处有“飘拂”的意思。彊村本《片玉集》卷八：魏野《柳》：“丝丝能系别离情。”

(4)隋堤：汴京附近汴河之堤为隋炀帝时所建，是北宋时来往京城的必经之路。彊村本《片玉集》卷八：(“隋堤上”三句)“隋炀帝疏洛为河，抵江都宫，道皆种柳。”朱延龄《柳》：“遥怜拂水轻。”杜诗：“生憎柳絮白于绵。”庄子云：“车马有行色。”

(5)拂水飘绵：柳枝轻拂水面，柳絮在空中飞扬。行色：行人出发前的景象、情状。

(6)故国：故乡。 彊村本《片玉集》卷八：冯衍赋云："望秦晋之故国。"

(7)京华倦客：作者自谓。 京华，指京城，作者久客京师，有厌倦之感，故云。《乐府雅词》卷中、《妙选草堂诗余》后集卷下、《花草粹编》卷十二："谁识"作"谁惜"。 彊村本《片玉集》卷八：杜诗："旅食京华春。"

(8)长亭：古时驿路上十里一长亭，五里一短亭，供人休息，是送别之地。

(9)"应折"句：古人有折柳送别之习。 柔条，柳枝。 过千尺，极言折柳之多。《乐府雅词》卷中："应折"作"攀折"。 彊村本《片玉集》卷八：魏文帝《柳赋》："柔条婀娜而蛇伸。"《文选》诗云："攀条折其荣，将以遗所思。"

(10)旧踪迹：指过去登堤饯别的地方。

(11)彊村本《片玉集》卷八：("又酒趁""灯照"二句)杜诗云："哀弦绕白雪。"韩愈《月蚀》"油灯不照席"反用尔。 又，又逢。 酒趁哀弦，饮酒时奏着离别的乐曲。 趁，逐，追随。 哀弦，哀怨的乐声。

(12)"梨花"句：饯别时正值梨花盛开的寒食时节。 唐宋时朝廷在清明日取榆柳之火以赐百官，故有"榆火"之说。 寒食，清明前一天为寒食。 彊村本《片玉集》卷八：乐天诗云："手把梨花寒食心。"《周礼·春官》："四时变国火。"

(13)一剪风快：正当顺风，船驶如一剪之速。《乐府雅词》卷中、《妙选草堂诗余》后集卷下："一剪"作"一箭"。 彊村本《片玉集》卷八：欧阳询诗："急风吹缓箭，弱水取强弓。"

(14)"半篙"句：撑船的竹篙没入水中，时令已近暮春，故曰波暖。 彊村本《片玉集》卷八：(东)坡诗云："池中半篙水。"

(15)《花草粹编》卷十二："回头"作"回首"。 迢递：遥远。

(16)"望人"句：因被送者离汴京南去，回望送行人，故曰天北。 望人，送行人。

(17)凄恻：悲伤。 彊村本《片玉集》卷八：江淹《别赋》："行子肠断，百感凄恻。"

(18)恨：遗憾，后悔。《史记·萧相国世家》："臣死不恨矣！"《史记·魏公子列传》："以是知公子恨之复返也。"《汉书·王嘉传》："故死者不抱恨而入地，生者不衔怨而受罪。"诸葛亮《出师表》："叹息痛恨。"陶渊明《归去来兮辞》:“恨晨光之熹微。”

(19)“渐别浦”句:言时正当送别的水边,水波萦回之时。渐,有“时当,正当”之意。别浦,河流入江海之处。萦回,水波回旋。彊村本《片玉集》卷八:王勃云:“穷岛屿之萦回。”

(20)津堠:渡口上供瞭望、住宿的土堡。津,津渡,渡口。岑寂:寂静,且有些冷清。鲍照《舞鹤赋》:“去帝乡之岑寂,归人寰之喧卑。”李善注:“岑寂,犹高静也。”杜甫《树间》:“岑寂双甘树,婆娑一院香。”张碧《山居雨霁即事》:“结茅苍岭下,自与喧卑隔。况值雷雨晴,郊原转岑寂。”唐彦谦《樊登见寄》之三:“良夜最岑寂,旅况何萧条。”

(21)冉冉:慢慢移动的样子。春无极:春色一望无边。

(22)念:想到。月榭:月光下的亭榭。榭,建在高台上的敞屋。彊村本《片玉集》卷八:《诗》云:“携手同行。”

(23)“露桥”句:言在布满露珠的桥上,听见有人吹笛的声音。露桥,布满露珠的桥上。《妙选草堂诗余》后集卷下:“闻笛”作“吹笛”。彊村本《片玉集》卷八:李白《闻笛》:“此夜曲中闻折柳。”

(24)《乐府雅词》卷中:“沉思”作“追思”。彊村本《片玉集》卷八:白乐天诗:“前事思如昨。”

集说

张端义《贵耳集》:道君幸李师师家,偶周邦彦先在焉。知道君至,遂匿于床下。道君自携新橙一颗,云江南初进来,遂与师师谑语,邦彦悉闻之,檃括成《少年游》云:“并刀如水,吴盐胜雪,纤手破新橙。”后云:“严城上已三更,马滑霜浓,不如休去,直是少人行。”李师师因歌此词。道君问谁作,李师师奏云周邦彦词。道君大怒,坐朝,宣谕蔡京云:“开封府有监税周邦彦者,闻课额不登,如何京尹不案发来?”蔡京罔知所以,奏云:“容臣退朝,呼京尹叩问,续得复奏。”京尹至,蔡以御前圣旨谕之,京尹云:“惟周邦彦课额增羡。”蔡云:“上意如此,只得迁就。”将上,得旨:“周邦彦职事废弛,可日下押出国门。”隔一二日,道君复幸李师师家,不见李师师,问其家，知送周监税。道君方以邦彦出国门为喜，既至，不遇。坐久至更初，李始归，愁眉泪睫，憔悴可掬。道君大怒云："尔去那里去？"李奏："臣妾万死，知周邦彦得罪，押出国门，略致一杯相别，不知官家来。"道君问："曾有词否？"李奏云："有《兰陵王》词。"今"柳阴直"者是也。道君云："唱一遍看。"李奏云："容臣妾奉一杯，歌此词为官家寿。"曲终，道君大喜，复召为大晟乐正，后官至大晟乐乐府待制。邦彦以词行，当时皆称美成词。殊不知美成文笔，大有可观，作《汴都赋》。如笺奏杂著，皆是杰作。可惜以词掩其他文也。当时李师师家有二邦彦，一周美成，一李士美，皆为道君狎客。士美因而为宰相。吁，君臣遇合于倡优下贱之家，国之安危治乱，可想而知矣。

集评

（1）王灼《碧鸡漫志》：周《大酺》《兰陵王》诸曲，最奇崛。或谓深劲乏韵，此遭柳氏野狐涎吐不出者也。

（2）周济《宋四家词选》：客中送客，一"愁"字代行客设想。以下不辨是情、是景，但觉烟霭苍茫，"望"字、"念"字尤幻。

（3）毛幵《樵隐笔录》：绍兴初，都下盛行周清真咏柳《兰陵王慢》，西楼南瓦皆歌之，谓之"渭城三叠"。以周词凡三换头，至末段，声尤激越，惟教坊老笛师能倚之以节歌者。

（4）陈廷焯《白雨斋词话》：美成词，极其感慨，而无处不郁，令人不能遽窥其旨。如《兰陵王·柳》："登临望故国，谁识京华倦客"，二语是一篇之主，上有"隋堤上，曾见几番，拂水飘绵送行色"之句，暗伏"倦客"之恨，是其法密处。故下接云："长亭路，年去岁来，应折柔条过千尺。"久客淹留之感，和盘托出。他手至此，以下便直书愤懑矣，美成则不然。"闲寻旧踪迹"二叠，无一语不吞吐，只就眼前景物约略点缀，更不写淹留之故，却无处非淹留之苦。直至收笔云："沉思前事，似梦里，泪暗滴。"遥遥挽合，妙在才欲说破，便自咽住，其味正自无穷。

（5）谭献《谭评词辨》：已是磨杵成针手段，用笔欲落不落，"愁一剪风快"等句之喷醒，非玉田所知。"斜阳冉冉春无极"七字，微吟千百遍，当入三昧，出三昧。

(6)梁令娴《艺蘅馆词选》引梁启超语："斜阳"七字，绮丽中带悲壮。

疏解

此词言倦游京华，将返回故乡杭州，他却还留恋着汴京的情人。题目为《柳》，内容却不是咏柳，而是伤别。古代有折柳送别的习俗，所以诗词里常用柳来渲染别情。如隋无名氏《送别》："杨柳青青着地垂，杨花漫漫搅天飞。柳条折尽花飞尽，借问行人归不归。"

上片："柳阴直"，言隋堤之上，柳树成行，"柳阴"沿长堤伸展开来，像一条直线。"烟里丝丝弄碧"，转而写柳丝。以"弄碧"显示其美姿。"隋堤上，曾见几番，拂水飘绵送行色。"此回忆送人情景。今日则自己"登临望故国"，原因正是"倦游"。下面扣紧柳树："长亭路，年去岁来，应折柔条过千尺。"他拟想，在长亭路上，年复一年，送别时折断的柳条恐怕要超过千尺，感叹人世间有情人总是频繁地离别。

中片抒写个人的别情。"闲寻旧踪迹"，寻思、追忆、回想往事。他想起"又酒趁哀弦，灯照离席。梨花榆火催寒食"的情景。"愁一剪风快，半篙波暖，回头迢递便数驿，望人在天北。"一"愁"字，说明虽然回故乡是一件愉快的事，可汴京却有人让他留恋。回头望去，那人已若远在天边，只留下一个模糊的身影。"望人在天北"五字，包含了无限的怅惘与凄婉。

下片，船行渐远，并未暂断离情："凄恻，恨堆积。"船行愈远，遗憾愈重，一层一层堆积在心上难以排遣，也不想排遣。"渐别浦萦回，津堠岑寂。斜阳冉冉春无极。"此时应已至黄昏。送别的"望中之人"已不见，唯斜阳西下，春色一望无边，想起往事："念月榭携手，露桥闻笛，沉思前事，似梦里，泪暗滴。"在月榭之中、露桥之上度过的那些夜晚，给他留下了难忘的印象，宛似梦境。隋堤上的柳树留在他心中，也随着船只一直往南行至杭州。

花犯·梅花[1]

粉墙低[2]，梅花照眼[3]，依然旧风味。露痕轻缀，疑净洗铅华[4]，无限清丽[5]。去年胜赏曾孤倚，冰盘共燕喜[6]。更可惜、雪中高树，香篝熏素被[7]。　　今年对花太匆匆[8]，相逢似有恨，依依憔悴[9]。凝望[10]久，青苔上、旋看飞坠[11]。相将见，脆圆荐酒[12]，人正在、空江烟浪里。但梦想、一枝潇洒[13]，黄昏斜照水[14]。

校注

（1）花犯：词牌名，为周邦彦自度曲。“犯”意为“犯调”，将不同的音调声律合成一曲，使音乐更为丰富。双调，一百零二字，前段十句，六仄韵；后段九句，四仄韵。《妙选草堂诗余》后集卷下、彊村本《片玉集》卷七：题《梅花》。

（2）《妙选草堂诗余》后集卷下：“粉墙低”作“粉墙低也”。粉墙：涂刷成白色的墙。方干《新月》诗：“隐隐临珠箔，微微上粉墙。”

（3）照眼：耀眼，醒目，形容物体明亮或光度强。韩愈《题张十一旅舍》：“五月榴花照眼明，枝间时见子初成。”彊村本《片玉集》卷七：杜诗云：“花枝照眼句还成。”林逋诗：“堪笑胡雏亦风味，解将别调角中吹。”

（4）铅华：古代妇女用的铅粉。崔豹《古今注》：“纣烧铅为粉，名曰胡粉，又名铅粉。萧史炼飞雪丹，与弄玉涂之，后因曰铅华，曰金粉。今水银腻粉也。”《文选·洛神赋》：“芳泽无加，铅华弗御。”李善注引张衡《定情赋》：“思在面为铅华兮，患离尘而无光。”刘长卿《戏赠于越尼子歌》：“北客相逢疑姓秦，铅花抛却仍青春。”彊村本《片玉集》卷七：王介甫《梅》诗：“不御铅华知国色。”

(5)清丽：俊美，秀丽，多形容年轻女子具有的清秀美丽、端庄大方的气质。陆机《文赋》：“或藻思绮合，清丽千眠。炳若缛绣，凄若繁弦。”《妙选草堂诗余》后集卷下、彊村本《片玉集》卷七：梁简文《美女篇》：“佳丽尽关情。”“清丽”作“佳丽”。

(6)冰盘：如水一般洁净的白瓷盘，一说指满月。韩愈《李花》：“冰盘夏荐碧实脆。”燕喜：节日的宴会。此指喜得梅子以进酒。《阳春白雪》卷一、彊村本《片玉集》卷七：“共”作“同”。

(7)“更可惜”三句：可惜，可爱。惜，爱惜，怜惜。《阳春白雪》卷一：“更可惜”作“最好是”。《乐府雅词》卷中：“高士”下注：“一作‘高树’。”《阳春白雪》卷一、《花草粹编》卷十一、《妙选草堂诗余》后集卷下、彊村本《片玉集》卷七：“高士”作“高树”。香篝，熏香之笼。此句喻雪覆盖梅树，像白被放在熏笼上一样。陆龟蒙《奉和袭美茶具十咏·茶坞》：“遥盘云髻慢，乱簇香篝小。”《乐府雅词》卷中：“熏”作“薰”。彊村本《片玉集》卷七：杜甫诗云：“雪树元同色。”《汉官仪》应劭注曰：“尚书每入直，台中女侍二人执香炉烧薰以从，使护衣服。”

(8)《乐府雅词》卷中、《阳春白雪》卷一、《花草粹编》卷十一：“太”作“最”。

(9)依依：轻柔披拂貌，形容思慕怀念的心情。憔悴：因忧伤而形容枯槁。《国语·吴语》：“使吾甲兵钝弊，民日离落而日以憔悴，然后安受吾烬。”韦昭注：“憔悴，瘦病也。”《三国志·魏志·于禁传》：“帝引见禁，须发皓白，形容憔悴。”王建《调笑令》：“玉颜憔悴三年，谁复商量管弦？”《乐府雅词》卷中：“憔悴”作“愁瘁”。《花庵词选》卷七：“憔悴”作“愁倅”。《阳春白雪》卷一、《妙选草堂诗余》后集卷下、《花草碎编》卷十一、彊村本《片玉集》卷七：“憔悴”作“愁悴”。

(10)《阳春白雪》卷一、彊村本《片玉集》卷七：“凝望”作“吟望”。

(11)旋看飞坠：屡屡看梅花飘飞后坠在青苔上面。

(12)荐酒：以果品时鲜等佐酒。荐，进献。古人尤喜于青梅初熟时，以蜜渍之佐酒。周邦彦《齐天乐》：“正玉液新篘，蟹螯初荐。”辛弃疾《汉宫春·立春日》："浑未办，黄柑荐酒，更传青韭堆盘。"戴复古《沁园春》："开怀抱，有青梅荐酒，绿树啼莺。"《阳春白雪》卷一、彊村本《片玉集》卷七：东坡诗云："不趁青梅尝煮酒。""脆圆"作"脆丸"。

(13)潇洒：形容雨落的样子，此处形容景物凄清、幽雅。李白《游水西简郑明府》："凉风日潇洒，幽客时憩泊。五月思貂裘，谓言秋霜落。"李德裕《题奇石》："蕴玉抱清辉，闲庭日潇洒。块然天地间，自是孤生者。"苏舜钦《湘公院冬夕有怀》："禅房潇洒皆依旧，世路崎岖有万殊。"

(14)"黄昏"句：林逋《山园小梅》："疏影横斜水清浅，暗香浮动月黄昏。"

集评

(1)黄昇《花庵词选》：此只咏梅花，而纡余反复，道尽三年间事，昔人谓好诗圆美流转如弹丸，余于此词亦云。

(2)李攀龙《草堂诗余隽》：机轴圆转，组织无痕，一片锦心绣口，端不减天孙妙手，宜占花魁矣。

(3)先著、程洪《词洁》：用意之妙，总使人不觉，则烹锻之工也。美成《花犯》云："人正在、空江烟浪千里。"尧章云："长记曾携手处，千树压、西湖寒碧。"尧章思路，却是从美成出，而能与之埒，由于用字高，炼字密，泯其来踪去迹矣。

(4)周济《宋四家词选》：清真词之清婉者如此，故知建章千门，非一匠所营。

(5)黄苏《蓼园词评》：愚谓此为梅词第一。总是见宦迹无常，情怀落漠耳。忽借梅花以写，意超而思永。言梅犹是旧风情，而人则离合无常；去年与梅共安冷淡，今年梅正开而人欲远别，梅似含愁悴之意而飞坠。梅子将圆，而人在空江之中，时梦见梅影而已。

(6)陈廷焯《云韶集》：此词非专咏梅花，以寄身世之感耳。

(7)谭献《谭评词辨》："依然"句，逆入。"去年"句，平出。"今年"句，放笔为直干。"凝望久"以下，筋摇脉动。"相将见"二句，如颜鲁公书，力透纸背。

(8)陈洵《海绡说词》:只“梅花”一句点题,以下却在题前盘旋。换头一笔钩转。“相将”以下,却在题后盘旋。收处复一笔钩转。往来顺逆,盘控自如,圆美不难,难在拙厚。

(9)俞陛云《唐五代两宋词选释》:宋词中咏梅花者,侔色揣称,各极其工。此词论题旨,在“旧风味”三字而以“去年”“今年”分前、后段标明之。下阕自“吟望久”至结句,纯从空处落笔,非实赋梅花。闰庵云:“此数语极吞吐之妙。”

疏解

此词咏梅花,兼抒宦游无定、到处漂泊、离合无常的寂寞伤感。全词分成过去、现在、未来三个阶段。

起笔“粉墙低,梅花照眼”,总领全篇,以下都由此而发。次句中“照眼”写与粉墙相映的花光。“露痕轻缀,疑净洗铅华,无限清丽”三句,言梅花留有露水,洗尽脂粉,天生丽质,进一步写出梅花独具的高洁。“去年胜赏曾孤倚,冰盘同燕喜”两句,自思去年孤倚寒梅、与花共醉的情事。“更可惜、雪中高树,香篝熏素被”则写对去年之花的追念。

过片“今年”,与上片“去年”二字相应。“对花太匆匆”有两重含意:既叹自己去留匆匆,又叹梅花开落匆匆。“相逢似有恨,依依憔悴”,指梅花似亦知恨而含愁,移情于景,化作者之愁与恨为梅花的愁与恨。“凝望久,青苔上、旋看飞坠”,则进一步写花的苦恨及其飘零身世。“相将见,脆圆荐酒,人正在、空江烟浪里”两句,纯从时间与空间的角度开展想象。上句写梅,由眼前飞坠的花瓣联想到青绿脆圆的梅子;下句写人,但所写的是将出现于另一时空的人,是预计梅子荐新之时,人已经出现在江上的扁舟之中。将今日之感、昨日之念升华为明日之思。结尾“但梦想、一枝潇洒,黄昏斜照水”,从林逋《山园小梅》诗中的名句“疏影横斜水清浅,暗香浮动月黄昏”而来。

此词以多变的结构和纡徐反复的笔调,把自我的身世之感融入对梅花各个时期各个方面的描绘中。在昔日、今日、来日间往复盘旋地展开情思，空灵流转，浑化无迹。

少年游·并刀如水(1)

并刀(2)如水,吴盐(3)胜雪,纤指破新橙(4)。锦幄(5)初温,兽香(6)不断,相对坐调笙(7)。　　低声问:向谁行(8)宿? 城上已三更。马滑霜浓(9),不如休去,直是(10)少人行。

校注

(1)彊村本《片玉集》卷六:题《秋景》,下注商调。

(2)并刀:彊村本《片玉集》卷六:(“并刀”句)杜诗:“焉得并州快剪刀。”并州出产的剪刀。并州在唐代属河东道,为今山西太原一带,其地精于冶炼,自古以制造锋利的刀剪著称。杜甫《戏题王宰画山水图歌》:“焉得并州快剪刀,剪取吴淞半江水。”黄孝迈《湘春夜月》:“这次第,算人间没个并刀,剪断心上愁痕。”

(3)吴盐:吴地所出产的高质量的洁白细盐。李白《梁园吟》:“玉盘杨梅为君设,吴盐如花皎如雪。”彊村本《片玉集》卷六:(“吴盐”句)李白诗:“玉盘杨梅为君设,吴盐如花皎如雪。”

(4)《乐府雅词》卷中:“破”作“割”。《妙选草堂诗余》前集卷下、《花草粹编》卷五、彊村本《片玉集》卷六:“纤指”作“纤手”。(注:《古诗》:“纤纤出素手。”)

(5)锦幄:锦缎所制的帷幄帐,此处指华美的房屋。温庭筠《题翠微寺二十二韵》:“岚湿金铺外,溪鸣锦幄傍。”幄,亦作“楃”,帐幕,由于四面围合起来像屋宇而得名。《左传·哀公十七年》:“卫侯为虎幄于藉圃。”杜预注:“于藉田之圃新造幄幕,皆以虎兽为饰。”桓宽《盐铁论·散不足》:“今富有黼绣帷幄，涂屏错跗。中者锦绨高张，采画丹漆。”《说文解字·木部》：“楃，木帐也。”《释名·释床帐》：“幄，屋也。以帛衣板，施之形如屋也。”王先谦疏证补引王启原曰：“幄之制，必先立板，而后帛有所傅。自有幄已然。”康骈《剧谈录·曲江》：“都人游玩，盛于中和、上巳之节，彩幄翠帱，匝于堤岸，鲜车健马，比肩击毂。”彊村本《片玉集》卷六：（“锦幄”句）“幄，帷帐之类。山谷诗：‘十年辞锦幄。’长安巧工丁缓，作博山香炉，为奇禽怪兽，烟自兽口出。”

(6)兽香：从香兽（兽形香炉）中升起香细的烟。《晋书·羊琇传》：“琇性豪侈，费用无复齐限，而屑炭和作兽形以温酒，洛下豪贵咸竞效之。”后遂以“香兽”指用炭屑匀和香料制成的兽形的炭，称其烟为“兽香”或“兽烟”。洪刍《香谱·水浮香》：“香兽，以涂金为狻猊、麒麟、凫鸭之状，空中以燃香，使烟自口出，以为玩好，复有雕木埏土为之者。”《宋史·礼志十六》：“殿上陈锦绣帷帟，垂香球，设银香兽。”唐孙棨《题妓王福娘墙》：“寒绣衣裳饷阿娇，新团香兽不禁烧。”李煜《浣溪沙》：“红日已高三丈透，金炉次第添香兽。”《妙选草堂诗余》前集卷下、《花草粹编》卷五、彊村本《片玉集》卷六：“兽香”作“兽烟”。

(7)彊村本《片玉集》卷六：（“相对”句）王建《宫词》：“沉香火底坐吹笙。”

(8)向谁行：向哪边，向何处。赵善括《虞美人·无题》：“长空一夜霜风吼。寒色消残酒。问伊今夜在谁行。”

(9)彊村本《片玉集》卷六：（“马滑”句）杜甫云：“只愁骑马滑”，又，“霜浓木石滑。”

(10)直是：（此时）正是。《乐府雅词》卷中、《妙选草堂诗余》前集卷下：“直是”作“直自”。

集说

(1)张端义《贵耳集》：道君幸李师师家，偶周邦彦先在焉。知道君至，遂匿于床下。道君自携新橙一颗，云江南初进来，遂与师师谑语，邦彦悉闻之。

(2)周密《浩然斋雅谈》：宣和中，李师师以能歌舞称，时周邦彦为太学生，每游其家。一夕，值祐陵临幸，仓卒隐去。既而赋小词，所谓“并刀如水，吴盐胜雪”者，盖记此夕事也。未几，李被宣唤，遂歌于上前。问谁所为，则以邦彦对，于是遂与解褐，自此通显。既而朝廷赐酺，师师又歌《大酺》《六丑》二解，上顾教坊使袁绹问，绹曰：“此起居舍人新知潞州周邦彦作也。”问“六丑”之义，莫能对，急召邦彦问之。对曰：“此犯六调，皆声之美者，然绝难歌。昔高阳氏有子六人，才而丑，故以比之。”上喜，意将留行，且以近者祥瑞沓至，将使播之乐府。命蔡元长微叩之，邦彦云：“某老矣，颇悔少作。”会起居郎张果与之不咸，廉知邦彦尝于亲王席上作小词赠舞鬟云：“歌席上……”为蔡道其事，上知之，由是得罪。

(3)贺裳《皱水轩词筌》：周清真避道君，匿李师师榻下，作《少年游》以咏其事。吾极喜其“锦幄初温，兽香不断，相对坐调笙”，情事如见。至“低声问：向谁行宿？城上已三更。马滑霜浓，不如休去”等语，几于魂摇目荡矣。及被谪后，师师持酒饯别，复作《兰陵王》赠之，中云：“愁一箭风快，半篙波暖，回首迢递便数驿。”酷尽别离之惨。而题作《咏柳》，不书其事，则意趣索然，不见其妙矣。

(4)吴衡照《莲子居词话》：小说，周美成以《少年游》得罪外谪。考《浩然斋雅谈》……是周之得罪，由于张果、蔡京之谮，非为《少年游》词。因亲王席上妓非师师也。卉阳翁之言，较小说家差核实可据。《六丑》，杨用修易为《个侬》，殆未喻清真之义耶？

(5)丁绍仪《听秋声馆词话》：张子野《师师令》云：“香钿宝珥。拂菱花如水。学妆皆道称时宜，粉色有、天然春意。蜀彩衣长胜未起。纵乱云垂地。　都成池苑夸桃李。问东风何似。不须回扇障清歌，唇一点、小于朱子。正是残英和月坠。寄此情千里。”盖为汴京妓李师师作。秦少游亦赠以《生查子》云：“远山眉黛长，细柳腰肢袅。妆罢立春风，一笑千金少。　归去凤城中，说与青楼道。看遍颍川花，不似师师好。”后为周美成所眷，为赋《少年游》云……《耆旧续闻》谓记徽宗幸师师家事，美成因是词几被谴，师师声价郑重可知。……惟子野系仁宗时人，少游于哲宗初贬死滕州，均去徽宗时甚远，岂宋有两师师耶？

集评

(1)许昂霄《词综偶评》：情景如绘，宜遭道君之怒也。

(2)周济《宋四家词选》：此亦本色佳制也。本色至此便足，再过一分便入山谷恶道矣。

(3)孙麟趾《词径》：恐其平直，以曲折出之，谓之婉。如清真“低声问”数句，深得“婉”字之妙。

(4)陈廷焯《白雨斋词话》：美成艳词如《少年游》《点绛唇》《意难忘》《望江南》等篇，别有一种姿态，句句洒脱，香奁泛话，吐弃殆尽。

(5)谭献《复堂词话》：丽极而清，清极而婉，然不可忽过“马滑霜浓”四字。

(6)俞陛云《词境浅说》：此调凡四首，乃感旧之作。其下三首皆言别后，以此首最为擅胜。上阕橙香笙语，乃追写相见情事。下阕代记留宾之言，情深而语俊，宜其别后回思，丁宁片语，为之咏叹长言也。

疏解

周邦彦居汴京，与名妓李师师相好。宋徽宗赵佶也常微行到李师师家中。坊传，一次，周邦彦正和李师师亲昵，突然听说皇帝大驾光临，惊惶之下，急忙钻到床下。赵佶满脸笑容地走进来，从袖子里取出一个橙子，剥了道：“这是江南进贡的，快尝一尝。”周邦彦躲在床下，他们的对话他全听到了。他便以此填作了《少年游》词。

上片：“并刀如水，吴盐胜雪，纤指破新橙。”并刀、吴盐，为“破新橙”时所用的剪刀和细散的盐。“锦幄初温，兽香不断，相对坐调笙”，言室内温暖如春，兽头香炉升起沉水的香烟，两个人相对坐着，女子正调笙，试试音声。

下片，全用女子的口吻传情：“低声问：向谁行宿”，然后只说城上钟鼓响了，已经是“三更”，言下不能再外出了，兼之“马滑霜浓”“直是少人行”，最好就别去了(不如休去)。男女之情，意态缠绵，亦恰到好处。

田不伐（田为）｜二首

一、田为生平简介

田为，字不伐，善琵琶，通音律，是大晟词人中影响较大的一位。大晟府内集中了一大批词人，他们通过创作推动了词的规范化，他们的词作被称为“大晟词”。田为政和末年充大晟府典乐，宣和元年罢典乐，为大晟府乐令。王灼称赞他“工于乐府”，并说：“制撰官又有七，田亦供职大乐，众谓乐府得人云。”他创制慢词甚多，大都不传，存词仅六首。有《浮呕集》。

二、田为相关诗歌

田不伐玉磬歌

吴则礼

田侯玉磬何瑰奇，吴子见之俄朵颐。
宣王石鼓气忽丧，摩挲篆刻还嗟咨。
作止休论惟柷敔，曾窥两阶舞干羽。
常临罍洗荐清庙，获迩天球亲簴簨。
缅怀戛击良匪遥，少师汝曹疑可招。
老儒讵复知肉味，惝怳便欲闻箫韶。
正声初淫器益讹，九州渐渐婴兵戈。
鬼神愤惋莫得秘，直恐世上遭诋诃。
田侯悯吾形影孤，明眼常云绝代无。

是事宁殊纳衣底，启齿须逢袒臂夫。
即今陛下圣且仁，律吕从来恶夺伦。
克谐八音有夔在，独惊尧颡如高辛。
人间讵睹荆山璞，碔砆难言合雕琢。
凭君持入古银台，似说太常修雅乐。

南柯子·梦怕愁时断(1)

梦怕愁时断，春从醉里回。凄凉怀抱向谁开？些子(2)清明时候、被莺催。　　柳外都成絮，栏边半是苔。多情帘燕独徘徊，依旧满身花雨、又归来。

校注

（1）南柯子：唐教坊曲名，又名《春宵曲》《南歌子》《水晶帘》《风蝶令》《宴齐山》《梧南柯》《望秦川》《碧窗梦》等，后用为词牌。此词有单调、双调。单调者始于温庭筠词。双调者有平韵。平韵者始自毛熙震词，周邦彦、杨无咎、僧挥五十四字体，无名氏五十三字体。仄韵者始《乐府雅词》，唯石孝友词最为谐婉，周邦彦词名《南柯子》，程垓词名《望秦川》。《花庵词选》卷五：题《春思》。《花草粹编》卷五：题《春景》。

（2）些子：亦作“些仔”，少许，一点儿。李白《清平乐》：“花貌些子时光，抛人远泛潇湘。”苏轼《东坡志林·论修养帖寄子由》：“寻常静中推求，常患不见，今日闹里忽捉得些子。”

疏解

此词上片写离情相思。通过写“梦”“春”“莺”，营造了一个久别相思的氛围，使人倍觉凄凉。下片写久别盼归。通过写“柳”“栏”“燕”“雨”，进一步抒发了久候不见情人归来的相思。

整首词颇有韵致而又含蓄。写恋情，又无艳词丽语。王灼《碧鸡漫志》云：“田不伐才思与雅言抗行，不闻有侧艳。”评价颇为精当。

南柯子·团玉梅梢重[1]

团玉梅梢重[2],雪罗芰扇低[3]。帘风不动蝶交飞。一样绿阴庭院、锁斜晖。　　对月怀歌扇,因风念舞衣。何须惆怅惜芳菲。拼却[4]一年憔悴、待春归。

校注

(1)《花庵词选》卷五、《花草粹编》卷五:题《春思》。

(2)“团玉”句:梅花开放,如团团白玉挂在梢头。

(3)“雪罗”句:荷叶似雪白的扇子,低低地披拂在水面上。芰扇,此处指荷叶。贺知章《采莲曲》:“莫言春度芳菲尽,别有中流采芰荷。”《花庵词选》卷五、《花草粹编》卷五:“雪罗”作“香罗”。

(4)拼却:甘愿,宁愿,愿意。晏幾道《鹧鸪天》:“彩袖殷勤捧玉钟,当年拼却醉颜红。”

疏解

此词触景兴感,抒发了作者春暮怀人和怅惘的心境。上片写双蝶交飞,以静景写心:虽是一样的绿荫庭院,可是不见昔日之人,满院只有落日斜照。下片写思念之情。过片“怀歌扇”“念舞衣”表明主人公所思之人当是一个歌女。与上片的“芰扇”“蝶交飞”一起,隐约透露昔日他与此歌女的亲密关系。故他于日暮时分触景兴感,十分怀念。结尾两句,“何须”句推开,似旷达，言不必因为悼惜“春光”而深自惆怅，然后立即挽回，“拚却”，心甘情愿，语气果决：任凭时光流逝，耿耿此情始终不泯，即使一生为伊人憔悴痛苦，也仍然期待着“春天”的归来，精诚所至，感人至深。

陈子高（陈克）｜二首

陈克生平简介

历史上诗人文士从军的，大都具有男子汉大丈夫气概，其诗大多雄奇豪放。陈子高即为此种词人。

陈克，字子高，身处两宋之交。钦宗靖康二年（1127）北宋灭亡时，陈克已年四十有八，却仍离开家人，单骑从军至淮西抗金前线。

陈克出身于书香门第，其父亲和伯父均为进士出身，伯父还是著名的藏书家，其庆善楼是台州最早的藏书楼。离开这样的书香门第，毅然从军抗敌，可见其具有强烈的爱国意识。宋高宗绍兴十年（1137），南渡十年以后，陈克在吕祉麾下镇守金陵（今江苏南京），曾与吕祉一起著《东南防守利便》三卷，时人称赞“事既详实，文亦条畅”。吕祉（字安老）在淮西军变中被郦琼杀害。这场兵变中并没有见到陈克的名字，但是陈克的生命似乎也终结于此。其《临江仙·四海十年兵不解》似即作于是年。《临江仙·四海十年兵不解》云：“四海十年兵不解，胡尘直到江城。岁华销尽客心惊，疏髯浑似雪，衰涕欲生冰。　送老齑盐何处是？我缘应在吴兴。故人相望若为情。别愁深夜雨，孤影小窗灯。”此词抒写身世之感，触及胡尘直到江城的严酷现实。豪放词外，陈克词也有婉雅闲丽之作，如《菩萨蛮·赤阑桥尽香街直》云：“赤阑桥尽香街直，笼街细柳娇无力。金碧上晴空，花晴帘影红。　黄衫飞白马，日日青楼下。醉眼不逢人，午香吹暗尘。”《豆叶黄》词云：“粉墙丹柱柳丝中，帘箔轻明花影重。午醉醒来一面风。绿葱葱，几颗樱桃叶底红。”陈振孙在《直斋书录解题》中称其可以和晏殊、周邦彦媲美。李慈铭在《越缦堂读书记》中赞其词可与欧阳修、张先抗衡。

菩萨蛮·赤阑桥尽香街直[1]

赤阑桥尽香街[2]直,笼街细柳[3]娇无力。金碧上晴空[4],花晴帘影[5]红。　　黄衫[6]飞白马,日日青楼[7]下。醉眼不逢人,午香[8]吹暗尘。

校注

(1)《花庵词选》卷八:题《春》。

(2)赤阑桥:赤红栏杆的桥,在安徽合肥城南。 南宋词人姜夔曾居住在赤阑桥附近。 其《淡黄柳》题序中曾言:“客居合肥南城赤阑桥之西。”在《送范仲讷往合肥诗》中云:“我家曾住赤阑桥,邻里相过不寂寥。”赤阑桥因此而出名。 宋代的赤阑桥就在今天合肥桐城路桥附近,2002 年合肥市人民政府立了一块石碑,将其列为合肥市重要历史文化遗迹。 香街:各种香气混杂的热闹、繁华的街市。 岑参《卫节度赤骠马歌》:“香街紫陌凤城内,满城见者谁不爱。”刘禹锡《令狐相公自天平移镇太原以诗申贺》:“北都留守将天兵,出入香街宿禁扃。”此处指合肥一条繁华的街市。(按:朱淑真《元夜》诗云:“香街宝马嘶琼辔,辇路轻舆响翠軿。”)

(3)笼街细柳:笼盖在街道两旁的丝丝柳枝。

(4)金碧:以泥金、石青和石绿作为主色,涂抹在宫室、楼阁等建筑物上。 此处指金碧辉煌的高楼,故下云“上晴空”。(按:“金碧”常与“辉煌”连用,意指金光碧色,光彩夺目,以形容楼阁或各种华贵的陈设。)《乐府雅词》卷下、彊村本《片玉集》卷六:“晴空”作“青空”。《阳春白雪》卷一:“晴空”作“春空”。

(5)《阳春白雪》卷一："帘影"作"帘幕"。

(6)黄衫：贵族的华贵服装；隋唐时期青少年穿的黄色华贵服装。《隋书·麦铁杖传》："将渡辽，谓其三子曰：'阿奴当备浅色黄衫，吾荷国恩，今是死日，我既被杀，尔当富贵。'"《新唐书·礼乐志》："以乐工少年姿秀者十数人，衣黄衫，文玉带。"此处借指少年郎。

(7)青楼：原指青漆涂饰之豪华精致的楼房。曹植《美女篇》："借问女安居，乃在城南端。青楼临大路，高门结重关。"李白《宫中行乐词》："绿树闻歌鸟，青楼见舞人。"张籍《妾薄命》："君爱龙城征战功，妾愿青楼欢乐同。"后来指妓院。此处当指妓院。杜牧《遣怀》："十年一觉扬州梦，赢得青楼薄幸名。"韦庄《捣练篇》："月华吐艳明烛烛，青楼妇唱捣衣曲。"（按：刘邈诗中的"倡"，古时泛指表演歌舞杂戏的艺人；若用"娼"则指妓女。古代只有娼妓是卖身的，歌伎、舞伎等一般都是不卖身的。）

(8)午香：中午时分，风吹花香与马蹄扬起的暗尘、脂粉香味等混合在一起。

集评

(1)张惠言《词选》：此刺时也。

(2)陈廷焯《白雨斋词话》：陈子高词婉雅闲丽，暗合温、韦之旨，晁无咎、毛泽民、万俟雅言等远不逮也。

(3)谭献《谭评词辨》：李义山诗最善学杜。

疏解

此词通过写花街柳巷的景象，嘲讽公子哥的放浪生活。上片写花街柳巷之景，艳冶富丽；下片写寻花问柳的少年郎招摇过市，神态骄傲，目中无人。全词写景婉雅，摹态传神。词人之讽刺藏而不露，锋芒内敛。

菩萨蛮·绿芜墙绕青苔院[1]

绿芜[2]墙绕青苔院,中庭[3]日淡芭蕉卷。蝴蝶上阶飞,风帘[4]自在垂。　　玉钩[5]双语燕,宝甃[6]杨花转。几处簸钱[7]声,绿窗春梦[8]轻。

校注

(1)《花庵词选》卷八:题《春词》。

(2)绿芜:绿草丛生之地。芜,丛草。许浑《咸阳城西楼晚眺》:“一上高城万里愁,蒹葭杨柳似汀洲。溪云初起日沉阁,山雨欲来风满楼。鸟下绿芜秦苑夕,蝉鸣黄叶汉宫秋。行人莫问当年事,故国东来渭水流。”

(3)中庭:庭院,庭院之中。司马相如《上林赋》:“醴泉涌于清室,通川过乎中庭。”鲍照《梅花落》:“中庭杂树多,偏为梅咨嗟。”

(4)风帘:用以遮蔽轩窗或挡风的布帘。《乐府雅词》卷下、《阳春白雪》卷一:“风帘”作“烘帘”。

(5)玉钩:新月。鲍照《玩月城西门廨中》:“蛾眉蔽珠栊,玉钩隔琐窗。”李白《挂席江上待月有怀》:“倏忽城西郭,青天悬玉钩。”

(6)甃:井壁。许慎《说文》:“甃,井壁也。从瓦,秋声。”杜荀鹤《旅泊遇郡中叛乱示同志》:“古寺拆为修寨木,荒坟开作甃城砖。”(按:“甃”用作动词,有“砌,以砖修井”之意。《易》:“甃无咎。”孔颖达疏引:“甃,亦治也。以砖垒井……谓之为甃。”)

(7)簸钱:唐宋时流行的一种赌博游戏。玩者持钱在手,两手相扣,来回颠簸,然后依次摊开,让人猜其反正,以中否决胜负、赌输赢。王建《宫词》："暂向玉华阶上坐，簸钱赢得两三筹。"

(8)《乐府雅词》卷下、《阳春白雪》卷一："春梦"作"春睡"。

集评

(1)张惠言《词选》：此自寓。

(2)陈振孙《直斋书录解题》：子高词格调高丽，晏、周之流亚也。

(3)周济《介存斋论词杂著》：子高不甚有重名，然格韵绝高，昔人谓"晏、周之流亚"。晏氏父子俱非其敌，以方美成，则又拟于不伦；其温、韦高弟乎？比温则薄，比韦则悍，故当出入二氏之门。

(4)谭献《谭评词辨》：("风帘"句)不闻不见无穷。

(5)王弈清《历代词话》引卢祖皋语：子高《菩萨蛮》云："几处簸钱声，绿窗春梦轻。"《谒金门》云："檀柱绕窗灯背壁，画檐残雨滴。"殊觉其香倩。

(6)陈廷焯《白雨斋词话》：陈子高词婉雅闲丽，暗合温、韦之旨。

(7)薛砺若《宋词通论》：虽列在《花间》及《珠玉集》中，亦为最上之作。其学古之精醇，可称独步。

(8)唐圭璋《唐宋词简释》：此词写暮春景色，极见承平气象。起两句，写小庭苔深蕉卷。"蝴蝶"两句，写帘垂蝶飞，皆从帘内看出。下片记所闻，燕声、簸钱声，皆从绿窗睡轻听得。通首写景，而人之闲适自如，即寓景中。

疏解

此词描绘暮春景色，抒闲适心情。上片写临睡前所见庭院春色：苔深蕉卷，蝶飞帘垂。下片写帘内浅睡，所谓"绿窗梦轻"，举头见新月而杨花在水井边飞转，听见双燕呢喃与室外簸钱之声。此词以逆挽之章法描写春梦，借春梦寄托闲适自得的情趣。

李　玉[1]　｜一首

贺新郎·篆缕消金鼎[2]

篆缕消金鼎[3]。醉[4]沉沉、庭阴转午[5]，画堂[6]人静。芳草王孙[7]知何处？惟有杨花糁径[8]。渐玉枕、腾腾[9]春醒。帘外残红春已透[10]，镇无聊殢酒厌厌[11]病。云鬓乱[12]，未忺[13]整。
江南旧事休重省，遍天涯[14]寻消问息，断鸿难倩[15]。月满西楼凭栏久[16]，依旧[17]归期未定。又只恐、瓶沉金井[18]。嘶骑[19]不来银烛暗，枉教人、立尽梧桐影。谁伴我，对鸾镜[20]。

校注

(1)李玉，生平未详，存词只此一首。《阳春白雪》将本词归为潘元质所作。据周煇《清波杂志》记载，江南自初春至首夏，有二十四番风信。梅花风最先，楝花风居后。煇(按：周煇，周邦彦子。)少小时，尝从同舍潘元质和人《春词》，有“帘卷试约东君问，花信风来第几番”之句。潘曰：“宫体词也，语太弱则流入轻浮。”又尝和人《蜡梅》词，有“生怕冻损蜂房，胆瓶汤浸，且与温存着”，规警如前。朋友琢磨之益，老不敢忘。潘墓木拱矣。谢朝征《白香词谱笺》：“潘元质，金华人。”

(2)《花庵词选》卷八、《花草粹编》卷十二、《妙选草堂诗余》前集卷上：题《春情》。冯煦《宋六十一家词选》卷六：题《初夏》，刻赵长卿《惜香乐府》。《阳春白雪》卷一：刻潘元质作。

(3)篆缕：香烟袅袅上升，如篆字缕缕。《集韵》：“篆，书也。”《说文解字序》：“秦书有八体，一曰大篆，二曰小篆。”《妙选草堂诗余》前集卷上：(“篆缕”句)古词：“瑞脑销金兽。”(按：李清照《醉花阴》：“薄雾浓云愁永昼，瑞脑销金兽。”)金鼎：黄金炊具。汉赵晔《吴越春秋·阖闾内传》：“金鼎玉杯，银樽珠襦之宝，皆以送女。”此处当为鼎类炊具的美称。陈师道《满庭芳·咏茶》：“华堂静，松风竹雪，金鼎沸湲潺。”

(4)《阳春白雪》卷一、冯煦《宋六十一家词选》卷六：“醉”作“翠”。

(5)《妙选草堂诗余》前集卷上：(“庭阴”句)唐诗：“槐夏午阴凉。”(按：宋赵师民句：“麦天晨气润，槐夏午风清。”)

(6)画堂：泛指华丽的堂舍。梁简文帝《饯庐陵内史王修应令》：“回池泻飞栋，浓云垂画堂。”崔颢《王家少妇》：“十五嫁王昌，盈盈入画堂。”李商隐《无题》：“昨夜星辰昨夜风，画堂西畔桂堂东。”冯煦《宋六十一家词选》卷六：“画堂”作“昼长”。

(7)芳草王孙：王孙，泛指行人。《楚辞·招隐士》：“王孙游兮不归，春草生兮萋萋。”言见萋萋芳草，而怀思远行未归之人。王维《山中送别》：“山中相送罢，日暮掩柴扉。春草明年绿，王孙归不归？”

(8)冯煦《宋六十一家词选》卷六：“惟有”作“只睹”。杨花糁径：许多杨花洒落在路径上。糁，洒，散落，飘散。杜甫《漫兴九首》其七：“糁径杨花铺白毡，点溪荷叶叠青钱。”

(9)玉枕：玉制或用玉装饰的枕头，亦为瓷枕、石枕的美称。腾腾：朦胧、迷糊貌。欧阳修《蝶恋花》：“半醉腾腾春睡重，绿鬟堆枕香云拥。”杨万里《迓使客夜归》：“净洗红尘烦碧酒，倦来不觉睡腾腾。”

(10)《阳春白雪》卷一：“帘外”作“门外”，“已透”作“已去”。冯煦《宋六十一家词选》卷六：“帘外”作“门外”，“已透”作“去也”。

(11)镇：常，永久。唐褚亮《咏花烛》：“莫言春稍晚，自有镇开花。”

殢酒：沉湎于酒，醉酒。刘清夫《玉楼春》："柳梢绿小眉如印。乍暖还寒犹未定。惜花长是为花愁，殢酒却嫌添酒病。"宋无名氏《踏莎行》："殢酒情怀，恨春时节。柳丝巷陌黄昏月。把君团扇卜君来，近墙扑得双蝴蝶。"刘过《贺新郎》："人道愁来须殢酒，无奈愁深酒浅。"厌厌：形容病态；或微弱，精神不振。陶潜《和郭主簿》其二："检素不获展，厌厌竟良月。"刘义庆《世说新语·品藻》："李志虽见在，厌厌如九泉下人。"《妙选草堂诗余》前集卷上：（"镇无聊"句）古词："长是每年三月，病酒厌厌。"（按：周邦彦《闺情》："长是每年三月，病酒恹恹。"）冯煦《宋六十一家词选》卷六："镇"作"闷"，"殢"作"宿"。

(12)《阳春白雪》卷一："云鬟乱"作"云髻鬅"。冯煦《宋六十一家词选》卷六："乱"作"鬅"。

(13)忺：欲，想要。宋张元幹《点绛唇》："小雨忺晴，坐来池上荷珠碎。"《花庵词选》卷八、冯煦《宋六十一家词选》卷六："未忺"作"未欢"。

(14)冯煦《宋六十一家词选》卷六："遍天涯"作"但今朝"。《花庵词选》卷八："遍"作"但"。

(15)倩：请，央求；请人做某件事。唐成彦雄《煎茶》："蜀茶倩个云僧碾，自拾枯松三四枝。"辛弃疾《水龙吟》："倩何人唤取，红巾翠袖，揾英雄泪。"

(16)《妙选草堂诗余》前集卷上：（"月满"句）唐诗："雁归南浦人初静，月满西楼酒半醒。"

(17)冯煦《宋六十一家词选》卷六："依旧"作"暗数"。

(18)瓶沉金井：比喻男女分离，和好的希望破灭。金井，饰有雕栏的井。

(19)嘶骑：嘶叫的马。《玉篇》："嘶，马鸣也。"《古诗为焦仲卿妻作》："其日牛马嘶，新妇入青庐。"《妙选草堂诗余》前集卷上：（"嘶骑"句）古词："郎马频嘶竟不来。"

(20)鸾镜：妆镜。南朝宋范泰《鸾鸟诗》序："昔罽宾王结罝峻祁之山，获一鸾鸟。王甚爱之，欲其鸣而不能致也。乃饰以金樊，飨以珍馐。对之愈戚，三年不鸣。其夫人曰：'尝闻鸟见其类而后鸣，何不悬镜以映之？'王从言。鸾睹形感契，慨焉悲鸣，哀响中霄，一奋而绝。"

集评

(1)黄昇《唐宋诸贤绝妙词选》：李君之词，虽不多见，然风流蕴藉，尽此篇矣。

(2)沈际飞《草堂诗余》正集：李君止一词，风情耿耿。

(3)黄苏《蓼园词评》：幽秀中自饶隽旨。

(4)陈廷焯《白雨斋词话》：此词绮丽风华，情韵并盛，允推名作。

疏解

李玉，生平不详。

此为念远之词。上片由思妇恋“王孙”的愁情写起，接着描写思妇缓慢起床、鬓发乱而不愿梳理，暗示她心情哀怨。下片写“王孙”音信全无，她却茫然期待。她虽担心对方恩断义绝，但仍盼望他重新回到自己身旁。

谢任伯（谢克家）｜一首

谢克家生平简介

谢克家（？ —1134），字任伯，上蔡（今属河南）人。北宋哲宗绍圣四年（1097）进士。南宋高宗建炎四年（1130），任参知政事。《全宋词》录存其词《忆君王》一阕。

忆君王·依依宫柳拂宫墙[1]

依依宫柳拂宫墙[2]，楼殿[3]无人春昼长，燕子归来依旧忙。忆君王[4]，月照[5]黄昏人断肠。

校注

（1）《花草粹编》卷一：调作《忆王孙》。（注：一名《怨王孙》《忆君王》。）

（2）依依：依恋不舍，不忍分离。《古诗为焦仲卿妻作》："举手长劳劳，二情同依依。"刘商《胡笳十八拍》："泪痕满面对残阳，终日依依向南北。"宫柳拂宫墙：张祜《长门怨》："日映宫墙柳色寒，笙歌遥指碧云端。"刘商《柳条歌送客》："高枝低枝飞鹂黄，千条万条覆宫墙。"温庭筠《题柳》："千门九陌花如雪，飞过宫墙两自知。"

（3）戴埴《鼠璞》卷下："楼殿"作"宫殿"。

（4）忆君王：君王指宋徽宗。徽宗于靖康二年（1127）被金人俘虏。

（5）《花草粹编》卷一："月照"作"月破"。戴埴《鼠璞》卷下："月照"作"独立"。

集说

（1）戴埴《鼠璞》卷下：箕子过故殷墟，感宫室生禾黍，作《麦秀》之歌曰："麦秀渐渐兮，禾黍油油！彼狡童兮，不与我好兮。"周大夫过故宗庙，宫室尽为禾黍。悯其颠覆，作《黍离》诗曰："彼黍离离，彼稷之苗……悠悠苍天，此何人哉?”所以咎亡国之君，与言“狡童”无以异。第箕子之歌简而直，周人之诗微而婉，体有不同耳。旧传靖康渊圣狩北营，有人作《忆君王》。

(2)陈耀文《花草粹编》卷一:《避戎夜话》云:“渊圣幸虏营不返，谢元及作此词。”

(3)张宗橚《词林纪事》卷上:《北盟会编》:“‘渊圣幸北地不返，谢元及作此词”，任伯岂又字元及耶? 俟更考之。”

集评

(1)戴埴《鼠璞》卷下:语意悲凄，读之令人泪堕。真爱君忧国之语也。

(2)刘毓盘《词史》:亦与鹿虔扆“金锁重门”同为不可无一之作也。

疏解

此词作于北宋末年，是谢克家怀念宋徽宗的词作，最早见于宋石茂良的《避戎夜话》。

宋徽宗于靖康二年(1127)被金人俘虏，九年后，死在五国城(今吉林省境内)。杨慎《词品》卷五载:“徽宗此行，谢克家作《忆君王》词”“忠愤郁勃，使人出涕”。徐釚在《词苑丛谈》中转录了这首词。谢克家是北宋哲宗绍圣四年(1097)的进士，目睹了金人南侵、徽宗被掳后，在国家和民族的危机中，写下了这首词。全词富有抒情色彩，读之令人落泪。

朱希真（朱敦儒）｜五首

朱敦儒传文

《宋史·朱敦儒传》：

朱敦儒字希真，河南人。父勃，绍圣谏官。敦儒志行高洁，虽为布衣而有朝野之望。靖康中，召至京师，将处以学官，敦儒辞曰："麋鹿之性，自乐闲旷，爵禄非所愿也。"固辞还山。高宗即位，诏举草泽才德之士，预选者命中书策试，授以官，于是淮西部使者言敦儒有文武才，召之，敦儒又辞。避乱客南雄州，张浚奏赴军前计议，弗起。

绍兴二年，宣谕使明橐言敦儒深达治体，有经世才，廷臣亦多称其靖退。诏以为右迪功郎，下肇庆府敦遣诣行在，敦儒不肯受诏。其故人劝之曰："今天子侧席幽士，翼宣中兴，谯定召于蜀，苏庠召于浙，张自牧召于长芦，莫不声流天京，风动郡国，君何为栖茅茹藿，白首岩谷乎！"敦儒始幡然而起。既至，命对便殿，论议明畅。上悦，赐进士出身，为秘书省正字。俄兼兵部郎官，迁两浙东路提点刑狱。会右谏议大夫汪勃劾敦儒专立异论，与李光交通。高宗曰："爵禄所以厉世，如其可与，则文臣便至侍从，武臣便至节钺。如其不可，虽一命亦不容轻授。"敦儒遂罢。十九年，上疏请归，许之。

敦儒素工诗及乐府，婉丽清畅。时秦桧当国，喜奖用骚人墨客以文太平，桧子熺亦好诗，于是先用敦儒子为删定官，复除敦儒鸿胪少卿。桧死，敦儒亦废。谈者谓敦儒老怀舐犊之爱，而畏避窜逐，故其节不终云。

好事近·摇首出红尘[1]

摇首出红尘[2],醒醉更无时节。生计[3]绿蓑青笠,惯披霜冲雪。　　晚来风定钓丝闲,上下是新月。千里水天一色,看孤鸿明灭。

校注

(1)好事近:又名《钓船笛》,张子野词,入仙吕宫,四十五字,前后片各两仄韵,以入声韵为宜。两结句皆上一、下四句法。(按:彊村本《樵歌》卷中:题《渔父词》,共十首。《词选》选入五首。)

词牌格律:

中仄仄平平,中仄仄平平仄。
中仄仄平平仄,仄中平平仄。

中平中仄仄平平,中中仄平仄。
中仄仄平平仄,仄中平平仄。

(2)朱敦儒主张抗金,但当时朝廷有一片求和之声,所以最后被弹劾罢官。此言离开官场后当"渔父"的生活。摇首,显示轻蔑不屑。红尘,原指街道上车马扬起的尘土,转指繁华的世俗生活,此处喻指官场。班固《西都赋》:"红尘四合,烟云相连。"南朝陈徐陵《洛阳道》:"绿柳三春暗,红尘百戏多。"王建《从军后寄山中友人》:"夜半听鸡梳白发,天明走马入红尘。”杜牧《过华清宫》之一：“一骑红尘妃子笑，无人知是荔枝来。”

（3）生计：赖以谋生、维持生活的办法。《陈书·姚察传》：“（姚察）清洁自处，赀产每虚，或有劝营生计，笑而不答。”白居易《送萧处士游黔南》：“生计抛来诗是业，家园忘却酒为乡。”彊村本《樵歌》卷中：“生计”作“活计”。

疏解

绍兴二年（1132），朝廷访遍山林中不入仕的贤者，朱敦儒因此被召，回到临安，先后任秘书省正字等官职，后又被劾，罪名是“专立异论，与李光交通”。李光反对议和，为秦桧所忌，而遭排斥，朱敦儒也因此罢官。朱敦儒另有《好事近》词云：“失却故山云，索手指空为客。莼菜鲈鱼留我，住鸳鸯湖侧。”该词亦显示他过着远离世俗的生活。

上片一、二句言：“摇首出红尘，醒醉更无时节”，显示其无拘无束、潇洒疏放的襟怀。“生计”两句，勾勒出一位渔父的形象。中国传统的“渔父”多为看破红尘的隐居者形象。朱敦儒长期住在嘉禾，过着远离俗世的生活，所谓“醒醉更无时节”“披霜冲雪”，都是指安闲自得、自由自在的生活。

下片写晚景。一、二句言“晚来风定”，让钓丝暂闲，不再垂钓；一轮新月升上天空，上下两清空，天空与水底有两个新月。末云在水天一色的夜景中，一只孤鸿的身影在天边明灭隐现。此“孤鸿”正是朱郭儒的自我写照，亦可见其虽隐居，而乃有寂寞之感。

这首《渔父词》是一首上乘的山水风物词。

好事近·渔父长身来

渔父长身来(1),只共钓竿相识。随意转船回棹(2),似飞空无迹。　　芦花开落任浮生,长醉是良策。昨夜一江风雨,都不曾听得。

校注

(1)身来:亲自来。身,亲身,亲自。《韩非子·五蠹》:“禹之王天下也,身执耒臿,以为民先。”《三国志·诸葛亮传》:“将军身率益州之众出于秦川。”

(2)“随意”句:随意回舟。转船回棹,回转船只。《韵会》:“棹,短曰楫,长曰棹。”《楚辞·九歌·湘君》:“桂棹兮兰枻。”

疏解

上片一、二句,言自己常亲自划船垂钓,别的事不管,即所谓“只共钓竿相识”。三、四句言自己划船已经驾轻就熟,可以随意转旋回棹,行走在水上,简直像在空中飞翔,不留一点痕迹。

过片一句言,不管水中芦花开落,任其或浮走,或在水中生长。“任浮生”三字,有寓意。(按:“浮生”,庄子以为“人生若梦”,不过浮于虚空而已。《庄子·外篇·刻意第十五》:“其生若浮,其死若休。”)二句“长醉是良策”,如李白《将进酒》所言:“钟鼓馔玉不足贵,但愿长醉不愿醒。”三、四句补足过片“长醉”,云“昨夜一江风雨,都不曾听得”,那就在江上钓船里醉睡了,哪还管世间烦杂?真是落得个清爽干净。

好事近·拨转钓鱼船

拨转钓鱼船，江海尽为吾宅。恰向洞庭沽酒，却[1]钱塘横笛。　醉颜[2]禁冷更添红，潮落下前碛[3]。经过子陵滩[4]畔，得梅花消息。

校注

(1)却：再。《古诗为焦仲卿妻作》：“却与小姑别。”

(2)醉颜：醉后脸色。白居易《浔阳宴别》：“暮景牵行色，春寒散醉颜。”欧阳修《定风波》：“把酒花前欲问他，对花何吝醉颜酡。”

(3)碛：浅水中的沙石，沙石浅滩。许慎《说文》：“碛，水渚有石者。”《汉书·元帝纪》注：“吴越谓之濑，中国(中原)谓之碛。”左思《吴都赋》：“玩其碛砾而不窥玉渊者。”

(4)子陵滩：子陵滩位于浙江省桐庐县富春江北岸。因东汉高士严子陵拒绝光武帝刘秀之召，拒受“谏议大夫”之官位，来此地隐居垂钓而名。严光本姓庄，后人避汉明帝刘庄讳改其姓，一名遵，字子陵，余姚人。少有高名，与刘秀同学。东汉建武元年(25)，刘秀即位为光武帝，严光乃隐名换姓，避至他乡。严光以“高风亮节”名闻后世，北宋范仲淹《严先生祠堂记》云：“云山苍苍，江水泱泱，先生之风，山高水长。”

集评

陈廷焯《云韶集》：一苇航之，飘飘欲仙。

疏 解

江海为宅，醉颜禁冷。沽酒要上洞庭，潮落要下前碛。“经过子陵滩畔，得梅花消息”，渔父生活的闲适逍遥可见一斑。

好事近·短棹钓鱼船

短棹钓鱼船(1)，江上晚烟笼碧(2)。塞雁海鸥分路，占江天秋色。　　锦鳞泼剌(3)满篮鱼，取酒价相敌。风顺片帆归去，有何人留得？

校注

(1)短棹：《韵会》：“棹，短曰楫，长曰棹。”短棹即舟楫。彊村本《樵歌》卷中：“钓鱼船”作“钓船轻”。

(2)“江上”句：江上夜色下，烟雾笼盖着碧绿的江水。

(3)锦鳞：鱼之美称。鲍照《芙蓉赋》：“戏锦鳞而夕映，曜绣羽以晨过。”范仲淹《岳阳楼记》：“沙鸥翔集，锦鳞游泳。”泼剌：象声词，形容鱼在水里跳跃的声音。沈与求《舟过北塘》：“过雁参差影，跳鱼泼剌声。”

疏解

短棹轻舟，江上钓鱼，晚烟笼碧。江天鸿雁与海鸥分别飞过，各占几分秋色。锦鳞跃出江面，渔父钓得鱼儿满篮。如果再买些美酒，花的钱同篮里鱼儿的卖的钱正相当。江风正顺，驾着小舟归去，谁能留得下来？

好事近·失却故山云

失却故山云[(1)]，索手指空[(2)]为客。莼菜鲈鱼[(3)]留我，住鸳鸯湖[(4)]侧。　　偶然添酒旧葫芦[(5)]，小醉度朝夕。吹笛月波楼下[(6)]，有何人相识！

校注

(1)“失却”句：故山云彩飘飞，喻言故山已经十分遥远。故山云，南飞之云，常以寄托思亲、怀乡之情。陆机《思亲赋》：“指南云以寄款，望归风而效诚。”陆云《感逝》：“眷南云以兴悲，蒙东雨而涕零。”独孤及《送何员外使湖南》：“前路舟休系，故山云不归。”

(2)索手指空：犹只手，空手。范成大《吴船录》卷上：“符文出布，村妇聚观于道，皆行而绩麻，无索手者。”陈亮《进中兴五论札子》：“有司以为不肖，竟从黜落，不得进望清光以遂昔愿，索手东归，杜门求志。”

(3)莼菜鲈鱼：乡思。《世说新语·识鉴》：“张翰……辟齐王东曹掾，在洛，见秋风起，因思吴中莼菜羹、鲈鱼脍，曰：‘人生贵得适意尔，何能羁宦数千里以要名爵？’遂命驾便归。”张志和《渔父》词：“松江蟹舍主人欢，菰饭莼羹亦共餐。枫叶落，荻花干，醉宿渔舟不觉寒。”白居易《偶吟》：“犹有鲈鱼莼菜兴，来春或拟往江东。”元稹《酬友封话旧叙怀十二韵》：“莼菜银丝嫩，鲈鱼雪片肥。”

(4)鸳鸯湖：嘉兴南湖。（按：南湖原名鸳鸯湖，素来以“轻烟拂渚，微风欲来”的迷人景色著称于世。）

(5)彊村本《樵歌》卷中：“葫芦”作“壶卢”。

(6)月波楼下：酒楼下。月波，秀州酒名，载于张能臣《天下名酒记》。月波楼系令狐挺所建。

集评

(1)陈廷焯《白雨斋词话》卷一：《渔父》五篇，虽为皋文所赏，然譬彼清流之中，杂以微尘。如四章结句“有何人留得”，五章结句“有何人相识”，一经道破，转嫌痕迹，不如并浑去为妙。余最爱其次章结句云：“昨夜一江风雨，都不曾听得。”此中有真乐，未许俗人问津。又三章结句云：“经过子陵滩畔，得梅花消息。”静中生动，妙合天机，亦先生晚遇之兆。

(2)梁令娴《艺蘅馆词选》引梁启超语：五词飘飘有出尘想，读之令人意境悠远。

疏解

上片言“我”离开故山，两手空空做客，鸳鸯湖畔的主人以莼菜、鲈鱼留“我”。下片言主人偶然拿出旧葫芦添酒，主客二人朝夕小饮，且于酒楼下吹笛，竟无一人相识。访友、小醉、吹笛、闲话，可谓乐在其中。真是飘然出尘，优哉游哉！

辛幼安（辛弃疾）｜六首

辛弃疾传文

《宋史·辛弃疾传》：

辛弃疾字幼安，齐之历城人。少师蔡伯坚，与党怀英同学，号辛、党。始筮仕，决以蓍，怀英遇“坎”，因留事金，弃疾得“离”，遂决意南归。

金主亮死，中原豪杰并起。耿京聚兵山东，称天平节度使，节制山东、河北忠义军马，弃疾为掌书记，即劝京决策南向。僧义端者，喜谈兵，弃疾间与之游。及在京军中，义端亦聚众千余，说下之，使隶京。义端一夕窃印以逃，京大怒，欲杀弃疾。弃疾曰：“丐我三日期，不获，就死未晚。”揣僧必以虚实奔告金帅，急追获之。义端曰：“我识君真相，乃青兕也，力能杀人，幸勿杀我。”弃疾斩其首归报，京益壮之。

绍兴三十二年，京令弃疾奉表归宋，高宗劳师建康，召见，嘉纳之，授承务郎、天平节度掌书记，并以节使印告召京。会张安国、邵进已杀京降金，弃疾还至海州，与众谋曰：“我缘主帅来归朝，不期事变，何以复命？”乃约统制王世隆及忠义人马全福等径趋金营，安国方与金将酣饮，即众中缚之以归，金将追之不及。献俘行在，斩安国于市。仍授前官，改差江阴签判。弃疾时年二十三。

乾道四年，通判建康府。六年，孝宗召对延和殿。时虞允文当国，帝锐意恢复，弃疾因论南北形势及三国、晋、汉人才，持论劲直，不为迎合。作《九议》并《应问》三篇、《美芹十论》献于朝，言逆顺之理，消长之势，技之长短，地之要害，甚备。以讲和方定，议不行。迁司农寺主簿，出知滁州。州罹兵烬，井邑凋残。弃疾宽征薄赋，招流散，教民兵，议屯田，乃创奠枕楼、繁雄馆。辟江东安抚司参议官。留守叶衡雅重之，衡入相，力荐弃疾慷慨有大略。召见，迁仓部郎官、提点江西刑狱。平剧盗赖文政有功，加秘阁修撰。调京西转运判官，差知江陵府兼湖北安抚。

摸鱼儿·更能消几番风雨[1]

淳熙己亥[2],自湖北漕[3]移湖南,同官王正之[4]置酒小山亭,为赋。

更能消[5]几番风雨?匆匆春又归去。惜春长怕[6]花开早,何况落红[7]无数。春且住。见说道、天涯芳草无归路[8]。怨春不语。算只有殷勤,画檐蛛网,尽日惹飞絮[9]。 长门事[10],准拟佳期又误。蛾眉[11]曾有人妒。千金纵买相如赋[12],脉脉[13]此情谁诉?君[14]莫舞。君不见、玉环飞燕皆尘土[15]!闲愁[16]最苦。休去倚危栏[17],斜阳正在,烟柳断肠[18]处。

校注

(1)摸鱼儿:一名《摸鱼子》,又名《买陂塘》《迈陂塘》《双蕖怨》等,唐教坊曲,后用为词牌。宋词以晁补之《琴趣外篇》所收为最早。双片,一百一十六字,前片六仄韵,后片七仄韵。双结倒数第三句第一字皆领格,宜用去声。《中兴以来绝妙词选》卷三:题《暮春》。《妙选草堂诗余》前集卷上:题《春晚》。《花草粹编》卷十二:题《晚春》。

(2)淳熙己亥:淳熙是宋孝宗的年号,淳熙己亥为1179年。

(3)漕:漕司的简称,指转运使。

(4)同官王正之:作者调离湖北转运副使后,由王正之接任原来职务,故称“同官”。王正之名正己,是作者旧交。

(5)更能消:还怎么经受得住。消,经受。

(6)《鹤林玉露》卷一:“惜春”作“惜花”,“长怕”作“长恨”。

(7)落红：落花。戴叔伦《相思曲》："落红乱逐东流水，一点芳心为君死。"《鹤林玉露》卷一："落红"作"乱红"。

(8)《妙选草堂诗余》前集卷上：（"天涯"句）韦庄词："独上小楼春欲暮，望断玉关芳草路。"《鹤林玉露》卷一、《花草粹编》卷十二："无归路"作"迷归路"。

(9)"算只有"三句：想来只有檐下蛛网还殷勤地网住飞絮，留住春色。画檐，有画饰的屋檐。飞絮，飘飞的柳絮。

(10)长门事：汉武帝陈皇后失宠后被幽闭于长门宫。司马相如《长门赋序》："孝武皇帝陈皇后，时得幸，颇妒，别在长门宫，愁闷悲思。闻蜀郡成都司马相如天下工为文，奉黄金百万，为相如、文君取酒，因于解悲愁之辞，而相如为文以悟主上。陈皇后复得幸。"长门宫，汉代宫殿名。（"长门事"二句）《妙选草堂诗余》前集卷上：柳公权诗："不忿前时误主恩，已甘寂寞守长门。今朝却得君王顾，重入椒房拭泪痕。"

(11)蛾眉：借指女子容貌美丽。

(12)相如赋：指司马相如的《长门赋》。《中兴以来绝妙词选》卷三："纵买"作"莫买"。

(13)脉脉：绵长深厚。

(14)君：指那些忌妒别人来邀宠的人。

(15)"玉环"句：用《赵飞燕外传》附《伶玄自叙》中语意。伶玄妾樊通德能讲赵飞燕姊妹故事，伶玄对她说："斯人（指赵氏姊妹）俱灰灭矣，当时疲精力驰骛嗜欲蛊惑之事，宁知终归荒田野草乎！"又，李白词："借问汉宫谁得似，可怜飞燕倚新妆。"谓玉环、飞燕，虽一时恃宠，今皆化为尘土。

(16)闲愁：指自己精神上的郁闷。

(17)危栏：高处的栏杆。

(18)断肠：形容极度思念或悲痛。

集评

(1)罗大经《鹤林玉露》：词意殊怨。"斜阳""烟柳"之句，其与"未须愁日暮，天际乍轻阴"者异矣。使在汉唐时，宁不贾种豆种桃之祸哉？愚闻寿皇见此词颇不悦，然终不加罪，可谓至德也已。

(2)沈义父《乐府指迷》：近世作词者，不晓音律，乃故为豪放不羁之语，遂借东坡、稼轩诸贤自诿。诸贤之词，固豪放矣，不豪放处，未尝不叶律也。如东坡之《哨遍》、“杨花”《水龙吟》，稼轩之《摸鱼儿》之类，则知诸贤明非不能也。

(3)许昂霄《词综偶评》：“春且住”二句，是留春之辞。结句即义山“夕阳无限好，只是近黄昏”之意。“斜阳”以喻君也。

(4)吴衡照《莲子居词话》卷二：辛词“小草旧曾呼远志，故人今有寄当归”。《日知录》云：稼轩久宦南朝，未得大用，晚岁有廉颇思用赵之意。窃谓此当与《摸鱼儿》《破阵子》等阕合看，感慨自见。

(5)陈廷焯《白雨斋词话》卷一：稼轩“更能消几番风雨”一章，词意殊怨。然姿态飞动，极沉郁顿挫之致。起处“更能消”三字，是从千回万转后倒折出来，真是有力如虎。

(6)陈廷焯《白雨斋词话》卷六：怨而怒矣。然沉郁顿宕，笔势飞舞，千古所无。

(7)谭献《谭评词辨》：权奇倜傥，纯用太白乐府诗法。“见说道”句是开，“君不见”句是合。

(8)王闿运《缃绮楼词选》：亡国之音，不为讽刺。

(9)梁令娴《艺蘅馆词选》引梁启超语：回肠荡气，至于此极。前无古人，后无来者。

(10)俞陛云《唐五代两宋词选释》：幼安自负天下才，今薄宦流转，乃借晚春以寄慨。上阕笔势动荡，留春不住，深惜其归，但芳草无涯，春去苦无归处，见英雄无用武之地。蛛网罥花，隐寓同官多情，为置酒少留之意。当其在理宗朝曾拥节钺，后之奉身而退，殆有谗扼之者，故上阕写不平之气。下阕“蛾眉曾有人妒”更明言之：玉环飞燕，皆归尘土，则妒人者果何益耶？结句斜阳肠断，无限牢愁，即以词句论，亦绝妙之语。

(11)吴梅《词学通论》：世以《摸鱼儿》一首为最佳，亦有见地，但启讥讽之端。陈藏一之《咏雪》、德祐太学生之《百字令》，往往易招愆尤也。

(12)沈曾植《稼轩长短句小笺》：《鹤林玉露》谓此词怨望，德寿见之颇不悦。然其实乃有望史越王耳。第合朱子上孝宗事观之，则所寄讽亦自不浅。

(13)唐圭璋《唐宋词简释》：此首以太白诗法，写忠爱之忱，宛转怨慕，尽态极妍。起处大踏步出来，激切不平。“惜春”两句，惜花惜春。“春且住”两句，留春。“怨春”三句，因留春不住，故怨春。王壬秋谓“画檐蛛网”，“指张俊、秦桧一流人”，是也。下片，径言本意。“长门”两句，言再幸无望，而所以无望者，则因有人妒也。“千金”两句，更深一层，言纵有相如之赋，仍属无望。脉脉谁诉，与“怨春不语”相应。“君莫舞”两句顿挫，言得宠之人化为尘土，不必伤感。“闲愁”三句，纵笔言今情，但于景中寓情，含思极凄婉。

(14)夏承焘《唐宋词欣赏》：他的豪放激昂的作品固然振奋人心，而婉约含蓄的也同样出色动人。如《摸鱼儿》和《青玉案·元夕》就是。

疏解

此词为忧时感世之作。词中借美女伤春、蛾眉遭妒，抒发自己壮志难酬的愤慨和对国家命运的关切。全词托物起兴，借古伤今，融身世之悲和家国之痛于一炉，沉郁顿挫，寄托遥深。

辛弃疾作此词时年已四十。自他从金国管辖的历城单枪匹马南渡临安投奔南宋，已经过去十七个年头。辛弃疾力主抗金，收复北国山河，屡遭主和派的掣肘。此回再次由前线的湖北转运副使，改调湖南。本来在湖北前线，他已经做了许多的抗金准备，包括训练三千精锐等。所以此次调去后方，对他来说是一次沉重的打击。

辛弃疾在此前两三年内，转徙频繁，均未能久于其任。其《淳熙己亥论盗贼札子》云：“臣生平刚拙自信，年来不为众人所容，顾恐言未脱口而祸不旋踵。”他本想积极抗金，建一世功业。被调到湖北去管钱粮，已经不合他的要求；再调到后方，还是管钱粮，当然更是失望。他心里明白朝廷的这种调动就是不让主战派抬头。这次，他由湖北转运副使调官湖南，与他恢复失地的志愿相去愈来愈遥远了。行前，同僚王正之在小山亭置酒饯别，他心中不快，感慨而作此。

此词显示了辛弃疾对国家前途的深深忧虑，亦流露出个人在政治上的失意和哀怨，同时表达了对南宋当权者的失望和不满。结尾“闲愁最苦。休去倚危栏，斜阳正在，烟柳断肠处”几句，读之令人伤心。那快要落山的斜阳，正照在被暮霭笼罩着的杨柳，远远望去，一片迷蒙。如此暮景，使人伤情。“倚栏”“凭栏”是宋人最常用的、令人感伤的诗词意象。文人无法改变现实，只能去靠在高高的栏杆上，登高临远，一抒心中的不平。

贺新郎·别茂嘉十二弟[1]

绿树听啼鴂[2]。更那堪、杜鹃声住，鹧鸪声切[3]。啼到春归无啼处[4]，苦恨芳菲都歇。算未抵[5]、人间离别。马上琵琶关塞黑[6]，更长门、翠辇辞金阙[7]，看燕燕，送归妾。　　将军[8]百战声名裂，向河梁[9]、回头万里，故人长绝。易水萧萧西风冷，满座衣冠似雪。正壮士、悲歌未彻[10]。啼鸟还知如许恨[11]，料不啼、清泪长啼[12]血。谁伴我[13]，醉明月？

校注

(1)题下自注："鹈鴂、杜鹃实两种，见《离骚补注》。"鹈鴂，此指伯劳。《花草粹编》卷十二：题《别弟》。

(2)《花草粹编》卷十二："啼鴂"作"鹈鴂"。徐釚《词苑丛谈》卷三："啼鴂"作"鶗鴂"。

(3)《花草粹编》卷十二："杜鹃声住"作"鹧鸪声住"，"鹧鸪声切"作"杜鹃声切"。杜鹃：杜鹃科鸟类的通称。鹧鸪：一种鸟，体形似鸡而小，羽毛大多黑白相杂，以背上和胸、腹等部位的白斑更为显著。雄性鹧鸪好斗，叫声特殊，有人拟其音为"行不得也哥哥"。

(4)《花草粹编》卷十二："无啼处"作"无寻处"。

(5)未抵：比不上。李商隐《中元作》："有娀未抵瀛洲远，青雀如何鸩鸟媒。"

(6)"马上"句：马上琵琶，用王昭君出塞事。西汉元帝建昭元年(前38)，王昭君被选入宫，成为宫女。竟宁元年(前33)正月，匈奴单于的呼韩邪第三次朝汉自请为婿，王昭君奉命嫁与呼韩邪为妻，号为宁胡阏氏。二人共同生活三年，育有一子伊屠智伢师，后为匈奴右日逐王。建始二年(前31)，呼韩邪单于去世，昭君向汉廷上书求归，汉成帝敕令“从胡俗”，依游牧民族收继婚制，复嫁呼韩邪单于之子复株累单于，两人共同生活十一年，育有二女。王昭君去世后，葬于“青冢”。西晋时，为避晋太祖司马昭讳，改称其为明君，史称“明妃”。关塞，边关，边塞。《墨子·号令》：“数使人行劳，赐守边城关塞、备蛮夷之劳苦者。”杜甫《伤春》：“关塞三千里，烟花一万重。”

(7)“更长门”二句：用陈皇后失宠事。《昭明文选·长门赋》序言，赋为司马相如作于汉武帝时，受失宠的陈皇后的百金重托而作。武帝读后，大为感动，陈皇后遂复得宠。(按：由于序言提及武帝的谥号，司马相如不可能知道，而且历史上武帝对陈皇后也没有复幸之事。故有人以为《长门赋》为后人伪作。)

(8)将军：汉武帝时李陵。《汉书·苏武传》：“(单于)乃幽武置大窖中，绝不饮食。天雨雪，武卧，啮雪，与旃毛并咽之，数日不死。匈奴以为神，乃徙武北海上无人处，使牧羝，羝乳乃得归。”

(9)河梁：《汉书·李陵传》载李陵《与苏武诗》：“携手上河梁，游子暮何之？徘徊蹊路侧，悢悢不得辞。行人难久留，各言长相思。安知非日月，弦望自有时。努力崇明德，皓首以为期。”(按：《汉书》：“李陵置酒贺武曰：‘今足下还归，扬名于匈奴，功显于汉室，虽古竹帛所载，丹青所画，何以过子卿！陵虽驽怯，令汉且贳陵罪，全其老母，使得奋大辱之积志，庶几乎曹柯之盟，此陵宿昔之所不忘也。收族陵家，为世大戮，陵尚复何顾乎？已矣！令子卿知吾心耳。异域之人，壹别长绝！’陵起舞，歌曰：‘径万里兮度沙幕，为君将兮奋匈奴。路穷绝兮矢刃摧，士众灭兮名已隤，老母已死，虽欲报恩将安归！’陵泣下数行，因与武诀。”)

(10)“易水”四句：《史记·刺客列传》：“荆轲怒，叱太子曰：‘何太子之遣？往而不反者，竖子也！且提一匕首入不测之强秦，仆所以留者，待吾客与俱。今太子迟之，请辞决矣！’遂发。太子及宾客知其事者，皆白衣冠以送之。至易水之上，既祖，取道，高渐离击筑，荆轲和而歌，为变徵之声，士皆垂泪涕泣。又前而为歌曰：‘风萧萧兮易水寒，壮士一去兮不复还！’复为羽声慷慨，士皆瞋目，发尽上指冠。于是荆轲就车而去，终已不顾。”

(11)如许恨：如上所言之许多恨事。如许，如此，像这样的。《后汉书·方术传下·左慈》：“忽有一老羝屈前两膝，人立而言曰：‘遽如许。’”李贤注：“言何遽如许为事。”《南史·文学传·高爽》：“取笔书鼓云：‘徒有八尺围，腹无一寸肠。面皮如许厚，受打未渠央。’”徐釚《词苑丛谈》卷三：“知如许”作“如知此”。

(12)徐釚《词苑丛谈》卷三：“长啼”作“空啼”。

(13)《花草粹编》卷十二：“谁伴我”作“谁共我”。

集说

(1)徐釚《词苑丛谈》：庐陵陈子宏云：“蔡光工于词。”靖康中，陷虏庭。辛幼安尝以诗词谒之，蔡曰：“子之诗则未也，他日当以词名家。”故稼轩归宋，晚年词笔尤高。

(2)沈曾植《稼轩长短句小笺》：《龙洲词》有“送辛稼轩弟赴桂林官”《沁园春》词，有“正三齐盗起，两河民散，势倾似土，国泛如杯。猛士云飞，狂胡灰灭，机会之来人共知。何为者，望桂林西去，一骑星驰。”云云。又云：“入幕来南，筹边如北，翻覆手高来去棋。”似即赠茂嘉者。词语可与此章相发，第彼显此隐耳。

集评

(1)张惠言《词选》卷二：茂嘉盖以得罪谪徙，故有是言。

(2)徐釚《词苑丛谈》卷三：近日作词者惟说周美成、姜尧章，而以东坡为词诗，稼轩为词论。此说固当。盖“曲”者，曲也，固当以委曲为体。然徒狃于风情婉娈，则亦易厌。回视稼轩所作，岂非万古一清风哉！

(3)刘体仁《七颂堂词绎》：稼轩“杯汝前来”，《毛颖传》也。“谁共我醉明月”，《恨赋》也。皆非词家本色。

(4)许昂霄《词综偶评》:旧注云:鹈鴂、杜鹃实两种,见《离骚补注》。“看燕燕,送归妾。”《诗》小序云:“燕燕,送归妾也。”竟作换头用,直接亦奇。“将军百战声名裂”六句,上三项说妇人,此二项言男子。中间不叙正位,却罗列古人许多离别,如读文通《别赋》,亦创格也。

(5)周济《宋四家词选》:上片,北都旧恨。下片,南渡新恨。

(6)江顺诒《词学集成》卷七引张祖望云:“易水萧萧西风冷,满座衣冠似雪”,豪语也。

(7)陈廷焯《白雨斋词话》卷一:稼轩词,自以《贺新郎·别茂嘉十二弟》一篇为冠。沉郁苍凉,跳跃动荡,古今无此笔力。

(8)梁令娴《艺蘅馆词选》引梁启超语:《贺新郎》调以第四韵之单句为全首筋节,如此句最可学。

(9)王国维《人间词话》卷下:稼轩《贺新郎》词送茂嘉十二弟,章法绝妙,且语语有境界,此能品而几于神者,然非有意为之,故后人不能学也。

疏解

此为送别抒怀之作。首尾以啼鸟相呼应,描写了暮春凄厉的景色;中间引用历史故事,写古代人间离情别恨,借送别族弟,抒发美人不遇、英雄名裂、壮志难酬之感。全词笔力雄健,沉郁苍凉。

此词当作于铅山闲居期间。张惠言《词选》以为“茂嘉盖以得罪谪徙,故有是言”。此词内容几乎完全与送别茂嘉无关,却罗列古人的许多“别恨”之事,正是稼轩心中郁结层积,借古人之酒以浇灌自身之块垒。

贺新郎·赋琵琶[1]

凤尾龙香拨[2]，自开元[3]，霓裳曲罢，几番风月。最苦浔阳江头客[4]，画舸[5]亭亭待发。记出塞黄云堆雪，马上离愁三万里[6]，望昭阳宫殿孤鸿没，弦解语，恨难说[7]。　辽阳[8]驿使音尘绝，琐窗寒，轻拢慢捻[9]，泪珠盈睫。推手含情还却手[10]，一抹《梁州》[11]哀彻。千古事云飞烟灭，贺老定场[12]无消息，想沉香亭[13]北繁华歇。弹到此，为呜咽。

校注

(1)林大椿校《稼轩长短句》卷一：题《琵琶》。琵琶：拨弦类弦鸣乐器。

(2)凤尾：凤尾琴。龙香拨：唐郑嵎《津阳门》诗："玉奴琵琶龙香拨，倚歌促酒声娇悲。"自注云："贵妃妙弹琵琶，其乐器闻于人间者，有逻逤檀为槽、龙香柏为拨者。"

(3)开元：唐玄宗李隆基前期的年号。

(4)浔阳江头客：唐白居易《琵琶行》："浔阳江头夜送客，枫叶荻花秋瑟瑟。"

(5)画舸：画船。郑文宝《柳枝词》："亭亭画舸系春潭，直到行人酒半酣。不管烟波与风雨，载将离恨过江南。"

(6)"记出塞"二句：此用昭君出塞事。王昭君即王嫱，字昭君，原为汉宫宫女。公元前54年，匈奴呼韩邪单于被他哥哥郅支单于打败，南迁至长城外的光禄塞下，同西汉结好，约定"汉与匈奴为一家，毋得相诈相攻"。之后他三次进长安入朝，向汉元帝请求和亲。王昭君听说后请求出塞和亲。她到匈奴后，被封为宁胡阏氏，象征她将给匈奴带来和平、安宁和兴旺。后来呼韩邪单于在西汉的支持下控制了匈奴全境，从而使匈奴同汉朝和好达半个世纪。马上离愁，相传昭君出塞离开汉宫，在马上手抱琵琶弹奏思念汉朝的哀怨之曲。琵琶本出游牧部族，牧民多骑在马背上弹奏。此故称“马上离愁三万里”。刘熙《释名·释乐器》：“枇杷本出于胡中，马上所鼓也。推手前曰枇，引手却曰杷，象其鼓时，因以为名也。”当时的游牧人骑在马上好弹琵琶，因此为“马上所鼓也”。

（7）“望昭阳”三句：昭君出塞，马背上时时回首遥望汉宫，至孤鸿隐没，并弹奏琵琶，诉说心中离开汉朝的忧思。昭阳宫殿，泛指后妃所住之宫殿。《三辅黄图·未央宫》：“武帝时，后宫八区，有昭阳等殿。”班固《西都赋》：“昭阳特盛，隆乎孝成。”王昌龄《长信怨》：“玉颜不及寒鸦色，犹带昭阳日影来。”孤鸿，孤雁。阮籍《咏怀诗》：“孤鸿号外野，翔鸟鸣北林。”张九龄《感遇》：“孤鸿海上来，池潢不敢顾。侧见双翠鸟，巢在三珠树。”

（8）辽阳：泛指北方边境。沈佺期《独不见》：“九月寒砧催木叶，十年征戍忆辽阳。白狼河北音书断，丹凤城南秋夜长。”

（9）轻拢慢捻：演奏琵琶的指法。白居易《琵琶行》：“低眉信手续续弹，说尽心中无限事。轻拢慢捻抹复挑，初为《霓裳》后《六幺》。”

（10）“推手”句：推手、却手，琵琶的弹奏技法。

（11）《梁州》：曲名，唐代凉州一带的乐曲。元稹《连昌宫词》：“逡巡大遍《梁州》彻，色色《龟兹》轰陆续。”

（12）贺老：贺怀智，唐开元天宝年间善弹琵琶者。贺以石作琵琶琴身，宫廷中琵琶技艺最高，声誉隆盛，常处于主宰地位，受到明皇的赏识。定场：压场，犹言“压轴戏”。元稹《连昌宫词》：“夜半月高弦索鸣，贺老琵琶定场屋。”

（13）沉香亭：唐代亭子，在长安兴庆宫龙池东。《松窗杂录》载，玄宗与杨贵妃于此亭观赏牡丹。李白《清平调》：“解释春风无限恨，沉香亭北倚阑干。”（按：《松窗杂录》，一卷。此书书名、撰者，诸本互异。书中记载唐明皇事颇详整可观，载李泌对德宗语，论明皇得失亦了若指掌。）

集评

(1)陈霆《渚山堂词话》卷二：辛稼轩词，或议其多用事，而欠流便。予览其《琵琶》一词，则此论未足凭也。《贺新郎》云……此篇用事最多，然圆转流丽，不为事所使，称是妙手。

(2)许昂霄《词综偶评》：悲壮。（“凤尾龙香般”三句）贵妃琵琶以龙香板为拨，以逻逤檀为槽，有金缕红纹，蹙成双凤，故东坡诗云：“数弦已品龙香拨，半面犹遮凤尾槽。”

(3)周济《宋四家词选》：谪逐正人，以致离乱。晏安江沱，不复北望。

(4)陈廷焯《云韶集》：此词运典虽多，却一片感慨，故不嫌堆垛。心中有泪，故笔下无一字不呜咽。

(5)梁令娴《艺蘅馆词选》引梁启超语：琵琶故事，网罗胪列，乱杂无章，殆如一团乱草。惟其大气足以包举之，故不觉粗率。非其人，勿学步也。

疏解

此词以弹琵琶为喻，谈的是国家兴亡。上片用三个有关琵琶的典故议论、抒情。下片借思妇弹琵琶表达对征人的思念，抒发对北国河山的怀念。最后以回忆唐朝琵琶高手贺老和沉香亭中玄宗与贵妃玩赏的故事作结，哀叹宋朝的衰亡。

上片言此琵琶乃檀木所制，尾刻双凤，龙香板为拨，是杨贵妃用过的琵琶，它标志着唐代全盛的时代，也暗喻了宋代亦曾有过的兴盛时期。五、六句借白居易《琵琶行》诗序“迁谪意”感叹不遇，引发共鸣，故言“最苦”。“记出塞”至“恨难说”，从个人遭遇写到国家恨事。“望昭阳宫殿”，或借此暗寓“徽钦蒙尘”的靖康之变。这种写法在南宋词中也颇常见。姜夔《疏影》词中亦有“昭君不惯胡沙远，但暗忆江南江北”之句。故郑文焯言：“此盖伤二帝蒙尘，诸后妃相从北辕，沦落胡地，故以昭君托喻。”

下片，“辽阳驿使”数句转写现实。琐窗深处，当寒气袭人时，闺中少妇正在怀念远戍辽阳而杳无音信的征人。她想借琵琶解闷，结果愈弹愈伤心。所弹曲为《梁州》，唐西凉府所进边地乐曲，唐段安节《乐府杂录》谓贞元初康昆仑翻入琵琶。白居易有诗：“《霓裳》奏罢唱《梁州》，红袖斜翻翠黛愁。”可见其声之“哀彻”。“千古事云飞烟灭”收束上文，“贺老”句便是尾声。与发端遥相呼应，再次强调盛时已去，成为历史。“贺老”压场之后，“沉香亭北倚阑干”的贵妃面影也不可见，这“凤尾龙香拨”的琵琶亦无主矣。故作者云“弹到此”即“呜咽”不止。

此咏物词，然并非有关琵琶典故的堆积，所用故事也不是随手拈来，实是寄托其爱国之情怀。

永遇乐·京口北固亭怀古[1]

千古江山，英雄无觅、孙仲谋[2]处。舞榭歌台[3]，风流总被、雨打风吹去。斜阳草树，寻常巷陌[4]，人道寄奴[5]曾住。想当年，金戈铁马，气吞万里如虎[6]。　　元嘉草草[7]，封狼居胥意[8]，赢得仓皇北顾[9]。四十三年[10]，望中犹记、灯火[11]扬州路。可堪[12]回首、佛狸祠[13]下，一片神鸦社鼓[14]。凭谁问，廉颇[15]老矣，尚能饭否？

校注

（1）永遇乐：词牌名，始创于柳永，分上下两阕，共一百零四字。《填词名解》云："永遇乐，歇拍调也。 唐杜秘书工小词，邻家有小女名酥香，凡才人歌曲悉能吟讽，尤喜杜词。 遂成逾墙之好，后为仆所诉，杜竟流河朔。 临行，述《永遇乐》词诀别，女持纸三唱而死。 第未知此调，创自杜与否。"所引故事不可考，大抵创自唐之中叶。 万树《词律》引晁无咎《消息》注云："自过腔，即越调《永遇乐》。"是此词又为越调。

《永遇乐》作法：本调一百零四字。 首、次句为四字对句，不用韵。 第三句为平仄平仄，起仄韵。 第四、五句亦为四字对句，第一字平仄不拘。 第六句五字协韵，与《解语花》第三句同，唯第四字可拗作仄，此其异耳。 第七、八句又属四字两句，但不需对偶，而两句第一句及下句第三字，平仄均可通用。 第九句六字，协韵，第一字可平。 第十句七字，上三字逗，第一字可仄。（此读有作仄平平或平平平者，均非宜。）结句六字，第一字可平，第二字不能作仄。（赵师侠作"缓步阆风仙苑"，不足法。）后阕起二句，与前阕第七、八句同。第三句六字协。第四句至第十句，均与前第四句至第十句同。结句四字作仄平仄仄，上一下三，定格也。

京口：古城名，即今江苏镇江，因临京岘山、长江口而得名。北固亭：晋蔡谟筑楼北固山上，称北固亭。原址位于今江苏镇江北固山上，北临长江，又称“北顾亭”。北固亭最初修建的年代未知，新亭重建于明朝崇祯年间，又称“凌云亭”“摩天亭”“天下第一亭”。《三国演义》中孙尚香惊闻夫君刘备逝于白帝城的噩耗后，曾在亭里设奠遥祭，旋即投江自尽，故此亭又叫“祭江亭”。

(2)孙仲谋：三国时吴王孙权，字仲谋，曾建都京口。孙权(182—252)，三国孙吴的建立者，吴郡富春县(今浙江富阳)人，长沙太守孙坚次子，幼年跟随兄长吴侯孙策平定江东。汉献帝建安五年(200)孙策早逝，孙权继位为江东之主。

(3)“舞榭”句：演出歌舞的台榭，这里代指孙权故宫。榭，建在高台上的房子。

(4)“寻常”句：极窄狭的街道。寻常，古代指长度，八尺为寻，倍寻为常，形容窄狭，引申为普通、平常。巷、陌，均指街道。

(5)寄奴：南朝宋武帝刘裕小名。

(6)“想当年”三句：刘裕曾两次领兵北伐，收复洛阳、长安等地。金戈、铁马均为精良之军事装备，此处指代精锐的部队。

(7)“元嘉”句：元嘉是刘裕子刘义隆年号。草草，十分轻率。南朝宋刘义隆好大喜功，仓促北伐，反而让北魏主拓跋焘抓住机会，以骑兵集团南下，兵抵长江北岸而返，遭到对手的重创。

(8)“封狼”句：狼居胥山，汉武帝元狩四年(前120)霍去病远征匈奴，歼敌七万余，于是“封狼居胥山，禅于姑衍”。南朝宋文帝刘义隆命王玄谟北伐，玄谟陈说北伐的策略，文帝云：“闻王玄谟陈说，使人有封狼居胥意。”词中用“元嘉北伐”失利之事影射南宋“隆兴北伐”。《鹤林玉露》卷一、林大椿校《稼轩长短句》卷五：“胥”字下无“意”字，“望中犹记灯火”作“望中灯火犹记”。《花草粹编》卷十一：“封狼居胥意”，无“胥”字；“灯火”作“烽火”。林大椿校《稼轩长短句》卷五：“灯火”作“烽火”。

(9)“赢得”句：宋文帝刘义隆命王玄谟率师北伐，为北魏太武帝拓跋焘击败，魏趁机大举南侵，直抵扬州，吓得宋文帝亲自登上建康幕府山向北观望形势。赢得，剩得，落得。韩偓《五更》诗：“光景旋消惆怅在，一生赢得是凄凉。”

(10)四十三年：作者于宋高宗赵构绍兴三十二年(1162)从北方抗金南归，至宋宁宗赵扩开禧元年(1205)任镇江知府登北固亭写这首词时，前后共四十三年。

(11)灯火：指当年扬州地区到处都是抗击金兵的战火烽烟。

(12)可堪：犹“岂堪”“那堪”，即怎能忍受得了。堪，忍受。

(13)佛狸祠：北魏太武帝拓跋焘小名佛狸。公元450年，他曾反击刘宋，用两个月时间，兵锋南下，五路远征军分道并进，从黄河北岸一路穿插到长江北岸。在长江北岸瓜步山建立行宫，即后来的佛狸祠。

(14)“一片”句：到南宋时，当地百姓只把佛狸祠当作供奉神祇的地方，而不知道它曾是一个皇帝的行宫。

(15)廉颇：战国时赵国名将。《史记·廉颇蔺相如列传》载，廉颇被免职后，跑到魏国，赵王想再用他，派人去看他的身体情况，廉颇的仇人郭开贿赂使者。使者看到廉颇，廉颇为之一饭斗米、肉十斤，披甲上马，以示尚可用。使者回来报告赵王说：“廉颇将军虽老，尚善饭，然与臣坐，顷之三遗矢矣。”赵王以为廉颇已老，遂不用。

集说

岳珂《桯史》卷三《稼轩论词》：辛稼轩守南徐，已多病谢客。予来筮仕委吏，实隶总所。例于州家殊参辰，旦望贽谒刺而已。余时以乙丑南宫试，岁前莅事仅两旬，即谒告去。稼轩偶读余《通名启》而喜，又颇阶父兄旧，特与其洁。余试既不利，归官下，时一招去。稼轩以词名，每燕必命侍妓歌其所作。特好歌《贺新郎》一词，自诵其警句曰：“我见青山多妩媚，料青山见我应如是。”又曰：“不恨古人吾不见，恨古人不看吾狂耳。”每至此，辄拊髀自笑，顾问坐客何如，皆叹誉如出一口。既而又作一《永遇乐》……首章曰：“千古江山，英雄无觅、孙仲谋处。”又曰：“寻常巷陌，人道寄奴曾住。”其寓感慨者，则曰：“可堪回首、佛狸祠下，一片神鸦社鼓。凭谁问，廉颇老矣，尚能饭否？”特置酒召数客，使妓迭歌，益自击节，遍问客，必使摘其疵，逊谢不可。客或措一、二辞，不契其意，又弗答，然挥羽四视不止。余时年少，勇于言，偶坐于席侧。稼轩因诵启语，顾问再四，余率然对曰：“待制词句，脱去今古轸辙。每见集中有‘解道此句，真宰上诉，天应嗔耳’之序，尝以为其言不诬。童子何知，而敢有议？然必欲如范文正以千金求《严陵祠记》一字之易，则晚进尚窃有疑也。”稼轩喜，促膝而使毕其说。余曰：“前篇豪视一世，独首尾二腔警语差相似；新作微觉用事多耳。”于是大喜，酌酒而谓坐中曰：“夫君实中予痼。”乃味改其语，日数十易，累月犹未竟。其刻意如此。余既以一语之合，益加厚，颇取视其骫骳，欲以家世荐之朝，会其去，未果。

集评

(1)罗大经《鹤林玉露》卷一：此词集中不载，尤隽壮可喜。……朱文公云：“辛幼安、陈同甫，若朝廷赏罚明，此等人皆可用。”

(2)杨慎《词品》：辛词当以京口北固亭怀古《永遇乐》为第一。

(3)先著、程洪《词洁》：发端便欲涕落，后段一气奔注，笔不能遏。廉颇自拟，慷慨壮怀，如闻其声。谓此词用人名多者，当是不解词味。

(4)周济《宋四家词选》：有英主则可以隆中兴，此是正说。英主必起于草泽，此是反说。继世图功，前车如此。

(4)宋翔凤《乐府余论》：辛稼轩《永遇乐·京口北固亭怀古》一词，意在恢复，故追数孙刘，皆南朝之英主。屡言佛狸，以拓跋比金人也。

(5)陈廷焯《白雨斋词话》卷一：稼轩词如《永遇乐·京口北固亭怀古》《南乡子·登京口北固亭》……才气虽雄，不免粗鲁。世人多好读之，无怪稼轩为后世叫嚣者作俑矣。读稼轩词者，去取严加别白，乃所以爱稼轩也。

(6)谭献《谭评词辨》卷二：起句嫌有犷气，且使事太多，宜为岳氏所讥。非稼轩之盛气，勿轻染指也。

疏解

此词作于宋宁宗开禧元年（1205），稼轩此时六十六岁。当时韩侂胄执政，积极筹划北伐，闲置已久的辛弃疾在前一年被任用为浙东安抚使。初春，他受任镇江知府，戍守江防要地京口。表面看来，朝廷对他似乎很重视，然而只不过是利用他那主战派元老的身份而已。辛弃疾到任后，一方面积极做好军事进攻的准备工作；另一方面，他又认识到政治斗争的险恶与自己处境的孤危，深感很难有所作为。辛弃疾支持北伐抗金，但为独揽朝政的韩侂胄轻敌冒进的做法忧心，他认为应当做好充分的准备，不能草率从事，否则难免重蹈覆辙，使北伐再次失败。辛弃疾的意见没有引起重视。因此，辛弃疾上京口北固亭，登高眺望，怀古忆昔，心潮澎湃，感慨万千，作此词。此时离他逝世只有三年时间。他的抗敌之心如初，却壮志难酬。

上片赞扬在京口建立霸业的孙权和率军北伐、气吞胡虏的刘裕，表示要像他们一样金戈铁马、为国立功。下片借讽刺刘义隆表明自己坚决主张抗金反对冒进的立场和态度。该词抒发感慨，连连用典，中间稍加抒情性议论，体现了辛弃疾词作的风格。

末尾作者以廉颇自比，表明自己对朝廷忠心耿耿，虽然年老，仍然和当年廉颇一样，老当益壮，将随时奔赴疆场抗金杀敌，尤为感人。廉颇曾为赵国立下赫赫战功，后为奸人所害，落得离乡背井的结局，虽愿为国效劳，却是报国无门。辛弃疾以廉颇自况，忧虑自己有可能重蹈覆辙，为朝廷弃而不用、用而不信。其忧虑不是空穴来风，韩侂胄一伙人果然不采纳他的意见，对他疑忌不满，在北伐前夕，以“用人不当”之名免去了他的官职。辛弃疾渴望为恢复大业出力的愿望又一次落空。

祝英台近·宝钗分[1]

宝钗[2]分,桃叶渡[3]。烟柳暗南浦[4]。怕上[5]层楼,十日九风雨。断肠点点[6]飞红,都无人管,更谁劝[7]、流莺[8]声住。　鬓边觑[9],试把花卜归期[10],才簪又重数。罗帐灯昏,哽咽[11]梦中语。是他春带愁来,春归何处。却不解、带将愁去[12]。

校注

(1)祝英台近:词牌名,又名《宝钗分》《月底修箫谱》。始见《东坡乐府》。双调,七十七字,前段八句四仄韵,后段八句四仄韵。或以为唐宋以来民间流传歌曲。毛先舒《填词名解》卷二引《宁波府志》:"东晋,越有梁山伯、祝英台尝同学,祝先归,梁后访之,乃知祝为女,欲娶之,然祝已先许马氏之子。梁�忽成疾,后为鄞令,且死,遗言葬清道山下。明年,祝适马氏,过其地而风涛大作,舟不能进。祝乃造冢,哭之哀恸。其地忽裂,祝投而死之。今吴中有花蝴蝶,盖橘蠹所化,童儿亦呼梁山伯、祝英台云。"此调宛转凄抑,犹可想见旧曲遗音。

《花庵词选》、《妙选草堂诗余》前集卷上、沈际飞《草堂诗余》卷二、林大椿校《稼轩长短句》卷七、《白香词谱笺》卷三:题《春晚》。《白香词谱笺》卷三:《祝英台近》,又名《宝钗分》《燕莺语》《寒食词》。双调,七十七字,前段八句四仄韵,后段八句五仄韵。

词牌格律:

仄平平,平仄仄。平仄仄平仄(韵)。

中仄平平，中仄仄平仄(韵)。

中平中仄平平，中平中仄，仄中仄、中平平仄(韵)。

仄平仄(韵)。

中中平仄平平，中平仄平仄(韵)。

中仄平平，中中仄平仄(韵)。

中平中仄平平，中平中仄。仄中仄、中平平仄(韵)。

(2)宝钗：钗之美称。《说文》："笄属……本只作叉，此字后人所加。"《玉篇》："妇人歧笄也。"司马相如《美人赋》："玉钗挂臣冠。"繁钦《定情诗》："何以慰别离，耳后玳瑁钗。"曹植《美女篇》："头上金爵钗。"秦嘉《与妇徐淑书》："今致宝钗一双，可耀首。"钗，古时有金钗、玉钗等。妇女头饰，往往在钗头饰以凤凰或雀类，名"凤钗""雀钗"。《晋书·元帝纪》："将拜贵人，有司请市雀钗，帝以烦费不许。"何逊《嘲刘咨议诗》："雀钗横晓鬓，蛾眉艳宿妆。"李贺《贝宫夫人》："丁丁海女弄金环，雀钗翘揭双翅关。"

(3)桃叶渡：在南京秦淮河与青溪合流之处，有南浦渡。传说东晋书法家王献之有爱妾名桃叶，她往来于秦淮两岸时，王献之放心不下，常常亲自在渡口迎送，并为之作《桃叶歌》："桃叶复桃叶，渡江不用楫。但渡无所苦，我自迎接汝。"从此渡口名声大噪，久而久之，"南浦渡"也就被称为"桃叶渡"了。

(4)南浦：南面的水边，因古人常在南浦送别，后即泛指水边送别的地方。《楚辞·九歌·河伯》："子交手兮东行，送美人兮南浦。"王逸注："愿河伯送己南至江之涯。"江淹《别赋》："春草碧色，春水绿波。送君南浦，伤如之何？"李贺《黄头郎》诗："黄头郎，捞拢去不归。南浦芙蓉影，愁红独自垂。"王琦注引曾益曰："南浦，送别之地。"

(5)《花草粹编》卷八："怕上"作"陌上"。

(6)《阳春白雪》卷一、林大椿校《稼轩长短句》卷七："点点"作"片片"。

(7)《花庵词选》卷三、《花草粹编》卷八、《妙选草堂诗余》前集卷上：

“更谁劝”作“倩谁唤”。查为仁、厉鹗《绝妙好词笺》卷一:“更谁劝”作“倩谁劝”。《阳春白雪》卷一:“更谁劝”作“是谁劝”。

(8)《阳春白雪》卷一,查为仁、厉鹗《绝妙好词笺》卷一,林大椿校《稼轩长短句》卷七:“流莺”作“啼莺”。

(9)“鬓边”句:斜视鬓边所插之花。觑,斜视。

(10)“试把花”句:用花瓣数目之成单成双,或自鬓边将花取下再簪上之法,以此数日期,占卜丈夫归来的日子。

(11)《阳春白雪》卷一:“哽咽”作“呜咽”。《妙选草堂诗余》前集卷上:杜诗:“今夕知何夕,灯愁锦帐中。”又,“梦觉灯生晕。”

(12)《花庵词选》卷三、《花草粹编》卷八、《妙选草堂诗余》前集卷上:“却不”作“又不”。《阳春白雪》卷一:“带将愁”作“和愁将”。

集说

张端义《贵耳集》:吕婆,即吕正己之妻,淳熙间姓名亦达天听。……旧京畿有二漕,一吕擂,一吕正己。擂家诸姬甚盛,必约正己通宵饮。吕婆一日大怒,逾墙相詈,擂之子,一弹碎其冠。事彻孝皇,两漕即日罢。今止除一漕自此始。吕婆有女事辛幼安,因以微事触其怒,竟逐之。今稼轩《桃叶渡》词因此而作。

集评

(1)张惠言《词选》:此与德祐太学生二词用意相似。“点点飞红”,伤君子之弃。“流莺”,恶小人得志也。“春带愁来”,其刺赵、张乎?

(2)刘克庄《后村诗话》:雍陶《送春》云:“今日已从愁里去,明年更莫共愁来。”稼轩词云:“是他春带愁来,春归何处。却不解、带愁将去。”虽用前语,而反胜之。

(3)魏庆之《诗人玉屑》:“宝钗分……”此辛稼轩词也。风流妩媚,富于才情，若不类其为人矣。……盖其天才既高，如李白之圣于诗，无适而不宜，故能如此。

(4)陈鹄《耆旧续闻》卷二：辛幼安词："是他春带愁来，春归何处。却不解、带将愁去。"人皆以为佳，不知赵德庄《鹊桥仙》词云："春愁元自逐春来，却不肯随春归去。"盖德庄又体李汉老《杨花词》："蓦地便和春，带将归去。"大抵后辈作词，无非道人已道底句，特善能转换耳。

(5)张侃《拙轩词话》：辛幼安《祝英台》云："是他春带愁来，春归何处。又不解、带愁归去。"王君玉《祝英台》云："可堪妒柳羞花，下床都懒，便瘦也教春知道。"前一词欲春带愁一去，后一词欲春知道瘦。近世春晚词，少有比者。

(6)张炎《词源·赋情》：簸弄风月，陶写性情，词婉于诗。盖声出莺吭燕舌间，稍近乎情可也；若邻乎郑卫，与缠令何异也？如陆雪溪《瑞鹤仙》云："脸霞红印枕……"辛稼轩《祝英台近》……皆景中带情，而存骚雅。故其燕酣之乐，别离之愁，回文题叶之思，岘首西州之泪，一寓于词。若能屏去浮艳，乐而不淫，是亦汉魏乐府之遗意。

(7)陆辅之《词旨》：警句："应把花卜归期，才簪又重数。""是他春带愁来，春归何处。却不解、带将愁去。"

(8)沈际飞《草堂诗余》正集：怨春、问春，口快心灵，非关剿袭。

(9)卓人月《古今词统》：结尾数语，分明流莺声也。自然婉转销魂，怎生住得。

(10)沈谦《填词杂说》：稼轩词以激扬奋厉为工，至"宝钗分，桃叶渡"一曲，昵狎温柔，魂销意尽。才人伎俩，真不可测。

(11)谭献《谭评词辨》：（"断肠"三句）一波三过折。（末三句）托兴深切，亦非全用直语。

(12)黄苏《蓼园词评》：按此闺怨词也。……此必有所托，而借闺怨以抒其志乎。言自与良人分钗后，一片烟雨迷离，落红已尽，而莺声未止，将奈之何乎？次阕言问卜欲求会，而间阻实多，而忧愁之念，将不能自已矣。意致凄婉，其志可悯。

(13)陈廷焯《词则·大雅集》：讽刺语却婉雅。

(14)吴衡照《莲子居词话》：词有袭前人语而得名者，虽大家不免。如方回“梅子黄时雨”……幼安“是他春带愁来，春归何处。却不解、带将愁去”等句，惟善于调度，正不以有蓝本为嫌。

(15)俞陛云《唐五代两宋词选释》：首三句言送别之地，后五句言别后之怀，万点飞花，离愁亦万点也。下阕明指伊人，归期屡卜，而消息沉沉，惟有索之梦中，孤灯独语，其深悔杨枝之遣耶？结处“春带愁来”三句，伤春纯是自伤。前之《摸鱼儿》词借送春以寄慨，有抑塞磊落之气；此借伤春以怀人，有徘徊宛转之思，刚柔兼擅之笔也。

(16)唐圭璋《唐宋词简释》：此首借闺怨以寄意。……就词论，则温柔缠绵，一往情深。上片言人去后之冷落，下片言盼归之切。起言别时凄景，次言别后懒情。“断肠”三句，言人去后飞红既无人管，啼莺亦无人劝。换头三句，觑花卜归，才簪又数，实盼归之痴情可思。“罗帐”两句，言觑卜无凭，但记梦中硬咽之语，情更可伤。末用雍陶“今日已从愁里去，明年莫更共愁来”送春诗，但以问语出之，韵味尤厚。

疏解

此词“借闺怨以抒其志”。辛弃疾到南宋后，一直受到压抑，不被重用。他恢复故土的壮志难以伸展，故假托闺怨之词以抒发胸中的郁闷。本词和他的另一首名作《摸鱼儿》(更能消几番风雨)是同一情调、同一抒情手法，但不能确指为因某一事而发。宋人张端义《贵耳集》说这首词是辛弃疾为去妾吕氏而作，证据不足。

上片写与情人分手后，春光流逝，春愁难止。下片写日夜盼郎归来，并化用成句抒写凄婉别愁。此词章法绵密，不着一“怨”字，却笔笔含“怨”，欲图销怨而怨仍萦绕不休，一片怨语痴情全在转折之中。

上片一、二句为两个三字句，点明离别地点。“宝钗”“桃叶”，用了两个典故，作者追忆了与恋人送别时的眷眷深情。分钗赠别，古所习见。“烟柳”句，点明时序的变化。春色已晚，而人尚未归。别离日久，思念之情与日俱增。首三句连用了三个有关送别的典故，融会成一幅情致缠绵的离别图景，烘托出作者凄苦怅惘的心境。自从与亲人分袂之后，遭遇了横雨狂风、乱红离披，为此怕上层楼，不忍心再目睹那场景。“怕上”两句紧承“烟柳”句而来。三春即逝，更着以连朝风雨，则芳菲都歇，自可想见。但教人肠断的事，尚不在落红片片，却道“片片飞红”“都无人管”。接着“断肠”两句和“更谁”两句。“怕上层楼”，最怕则在于此。江南三月，群莺乱飞，人们感到莺啼预示春色将归，却无人劝那流莺声住。

下片：换头“鬓边觑”，刻画了闺中女子娇懒慵倦的细微动态和百无聊赖的神情。取下又簪上，簪上又取下，不知数过了多少遍。“试把”两句是“觑”的结果，把插入发髻的花，取来占卜行人归家的日子：数花瓣卜归期。接着又深入一笔，以梦呓作结：“是他春带愁来，春归何处。却不解、带将愁去”。

菩萨蛮·书江西造口壁[1]

郁孤山下清江[2]水，中间多少行人泪。西北是长安[3]，可怜[4]无数山。　　青山遮不住，毕竟东流去。江晚正愁余[5]，山深闻鹧鸪[6]。

校注

（1）造口壁：《万安县志》：“一名皂口壁，在江西万安县西南六十里。”它位于赣江上游西岸。 壁，石崖之峭削者曰壁。《宋书》：“青壁千寻。”江淹《杂体诗·殷东阳仲文兴瞩》：“极眺清波深，缅映石壁素。”《荆州记》：“蒲圻县沿江一百里南岸名赤壁，昔周瑜破曹操处。”

（2）郁孤山：今江西赣州市西北之贺兰山，山顶有郁孤台，始建于唐代，赣州宋代古城墙自台下逶迤而过，因“隆阜郁然，孤起平地数丈”得名。 清江：赣江与袁江合流处旧称清江。《鹤林玉露》卷一、《花庵词选》、沈际飞《草堂诗余》卷一、林大椿校《稼轩长短句》卷十一：“山下”作“台下”。

（3）长安：今陕西省西安市，为汉、唐故都。 此处代指宋都汴京。 宋刘攽《九日》：“可怜西北望，白日远长安。”《花庵词选》、林大椿校《稼轩长短句》卷十一：“是长安”作“望长安”。

（4）可怜：可惜，可叹。《庄子·庚桑楚》：“汝欲返性情而无由入，可怜哉！”杜牧《阿房宫赋》：“楚人一炬，可怜焦土。”

（5）愁余：使我忧愁。《楚辞·九歌·湘夫人》：“帝子降兮北渚，目眇眇兮愁予。”

（6）鹧鸪：鸟名。 传说其叫声如云“行不得也哥哥”，啼声凄苦。

集说

罗大经《鹤林玉露》：南渡之初，虏人追隆裕太后御舟至造口，不及而还。幼安因此起兴。“闻鹧鸪”之句，谓恢复之事行不得也。

集评

(1)卓人月《古今词统》：忠愤之气，拂拂指端。

(2)沈际飞《草堂诗余》正集：无数山水，无数悲愤。伊文公云：“若朝廷赏罚明，此等人皆可用。”

(3)许昂霄《词综偶评》：此词寓意，《鹤林玉露》言之最当。

(4)陈廷焯《白雨斋词话》卷一：稼轩《菩萨蛮·书江西造口壁》一章，用意用笔，洗脱温、韦殆尽，然大旨正见吻合。

(5)陈廷焯《云韶集》：血泪淋漓，古今让其独步。结二语号呼痛哭，音节之悲，至今犹隐隐在耳。

(6)谭献《谭评词辨》：“西北”二句，宕逸中亦深炼。

(7)周济《宋四家词选》：借水怨山。

(8)梁令娴《艺蘅馆词选》引梁启超语：《菩萨蛮》如此大声镗鞳，未曾有也。

(9)唐圭璋《唐宋词简释》：此首《书江西造口壁》，不假雕绘，自抒悲愤。小词而苍莽悲壮如此，诚不多见。盖以真情郁勃，而又有气魄足以畅发其情。起从近处写水，次从远处写山。下片，将山水打成一片，慨叹不尽。末以愁闻鹧鸪作结，尤觉无限悲愤。

(10)任中敏《词曲通义》：确定一词之意境，有三准则焉：一乃作者之身世，二乃全词之措辞，三乃词外之本事。……若辛弃疾《菩萨蛮》“江晚正愁予，山深闻鹧鸪”，鹧鸪愁闻，若谓仅寻常之鸣禽兴感，则以副上文之行人多泪，长安可怜，岂不太觉浅率？顾当时金人确有在造口追逐隆裕御舟之事实，然后知作者感慨之所在，而可以定此词之意境矣。至于罗大经谓“鹧鸪之鸣，乃指恢复之业行不得也，又未免过矣”。故拟定一词之意境，必于以上三种标准均无所碍，方属可信；若三者有一于此为不合，则未容强有所执也。

疏解

宋高宗建炎三年（1129），金兵一路南下，追高宗到浙江温州，另一路从湖北进军江西，追隆裕太后。隆裕太后由南昌逃到赣州，才得到喘息的机会。四十余年过去，辛弃疾时年三十有七，任江西提点刑狱，路过造口，触景生情作此。《菩萨蛮·书江西造口壁》由郁孤台下的江水联想到当年逃难人民的血泪，想到沦陷中原，作者禁不住产生了江山易主却无法收复的悲痛。《三朝北盟会编》载：“质明，至太和县。（按：《太和县志》：‘去吉州八十里。’）又进至万安县（去太和一百里），兵卫不满百人。滕康、刘珏、杨惟忠皆窜山谷中。……金人追至太和县，太后乃自万安县至皂口，舍舟而陆，遂幸虔州。”《宋史·后妃传》：“太后及潘妃以农夫肩舆而行。”其时，西路金兵穷追隆裕，东路则渡江陷建康、临安，高宗被迫浮舟海上。此诚南宋政权危急存亡之秋。故当作者身临造口，怀想隆裕被追至此，“因此感兴”，题词于壁。上片由眼前景物引出历史回忆，抒发了收复无望的悲愤；下片借景生情，抒愁苦与不满之情。全词表达了对朝廷苟安江南的不满和自己一筹莫展的愁闷，淡淡叙来，不温不火，以极高明的比兴手法，表达了蕴藉深沉的爱国情思。

“郁孤山下清江水。”“郁孤山”三字突兀而起，一座郁然孤峙的高山耸立眼前。《万安县志》云：“赣水入万安境，初落平广，奔激响溜。”写此江的激流，词境从郁孤台，顺势收至造口。造口为词境的核心。之后作者纵笔写出：“中间多少行人泪。”直点四十余年前金人追隆裕太后至造口事。其身临隆裕太后被追之地，痛感建炎国脉如缕，这清江流水便幻化为行人的泪水。“西北是长安，可怜无数山。”此处寓含了作者悲凉、忠愤之情。

“青山遮不住，毕竟东流去。”“遮不住”一语，带有明显的感情色彩。周济云："借水怨山。"实将青山围堵之感推去，"毕竟东流去"尤可体味。"江晚正愁余，山深闻鹧鸪"，鹧鸪声声提醒了作者莫忘南归。

张安国（张孝祥）| 一首

张孝祥传文

《宋史·张孝祥传》：

张孝祥字安国，历阳乌江人。读书过一目不忘，下笔顷刻数千言。年十六，领乡书，再举冠里选。绍兴二十四年，廷试第一。时策问师友渊源，秦埙与曹冠皆力攻程氏专门之学，孝祥独不攻。考官已定埙冠多士，孝祥次之，曹冠又次之。高宗读埙策皆秦桧语，于是擢孝祥第一，而埙第三，授承事郎、签书镇东军节度判官。谕宰相曰："张孝祥词翰俱美。"

先是，上之抑埙而擢孝祥也，秦桧已怒，既知孝祥乃祁之子，祁与胡寅厚，桧素憾寅，且唱第后，曹泳揖孝祥于殿庭，以请婚为言，孝祥不答，泳憾之。于是风言者诬祁有反谋，系诏狱。会桧死，上郊祀之二日，魏良臣密奏散狱释罪，遂以孝祥为秘书省正字。故事，殿试第一人，次举始召，孝祥第甫一年得召由此。

初对，首言乞总揽权纲以尽更化之美。又言："官吏忤故相意，并缘文致，有司观望锻炼而成罪，乞令有司即改正。"又言："王安石作《日录》，一时政事，美则归己。故相信任之专，非特安石。臣惧其作《时政记》，亦如安石专用己意，乞取已修《日历》详审是正，黜私说以垂无穷。"从之。

迁校书郎。芝生太庙，孝祥献文曰《原芝》，以大本未立为言，且言："芝在仁宗、英宗之室，天意可见，乞早定大计。"迁尚书礼部员外郎，寻为起居舍人、权中书舍人。

初，孝祥登第，出汤思退之门，思退为相，擢孝祥甚峻。而思退素不喜汪澈，孝祥与澈同为馆职，澈老成重厚，而孝祥年少气锐，往往陵拂之。至是澈为御史中丞，首劾孝祥奸不在卢杞下，孝祥遂罢，提举江州太平兴国宫，于是汤思退之客稍稍被逐。

寻除知抚州。年未三十，莅事精确，老于州县者所不及。孝宗即位，复集英殿修撰，知平江府。事繁剧，孝祥剖决，庭无滞讼。属邑大姓并海囊橐为奸利，孝祥捕治，籍其家得谷粟数万。明年，吴中大饥，迄赖以济。

张浚自蜀还朝，荐孝祥，召赴行在。孝祥既素为汤思退所知，及受浚荐，思退不悦。孝祥入对，乃陈“二相当同心戮力，以副陛下恢复之志。且靖康以来惟和战两言，遗无穷祸，要先立自治之策以应之。”复言：“用才之路太狭，乞博采度外之士以备缓急之用。”上嘉之。

除中书舍人，寻除直学士院兼都督府参赞军事。俄兼领建康留守，以言者改除敷文阁待制，留守如旧。会金再犯边，孝祥陈金之势不过欲要盟。宣谕使劾孝祥落职，罢。

复集英殿修撰、知静江府、广南西路经略安抚使，治有声绩，复以言者罢。俄起知潭州，为政简易，时以威济之，湖南遂以无事。复待制，徙知荆南、荆湖北路安抚使。筑寸金堤，自是荆州无水患，置万盈仓以储诸漕之运。

请祠，以疾卒，孝宗惜之，有用才不尽之叹。进显谟阁直学士致仕，年三十八。

孝祥俊逸，文章过人，尤工翰墨，尝亲书奏札，高宗见之，曰：“必将名世。”但渡江初，大议惟和战，张浚主复仇，汤思退祖秦桧之说力主和，孝祥出入二人之门而两持其说，议者惜之。

六州歌头[1]·长淮望断

长淮[2]望断,关塞莽然平[3]。征尘暗,霜风劲,悄边声[4],黯销凝[5]。追想当年事[6],殆[7]天数,非人力,洙泗上,弦歌地,亦膻腥[8]。隔水毡乡[9]落日,牛羊下[10],区脱纵横[11]。看名王宵猎,骑火一川明[12]。　笳鼓悲鸣,遣人惊。念腰间箭,匣中剑,空埃蠹[13],竟何成?时易失,心徒壮,岁将零[14],渺神京[15]。干羽方怀远[16],静烽燧[17],且休兵。冠盖使,分驰骛,若为情[18]!闻道中原遗老,常南望、翠葆霓旌[19]。使行人到此,忠愤气填膺[20],有泪如倾!

校注

(1)六州歌头:词牌名,双调,一百四十三字,前后片各八平韵。又有于平韵外兼叶仄韵者,或同部平仄互叶,或平韵同部、仄韵随时变换,并能增强激壮声情,有繁弦急管、五音繁会之妙。要以平韵为主,仄韵为副,务使“律吕各适物宜”耳。

词牌格律:

平平中仄,中仄仄平平(韵)。
平中仄,平平仄,仄平平(韵)。
仄平平(韵)。
中仄中平仄,中平仄,平中仄,中中仄,平中仄,仄平平(韵)。
中仄中平,中仄平平仄,中仄平平(韵)。

仄中平中仄，中仄仄平平（韵）。
中仄平平（韵），仄平平（韵）。

仄平平仄，中平仄，平中仄，仄平平（韵）。
中中仄，平中仄，仄平平（韵）。
仄平平（韵）。
中仄平平仄，中中仄，仄平平（韵）。
平中仄，平中仄，仄平平（韵）。
中仄中平中仄，中平仄、中仄平平（韵）。
仄中平中仄，中仄仄平平（韵）。
中仄平平（韵）。

（2）长淮：淮河。宋高宗绍兴十一年（1141）与金和议，以淮河为宋金的分界线。此句有远望边界之意。

（3）“关塞”句：草木茂盛，齐及关塞，言边关长满杂草，边备松弛。关塞，边关，边塞。《墨子·号令》：“数使人行劳，赐守边城关塞、备蛮夷之劳苦者。”杜甫《伤春》：“关塞三千里，烟花一万重。”莽然，草木茂盛貌。

（4）“征尘暗”三句：飞尘阴暗，寒风猛烈，边声悄然。此处暗示放弃抵抗。征尘，路上扬起的尘埃。王勃《别人》：“自然堪下泪，谁忍望征尘？”陆游《剑门道中遇微雨》：“衣上征尘杂酒痕，远游无处不消魂。此身合是诗人未？细雨骑驴入剑门。”霜风，寒霜之风，指凛冽的寒风。庾信《卫王赠桑落酒奉答》：“霜风乱飘叶，寒水细澄沙。高阳今日晚，应有接䍦斜。”柳永《八声甘州》：“渐霜风凄紧，关河冷落，残照当楼。”边声，边境上羌管、胡笳、画角之声音。李陵《答苏武书》：“吟啸成群，边声四起。”骆宾王《望月有所思》：“晓色依关近，边声杂吹哀。”范仲淹《渔家傲·秋思》：“四面边声连角起，千嶂里，长烟落日孤城闭。”陈霆《渚山堂词话》卷一：“霜风劲”作“朔风动”，“悄”作“俏”。

（5）“黯销”句：感伤出神之状。黯，精神颓丧貌。江淹《别赋》：“黯然销魂者，唯别而已。”李善注：“黯，失色将败之貌。言黯然魂将离散者，唯别而然也。夫人魂以守形，魂散则形毙。今别而散，明恨深也。《说文》：

‘黯，深黑也。’《楚辞》：‘魂魄离散。’《家语》：‘孔子曰：“黯然而黑。’贾逵曰：‘唯，独也。’”后遂以“黯然销魂”指心神极度沮丧，好像失去了灵魂。陈霆《渚山堂词话》卷一：“销凝”作“愁凝”。

(6)当年事：指靖康二年(1127)的“靖康之变”。

(7)殆：表推测，相当于“大概”“恐怕”“几乎是”。《孟子·尽心下》：“殆不可复。”《史记·留侯世家》：“沛公殆天授。”柳宗元《游黄溪记》：“揭水八十步，至初潭，最奇丽，殆不可状。”沈括《梦溪笔谈》：“游历殆遍。”

(8)“洙泗上”三句：连孔子故乡的礼乐之邦亦已失陷。洙、泗，鲁国二水名，流经春秋时鲁国国都曲阜，孔子曾在此讲学。弦歌地，礼乐文化之邦。《论语·阳货》：“子之武城，闻弦歌之声。”邢昺疏：“时子游为武城宰，意欲以礼乐化导于民，故弦歌。”膻腥，代指北方游牧部族。陈霆《渚山堂词话》卷一：“膻腥”作“争衡”。

(9)毡乡：我国古代北方游牧部族所居地区，此处指金国。鲍照《爪步山楬文》：“北眺毡乡，南晒炎国。”陈霆《渚山堂词话》卷一：“毡乡”作“旃乡”。

(10)“牛羊”句：望中所见，黄昏时牛羊归巢之情景。《诗经·国风·王风·君子于役》：“君子于役，不知其期。曷至哉？鸡栖于埘，日之夕矣，羊牛下来。……君子于役，不日不月。曷其有佸？鸡栖于桀，日之夕矣，羊牛下括。”

(11)“区脱”句：金国建了许多土堡。区脱，匈奴语，边境屯戍或守望之地穴。《汉书》：“汉不知(谷)吉音问，而匈奴降者皆言，闻杀于区脱。”(按：“区脱”亦作“欧脱”“瓯脱”。)

(12)“看名王”二句：金兵威势凶猛。名王，金国将帅。夜间打猎。骑火一川明，言马队举着火把，招摇得整个原野一片通明。川，平地，平野。北朝乐府《敕勒川》：“敕勒川，阴山下。”苏轼《游径山》：“众峰来自天目山，势若骏马奔平川。”陈霆《渚山堂词话》卷一：“看”作“报”。

(13)埃蠹：尘掩虫蛀。埃，指尘埃。蠹，蠹虫、蛀虫。

(14)“时易失”三句：伐金的时机很快就会错过，辜负了一片壮志雄心，生命很快就会走到尽头。岁将零，感叹头颅老大，年岁将尽。

(15)“渺神”句：收复汴京，更为渺茫。神京，北宋都城汴京。

（16）“干羽”句：用文德以怀柔远人，谓朝廷正在向金国求和。干羽，古代舞者所执之舞具。文舞执羽，武舞执干。《书·大禹谟》：“帝乃诞敷文德，舞干羽于两阶。”李义府《承华箴》：“思皇茂则，敬询端辅。业光启诵，艺优干羽。”此处转义指文德教化。

（17）“静烽”句：使烽燧静息，即边境上平静无战争。烽燧也称烽火台、烽台、烟墩、烟火台。如有敌情，白天燃烟，夜晚放火，是古代传递军事信息最快最有效的方法。

（18）“冠盖”三句：穿戴着礼服、礼帽的赴金国求和的使者，络绎于途，如此媚敌，真令人难为情。冠盖，指冠服求和的使者。冠，礼帽；盖，车盖。《史记·魏公子列传》：“平原君使者冠盖相属于魏。”沈约《少年新婚为之咏》：“自顾虽悴薄，冠盖曜城隅。”驰骛，奔走忙碌，往来不绝。若为情，何以为情。

（19）“翠葆”句：皇帝的仪仗。翠葆，以翠鸟羽毛为饰的车盖，一般以翠羽连缀于竿头而成，形若盖，此处为天子的代称，故云“中原遗老，常南望”。谢朓《侍宴华光殿曲水奉敕》：“翠葆随风，金戈动日。”杜牧《华清宫三十韵》：“嫩岚滋翠葆，清渭照红妆。”欧阳修《送赵山人归旧山》：“屈贾江山思不休，霜飞翠葆忽惊秋。”史浩《满庭芳·立春词时方狱空》：“知是东皇翠葆，飞星汉、来止人间。”霓旌，缀有五色羽毛，像虹霓的彩色旌旗，为古代帝王仪仗之一，亦借指帝王。杜甫《哀江头》：“忆昔霓旌下南苑，苑中万物生颜色。”刘宪《奉和幸韦嗣立山庄侍宴应制》：“东山有谢安，枉道降鸣銮。缇骑分初日，霓旌度晓寒。”李嘉祐《题游仙阁白公庙》：“霓旌翠盖终难遇，流水青山空所思。逐客自怜双鬓改，焚香多负白云期。”

（20）“忠愤”句：胸中充满了愤恨。江淹《恨赋》：“置酒欲饮，悲来填膺。”膺，胸。

集说

（1）陈霆《渚山堂词话》卷一：张安国在治江帅幕，一日预宴，赋《六州歌头》……歌罢，魏公流涕而起，掩袂而入。

(2)陈耀文《花草粹编》卷十二:安国在建康留守席上,赋此。歌阕,魏公为罢席而入。

集评

(1)毛晋《于湖词跋》引《花庵词选》:于湖《歌头》诸曲骏发踔厉,寓以诗人句法者也。

(2)陈廷焯《白雨斋词话》卷六:张孝祥《六州歌头》一阕,淋漓痛快,笔饱墨酣,读之令人起舞。惟"忠愤气填膺"一句,提明忠愤,转浅转显,转无余味。或亦耸当途之听,出于不得已耶?

(3)刘熙载《艺概》卷四:张孝祥安国于建康留守席上,赋《六州歌头》,致感重臣罢席。然则词之兴观群怨,岂下于诗哉!

疏解

此词写作者临淮北望,但见南宋关塞长满了杂草,满地尘埃飞扬,秋风劲吹,边角悄然无声。作者亲眼见到边防薄弱,于是谴责朝廷的苟安,抒发了强烈的忠愤报国之情。

上片描写了凄凉景象,北望中原,山河移异。下片写南宋朝廷苟且偷安,中原父老渴望光复,自己的报国志愿难以实现。边境上冠盖往来,使节纷驰,是一片妥协求和的氛围,作者为之痛心疾首。全词格局阔大,声情激壮,笔饱墨酣,淋漓痛快。

此词作于宋孝宗隆兴年间。隆兴元年(1163),张浚领导的南宋北伐军在符离(今安徽宿州北)溃败,主和派得势,将淮河前线边防撤尽,向金国遣使乞和。张浚召集抗金义士于建康(今南京)拟上书宋孝宗反对议和。当时张孝祥任建康留守,既痛边备空虚,又恨南宋王朝投降媚敌求和,在一次宴会上即席挥毫,写下了这首著名的词。

韩无咎（韩元吉）｜一首

一、韩元吉传文

《宋史翼·韩元吉传》：

韩元吉字无咎，开封雍丘人，门下侍郎（韩）维之元孙。……徙居信州之上饶，所居之前有涧水，号“南涧”。词章典丽，议论通明，为故家翘楚。……乾道三年，除江东转运判官……八年，权吏部侍郎。……九年，权礼部尚书、贺金生辰使。凡所以觇敌者，虽驻车乞浆、下马盥手，遇小儿妇女，皆以言挑之，往往得其情。……淳熙元年，以待制知婺州。……明年，移知建安府。……旋召赴行在，以朝议大夫试吏部尚书，进正奉大夫，除吏部尚书。五年，乞州郡，除龙图阁学士，复知婺州。……元吉少受业于尹和靖之门。……与叶梦得、陆游、沈明远、赵蕃、张浚相唱和，政事、文学为一代冠冕。……著有《易系辞解》《焦尾集》《南涧甲乙稿》。

二、韩元吉生平简介

韩元吉生于北宋徽宗重和（1118—1119）年间，少时金人攻陷汴京。家居开封，战祸连连，全家南渡，寓居上饶（今属江西省）。宋高宗绍兴二十八年（1158），他出任建安（今属福建省）县令，仕途一路顺利，孝宗乾道九年，官至吏部尚书。中间虽曾一度遭贬，至淳熙三年（1176），孝宗仍起用他，复为吏部尚书。淳熙五年（1178），他已年六十一。韩元吉早年曾言，六十岁以后当减少政务，勉力著书，故于是年力请外任，离开朝廷，以龙图阁学士的身份任婺州（今浙江金华）知府，作《易系辞解》一书。黄昇《中兴以来绝妙词选》称其“文献、政事、文学为一代冠冕”。

韩为开封人，同陆游一样，总希望王师北定中原。其词每流露“神州陆沉”之慨。《水调歌头·寄陆务观》：“梦绕神州归路。却趁鸡鸣起舞。余事勒燕然。白首待君老，同泛五湖船。”《水调歌头·雨花台》：“中原何在？极目千里暮云重。”韩与辛、陆一样，不忘恢复北国山河，多次写到“鸡鸣起舞”和“勒功燕然”，是宋代豪放词的重要代表。

六州歌头·东风着意(1)

东风着意，先上小桃枝。红粉(2)腻，娇如醉，倚朱扉(3)。记年时，隐映新妆面，临水岸，春将半，云日暖，斜阳(4)转，夹城西。草软沙平，骤马(5)垂杨渡，玉勒(6)争嘶。认蛾眉凝笑，脸薄拂胭脂(7)。绣户(8)曾窥，恨依依。　昔(9)携手处，香如雾，红随步，怨春迟，消瘦损，凭谁问？只花知，泪空垂。旧日堂前燕，和烟雨，又双飞(10)。人自老，春长好，梦佳期。前渡刘郎(11)，几许风流地，也自(12)应悲。但茫茫暮霭，目断武陵溪(13)。往事难追。

校注

（1）着意：有意，用心。《楚辞·九辩》："罔流涕以聊虑兮，惟着意而得之。"朱熹集注："着意，犹言着乎心，言存于心而不释也。"辛弃疾《卜算子》："着意寻春不肯香，香在无寻处。"《阳春白雪》卷六：题《桃花》。

（2）红粉：妇女化妆用的胭脂和铅粉，此处借指美女。

（3）朱扉：涂漆红色的门户；扉，门户。南朝陈徐伯阳《日出东南隅行》："朱城璧日启朱扉，青楼含照本晖晖。"柳永《凤栖梧》："玉砌雕阑新月上，朱扉半掩人相望。"（按：古人或称"朱门"。杜甫《自京赴奉先县咏怀五百字》："朱门酒肉臭，路有冻死骨。"）

（4）《阳春白雪》卷六："斜阳"作"斜桥"。

（5）骤马：纵马，勒马使之奔驰腾跃。《太平广记》卷三六九引薛用弱《集异记·李楚宾》："元范如言，果得楚宾，张弓骤马至。元范拜请过舍。"《阳春白雪》卷六、《花草粹编》卷十二："骤马"作"跋马"。

（6）玉勒：玉饰的马衔。也泛指马。庾信《三月三日华林园马射赋》："控玉勒而摇星，跨金鞍而动月。"杜牧《夏州崔常侍自少常亚列出领麾幢十韵》："别风嘶玉勒，残日望金茎。"

（7）《阳春白雪》卷六："胭脂"作"燕支"。

（8）绣户：雕绘华美的门户，多指妇女居室。鲍照《拟行路难》："璇闺玉墀上椒阁，文窗绣户垂罗幕。"沈佺期《古歌》："玉阶阴阴苔藓色，君王履綦难再得。璇闺窈窕秋夜长，绣户徘徊秋月光。"韩翃《宴杨驸马山池》："垂杨拂岸草茸茸，绣户帘前花影重。鲙下玉盘红缕细，酒开金瓮绿醅浓。"陆游《蝶恋花》："不怕银缸深绣户，只愁风断青衣渡。"

（9）《阳春白雪》卷六："昔"作"共"。

（10）"旧日"三句：化用刘禹锡《乌衣巷》"旧时王谢堂前燕，飞入寻常百姓家"之意。

（11）《阳春白雪》卷六："前渡"作"前度"。刘郎，化用刘禹锡诗与刘晨、阮肇事。刘禹锡《再游玄都观》："种桃道士归何处？前度刘郎今又来。"刘晨、阮肇，剡县人。据晋干宝《搜神记》及南朝刘义庆《幽明录》记载，汉明帝永平年间，刘晨、阮肇在天台桃源洞遇仙，到太康年间，两人重到天台。

（12）《阳春白雪》卷六："也自"作"花也"。

（13）武陵溪：用陶渊明《桃花源记》故事，也暗指刘晨、阮肇之事。《桃花源记》："晋太元中，武陵人捕鱼为业。缘溪行，忘路之远近。忽逢桃花林，夹岸数百步，中无杂树，芳草鲜美，落英缤纷。"

集评

陆游《祭韩无咎尚书文》：落笔天成，不事雕镌。如先秦书，气充力全。

疏解

此词题为"桃花"，实际上借桃花讲述了一段唯美而凄怨的爱情故事。

此词借用崔护《题都城南庄》，用一些和桃花有关的典故组建“骨架”，然后在这个骨架上渲染、展衍、引申而成。

开头先以春风骀荡、红桃初绽起兴。“东风着意，先上小桃枝。”桃花中有一种叫“小桃”的品种在正月开放。此句意为春天刚始来临，小桃就独得东风之惠而先行开放。“红粉腻，娇如醉，倚朱扉”三句则以佳人比花，且渐由花引人，引出了“去年今日此门中，人面桃花相映红”的回忆，“记年时，隐映新妆面”两句，就是前两句唐诗的翻版。然而作者在此之后又作了大段的渲染：“临水岸，春将半，云日暖，斜阳转，夹城西。草软沙平，骤马垂杨渡，玉勒争嘶。认蛾眉凝笑，脸薄拂胭脂。”这里就交代了会面的时间、地点、所见佳人之面容，描写具体细腻，体现了宋词(长调)“铺叙展衍”的特点及《六州歌头》短句促节的特性。

下片开头转接。他仍在“昔携手处”徘徊，可现今所见之桃花却已非往日的艳娇花可比，它早变得落红随步、香薄似雾，故作者埋怨起春光的迟暮了。接下去四句写自身面对落花而垂泪的相思苦痛：“消瘦损，凭谁问？只花知，泪空垂。”由于伊人已不复可见，所以自己被别离折磨得消瘦憔悴，只有桃花可以作证，而她则毫不知情，这就更添了一层愁闷。上面六句，从花写到人，明写落花的凋谢，暗写自己的伤感之情。“人自老，春长好，梦佳期”，则从上文的“人不如燕”再次引出“春好人老”的悲感，且又呼应了前面的“昔携手”。“前度刘郎，几许风流地，也自应悲”，又一次扣住桃花，抒发了自己“刘郎重到”之感。

此词以咏“桃花”为线索，或明或暗地叙述了一段恋爱的故事。

李知几（李石）｜一首

李石生平简介

李石（1108—1182？），字知几，号方舟，资州（治今四川资中）人。 绍兴二十一年（1151）进士，为成都户掾。 杨慎《词品》称其“文章盛传，词亦风致”。 有《方舟集》《方舟诗余》等。

临江仙·佳人[1]

烟柳[2]疏疏人悄悄，画楼风外吹笙[3]。倚栏闻唤小红声，熏香临欲睡[4]，玉漏已三更[5]。　　坐待不来来又去[6]，一方明月中庭[7]，粉墙东畔小桥横。起来花影下[8]，扇子扑流萤[9]。

校注

(1)《花庵词选》、《花草粹编》卷七、沈际飞《草堂诗余》卷二：题《夜景》。

(2)烟柳：柳叶嫩黄未绿之时，仿佛轻烟笼罩树冠。张仲素《春游曲》："烟柳飞轻絮，风榆落小钱。"韩愈《早春呈水部张十八员外》："天街小雨润如酥，草色遥看近却无。最是一年春好处，绝胜烟柳满皇都。"《妙选草堂诗余》后集卷上：（"烟柳"句）韩诗："悄悄深夜语。"（按：韩愈《落叶送陈羽》："悄悄深夜语，悠悠寒月辉。"）

(3)"画楼"句：《妙选草堂诗余》后集卷上：李卫公诗："桂殿夜凉吹玉笙。"（按：胡仔《苕溪渔隐丛话》："《桂花曲》云：'仙女侍，董双成，桂殿夜凉吹玉笙。曲终却从仙宫去，万户千门空月阳。……'此曲许彦周《诗话》谓是李卫公所作。"《桂殿秋》是《忆秦娥》的别称。《钦定词谱》云："本唐李德裕送神迎神曲。因诗中有'桂殿夜凉吹玉笙'句，取为调名。"）

(4)《妙选草堂诗余》后集卷上：（"熏香"句）东坡诗："灯尽不挑垂暗芯，香炉重拨尚余熏。"东坡词："宝香熏被成孤宿。"

(5)《妙选草堂诗余》后集卷上：（"玉漏"句）崔夜诗："玉漏铜壶且莫催。"（按：崔夜，应为崔液。崔液《上元夜》："玉漏铜壶且莫催，铁关金锁彻夜开。谁家见月能闲坐，何处闻灯不看来。”)

(6)《妙选草堂诗余》后集卷上、《花草粹编》卷七、沈际飞《草堂诗余》卷二：“又去”作“不去”。

(7)《妙选草堂诗余》后集卷上：(“一方”句)刘禹锡《生公讲堂》诗：“一方明月可中庭。”(按：刘禹锡《金陵五题并序》之四《生公讲堂》：“生公说法鬼神听，身后空堂夜不扃。高坐寂寥尘漠漠，一方明月可中庭。”)

(8)《妙选草堂诗余》后集卷上：(“起来”句)王介甫诗：“春色恼人眠不得，月移花影上阑干。”(按：王安石《夜直》：“金炉香尽漏声残，剪剪轻风阵阵寒。春色恼人眠不得，月移花影上阑干。”)

(9)《妙选草堂诗余》后集卷上：(“扇子”句)王建《宫词》：“银烛秋光冷画屏，轻罗小扇扑流萤。天阶夜色凉如水，卧看牵牛织女星。”(按：此当为杜牧《秋夕》诗，作王建，误。)《花庵词选》、《妙选草堂诗余》后集卷上、沈际飞《草堂诗余》卷二：“流萤”作“飞萤”。

集评

(1)沈际飞《草堂诗余》正集卷二：明月忽来，欲睡不睡，了却一夜幽静景。待不来，来不去，见庭月郑重。

(2)许昂霄《词综偶评》：(前段)数语较胜。无名氏《踏莎行》词，所谓有景、有情、有味也。(“一方明月中庭”)用刘禹锡诗。(“扇子扑流萤”)用杜牧之诗。

疏解

此为思夫念远之词。“烟柳疏疏人悄悄，画楼风外吹笙”，言柳树掩映下，画楼上住着一位年轻女子，她在吹笙，笙声由“风外”传来。“倚栏闻唤小红声”，原来她吹罢笙，倦倚栏杆；一会儿后低声呼唤侍女小红。“熏香临欲睡，玉漏已三更。”她想睡觉，就让小红去为她熏香整被。下片“坐待不来来又去”二句，她忽然想起心中思念的人已经很久没有来了。看见一庭月色，干脆就不再睡了。“起来花影下，扇子扑流萤。”她在花下扑流萤，以排遣苦闷。末两句以“花影”“流萤”等极美的夜景衬托了女子的美貌；而以轻罗小扇扑打流萤，以动景写静，亦使夜色显得更深、更静。

姜尧章（姜夔）｜三首

姜夔传文

《赌棋山庄词话·姜夔传》：

姜夔字尧章，号白石，饶州番阳人。虽孤露，气貌若不胜衣服。家贫无立锥，然好客，未尝一日倦。少时即奔走四方，一时如辛弃疾、杨万里、楼钥、王炎、周文璞，皆爱其才，为之延誉。既而客游湘江，以诗谒千岩萧氏，萧以为能，因以其兄之子妻之。初，夔率意为长短句，既成，按以律吕，无不协者，于是喜音律，善吹箫，多自制曲。庆元三年，时议以享国久长，而礼乐之事，式遵旧章，未尝有所改作，因诏天下，求知音之士，搜讲古制，以补遗轶。于是夔进《大乐议》于朝，欲以正庙乐。其略曰："绍兴大乐，多用大晟所造，有编钟、镈钟、景钟，有特磬、玉磬、编磬，三钟三磬，未必相应。埙有大小，箫、篪、笛有长短，笙、竽之簧有厚薄，未必能合度。琴、瑟，弦有缓急燥湿，轸有旋复，柱有进退，未必能合调。总众音而言之，金欲应石，石欲应丝，丝欲应竹，竹欲应匏，匏欲应土，而四金之音，又欲应黄钟，不知其果应否？乐曲知以七律为一调，而未知度曲之义；知以一律配一字，而未知永言之旨。黄钟奏而声或林钟，林钟奏而声或太簇，七音之协四声，各有自然之理。今以平、入配重浊，以上、去配轻清，奏之不谐协。"夔之言乐，大致以权衡度数先正为主，其议详《乐志》中。又尝作《琴瑟考古图》一卷，及《圣宋铙歌鼓吹曲》十四首，曰《上帝命》、曰《河之表》、曰《淮海清》、曰《沅之上》、曰《皇威畅》、曰《蜀山邃》、曰《时雨霈》、曰《望钟山》、曰《大哉仁》、曰《讴歌归》、曰《伐功继》、曰《帝临墉》、曰《维四叶》、曰《炎精复》。上尚书省作《表》曰："臣闻：铙歌者，汉乐也。殿前谓之鼓吹，军中谓之骑吹，其曲有《朱鹭》等二十二篇。由汉逮唐，承用不替，虽名数不同，而乐纪罔坠，各以咏歌祖宗功业。唐亡，铙部有柳宗元作十二篇，亦弃弗录。神宗受命，帝绩皇烈，光耀震动，而逸曲未举。乃政和七年，臣工以请上诏制用，中更否扰，声文罔传。中兴文儒，荐有拟述，不丽于乐，厥谊不昭。臣今制曲辞十四首，昧死以献。臣粤稽前代铙歌，咸叙威武，衄人之军，屠人之国，以得土疆，乃矜厥能。惟我太祖、太宗、真、仁、高宗，或取或守，罔匪仁术，讨者弗戮，执者弗刘，仁融义安，历数弥永。故臣斯文，特倡盛德，其辞舒和，与前作异。臣又惟宋因唐度，古曲坠逸，《鼓吹》所录，惟存三篇，谱文乖谬，因事制辞，曰《导引曲》《十二时》《六州歌头》，皆用羽调，音节悲促。而登封岱宗、郊祀天地、见庙耕籍、帝后册宝、发引升祔、五礼殊情、乐不异曲，义理未究。乞诏有司取臣之诗，协其清浊，被之箫管，俾声畅辞达，感臧人心，永念宋德，无有纪极，海内称幸。"书奏，诏付奉常有司收掌，令太常寺与议。当世嫉其能，不获尽其所议，仅免解而已。同时惟待制朱熹尝叹夔，以为深于礼乐。夔既不遇，益自放于诗酒，其友窃哀怜之，欲输赀为之拜爵，辄谢不许。顺阳范成大之请老也，夔诣之，范有青衣曰小红，色艺双绝。一日，范授简，征新声，夔制《暗香》《疏影》两曲以进，范使二妓肄习之，音节清婉。迨夔归吴兴，范以小红赠焉。其夕大雪，过垂虹亭，因赋诗，使小红歌而自吹洞箫以和之，闻者莫不凄绝。夔生平学，尤邃于长短句，说者以为南宋词家大宗。其于自制诸曲，皆注节拍于旁，殆似西域旁行之字，然终以无所遇而卒。所著《白石诗词集》及《绛帖平》《续书谱》《禊帖偏旁考》行于世。其后，宋人学词者，如张辑、卢祖皋、史达祖、吴文英、蒋捷、王沂孙、张炎、周密、陈允平之徒，皆以夔为宗。

扬州慢·淳熙丙申至日过维扬[1]

淳熙丙申至日[2],予过维扬[3]。夜雪初霁,荠麦弥望[4]。入其城,则四顾萧条,寒水自碧,暮色渐起,戍角[5]悲吟。予怀怆然,感慨今昔,因自度此曲。千岩老人以为有《黍离》[6]之悲也。

淮左名都[7],竹西[8]佳处,解鞍少驻初程[9]。过春风十里[10],尽荠麦青青。自胡马窥江[11]去后,废池乔木[12],犹厌言兵。渐黄昏,清角[13]吹寒,都在空城。　　杜郎俊赏[14],算而今、重到须惊。纵豆蔻[15]词工,青楼[16]梦好,难赋深情。二十四桥[17]仍在,波心荡、冷月无声。念桥边红药,年年知为谁生?

校注

(1)扬州慢:词牌名,又名《郎州慢》。上下阕,九十八字,平韵。此调为姜夔自度曲,见《白石道人歌曲》。入中吕宫(夹钟宫)。《词律》卷一五、《词谱》卷二六皆列姜夔所作。双调,九十八字,上片十句四平韵,下片九句四平韵。前片第四、五句及后片第三句皆上一、下四句法。

格律对照:

例词:姜夔《扬州慢·淳熙丙申至日过淮扬》:

平仄平平,仄平平仄,仄平仄仄平平。
仄平平仄仄,仄仄仄平平。
仄平仄平平仄仄,仄平平仄,平仄平平。
仄平平,平仄平平,平仄平平。

仄平仄仄，仄平平、平仄平平。
仄仄仄平平，平平仄仄，平仄平平。
仄仄仄平平仄，平平仄、仄仄平平。
仄平平平仄，平平平仄平平。

(2)注：姜夔《扬州慢》题下原有序。张惠言《词选》词牌下仅题“淳熙丙申至日过维扬”，现补并加注。淳熙丙申：宋淳熙三年(1176)。至日：冬至。

(3)维扬：扬州。

(4)荠麦：荠菜和野生的麦。弥望：满眼。张衡《西京赋》：“前开唐中，弥望广荡。”《汉书·元后传》：“大治第室，起土山渐台，洞门高廊阁道，连属弥望。”苏轼《论叶温叟分擘度牒不公状》：“只如苏州积水弥望，众所共见。”

(5)戍角：军营中的号角声。

(6)千岩老人：南宋诗人萧德藻，字东夫，自号千岩老人。姜夔曾跟他学诗，又是他的侄女婿。《黍离》：《诗经·王风》篇名。据说周平王东迁后，周大夫经过西周故都，看见宗庙毁坏，尽为禾黍，彷徨不忍离去而作此。后以“黍离”表示故国之思。向子期《思旧赋》：“叹《黍离》之愍周兮，悲《麦秀》于殷墟。”

(7)淮左名都：扬州。宋朝设有淮南东路和淮南西路，扬州是淮南东路的首府，故称淮左名都。左，古人方位名，面朝南时，东为左，西为右。

(8)竹西：扬州府城东北有“竹西亭”。杜牧《题扬州禅智寺》：“谁知竹西路，歌吹是扬州。”许昂霄《词综偶评》：“扬州府城东北有竹西亭，故杜牧诗云：‘谁知竹西路，歌吹是扬州。’”

(9)“解鞍”句：解下马鞍，表示停驻。《史记·李将军列传》：“广令诸骑曰：‘前！’前未到匈奴陈二里所，止，令曰：‘皆下马解鞍！’”颜延之《秋胡诗》：“严驾越风寒，解鞍犯霜露。”虞世南《饮马长城窟行》：“轻骑犹衔勒，疑兵尚解鞍。”少驻，即稍作停留。初程，初段行程。

(10)春风十里：杜牧《赠别》诗：“春风十里扬州路，卷上珠帘总不如。”此处借指春日的扬州。

(11)胡马窥江：金兵南下。这里应指其第二次南下。

(12)废池：废毁的池台。乔木：残存的古树。二者都是乱后余物，表明城中荒芜，杳无人烟。

(13)清角：凄清的号角声。

(14)杜郎：杜牧。唐文宗大和七年到九年(833—835)，杜牧在扬州任淮南节度使掌书记。俊赏：快意地游乐赏玩。钟嵘《诗品序》：“近彭城刘士章，俊赏才士。”

(15)豆蔻：形容少女美艳。杜牧《赠别》：“娉娉袅袅十三余，豆蔻梢头二月初。”(按：二月初豆蔻花正含苞待放，因而诗人借用“豆蔻梢头二月初”来比喻“娉娉袅袅十三余”的女子，言其年少而体态柔美，后人们便常以“豆蔻年华”一词指女子十三四岁。)

(16)青楼：原指豪华精致的雅舍，有时则作为豪门高户的代称。曹植《美女篇》：“借问女安居？乃在城南端。青楼临大路，高门结重关。”《晋书·曲允传》：“南开朱门，北望青楼。”邵谒《寒女行》：“青楼富家女，才生便有主。”张籍《妾薄命》：“君爱龙城征战功，妾愿青楼歌乐同。”后借指妓院。刘邈《万山见采桑人》：“倡妾不胜愁，结束下青楼。”青楼梦好：杜牧《遣怀》：“十年一觉扬州梦，赢得青楼薄幸名。”

(17)二十四桥：二十四桥有二说。一说谓二十四座桥。据沈括《梦溪笔谈·补笔谈》记载，唐时扬州城内水道纵横，有二十四座桥，后水道逐渐淤没，至北宋时仅存八桥。一说桥名“二十四”，或称二十四桥。据李斗《扬州画舫录》十五：“二十四桥即吴家砖桥，在扬州西郊；一名红药桥，在熙春台后。”(按：“红药桥”之名出自《扬州慢》：“二十四桥仍在，波心荡、冷月无声。念桥边红药，年年知为谁生？”)

集评

(1)张炎《词源》卷下《句法》：词中句法，要平妥精粹。一曲之中，安能句句高妙？只要拍搭衬副得去，于好发挥笔力处，极要用工，不可轻易放过，读之使人击节可也。……姜白石《扬州慢》云：“二十四桥仍在，波心荡、冷月无声。”此皆平易中有句法。

(2)张炎《词源》卷下《清空》：词要清空，不要质实。清空则古雅峭拔，质实则凝涩晦昧。……白石词如《疏影》《暗香》《扬州慢》《一萼红》《琵琶仙》《探春》《八归》《淡黄柳》等曲，不惟清空，又且骚雅，读之使人神观飞越。

(3)陆辅之《词旨》：警句：“波心荡、冷月无声。”

(4)先著、程洪《词洁》：“二十四桥仍在，波心荡、冷月无声。”是“荡”字着力。所谓一字得力，通首光彩，非炼字不能，然炼亦未易到。“水”“桥”“月”点明今昔情景的不同。

(5)陈廷焯《白雨斋词话》卷二：“厌”字，写得极其传神。意谓扬州遭兵火后，荒废的池沼、尚存的大树，至今仍厌恶谈论战事。

(6)郑文焯校《白石道人歌曲》：绍兴三十年，完颜亮南寇，江淮军败，中外震骇；亮寻为其臣下弑于瓜洲。此词作于淳熙三年，寇平已十有六年，而景物萧条，依然有废池乔木之感，此与《凄凉犯》当同属江淮乱后之作。

(7)陈锐《袌碧斋词话》：古人文字，虽可吹求，词句尤甚。姜尧章《扬州慢》“纵豆蔻词工”三句，语意亦不贯。

(8)宋翔凤《乐府余论》：词家之有姜石帚，犹诗家之有杜少陵，继往开来，文中关键。其流落江湖，不忘君国，皆借托比兴于长短句寄之。如《齐天乐》，伤二帝北狩也；《扬州慢》，惜无意恢复也；《暗香》《疏影》，恨偏安也。盖意愈切则词愈微。屈、宋之心，谁能见之？乃长短句中复有白石道人也。

(9)王国维《人间词话》卷上：白石写景之作，如“二十四桥仍在，波心荡、冷月无声”，“数峰清苦，商略黄昏雨”，“高树晚蝉，说西风消息”。虽格韵高绝，然如雾里看花，终隔一层。梅溪、梦窗诸家写景之病，皆在一“隔”字。北宋风流，渡江遂绝。抑真有运会存乎其间耶？

(10)唐圭璋《唐宋词简释》：此首写维扬乱后景色，凄怆已极。千岩老人以为有《黍离》之悲，信不虚也。至文笔之清刚，情韵之绵邈，亦令人讽诵不厌。起首八字，以拙重之笔，点明维扬昔时之繁盛。“解鞍”句，记过维扬。“过春风”两句，忽地折入现时荒凉景象，警动异常。且十字包括一切，十里荠麦，则乱后之人与屋宇，荡然无存可知矣。正与杜甫“城春草木深”同意。“自胡马”三句，更言乱事之惨，即“废池乔木”，犹厌言之，则人之伤心自不待言。“渐黄昏”两句，再点出空城寒角，尤觉凄寂万分。换头，用杜牧之诗意，伤今怀昔，不尽欷歔。“重到须惊”一层，“难赋深情”又进一层，“二十四”两句，以现景寓情，字练句烹，振动全篇。末句收束，亦含哀无限。正亦杜甫“细柳新蒲为谁绿”之意。玉田谓白石《琵琶仙》，与少游《八六子》同工。若此首亦与少游《满庭芳》同为情韵兼胜之作。惟少游笔柔，白石笔健。少游所写为身世之感，白石则感怀家国，哀时伤乱，境极凄焉可伤，语更沉痛无比。参军芜城之赋，似不得专美于前矣。周止庵既屈白石于稼轩下，又谓白石情浅，皆非公论。

(11)沈祖棻《宋词赏析》：首两句，周济指为“俗滥处”，不知于天下名胜、昔日繁华，特郑重言之，益见“荠麦青青”“废池乔木”“黄昏清角”种种荒凉之不堪回首，乃有力之反衬，非漫然之滥调也。“过春风”两句，序所谓“《黍离》之悲”。十里长街，唯余荠麦，则屋宇荡然可知。“废池乔木，犹厌言兵”，则居人心情可知。“渐黄昏”两句，点明时刻，补足荒寒景况。下片用杜牧诗意，而以“重到须惊”四字翻进一层。“俊赏”与起两句绾合，“须惊”“难赋”与“过春风”以下绾合，昔之繁盛，今之残破，俱在其中；而上片着重景色，下片着重情怀，意虽接连，词无重复。“二十四桥”两句，与“黄昏”相应，又以“仍在”二字点出今昔之感。结句言昔之“名都”，今则“空城”，纵“桥边红药”，年年自开，岂复有春游之盛?“知为谁生”，叹花固不知，人亦不知也。清初蒋超《金陵旧院》云：“锦绣歌残翠黛尘，楼台已尽曲池湮。荒园一种瓢儿菜，独占秦淮旧日春。”词中荠麦，即诗中瓢儿菜也。

疏解

此为姜夔之代表作。

上片开头三句，点明昔日扬州的繁华景象和自己对传闻中的扬州的向往。后面两句写映入眼帘的是无边的荠麦，与昔日的盛况完全不同。“自胡马”三句写眼前的残败荒凉给人们的心灵留下了创伤。“渐黄昏”二句用号角声烘托今日扬州的荒凉落寞。

下片化用杜牧诗意，抒写自己的情怀。“杜郎”成为词人的化身。词在表面是咏史，深一层则是自我感叹。全词洗尽铅华，用雅洁洗练的语言，描绘出凄淡的画面，笔法空灵，寄寓深长，声调低婉，却具有清刚峭拔之气势、冷僻幽独之情怀。

此词作于宋孝宗淳熙三年(1176)，姜夔年二十余。宋高宗绍兴三十一年(1161)，金主完颜亮南侵，江淮军败，中外震骇。完颜亮不久后在瓜洲为其臣下所杀。根据此前小序所说，淳熙三年(1176)，姜夔因路过扬州，目睹了扬州的萧条景象，悲叹今日的荒凉，追忆昔日的繁华，发为吟咏，以寄托对扬州昔日繁华的怀念和对今日的哀思。此词情景交融，移情入景，以乐景写哀情。

暗香·石湖咏梅[1]

辛亥[2]之冬,予载雪诣石湖[3]。止既月[4],授简索句[5],且征新声[6]作此两曲,石湖把玩[7]不已,使工妓隶习[8]之,音节谐婉,乃命之曰《暗香》《疏影》[9]。

旧时[10]月色,算几分照我,梅边吹笛?唤起玉人[11],不管清寒与攀摘。何逊[12]而今渐老,都忘却春风词笔。但怪得[13]、竹外疏花,香冷入瑶席[14]。　江国[15],正寂寂,叹寄与路遥[16],夜雪初积。翠尊[17]易泣,红萼[18]无言耿相忆,长记曾携手处,千树压、西湖寒碧[19]。又片片吹尽也,几时见得。

校注

(1)《绝妙好词笺》卷二:词牌下无题。彊村本《白石道人歌曲》卷五、陈柱《白石道人词笺平》卷六:题《自度曲》,词牌下注中吕宫。《花庵词选》:词牌下注仙吕宫。

(2)辛亥:光宗绍熙二年(1191)。

(3)载雪:雪落船舱,冒雪乘船。诣:到。《仓颉篇》:“诣,至也。”《汉书·杨王孙传》:“未得诣前。”(注:“至也。”)《三国志·诸葛亮传》:“先主遂诣亮。”陶渊明《桃花源记》:“及郡下,诣太守,说如此。”石湖:在苏州西南,与太湖相通。南宋诗人范成大晚年居住在石湖,自号石湖居士。

(4)止既月:刚住满一个月。既,已经、完毕。《论语·季氏》:“既来之,则安之。”《春秋·桓公三年》:“秋,七月,壬辰,朔,日有食(蚀)之,既。”杜预注:“既,尽也。”《公羊传》:“既而曰。”(注:“事毕也。”)

(5)授简索句：给纸索取诗词。简，古时以竹简作书，东汉后用纸，此处代指纸张。

(6)征新声：征求新的词调。新声，新作之乐曲。《国语·晋语八》："平公说新声。"陶渊明《诸人共游周家墓柏下》："清歌散新声，绿酒开芳颜。"孟郊《楚竹吟酬卢虔端公见和湘弦怨》："握中有新声，楚竹人未闻。"

(7)把玩：置于手中，反复欣赏。陈琳《为曹洪与世子书》："得九月二十日书读之，喜笑把玩无厌。"柳宗元《与李翰林建书》："复所得者，其不足把玩，亦已审矣。"

(8)工妓：卖唱之乐工、歌妓。隶习：研习，练习。隶，通"肄"。《广韵》："肄，习也。"《左传·文公四年》："臣以为肄业及之也。"《礼记·檀弓》："君命，大夫与士肄。"(注："肄，习也。君有命，大夫则与士展习其事。")《后汉书》："兵官皆肄孙吴兵法。"《紫箫记》："俺将此词送到杜秋娘别院，隶习一番，明日霍王登高，便用此曲进酒。"《白石道人词笺平》卷六："隶"当为"肄"之伪，"隶"字则无解。宜据《砚北杂志》订正"工""隶"二字之误。《花庵词选》卷六："工"作"二"。

(9)"乃命之"句：语出北宋诗人林逋《山园小梅》诗："疏影横斜水清浅，暗香浮动月黄昏。"彊村本《白石道人歌曲》卷五："命之"作"名之"。

(10)陈耀文《花草粹编》卷九："旧时"作"旧年"。

(11)"唤起"句：回忆过去和美人冒着清寒、攀折梅花的韵事。唤起，唤回。贺铸《浣溪沙》词："玉人和月摘梅花。"

(12)何逊：南朝梁诗人，早年曾任南平王萧伟的记室，任扬州法曹时，廨舍有梅花。此以何逊自比，言己已逐渐衰老，游赏的兴趣减退，对向来喜爱的梅花，都忘掉为它而歌咏了。《白石道人词笺平》："何逊字仲言，有《咏早梅》诗，杜甫诗云：'东阁官梅动诗兴，还如何逊在扬州。'"(按：见杜甫《和裴迪登蜀州东亭送客逢早梅相忆见寄》。)《阳春白雪》卷四："而今"作"如今"。

(13)但怪得：只是感到惊异。

(14)香冷：寒梅的香气透进诗人的屋子里。瑶席：席座的美称。瑶，似玉的美石，亦泛指美玉。《说文》："瑶，石之美者。"《左传·昭公七年》："赂以瑶瓮。"《诗经·卫风·木瓜》："投我以木桃，报之以琼瑶。"

(15)江国：江乡。

(16)“叹寄”句：表示音讯隔绝。陆凯《赠范晔》：“折梅逢驿使，寄与陇头人。江南无所有，聊赠一枝春。”《花草粹编》卷九：“叹寄与路遥”作“叹寄路遥”。

(17)翠尊：翠绿的酒杯，这里指酒。

(18)红萼：红色的花，这里指红梅。

(19)“千树”句：写寒冬时千树红梅映在西湖碧水之中的美丽景色。宋时杭州西湖上的孤山梅树成林，有“千树”之说。

集评

(1)张惠言《词选》：题曰《石湖咏梅》，此为石湖作也。时石湖盖有隐遁之志，故作此二词以沮之。白石《石湖仙》云：“须信石湖仙，似鸱夷、飘然引去。”末云：“闻好语，明年定在槐府。”与此同意。……首章言已尝有用世之志，今老无能，但望之石湖也。

(2)张炎《词源》卷下《意趣》：词以意为主，不要蹈袭前人语意。如东坡中秋《水调歌》，夏夜《洞仙歌》，王荆文公《桂枝香》，姜白石《暗香》赋梅。此数词，皆清空中有意趣，无笔力者未易到。

(3)张炎《词源》卷下《咏物》：诗难于咏物，词为尤难。体认稍真，则拘而不畅；模写差远，则晦而不明。要须收纵绵密，用事合题。一段意思，全在结句，斯为绝妙。

(4)张炎《词源》卷下《杂论》：诗之赋梅，惟和靖一联而已。世非无诗，不能与之驱耳。词之赋梅，惟姜白石《暗香》《疏影》二曲，前无古人，后无来者，自立新意，真为绝唱。

(5)陆辅之《词旨》：警句：“千树压、西湖寒碧。”

(6)周密《绝妙好词笺》卷二引《砚北杂志》：小红，即范成大青衣也，有色艺。成大请老，姜夔诣之。一日，授简征新声，姜夔制《暗香》《疏影》两曲。成大使二妓习之，音节清婉。成大寻以小红赠之。其夕，大雪过垂虹，赋诗曰：“自喜新词韵最娇，小红低唱我吹箫。曲终过尽松陵路，回首烟波十四桥。”

(7)许昂霄《词综偶评》：二词如绛云在霄，舒卷自如；又如琪树玲珑，金芝布护。“旧时月色”二句，倒装起法。“何逊而今渐老”二句，陡转。“但怪得竹外疏花”二句，陡落。“叹寄与路遥”三句，一层。“红萼无言耿相忆”句，又一层。“长记曾携手处”二句，转。“又片片吹尽也”二句，收。

(8)许昂霄《词综偶评》之《补录》：词中之有白石，犹文中之有昌黎也。世固有以昌黎为穿凿生割者，则以白石为生硬也亦宜。

(9)邓廷桢《双砚斋笔记》：姜石帚之“长记曾携手处，千树压、西湖寒碧”。一状梅之多，皆神情超越，不可思议，写生独步也。

(10)周济《介存斋论词杂著》：惟《暗香》《疏影》二词，寄意题外，包蕴无穷，可以与稼轩伯仲。

(11)周济《宋四家词选》：前半阕言盛时如此，衰时如此。后半阕想其盛时，想其衰时。

(12)郑文焯校《白石道人歌曲》：案此二曲为千古词人咏梅绝调。以托喻遥深，自成馨逸；其《暗香》一解，凡三字句逗皆为夹协。梦窗墨守綦严，但近世知者盖寡，用特著之。

(13)谭献《谭评词辨》：石湖咏梅，是尧章独到处。“翠尊”二句深美，有骚、辨意。

(14)陈廷焯《白雨斋词话》卷二：南渡以后，国势日非。白石目击心伤，多于词中寄慨。不独《暗香》《疏影》二章，发二帝之幽情，伤在位之无人也。特感慨全在虚处，无迹可寻，人自不察耳。感慨时事，发为诗歌，便已力据上游。特不宜说破，只可用比兴体。即比兴中亦须含蓄不露，斯为沉郁，斯为忠厚。若王子文之《西河》，曹西士之和作，陈经国之《沁园春》，方巨山之《满江红》《水调歌头》，李秋田之《贺新郎》等类，慷慨发越，终病浅显。南宋词人，感时伤事，缠绵温厚者，无过碧山，次则白石。白石郁处，不及碧山，而清虚过之。

(15)王闿运《湘绮楼词选》：此二词最有名，然语高品下，以其贪用典故也。……如此起法，即不是咏梅矣。

(16)张文虎《舒艺室随笔》云：《暗香》，仙吕宫，此与下《疏影》皆夷则一均之宫。

(17)先著、程洪《词洁》卷四：落笔得“旧时月色”四字，便欲使千古作者皆出其下。咏梅嫌纯是素色，故用“红萼”字，此谓之破色笔。又恐突然，故先用“翠尊”字配之。说来甚浅，然大家亦不外此。用意之妙，总使人不觉，则烹锻之工也。美成《花犯》云：“人正在、空江烟浪里。”尧章云：“长记曾携手处，千树压、西湖寒碧。”尧章思路，却是从美成出，而能与之埒，由于用字高，炼句密，泯其来踪去迹矣。

(18)王国维《人间词话》卷上：咏物之词，自以东坡《水龙吟》为最工，邦卿《双双燕》次之，白石《暗香》《疏影》，格调虽高，然无一语道着。视古人“江边一树垂垂发”等句何如耶?

疏解

白石有诗云：“自喜新词韵最娇，小红低唱我吹箫。曲终过尽松陵路，回首烟波十四桥。”而此“韵最娇”的“新词”便是《暗香》《疏影》二首。

《暗香》作于光宗绍熙二年(1191)。是年冬，姜夔载雪访范成大于石湖，在石湖住月余，自度《暗香》《疏影》二曲咏梅，借梅花感兴，深蕴忧国之思，并寄寓个人生活的不幸。词中无句不是梅，而又借梅喻人。

开篇“旧时月色，算几分照我，梅边吹笛”，写旧时豪情，以月色、梅花勾连过去和现在，在月下、梅边、笛声里，唤起与玉人月下摘梅的回忆。随即以“而今”转到当前：以何逊自比，而着意在于“渐老”的衰飒。“都忘却春风词笔”，正隐含着往事不胜悲凄的意味，然今夜“竹外疏花”则与当年一样，大有“物是人非”之慨。

最感人处在下片“长记”句以下：“长记曾携手处，千树压、西湖寒碧。”其追忆与玉人赏梅旧事；惋惜片片落梅，暗含故人不知何日重逢之意。全词不断在过去和现在之间往复摇曳，结构空灵精致，意境清虚骚雅。

疏影·石湖咏梅(1)

苔枝缀玉(2)，有翠禽小小，枝上同宿(3)。客里(4)相逢，篱角(5)黄昏，无言自倚修竹(6)。昭君不惯胡沙远，但暗忆江南江北。想佩环月夜归来，化作此花幽独(7)。　　犹记深宫旧事，那人正睡里，飞近蛾绿(8)。莫似春风，不管盈盈，早与安排金屋(9)。还教一片随波去，又却怨玉龙哀曲(10)。等恁时(11)，重觅幽香，已入小窗横幅(12)。

校注

(1)疏影：词牌名，姜夔的自度曲。北宋诗人林逋《山园小梅》诗：“疏影横斜水清浅，暗香浮动月黄昏。”(按：此《石湖咏梅》又一首。)《花庵词选》下编卷六、《花草粹编》卷十二词牌下注：仙吕宫。《绝妙好词笺》卷二词牌下注：仲吕宫。

(2)“苔枝”句：范成大《梅谱》：绍兴、吴兴一带的古梅“苔须垂于枝间，或长数寸，风至，绿丝飘飘可玩”。周密《武林旧事》：“苔梅有二种，宜兴张公洞者，苔藓甚厚，花极香；一种出越土，苔如绿丝，长尺余。”苔枝为长有苔藓的梅枝。缀玉指梅花像美玉一般缀满枝头。

(3)“有翠禽”二句：用罗浮之梦的典故。据柳宗元《龙城录》记载，隋代赵师雄游罗浮山，夜梦与一素妆女子共饭，女子芳香袭人。又有一绿衣童子，笑歌欢舞。赵醒来，发现自己躺在一株大梅树下，树上有翠鸟欢鸣，见“月落参横，但惆怅而已”。殷尧藩《友人山中梅花》：“好风吹醒罗浮梦，莫听空林翠羽声。”吴潜《疏影》词：“闲想罗浮旧恨，有人正醉里，姝翠蛾绿。”翠禽，翠鸟。《晋书》：“夫攀骊龙之髯，抚翠禽之毛，而不得绝霞肆、跨天津者，未之前闻也。”

（4）客里：离乡在外期间。唐牟融《送范启东还京》：“客里故人尊酒别，天涯游子弊裘寒。”白石是江西人，当时住苏州。

（5）篱角：犹言篱落边也。《楚辞·离骚》：“曰黄昏以为期兮，羌中道而改路。”

（6）“无言”句：杜甫《佳人》：“天寒翠袖薄，日暮倚修竹。”

（7）“昭君”四句：杜甫《咏怀古迹五首》其三：“一去紫台连朔漠，独留青冢向黄昏。画图省识春风面，环佩空归夜月魂。千载琵琶作胡语，分明怨恨曲中论。”王建《塞上梅》：“天山路傍一株梅，年年花发黄云下。昭君已没汉使回，前后征人谁系马？”《阳春白雪》卷四、《绝妙好词笺》卷三、《花庵词选》下卷卷六、《花草粹编》卷十二：“佩”作“珮”。

（8）“犹记”三句：用寿阳公主事。蛾，形容眉毛的细长；绿，眉毛的青绿颜色。《太平御览》引《杂五行书》云：“宋武帝女寿阳公主人日卧于含章殿檐下，梅花落公主额上，成五出花，拂之不去。皇后留之，看得几时。经三日，洗之乃落。宫女奇其异，竟效之，今‘梅花妆’是也。”

（9）安排金屋：据《汉武故事》记载，汉武帝刘彻幼时曾对姑母说：“若得阿娇作妇，当作金屋贮之。”盈盈，仪态美好的样子，这里借指梅花。

（10）玉龙哀曲：马融《长笛赋》：“龙鸣水中不见已，截竹吹之声相似。”玉龙，玉笛。李白《与史郎中钦听黄鹤楼上吹笛》：“黄鹤楼中吹玉笛，江城五月落梅花。”哀曲，指笛曲《梅花落》。此曲是古代流行的乐曲，听了使人悲伤。唐皮日休《夜会问答》写听《梅花落》曲“三奏未终头已白”，可见一斑。故曰“玉龙哀曲”。《白石道人词笺平》卷六：罗隐诗：“玉龙无主渡头寒。”玉龙，笛名。

（11）恁时：那时候。冯延巳《忆江南》：“东风次第有花开，恁时须约却重来。”

（12）小窗横幅：崔橹《梅花诗》：“初开已入雕梁画，未落先愁玉笛吹。”陈与义《和张夫臣水墨梅五绝》：“晴窗画出横斜枝，绝胜前村夜雪时。”此翻用其意。

集说

（1）刘歆《西京杂记》：元帝后宫既多。……乃使画工图形，按图召幸之。诸宫人皆赂画工多者十万……独王嫱不肯，遂不得见。匈奴入朝，求美人为阏氏，于是上按图，以昭君行。及去召见，貌为后宫第一。

（2）汪琼《旅谭》：姜尧章《暗香》《疏影》两词，自序但云："辛亥之冬，予载雪诣石湖，授简索句，且征新声，作此两曲。"《砚北杂志》所记亦同，无异说也。近人张氏惠言谓："白石此词为感汴梁宫人之入金者。"陈兰甫亦以为然。鄙意以词中语意求之，则似为伪柔福帝姬而作。（按：《宋史·公主传》云："开封尼静善者，内人言其貌似柔福，静善即自称柔福。蕲州兵马钤辖韩世清送至行在，遣内侍冯益等验视，遂封福国长公主，适永州防御使高世荣。其后，内人从显仁太后归，言其妄，送法寺治之。内侍李偰自北还，又言柔福在五国城适徐还而薨，静善遂伏诛。"……意当时世俗传闻，有此一说。）白石《疏影》词所云："昭君不惯胡沙远，但暗忆江南江北。想佩环月下归来，化作此花幽独"，言其自金逃归也。又云："犹记深宫旧事，那人正睡里，飞近蛾绿。莫似春风，不管盈盈，早与安排金屋。"则言其封福国长公主，适高世荣也。又云："还教一片随波去，又却怨玉哀曲。"则言其为韦后所恶，下狱诛死也。至《暗香》一阕，所云："翠尊易泣，红萼无言耿相忆。长记曾携手处，千树压、西湖寒碧。"则就高世荣言之，于事败之后，追忆曩欢，故有"易泣""无言"之语也。张叔夏谓："《疏影》前段用少陵诗，后段用寿阳事，此皆用事不为事使。"夫寿阳固梅花事，若昭君则与梅无涉。而叔夏顾云然，当是白石词意，叔夏知之。许事关戚里，不欲明言，故以此语微示其端耳。余尝以此说质之伯眉，颇不以为谬。然究是臆说，姑识之以质当世之知言者。

集评

(1)张惠言《词选》:此章更以二帝之愤发之,故有昭君之句。

(2)张炎《词源》卷下:词要清空,不要质实;清空则古雅峭拔,质实则凝涩晦昧。姜白石词如野云孤飞,去留无迹。吴梦窗词如七宝楼台,眩人眼目,碎拆下来,不成片断。此清空质实之说。……白石词如《疏影》《暗香》《扬州慢》等曲,不惟清空,又且骚雅,读之使人神观飞越。诗之赋梅,惟和靖一联而已。世非无诗,不能与之齐驱耳。词之赋梅,惟姜白石《暗香》《疏影》二曲,前无古人,后无来者,自立新意,真为绝唱。

(3)查为仁、厉鹗《绝妙好词笺》卷二引杨廉夫《东维子集》:泛滥旁涉,不尽切本词。

(4)陆辅之《词旨》:警句:"昭君不惯胡沙远,但暗忆江南江北。"

(5)刘体仁《七颂堂词绎》:咏物至词,更难于诗,即"昭君不惯胡沙远,但暗忆江南江北"亦费解。

(6)许昂霄《词综偶评》:二词绛云在霄,舒卷自如;又如琪树玲珑,金芝布护。

(7)郑文焯校《白石道人歌曲》:此盖伤心二帝蒙尘,诸后妃相从北辕,沦落胡地,故以昭君托验,发言哀断。考唐王建《塞上咏梅》诗曰:"天山路旁一株梅,年年花发黄云下。昭君已没汉使回,前后征人谁系马?"白石词意当本此。近世读者多以意疏解,或有嫌其曲,似不于论者;殆不自知其浅矣。词中数语,纯从少陵咏明妃诗义檃栝,出以清健之笔,如闻空中笙鹤,飘飘欲仙;觉草窗、碧山所作吊雪香亭梅诸词,皆人间语,视此如隔一尘,宜当时传播吟口,为千古绝唱也。至下阕借《宋书》寿阳公主故事,引申前意,寄情遥远,所谓怨深文绮,弥得风人温厚之旨已。

(8)周尔墉《绝妙好词》:何逊、昭君皆属隶事,但运气空灵,变化虚实,不同獭祭耳。

(9)陈廷焯《白雨斋词话》:南渡以后,国事日非。白石目击心伤,多于词中寄慨,不独《暗香》《疏影》二章发二帝之幽愤,伤在位之无人也。特感慨全在虚处，无迹可寻，人自不察耳。感慨时事，发为诗歌，便已力据上游，特不宜说破，只可用比兴体。即比兴中，亦须含蓄不露，斯为沉郁，斯为忠厚。……南宋词人，感时伤事，缠绵温厚者，无过碧山，次则白石。白石郁处不及碧山，而清虚过之。

(10)周济《介存斋论词杂著》：稼轩郁勃，故情深；白石放旷，故情浅；稼轩纵横，故才大；白石局促，故才小。惟《暗香》《疏影》二词，寄意题外，包蕴无穷，可与稼轩伯仲，余俱据事直书，不过手意近辣耳。

(11)周济《宋四家词选》：此词以“相逢”“化作”“莫似”六字作骨，“莫似”五句，言其不能换留，听其自为盛衰。

(12)谭献《谭评词辨》：“还教”二句，跌宕昭彰。

(13)王闿运《湘绮楼词选》：此二词最有名，然语高品下，以其贪用典故也。

(14)李佳《左庵词话》：白石笔致骚雅，非他人所及，最多佳作。石湖咏梅二词，尤为空前绝后，独有千古……《疏影》清虚婉约，用典亦复不涉呆相。风雅如此，老倩小红低唱，吹箫和之，洵无愧色。

(15)夏承焘《姜白石词编年笺校》：王定保《唐摭言》卷十载崔橹《梅花诗》：“初开已入雕梁画，未落先愁玉笛吹。”姜词数句，似衍此二语。

(16)俞平伯《唐宋词选释》：此系白石自度曲，二首均咏梅花，蝉联而下，似画家的通景。……第二首即从梅花落英直说到画里的梅花。与周邦彦《红林檎近》两首，从初雪说到雪盛、残雪、再欲雪，章法相似，却不是纯粹写景咏物，多身世家国之感，与周词又不同。……下首写家国之恨居多，故引昭君、胡沙、深宫等等为喻。更有一点可注意的，“江南江北”之“北”字出韵，系用南方土音押韵。岂因主要意思所在，故不回避出韵失律之病？因之也更觉突出。窃谓旧说大致不误，惟亦不必穿凿比附以求之。至谓作词时离徽钦被虏已六十年，就未必再提旧话，此点却似无甚关系；因南渡以后，依然是个残局，而且更危险，自不妨有所感慨。词多比兴，虽字面上说梅花，却处处关到自己，关到家国，引用古句甚多，自是用心之作，虽稍有沉晦处，参看注文，大意可通。

(17)唐圭璋《唐宋词简释》：此首咏梅，寄托亦深。起写梅花之貌，次写梅花之神；梅之美，梅之孤高，并于六句中写足。“昭君”两句，用王建咏梅诗意，抒寄怀二帝之情。“想佩环”两句，用杜诗意，拍到梅花，更见想望二帝之切，此玉田所谓“用事不为事所使”也。换头，用寿阳公主事，以喻昔时太平沉酣之状。“莫似”三句，申护花之情，即以申爱君之情。“还教”两句，言空劳爱护，终于随波飘流，但闻笛里梅花，吹出千里关山之怨来，又令人抱恨无限。“等恁时”两句，用崔橹诗，言幽香难觅，唯余幻影在横幅之上，语更沉痛。篇中虽隶事，然运气空灵，笔墨飞舞。下片虚字，如“犹记”“莫似”“早与”“还教”“又却怨”“等恁时”“已入”之类，皆能曲折传神。

(18)沈祖棻《宋词赏析》：此词“昭君不惯胡沙远”之语，前人多谓乃指靖康之祸，徽、钦二帝及后宫北徙。……此咏物之作，而忽及二帝之愤者，则亦犹有人登栖霞、赏红叶，而忽忆及庚子之乱，珍妃投井，晚清词流多假咏落叶以吊之，于作词时，因亦阑入其事。……逮其索句，遂亦涉笔及之。《文心雕龙·神思篇》云：“寂然凝虑，思接千载；悄焉动容，视通万里。”此之谓也。

疏解

此词作于光宗绍熙二年(1191)。是年冬，姜夔冒雪访范成大于石湖，在石湖住了一个多月，自度此《暗香》《疏影》二曲咏梅，深蕴忧国之思，亦寄托对个人遭际之不平。

《疏影》表现梅的高洁、幽独，并借此咏叹作者的身世。上片先绘出梅花不同凡俗的形貌，又表现其孤芳自赏的清姿和高洁情怀，再化用杜甫、王建诗意，把远嫁异域不能生还汉邦的王昭君故事神话化，将眷恋故国的昭君之魂和寒梅的幽独之魂合而为一，带有极深的悲剧意味，境界凄美。下片则由眼前梅花盛开推想其飘落之时，用寿阳公主及陈阿娇的典故，寓无限怜香惜玉之意，又借哀怨的乐曲加深怅惋的感情。末二句想到梅花凋尽，唯余空枝幻影映上小窗，语意沉痛。梅花清幽孤傲的形象，寄托了作者对青春、对美好事物的怜爱之情。

史邦卿（史达祖）｜一首

一、史达祖生平简介

史达祖，字邦卿，号梅溪，汴（今河南开封）人。史达祖一生屡试不第，颇为潦倒，早年任过韩侂胄的堂吏。

史达祖为南宋婉约派重要词人，后人常将他与周（邦彦）、姜（夔）相提并论。其北行出使金国的“北行词”充满了沉痛的家国之感。其词以咏物为长，代表作《双双燕·咏燕》，风格绮丽，让人看出藏在饱受折磨的外表之下的灵动轻盈的灵魂。

史达祖是个很念旧情的人。他对亡妻一生眷念，其《寿楼春》即为亡妻所作。俞陛云称：“此词因寻春服悼逝而作。……情与文一气旋转，忘其为声调所拘，转觉助其凄韵，自是名手。”令人哀叹。宋人笔记说韩侂胄的“奉行文字，拟帖撰旨，俱出其手”，可见史达祖的文章也写得很好。过去的历史学家根据元人所编的《宋史》的观点，多把主张抗敌而失败的韩侂胄定为“奸臣”，因此也贬损了史达祖及其作品。有《梅溪词》。

二、史达祖评价

（1）**黄昇《中兴以来绝妙词选》**：史邦卿，名达祖，号梅溪，有词百余首，张功父（张镃）、姜尧章（姜夔）为序。

（2）**张炎《词源》**：此皆全章精粹，所咏了然在目，且不留滞于物。

（3）**李调元《雨村词话》卷三**：史达祖《梅溪词》，最为白石所赏，炼句清新，得未曾有，不独《双双燕》一阕也。余读其全集，爱不释手，间书佳句，汇为摘句图。

(4)周济《介存斋论词杂著》:梅溪甚有心思，而用笔多涉尖巧，非大方家数，所谓一勾勒即薄者。

(5)刘熙载《艺概》卷四:周美成律最精审，史邦卿句最警炼，然未得为君子之词者，周旨荡而史意贪也。

双双燕·过春社了[1]

过春社[2]了，度[3]帘幕中间，去年尘冷。差池[4]欲住，试入旧巢相[5]并。还相雕梁藻井[6]。又软语[7]、商量不定。飘然快拂花梢，翠尾分开红影[8]。　芳径[9]，芹泥[10]雨润。爱贴地争飞，竞夸轻俊。红楼[11]归晚，看足柳昏花暝[12]。应是栖香[13]正稳，便忘了、天涯芳信[14]。愁损翠黛双蛾[15]，日日画阑[16]独凭。

校注

(1)双双燕：词牌名，始见史达祖《梅溪集》咏双燕。双调，九十八字，上阕五仄韵，下阕七仄韵。《花庵词选》、《妙选草堂诗余》后集卷下、沈际飞《草堂诗余》卷四：题《咏燕》。

词牌格律：

仄平仄仄，仄平仄平平，仄平平仄(韵)。
平平仄仄，仄仄仄平平仄(韵)。
平仄平平仄仄(韵)。
仄仄仄、平平仄仄(韵)。
平平仄仄平平，仄仄平平平仄(韵)。

平仄(韵)，
平平仄仄(韵)。
仄仄仄平平，仄平平仄(韵)。

平平平仄,仄仄仄平平仄(韵)。
平仄平平仄仄(韵)。
仄仄仄、平平平仄(韵)。
平仄仄仄平平,仄仄仄平仄仄(韵)。

(2)春社:古代春天的社日。在古代,春社是男女幽会的狂欢节日,后来则主要用于祭祀土地神。在春社日,人们皆祭社神祈求丰年,有饮酒、分肉、赛会、妇女停针线之俗。《礼记·明堂位》:“是故夏礿、秋尝、冬烝、春社、秋省而遂大腊,天子之祭也。”张籍《吴楚歌词》:“庭前春鸟啄林声,红夹罗襦缝未成。今朝社日停针线,起向朱樱树下行。”王驾《社日》:“桑柘影斜春社散,家家扶得醉人归。”方太古《社日出游》:“村村社鼓隔溪闻,赛祀归来客半醺。”《妙选草堂诗余》后集卷下:(“过春社了”句)王介甫诗:“处处定知秋后别,年年长向社前逢。”

(3)度:度过,穿过。王之涣《凉州词》:“羌笛何须怨杨柳,春风不度玉门关。”

(4)差池:燕子尾羽参差不齐的样子。《诗·邶风·燕燕》:“燕燕于飞,差池其羽。”《左传·襄公二十二年》:“谓我敝邑,迩在晋国譬诸草木,吾臭味也,而何敢差池?”杜预注:“差池,不齐一。”杜甫《白沙渡》:“差池上舟楫,杳窕入云汉。”《妙选草堂诗余》后集卷下:《诗》:“燕燕于飞,差池其羽。”

(5)相:端看,仔细看。

(6)藻井:古代建筑上饰有各种彩纹的井状天花板。许昂霄《词综偶评》:(“藻井”句)“梁间曰藻井。”

(7)软语:温和而委婉的话语。杜甫《赠蜀僧闾丘师兄》:“夜阑接软语,落月如金盆。”权德舆《与草衣禅师宴坐记》:“微言软语,有时而闻。”又,语音柔和也叫“软语”,如吴语音调柔和,有“吴侬软语”之称。此处指燕子的呢喃声。沈际飞《草堂诗余》卷四:王建(诗):“新燕新燕何不定,东家绿池西家井”。

(8)《花庵词选》下卷卷七、《阳春白雪》卷一、《花草粹编》卷十、沈际飞《草堂诗余》卷四:“翩然”作“飘然”。翠尾:翠色的燕尾。红影:花影。

（9）芳径：花间小路，或指长着花草的小径。范成大《岩桂》："越城芳径手亲栽，红浅黄深次第开。"仇元《菩萨蛮》："芳径溅香泥，苔花滑马蹄。"朱敦儒《朝中措》："红稀绿暗掩重门。芳径罢追寻。已是老于前岁，那堪穷似他人。　一杯自劝，江湖倦客，风雨残春。不是酴醾相伴，如何过得黄昏。"《妙选草堂诗余》后集卷下：郑谷诗："落花径里得泥香。"

（10）芹泥：燕子筑巢所用的草泥。杜甫《徐步》："芹泥随燕觜，花蕊上蜂须。"曹冠《踏莎行》："芹泥带湿燕双飞，杜鹃啼诉芳心怨。"

（11）红楼：此指燕子筑巢的地方。

（12）柳昏花暝：柳色昏暗，花影迷蒙。暝，天色昏暗貌。

（13）栖香：燕子休息得很好。《花庵词选》下卷卷七、《妙选草堂诗余》后集卷下、《花草粹编》卷十、沈际飞《草堂诗余》卷四："应是"作"应自"。

（14）天涯芳信：给闺中人传递从远方带来的书信。古有双燕传书之说。据五代王仁裕《开元天宝遗事·传书燕》记载，唐代有一商人任宗，在外经商，很长时间没有回家，也没有家中人的半点消息。家里的人很挂念他。妻子郭绍兰经常坐在堂前思念自己的丈夫，有时吟诗寄情来寄托和排解心中的思念之情。一天，郭绍兰坐在堂前，忽然看见两只燕子在屋前上下翻飞、形影不离，颇似一对情侣。郭氏触景生情，想到了远在天边的丈夫，一时悲伤难抑，顺口说道："尔从海东来，必经湘中。欲凭尔附书，投于我婿。"说罢不禁泪流满面。燕子围着绍兰飞鸣不已。郭氏写了一首小诗，把它系在燕子的腿上，让燕子捎书给丈夫。这燕子仿佛了解郭氏的心情，真的将诗送到了任宗那里。任宗见是妻子所寄，感动得哭了。第二年任宗回来，把诗交还给妻子。人们都把这件事当作奇事传诵。许昂霄《词综偶评》：（"天涯芳信"句）"传书燕，见《开元天宝遗事》。然文通、太白诗已先用之，不必出处也。"

（15）翠黛双蛾：指闺中少妇。黛蛾即螺子黛，古代女子涂眉之颜料，其色青黑，或以代眉毛。眉细如蛾须，乃谓蛾眉。杜甫《陪诸贵公子丈八沟携妓纳凉晚际遇雨》："越女红裙湿，燕姬翠黛愁。"

（16）画阑：雕花的栏杆。

集说

谭献《谭评词辨》卷一："栖香"下至末，似指朋友间有不能践言者。

集评

（1）黄昇《花庵词选》下卷卷七：姜尧章极称其"柳昏花暝"之句。

（2）张炎《词源》卷下《咏物》：诗难于咏物，词为尤难。体认稍真，则拘而不畅；模写差远，则晦而不明。要须收纵联密，用事合题。一段意思，全在结句，斯为绝妙。如史邦卿《双双燕·咏燕》……此皆全章精粹，所咏了然在目，且不留滞于物。

（3）沈际飞《草堂诗余》正集卷四："欲"字、"试"字、"还"字、"又"字入妙。

（4）王士禛《花草蒙拾》：仆每读史邦卿咏燕词"又软语、商量不定。翩然快拂花梢，翠尾分开红影"，又"红楼归晚，看足柳昏花暝"，咏物至此，人巧极天工矣！

（5）贺裳《皱水轩词筌》：《稗史》称韩幹画马，人入其斋，见幹身作马形，凝思之极，理或然也。作诗文亦必如此始工。如史邦卿咏燕，几于形神俱似矣。次则姜白石咏蟋蟀："露湿铜铺，苔侵石井，都是曾听伊处。哀音似诉。正思妇无眠，起寻机杼。"

（6）许昂霄《词综偶评》：清新俊逸，兼有之矣。

（7）吴衡照《莲子居词话》卷一：咏物虽小题，然极难作，贵有不粘不脱之妙。此体南宋诸老尤擅长。史梅溪《春燕》云："还相雕梁藻井。又软语、商量不定。翩然快拂花梢，翠尾分开红影"，数语刻画精巧，运用生动，所谓空前绝后矣。

（8）戈载《宋七家词选》卷二：《双双燕》一首，虽脍炙人口，而其韵"庚""青"，杂入"真""文"，究为玉瑕珠类。此选律韵不合者弗收，故从割爱。

(9)刘熙载《艺概》卷四：东坡《水龙吟》起云“似花还似非花”，此句可作全词评语，盖不离不即也。时有举史梅溪《双双燕·咏燕》、姜白石《齐天乐》赋蟋蟀令作评语者，亦曰“似花还似非花”。

(10)黄苏《蓼园词评》：词旨倩丽，句句熨贴，匠心独造，不愧清新之目。

(11)谭献《谭评词辨》卷一：起处藏过一番感叹，为“还”字、“又”字张本。“还相”二句，挑按见指法，再拨弄便薄。“红楼”句换笔，“应自”句换意，“愁损”二句收足，然无余味。

(12)王国维《人间词话》卷下：贺黄公谓：“姜论史词，不称其‘软语商量’，而赏其‘柳昏花暝’，固知不免项羽学兵法之恨。”然“柳昏花暝”，自是欧、秦辈句法，前后有画工、化工之殊，吾从白石，不能附和黄公矣。

(13)王世贞《弇州山人词评》：史邦卿题燕曰：“差池欲住，试入旧巢相并。还相雕梁藻井。又软语、商量不定”，可谓极形容之妙。

(14)龙榆生《唐宋词格律》：首句句式是一、二、一，中间两字相连，等于辛弃疾《水龙吟》结句之“揾英雄泪”。“度”“爱”是领格字，例用去声。

疏解

此词对燕子归窝的描写极为生动。通篇不出“燕”字，而句句写燕，极妍尽态，神形毕肖，而又不觉繁复。

上片，写“过春社了”。“春社”在春分前后，一句点明了节候。“度帘幕中间，去年尘冷”，暗示旧燕重归。“差池欲住”四句，写双燕欲住又犹豫的情景。由于燕子离开旧巢有些日子了，现在旧巢好像有些变化，所以要仔细看看环境。燕子恋旧，于是“差池欲住，试入旧巢相并”。因“欲住”而“试入”，犹豫未决，所以还把“雕梁藻井”仔细观视，“又软语、商量不定”，写出了双燕亲昵商量的情态。果然，“商量”之后，燕侣决定定居下来了。于是，它们“翩然快拂花梢，翠尾分开红影”，在美好的春光中开始了紧张的新生活。

下片,“芳径,芹泥雨润”,这里真是安家的好地方。燕子得其所,双双从天空中直冲下来,贴近地面飞着,你追我赶,好像比赛着谁飞得更轻盈、更漂亮。广阔丰饶的北方远不止芹泥好,这里样样都好,风景观赏不尽。燕子陶醉了,四处观光,一直到天黑了才飞回来,故下云“红楼归晚,看足柳昏花暝”。可是双燕,“便忘了、天涯芳信”。在双燕回归前,一位游子曾托它们给家人捎一封书信,它们把这事给忘了。这天外飞来的一笔,让读者脑子里出现了红楼思妇倚栏眺望的画面:“愁损翠黛双蛾,日日画阑独凭。”这结尾两句似乎离开了通篇所咏的燕子,转而去写红楼思妇了。看似离题,其实不然,这正是词人匠心独到之处。

尹惟晓（尹焕）｜一首

尹焕生平简介

尹焕，生卒年不详，字惟晓，山阴（今浙江绍兴）人。嘉定十年（1217）进士。自畿漕除右司郎官。有《梅津集》。

霓裳中序第一[1]·茉莉

青鞾粲素靥[2]。海国仙人偏耐热[3],餐尽风香露屑。便万里凌空,肯凭莲叶。盈盈步月,悄似怜、轻去瑶阙[4]。人何在,忆渠痴小,点点爱清绝。　　愁绝,旧游轻别。忍重看、锁香金箧[5],凄凉清夜簟茀[6]。怕杳杳诗魂,真化风蝶[7]。冷香清到骨,梦十里、梅花霁雪。归来也,恹恹心事,自共素娥[8]说。

校注

(1)霓裳中序第一:词牌名,为姜夔所填商调曲。本词小序云:"丙午岁,留长沙,登祝融,因得其祠神之曲,曰《黄帝盐》《苏合香》。又于乐工故书中得商调《霓裳曲》十八阕,皆虚谱无辞。按沈氏《乐律》,《霓裳》道调,此乃商调。乐天诗云:'散序六阕。'此特两阕。未知孰是。然音节闲雅,不类今曲。予不暇尽作,作中序一阕传于世。予方羁游,感此古音,不自知其辞之怨抑也。"(按:见《白石道人歌曲》卷三。)双调,一百零一字,前片七仄韵,后片八仄韵,例用入声部韵。前片第四句第一字是领格,宜用去声。

词牌格律:

平平仄仄仄(韵)。
仄仄平平平仄仄(韵),
平仄仄平仄仄(韵)。
仄平仄仄平,平平平仄(韵)。

平平仄仄(韵),
仄仄平、平仄平仄(韵)。
平平仄,仄平仄仄,仄仄仄平仄(韵)。

平仄(韵),
仄平平仄(韵)。
仄仄仄、平平仄仄(韵),
平平平仄仄仄(韵),
仄仄平平,仄仄平仄(韵)。
仄平平仄仄(韵),
仄仄仄、平平仄仄(韵)。
平平仄,平平平仄,仄仄仄平仄(韵)。

(2)“青鬟”句：茉莉碧绿的叶子和洁白的花朵就像女子忽笑忽愁。青鬟，古人用青黛染眉，故称青鬟。或作“眉黛青鬟”，形容女子容貌美丽。

(3)“海国”句：据说茉莉乃海上来的仙子，能忍受人间的酷热。

(4)瑶阙：传说中的仙宫。齐己《升天行》：“瑶阙参差阿母家，楼台戏闭凝彤霞。”洪迈《夷坚乙志》：“瑶阙琼宫，高枕巫山十二。”廖行之《水调歌头·寿邓彦鳞》：“凉吹起空阔，疏雨敛轻阴。潇湘江上秋色，佳处不胜清。拄笏西山一望，气与千崖高爽，天意属奇英。威凤下瑶阙，丹桂矗云根。”

(5)“锁香”句：把茉莉花瓣珍藏在箱中。香，指代茉莉花。金箧，黄金制的小箱子，藏物之具，大曰箱，小曰箧。《左传·昭公十三年》：“卫人使屠伯馈叔向羹与一箧锦。”

(6)《绝妙好词笺》卷三：“清夜簟茀”作“今夜簟席”。

(7)“怕杳”二句：言己身之诗魂依稀化为风蝶到了茉莉花旁。杳杳，隐约，依稀。《开天传信记》：“吾昨夜梦游月宫，诸仙娱予以上清之乐。……其曲楚楚动人，杳杳在耳。”苏轼《伏波将军庙碑》：“自徐闻渡海适朱崖，南望连山，若有若无，杳杳一发耳。”诗魂，诗人的魂灵、精神。李建勋《春雪》：“闲听不寐诗魂爽，净吃无厌酒肺干。”真化风蝶，自己化作蝴蝶来到茉莉身边。

(8)素娥：嫦娥，月神。李商隐《霜月》：“青女素娥俱耐冷，月中霜里斗婵娟。”

疏解

此词咏茉莉的纤巧幽丽。上片一开始就将茉莉的绿叶比为美人微微皱着的黛眉、将白花比为美人的笑靥，接下来从整体上将此花比为娇小的美人和盈盈步月的仙女。下片更以风蝶、雪梅等为陪衬，突出茉莉“冷香清到骨”的风姿神韵。另外，茉莉被人采摘，放在首饰箱子里珍藏，这表面看来是爱花，但从花的角度来看，其实是在受摧残。篇中结合这一点来表达作者真正的“怜香惜玉”，极富情味。

尹梅津与吴文英交情深厚，吴文英有赠尹词六首：《水龙吟·寿尹梅津》《声声慢·畿漕廨建新楼上尹梅津》《塞翁吟·饯梅津除郎官赴阙》《凤池吟·庆梅津自畿漕除右司郎官》《水龙吟·寿梅津》《瑞龙吟·送梅津》。

王圣与（王沂孙）｜四首

王沂孙生平简介

王沂孙（？ —约 1290），字圣与，号碧山、中仙、玉笥山人，会稽（今浙江绍兴）人。 由于国破家亡带来了心灵震撼，当时的词人大多不敢对时势直抒胸臆，转而寄情山水，或借物咏怀。 王沂孙制作大量咏物词，正是这一特定时期的心灵反映。

王沂孙存词 64 首，咏物词有 34 首，有《水龙吟·白莲》《花犯·苔梅》《齐天乐·蝉》《齐天乐·萤》《眉妩·新月》《天香·龙涎香》等咏物佳作。虽然无奈做了元朝的庆元路（今宁波鄞州）学正，但其“盈亏”“凄凉”的故国之思跃然纸上。 其《齐天乐·蝉》开首即云：“一襟余恨宫魂断，年年翠阴庭树。”言齐后化蝉，断魂离恨，年年都在庭院的绿荫丛中哀鸣。 清词评家陈廷焯评云：“咏物词至碧山，可谓空绝千古，然亦身世之感使然，后人不能强求也。”其《花外集》有《知不足斋丛书》本。

眉妩[1]·新月

渐新痕悬柳[2],淡彩穿花[3],依约破初暝[4]。便有团圆意[5],深深拜[6],相逢谁在香径。画眉未稳[7],料素娥、犹带离恨。最堪爱、一曲银钩[8]小,宝奁挂秋冷[9]。　千古盈亏[10]休问。叹谩磨玉斧[11],难补金镜[12]。太液池[13]犹在,凄凉处、何人重赋清景[14]。故山夜永[15],试待他、窥户端正[16]。看云外山河[17],还老桂花旧影[18]。

校注

(1)眉妩:词牌名。汉代尹张敞常为妻子画眉,故当时长安人有“眉妩”一说,调名本此。一名《百宜娇》,姜夔创调,曾填《戏张仲远》一首,词咏艳情。双调,一百零三字,仄韵格。

《眉妩》词牌格律:万树《词律》以王沂孙《碧山词》为准,与《白石道人歌曲》过片处用短韵及结句用三、三句式,稍有出入,一百零三字,前片十一句五仄韵,后片十一句六仄韵。前片第一句、后片第二句及结尾倒数第二句所有第一字并是领格,宜用去声。

词牌格律:

仄平平平仄,仄仄平平,平仄仄平仄(韵)。
仄仄平平仄,平平仄,平平平仄平仄(韵)。
仄平仄仄(韵),
仄仄平、平仄平仄(韵)。

仄平仄、仄仄平平仄，仄平仄平仄(韵)。

平仄平平平仄(韵)。
仄仄平中仄，平仄平仄(韵)。
中仄平平仄，平平仄、平平平仄平仄(韵)。
仄平仄仄(韵)，
仄仄平、平仄平仄(韵)。
仄平仄平平，平仄仄平仄仄(韵)。

(2)渐新痕：指初露的新月。

(3)“淡彩”句：月色微微穿过花枝。淡彩，微光。《广韵》：“彩，光彩。”

(4)依约：仿佛，隐约。梅尧臣《次韵和景彝省围宿斋》：“新月斜光依约见，夜蝉高树有时鸣。”初暝：夜幕刚刚降临。暝，天色昏暗，后来引申为日落、黄昏。《孔雀东南飞》：“晻晻日欲暝，愁思出门啼。”卢照邻《葭川独泛》：“山暝行人断，迢迢独泛仙。”欧阳修《醉翁亭记》：“若夫日出而林霏开，云归而岩穴暝，晦明变化者，山间之朝暮也。”

(5)团圆意：牛希济《生查子》：“新月曲如眉，未有团圆意。”此处反用其意。

(6)深深拜：古代妇女有拜新月之风俗，以祈求团圆。

(7)画眉未稳：女子画眉未完，尚未画妥。

(8)银钩：泛指弯弯的新月。李弥逊《游梅坡席上杂酬》之二：“竹篱茅屋倾樽酒，坐看银钩上晚川。”

(9)“宝奁”句：夜空浩茫，新月像宝奁中的镜子挂在寒冷的秋空。宝奁，梳妆镜匣的美称。李商隐《垂柳》：“宝奁抛掷久，一任景阳钟。”欧阳修《于飞乐》：“宝奁开，美鉴静，一掬清蟾。”

(10)盈亏：满损，圆缺。《易·谦》：“天道亏盈而益谦。”谓自然之道盈满者，则亏减之。沈括《梦溪笔谈·象数一》：“日月之形如丸。何以知之？以月盈亏可验也。”

(11)谩磨玉斧：以玉斧修月，自是徒劳。玉斧，指修月的玉斧。据唐段成式《酉阳杂俎·天咫》记载，唐太和中，郑仁本表弟游嵩山，见一人枕幞而眠，问其所自。其人笑曰："君知月乃七宝合成乎？月势如丸，其影，日烁其凸处也。常有八万二千户修之，予即一数。"因开幞，有斤凿数件。后因有"玉斧修月"之说。谩，徒劳之意。

（12）金镜：比喻月亮。元稹《泛江玩月》："远树悬金镜，深潭倒玉幢。"陆游《隔浦莲近拍》："烟霏散，水面飞金镜。露华冷。"刘克庄《水调歌头·癸卯中秋作》："竞看姮娥金镜，争信仙人玉斧，费了一番修。"

（13）太液池：太液池本汉代宫中池名，唐代长安大明宫中亦有太液池。据文献记载，太液池中有三座岛屿，除了蓬莱，其他两座岛屿的位置未能得知。（按：据《山海经》记载，海上有三座仙山：蓬莱、瀛洲、方丈。山上是仙境，有长生不老药。）

（14）清景：犹清光，此处指清亮的月光。曹植《公宴》："明月澄清景，列宿正参差。"葛洪《抱朴子·广譬》："三辰蔽于天，则清景暗于地。"储光羲《终南幽居献苏侍郎》："朝日悬清景，巍峨宫殿明。"刘禹锡《琴曲歌辞·飞鸢操》："长空悠悠霁日悬，六翮不动凝飞烟。游鹍翔雁出其下，庆云清景相回旋。"

（15）故山：旧山，喻家乡。汉应玚《别诗》："朝云浮四海，日暮归故山。"李白《酬张卿夜宿南陵见赠》："一朝攀龙去，蛙黾安在哉！故山定有酒，与尔倾金罍。"司空图《漫书》："逢人渐觉乡音异，却恨莺声似故山。"温庭筠《重游圭峰宗密禅师精庐》："故山弟子空回首，葱岭唯应见宋云。"夜永：夜长，夜深。戴叔伦《白苎词》："美人不眠怜夜永，起舞亭亭乱花影。"张乔《雨中宿僧院》："夜永楼台雨，更深江海人。"

（16）端正：不偏斜。刘桢《赠从弟》："风声一何盛，松枝一何劲。冰霜正惨凄，终年常端正。"

（17）云外山河：暗指辽阔的故国山河。云外，空廓，辽远。隋李播《天象赋》："动则飞跃于云外，止则盘萦于汉沂。"

（18）桂花旧影：桂花影即桂影、月影。传说月中有桂树，这里指大地上的月光。李咸用《山中夜坐寄故里友生》："虫声促促催乡梦，桂影高高挂旅情。"

集评

(1)张惠言《词选》：碧山咏物诸篇，并有君国之忧。此喜君有恢复之志，而惜无贤臣也。

(2)张炎《山中白云词》：碧山能文，工词，琢语峭拔，有白石意度。

(3)邓廷桢《双砚斋随笔》：王圣与工于体物，而不滞色相。

(4)王鹏运《花外集》跋：碧山词颉颃双白，揖让二窗，实为南渡之杰。

(5)谭献《复堂词话》：圣与精能，以婉约出之。律以诗派，大历诸家，去开、宝未远，玉田正是劲敌，但士气则碧山胜矣。蹊径显然。

(6)陈廷焯《白雨斋词话》卷二：《词选》云："碧山咏物诸篇，并有君国之忧。"自是确论。读碧山词者，不得不兼时势言之，亦是定理。或谓不宜附会穿凿，此特老生常谈，知其一不知其二。古人诗词有不容穿凿者，有必须考镜者，明眼人自能辨之，否则徒为大言欺人。彼方自谓识超，吾则笑其未解。碧山咏物诸篇，固是君国之忧，时时寄托，却无一笔犯复，字字贴切故也。就题论题，亦觉踌躇满志。

(7)陈廷焯《白雨斋词话》：碧山词，观其全体，固自高绝，即于一字一句间求之，亦无不工雅。

(8)陈廷焯《白雨斋词话》：词法之密，无过清真；词格之高，无过白石；词味之厚，无过碧山：词坛三绝也。

(9)周济《介存斋论词杂著》：中仙最多故国之感，故着力不多，天分高绝，所谓意能尊体也。

(10)周济《宋四家词选目录序论》：碧山胸次恬淡，故黍离麦秀之感，只以唱叹出之，无剑拔弩张习气。词以思笔为入门阶陛。碧山思笔，可谓双绝，幽折处大胜白石。惟圭角太分明，反复读之，有水清无鱼之恨。咏物最争托意隶事处，以意贯串，浑化无痕，碧山胜场也。

(11)戈载《宋七家词选》：予尝谓白石之词，空前绝后，匪特无可比肩，抑且无从入手，而能学之者则惟中仙。其词运意高远，吐韵妍和；其气清，故无沾滞之音；其笔超，故有宕往之趣；是真白石之入室弟子也。

(12)况周颐《香海棠馆词话》：初学作词，最宜读碧山乐府，如书中欧阳信本，准绳规矩极佳。二晏如右军父子，贺方回如李北海，白石如虞伯施而隽上过之，公谨如褚登善，梦窗如鲁公，稼轩如诚悬，玉田如赵文敏。

(13)龙榆生《中国韵文史》：集咏物词之大成，而能提高斯体之地位者，厥惟王沂孙氏。

疏解

东坡《水调歌头》云："人有悲欢离合，月有阴晴圆缺。此事古难全。"千古以来就是如此，不必细问究竟。在宋、元江山易主之际，王沂孙于南宋覆亡之后，故国之思仍是剪不断。

歌咏新月，却寄托故国山河破碎之悲。上片写赏玩新月之感，句句写新月，处处盼月圆。下片放开笔势，用更为宏大的视角论盈亏圆缺的演变，写遗民心中长夜漫漫、殷殷祈盼的忧思。收拍又作顿宕，含月轮盈虚有时而山河旧影复现无期之慨。

齐天乐[1]·蝉

一襟余恨宫魂断[2]，年年翠阴庭树[3]。乍咽凉柯[4]，还移暗叶，重把离愁深诉。西窗过雨，怪瑶佩流空[5]，玉筝调柱。镜暗妆残，为谁娇鬓尚如许[6]。　铜仙铅泪[7]如洗，叹移盘[8]去远，难贮零露。病翼惊秋，枯形阅世，消得斜阳几度[9]。余音更苦。甚独抱青商[10]，顿成凄楚。漫想熏风[11]，柳丝千万缕。

校注

(1)齐天乐：又名《台城路》《五福降中天》《如此江山》。《清真集》《白石道人歌曲》《梦窗词集》并入正宫(即黄钟宫)。兹以姜词为准，全词一百零二字，前后片各六仄韵，前片第七句、后片第八句第一字是领格，例用去声，亦有前后片首句不用韵者。

词牌格律：

中平中仄平平仄，平中仄平中仄。
中仄平平，中平中仄，中仄中平中仄。
中平中仄，
仄中仄平平，中平平仄。
中仄平平，中平中仄仄平仄。

中平中仄中仄，仄平平仄仄，中中平仄。
中仄平平，中平中仄，中仄平平中仄。

中平中仄。

仄中中平平。

仄平平仄。

中仄平平,仄平平仄仄。

(2)一襟:满腔。襟,胸怀。张华《情诗》之三:“襟怀拥虚景,轻衾覆空床。”晏殊《破阵子》:“多少襟怀言不尽,写向蛮笺曲调中。此情千万重。”宫魂:晋崔豹《古今注·问答释义》:“齐王后忿而死,尸变为蝉,登庭树,嘒唳而鸣。王悔恨。”谓蝉为宫中人之灵魂所化,故以“宫魂”为蝉。

(3)彊村本《乐府补题》:“庭树”作“庭宇”。(注:“宇”一作“树”。)

(4)凉柯:秋天的树枝。凉,凉秋,秋天。

(5)彊村本《乐府补题》:“怪瑶佩流空”作“渐金错鸣刀”。瑶佩,以玉声喻蝉鸣声美妙,下“玉筝”同。

(6)“镜暗”二句:不修饰装扮,为何还那么娇美。魏文帝宫女莫琼树制蝉鬓,缥缈如蝉。彊村本《乐府补题》:“镜暗妆残”作“镜掩残妆”。娇鬓,美鬓,借喻蝉翼的美丽。如许,如此。《南史·文学传·高爽》:“取笔书鼓云:‘徒有八尺围,腹无一寸肠,面皮如许厚,受打未讵央。’”范成大《盘龙驿》诗:“行路如许难,谁能不华发。”

(7)铜仙:“金铜仙人”的省称。《三辅黄图·建章宫》:“神明台在建章宫中祀仙人处,上有铜仙舒掌捧铜承云表之露。”李贺《金铜仙人辞汉歌》序:“魏明帝诏宫官西取汉武帝金铜捧露盘仙人。临别,铜人潸然泪下。”铅泪:晶莹凝聚的眼泪。李贺《金洞仙人辞汉歌》:“空将汉月出宫门,忆君清泪如铅水。”

(8)彊村本《乐府补题》:“移盘”作“携盘”。

(9)“枯形”二句:衰枯的形骸,早已阅尽人间沧桑,还能再度过几时呢?(按:意谓病弱的蝉翼,深感秋寒的威胁,枯败的形骸阅尽了世间的沧桑,这种病身残体还能禁得住几次夕阳西下?蝉翼本薄,再加得“病”,时又值秋,故此病弱之薄翼不能经受秋日之凄寒。)消得,禁得起,经受得住。

(10)甚:真,正。彊村本《乐府补题》:“青商”作“清高”。青(清)商:清商曲。隋唐时简称清乐,是兴起于三国两晋南北朝并在当时占据重要地位的一种传统音乐。晋室南渡之后，由原有的相和歌和南方民歌发展起来的“吴声”“西曲”，相融合产生了清商曲，曲调凄楚。

(11)漫想：徒然想；漫，空，徒然。彊村本《乐府补题》：“熏风”作“薰风”。熏风：南风，和风。王肃《孔子家语·辩乐》：“昔日舜弹五弦之琴，造《南风》之诗，其诗曰：‘南风之熏兮，可以解吾民之愠兮。’”

集评

(1)吴衡照《莲子居词话》卷一：咏物虽小题，然极难作，贵有不粘不脱之妙。此体南宋诸老尤擅长。……王碧山……《蝉》云：“病翼惊秋，枯形阅世，消得斜阳几度。”……数语刻画精巧，运用生动，所谓空前绝后矣。

(2)陈廷焯《白雨斋词话》卷二：碧山《齐天乐》诸阕，哀怨无穷，都归忠厚，是词中最上乘。

(3)谭献《复堂词话》：此是学唐人句法、章法。“庾郎先自吟愁赋”，(按:《齐天乐·蟋蟀》。)逊其蔚跂。

(4)端木子畴《张惠言〈词选〉评》：“宫魂”字点出命意。“乍咽”三句，慨播迁也。“西窗”三句，写敌骑暂退，燕安如故。“镜暗”二句，残破满眼，而修容饰貌，侧媚依然也。“铜仙”三句，宗器重宝，均被迁夺。“病翼”二句，是痛哭流涕，大声疾呼，言海岛栖流，断不能久也。“余音”三句，遗臣孤愤，哀怨难论也。“谩想”二句，责诸臣到此，尚安危利灾，视若全盛也。

(5)任中敏《词曲通义》：此示南宋末年王氏一派，好借咏物小题，暗抒忧时伤世之痛。词中之用比兴，此为最著矣。而沉思之细，措词之精，此作尤为罕有。

(6)吴梅《词学通论》：如此立意，词境方高。顾通首皆赋蝉，初未逸出题目范围，使直陈时政。又非词家口吻。

疏解

此词借咏秋蝉托物寄意，表达国破家亡、穷途末路的无限哀思。起始即由蝉的形象联想到宫女形象，用宫人含恨而死、尸体化为蝉长年攀树悲鸣的传说为全章笼罩悲剧气氛。

上片言宫妃满怀离恨，愤然魂断，化作一只哀蝉，年年都在庭院里哀鸣。它刚刚还在枝头上呜咽，一会儿又到幽暗的密叶丛中鸣叫，一遍又一遍地将生死离别的愁绪向人们深深倾诉。西窗外秋雨初歇，蝉惊动的声音如玉佩在空中作响，又如玉筝调柱一般。昔日的明镜已经昏暗，容貌已经憔悴，可为何蝉翼还像从前那样娇美?

下片借金铜仙人辞别汉宫，携盘远去，铅泪如洗，寄托亡国的哀思。盛露盘远去，不能再贮藏清露以供哀蝉了。秋蝉病弱的双翼惊恐清秋了，那枯槁的形骸在世上已沧桑历尽，还能看多少次斜阳落日? 凄咽欲断的啼叫更让人觉得悲苦，可为什么它还欲独自将哀怨的曲调吟唱，让自己承受这无尽的哀伤? 寒蝉只能徒然希望夏天到来，可以在熏风中，看那柳丝万缕飘飞的美景!

高阳台[1]·残雪庭除

残雪庭除[2]，轻寒帘影，霏霏玉管春葭[3]。小帖金泥[4]，不知春在谁家。相思一夜窗前梦，奈个人、水隔天遮[5]。但凄然，满树幽香，满地横斜。　　江南自是离愁苦，况游骢[6]古道，归雁平沙。怎得银笺[7]，殷勤与说年华。如今处处生芳草[8]，纵凭高、不见天涯。更消他，几度春风，几度飞花。

校注

(1)高阳台：词牌名，调名取自宋玉《高唐赋》。楚怀王游高唐，倦而昼寝，梦巫山神女前来，称愿荐枕席。临行时，又自称："妾在巫山之阳，高丘之阻，旦为朝云，暮为行雨，朝朝暮暮，阳台之下。"又名《庆春泽》。双调，一百字，前后片各四平韵，亦有于两结三字逗处增叶一韵者。（按：词牌下，或题曰《和周草窗寄越中诸友韵》。周草窗即南宋著名词人周密，字公谨，号草窗。越中为今浙江绍兴一带。）

词牌格律：

中仄平平，平平仄仄，中平中仄平平（韵）。
中仄平平，中平中仄平平（韵）。
中平中仄平平仄，仄中平、中仄平平（韵）。
仄平平（增韵），中仄平平，中仄平平（韵）。

平平仄仄平平仄，仄平平中仄，中仄平平（韵）。

中仄平平，中平中仄平平（韵）。

中平中仄平平仄，仄中平、中仄平平（韵）。

仄平平（增韵），中仄平平，中仄平平（韵）。

（2）庭除：庭前阶下，庭院。曹摅《思友人》：“密云翳阳景，霖潦淹庭除。”刘兼《对镜》：“风送竹声侵枕簟，月移花影过庭除。”李咸用《题陈将军别墅》：“不独春光堪醉客，庭除长见好花开。”杨衡《寄赠田仓曹湾》：“芳兰媚庭除，灼灼红英舒。”

（3）玉管春葭：此言节气已交春。《汉书·律历志上》：“竹曰管。”颜师古注引孟康曰：“《礼乐器记》：‘管，漆竹，长一尺，六孔。’古以玉作，不但竹也。”《旧唐书·音乐志三》：“律周玉琯，星回金度。”如交立春节，太簇律管中的芦灰即行飞散，《礼记·月令》所谓“孟春之月……律中大（太）簇”是也。杜甫《小至》：“吹葭六琯动浮灰。”

（4）“小帖”句：《荆楚岁时记》：“立春之日，悉剪彩为燕戴之，帖‘宜春’二字。”“春帖子”，亦名“宜春帖子”，多写五、七言诗句，或写吉语。金泥，泥金。李商隐《燕台诗·秋》：“越罗冷薄金泥重。”牛峤《菩萨蛮》：“舞裙香暖金泥凤。”李煜《临江仙》：“画帘珠箔，惆怅卷金泥。”

（5）“相思”三句：卢仝《有所思》：“相思一夜梅花发，忽到窗前疑是君。”史达祖《忆瑶姬》：“一夜相思玉样人，但起来梅发窗前，哽咽疑是君。”个人，伊人。《诗·秦风·蒹葭》：“所谓伊人，在水一方。”

（6）游骢：游骑。

（7）银笺：洁白的信笺，笺纸。

（8）“如今”句：淮南小山《招隐士》：“王孙游兮不归，春草生兮萋萋。”言如今处处芳草，胡不归也？

集评

（1）谭献《谭评词辨》：圣与精能，以婉约出之。以诗派律之，大历诸家，去开、宝未远。玉田正是劲敌，但士气则碧山胜矣。

(2)陈廷焯《白雨斋词话》卷二：碧山、玉田，多感时之语，本原相同，而用笔互异。碧山沉郁处多，超脱处少；玉田反是。终以沉郁为胜。

(3)陈廷焯《白雨斋词话》卷二：草窗、西麓、碧山、玉田，同时并出，人品亦不甚相远。四家之词，沉郁至碧山止矣。而玉田之超逸，西麓之淡雅，亦各出其长以争胜。要皆以忠厚为主，故足感发人之性情。草窗虽工词，而感寓不及三家之正。本原一薄，结构虽工，终非正声也。

(4)陈廷焯《白雨斋词话》卷二：当时草窗盛负词名，玉田次之，碧山、西麓名则不逮。即后世知之者，亦不过数人，然千载下自有定论。一时得失，何足重轻。

(5)陈廷焯《白雨斋词话》卷二：南宋词家白石、碧山，纯乎纯者也。梅溪、梦窗、玉田辈，大纯而小疵，能雅不能虚，能清不能厚也。

(6)陈廷焯《白雨斋词话》卷二：碧山赠秋崖道人西归（调《齐天乐》）云："冷烟残水山阴道，家家拥门黄叶。"一起令人魂销。又云："换尽秋芳，想渠西子更愁绝。"亦不堪多诵。后叠云："短褐临流，幽怀倚石，山色重逢都别。"黍离麦秀之悲，"山色"六字，凄绝警绝。觉"国破山河在"犹浅语也。下云："江云冻结。算只有梅花，尚堪攀折。"此亦必有所指，骨韵高绝。玉田感伤处，亦自雅正，总不及碧山之厚。

(7)陈廷焯《白雨斋词话》卷三：国初多宗北宋，竹垞独取南宋，分虎、符曾佐之，而风气一变。然北宋、南宋，不可偏废。南宋白石、梅溪、梦窗、碧山、玉田辈，固是高绝，北宋如东坡、少游、方回、美成诸公，亦岂易及耶？况周、秦两家，实为南宋导其先路。数典忘祖，其谓之何？

(8)陈廷焯《白雨斋词话》卷六：碧山、玉田而后，得张皋文一揭其旨，而词以不灭。其间五六百年，亦多杰出之士。竟无溯其源者，亦足异矣。

(9)陈廷焯《白雨斋词话》卷七：古人词胜于诗则有之（如少游、白石皆然），未有不知诗而第工词者（王碧山、张玉田辈诗不多见，然必非不工诗者。即使碧山辈诗未成家，不能卓立千古，要其为词之始，必由诗以入门，断非躐等）。

(10)王闿运《湘绮楼词评》：此等伤心语，词家各自出奇，实则一意，比较自知文法。

疏解

上片开首三句言庭院背阴处尚留有残雪，春寒料峭，风动帘栊，而“霏霏玉管春葭”。“霏霏”，春葭灰飞动貌。此言立春已到。“小帖金泥，不知春在谁家。”宋朝立春日，宫中会命大臣撰写殿阁的宜春帖子词，士大夫固然也自己书写，字用金泥，故云“金泥小贴”。此风俗至元代尚存。这两句问，现在改朝换代，宋已不存在，士大夫散去，何人在这时候候用金泥写宜春帖子并张挂？春日会落在谁家呢？“相思一夜窗前梦，奈个人、水隔天遮”，写思念杭州如一帘幽梦，醒来却是水隔绝、天遮断，“个人”指友人周密。“但凄然，满树幽香，满地横斜”，点出周密所在地——西泠孤山之畔，写只梦见到满树幽香，满地枝影横斜的梅花的凄凉风景。这里写出周密生活虽然凄凉，但心中高洁。

下片：“江南自是离愁苦，况游骢古道，归雁平沙。”言周密怀念越友及旧游地的离情。江南春色最能使人感受到离愁之苦。江淹《别赋》：“春草碧色，春水渌波。送君南浦，伤如之何？”也是写江南离愁之苦的。春色之妍与离愁之苦对比强烈。“如今处处生芳草，纵凭高、不见天涯。”此处又笔转别恨，细数离怀。“更消他，几度春风，几度飞花”，如此离别相思，人将老去，怎能消几番春风来、春花谢呢！

庆清朝·榴花[1]

玉局[2]歌残，金陵[3]句绝，年年负却熏风[4]。西邻窈窕[5]，独怜入户飞红[6]。前度绿阴载酒，枝头色比舞裙同。何须拟，蜡珠作蒂，缃彩成丛[7]。　　谁在旧家殿阁，自太真仙去，扫地春空[8]。朱幡[9]护取，如今应误花工。颠倒绛英[10]满径，想无车马到山中。西风后，尚余数点，犹胜春浓[11]。

校注

（1）庆清朝：双调，九十七字，前后阕各十句、四平韵。榴花即石榴花。石榴，一名丹若。《广群芳谱》引《本草》云：“若木乃扶桑之名，榴花丹赪似之，故亦有丹若之称。”

（2）玉局：苏轼曾提举玉局观，玉局观在成都北。

（3）金陵：王安石晚年定居金陵，其《忆金陵》云：“覆舟山下龙光寺，玄武湖畔五龙堂。想见旧时游历处，烟云渺渺水茫茫。”（按：苏轼、王安石均有咏石榴诗词。苏轼《阮郎归》云：“微雨过，小荷翻，榴花开欲然。”此处当指苏轼《贺新郎》：“石榴半吐红巾蹙……秾艳一枝细看取，芳心千重似束。”王安石《咏石榴》：“浓绿万枝红一点，动人春色不须多。”）

（4）负却熏风：榴花初夏始放，赶不上春日开花，故言“负却熏风”。此“熏风”似指春风。孔绍安《侍宴咏石榴》：“可惜庭中树，移根逐汉臣。只为来时晚，花开不及春。”

（5）西邻：西边邻居。《易·既济》：“东邻杀牛，不如西邻之禴祭，实受其福。”元结《漫问相里黄州》：“东邻有渔父，西邻有山僧。”窈窕：幽深貌。孙绰《游天台山赋》:“邈彼绝域,幽邃窈窕。”白居易《题西亭》:“直廊抵曲房,窈窕深且虚。”

(6)飞红:石榴花色红艳,故言“入户飞红”。

(7)蜡珠:樱桃的一种。唐郑望之《膳夫经手录》:“其种有三:大而殷者,吴樱桃;黄而白者,蜡珠;小而赤者曰水樱珠。食之皆不如蜡珠。”缃彩:浅黄色的丝织品。温庭筠《海榴》:“蜡珠攒作蒂,缃彩剪成丛。”

(8)“自太真”二句:《洪氏杂俎》:“温汤七圣殿,绕殿石榴,皆太真所植。”

(9)朱幡:红色的旗幡,为尊贵者所用。刘向《列仙传·崔文子》:“后有疫气,民死者万计。长吏之文所请救。文拥朱幡,系黄散,以徇人门。饮散者即愈,所活者万计。”李益《大礼毕皇帝御丹凤门改元建中大赦》诗:“灵鸡鼓舞承天赦,高翔百尺垂朱幡。”

(10)绛英:深红色的花蕊。李商隐《五言述德抒情诗》:“移席牵缃蔓,回桡扑绛英。”王安石《闲行》:“欲知前面花多处,颠倒青苔落绛英。”

(11)“西风”三句:言秋风吹刮后,榴花并未绝迹,虽仅剩余数点,仍胜却春浓时日。

集评

(1)张惠言《词选》:此言乱世尚有人才,惜世不用也,不知其何所指。

(2)许昂霄《词综偶评》:(“玉歌残,金陵句绝”)东坡《贺新凉》词,后段单说榴花。荆公咏榴花,有“万绿丛中红一点,动人春色不须多”之句。(“何须拟,蜡珠作蒂”二句)出温飞卿诗。(“谁在旧家殿阁,自太真仙去,扫地春空”)温阳七圣殿绕殿石榴,皆太真所植,出《洪氏杂俎》。(“颠倒绛英满径”二句)用昌黎诗。

(3)陈廷焯《白雨斋词话》卷二:碧山《眉妩》《高阳台》《庆清朝》三篇,古今绝构,《词选》取之,确有特识。……一片热肠,无穷哀感,《小雅》怨诽不乱,诸词有焉。以视白石之《暗香》《疏影》,亦有过之无不及。词至是,乃蔑以加矣。

疏解

上片开首三句借榴花抒今昔盛衰之感，言自苏轼、王安石咏榴花诗词后便没有续响，榴花自开自落，年年辜负了夏日熏风。“玉局”指苏轼。苏轼因反“新政”被贬至海南，徽宗即位后，遇赦而还，被任为玉局观提举，因而后人或称之为苏玉局。其《贺新凉·乳燕飞华屋》云：“石榴半吐红巾蹙。待浮花浪蕊都尽，伴君幽独。秾艳一枝细看取，芳心千重似束。又恐被秋风惊绿。”另有《南歌子·暮春》云：“紫陌寻春去，红尘拂面来。无人不道看花回。惟见石榴新蕊、一枝开。　冰簟堆云髻，金尊滟玉醅。绿阴青子莫相催。留取红巾千点、照池台。”“金陵”指王安石，以其晚年家居金陵故称。“西邻”二句，言榴花盛后将谢，表现一种无可奈何的惆怅。朱熹有诗云：“窈窕安榴花，乃是西邻树。”武则天《如意娘》云：“看朱成碧思纷纷，憔悴支离为忆君。不信比来长下泪，开箱验取石榴裙。”“何须拟”三句，反顿石榴花之胜过蜡珠、缃彩。温庭筠《海榴》诗：“蜡珠攒作蒂，缃彩剪成丛。”

过片三句：《洪氏杂俎》言杨贵妃曾在骊山遍种石榴。“谁在旧家殿阁，自太真仙去，扫地春空。”借唐玄宗去蜀、贵妃马嵬自缢事，暗喻宋王朝德祐之难后之痛。王沂孙身历亡国情境，借石榴慨古今兴亡。“朱幡”二句，言而今再无花工设“朱幡护取”榴花。据记载，唐明皇天宝年间，处士崔玄微在洛阳居住。有一个叫石阿措的女郎告诉他，各位女伴都住在花圃中，每次都被恶风所挠。崔依其言，在苑中竖立一面朱幡，解决了这一问题。石阿措即安石榴，众女伴都是花精。“颠倒”二句，则由宫中榴花转写山中榴花，融入韩愈《榴花》诗“可怜此地无车马，颠倒青苔落绛英”之意。末以“西风后，尚余数点，犹胜春浓”作结，即“万绿丛中红一点，动人春色不须多”之意，言榴花不因西风而减。此词赞颂了亡国后遗民即使在秋风劲吹的年月里仍胜五月“榴花照眼”之时的情操。

张叔夏（张炎）｜一首

张炎生平简介

张炎（1248—1314后），字叔夏，号玉田、乐笑翁，临安（今浙江杭州）人，循王张俊六世孙。有《词源》二卷、《山中白云词》八卷。郑思肖序其词云："吾识张循王孙玉田先辈，喜其三十年汗漫南北数千里，一片空狂怀抱，日日化雨为醉。自仰扳姜尧章、史邦卿、卢蒲江、吴梦窗诸名胜，互相鼓吹春声于繁华世界，飘飘征情，节节弄拍，嘲明月以谑乐，卖落花而陪笑，能令后三十年西湖锦绣山水，犹生清响。"

舒岳祥序云："玉田张君，自社稷变置，凌烟废堕，落魄纵饮。北游燕、蓟，上公车，登承明有日矣。一日，思江南菰米、莼丝，吴江楚岸，枫丹苇白，一奚童负锦囊自随。诗有姜尧章深婉之风，词有周清真雅丽之思，画有赵子固潇洒之意，未脱承平公子故态，笑语歌哭，骚姿雅骨，不以夷险变迁也。"于此可略见其生平志趣。

高阳台·西湖春感[1]

接叶巢莺[2]，平波卷絮，断桥[3]斜日归船。能几番游，看花又是明年。东风且伴蔷薇住，到蔷薇、春已堪怜。更凄然。万绿西泠[4]，一抹[5]荒烟。　　当年燕子知何处，但苔深韦曲[6]，草暗斜川[7]。见说新愁，如今也到鸥边[8]。无心再续笙歌梦，掩重门、浅醉闲眠。莫开帘。怕见飞花，怕听啼鹃。

校注

(1)高阳台：词牌名，调名取自宋玉《高唐赋》，又名《庆春泽》，双调，一百字。详见《高阳台·残雪庭除》注（1）。

(2)“接叶”句：杜甫《陪郑广文游何将军山林》：“卑枝低结子，接叶暗巢莺。”

(3)断桥：西湖孤山侧桥名。

(4)西泠：西泠桥。杭州西湖桥名。

(5)一抹：一片。

(6)韦曲：唐时长安城南诸多韦姓者世居于此，故名。

(7)斜川：在今江西庐山市，陶潜有《游斜川诗并序》。词中借指元初宋遗民隐居之处。

(8)“见说”二句：沙鸥色白，因说系愁深而白，如人之白头。辛弃疾《菩萨蛮·金陵赏心亭为叶丞相赋》：“拍手笑沙鸥，一身都是愁。”

集说

周密《蘋洲渔笛谱》:《方舆胜览》:西湖在州西,周回三十里。山川秀发,四时画舫遨游,歌鼓之声不绝。

集评

(1)朱彝尊《词综》:叔夏词,意度超玄,律吕协洽,当与白石老仙相鼓吹。

(2)邓牧《伯牙琴》:美成、白石,逮今脍炙人口。知者谓丽莫如周,赋情或近俚;骚莫若姜,放意或近率。今玉田张君,无二家所短,而兼所长。

(3)陆辅之《词旨》:乐笑翁奇对:"接叶巢莺,平波卷絮。"

(4)王昶《国朝词综》:浙西填词者,家白石而户玉田。

(5)丁绍仪《听秋声馆词话》卷十七:宋末人词,语馨旨远,浅涉者每视为留连景物而已,不知其忠愤之忱,恒寓于谐声协律中。蒋剑人茂才(敦复)读张玉田"西湖春感"《高阳台》词,谓玉田拳拳故国,屡见乎词,集中多题水仙之作,此与赵子固同意,以寓其崖海之思。即用其韵题后云:"树老冬青,天连水碧,金牛湖上停船。去国王孙,看春不似当年。西泠老去笙歌梦,比前番、人瘦谁怜。更萧然。布袜青鞋,独吊荒烟。天涯万里无家别,听一声河满,满目山川。败柳栖鸦,伤心落照堤边。零花淡墨无多意,望瑶波、帝子空眠。掩重帘。夜夜枝头,泣损啼鹃。"真善会作者意。

(6)先著、程洪《词洁》:美成如杜,白石兼王、孟、韦、柳之长,与白石并有中原,后起之玉田也。白石老仙去后,只有玉田与之并立。《探春慢》二词,工力悉敌,试掩姓氏观之,不辨孰为尧章、孰为叔夏。

(7)张宗橚《词林纪事》卷十六引楼敬思语:南宋词人,姜白石外,惟张玉田能以翻笔、侧笔取胜,其章法、句法俱超,清虚骚雅,可谓脱尽蹊径,自成一家。迄今读集中诸词,一气卷舒,不可方物,信乎其为"山中白云"也。

(8)陈廷焯《白雨斋词话》卷二：玉田《高阳台》一章，凄凉幽怨，郁之至，厚之至，与碧山如出一手。乐笑翁集中，亦不多觏。

(9)谭献《谭评词辨》卷一："能几番"二句，运掉虚浑。"东风"二句是措注，惟玉田能之，为他家所无。换头见章法，玉田云"最是过变不可断了曲意"是也。

(10)刘熙载《艺概》卷四：今观张、王两家，情韵极为相似，如玉田《高阳台》之"接叶巢莺"与碧山《高阳台》之"残萼梅酸"，尤同鼻息。

(11)周济《介存斋论词杂著》：玉田，近人所最尊奉，才情诣力亦不后诸人；终觉积谷作米，把缆放船，无开阔手段。

(12)周济《介存斋论词杂著》：玉田词佳者匹敌圣与，往往有似是而非处，不可不知。叔夏所以不及前人处，只在字句上著功夫，不肯换意。若其用意佳者，即字字珠辉玉映，不可指摘。近人喜学玉田，亦为修饰字句易，换意难。

(13)王国维《人间词话》："自怜诗酒瘦，难应接许多春色。"(按：史达祖《喜迁莺·赋元夕》。)"能几番游，看花又是明年。"此等语，亦算警句耶？乃值如许笔力。

(14)王国维《人间词话》：玉田之词，余得取词中一语以评之，曰"玉老田荒"。

(15)王国维《人间词话》：苏、辛，词中之狂。白石犹不失为狷。若梦窗、梅溪、玉田、草窗、西麓辈，面目不同，同归于乡愿而已。

(16)梁令娴《艺蘅馆词选》引麦孺博语：亡国之音哀以思。

疏解

此词抒发国破家亡之悲。

上片开首三句，以景衬托国破家亡之凄凉。"能几番游"二句抒朝不保夕的无限哀情。

下片"当年燕子知何处"，化用刘禹锡《乌衣巷》："旧时王谢堂前燕，飞入寻常百姓家。"道出江山易主之恨。"见说新愁"以下，倾诉个人的满腔哀怨，再无心事追寻往日欢乐。 相传杜鹃啼血云“不如归去”。 末言“怕听啼鹃”，不知归到何处。 凄凉幽怨，悲郁之至。

此词为春暮咏物词，写春暮景，暗寓亡国之痛。 末“怕见飞花，怕听啼鹃”，尤觉悲凉哀怨。

黄德文（黄孝迈）｜一首

黄孝迈生平简介

黄孝迈，字德文，号雪舟，宋理宗时词人。 词风清丽绵密。《全宋词》收录其词四首。

湘春夜月[1]·近清明

近清明,翠禽枝上销魂[2]。可惜一片清歌,都付与黄昏。欲共柳花低诉,怕柳花轻薄[3],不解伤春[4]。奈楚乡[5]旅宿,柔情别绪,谁与温存[6]。　　空尊夜泣,青山不语,残月当门[7]。翠玉楼[8]前,惟是有、一波湘水,摇荡湘云。天长梦短,问甚时、重见桃根[9]。这次第[10],算人间、没个并刀[11],剪断心上愁痕。

校注

(1)湘春夜月:词牌名,黄孝迈自度曲。词牌即词题,与诗意完全吻合。词牌格律:

仄平平,仄平平仄平平。
仄仄仄仄平平,平仄仄平平。
仄仄仄平平仄,仄仄平平仄,仄仄平平。
仄仄平仄仄,平平仄仄,平仄平平。

平平仄仄,平平仄仄,平仄平平。
仄仄平平,平仄仄、仄平平仄,平仄平平。
平平仄仄,仄仄平、平仄平平。
仄仄仄,仄平平、仄仄平平,仄仄平仄平平。

(2)销魂:谓灵魂离开肉体,形容极其哀愁。江淹《别赋》:“黯然销魂者，唯别而已矣。”钱起《别张起居》诗：“有别时留恨，销魂况在今。”

(3)轻薄：轻靡，浅薄。此处言柳花浅薄，未能理解作者伤春之情。《北史·柳庆传》：“近代已来，文章华靡，逮于江左，弥复轻薄。”封演《封氏闻见记·贡举》：“此辈诚有词华，然其体轻薄，文章浮艳，必不成令器。”

(4)伤春：此作者感南宋国势日蹙，时事日非而伤叹。宋玉《招魂》：“湛湛江水兮上有枫，目极千里兮伤春心。”韦庄《长安清明》：“早是伤春梦雨天，可堪芳草正芊芊。”

(5)《绝妙好词笺》卷四：“奈楚乡”作“念楚乡”。

(6)温存：抚慰，体贴。韩愈、孟郊《雨中寄孟刑部几道联句》：“温存感深惠，琢切奉明诫。”

(7)“空尊”三句：作者旅宿楚乡，夜对残月当门，见门外青山一片黝黑，无语，想借酒浇愁，却见酒樽已空。“夜泣”，非酒樽夜泣，乃作者感伤而泣。

(8)翠玉楼：华丽之楼阁。此处指面对湘水之楚乡旅舍。

(9)桃根：桃根、桃叶，东晋美女。桃叶为姐，桃根为妹，桃叶为晋王献之的小妾。后泛指美女，亦指代男子心意中的女子。王献之有《桃叶歌》存世。

(10)这次第：这情形，这光景。李清照《声声慢》：“这次第，怎一个愁字了得。”

(11)并刀：并州(今山西太原一带)出产的剪刀，以锋利闻名各地。杜甫《戏题王宰画水山图歌》：“安得并州快剪刀，剪取吴淞半江水。”

集评

(1)万树《词律》：此调无他作者，想雪舟自度，风度婉秀，真佳词也。

(2)梁令娴《艺蘅馆词选》引麦孺博语：时事日非，无可与语，感喟遥深。

疏解

作者在本词中伤春怀人，痛感国势日蹙，时事日非，却无人可以倾诉。上片写作者客居楚乡而逢清明，感叹孤独寂寞。下片抒发作者对意中人的极度相思之情。过片“空尊夜泣，青山不语，残月当门”，写作者饮酒直至夜深而酒樽已空；见“一波湘水，摇荡湘云”，忧国情切，心境恍惚。此词词清调苦，境象清妙绝伦。

吴彦高（吴激）｜一首

吴激生平简介

吴激（？—1142），字彦高，号东山，建州（今福建建瓯）人。米芾婿。诗文书画皆佳，尤工诗，与蔡松年齐名，时称“吴蔡体”。作品风格清婉，多忆国怀乡之思。有《东山集》。

青衫湿(人月圆)·感旧[(1)]

南朝千古伤心地[(2)],还唱后庭花[(3)]。旧时王谢,堂前燕子,飞入人家[(4)]。　　恍然在遇[(5)],天姿[(6)]胜雪,宫髻堆鸦[(7)]。江州司马,青衫泪湿,同是天涯[(8)]。

校注

(1)《花庵词选》下卷卷二:题《北人张侍御家有感》。《花草粹编》卷四:题《席间遇流落妇人》。沈际飞《草堂诗余》卷一:题《感旧》。彊村本《中州乐府》:题《人月圆》。

(2)"南朝"句:此处以南朝喻南宋,故云"千古伤心事"。李商隐《南朝》:"玄武湖中玉漏催,鸡鸣埭口绣襦回。谁言琼树朝朝见,不及金莲步步来。敌国军营漂木柹,前朝神庙锁烟煤。满宫学士皆莲色,江令当年只费才。"沈际飞《草堂诗余》卷一、彊村本《中州乐府》:"伤心地"作"伤心事"。沈际飞《草堂诗余》:注:("事")一作"地"。

(3)后庭花:教坊曲名。本名《玉树后庭花》,南朝陈后主制。其辞轻荡,而其音甚哀,故后多用以称亡国之音。陈叔宝有《玉树后庭花》:"丽宇芳林对高阁,新装艳质本倾城。映户凝娇乍不进,出帷含态笑相迎。妖姬脸似花含露,玉树流光照后庭。"杜牧《泊秦淮》:"商女不知亡国恨,隔江犹唱《后庭花》。"彊村本《中州乐府》:"还唱"作"犹唱"。

(4)"旧时"三句:刘禹锡《乌衣巷》:"朱雀桥边野草花,乌衣巷口夕阳斜。旧时王谢堂前燕,飞入寻常百姓家。"王谢,东晋时的王氏和谢氏是左右朝廷的两个豪门望族。沈际飞《草堂诗余》卷一、彊村本《中州乐府》:"飞入人家”作“飞向谁家”。沈际飞《草堂诗余》：注：一作“飞入人家”。《贵耳集》卷上：“人家”作“谁家”。

(5)“恍然”句：言于金国，在张总侍御家集时，遇见原北宋宣和殿小宫姬。恍然，忽然，突然。阮籍《达庄论》：“恍然而止，忽然而休。”沈际飞《草堂诗余》卷一、彊村本《中州乐府》：“在遇”作“一梦”。沈际飞《草堂诗余》：注：一作“相遇”。《贵耳集》卷上：“在遇”作“相遇”。

(6)《容斋随笔》卷十三、《贵耳集》卷上、沈际飞《草堂诗余》卷一、彊村本《中州乐府》：“天姿”作“仙姿”。沈际飞《草堂诗余》：注：一作“天姿”。

(7)“宫髻”句：妇女发髻，多模仿皇宫内宫女的发式。堆鸦，形容女子发黑而美。宋程俱《丁巳九日因用己未岁吴下九日韵作》：“笑引壶觞成一醉，歌筵遥想鬓堆鸦。”《琵琶记·五娘剪发卖发》：“却将堆鸦髻，舞鸾鬟，与乌鸟报答鹤亲。”《西厢记·乘夜逾垣》：“晚妆初罢，秋水凝眸，云鬟堆鸦。”《容斋随笔》卷十三、彊村本《中州乐府》：“宫鬟”作“宫髻”。

(8)“江州”三句：自己如唐人江州司马白居易遇见琵琶女，因感叹“同是天涯沦落人”而泪湿青衫。江州司马指白居易。白居易《琵琶行》：“同是天涯沦落人，相逢何必曾相识。……座中泣下谁最多，江州司马青山湿。”《容斋随笔》卷十三、《贵耳集》卷上：“泪湿”作“湿泪”。沈际飞《草堂诗余》卷一：“泪湿”下注：一作“湿泪”。

集说

(1)洪迈《容斋随笔》：先公在燕山，赴北人张总侍御家集，出侍儿佐酒。中有一人，意状摧抑可怜。叩其故，乃宣和殿小宫姬也。坐客翰林直学士吴激赋长短句纪之，闻者挥泪。

(2)张端义《贵耳集》：北人张侍御有侍儿，意状可怜，乃宣和殿小宫姬也。又翰林吴激赋小词云(略)。

(3)刘祁《归潜志》：先翰林尝谈，国初宇文太学叔通主文盟时，吴深州彦高视宇文为后进，宇文止呼为“小吴”。因会饮，酒间有一妇人，宋宗室子，流落。诸公感叹，皆作乐章一阕。宇文作《念奴娇》，有“宗室家姬，陈王幼女，曾嫁钦慈族。干戈浩荡，事随天地翻覆”之语。次及彦高，作《人月圆》……宇文览之，大惊。自是人乞词，辄曰：“当诣彦高也。”

(4)元好问《中州乐府》：彦高北迁后为故宫人赋此。时宇文叔通亦赋《念奴娇》先成，而颇近鄙俚。及见彦高此作，茫然自失。是后人有求作乐府者，叔通即批云：“吴郎近以乐府名天下，可往求之。”

集评

(1)黄昇《花庵词选》：右二曲皆精妙凄婉，惜无人拈出，今录入选中，必有能知其味者。

(2)刘祁《归潜志》：彦高词集，篇数虽不多，皆精微尽善。虽多用前人诗句，其剪裁点缀若天成，真奇作也。先人尝云：“诗不宜用前人语，若夫乐章，则剪截古人语亦无害，但要能使用尔。如彦高《人月圆》，半是古人句，其思致含蓄甚远，不露圭角，不尤胜于宇文自作者哉！”

(3)徐釚《词苑丛谈》卷一：沈东江(谦)曰：“小令、中调有排荡之势者，吴彦高之‘南朝千古伤心事’，范希文之‘塞下秋来风景异’是也。”

(4)许昂霄《词综偶评》：《花庵》称其精妙凄婉，良然。然只是善于运化唐句耳。

(5)吴衡照《莲子居词话》卷一：吴彦高为《中州乐府》之冠，不特词高，其韵亦谨饬有法。如《人月圆》专用“麻”韵，《春从天上来》专用“青”韵，《满庭芳》专用“盐”韵、皆用“广”韵。即《风流子》“阳”“唐”并用，只就近通融，不搁入“江”也。

(6)陈廷焯《白雨斋词话》卷三：余独爱彦高《人月圆·宴张侍御家有感》……感激豪宕，不落小家数。

疏解

此词为吴激最负盛名之作。其本事，刘祁《归潜志》、元好问《中州乐府》及宋人洪迈《容斋随笔》均有记载，谓此词之创作，乃是在一次酒席宴会上，有一侍女本是宋室宫姬，流落至此。于是，“诸公感叹”而赋词，而吴激所作，尤使“闻者挥涕”。

此词通篇化用唐人诗句，虚实相间，反复唱叹，今昔对比，“恍然一梦”，不胜故国沧桑之感。末了以江州司马自比，突出“同是天涯沦落人”之慨，尤觉凄婉沉痛，因而引起广泛共鸣，使得“闻者挥涕”。

李易安（李清照）｜四首

一、李清照生平简介

李清照（1084—约1151），号易安居士，齐州章丘（今山东济南市章丘区西北）人，婉约词派代表，有“千古第一才女”之称。有《易安居士文集》《易安词》，已散佚。后人辑有《漱玉词》。

二、李清照《词论》校注、集评、疏解

乐府声诗并著[(1)]，最盛于唐。开元、天宝[(2)]间，有李八郎[(3)]者，能歌擅天下。时新及第进士开宴曲江[(4)]，榜中一名士先召李，使易服，隐姓名，衣冠故敝[(5)]，精神惨沮[(6)]，与同之宴所。曰：“表弟愿与坐末[(7)]。”众皆不顾。既酒行，乐作，歌者进，时曹元谦、念奴[(8)]为冠。歌罢，众皆咨嗟[(9)]称赏。名士忽指李曰：“请表弟歌。”众皆哂[(10)]，或有怒者。及转喉发声，歌一曲，众皆泣下。罗拜[(11)]曰：“此必李八郎也。”自后郑、卫之声[(12)]日炽，流靡之变日烦[(13)]。已有《菩萨蛮》《春光好》《莎鸡子》《更漏子》《浣溪沙》《梦江南》《渔父》[(14)]等词，不可遍举[(15)]。五代干戈，四海瓜分豆剖[(16)]，斯文道熄[(17)]。独江南李氏君臣[(18)]尚文雅，故有“小楼吹彻玉笙寒”“吹皱一池春水”之词[(19)]。语虽甚奇，所谓“亡国之音哀以思”[(20)]也。

逮至本朝[21]，礼乐文武大备，又涵养百余年，始有柳屯田永[22]者，变旧声作新声，出《乐章集》，大得声称于世。虽协音律，而词语尘下[23]。又有张子野、宋子京兄弟、沈唐、元绛、晁次膺辈[24]继出，虽时时有妙语，而破碎何足名家。至晏元献[25]、欧阳永叔[26]、苏子瞻[27]，学际天人[28]，作为小歌词，直如酌蠡[29]水于大海，然皆句读不葺[30]之诗尔，又往往不协音律。何耶？盖诗文分平侧[31]，而歌词分五音[32]，又分五声[33]，又分六律[34]，又分清浊轻重[35]。且如近世所谓《声声慢》《雨中花》《喜迁莺》[36]，既押平声韵，又押入声韵；《玉楼春》本押平声韵，又押上、去声，又押入声。本押仄声韵，如押上声则协；如押入声，则不可歌矣。王介甫[37]、曾子固[38]，文章似西汉[39]，若作一小歌词，则人必绝倒[40]，不可读也。

乃知词别是一家，知之者少。后晏叔原[41]、贺方回[42]、秦少游[43]、黄鲁直[45]出，始能知之。又晏苦无铺叙[45]，贺苦少典重[46]。秦则专主情致，而少故实[47]，譬如贫家美女，虽极妍丽丰逸，而终乏富贵态。黄即尚故实，而多疵病，譬如良玉有瑕，价自减半矣。

校注

(1)声诗并著：乐曲和歌辞都著名。

(2)开元、天宝：唐玄宗李隆基的年号。

(3)李八郎：李衮，唐代有名的歌唱者。

(4)曲江：地名，在长安城东南。

(5)故弊：破旧。

(6)惨沮：惨淡抑郁。

(7)坐末：犹陪下座。

(8)曹元谦、念奴：二者皆为唐代有名的歌唱者。

(9)咨嗟：感叹。

（10）哂：讥笑。

（11）罗拜：团团下拜。

（12）郑、卫之声：本指春秋郑、卫国的音乐。 这里指靡靡之音。

（13）烦：多。

（14）《菩萨蛮》等：皆词牌名。

（15）遍举：一一列举。

（16）瓜分豆剖：比喻国土被人分割。

（17）斯文道熄：指诗词创作衰落。

（18）李氏君臣：指南唐李璟、李煜父子与冯延巳等人。

（19）“故有”句：《南唐书·冯延巳传》：“元宗尝戏延巳曰：‘“吹皱一池春水”，干卿何事？’延巳答：‘未如陛下“小楼吹彻玉笙寒。”’元宗悦。”

（20）亡国之音哀以思：语出《礼记·乐记》。

（21）本朝：指宋朝。

（22）柳屯田永：北宋词人柳永。

（23）尘下：庸俗低下。

（24）张子野等：皆宋代词人。

（25）晏元献：北宋词人晏殊，卒谥元献。

（26）欧阳永叔：欧阳修，字永叔。

（27）苏子瞻：苏轼，字子瞻。

（28）天人：才高的人。

（29）蠡：瓠瓢。

（30）不葺：长短不齐。

（31）平侧：平仄。

（32）五音：指唇、齿、喉、舌、鼻所发之音。

（33）五声：指宫、商、角、徵、羽五音阶。

（34）六律：本指黄钟律、太簇律、姑洗律、蕤宾律、夷则律、无射律。这里指十二律吕。

（35）清浊轻重：声之轻清、重浊。

（36）《声声慢》等：皆词牌名。

（37）王介甫：王安石，字介甫。

(38)曾子固：曾巩，字子固。

(39)西汉：指西汉文风。

(40)绝倒：笑倒。

(41)晏叔原：晏幾道，字叔原。

(42)贺方回：贺铸，字方回。

(43)秦少游：秦观，字少游。

(44)黄鲁直：黄庭坚，字鲁直。

(45)铺叙：铺陈、叙写。

(46)典重：庄重。

(47)故实：典故、史实。

集评

(1)胡仔《苕溪渔隐丛话》后集卷三十三：易安历评诸公歌词，皆摘其短，无一免者。此论未公，吾不凭也。其意盖自谓能擅其长，以乐府名家者。

(2)赵彦卫《云麓漫钞》卷十四：李氏自号易安居士。……有才思，文章落纸，人争传之。小词多脍炙人口，已版行于世。他文少有见者。

(3)陈廷焯《白雨斋词话》卷六：两宋词家……惟方外之葛长庚，闺中之李易安，别于周、秦、姜、史、苏、辛外，独树一帜，而亦无害其为佳。

(4)缪钺《论李易安词》：其评骘诸家，持论甚高。……此非好为大言，以自矜重，盖易安孤秀奇芬，卓有见地，故掎摭利病，不假稍借，虽生诸人之后，不肯摹拟任何一家。

疏解

古乐府歌与诗并列发展的最高峰出现在盛唐时期。

“古乐府”，一指汉、魏、晋、南北朝乐府机构采集创作的诗，一指后世文人袭用旧题创作的乐府诗。唐代的歌行体即在六朝乐府诗的基础上建立起来。格式节奏上不大讲究平仄，以五七言为主，但可参差不齐，可变韵，俗称古诗、古风。

故云诗兴于唐，词盛于宋。然由声诗而演变为歌词，实起于盛唐。“旗亭画壁”的故事就很能说明这个问题。据唐薛用弱《集异记》记载：“开元中，诗人王昌龄、高适、王涣之齐名。时风尘未偶，而游处略同。一日天寒微雪，三人共诣旗亭，贳酒小饮。忽有梨园伶官十数人，登楼会宴。三诗人因避席偎映，拥炉火以观焉。俄有妙妓四辈，寻续而至，奢华艳曳，都冶颇极。旋则奏乐，皆当时之名部也。昌龄等私相约曰：‘我辈各擅诗名，每不自定其甲乙。今者可以密观诸伶所讴，若诗入歌词多者，可以为优矣！’俄而，一伶拊节而唱曰：‘寒雨连江夜入吴，平明送客楚山孤。洛阳亲友如相问，一片冰心在玉壶。’昌龄则引手画壁曰：‘一绝句。’寻又一妓讴之曰：‘开箧泪沾臆，见君前日书。夜台何寂寞，犹是子云居。’适则引手画壁曰：‘一绝句。’寻又一伶讴曰：‘奉帚平明金殿开，强将团扇共徘徊。玉颜不及寒鸦色，犹带昭阳日影来。’昌龄则又引手画壁曰：‘二绝句。’涣之自以得名已久，因谓诸人曰：‘此辈皆潦倒乐官，所唱皆“巴人下里”之词耳，岂“阳春白雪”之曲，俗物敢近哉？’因指诸妓之中最佳者曰：‘待此子所唱如非我诗，吾即终身不敢与子争衡矣。脱是吾诗，子等当须列拜床下，奉吾为师。’因欢笑而俟之。须臾次至，双鬟发声，则曰：‘黄河远上白云间，一片孤城万仞山。羌笛何须怨杨柳，春风不度玉门关。’涣之揶歈二子曰：‘田舍奴，我岂妄哉！’因大谐笑。诸伶不喻其故，皆起诣曰：‘不知诸郎君何此欢噱？’昌龄等因话其事，诸伶拜曰：‘俗眼不识神仙，乞降清重，俯就筵席。’三子从之，饮醉竟日。”

又，李肇《唐国史补》卷下载云：“李衮善歌，初于江外而名动京师。崔昭入朝，密载而至。乃邀宾客，请第一部乐及京邑之名倡，以为盛会。绐言表弟，请登末座。令衮敝衣以出，合坐嗤笑。顷命酒，昭曰：‘欲请表弟歌。’坐中又笑。又转喉一发，乐人皆大惊，曰：‘此必李八郎也。’遂罗拜阶下。”

至五代十国的南唐，有中主李璟、后主李煜、宰相冯延巳三大词人，西蜀有赵崇祚编辑的《花间集》，开启了宋代曲子词的兴盛。

壶中天慢·春情[1]

萧条庭院，又斜风[2]细雨，重门[3]须闭。宠柳娇花寒食近[4]，种种恼人天气。险韵诗[5]成，扶头酒[6]醒，别是闲滋味。征鸿[7]过尽，万千心事难寄[8]。　楼上几日春寒[9]，帘垂四面[10]，玉阑干慵倚[11]。被冷香消新梦觉[12]，不许愁人不起。清露晨流，新桐[13]初引，多少游春意。日高[14]烟敛，更看今日晴未[15]。

校注

(1)壶中天慢：词牌名，又名《百字令》《念奴娇》《酹江月》《大江东去》，双调，一百字，前后阕各四仄韵。《花庵词选》卷十、《妙选草堂诗余》前集卷上、《花草粹编》卷十、沈际飞《草堂诗余》卷四：题《春情》。《阳春白雪》卷八：刻为无名氏作。赵万里校辑《宋金元人词·漱玉集》定本调名下注："《彤管遗编》题作《春日闲情》。"

念奴，天宝中名倡，善歌。每岁楼下酺宴，累日之后，万众喧隘，严安之、韦黄裳辈辟易不能禁，众乐为之罢奏。玄宗遣高力士大呼于楼上曰："欲遣念奴唱歌，邠二十五郎吹小管篴，看人能听否？"未尝不悄然奉诏。

韵律定格：

(平)平(仄)仄，仄平(平)(仄)仄，(平)平平仄(韵)
(仄)仄(平)平平仄仄，(仄)仄(平)平平仄(韵)。
(仄)仄平平，(平)平(仄)仄，仄仄平平仄(韵)。
(平)平(平)仄，(平)平平仄平仄(韵)。

(平)仄(平)仄平平,(平)平平仄,(仄)仄平平仄(韵)。
(仄)仄(平)平平仄仄,(仄)仄(平)平平仄(韵)。
(仄)仄平平,(平)平(仄)仄,(仄)仄平平仄(韵)。
(平)平(平)仄,(平)平平仄平(仄)(韵)。

(2)《花草粹编》卷十:“又斜风”作“有斜风”。沈际飞《草堂诗余》卷四:“又”下注作“有”,误。

(3)重门:多层的门。张衡《西京赋》:“重门袭固,奸宄是防。”左思《蜀都赋》:“华阙双邈,重门洞开。”杜甫《彭衙行》:“延客已曛黑,张灯启重门。”张先《青门引》词:“楼头画角风吹醒,入夜重门静。”

(4)“宠柳”句:近寒食时节,嫩柳摇漾,春花艳丽,令人喜爱。寒食,古代在清明节前一两天的节日,焚火数日,只吃冷食,所以称寒食。韩翃《寒食日即事》:“春城无处不飞花,寒食东风御柳斜。”苏轼《寒食帖》其一:“自我来黄州,已过三寒食。年年欲惜春,春去不容惜。”《阳春白雪》卷八:“娇花”作“娇莺”。沈际飞《草堂诗余》卷四:“宠”下注作“弱”,误。

(5)险韵诗:以生僻而又难押之字为韵脚的诗。

(6)扶头酒:醇厚浓烈易醉人之酒。杜牧《醉题》:“醉头扶不起,三丈日还高。”贺铸《南乡子》:“易醉扶头酒,难逢敌手棋。”

(7)征鸿:远飞的大雁。江淹《赤亭渚》:“远心何所类,云边有征鸿。”陈亮《好事近》词:“懒向碧云深处,问征鸿消息。”沈际飞《草堂诗余》卷四:白乐天诗:“一榼扶头酒,泓澄泻玉壶。”《阳春白雪》卷八:“征鸿”作“飞鸿”。

(8)《阳春白雪》卷八:“难寄”作“谁寄”。

(9)《阳春白雪》卷八:“春寒”作“寒浓”。

(10)《阳春白雪》卷八:“四面”作“三面”。

(11)“玉阑干”句:言懒得去靠在栏杆上。玉阑干为栏杆的美称。李廌《虞美人》:“玉阑干外清江浦。渺渺天涯雨。”慵,懒,慵懒。《阳春白雪》卷八:“玉阑干慵”作“闲拍阑干”。

(12)《阳春白雪》卷八："新梦觉"作"清梦断"。

(13)《阳春白雪》卷八："新桐"作"疏桐"。沈际飞《草堂诗余》卷四：《世说新语》："清露晨流，新桐初引。"

(14)《阳春白雪》卷八："日高"作"云高"。

(15)晴未：天气晴了没有？未，同否，表示询问。

集评

(1)黄苏《蓼园词评》：花庵词客云："前辈常称易安'绿肥红瘦'为佳句。余谓此篇'宠柳娇花'之语亦甚奇俊，前此未有道之者。"

(2)杨慎《词品》：填词虽于文为末，而非自《选》诗、乐府来，亦不能入妙。李易安词"清露晨流，新桐初引"，乃全用《世说》语。女流有此，在男子亦秦、周之流也。

(3)李攀龙《草堂诗余隽》：心事有万千，岂征鸿可寄？……心事托之新梦，言有寄而情无方，玩之，自有意味。

(4)王世贞《弇州山人词评》：易安有"宠柳娇花寒食近，种种恼人天气。""宠柳娇花"，新丽之甚。

(5)沈际飞《草堂诗余》正集："宠柳娇花"，又是易安奇句。后人窃其影，似犹惊目。

(6)陆云龙《词菁》：苦境，亦实境。

(7)徐伯龄《蟫精隽》：又"宠柳娇花"之言，为词话所赏识。晦庵朱子云："今时妇人能文，只有李易安与魏夫人。"

(8)毛先舒《诗辨坻》：李易安《春情》："清露晨流，新桐初引"，用《世说》全句，浑妙。尝论词贵开拓，不欲沾滞，忽悲忽喜，乍近乍远，所为妙耳。如游乐词，须微著愁思，方不痴肥。李《春情》词本闺怨，结云"多少游春意""更看今日晴未"，忽尔拓开，不但不为题束，并不为本意所苦。直如行云，舒卷自如，人不觉耳。

(9)王士禛《花草蒙拾》：前辈谓史梅溪之句法、吴梦窗之字面，固是确论，尤须雕组而不失天然。如"绿肥红瘦""宠柳娇花"，人工天巧，可称绝唱。

（10）彭孙遹《金粟词话》：李易安“被冷香消新梦觉，不许愁人不起”“守着窗儿，独自怎生得黑”，皆用浅俗之语，发清新之思，词意并工，闺情绝调。

（11）沈雄《古今词话》：李易安“被冷香消新梦觉，不许愁人不起”，又“如今憔悴，风鬟霜鬓，怕见夜间出去”，杨用修以其寻常语度入音律，殊为自然。

（12）许昂霄《词综偶评》：此词造语固为奇俊，然未免有句无章。旧人不加评驳，殆以其妇人而恕之耶？

（13）冯金伯《词苑萃编》引羡门云：“作意催花柳”天然微妙；“宠柳娇花”未免组织矣。

（14）黄苏《蓼园词评》：只写心绪落寞，遇寒食更难遣耳。陡然而起，便尔深邃。至前阕云“重门须闭”，次阕云“不许”“不起”，一开一合，情各戛戛生新。起处雨，结句晴，局法浑成。

（15）沈雄《古今词话》：李易安“被冷香消清梦觉，不许愁人不起”，又“于今憔悴，风鬟霜鬓，怕见夜间出去”，杨用修以其寻常言语度入音律，殊为自然。但“守着窗儿，独自怎生得黑”，又“梧桐更兼细雨，到黄昏、点点滴滴”，正词家所谓“以易为险，以故为新”者，易安先得之矣。

（16）王世贞《艺苑卮言》：“宠柳娇花”，新丽之甚。

（17）陈廷焯《白雨斋词话》：李易安之“绿肥红瘦”“宠柳娇花”等类，造句虽工，然非大雅。

（18）沈祥龙《论词随笔》：李易安“清露晨流，新桐初引”，用《世说新语》，更觉自然。稼轩能合经史子而用之，自有才力绝人处。他人不宜轻效。

（19）李佳《左庵词话》：作词须用词眼，如潘元质之“燕娇莺姹”，李易安之“绿肥红瘦”“宠柳娇花”，梦窗之“醉云醒月”，碧山之“桃云研雪”，梅溪之“柳昏花暝”，竹屋之“玉娇香怨”。

（20）唐圭璋《唐宋词简释》：此首写心绪之落寞，语浅情深。“萧条”两句，言风雨闭门；“宠柳”两句，言天气恼人，四句以景起。“险韵”两句，言诗酒消遣；“征鸿”两句，言心事难寄，四句以情承。换头，写楼高寒重，玉阑懒倚。“被冷”两句，言懒起而不得不起。“不许”一句，颇婉妙。“清露”两句，用《世说》，点明外界春色，抒欲图自遣之意。末两句宕开，语似兴会，意仍伤极。盖春意虽盛，无如人心悲伤，欲游终懒，天不晴自不能游，实则即晴亦未必果游。

疏解

此为春闺独处怀人之作，为别具一格之闺怨词。上片由春闲引发对远人的思念，下片通过抒写春寒之日的凄清，反映作者百无聊赖的心情。

上片开头三句写环境、气候，景色萧条。柳、花而用“宠”“娇”修饰，隐有妒春之意。接着写作诗填词醉酒，仍无法排解闲愁，已有万般怨尤。一句“征鸿过尽，万千心事难寄”道出闲愁的原因：思念远行的丈夫，“万千心事”无法捎寄。下片开头三句，写懒倚栏杆的愁闷情志，又写出她独宿春闺的种种感觉。“不许愁人不起”，写出作者已失去支撑生活的乐趣。“清露”两句转写新春的可爱，因之产生游春心思。结尾两句最为佳妙，天已放晴，她却担心是否真晴，将那种心有余悸的感觉表现得极为凄迷。

声声慢·寻寻觅觅[1]

寻寻觅觅[2],冷冷清清,凄凄惨惨切切[3]。乍暖还寒[4]时候,最难将息[5]。三杯两盏[6]淡酒,怎敌他、晓[7]来风急。雁过[8]也,正[9]伤心,却是旧时相识。　满地黄花堆积。憔悴损[10],如今有谁堪摘[11]。守着窗儿,独自怎生[12]得黑。梧桐[13]更兼细雨,到黄昏、点点滴滴。这次第[14],怎一个愁字了得[15]!

校注

(1)声声慢：词牌名。历来作者多用平韵格，而李清照《漱玉词》所用仄韵格最为世所传诵。九十七字，前后片各五仄韵，例用入声部韵。

此词的韵脚是“觅”“戚”“息”“急”“识”“积”“摘”“黑”“滴”“得”，韵部属“十二锡”，“四质十一陌十二锡十三职十四缉”可通押。

词牌格律：

平平仄仄,仄仄平平,平平仄仄仄仄。
仄仄平平平仄,仄平平仄。
平平仄仄仄仄,仄仄平、仄平平仄。
仄仄仄,仄平平,仄仄仄平平仄。

仄仄平平平仄,平仄仄、平平仄平平仄。
仄仄平平,仄仄仄平仄仄。
平平仄平仄仄,仄平平、仄仄仄仄。

仄仄仄，仄仄仄平仄仄仄。

(2)“寻寻”句：写出了一种空虚失落、惆怅迷惘的情态；似乎想把失去的人生找回来，故“寻觅”之不足，再重叠一“寻觅”。寻，找寻，六神无主地反复寻求、探索。《后汉书·张衡传》：“寻其方面。”陶渊明《桃花源记》：“寻向所志。”柳宗元《小石城山记》：“寻之无所得。”觅，求也。《魏志·管辂传》：“觅索余光。”《晋书·武帝纪》：“是犹欲登山者涉舟航而觅路。”

(3)“凄凄”句：忧愁苦闷之状。《花草粹编》卷九：“切切”作“戚戚”。

(4)乍暖还寒：深秋的天气，忽然变暖，又转寒冷。乍，忽然。《花草粹编》卷九：“暖”作“煖”。

(5)将息：调养，休息；将养休息。王建《留别张广文》：“千万求方好将息，杏花寒食约同行。”《花草粹编》卷九：“最”作“正”。

(6)《花草粹编》卷九：“盏”作“盃”。

(7)《花草粹编》卷九：“晓”作“晚”。

(8)雁过：韦应物《西楼》：“高阁一长望，故园何日归。烟尘拥函谷，秋雁过来稀。”

(9)《花草粹编》卷九：“正”作“纵”。

(10)损：表示程度极高。

(11)堪：可。《花草粹编》卷九：“堪”作“忺”。

(12)怎生：怎样的。生，语助词。

(13)梧桐：比喻丧偶(丧夫或丧妻)。古以为夫妻双栖为一生，一人死去，即为“半死半生”，故借《七发》“龙门之桐”以为喻。枚乘《七发》：“龙门之桐，高百尺而无枝。中郁结之轮菌，根扶疏以分离。上有千仞之峰，下临百丈之溪。湍流溯波，又澹淡之。其根半死半生。”白居易《长恨歌》：“春风桃李花开日，秋雨梧桐叶落时。”贺铸《鹧鸪天》：“重过阊门万事非，同来何事不同归。梧桐半死清霜后，头白鸳鸯失伴飞。”

(14)这次第：这光景、这情形。

(15)“怎一个”句：一个“愁”字怎么能概括得尽呢？

集评

(1)张端义《贵耳集》卷上：易安居士李氏，赵明诚之妻，《金石录》亦笔削其间。南渡以来，常怀京、洛旧事。晚年赋元宵《永遇乐》词云：“落日熔金，暮云合璧”，已自工致。

(2)张端义《贵耳集》卷上：“寻寻觅觅，冷冷清清，凄凄惨惨戚戚。”此乃公孙大娘舞剑手。本朝非无能词之士，未曾有一下十四叠字者，用《文选》诸赋格。后叠又云：“梧桐更兼细雨，到黄昏、点点滴滴。”又使叠字，俱无斧凿痕。更有一奇字云：“守着窗儿，独自怎生得黑。”“黑”字不许第二人押。妇人中有此文笔，殆间气也。有《易安文集》。

(3)罗大经《鹤林玉露》卷十二：近时李易安词云：“寻寻觅觅，冷冷清清，凄凄惨惨戚戚”，起头连叠七字，以一妇人，乃能创意出奇如此。

(4)杨慎《词品》卷二：宋人中填词，李易安亦称冠绝。使在衣冠，当与秦七、黄九争雄，不独雄于闺阁也。其词名《漱玉集》，寻之未得。《声声慢》一词，最为婉妙。其词云……山谷所谓以故为新，以俗为雅者，易安先得之矣。

(5)茅暎《词的》卷四：连用十四叠字，后又四叠字，情景婉绝，真是绝唱。后人效颦，便觉不妥。

(6)陆云龙《词菁》卷二：连下叠字无迹，能手。“黑”字妙绝。

(7)刘体仁《七颂堂词绎》：惟易安居士“最难将息”“怎一个愁字了得”，深妙稳雅，不落蒜酪，亦不落绝句，真此道本色当行第一人也。

(8)许昂霄《词综偶评》：此词颇带伧气，而昔人极口称之，殆不可解。

(9)万树《词律》卷十：用仄韵。从来此体皆收易安所作，盖此遒逸之气，如生龙活虎，非描塑可拟。其用字奇横而不妨音律，故卓绝千古。人若不及其才，而故学其笔，则未免类狗矣。观其用上声、入声，如“惨”字、“戚”字、“盏”字、“点”字、“摘”字等，原可做平，故能谐协，非可泛用仄字而以去声填入也。其前结“正伤心，却是旧时相识”，于“心”字豆句，然于上五下四者，原不拗，所谓此九字一气贯下也。后段第二、三句“憔悴损，如今有谁堪摘”，句法亦然。

（10）陈廷焯《白雨斋词话》卷二：易安《声声慢》一阕，连下十四叠字，张正夫叹为“公孙大娘舞剑手”，且谓“本朝非无能词之士，未曾有一下十四叠字者”。然此不过奇笔耳，并非高调。张氏赏之，所见亦浅。又“宠柳娇花”之句，黄叔旸叹为“前此未有能道之者”。此语殊病纤巧，黄氏赏之，亦谬。宋人论词，且多左道，何怪后世纷纷哉！

（11）陈廷焯《白雨斋词话》卷七：易安《声声慢》词，张正夫云：“（按：即前辑录《贵耳集》语。）此乃公孙大娘舞剑手。……”此论甚陋。十四叠字，不过造语奇隽耳。词境深浅，殊不在此。执是以论词，不免魔障。

（12）陈廷焯《白雨斋词话》卷七：“寻寻觅觅，冷冷清清，凄凄惨惨戚戚”，易安隽句也（并非高调）。“莺莺燕燕春春，花花柳柳真真，事事风风韵韵，娇娇嫩嫩（四字尤不堪），停停当当人人。”乔梦符效之，丑态百出矣。然如双卿《凤凰台上忆吹箫》一阕，叠至四五十字，而运以变化，不见痕迹。长袖善舞，谁谓今人不逮古人！

（13）陈廷焯《云韶集》卷十：叠字体，后人效之者甚多，且有增至二十余叠者。才气虽佳，终著痕迹，视易安风格远矣。“黑”字警，后幅一片神行，愈唱愈妙。

（14）周济《宋四家词选序论》：双声叠韵字要着意布置。有宜双不宜叠，宜叠不宜双处。重字则既双且叠，尤宜斟酌。如李易安之“凄凄惨惨戚戚”，三叠韵、六双声，是锻炼出来，非偶然拈得也。

（15）周之琦《晚香室词录》卷七：其“寻寻觅觅”一首，《鹤林玉露》及《贵耳集》皆盛称之，惟海盐许蒿庐谓其颇带伧气，可谓知言。

（16）陆蓥《问花楼词话》：叠字之法最古，义山尤喜用之。然如《菊》诗“暗暗淡淡紫，融融冶冶黄”，转成笑柄。宋人中易安居士善用此法。其《声声慢》一词，顿挫凄绝。词曰：“寻寻觅觅，冷冷清清，凄凄惨惨戚戚。乍暖还寒时候，最难将息。”又云：“梧桐更兼细雨，到黄昏、点点滴滴。”二阕共十余个叠字，而气机流动，前无古人，后无来者，可谓词家叠字之法。

（17）江顺诒《词学集成》引张祖望评：“这次第，怎一个愁字了得”……没要紧语也。

（18）梁令娴《艺蘅馆词选》引梁启超语：此词最得咽字诀，清真不及也。

(19)唐圭璋《读李清照词札记》：此词上片既言“晚来”，下片如何可言“到黄昏”，雨滴梧桐，前后言语重复，殊不可解。若作“晓来”，自朝至暮，整日凝愁，文从字顺，豁然贯通。

(20)夏承焘《唐宋词欣赏》：这首词用了许多双声叠韵字。一开头就用连串的叠字，是为加强刻画她的百无聊赖的心情，从前人认为这是了不起的创造。尤其是末了几句，“梧桐更兼细雨，到黄昏、点点滴滴。这次第，怎一个愁字了得！”二十多个字里，舌音、齿音交相重叠，是有意以这种声调来表达她心中的忧郁和惆怅。这些句子不但读起来明白如话，听起来也有明显的音乐美，充分体现出词这种配乐文学的特色。因为词原来是唱的，要使人容易听得懂。刘体仁说这首词是“本色当行”，就是指它明白易懂而言。这首词借双声叠韵字来增强表达感情的效果，是从前词家不大用过的艺术手法。李清照是一个有高度文化修养的女作家，有真挚丰富的生活感情，又有她自己独特的见解，因此她确实当得起婉约词派杰出作家的称号。她这首《声声慢》词以细腻而又奇横的笔墨，用双声叠韵啮齿叮咛的音调，来写她心中真挚深刻的感情，这是从欧(阳修)、秦(观)诸大家以来所不曾见过的一首突出的代表作。

(21)沈祖棻《宋词赏析》：此词之作，是由于心中有无限痛楚抑郁之情，从内心喷薄而出，虽有奇思妙语，而并非刻意求工，故反而自然深切动人。陈廷焯《云韶集》说它“后幅一片神行，愈唱愈妙”。正因为并非刻意求工，“一片神行”才是可能的。

(22)俞平伯《唐宋词选释》：“晓来”，各本多作“晚来”，殆因下文“黄昏”云云。其实词写一整天，非一晚的事。若云“晚来风急”，则反而重复。上文“三杯两盏淡酒”是早酒，即前录《念奴娇》词所谓“扶头酒醒”；下文“雁过也”，即彼词“征鸿过尽”。

(23)吴小如《吴小如古典诗词札丛》：李清照这首《声声慢》，脍炙人口数百年，就其内容而言，简直是一篇悲秋赋。亦惟有以赋体读之，乃得其旨。……李清照的这首词在作法上是有创造性的。原来的《声声慢》的曲调，韵脚押平声字，调子相应地也比较徐缓。而这首词却改押入声韵，并屡用叠字和双声字，这就变舒缓为急促，变哀婉为凄厉。……因为此词以豪放纵恣之笔写激动悲怆之怀，既不委婉，也不隐约。

（24）吴熊和等《唐宋诗词探胜》：词调取名《声声慢》，声调上也因此特别讲究，用了不少双声叠韵字，如凄、惨、戚、将息，伤心，黄花，憔悴，更兼，黄昏，点滴，都是双声；冷清，暖还寒，盏淡，得黑，都是叠韵。李清照作词主张分辨五音，这首词用齿音、舌音特别多，齿音四十一字（如寻、清、凄、惨、戚等）；舌音十六字。全词九十七字，这两声字却多至五十七字。尤其到了末了，"梧桐更兼细雨，到黄昏、点点滴滴。这次第，怎一个愁字了得！"二十多个字里舌、齿两声交加重叠，看来是特意用啮齿叮咛的口吻，来表达忧郁惝恍的心情，这些都是经过惨淡经营的，却绝无雕琢的痕迹，同时用心细腻而笔致奇横，使人不能不赞叹其艺术手腕的高明。

（25）平慧善《李清照诗文词选译》：此词写词人历遭国破家亡劫难后的愁苦悲戚。开头三句，有层次地表现词人寻求、失望，因而凄凄惨惨戚戚的心情。突兀的开头，使词人的愁情第一次迸发出来，接着是比较平缓婉曲的借景抒情，以晚风、淡酒、归雁、黄花、梧桐、细雨，抒发种种愁情，到"独自怎生得黑"，感情渐趋强烈，最后一句则是将无边无际的愁情推向高峰，为全词作了高度的概括和总结。此词在语言上的成就历来为论者所赞赏。首先表现在叠字的运用上，开头三句全为叠字，却毫无雕琢的痕迹，自然妥帖地表现了词中的情和景，因此被誉为"公孙大娘舞剑手""情景婉绝""绝唱"。其次是口语的运用，如"最难将息""独自怎生得黑""这次第，怎一个愁字了得"以浅俗之语入词，发清新之思，令人叹绝。

疏解

此为李清照晚年作品，描写残秋所见、所闻、所感，抒发国破家亡、天涯沦落的孤寂落寞、悲凉愁苦。宋钦宗靖康二年（1127），徽宗、钦宗二帝被俘，北宋灭亡。李清照夫婿赵明诚奔母丧南下金陵。之后李清照南下，载书十五车，前来会合。明诚家在青州，有书册十余屋，因兵变被焚，家破国亡，不幸至此。宋高宗建炎三年（1129），赵明诚因病去世，时清照四十六岁。清照把丈夫安葬以后，追随流亡中的朝廷由建康（今南京市）到浙东，饱尝颠沛流离之苦，避难奔走，所有收藏丧失殆尽。亡国之恨、丧夫之哀、孀居之苦，凝集心头，无法排遣，而作此《声声慢》。

上片：起句连用七组叠词，不但在填词方面，即使在诗赋曲也绝无仅有。十四叠字，吟诵起来，如琵琶女之“大珠小珠落玉盘”，令人有徘徊低迷、婉转凄楚之感。心情不好，再加上“乍暖还寒时节，最难将息”，就很自然想起亡夫。于是她披衣起，喝酒消愁。然而天暗云低，冷风正劲，天空孤雁悲鸣。此雁“似曾相识”，却未曾捎上书信。

过片三句，只见满地菊花，也如已憔悴不堪。四、五句言等到了黄昏，却又下起雨来。点点滴滴，兼之屋外那两棵梧桐树在风雨中飘摇。黄昏时的点点细雨，应和着心中丧夫之痛的悲伤跳荡，逼出了“这次第，怎一个愁字了得”。

凤凰台上忆吹箫·香冷金猊(1)

香冷金猊(2),被翻红浪(3),起来慵自(4)梳头。任宝奁(5)尘满,日上帘钩(6)。生怕离怀别苦(7),多少事、欲说还休。新来瘦(8),非关(9)病酒,不是悲秋。　休休(10),这回去也,千万遍《阳关》(11),也只(12)难留。念武陵人远(13),烟锁秦楼(14)。惟有楼前流水(15),应念我、终日凝眸。凝眸(16)处,从今又添一段新愁(17)。

校注

(1)凤凰台上忆吹箫：词牌名。（按：刘向《列仙传》:“萧史者，秦穆公时人也，善吹箫，能致孔雀、白鹤于庭。秦穆公有女字弄玉，好之，公遂以女妻焉。日教弄玉吹箫作凤鸣，居数年，吹似凤声，凤凰来止其屋。公为作凤台，夫妇止其上，不下数年。一旦，皆乘凤凰飞去。故秦人为作凤女祠于雍宫中，时有箫声而已。”词牌即由“吹箫引凤”演化而来。)此调始见于《晁氏琴趣外篇》。赵万里校辑《漱玉词》定本调名下注：“《草堂诗余》题作《离别》,《彤管遗编》《古今女史》并同。”(按：赵万里在《校辑宋金元人词》中辑录了六十首李清照《漱玉词》的散佚词作，对真伪也作了考订，这对后来学者校订《漱玉词》产生了较大的影响。)《古今词综》题作《闺情》。

词牌格律：

平仄平平,仄平平仄,仄平平仄平平(韵)。
仄仄平平仄,仄仄平平(韵)。
平仄平平仄仄,平仄仄、仄仄平平(韵)。

平平仄,平平仄仄,仄仄平平(韵)。

平平(韵),仄平仄仄,平仄仄平平,仄仄平平(韵)。
仄仄平平仄,平仄平平(韵)。
平仄平平平仄,平仄仄、平仄平平(韵)。
平平仄,平平仄平仄仄平平(韵)。

注:此格为此词正体。

(2)金猊:狮形铜香炉。猊,也称“狻猊”,省称为猊,即狮子。《尔雅·释兽》:“狻麑如虦猫,食虎豹。”郭璞注:“即师子也,出西域。”《穆天子传》卷一:“狻猊、野马走五百里。”郭璞注:“狻猊,师子,亦食虎豹。”唐牛上士《狮子赋》:“穷汗漫之大荒,当昆仑之南轴。铄精刚之猛气,产灵猊之兽族。”杜甫《天狗赋》:“夫何天狗嶙峋兮,气独神秀。色似狻猊,小如猿狖。”苏轼《十八大阿罗汉颂》:“手拊雏猊,目视瓜献。甘芳之意,若达于面。”

(3)红浪:红色被铺乱摊在床上,有如波浪。

(4)《乐府雅词》卷下:“慵自”作“人未”。(注:别本作“慵自”。)

(5)宝奁:华贵的梳妆镜匣。宝,玉器,后来词义扩大,泛指珍贵的东西;奁,女子梳妆用的镜匣,泛指精巧的小匣子。

(6)《妙选草堂诗余》后集卷下:(“日上”句)杜诗:“落日在帘钩。”

(7)《乐府雅词》卷下:“离怀别苦”作“闲愁暗恨”。

(8)《乐府雅词》卷下:“新来瘦”作“今年瘦”。

(9)非关:无关于,不关涉。《乐府雅词》卷下、《花庵词选》卷十、《妙选草堂诗余》后集卷下、《花草粹编》卷九、沈际飞《草堂诗余》卷三:“非关”作“非干”。

(10)《乐府雅词》卷下:“休休”作“明朝”。(注:别本作“休休”。)

(11)《阳关》:王维《送元二使安西》诗:“渭城朝雨浥轻尘,客舍青青柳色新。劝君更尽一杯酒,西出阳关无故人。”后据此诗谱成《阳关三叠》,为唐宋时的送别之曲。此处泛指离歌。

(12)也只:依旧。《乐府雅词》卷下:“也只”作“也即”。《花庵词选》卷

十、《妙选草堂诗余》后集卷下、《花草粹编》卷九、沈际飞《草堂诗余》卷三："也只"作"也则"。

(13)"念武陵"句：据古书记载，汉明帝永平五年，剡县刘晨、阮肇共入天台山取谷皮，迷不得返，经十余日，粮食乏尽，饥馁殆死。遥望山上有一桃树，大有子实，而绝岩邃涧，了无登路。攀葛乃得至，啖数枚，而饥止体充。复下山，持杯取水，欲盥漱。见芜菁叶从山腹流出，甚鲜新，复一杯流出，有胡麻饭糁，相谓曰："此知去人径不远。"度山出一大溪，溪边有二女子，姿质妙绝，见二人持杯出，便笑曰："刘、阮二郎捉向所失流杯来。"晨、肇既不识之，二女便呼其姓，如似有旧，相见欣喜，问："来何晚耶？"因邀还家。其家筒瓦屋，南壁及东壁下各有一大床，皆施绛罗帐，角悬铃，上金银交错，床头各有十侍婢，便敕云："刘、阮二郎，经涉山岨，向虽得琼实，犹尚虚弊，可速作食。"有胡麻饭、山羊脯，甚美。食毕行酒，有群女来，各持三五桃子，笑而言："贺汝婿来。"酒酣作乐，刘、阮欣怖交并。至暮，令各就一帐宿，女往就之，言声清婉，令人忘忧。至十日后，欲求还去，女云："君已来是，宿福所牵，何复欲还耶？"遂停半年。气候草木是春时，百鸟啼鸣，更怀土，求归甚苦。女曰："当如何？"遂呼前来女子，有三四十人，集会奏乐，共送刘、阮，指示还路。既出，亲旧零落，邑屋改异，无复相识。问得七世孙，传闻上世入山，迷不得归。韩琦《点绛唇》词："武陵凝睇，人远波空翠。"《乐府雅词》卷下："人远"作"春晚"。

(14)"烟锁"句：谓独居妆楼。秦楼即凤台，相传春秋时秦穆公女弄玉与其夫萧史乘凤飞升之前的住所。冯延巳《南乡子》："烟锁凤楼无限事。"《乐府雅词》卷下："烟锁秦楼"作"云锁重楼"。

(15)《乐府雅词》卷下："惟有"作"记取"，"流水"作"绿水"。

(16)眸：眼珠。《景岳全书》卷二十七引龙木禅师语曰："人有双眸，如天之有两曜，乃一身之至宝，聚五脏之精华。"沈际飞《草堂诗余》卷三："凝眸"下注：作"盼望"，误。

(17)沈际飞《草堂诗余》卷三："从今又添一段新愁"作"从今去，又添一段新愁"，无"凝眸处"三字，误。《乐府雅词》卷下："又添一段"作"更数几段"。（注：别本作"更添一段"。）

集评

（1）（托名）杨慎评点《草堂诗余》：“欲说还休”与“怕伤郎、又还休道”同意。端的为着甚的？

（2）茅暎《词的》：出自然，无一字不佳。

（3）李攀龙《草堂诗余隽》：非病酒，不悲秋，都为苦别瘦。水无情于人，人却有情于水。

（4）沈际飞《草堂诗余》正集：懒说出，妙；瘦为甚的，尤妙。“千万遍”，痛甚。转转折折，忤合万状。清风明月，徒化为楚雨巫云；阿阁洞房，立变成离亭别墅，至文也。

（5）李廷机《草堂诗余评林》：宛转见离情别意，思致巧成。

（6）邹祗谟《倚声初集》：清照原阕，独此作有元曲意。阮亭（王士禛）此和，不但与古人合缝无痕，殆戛戛上之。清照而在，当悲暮年颓唐矣。

（7）王又华《古今词论》：张祖望曰：“词虽小道，第一要辨雅俗。结构天成，而中有艳语、隽语、奇语、豪语、苦语、痴语、没要紧语，如巧匠运斤，毫无痕迹，方为妙手。古词中如……‘有楼前流水，应念我终日凝眸’……痴语也。”

（8）陈廷焯《云韶集》：此种笔墨，不减耆卿、叔原，而清俊疏朗过之。“新来瘦”三语，婉转曲折，煞是妙绝。笔致绝佳，余韵尤胜。

（9）刘乃昌《李清照词鉴赏》：柳永写离情，细密有余，蕴藉不足。李清照吸收了柳词精微细密之长，而以典重之笔出之。……李清照这首词却又以语言平易、意脉贯串见长。所用几个典故，既贴切自然，又如盐溶于水，浑化不涩，以此又具有疏畅的特点。

（10）蔡厚示《李清照作品赏析集》：处处都流露出她对丈夫的一片真情。调子虽然嫌低沉一点，但还是能使读者体会到她对生活的热爱和对幸福的向往。在当时理学家大力倡导封建礼教和漠视妇女地位的宋代，李清照敢于如此直率地表达自己的感情和欲望，不能不说是有点儿反抗性格。

疏解

此为李清照早期作品，大致作于青州，李清照与赵明诚屏居乡里十余年，其间赵明诚或有外任，李清照则独居青州。《凤凰台上忆吹箫·香冷金猊》即抒写思念丈夫的离愁之苦。

上片从举止神态写起，表现了词人的复杂心境：想道出离愁，又不忍道出。下片进一步揭示了词人的难言痛楚，通过刻画独倚楼头、含情凝眸的情致，极有分量地抒写了伉俪情深和相思之苦。

醉花阴·九日[1]

薄雾浓云愁永昼[2],瑞脑销金兽[3]。佳节又重阳[4],玉枕纱厨[5],半夜凉初透[6]。　东篱[7]把酒黄昏后,有暗香盈袖[8]。莫道不消魂[9],帘卷西风[10],人比黄花[11]瘦。

校注

(1)醉花阴：词牌名，此词又名《九日》，双调小令，仄韵格，五十二字，上下阕各五句三仄韵。《花庵词选》卷十：题《九日》。沈际飞《草堂诗余》卷一：题《重阳》。

(2)愁永昼：愁难排遣觉得白天太长。永昼，漫长的白天。沈际飞《草堂诗余》卷一："云"下注：作"雾"，误。

(3)瑞脑：一种薰香名，又称龙脑，即冰片。销金兽：香炉里香料逐渐燃尽。金兽，兽形的铜香炉。《花草粹编》卷五："销金兽"作"喷金兽"。《妙选草堂诗余》后集卷上注："金兽所以炷香"，作"喷"，误。

(4)重阳：农历九月九日为重阳节。唐诗宋词中有不少贺重阳、咏菊花的诗词佳作。《花庵词选》卷十、《花草粹编》卷五、沈际飞《草堂诗余》卷一："佳节"作"时节"。沈际飞《草堂诗余》：一作"佳"，误。

(5)玉枕纱厨：华贵的枕头与蚊帐。《妙选草堂诗余》后集卷上、《花草粹编》卷五、沈际飞《草堂诗余》卷一："玉枕"作"宝枕"。沈际飞《草堂诗余》一作"玉"。《花草粹编》卷五："纱厨"作"纱橱"。

(6)《妙选草堂诗余》后集卷上、《花草粹编》卷五："凉初透"作"秋初透"。沈际飞《草堂诗余》卷一：（"凉初透"）一作"秋光透"，又作"秋先透”，俱误。

（7）东篱：泛指采菊之地。陶渊明《饮酒诗》：“采菊东篱下，悠然见南山。”

（8）暗香：这里指菊花的幽香。盈袖：满袖。

（9）消魂：形容极度忧愁、悲伤。《乐府雅词》卷下、《妙选草堂诗余》后集卷上、沈际飞《草堂诗余》卷一：“不消魂”作“不销魂”。《妙选草堂诗余》注：（“莫道”句）《文选》江淹《别赋》：“黯然销魂者，唯别而已。”

（10）帘卷西风：秋风吹动帘子。西风，秋风。

（11）比：一作“似”。黄花：菊花。

集说

伊世珍《琅嬛记》卷中：易安以重阳《醉花阴》词函致明诚。明诚叹赏，自愧弗逮，务欲胜之。一切谢客，忘食寝者三日夜，得十五阕，杂易安作，以示友人陆德夫。德夫玩之再三，曰：“只三句绝佳。”明诚诘之，答曰：“莫道不消魂，帘卷西风，人比黄花瘦。”政易安作也。

集评

（1）胡仔《苕溪渔隐丛话》：《九日》词云：“帘卷西风，人似黄花瘦。”此语亦妇人所难到也。

（2）沈际飞《草堂诗余》正集卷一：康词“比梅花，瘦几分”，一婉一直，并时争衡。

（3）王士禛《花草蒙拾》：“薄雾浓云”，新都引中山王《文木赋》“薄雾浓氛”以折“云”字之非。杨博奥，每失穿凿，如王右丞诗“玉角羓”与“朱鬣马”之类，殊堕狐穴。此“氛”字辨证独妙。

（4）徐釚《词苑丛谈》卷四：王弇州曰：“康与之‘人瘦也，比梅花，瘦几分’，又‘天还知道，和天也瘦’，又‘帘卷西风，人比黄花瘦’，又‘应是绿肥红瘦’，又‘人共博山烟瘦’。‘瘦’字俱妙。”

(5)许昂霄《词综偶评》：结句亦从“人与绿杨俱瘦”脱出，但语意较工妙耳。

(6)吴衡照《莲子居词话》卷二：杨用修《词品》四卷，论列诗余，颇具知人论世之概，不独引据博洽而已。其引据处，亦足正俗本之误。……如云中山王《文木赋》“奔电屯云，薄雾浓氛”，《漱玉词》“薄雾浓氛愁永昼”用此。俗本改“氛”作“云”。

(7)万树《词律》：《醉花阴》，沈氏极赏之，密圈到底，且加双层圈。呜呼！此岂有目者耶!

(8)周之琦《晚香室词录》：愚按:《醉花阴》“帘卷西风”，为易安传作，其实寻常语耳。

(9)许宝善《自怡轩词谱》：幽细凄清，声情双绝。

(10)陈廷焯《云韶集》：无一字不秀雅，深情苦调，元人词曲往往宗之。

(11)王闿运《湘绮楼词评》：此语若非出女子自写照，则无意致。“比”字各本皆作“似”，类书引反不误。

(12)夏承焘《唐宋词欣赏》：在诗词中，作为警句，一般是不轻易拿出来的。这句“人比黄花瘦”之所以能给人深刻的印象，除了它本身运用比喻描写出鲜明的人物形象之外，句子安排得妥当，也是其原因之一。她在这个结句的前面，先用一句“莫道不消魂”带动宕语气的句子作引，再加一句写动态的“帘卷西风”，这以后，才拿出“人比黄花瘦”警句来。人物到最后才出现。这警句不是孤立的，三句联成一气，前面两句环绕后面一句，起到绿叶红花的作用。经过作者的精心安排，好像电影中的一个特写镜头，形象性很强。这首词末了一个“瘦”字，归结全首词的情意，上面种种景物描写，都是为了表达这点精神，因而它确实称得上是“词眼”。以炼字来说，李清照另有《如梦令》“绿肥红瘦”之句，为人所传诵。这里她说的“人比黄花瘦”一句，也是前人未曾说过的，有它突出的创造性。

(13)唐圭璋《唐宋词简释》：此首情深词苦，古今共赏。起言永昼无聊之情景，次言重阳佳节之感人。换头，言向晚把酒。着末，因花瘦而触及己瘦，伤感之至。尤妙在“莫道”二字唤起，与方回之“试问闲愁知几许”句，正同妙也。

(14)江顺诒《词学集成》卷七引柴虎臣评：语情则“红雨飞愁”“黄花比瘦”。

(15)吴熊和等《唐宋诗词探胜》：李清照论词鄙薄柳永“词语尘下”，这三句就是柳词“衣带渐宽终不悔，为伊消得人憔悴”之意，表示思念之深。但表达时屏绝浮花浪蕊，选择了不求秾丽、自甘素淡的菊花，既是重九即景，又象征着一种高雅的情操。以它自比，温柔蕴藉，又绝无浮薄之嫌，更能反衬出作者不同凡俗的高标逸韵。

(16)余恕诚《百家唐宋词新话》：结尾“莫道不销魂，帘卷西风，人比黄花瘦”。“帘卷西风”，乍看可有可无，少此一笔似亦无损于诗意。实则不然。四字有“帘卷”“西风”两个意象，“西风”以凄冷、萧瑟的一面加强了词的情调气氛，“帘卷”构成室内和室外的联系。没有“帘卷”，“人比黄花瘦”就变成单纯比喻。有此一笔，则交代出当帘卷西风之际，词人看到帘外黄花，因物生感迸发出了“人比黄花瘦”这样的心声，显得真切自然，而非作词时强拉来的比喻。又，词中前后两句写人，中间插以“帘卷西风”一句写景物，亦显得跌宕回肠，符合词人千回百转的感情节奏。

疏解

每逢佳节倍思亲。因赵明诚外任，李清照于重阳节把酒赏菊，深感孤独、寂寞。上片咏节令，写别愁；下片写赏菊情景，结尾三句，用黄花比喻人的憔悴，以瘦暗示相思之深，极含蓄深沉之致。据伊世珍《琅嬛记》记载，李清照将此词寄给赵明诚后，明诚叹服，三夜未合眼，作词十五阕，终未能胜过李清照此首《醉花阴》。

上片：“薄雾浓云愁永昼”，因天气不佳，她只好待在屋里，往香炉里添加瑞脑香。“瑞脑销金兽”便是转写室内情景。三句“佳节又重阳”，一个“又”字，可知明诚离家已经不止一年两载。当此佳节良辰，丈夫不在身边，“遍插茱萸少一人”，她不禁“每逢佳节倍思亲”。四、五句：“玉枕纱厨，半夜凉初透。”她玉枕孤眠，纱帐独寝，直至半夜，不仅因天气转凉，更因心中变冷。

过片二句，写黄昏赏菊东篱、借酒浇愁。染得满身花香，可她还是孤独一人。《古诗十九首》：“馨香盈怀袖，路远莫致之。”表达了一种深刻的遗憾。末言她回到屋里，却是西风卷帘，寒意袭人。“黯然销魂者，唯别而已。”她回首一看屋外，方联想到“人比黄花瘦”。

郑文妻（孙氏）｜一首

忆秦娥·花深深[1]

花深深，一钩[2]罗袜行花阴。行花阴，闲将柳带，细结同心[3]。

日边消息[4]空沉沉，画眉楼上愁登临[5]。愁登临，海棠[6]开后，望到如今。

校注

（1）南宋时，太学生郑文在国子监读书。一天，他受邀去朋友家做客。主人非常热情，留他多住了几天。其妻孙氏见丈夫出去好几天都未回家，心里很着急又挂念。孙氏善填词，提笔作此。《妙选草堂诗余》后集卷下：（“花深深”）杜诗：“穿花蛱蝶深深舞。”《花草粹编》卷四、沈际飞《草堂诗余》卷一：题《闺情》。沈际飞《草堂诗余》注平韵。

（2）一钩：常用于形容新月。古人亦比喻美人之缠足如一弯新月。

（3）同心：同心结，为男女相爱的象征。同心结是一种古老而寓意深长的花结。由于其两结相连的特点，常被作为爱情的象征，取“永结同心”之意。《妙选草堂诗余》后集卷下：李白诗：“横垂宝带同心结。”沈际飞《草堂诗余》卷一：“柳”一作“缕”，误。

(4)日边消息：来自京城的消息。日，古时常指皇帝。日边，皇帝的身旁，一般指京都。《尚书·汤誓》："有众率怠，弗协，曰：'时日曷丧，予及汝皆亡！'"孔传："众下相率为怠惰，不与上和合，比桀于日，曰：'是日何时丧？我与汝俱亡！'欲杀身以丧桀。"《妙选草堂诗余》后集卷下："日边"作"耳边"。沈际飞《草堂诗余》卷一："日"一作"耳"，误。

(5)画眉楼上：画眉楼，妆楼。《汉书·张敞传》："(敞)为妇画眉，长安中传张京兆眉怃。有司以奏敞。上问之，对曰：'臣闻闺房之内，夫妇之私，有过于画眉者。'上爱其能，弗备责也。然终不得大位。"此言夫妻恩爱。朱庆余《近侍上张水部》："妆罢低头问夫婿，画眉深浅入时无。"《妙选草堂诗余》后集卷下：《楚辞》："登山临水兮送将归。"

(6)海棠：海棠花，此为郑文妻孙氏自喻。海棠花姿潇洒，花开似锦，自古以来是雅俗共赏的名花，历代文人多有脍炙人口的诗句赞赏海棠。陆游诗云："虽艳无俗姿，太皇真富贵"，写出了海棠艳美高雅。陆游另一首诗云："猩红鹦绿极天巧，叠萼重跗眩朝日"，写出了海棠花鲜艳的红花绿叶及花朵繁茂与朝日争辉的形象。宋代刘子翚诗云："幽姿淑态弄春晴，梅借风流柳借轻。几经夜雨香犹在，染尽胭脂画不成"，形容海棠似娴静的淑女。苏东坡亦有名句"只恐夜深花睡去，故烧高烛照红妆。"因此海棠有雅号"解语花"。

集说

张宗橚《词林纪事》卷十九引《古杭杂记》：(郑)文，秀州人，太学服膺斋上舍。孙氏寄以词，一时传播，酒楼伎馆皆歌之。

集评

卓人月《古今词统》卷五：易安取"庭院深深"四字以名其词，余谓"花深深"三字更佳。

疏解

一个春日，孙氏独自徘徊于花下，看到长长的柳条，便随手攀折了几枝，然后细心编成一个同心结，期望丈夫能与自己永结同心。她已经有几天没有收到丈夫的信了，在愁苦无奈的时候，只能独自登上闺楼远眺。

上片写独处的怅惘和对坚贞爱情的向往。“花深深”描写了春日百花盛开之景，而自己却只能独自徘徊于花下。三句重写“行花阴”是词律的要求，却不是单纯的重复，而含有徘徊之意，以引出下面的动作。“闲将柳带”编成了一个同心结，以表达对于心心相印的爱情的向往。

下片直抒胸臆，她表达了痛苦的期待与热切的召唤。日边指皇帝所在地，此指郑文就读的太学所在地临安。因为“日边消息空沉沉”，故有下句“画眉楼上愁登临”。她天天既想登楼眺望，又害怕再度失望，故云“愁登临”。末云“海棠开后，望到如今”，既表现了思念的深切，又流露出失望的怨怼。

无名氏 | 一首

绿意·荷叶(1)

碧圆自洁。向浅洲远渚，亭亭清绝。犹有遗簪(2)，不展秋心，能卷(3)几多炎热？鸳鸯密语同倾盖(4)，且莫与、浣纱人说。恐怨歌、忽断花风，碎却翠云(5)千叠。　回首当年汉舞(6)，怕飞去(7)、谩皱留仙裙褶(8)。恋恋青衫，犹染枯香，还叹鬓丝飘雪。盘心清露如铅水(9)，又一夜、西风吹折。喜静(10)看、匹练秋光，倒泻半湖明月。

校注

(1)《词洁》：调名《暗香》《疏影》，张玉田易名为《红情》《绿意》，咏荷花、荷叶。《花草粹编》卷十三：题《荷花》，未著作者姓名。《词综偶评》：词调下刻“无名氏”。《宋四家词选》：词调下刻无名氏，题《荷叶》。

(2)遗簪：喻未展叶之荷叶芽尖，似绿簪。（按：簪，古代发饰，由笄发展而成，乃古人用来绾定发髻或冠的长针。 汉武帝过李夫人，就取玉簪搔头，自此后，宫人搔头皆用玉簪。)《后汉书·舆服志》：“黄金龙首衔白珠，鱼须擿，长一尺，为簪珥。”

（3）《花草粹编》卷十三："能卷"作"能倦"。

（4）倾盖：二车相邻，车盖相交接，伞盖靠在一起。《史记·鲁仲连邹阳列传》："谚曰：'白头如新，倾盖如故。'何则？知与不知也。"司马贞索隐引《志林》曰："倾盖者，道行相遇，軿车对语，两盖相切，小欹之，故曰倾也。"《孔子家语·致思》："孔子遇程子于途，倾盖而语。"储光羲《贻袁三拾遗谪作》："倾盖洛之滨，依然心事亲。"

（5）《宋四家词选》："翠云"作"绿云"。

（6）汉舞：汉代赵飞燕在掌中起舞。赵飞燕（？—前1），本在阳阿公主处学舞，后为汉成帝刘骜的第二任皇后。平帝即位，废为庶人，自杀身亡。

（7）《花草粹编》卷十三："怕飞去"作"帕飞去"。

（8）留仙裙褶：此指荷叶多褶皱，像多褶之裙。据汉伶玄《赵飞燕外传》记载，成帝于太液池作千人舟，号合宫之舟。后歌舞《归风》《送远》之曲，侍郎冯无方吹笙以倚后歌。中流歌酣，风大起。后扬袖曰："仙乎仙乎！去故而就新，宁忘怀乎？"帝令无方持后裙。风止，裙为之绉。他日，宫姝或襞裙为绉，号"留仙裙"。

（9）"盘心"句：汉武帝好神仙，作承露盘以承甘露，以为服食之可以延年。《汉书·郊祀志上》："其后又作柏梁、铜柱、承露仙人掌之属。"颜师古注引《三辅故事》："建章宫承露盘，高二十丈，大七围，以铜为之，上有仙人掌承露，和玉屑饮之。"曹植《承露盘铭》："固若露盘，长存永贵。"李贺《金铜仙人辞汉歌》："空将汉月出宫门，忆君清泪如铅水。衰兰送客咸阳道，天若有情天亦老。"

（10）《宋四家词选》："喜静"作"但剩"。

集说

（1）周济《宋四家词选》：《词综》列入无名氏。记见一本作梦窗词，今不记何本矣。仍列此作于梦窗后。

（2）丁绍仪《听秋声馆词话》：《暗香》《疏影》二调，为白石自度腔，以咏梅花。张玉田易名《红情》《绿意》，分咏荷花、荷叶。《词综》成时，玉田生词尚未流布，故《绿意》词属之无名氏。……《词律》知《绿意》之即《疏影》，亦不知为玉田生作。细绎篇中句读，绝似《花心动》，惟起句与前后两结不同。至元人彭元逊，又易名《解珮环》，于“盘心清露”二句，作“汀州窈窕余醒寐，遗珮浮沉澧浦。”“遗珮”句少一字，“余醒寐”亦费解，必有讹脱。

集评

张惠言《词选》：此伤君子负枉而死，盖似李纲、赵鼎之流。“回首当年汉舞”云者，言其自结主知，不肯远引。结语喜其已死而心得白也。

疏解

上片：首三句总说荷叶特点：“碧”“圆”。“洲”是荷花、荷叶生长的环境。“亭亭”，言其品格风姿清绝。“犹有遗簪”，写丛叶中尖尖的莲朵像女子鬟鬓上之“玉簪”；一个“遗”字，显示其有人“遗忘”。时令已至秋天，荷花、荷叶即将枯萎，因称其为“秋心”。故紧接以“能卷几多炎热？”“卷”字，是借初叶之形来说它欲留住炎夏。然秋风将至，此中似寄托着词人自身之感慨。再后四句，化用了郑谷“多谢浣纱人未折，雨中留得盖鸳鸯”之意，然从容说来，语同己出。“倾盖”之喻，比郑诗只多一字，却机杼别出，饶有风趣。以“翠云千叠”比荷塘绿叶之浓密，也极恰当。

过片三句，以赵后之舞咏荷叶，当从绿罗裙想来。赵后欲乘风飞去，其裙裾因被牵而留皱褶，正可比花欲谢而叶稍萎。“恋恋青衫”三句，似言潦倒之文士诗人，亦留情于枯荷。李商隐《宿骆氏亭寄怀崔雍崔衮》：“秋阴不散霜飞晚，留得枯荷听雨声。”荷虽枯萎然“犹染枯香”，似为自寓。“盘心”句则以荷叶比承露盘。然莲叶终被折于“一夜西风”，犹铜人终被拆于魏官。可寓亡国之伤痛。末了以匹练秋光倒泻水中，写荷塘月色，已是荷被吹折之后。通过描绘之景象告示读者：虽花叶都尽，而明月长在，秋光似画。回应发端“自洁”“清绝”，使荷叶之品格、精神得到了进一步的升华。

2020年度国家古籍整理出版专项经费资助项目

温州大学中文学科建设丛书

张惠言《词选》
董毅《续词选》校笺疏解

副编

黄世中 注疏

黄山书社

目　录

副　编

副编

李太白（李白）| 一首

忆秦娥·箫声咽[1]

箫声咽[2]，秦娥梦断秦楼月[3]。秦楼月，年年柳色，灞陵伤别[4]。　乐游原上清秋节[5]，咸阳古道音尘[6]绝。音尘绝。西风残照[7]，汉家[8]陵阙。

校注

（1）《妙选草堂诗余》前集卷下、沈际飞《草堂诗余》卷一：题《秋思》。《花草粹编》卷四：调名下注：一名《秦楼月》，一名《双荷叶》。忆秦娥：词牌名。双调，共四十六字，有仄韵、平韵两体。仄韵格为定格，多用入声韵，上、下片各三仄韵、一叠韵。世传李白首制此词，因有“秦娥梦断秦楼月”句，故名。此词牌别名甚多，因苏轼词有“清光偏照双荷叶”而又名《双荷叶》，因无名氏词有“水天摇荡蓬莱阁”而又名《蓬莱阁》，因张辑词有“碧云暮合”而又名《碧云深》，因宋媛孙道绚词有“花深深”而又名《花深深》，贺铸词名《子夜歌》，长筌子词名《华溪仄》。名作除了《忆秦娥·箫声咽》，尚有李清照《忆秦娥·临高阁》与贺铸《忆秦娥·晓朦胧》等。

《忆秦娥》词牌最早见于《忆秦娥·箫声咽》词。对于《忆秦娥·箫声咽》，邵博《邵氏闻见后录》始称为李白作品，南宋黄昇《唐宋诸贤绝妙词选》亦录于李白名下。明代以来屡有质疑者，理由是《李太白全集》中并无此词，至今所知盛唐诗人除李白外无一人作此词。因此一般认为是晚唐五代词人所作，后被误归于李白名下。“秦娥”本指古代秦国的女子弄玉。传说她是秦穆公的女儿，爱吹箫，嫁给了萧史。

格律对照（仄韵格）：

例词：李白《忆秦娥·箫声咽》：

平中仄，中平中仄平平仄。
箫声咽，秦娥梦断秦楼月。
平平仄，中平中仄，仄平平仄。
秦楼月，年年柳色，霸陵伤别。

中平中仄平平仄，中平中仄平平仄。
乐游原上清秋节，咸阳古道音尘绝。
平平仄。中平中仄，仄平平仄。
音尘绝。西风残照，汉家陵阙。

(2)箫声咽：洞箫之声低沉、苍凉。箫，洞箫。把两支箫分别刻上龙凤来配对的称“龙凤箫”。《汉书·元帝纪赞》：“元帝多材艺，善史书，鼓琴瑟，吹洞箫。”颜师古注引如淳曰：“箫之无底者。”刘勰《文心雕龙·诠赋》：“子渊《洞箫》，穷变于声貌。”李德裕诗：“王褒铁材晚始入，宫女已能传洞箫。”咽，呜咽，形容箫管吹出的曲调低沉、悲凉。

(3)“秦娥”句：秦穆公女弄玉听见仙人萧史吹出宛转呜咽的箫声，从梦中惊醒时，楼顶正挂着一弦明月。梦断，梦被打断，即梦醒。（按：据刘向《列仙传》等记载，弄玉相传为春秋秦穆公女，又称秦娥、秦女、秦王女等，嫁善吹箫之萧史，日就萧史学箫作凤鸣，穆公为作凤台以居之。后夫妻乘凤飞天仙去。）庾信《荡子赋》：“罗敷总发，弄玉初笄。”李白《凤台曲》：“曲在身不返，空余弄玉名。”

(4)“灞陵”句：送客至灞桥，折柳送别，令人伤感。灞陵，在西安市东，是汉文帝的陵墓所在地。当地有灞桥，多植柳。《三辅黄图》卷六：“文帝灞陵，在长安城东七十里……跨水作桥。汉人送客至此桥，折柳送别。”伤别，为别离而伤心。

(5)乐游原：又称“乐游园”“乐游苑”，在长安东南郊，是汉宣帝乐游苑的故址，其地势较高，可俯视长安城，在唐代是游览之地。沈际飞《草堂诗余》卷一：《西京杂记》：“汉有乐游原。”清秋节：农历九月九日的重阳节是当时人们登高的节日。

(6)咸阳古道：咸阳，秦都所在，在长安西北数百里，是汉、唐时由京城往西北从军、经商的要道。唐人常以咸阳指代长安，“咸阳古道”就是长安道。音尘：车行走时发出的声音和扬起的尘土。亦指代音信、消息。沈际飞《草堂诗余》卷一：陆机赋：“绝音尘于江介。”

(7)残照：落日的余晖。柳永《蝶恋花》：“草色烟光残照里，无言谁会凭阑意。”

(8)汉家：汉朝。

集说

(1)沈括《梦溪笔谈》：小曲有“咸阳沽酒宝钗空”之句，云是太白所制。然李白集中有《清平乐》词四首，独欠是诗。而《花间集》所载“咸阳沽酒宝钗空”乃云是张泌所为。莫知孰是也。

(2)许昂霄《词综偶评》：灞陵、乐游原，俱在长安，今陕西西安府也。咸阳又名渭城，今仍有咸阳县。

(3)黄苏《蓼园词评》：此乃太白于君臣之际，难以显言，因托兴以抒幽思耳。

集评

(1)刘克庄跋《刘叔安〈感秋〉八词》：然词家有长腔，有短阕。坡公

《戚氏》等作，以长而工也。唐人《忆秦娥》之词曰：“西风残照，汉家陵阙”，《清平乐》之词曰：“夜常留半被，待君魂梦归来”，以短而工也。

(2)黄昇《花庵词选》卷一：二词为百代词曲之祖。

(3)沈际飞《草堂诗余》正集：太白此词，有林下风气。《忆秦娥》词，故是闺房之秀。

(4)孙麟趾《词径》：何谓浑？如……“西风残照，汉家陵阙”，皆以浑厚见长者也。词至浑，功候十分矣。

(5)舒梦兰《白香词谱》卷一引顾起纶《〈花庵词选〉跋》：唐人作长短句，乃古乐府之滥觞也。李太白首倡《忆秦娥》，凄婉流丽，颇臻其妙，为千古词家之祖。

(6)江顺诒《词学集成》卷七引张祖望评：词虽小道，第一要辨雅俗，结构天成，而中有艳语、隽语、豪语、苦语、痴语、没要紧语。如巧匠运斤，毫无痕迹，方为妙手。古词中如“秦娥梦断秦楼月”，艳语也。

(7)江顺诒《词学集成》卷七引柴虎臣评：语境则“咸阳古道”“汴水长流”。

(8)黄苏《蓼园词评》：然思深而托兴远矣。

(9)俞陛云《唐五代两宋词选释》：此词自抒积感，借闺怨以写之，因身在秦地，即以秦女箫声为喻。起笔有飘飘凌云之气。以下接写离情，灞桥折柳，为迁客征人伤怀之处，犹劳劳亭为古送行之地，太白题亭上诗“春风知别苦，不遣柳条青”，同此感也。下阕仍就秦地而言，乐游原上，当清秋游赏之时，而古道咸阳，乃音尘断绝，悲愉之不同如是。古道徘徊，即所思不见，而所见者，惟汉代之遗陵废阙，留残状于西风夕照中。一代帝王，结局不过如是，则一身之伤离感旧，洵命之衰耳。结二句俯仰今古，如闻变徵之音。

(10)王国维《人间词话》：太白纯以气象胜。“西风残照，汉家陵阙”，寥寥八字，遂关千古登临之口。后世唯范文正之《渔家傲》、夏英公之《喜迁莺》，差足继武，然气象已不逮矣。

(11)吴梅《词学通论》：太白此词，实冠今古，决非后人可以伪托。非如《菩萨蛮》《桂殿秋》《连理枝》诸阕，读者尚有疑词也。盖自齐梁以来，陶弘景之《寒夜怨》、陆琼《饮酒乐》、徐孝穆《长相思》等，虽俱词体，而堂庑未大。至太白而繁情促节，长吟远慕，遂使前此诸家，悉归笼化，故论词不得不首太白也。刘融斋以《菩萨蛮》《忆秦娥》两首足抵杜陵《秋兴》。想其情境，殆作于明皇西幸之后。此言前人所未发，因亟录之。

(12)周汝昌《千秋一寸心　唐宋诗词鉴赏讲座》：立一向之西风，沐满川之落照，而入我目者，独有汉家陵阙，苍苍莽莽，巍然而在。当此之际，乃觉凝时空于一点，混悲欢于百端，由秦娥一人一时之情，骤然升华而为吾国千秋万古之心。盖自秦汉以逮隋唐，山河缔造，此地之崇陵，已非复帝王个人之葬所，乃民族全体之碑记也。

疏解

《忆秦娥·箫声咽》，双片，四十六字，伤今怀古，托兴深远。

上片以月下箫声呜咽引起，写当年繁华梦断不堪回首。次三句，更自月色外，添出柳色与别情，将情与景融为一体。

下片揭响云汉，摹写当年极盛之状。“咸阳古道”一句则骤落千丈，凄动人心。“音尘绝”一句，悲感愈深。“西风”八字，寓兴衰之感，气魄雄伟，实冠今古。古人对此词评价很高，誉之为“百代词曲之祖”。

张子同（张志和）| 一首

一、张志和生平简介

张志和，初名龟龄，字子同，自号烟波钓徒，籍贯金华（今属浙江）。十六岁时，张志和游太学，举明经。后因故调离朝廷，降为南浦县尉。未久弃官离家，浪迹江湖。张志和著有《玄真子》。

张志和留下了五首《渔父词》，其中“西塞山前白鹭飞，桃花流水鳜鱼肥”成为传世名句。（按：此为其中第一首。张志和这首词描绘春汛期的景物，反映了水乡的风光。）张志和的《渔父词》问世几年后就传到了日本，与张继的《枫桥夜泊》一起列入日本的教科书。

二、张志和评价

(1) **朱景玄《唐朝名画录》**：张志和，或号烟波子，常渔钓于洞庭湖。初，颜鲁公典吴兴，知其高节，以《渔歌》五首赠之。张乃为卷轴，随句赋象，人物、舟船、鸟兽、烟波、风月，皆依其文，曲尽其妙，为世之雅律，深得其态。

(2) **张彦远《历代名画记》**：志和性高迈，自为《渔歌》，便画之，甚有逸思。

(3) **李德裕《玄真子渔歌记》**：德裕顷在内庭，伏睹宪宗皇帝写真求访玄真子《渔歌》，叹不能致。余世与玄真子有旧，早闻其名，又感明主赏异爱才，见思如此。每梦想遗迹，今乃获之，如遇良宾。於戏！渔父贤而名隐，鸱夷智而功高，未若玄真隐而名彰，显而无事……其严光之比与？

(4) **董其昌《画旨》**：昔人以逸品置神品之上，历代唯张志和可无愧色。

渔歌子[1]·西塞山前白鹭飞

西塞山前白鹭[2]飞,桃花流水鳜鱼[3]肥。青箬笠[4],绿蓑衣[5],斜风细雨不须归[6]。

校注

(1)渔歌子:又名《渔歌曲》《渔父》《渔父乐》《渔夫辞》,原唐教坊曲名,后来张志和据以填词,又成为词牌名。原为单调,二十七字,四平韵,中间三言两句,例用对偶。后来此调多用为双调。“子”即“曲”,《渔歌子》即《渔歌曲》。张志和首作《渔歌子》五首,后来李珣、孙光宪等诗人用过此调。

词牌格律:

中仄平平仄仄平(韵),中平平仄仄平平(韵)。
平仄仄,仄平平(韵),平平仄仄仄平平(韵)。

(2)白鹭:一种水鸟,头颈和腿都很长,羽毛为白色。

(3)桃花流水:农历二三月,桃花盛开的季节,正是春水盛涨的时候,俗称桃花汛或桃花水。《汉书》:“如使不及今冬成,来春桃华水盛,必羡溢,有填淤反壤之害。”颜师古注:“盖桃方华时,既有雨水,川谷冰泮,众流猥集,波澜盛长,故谓之桃华水耳。”鳜鱼:俗称“桂鱼”,扁平,口大,鳞细,肉质鲜美。

(4)箬笠:用竹叶、竹篾编的宽边帽子,常作为雨具,又称斗笠。(按:箬,竹子的一种。)

(5)蓑衣：用茅草或棕丝编织而成、披在身上用以遮风挡雨的衣服。蓑衣一般制成上衣与下裙两块，穿在身上与头上的斗笠配合使用。（按：蓑草又名蓑草、山草、龙须草、羊单、山茅草等。）

(6)归：归家，回家。

集说

(1)胡仔《苕溪渔隐丛话》后集卷三十九：《夷白堂小集》云："山谷道人向为余言，张志和《渔父词》，雅有远韵。志和善丹青，必有形于图画者，而世莫之传也。尝以其词增损为《浣溪沙》诵之，有矜色。予以告大年云：'我不可不成此一段奇事。'久之，乃以《烟波图》见归。其致思深处，不减昔人。词云：'西塞山边白鹭飞，散花州外片帆微，桃花流水鳜鱼肥。自庇一身青箬笠，相随到处绿蓑衣，斜风细雨不须归。'"（按：夷白堂为明藏书家顾元庆的藏书堂。顾元庆字大有，号大石山人，明长洲人，工书法。顾元庆以书籍为娱，自经史至丛说，多有纂述。）

(2)王楙《野客丛书》：徐师川云：张志和《渔父词》……顾况《渔父词》曰："新妇矶边月明，女儿浦口潮平。"故鲁直取张、顾二词合为《浣溪沙》云："新妇滩头眉黛愁，女儿浦口眼波秋。惊鱼错认月沉钩。青箬笠前无限事，绿蓑衣底一时休。斜阳细雨转船头。"东坡云："鲁直此词，清新婉丽。其最得意处，以山光水色替却玉肌花貌，真得渔父家风。然才出'新妇滩'，便入'女儿浦'，此渔父无乃太阔浪乎！"

(3)黄昇《花庵词选》卷一：《渔歌子》五首注："极能道渔家之事。"

(4)徐釚《词苑丛谈》：《武昌府志》记大冶县东九十里为道士洑，即西塞山；塞，音涩。见《水经》云："壁立千仞，东北对黄公九矶，故名西塞。横截江流，漩涡沸激；舟人过之，每为失色。"张耒诗云："已逢妩媚散花峡，不怕危亡道士矶。"遂以为即志和所游西塞山，未知孰是。

集评

(1)刘熙载《艺概》：张志和《渔歌子》“西塞山前白鹭飞”一阕，风流千古。东坡尝以其成句用入《鹧鸪天》，又用于《浣溪沙》，然其所足成之句，犹未若原词之妙通造化也。黄山谷亦尝以其词增为《浣溪沙》，且诵之有矜色焉。

(2)黄苏《蓼园词评》：数句只写渔家之自乐，其乐无风波之患。对面已有不能自由者，已隐跃言外，蕴含不露，笔墨入化，超然尘埃之外。

(3)许昂霄《词综偶评》：涪翁称其有远韵，信然。

(4)张宗橚《词林纪事》卷一：《余波词》注：“武昌县西道士洑，亦名西塞山，绝壁临江，上有张志和祠。”(按：西塞山在吴兴。《唐书》：“张志和，金华人。颜真卿守湖州时，志和来谒，愿浮家泛宅，往来苕霅间。踪迹未尝入楚也。”陆游《入蜀记》云：“即玄真子渔父词”云云者，第未详考耳。)

(5)俞陛云《唐五代两宋词选释》：自来高洁之士，每托志渔翁，访尚父于磻溪，讽灵均于湘浦，沿及后贤，见于载籍夥矣。而轩冕之士，能身在江湖者，实无几人。志和固手把钓竿者，而词言“西塞”“巴陵”“松江”“霅溪”“钓台”，地兼楚越，非一舟能达，则此词亦托想之语，初非躬历。然观其每首结句，君子固穷，达人知命，襟怀之超逸可知。“桃花流水”句，犹世所传诵。(按：此词吟成后，不仅一时唱和者甚众，而且流播海外，为东邻日本的汉诗作者开启了填词门径。)

疏解

唐代宗大历七年(772)九月，颜真卿任湖州刺史，次年到任。张志和驾舟往谒，时值暮春，桃花水涨，鳜鱼肥美，二人即兴唱和，张志和首唱，作《渔歌子》词五首，此为第一首。此词于宪宗时一度散失，长庆三年(823)，李德裕访得之，著录于其《玄真子渔歌记》中，始传。

词开首二句，写垂钓的地方和季节，出现了山、鸟、花、水、鱼，勾勒出一个垂钓的优美环境，为自身入境做了铺垫。 后两句写他于烟波上垂钓，穿着青色箬笠、绿色蓑衣。 末句“斜风细雨”既是实景，又另含深意，表现了张志和不慕官场、向往自由的情操。

温飞卿（温庭筠）｜五首

归国遥·香玉[1]

香玉[2]，翠凤宝钗垂𦂳𦆂。钿筐交胜金粟[3]，越罗春水渌[4]。

画堂照帘残烛[5]，梦余更漏促[6]。谢娘无限心曲，晓屏山断续[7]。

校注

（1）归国遥：词牌名，又作《归国谣》。《花草粹编》卷二：刻冯延巳作，注：《花间》作温（庭筠）。

词牌格律：

平仄（韵），
仄仄中平平仄仄（韵）。
中中中中平仄（韵），
中平平仄仄（韵）。

中仄仄平平仄（韵），

仄平平仄仄(韵)。
仄中中中平仄(韵),
仄平平仄仄(韵)。

(2)香玉:喻美女之体肤。

(3)“翠凤”二句:言翠玉制成的凤形钗,下垂着穗子,还有钿筐、金粟和交错的彩胜戴在头上。宝钗、钿筐、彩胜、金粟,都是首饰品种。金粟,桂花,因花蕊如金粟点缀枝头;此处指装饰品的形象如金粟。《格物丛话》:“桂花一名金粟。以花蕊如金粟点缀枝头,故名。”交胜,彩胜在头上交错戴着。罳縰,流苏。

(4)“越罗”句:言女子衣服用越罗制成,其色如春水之碧绿。越罗,古越国(苏杭一带)之地所产的罗绸,轻薄美观。《花间集》卷一:“春水渌”作“春水绿”。

(5)“画堂”句:精美的厅堂还燃着残烛,烛光透过帘幕。

(6)“梦余”句:夜深人静,梦醒后,更觉更漏声迫促。

(7)“谢娘”二句:“谢娘”无限伤心,日光初照,屏风上山景时隐时现。谢娘,美人的代称,古诗词中多泛指歌妓。《唐音癸签》载,李德裕有美妾谢秋娘。李以华屋贮之,眷之甚隆。德裕后镇浙江,为悼亡妓谢秋娘,用炀帝所作《望江南》词,撰《谢秋娘曲》。以后诗词多用“谢娘”“谢家”泛指美妾。张泌《寄人》:“别梦依依到谢家,小廊回合曲阑斜。多情只有春庭月,犹为离人照落花。”心曲,内心的深处,后来常指心中的委曲之事或难言之情。这里是伤心的意思。《诗·秦风·小戎》:“在其板屋,乱我心曲。”张协《杂诗》之一:“感物多所怀,沉忧结心曲。”范成大《送严子文通判建康》:“人谁可与话心曲,天忽遣来同里居。”

集评

(1)汤显祖评《花间集》:芙蓉脂腻绿云鬟,故觉钗头玉亦香。

(2)李调元《雨村词话》:温庭筠喜用“罳縰”及“金鹧鸪”“金凤凰”等

类字，是西昆积习。金皆衣上织金花纹。“罘罳”，今垂缨也。

(3)李冰若《栩庄漫记》：此词及下一首，除堆积丽字外，情境俱属下劣。

疏解

上片写女子之美，下片写她的孤寂。作者把美和孤寂联系起来，表达了一种美而见弃、怀才不遇的不平及怨怼之情。

归国遥·双脸

双脸，小凤战篦金飐艳[(1)]。舞衣无力风敛[(2)]，藕丝秋色染[(3)]。

锦帐绣帏[(4)]斜掩，露珠清晓簟[(5)]。粉心黄蕊花靥[(6)]，黛眉[(7)]山两点。

校注

(1)“双脸”二句：两鬓上形如小凤凰的篦子金光闪闪。篦，梳头的工具，比梳子齿密。（按：《花间集》“战篦”连用二次，均见温词中。）金飐艳，金光闪闪，艳丽耀眼。《说文》：“飐，风吹浪动也。”柳宗元《登柳州城楼寄漳汀封连四州刺史》：“惊风乱飐芙蓉水，密雨斜侵薜荔墙。”

(2)“舞衣”句：风力微弱，舞衣紧身收束不展。敛，收敛。

(3)藕丝：藕合色丝织的衣服。李贺《天上谣》：“粉霞红绶藕丝裙。”

(4)绣帏：绣花帷幕。

(5)“露珠”句：露珠使簟席清凉。此句言清晓时窗外树上挂满露珠，室内簟席益觉清凉。温许筠《瑶瑟怨》：“冰簟银床梦不成，碧天如水夜云轻。”

(6)“粉心”句：写面饰。花靥，妇女面上的妆饰物。杨慎《丹铅录》：“唐韦固妻少为盗所刃，伤靥，以翠掩之。女妆遂有靥饰。”段成式《酉阳杂俎》：“今妇人面饰用花子，起自上官昭容，所制以掩黥迹。”在《花间集》中，“翠靥”“花靥”“金靥”“金靥子”“星靥”均指此种妆饰。

(7)黛眉：黛画之眉，特指女子之眉。左思《娇女诗》：“明朝弄梳台，黛眉类扫迹。”温庭筠《春日》：“草色将林彩，相添入黛眉。”和凝《柳枝》

词："瑟瑟罗裙金缕腰，黛眉偎破未重描。"黛，青黑色颜料，古代女子用来画眉。

集评

唐圭璋《词学论丛》：《归国遥》云……则全写一美人颜色服饰之态，而情酝酿其中，却无一句写出。

疏解

此词写淑女情态。上片写她的容貌、头饰、穿着；下片写室内环境与她的面饰，字面十分香艳，而内里却又极其悲凉。读者可以将本词看成一曲悲剧，是脂粉中的不和谐之音。

酒泉子[1]·楚女不归

楚女[2]不归，楼[3]枕小河春水。月孤明，风又起，杏花稀[4]。　　玉钗斜簪云鬟[5]重，裙上金缕凤[6]。八行书[7]，千里梦，雁南飞。

校注

(1)酒泉子：原为唐教坊曲，后用为词牌名。《金奁集》入高平调。以四平韵为主，间入仄韵。

(2)楚女：楚地的女子。此指抒情主人公，一个身世飘零的歌舞伎。

(3)楼：这里指楚女暂栖之所。

(4)稀：一作“飞”。

(5)簪：《阳春集》作“插”。鬟：高耸的发髻。

(6)金缕凤：用金丝线绣的凤凰图形。

(7)八行书：信札的代称。古代信札每页八行。《后汉书·窦章传》注引马融《与窦伯向（章）书》：“纸八行，行七字。”

集评

(1)汤显祖评《花间集》卷一：纤词丽语，转折自如，能品也。

(2)吴衡照《莲子居词话》卷一：《酒泉子》云：“月孤明，风又起，杏花稀。”作小令不似此着色取致，便觉寡味。

(3)华钟彦《花间集注》卷一：楚女：指所怀者言，温词《荷叶杯》："楚女欲归南浦，朝雨。"即其例。 重：明本作髻，《词律》谓髻字叶前段仄韵，非是。 今据戈氏校本改，"重"与下句"凤"叶韵。 金缕凤：裙上花纹也，追想楚女服饰之盛，以益其相思之苦。"八行书"三句，言相思既甚，乃欲借八行之书，抒千里之念，恰好鸿雁南飞，可达其意也。

疏解

此词写一位歌舞伎的身世飘零之感及伤别之情。 全词有虚有实，有隐有显，曲折隽永。

上片首二句，言"楚女"飘零在外，寄居于水乡的临河楼宇中。"楼枕小河春水"的"楼"是"楚女"暂栖之所，可推测为一临水构筑的歌楼舞馆。"春水"点明季节。"枕"字尤为别致。"月孤明"三句写暮春月夜之景又隐含伤春离别之情，说"楚女"因自伤身世而难眠。"风又起"，从听觉着笔，表明"楚女"虽然置身床榻而长时间不眠。 她想象中的"杏花稀"，寓有惜春、伤别之意，既写暮春之景，又含有自伤之感。

下片一、二句，写女子之美，分别从头上玉钗、乌黑的鬓发及衣裙上金线所绣凤鸟图案着笔，一句写她的头饰和美发，一句写她用金缕盘绣成凤鸟图纹的舞裙。 金玉锦绣的衣裙反衬出女子内心的空虚寂寞。 她是如此艳美，然而长期飘零在外，其独居凄怆之情亦自在不言中。 最后三句要借"八行书"诉千里相思隔魂梦萦牵之情，恰值月夜闻雁，便欲凭雁足传书，以道相思之意。此三句言作书寄远，并点明题旨，与李商隐"玉珰缄札何由达，万里云罗一雁飞"(《春雨》)异曲同工。

诉衷情[1]·莺语

莺语，花舞，春昼午[2]，雨霏微[3]。金带枕[4]，宫锦[5]，凤凰帷[6]。柳弱蝶交飞[7]，依依。辽阳[8]音信稀，梦中归[9]。

校注

(1)诉衷情：词牌名，唐教坊曲。原为大单调，后演为双调。

词牌格律：

平仄(韵)，平仄(韵)，平仄仄(韵)，仄平平(韵)。
平仄仄(韵)，平仄(韵)，仄平平(韵)。
仄仄仄平平(韵)，平平(韵)。
平平平仄平(韵)，仄平平(韵)。

(2)"莺语"三句：莺啼叫，花飞舞，正是春天中午时。春昼午，谓正当春日中午时分。午，午时，日正中，因称日中为午。古人将一天一夜分为十二时辰，上午十一点到下午一点为午时。亦泛指中午前后。白居易《昼寝》："不作午时眠，日长安可度？"

(3)雨霏微：细雨弥漫的样子。李端《巫山高》诗："回合云藏日，霏微雨带风。"韩愈《喜雪献裴尚书》："浩荡乾坤合，霏微物象移。"温庭筠《和友人悼亡》："玉貌潘郎泪满衣，画罗轻鬓雨霏微。"

(4)金带枕：以金带妆饰的枕头。曹植《洛神赋》李善注："帝示植甄后玉缕金带枕，植见之，不觉泣。"金带枕因此亦借指所爱之人的遗物。

(5)宫锦：宫中特制的锦缎。这里指床上用的被垫均用宫锦制成，形容其富丽。毛文锡《虞美人》:“宝檀金缕鸳鸯枕,绶带盘宫锦。”

(6)凤凰帷:绣有凤凰图案的帷帐。

(7)柳弱:弱柳,嫩柳。蝶交飞:谓蝴蝶上下双飞,交互嬉戏。

(8)辽阳:今辽宁省辽河以东,当时是边防要地,征戍之人所居。沈佺期《古意》:“九月寒砧催木叶,十年征戍忆辽阳。”崔道融《春闺》:“辽阳在何处?莫望寄征袍。”

(9)梦中归:梦中见到征夫归来。

集评

(1)陈廷焯《词则·别调集》:节愈促,词愈婉。结三字,凄绝。

(3)陆侃如、冯沅君《中国诗史》:温庭筠的词,有好多首都是依仗这些锦、绣、金、玉等富丽的字面凑成功的。这种崇尚艳丽的结果有成功,也有失败。……这类词都是情辞并茂,富丽而无匠气的作品。这便是温词成功的处所。

(4)傅庚生、傅光《百家唐宋词新话》引吴肃森评:这首词开始平列春昼午的“莺语”“花舞”“雨霏微”三种景物,恰妙地绘成了一幅“春景图”,点明环境美。接着又平列“金带枕”“宫锦”“凤凰帏”三种饰物,点明装饰美。柔细的柳丝与轻盈的蝴蝶共同翩翩起舞,如此美景尤其使人依恋。“辽阳音信稀”陡然一转,点明虽有良辰美景、锦衣玉食,但征人在外,音信稀少,只有梦中才见他回来。两相对照,更平添思妇一般春愁。这首词曲调节拍短促,变换多;句虽断而意相连,通首融成一片,表达了“闺思”的主题,令人一新耳目。

(5)胡国瑞《诗词散赋论》:温庭筠还有些曲调节拍短促而韵律转换频数的作品,如《诉衷情》、《荷叶杯》(第二首)。这类词调形式,与五、七言诗大异其趣,确令人一新耳目。但由于句短、韵繁而变换多,很易犯辞藻堆叠而气势壅塞不畅的毛病,必须句断而意思辗转相连,乃能通首融成一片,既有完美的意象,而又具有活泼的节奏之美。如《诉衷情》开始平列四种景物,接着又平列三种饰物,彼此间没有承接的关系,又没有感情的融注,令人只觉是丽辞的堆积。

疏解

本调为温飞卿所创，取《离骚》中“众不可户说兮，孰云察余之中情”之意而曰《诉衷情》。内容描写思妇对征夫的怀念，表现女子盼望丈夫早日归来、夫妻二人双宿双飞的美好愿景。有人认为本词为思悼鱼幼薇之作：温庭筠与鱼幼薇自幼结识并互生情愫，因两人的年龄差距，温庭筠选择了逃离。鱼幼薇选择了温庭筠的朋友李亿，却因李亿懦弱被逼出家。被仇恨和欲望填满的鱼幼薇罔顾温庭筠的规劝，心胸越来越狭窄，最终走向了刑场。行刑前的那一夜，温庭筠失眠了。他披衣而起，吹起了《诉衷情》曲，用笛声寄托自己的思念。吹到最后，他干脆展纸在案，挥毫泼墨，按《诉衷情》的调子填了这一首词。

此词采取以景衬情、以乐显悲的艺术手法，写美好的春景、华美的环境，以柳丝蝴蝶共舞的乐景，反衬美梦难成的悲哀。篇末点题，又含不尽之意。

河传[1]·湖上

湖上,闲望。雨潇潇[2],烟浦[3]花桥路遥。谢娘[4]翠蛾愁不销,终朝[5],梦魂迷晚潮。　　荡子天涯归棹[6]远,春已晚,莺语空肠断。若耶溪[7],溪水西。柳堤,不闻郎马嘶。

校注

(1)河传:词牌名。《金奁集》所收令词并入南吕宫,《乐章集》入仙吕调。这一词牌格式衍变甚多,比较常用的有五十一字、五十五字、五十四字等格式。代表作有温庭筠《河传·湖上》(五十五字)等。《碧鸡漫志》:“《河传》,唐词,存者二。其一属南吕宫,凡前段平韵,后段仄韵;其一乃今《怨王孙》曲。”唐宋人所作令词,句读韵脚极不一致。

(2)潇潇:小雨貌,或刮风下雨之状态。刘长卿《石梁湖有寄》:“潇潇清秋暮,袅袅凉风发。”

(3)烟浦:云烟笼罩的水滨。李贺《钓鱼》:“为看烟浦上,楚女泪沾裾。”苏轼《再和杨公济梅花十绝》之五:“盈盈解佩临烟浦,脉脉当垆傍酒家。”

(4)谢娘:《晋书·列女传》:“王凝之妻谢氏,字道韫,安西将军奕之女也。聪识有才辩。叔父安尝问:‘《毛诗》何句最佳?’道韫称:‘吉甫作颂,穆如清风。仲山甫永怀,以慰其心。’安谓有雅人深致。又尝内集,俄而雪骤下,安曰:‘何所似也?’安兄子朗曰:‘散盐空中差可拟。’道韫曰:‘未若柳絮因风起。’安大悦。”据《唐音癸签》记载,李太尉德裕有美妾谢秋娘,太尉以华屋贮之,眷之甚隆。李德裕后镇浙江,为悼亡妓谢秋娘,用炀帝所作《望江南》词，撰《谢秋娘曲》。韩翃《送李舍人携家归江东觐省》："承颜陆郎去，携手谢娘归。"此谓游春女，才女，或对心爱女子之代称。

（5）终朝：一整天。陆机《答张士然诗》："终朝理文案，薄暮不遑眠。"杜甫《冬日有怀李白》："寂寞书斋里，终朝独尔思。"

（6）荡子：古代女子称自己远行不归或流荡忘返的丈夫。《古诗十九首》："荡子行不归，空房难独守。"归棹：归舟，以棹代船。王勃《临江二首》："去骖嘶别路，归棹隐寒洲。"徐彦伯《采莲曲》："春歌弄明月，归棹落花前。"

（7）若耶溪：水名，在今浙江绍兴市若耶山下，传说西施曾在此处浣纱。此借指思妇住所。（按：若耶溪是绍兴著名的溪流。）

集说

彊村本《金奁集》刻南吕宫本调六首之第二。目录注：温庭筠三首，韦庄三首。

集评

（1）卓人月《古今词统》徐士俊评：或两字断，或三字断，而笔致宽舒，语气联属，斯为妙手。

（2）陈廷焯《词则·大雅集》卷七：《河传》一调，最难合拍。飞卿振其蒙，五代而后，便成绝响。

（3）陈廷焯《云韶集》："梦魂迷晚潮"五字警绝。用蝉连法更妙，直是化境。

（4）陈廷焯《白雨斋词话》：最是高境。

（5）俞陛云《唐五代两宋词选释》：此调音节特妙处，在以两字为一句。如"终朝""柳堤"，与下句同韵，句断而意仍联贯。飞卿更以风华掩映之笔出之，洵《金荃》能手。

(6)唐圭璋《唐宋词简释》:此首二、三、四、五、七字句,错杂用之,故声情曲折宛转,或敛或放,真似“大珠小珠落玉盘”也。“湖上”点明地方。“闲望”两字,一篇之主。烟雨模糊,是望中景色;眉锁梦迷,是望中愁情。换头,写水上望归,而归棹不见。着末,写堤上望归,而郎马不嘶。写来层次极明,情致极缠绵。白雨斋谓“直是化境”,非虚誉也。

疏解

此词以湖上迷离雨景为背景,写思妇因荡子春晚不归而产生的惆怅之情。

上片开首即指明地点在“湖上”。“闲望”是本篇主旨。思妇极目远眺,但见春雨迷蒙。烟浦花桥隐约可见,那里曾是二人游宴之处。如今远远望去,却是模糊一片,什么都望不见、看不清,这些就是“闲望”时所见的景色。“翠蛾”写思妇愁眉不展,相思难解,怀着愁情、盼着行人客舟归来。“迷”字形象地描绘出这种心情。潮声本易使人联想起客舟和舟中之人,由潮及人,直接勾起下片首句。

下片叙闺怨。荡子漂泊天涯,杳无音讯,思妇在湖上望断云山,却一直盼不到归舟远客。这里点出了“闲望”的用意所在。春意阑珊,莺语如簧,令人愁肠欲断,此是念及客舟去远时的失望之情。“若耶溪”本是西施浣纱之处,用来借指思妇住所。那儿长堤垂柳,依依拂水,昔日情郎骑马来访,如今柳色依旧,她伫立长堤,却听不到旧侣重来的马儿嘶鸣。虽然内容已从湖上转到柳堤,但仍然归结于荡子迟迟未回,与上面的“闲望”相互关联。

皇甫子奇（皇甫松[1]）｜一首

梦江南[2]·兰烬落

兰烬[3]落，屏上暗红蕉[4]。闲梦江南梅熟日[5]，夜船吹笛雨潇潇。人语驿边桥。

校注

（1）皇甫松，生卒年不详，松，一作嵩，字子奇，睦州新安（今浙江淳安）人，唐代词人，中唐古文家皇甫湜之子。《花间集》称他“皇甫先辈”（唐人称进士为“先辈”），大约中过进士而未任官。

皇甫松词如《浪淘沙》《杨柳枝》《怨回纥》等，形式同五、七言诗；《采莲子》则用七绝，而句下分别以“举棹”“年少”和声。其《采莲子》《摘得新》等词，为时人所称许。《梦江南》二首写遥忆江南生活之情景：“夜船吹笛雨潇潇。人语驿边桥。”（其一）“桃花柳絮满江城，双髻坐吹笙。”（其二）笔致清灵，情境优美。王国维《人间词话》称其“情味深长，在乐天、梦得上也”。陈廷焯《白雨斋词话》评说：“唐人皇甫子奇词，宏丽不及飞卿，而措词闲雅，犹存古诗遗意。唐词于飞卿而外，出其右者鲜矣。五代而后，更不复见此笔墨。”皇甫松有《醉乡日月》三卷。

(2)梦江南：又名《望江南》。据唐段安节《乐府杂录》记载，《望江南》始自朱崖李太尉(李德裕)镇浙日，为亡妓谢秋娘所撰，本名《谢秋娘》。因白居易词中有“能不忆江南”句，改名《忆江南》。此词别名很多，因白词中有“江南好”句，又名《江南好》；刘禹锡词中有“春去也，多谢洛城人”句，又名《春去也》；温庭筠词有“独倚望江楼”句，又名《望江楼》。唐五代时此调均为单调，至宋始为双调。王安中词有“安阳好，曲水似山阴”句，名《安阳好》；张巍词有“飞梦去，闲到玉京游”句，名为《梦游仙》；蔡真人词有“铿铁板，闲引步虚声”句，名《步虚声》；宋自逊词名《壶山好》；丘长春词名《望蓬莱》；《太平乐府》中此词名为《归塞北》。此词双调，五十九字，上、下片各五句，两仄韵、两平韵；另一体为五十四字，上下片各五句，三平韵。

(3)兰烬：烛火的灰烬，因烛光似兰，故称。徐铉《禁中新月》：“吟看北墀暝，兰烬坠微红。”烬，物体燃烧后剩下的部分。

(4)暗红蕉：谓更深烛尽，画屏上的美人蕉模糊莫辨。红蕉，植株细瘦，花苞殷红如炬，十分美丽。

(5)梅熟日：农历四五月间梅子黄熟之时。此时江南地区阴雨连绵。

集评

(1)汤显祖评《花间集》：好景多在闲时，风雨潇潇何害？

(2)卓人月《古今词统》徐士俊评：末二句是中晚唐警语。

(3)厉鹗《论词绝句》：美人香草本《离骚》，俎豆青莲尚未遥。颇爱《花间》断肠句：“夜船吹笛雨潇潇。”

(4)陈廷焯《白雨斋词话》：唐代词人，自以飞卿为冠。太白《菩萨蛮》《忆秦娥》两阕自是高调，未臻无上妙谛。皇甫子奇《梦江南》《竹枝》诸篇，合者可寄飞卿庑下，亦不能为之亚也。

(5)陈廷焯《白雨斋词评》：梦境化境。词虽盛于宋，实唐人开其先路也。

疏解

此为羁旅乡思之作。“兰烬”即烛火的灰烬。起二句写夜深人静，室内昏暗，灯花已经残落，画屏上鲜红的美人蕉在微弱的灯光下，颜色也已显得暗淡。此正入睡之时，隐约透出作者的心情。

梦里却完全是另一种景象：“闲梦江南梅熟日，夜船吹笛雨潇潇。人语驿边桥。”梦中的江南，色彩明丽，风景绝佳。恰在这时，夜雨轻飘，船泊泽国，笛声悠扬，春水碧波，人语驿桥。此处有景，有情，有色，有声，有人语。这是一个令人难忘的夜晚！梦里梦外都是夜景，但现实的夜是如此凄清、冷寂，蕴含着哀怨；而梦中江南的夜，却是那样欢乐、醉人。通过今昔对比，作者展现了对江南故乡的深切怀念。

后唐庄宗（李存勖）｜一首

一、李存勖生平简介

李存勖（885—926）即后唐庄宗，小名亚子，李克用之子，嗣位为晋王，据太原。后梁龙德三年（923）称帝，国号“唐”，史称“后唐”，建元“同光”，定都洛阳。后因兵变被杀。

二、《尊前集》与李存勖词

《尊前集》约结集于北宋前期，旧与《花间集》并称。共收录唐、五代作家三十六人，词二百八十九首，但也杂有伪作。《尊前集》收有李存勖词四首：《一叶落》《歌头·赏芳春》《阳台梦·薄罗衫子金泥凤》《忆仙姿·曾宴桃源深洞》，以《忆仙姿·曾宴桃源深洞》最为后人欣赏。

三、李存勖评价

（1）薛居正《旧五代史》：庄宗以雄图而起河、汾，以力战而平汴、洛，家仇既雪，国祚中兴，虽少康之嗣夏配天，光武之膺图受命，亦无以加也。然得之孔劳，失之何速？岂不以骄于骤胜，逸于居安，忘栉沐之艰难，徇色禽之荒乐。外则伶人乱政，内则牝鸡司晨。靳吝货财，激六师之愤怨；征搜舆赋，竭万姓之脂膏。大臣无罪以获诛，众口吞声而避祸。夫有一于此，未或不亡，矧咸有之，不亡何待！静而思之，足以为万代之炯诫也。

(2)洪迈《容斋随笔》：唐庄宗与梁人相持于河上，梁将王檀乘虚袭晋阳。城中无备，几陷者数四，赖安金全帅子弟击却之于内，石君立引昭义兵破之于外，晋阳获全。而庄宗以策非己出，金全等赏皆不行。

(3)吕思勉《隋唐五代史》：后唐庄宗为人，颇似唐太宗，其用兵之剽悍，或且过之。然政事之材则远落其后，此天之降材尔殊，盖民族之文化为之。唐先世虽出夷狄，至隋末渐渍于中国者已久，若李存勖则仍是北狄中人物也。

忆仙姿[(1)]·曾宴桃源深洞

曾宴桃源深洞[(2)],一曲舞鸾歌凤[(3)]。长记别伊[(4)]时,和泪出门相送。如梦,如梦,残月落花烟重。

校注

(1)忆仙姿：词牌名，相传为五代时后唐庄宗李存勖自度曲，嫌其名不雅，故改名为《如梦令》，又名《宴桃园》《不见》《如意令》《无梦令》《比梅》等。原词为单调，正体三十三字，七句，五仄韵、一叠韵。

(2)“曾宴”句：曾于桃源深洞遇二仙女留宿宴请。本句用东汉刘晨、阮肇入天台山采药迷路，在桃树涧边遇仙女留居之事。桃源深洞，“桃花源”省称“桃源”。《花草粹编》卷一：“深洞”作“仙洞”。徐陵《山斋诗》：“桃源惊往客，鹤峤断来宾。”杜甫《北征》：“缅思桃源内，益叹身世拙。”李涉《赠长安小主人》：“仙路迷人应有术，桃源不必在深山。”

(3)“一曲”句：鸾凤：鸾鸟和凤凰，古代传说中吉祥、美丽的鸟。此句形容了宴会中“舞鸾歌凤”之欢乐。《花草粹编》卷一、彊村本《尊前集》：“舞鸾歌凤”作“清歌舞凤”。

(4)《花草粹编》卷一、彊村本《尊前集》：“别伊”作“欲别”。

集评

(1)胡仔《苕溪渔隐丛话》：东坡言，《如梦令》曲名，本唐庄宗制，一名《忆仙姿》。嫌其不雅，改云《如梦》。庄宗作此词……取以为之名。

(2)褚人获《坚瓠集》：李存勖搽画粉墨与敬新磨等日闹优场，粗犷之极，岂有清思者？乃其作《如梦令》词“曾宴桃源深洞”……抑何婉丽如此？

(3)杨湜《古今词话》：后唐庄宗修内苑，掘得断碑，中有字三十二……庄宗使乐工入律歌之。

(4)陈霆《渚山堂词话》卷一：唐庄宗早年甚英果，晚乃溺于情欲，不胜其宴昵之私。尝见其《如梦令》云……详味词旨，所谓亡国之音哀以思者也。奄忽丧败，实谶于此。

(5)陈耀文《花草粹编》卷一：一名《宴桃源》，一名《忆仙姿》。东坡改为《如梦令》。

(6)张宗橚《词林纪事》卷二引查慎行评：叠二字最难，惟此恰好。

(7)俞陛云《唐五代两宋词选释》：五代词嗣响唐贤，悉可被之乐意，重在音节谐美，不在雕饰字句。而能手作之，声文并茂。此词“残月落花”句以闲淡之景，寓浓丽之情，遂启后代词家之秘钥。

疏解

此为忆旧抒感小词。

首二句“曾宴”点明桃源深洞二仙女宴请；“舞凤”，即凤舞，为叶韵，乃倒用，言仙女如凤之舞。本词引用刘晨、阮肇天台遇仙女故事，省去全部细节，只将初会和离别时的情景加以概括。三、四句写记忆中的情景十分美好，可这一切已如梦幻，永无再现之期。“和泪出门相送”写送别之悲痛。“如梦，如梦，残月落花烟重。”“如梦，如梦”四字为本词之眼。如梦者，写昔年之事如一场春梦，昔年之景只能在梦里再现。叠用两个“如梦”，更显惆怅和感伤。残月，夜阑之景；落花烟重，暮春之景，伤心人别有怀抱，才会有凄凉的感觉，更显萧瑟的气氛，言尽而意不尽。

韦端己（韦庄）｜三首

归国遥·金翡翠

金翡翠[1]，为我南飞传我意。罨画[2]桥边春水，几年花下醉。别后只知相愧[3]，泪珠难远寄。罗幕绣帷[4]鸳被，旧欢如梦。

校注

（1）金翡翠：金色的翡翠鸟。古时帷帐或罗罩常绣有金色翡翠鸟图案，女子首饰亦插有金翡翠。李商隐《无题》：“蜡照半笼金翡翠，麝熏微度绣芙蓉。”温庭筠《菩萨蛮》：“画罗金翡翠，香烛销成泪。”后蜀毛熙震《浣溪沙》：“慵整落钗金翡翠，象梳欹鬓月生云。”顾夐《酒泉子》：“小鸳鸯，金翡翠，称人心。”

（2）罨画：色彩鲜明的绘画，多用以形容自然景物或建筑物等。秦韬玉《送友人罢举授南陵令》：“花明驿路胭脂暖，山入江亭罨画开。”叶适《送惠县丞归阳义》：“二岭描成翠骨堆，一川罨画绣徘徊。”杨慎《丹铅总录·罨画》：“画家有罨画，杂彩色画也。”

（3）相愧：有自感惭愧之意。

（4）罗幕：质地轻柔的丝织帷幕。绣帏：绣花的帷帐。

集评

(1)陈廷焯《云韶集》:“别后只知相愧”,真有此情。

(2)吴梅《词学通论》:端己《菩萨蛮》四章,惓惓故国之思,最耐寻味。而此词南飞传意,别后知愧,其意更为明显。陈亦峰论其词,谓似直而纡,似达而郁,洵然。

(3)李冰若《栩庄漫记》:五代词有语极朴拙而情致极深者,如韦庄“别后只知相愧,泪珠难远寄”是也。

疏解

韦庄曾经奉唐昭宗之命,宣谕西川节度使王建。王建爱其才,韦庄遂被羁留于蜀,成为前蜀政权的重臣。他虽居高位,不无故国之思,故作此词。

作者借男女欢情,抒发对故国的眷恋;以男女之私,写故国乔木之感,写得意婉词直,风流蕴藉。透过往日的欢笑,看到今朝的泪痕,作者曲折地表达了自己的悔恨。因有如此郁积已久、抑制不住的感情,此词情真语挚、意深味长。上片主要回忆从前桥边春水、花下欢醉的情形。下片写别后之自愧与思念,末二句写旧欢似梦,情非当初,语极沉痛。

应天长[1]·绿槐影里黄鹂语

绿槐影里黄鹂语[2],深院无人春昼午[3]。画帘[4]垂,金凤舞[5],寂寞绣屏香一炷[6]。　碧云天[7],无定处,空有梦魂来去[8]。夜夜绿窗[9]风雨,断肠君信[10]否。

校注

(1)应天长:词牌名,又名《应天长令》《应天长慢》。此调有小令、长调两体。小令始于韦庄,五十字,前后片各五句四仄韵。各家用此调字数有增减,但以韦庄词为正体。长调始于柳永,九十四字,前片十句六仄韵,后片十句七仄韵;另有九十八字体,句式与柳永词有出入。(按:此调有令词、慢词。令词始于韦庄,又有顾敻、毛文锡两体。宋毛幵词名《应天长令》。慢词始于柳永,《乐章集》注林钟商调。又有周邦彦一体,名《应天长慢》。)

词牌格律:

中中中中平中仄(韵),
中仄中平平仄仄(韵)。
中平中(句),中中仄(韵),
中仄中平平仄仄(韵)。

仄平平(句),平仄仄(韵),
中仄中平平仄(韵)。
中仄中平中仄(韵),

中中中中仄(韵)。

注：此调始于此词，顾敻词、冯延巳词由此减字，毛文锡词由此或添字、或减字，实正体也。韦庄词别首“别来半岁”词，牛峤“双眉淡薄”词，宋毛幵“曲阑十二”词，正与之同。按：牛词前段起句“双眉淡薄藏心事”之“淡”字仄声，韦词别首第三、四句“难相见，易相别”之“易”字仄声，牛词结句“宝帐鸳鸯春睡美”之“鸳”字平声。谱内可平可仄据之，其余参下所采令词。

(2)《花间集》卷二、《花草粹编》卷四、四印斋本《阳春集》：“绿槐影里”作“绿槐阴里”，“黄鹂”作“黄莺”。

(3)春昼午：春季白天正午的时候。四印斋本《阳春集》：“春昼”下注：别作“日正”。

(4)四印斋本《阳春集》：“画帘”作“绣帘”。

(5)金凤舞：画帘上绘的金凤凰，经风吹动，宛如起舞。

(6)香一炷：一支点燃着的香。炷，燃着的线香。《花庵词选》卷一：“一炷”作“一缕”。

(7)碧云天：碧蓝色的天空。范仲淹《苏幕遮·怀旧》：“碧云天，黄叶地，秋色连波，波上寒烟翠。”王实甫《西厢记·长亭送别》：“碧云天，黄花地，西风紧，北雁南飞。晓来谁染霜林醉？总是离人泪。”此处比喻怀念之人。《花间集》卷二：“碧云天”作“碧天云”。

(8)“空有”句：人未归来，只在梦境中看见来去，所以用“空有”二字。

(9)绿窗：华丽的窗户。唐冯贽《南部烟花记》：“隋文帝为蔡容华作潇湘绿绮窗，上饰黄金芙蓉花，琉璃网户，文杏为梁，雕刻飞走，动值千金。”韦庄《菩萨蛮》：“琵琶金翠羽，弦上黄莺语。劝我早归家，绿窗人似花。”

(10)信：相信。此有能否理解、体贴之意。

集评

董毅《续词选》卷一：(按：此词别见冯延巳《阳春集》及《欧阳文忠公

近体乐府》。)《百家词》云："《兰畹集》误作韦庄。"

疏解

此为闺情词，写女子怀人。

上片写景。"绿槐"二句写室外之景；"画帘"三句写室内之景，于宁静、幽绝之中见女子的孤独。"黄鹂语"写声音，"深院无人春昼午"则写静谧。绣屏寂寞，一炷幽香默默燃烧。闺中的寂寞与思念无处不在，而这寂寞又染着些香艳，越发惹人怜惜。

过片"碧云天，无定处，空有梦魂来去"三句，写女子倾诉衷肠：所思念的游子就像那碧天中的云彩一样行踪不定，只能在梦里往来相见。"夜夜绿窗风雨，断肠君信否。"女子夜夜在绿窗下听那些风风雨雨，肝肠寸断，他可曾知晓？独居孤处的女子在极端的苦闷中无法可想，只能对着远方如此倾诉，将对游子的深厚情意以及思而不见的抑郁心情充分表现出来。

更漏子·钟鼓寒

钟鼓寒，楼阁暝(1)。月照古桐金井(2)。深院闭，小庭空。落花香露红。　　烟柳重，春雾薄。灯背水窗(3)高阁。闲倚户，暗沾衣。待郎郎不归(4)。

校注

(1)暝：天色昏暗，引申为日落、黄昏。

(2)金井：井栏上有雕饰的井，原指宫廷园林中的井。李白《赠别舍人弟台卿之江南》："去国客行远，还山秋梦长。梧桐落金井，一叶飞银床。"王昌龄《长信秋词》："金井梧桐秋叶黄，珠帘不卷夜来霜。"李煜《采桑子》："辘轳金井梧桐晚，几树惊秋。"《花草粹编》卷四："金井"作"今井"。

(3)灯背：掩灯。水窗：临水池之窗。

(4)彊村本《金奁集》："待郎郎不归"作"待郎归未归"。

疏解

此为思妇怀人的小词，写女子整夜等待情人之情景。上片写夜间小庭楼阁的景色，展现了一幅凄冷的春夜图。虽是写景，但在景中烘托出思妇的孤独、寂寞和哀怨。下片写凌晨春雾弥漫，以景语烘托思妇的愁绪。"灯背水窗高阁"，表现思妇幽居独处而产生的孤独黯伤的心理，与下句"闲倚户"，既写出人居高楼水阁，又以"倚"字写她因长时间等待情人而未眠。"暗沾衣"，直写心情。"待郎郎不归"写哀怨的缘由，是全词点睛之笔。

薛昭蕴 | 一首

谒金门·春满院

春满院,叠损罗衣[(1)]金线。睡觉水精帘[(2)]未卷,檐前双语燕。

斜掩金铺[(3)]一扇,满地落花千片。早是相思肠欲断,忍交频梦见。

校注

(1)罗衣:轻软的丝质衣服。汉边让《章华赋》:“罗衣飘摇,组绮缤纷。”曹植《美女篇》:“罗衣何飘飘,轻裾随风还。”杜甫《黄草》:“万里秋风吹锦水,谁家别泪湿罗衣。”

(2)水精帘:用水晶制成的帘子,亦比喻晶莹华美的帘子。李白《玉阶怨》:“却下水精帘,玲珑望秋月。”温庭筠《菩萨蛮》:“水精帘里颇黎枕,暖香惹梦鸳鸯锦。”

(3)金铺:金饰铺首。司马相如《长门赋》:“挤玉户以撼金铺兮,声噌吰而似钟音。”李善注:“金铺,以金为铺首也。”吕延济注:“金铺,扉上有金花,花中作钮环以贯锁。”李贺《河南府试十二月乐词·九月》:“月缀金铺光脉脉,凉苑虚庭空澹白。”钱谦益《冬夜观剧歌》:“金铺着霜月上楹,高堂绮席陈吴羹。”此处为门户之美称。包佶《朝拜元陵》：“宫前石马对中峰，云里金铺闭几重。”魏承班《木兰花》：“闭宝匣，掩金铺，倚屏拖袖愁如醉。”苏轼《春贴子词·皇太后阁·三》：“朝罢金铺掩，人闲宝瑟尘。”

疏解

此词句句写醒后相思，却又句句衬梦里相见。她刚午睡醒来，照例梦见久别的恋人，满怀怅恨与慵倦，将水晶帘卷起。可恼的是那对燕子，在帘前翻飞、亲昵，把身影双双印上珠帘，仿佛在炫耀它们的成双成对，嘲笑她的形单影只。从半掩的门望去，春色分明到了迟暮时分，换得落红无数。这个春天又白白过去了，那件绸纱春衫依然叠在箱底，没心思穿。他不在，她穿给谁看呢？她盼着梦里与他相见，又怕梦里相见，醒来倍增相思。

毛熙震 | 二首

毛熙震生平简介

毛熙震，生卒年、字号不详，五代蜀词人。《花间集》称毛秘书。 通音律，工诗词。 存词二十九首，今有王国维辑《毛秘书词》。

临江仙·幽闺欲曙闻莺啭

幽闺欲曙闻莺啭(1)，红窗日影微明。好风频谢落花声(2)。隔帏(3)残烛，犹照绮屏筝(4)。　绣被锦茵眠玉暖(5)，炷香斜袅(6)烟轻。淡蛾羞敛不胜情(7)。暗思闲梦，何处逐云行(8)？

校注

(1)莺啭：黄莺婉转而鸣。卢照邻《入秦川界》："花开绿野雾，莺啭紫岩风。"岑参《奉和中书舍人贾至早期大明宫》："鸡鸣紫陌曙光寒，莺啭皇州春色阑。"

(2)"好风"句：春风日暖，春花被频频吹落，似乎落地有声。频谢，频频吹落。谢，花落。

(3)隔帏：隔着帏帐。

(4)绮屏筝：彩屏下的古筝。

(5)"绣被"句：绣被使如玉的肌肤充满暖意。锦茵，锦制的褥垫。眠玉，指睡眠中的女子。玉，如玉的肌肤，指代女子。

(6)斜袅：袅袅斜飘。

(7)淡蛾：淡眉。不胜情：承受不了相思之情的煎熬。

(8)逐云行：追逐行踪不定的游子。云，指游子之如行云般飘逝不归。

集评

(1)许昂霄《词综偶评》："好风频谢落花声"三句，与顾夐《玉楼春》后段意同。

(2)陈廷焯《白雨斋词话》：似此则婉转缠绵，情深一往，丽而有则，耐人玩味。

(3)俞陛云《唐五代两宋词选释》：月斜将曙，而残烛犹明，隐喻怀人不寐之意。结句梦逐行云，即己亦不知其处。上、下阕之结句，皆善用纡回之笔。

疏解

此词写思妇幽闺怀人之苦。上片写室内外环境的寂静凄冷。声响景象皆从她的听觉感受中来，她的不眠之状可想而知。下片前三句细写她梦中的欢情，与空闺独守对照鲜明；后两句写她梦醒后的情思。

清平乐·春光欲暮

春光欲暮(1)，寂寞闲庭(2)户。粉蝶双双穿槛(3)舞，帘卷晚天疏雨。　　含愁独倚闺帏(4)，玉炉(5)烟断香微。正是销魂(6)时节，东风满树花飞。

校注

(1)欲暮：此指即将逝去。

(2)闲庭：寂静空旷的庭院。

(3)槛：栏杆，这里指亭栏。

(4)闺帏：此指闺房。

(5)玉炉：熏炉的美称。

(6)销魂：形容极其哀愁。江淹《别赋》："黯然销魂者，唯别而已。"

集评

(1)陈廷焯《白雨斋词话》："东风"六字精湛，凄艳。

(2)俞陛云《唐五代两宋词选释》：此词仅为清稳之作，结意含蓄，自是正轨。

疏解

此词通过春景的描写，显露人物内心的离别相思之情。当春光消逝之时，人们不免会产生怅惘的心绪。春光给人们带来欢乐和享受，也悄悄带走人们的青春。

上片写晚天疏雨、粉蝶双飞。春天的蜂与蝶多在风和日丽时的花树丛中穿飞。作者笔下的双双粉蝶却点缀了寂寞庭户，反衬闺中人孤独的境况。粉蝶双飞本是无意，但牵动了有心人的春思，表现思妇对青春幸福的向往与对爱人的期待。

下片写闺中人在期待中的失望。晚天疏雨，天气微冷，她独处闺帷，双眸含愁，任凭“玉炉烟断香微”。帘外的东风摇动花树、满树花飞的景象才将她从痴迷中唤醒，又不禁使她销魂荡魄。

李德润（李珣）｜三首

李珣生平简介

李珣，字德润，家居梓州（治今四川三台），其祖先为波斯人。少有诗名。妹舜弦为王衍昭仪。李珣著有《琼瑶集》，其词多感慨之音，已佚。今存词五十余首。

菩萨蛮·回塘风起波纹细

回塘风起波纹细,刺桐[1]花里门斜闭。残日照平芜[2],双双飞鹧鸪。　　征帆何处客?相见还相隔[3]。不语欲魂销,望中[4]烟水遥。

校注

(1)刺桐:落叶乔木;花大,深红色。王毂《刺桐花》:“南国清和烟雨辰,刺桐夹道花开新。”

(2)平芜:草木丛生的平旷原野。江淹《去故乡赋》:“穷阴匝海,平芜带天。”李山甫《刘员外寄移菊》:“秋来缘树复缘墙,怕共平芜一例荒。”齐己《南归舟中》:“春容含众岫,雨气泛平芜。”

(3)相隔:此指二人虽然相见但情意不通。

(4)望中:视野之内。权德舆《酬冯监拜昭陵途中遇雨见示》:“甘谷行初尽,轩台去渐遥。望中犹可辨,耘鸟下山椒。”李商隐《柳》:“柳映江潭底有情,望中频遣客心惊。”

疏解

此为思妇相思之词。上片写女子所在的环境,用“双双飞鹧鸪”兴起下片。下片写女子对“征帆何处客”的热切期待,语浅情深。

菩萨蛮·隔帘微雨双飞燕

隔帘微雨双飞燕，砌花[1]零落红深浅。捻得宝筝调，心随征棹遥[2]。　　楚天云外[3]路，动便经年去[4]。香断画屏深，旧欢何处寻？

校注

(1)砌花：此指落洒在阶台上的花瓣。

(2)“捻得”二句：弹着筝，心也仿佛随着征帆飘往遥远的地方。捻，弹奏弦乐的一种指法。白居易《琵琶行》：“轻拢慢捻抹复挑，初为《霓裳》后《六幺》。”宝筝，精美的筝。征棹，远出之人所乘之舟。

(3)楚天云外：南方古楚国地域以外，表示路程遥远。李商隐《有感》：“一自高唐赋成后，楚天云雨尽堪疑。”

(4)“动便”句：动不动就一去经年。动，动辄，常常，每每。崔涂《春夕旅怀》：“故园书动经年绝，华发春催两鬓生。”便，即，就。

疏解

此词亦为思妇怀远之词。上片首二句写景，三、四句直抒对远人的思念。下片“楚天”二句紧承“心随”，念情人远在天外，一去数年；末二句，思绪回到现实，与词的开头相呼应，“旧欢何处寻”与“双飞燕”则显示出她的孤苦。

西溪子·金缕翠钿浮动

金缕翠钿[1]浮动，妆罢小窗圆梦[2]。日高时，春已老，人未[3]到。满地落花慵[4]扫。无语倚屏风，泣残红[5]。

校注

(1)金缕：金属制成的穗状物。梁简文帝《大法颂》：“幢号摩尼，幡悬金缕。”温庭筠《定西番》：“双鬓翠霞金缕，一枝春艳浓。”华钟彦注：“金镂，钗穗也。”戴叔伦《赋得长亭柳》：“雨搓金缕细，烟袅翠丝柔。”翠钿：翠绿色的花钿。

(2)圆梦：解说梦中事，从而附会、预测人事的吉凶。李德裕《次柳氏旧闻·黄幡绰》：“黄幡绰在贼中，与大逆(指安禄山)圆梦。”

(3)《花间集》卷十、《花草粹编》卷一：“人未”作“人来”。

(4)慵：懒散。杜甫《送李校书二十六韵》：“小来习性懒，晚节慵转剧。”王安石《初晴》：“幅巾慵整露苍华，度陇深寻一径斜。”

(5)残红：残花，落花。王建《宫词》：“树头树底觅残红，一片西飞一片东。”彊村本《尊前集》：“无语倚屏风”作“离思正难缄”，“泣残红”作“燕喃喃”。

疏解

首二句写思妇早起妆成及其对昨夜梦事的推想。“日高时”三句言所思之人并未到来。“满地”三句写她因思而懒扫落花，无语倚屏，对残红而泣，显示其怀人之痛苦。全词淡而有致，意蕴精深。

冯正中（冯延巳）| 二首

罗敷艳歌·马嘶人语春风岸[(1)]

马嘶人语春风岸，芳草绵绵。杨柳桥边，落日高楼酒旆[(2)]悬。　　旧愁新恨知多少，目断遥天。独立花前，更听笙歌满画船。

校注

（1）《花草粹编》卷二：列冯延巳本调十三首之二。调名《采桑子》。（注：一名《罗敷媚》《丑奴儿令》。）

（2）酒旆：酒旗。杜牧《代人寄远》："河桥酒旆风软，候馆梅花雪娇。"张翥《行香子·山水扇面》："佛寺云边，茅舍山前。树阴中、酒旆低悬。"

疏解

上片言思妇于春风春水中的杨柳桥边急切等待恋人归来，忽闻马嘶人语，以为恋人回归，却发觉是空等。当年送别的酒楼上仍然高挂酒旆，而今物是人非，不见人归。

下片写思妇“目断遥天”“独立花前”。水中唯有画船笙歌，她心中升腾起一股“旧愁新恨”。

喜迁莺·宿莺啼[1]

宿莺[2]啼，乡梦断，春树晓[3]朦胧。残灯和烬闭朱栊。人语隔屏风。　香已寒，灯已绝。忽忆去年离别。石城花雨[4]倚江楼。波上木兰舟。

校注

（1）《花草粹编》卷四：刻冯延巳词。（注：本作和凝。）又云："见《南唐书》'晓云坠，宿云披'一首之二。"

（2）宿莺：窝里的黄莺。

（3）四印斋本《阳春集》："春树晓"作"春树晚"。

（4）石城：石头城。刘禹锡《石头城》："山围故国周遭在，潮打空城寂寞回。淮水东边旧时月，夜深还过女墙来。"花雨：花季所降的雨。释贯休《春山行》："重叠太古色，蒙蒙花雨时。"向子諲《水龙吟·绍兴甲子上元有怀京师》："更冥冥、一帘花雨。"

疏解

此词写词人晓来梦觉之所思，是回忆去年与恋人离别的伤心之词。

上片：才闻晓莺之啼，便想到"乡梦"已断。忆去年那时，窗外"春树晓朦胧"，室内却是灯残烬灭。更凄怆的是香寒、灯绝之际，忽然想起去年离别的情景：石头城中花雨季节，情人在望江楼上依依送别，碧波上则有兰舟催发，将飘零离别之苦并入艳情。

下片：进入追忆之境，追忆昨梦前尘，“犹忆”当日事而今人去楼空。 词人于回忆中写出现实之空虚、幻灭，因不禁凄婉之情而不能自已。

晏同叔(晏殊)｜二首

浣溪沙·玉碗冰寒滴露华

玉碗冰寒滴露华[(1)],粉融香雪[(2)]透轻纱。晚来妆面胜荷花[(3)]。

鬓亸欲迎眉际月[(4)],酒红初上脸边霞。一场春梦日西斜。

校注

(1)玉碗：玉制之食具，或泛指精美的碗。嵇康《答难养生论》："李少君识桓公玉碗。"葛洪《抱朴子·广譬》："无当之玉碗，不如全用之埏埴。"冰寒：古代富贵人家冬日用玉碗贮冰于地窖，夏时取以消暑。露华：露水。《赵飞燕外传》："婕妤浴豆蔻汤，傅露华百英粉。"李白《清平调》："云想衣裳花想容，春风拂槛露华浓。"亦指清冷的月光。南齐王俭《春夕》："露华方照夜，云彩复经春。"杜牧《寝夜》："露华惊敝褐，灯影挂尘冠。"

(2)粉融：脂粉与汗水融和。香雪：借喻女子的肌肤。

(3)胜荷花：形容女子晚妆后面容美胜荷花。李白《西施》："秀色掩今古，荷花羞玉颜。"

(4)鬓亸：鬓发下垂的样子，形容女子梳妆后的美丽。岑参《送郭乂杂言》："朝歌城边柳亸地，邯郸道上花扑人。"眉际月：古时女子以黄粉涂额成圆形，似月，因位置在两眉之间，故称“眉际月”。

集评

宛敏灏《二晏及其词》：同叔《浣溪沙》云：“玉碗冰寒滴露华（略）。”“妆面胜荷花”为明喻；“眉际月，脸边霞”为隐喻；而“香雪”则借喻也。是譬喻三种格式，已备此一词中。

疏解

此词写一位闺阁美人在夏日黄昏昼梦方醒、晚妆初罢、酒脸微醺的情状。上片概写美人夏日的装扮，下片特写美人的容貌。

上片首句写室内特定的景物：玉碗中盛着冰，碗边凝聚的水珠若露华欲滴。接着，作者转写室中人：她粉汗微融，穿着轻薄的纱衣，身上芬芳洁白；晚来浓妆的娇面胜似荷花，犹如一幅美人画。这几句将仕女的美展现得淋漓尽致。第二、三句设喻。脂粉与汗水相互融合，不点出“汗”字，正是作者高明之处。上片以“玉”“冰”“粉”“雪”之白，衬托“妆面”之红，写夏日黄昏女子妆罢的情景。

下片一、二两句写女子微醉的情态。古时女子以黄粉涂额成圆形，似月，因位置在两眉之间，故称“眉际月”。李商隐《蝶》诗之三中“八字宫眉捧额黄”似即指此。“欲迎”“初上”，形容绝妙，表现出作者的欣赏之情。“月”与“霞”双关，既隐喻女子的眉和脸，也是黄昏时的实景。末句“一场春梦日西斜”则点明原来上面五句所写的都是梦醒后的情景。“春梦”形容刚才好梦的短暂。女子慵困无聊，闲愁闲恨，全词之意至此方出。

破阵子·燕子来时新社[1]

燕子来时新社[2]，梨花落后清明。池上碧苔[3]三四点，叶底黄鹂一两声，日长飞絮[4]轻。　巧笑[5]东邻女伴，采桑径里逢迎[6]。疑怪[7]昨宵春梦好，元是今朝斗草[8]赢，笑从双脸生。

校注

(1)破阵子：唐教坊曲，一名《十拍子》。陈旸《乐书》："唐《破阵乐》属龟兹部，秦王(李世民)所制。舞用二千人，皆画衣甲，执旗旆。外藩镇春衣犒军设乐，亦舞此曲，兼马军引入场，尤壮观也。"（按：《秦王破阵乐》，唐开国时之大型武舞曲，震惊一世。双调，六十二字，上下片各五句三平韵。)《花庵词选》卷三：题《春景》。林大椿校《珠玉词》收入《补遗》，校记云："见《绝妙好词》。"

(2)新社：古代指春社。古代祭祀土地神以祈丰收，时间在立春后、清明前。（按：社日是古代祭土地神的日子，以祈丰收，有春、秋两社。新社即春社。韦庄《纪村事》："酿酒迎新社，遥砧送暮晖。"）

(3)碧苔：青绿色的苔藓。

(4)飞絮：飘飞的柳絮。庾信《杨柳歌》："独忆飞絮鹅毛下，非复青丝马尾垂。"

(5)巧笑：形容少女美好的笑容。李商隐《北齐二首》其二："巧笑知堪敌万机，倾城只在著戎衣。"

(6)逢迎：相逢。《孔雀东南飞》："新妇识马声，蹑履相逢迎。"颜之推《颜氏家训》："邺下风俗，专以妇持门户，争讼曲直，造请逢迎。"王勃《滕王阁序》：“千里逢迎，高朋满座。”

（7）疑怪：诧异、奇怪。《后汉书·伏湛传》：“而陛下舍近务远，弃易求难，四方疑怪，百姓怨惧，诚臣之所感也。”此处似白话“怪不得”之意。

（8）斗草：古代妇女的一种游戏，也叫“斗百草”。其玩法大抵如下：比赛双方先各自采摘具有一定韧性的草，然后相互交叉成“十”字状并各自用劲拉扯，以不断者为胜。

集评

（1）许昂霄《词综偶评》：（“疑怪”三句）如闻香口，如见冶容。

（2）许昂霄《词综偶评》：晏氏父子均可追逼《花间》，琴州毛氏以配南唐二主，虽不免拟之不伦，然词林中类此者，固指不多屈也。

疏解

此词通过描写清明时节的一个生活片段，反映出少女的青春活力，充满了欢乐的气氛。全词纯用白描，笔调活泼，风格朴实，形象生动，展示了少女的纯洁心灵。

上片一、二句言：燕子飞来时恰逢社祭，飘落的梨花宣告了清明的到来。以下三句云：几片碧苔点缀着池中清水，黄鹂的歌声绕着树上枝叶，只见那柳絮飘飞。下片一、二句言她在采桑的路上邂逅了巧笑的东邻女伴。以下三句言：怪不得昨晚做了个美梦，原来它预示着她今天斗草能赢。想到这里，她不由得笑了。

范希文（范仲淹）｜一首

御街行·纷纷坠叶飘香砌[1]

纷纷坠叶飘香砌[2]，夜寂静，寒声碎[3]。真珠[4]帘卷玉楼空，天淡[5]银河垂地。年年今夜，月华如练[6]，长是人千里。　愁肠已断无由[7]醉，酒未到，先成泪。残灯明灭枕头攲[8]，谙[9]尽孤眠滋味。都来[10]此事，眉间心上，无计相回避[11]。

校注

（1）御街行：词牌名，又名《孤雁儿》。《乐章集》及《张子野词》并入双调。一般以范仲淹词为准。全词重头七十八字，上、下片各四仄韵。下片亦有略加衬字者，列为变格。《花草粹编》卷八、沈际飞《草堂诗余》卷二、彊村本《范文正诗余》：有题作《秋日怀旧》。

词牌格律：

平平仄仄平平仄（韵），
中中仄，平中仄（韵）。
平平平仄仄平平（句）。

平仄平平平仄(韵),
平平平仄(句)。
仄平平仄(句),平仄平平仄(韵)。

平平仄仄平平仄(韵),
仄中仄,平平仄(韵)。
平平平仄仄平平(句),平仄平平平仄(韵)。
平平仄仄(句),平平平仄(句),平仄平平仄(韵)。

(2)香砌：花落台阶上，即有落花的台阶。张祜《禅智寺》："宝殿依山崄，临虚势若吞。画檐齐木末，香砌压云根。"

(3)寒声碎：寒风吹动落叶发出的轻微细碎的声音。

(4)真珠：珍珠，可入药。《本草纲目·介二·真珠》："真珠入厥阴肝经，故能安魂定魄，明目治聋。"贾岛《赠圆上人》："一双童子浇红药，百八真珠贯彩绳。"

(5)天淡：天空清澈无云。沈际飞《草堂诗余》卷二："天淡"下注：一作"天汉"，误。

(6)月华：此指月光。骆宾王《望月有所思》："九秋凉风肃，千里月华开。圆光随露湛，碎影逐波来。"李白《秋山寄卫尉张卿及王徵君》："何以折相赠，白花青桂枝。月华像夜雪，见此令人思。"练：白绢，白色的丝绸，喻指似白绢的东西。庄南杰《雁门太守行》："跨下嘶风白练狞，腰间切玉青蛇活。"孟郊、韩愈《秋雨联句》："檐垂白练直，渠涨清湘大。"沈际飞《草堂诗余》卷二：宋之问《明河篇》："倬彼昭回如练白。"

(7)无由：无法，没有门径。《仪礼·士相见礼》："某也愿见，无由达。"郑玄注："无由达，言久无因缘以自达也。"《汉书·刑法志》："使其民所以要利于上者，非战无由也。"李德裕《二猿》："无由碧潭饮，争接绿萝枝。"

(8)明灭：忽明忽暗，忽隐忽现。沈约《奉和竟陵王药名诗》："玉泉亟周流，云华乍明灭。"王维《山中与裴秀才迪书》："夜登华子冈，辋水沦涟，与月上下。寒山远火，明灭林外。"韩愈《谢自然诗》："檐楹暂明灭，五色光属联。"攲：倾斜，斜靠，歪向一边。刘禹锡《八月十五夜桃源玩月》：

“金霞昕昕渐东上，轮欹影促犹频望。”李煜《乌夜啼》：“烛残漏断频欹枕，起坐不能平。”

（9）谙：熟知，熟悉。《说文》：“谙，悉也。”《晋书·刁协传》：“协久在中朝，谙练旧事。”白居易《忆江南》：“江南好，风景旧曾谙。”

（10）都来：算来。

（11）彊村本《范文正诗余》：“回避”作“远避”。

集说

杨慎《词品》：予友朱良规尝云：“天之风月、地之花柳与人之歌舞，无此不成三才。”虽戏语，亦有理也。

集评

（1）杨慎《词品》：二公一时勋德望重，而词亦情致如此。大抵人自情中生，焉能无情，但不过甚而已。

（2）沈谦《填词杂说》：范希文“真珠帘卷玉楼空，天淡银河垂地”及“芳草无情，又在斜阳外”，虽是赋景，情已跃然。

（3）沈雄《古今词话》：范希文守边作词，有“穷塞主”之称。其《御街行》“天淡银河垂地”一句自佳。

（4）王士禛《花草蒙拾》：俞仲茅小词云：“轮到相思没处辞，眉间露一丝。”视易安“才下眉头，却上心头”，可谓此儿善盗。然易安亦从范希文“都来此事，眉间心上，无计相回避”语脱胎，李特工耳。

（5）沈际飞《草堂诗余》正集：“天淡”句空灵。

（6）陈廷焯《白雨斋词话》：范文正《御街行》……淋漓沉着。《西厢·长亭》袭之，骨力远逊，且少味外味。

（7）王闿运《湘绮楼诗选》：（“纷纷”句）是壮语，不嫌不入律。“都来”即“算来”也，因此字宜平，故用“都”字，完嫌不醒。

(8)唐圭璋《唐宋词简释》：此首从夜静叶落写起，因夜之愈静，故愈觉寒声之碎。“真珠”五句，极写远空皓月澄澈之境。“年年今夜”与“夜夜除非”之语，并可见久羁之苦。“长是人千里”一句，说出因景怀人之情。下片即从此生发，步步深婉。……而此则谓酒未到已先成泪，情更凄切。

疏解

此词为作者因久客他乡，愁苦而触景生情之作，或以为“思念室家之作”。

上片着重描写秋夜的景色。坠叶纷纷，夜静声寒，“寒声碎”，不但写出秋叶纷纷坠地之景，更渲染了寂夜的悲凉寥寞。四、五句写他的视线透过珠帘投向天际，但见银河自天而垂，皓月当空，因此想起千里之外的故人。

下片着重抒写离恨。“愁肠已断”不能自持，拟以酒浇愁，却潸然泪下，因而辗转难眠。最后三句将“愁”形象化：愁上“眉间”，又下至心上，如何回避得了？

欧阳永叔（欧阳修）｜一首

踏莎行·候馆梅残[1]

候馆[2]梅残，溪桥柳细[3]，草薰风暖摇征辔[4]。离愁渐远渐无穷，迢迢[5]不断如春水。　　寸寸柔肠[6]，盈盈粉泪[7]，楼高莫近危阑[8]倚。平芜[9]尽处是春山，行人更在春山外。

校注

(1)踏莎行：词牌名，又名《柳长春》《喜朝天》等，双调，五十八字，仄韵。

词牌格律：

中仄平平，中平中仄（韵），
中平中仄平平仄（韵）。
中平中仄仄平平，中平中仄平平仄（韵）。

中仄平平，中平中仄（韵），
中平中仄平平仄（韵）。

中平中仄仄平平，中平中仄平平仄(韵)。

《花庵词选》卷二：题《相别》。《花草粹编》卷六、沈际飞《草堂诗余》卷二：题《离别》。

(2)候馆：泛指接待过往官员或外国使者的驿馆。《周礼·地官·遗人》："五十里有市，市有候馆。"钱起《青泥驿迎献王侍御》："候馆扫清昼，使车出明光。"苏轼《赵州赐大辽贺兴龙节使副茶药口宣》："既渐迩于中邦，方少安于候馆。"《妙选草堂诗余》后集卷下：（"候馆"句)《礼·地官·遗人》："五十里一市，市有候馆。"

(3)《妙选草堂诗余》后集卷下：（"溪桥"句）杜（甫）诗："市桥官柳细。"

(4)草薰：小草散发清香，草香怡人，招惹行人。薰，香气侵袭。江淹《别赋》："闺中风暖，陌上草薰。"沈际飞《草堂诗余》卷二：佛经："奇草芳花能逆风闻薰。"《花庵词选》卷二、《花草粹编》卷六："草熏"作"草芳"。沈际飞《草堂诗余》卷二："草熏"注：一作"草芳"，误。征辔：行人坐骑的缰绳，亦指远行的马。柳永《满江红》："匹马驱驱，摇征辔、溪边谷畔。"

(5)迢迢：形容道路遥远或水流绵长。潘岳《内顾诗》："漫漫三千里，迢迢远行客。"

(6)寸寸柔肠：柔肠寸断，形容愁苦到极点。柔肠，柔曲的心肠，喻指缠绵的情意。柳永《清平乐》："翠减红稀莺似懒，特地柔肠欲断。"

(7)盈盈：泪水充溢眼眶之状。粉泪：此指泪水流到脸上，与粉妆和在一起。

(8)危阑：也作"危栏"，高楼上的栏杆。《花草粹编》卷六："危阑"作"危栏"。

(9)平芜：草木丛生的平旷的原野。江淹《去故乡赋》："穷阴匝海，平芜带天。"李山甫《刘员外寄移菊》："秋来缘树复缘墙，怕共平芜一例荒。"齐己《南归舟中》："春容含众岫，雨气泛平芜。"《妙选草堂诗余》后集卷下："李(白)诗：'桑柘罗平芜。'"

集评

(1)俞文豹《吹剑录》：杜子美流离兵革中，其咏内子云："香雾云鬟湿，清辉玉臂寒。何时倚虚幌，双照泪痕干。"欧阳文忠、范文正，矫饰风节，而欧公词云："寸寸柔肠，盈盈粉泪，楼高莫近危阑倚。"又："薄幸辜人终不愤，何时枕上分明问。"范文正词："都来此事，眉间心上，无计相回避。"又："明月楼高休独倚，酒入愁肠，化作相思泪。"情之所钟，虽贤者不能免，岂少年所作耶？惟荆公诗词未尝作脂粉语。

(2)黄昇《唐宋诸贤绝妙词选》：句意最工。

(3)杨慎《词品》：佛经云："奇草芳花能逆风闻薰。"江淹《别赋》："闺中风暖，陌上草薰"，正用佛经语。六一词云"草薰风暖摇征辔"，又用江淹语。今《草堂词》改"薰"作"芳"，盖未见《文选》者也。

(4)卓人月《古今词统》："芳草更在斜阳外""行人更在春山外"两句，不厌百回读。

(5)沈际飞《草堂诗余》正集："春水""春山"，走对妙。"望断江南山色远，人不见、草连空"，一望无际矣。"尽处是春山""更在春山外"，转望转远矣。当取以合看。

(6)王世贞《艺苑卮言》："平芜尽处是春山，行人更在春山外。"此淡语之有情者也。

(7)陈霆《渚山堂词话》：欧公有句云："平芜尽处是春山，行人更在春山外。"陈大声体之，作《蝶恋花》，落句云："千里青山劳望远，行人更比青山远。"虽面稍更，而意句仍昔。然则偷句之钝，何可避也。

(8)黄苏《蓼园词评》：此词特为赠别作耳。首阕，言时物暄妍，征辔之去，自是得意，其如我之离愁不断何？次阕，言不敢远望，愈望愈远也。语语倩丽，韶光情文斐亹。

(9)黄苏《蓼园词评》：语语倩丽。

(10)王士禛《花草蒙拾》："平芜尽处是春山，行人更在春山外。"升庵以拟石曼卿"水尽天不尽，人在天尽头"，未免河汉。盖意近而工拙悬殊，不啻霄壤。且此等入词为本色，入诗即失古雅，可与知者道耳。

(11)许昂霄《词综偶评》：“春山”疑当作“青山”，否则既用“春水”又用两“春山”字，未免稍复矣。

(12)吴衡照《莲子居词话》卷二：杨用修《词品》四卷，论列诗余，颇具知人论世之概，不独引据博洽而已。其引据处亦足正俗本之误。如云《文选》江淹《别赋》“闺中风暖，陌上草熏”，《六一词》“草熏风暖摇征辔”用此，俗本改“熏”作“芳”。……终非陈耀文、胡应麟辈所可仰而攻也。

(13)俞陛云《唐五代两宋词选释》：唐宋人诗词中，送别怀人者，或从居者着想，或从行者着想，能言情婉挚，便称佳构。此词则两面兼写。前半首言征人驻马回头，愈行愈远，如春水迢迢，却望长亭，已隔万重云树。后半首为送行者设想，倚栏凝睇，心倒肠回，望青山无际，遥想斜日鞭丝，当已出青山之外，如鸳鸯之烟岛分飞，互相回首也。以章法论，“候馆”“溪桥”言行人所经历，“柔肠”“粉泪”言思妇之伤怀，情同而境判，前后阕之章法井然。

(14)唐圭璋《唐宋词简释》：此首，上片写行人忆家，下片写闺人忆外。起三句，写郊景如画，于梅残柳细、草薰风暖之时，信马徐行，一何自在。“离愁”两句，因见春水之不断，遂忆及离愁之无穷。下片，言闺人之怅望。“楼高”一句唤起，“平芜”两句拍合。平芜已远，春山则更远矣，而行人又在春山之外，则人去之远，不能目睹，惟存想象而已。写来极柔极厚。

(15)刘永济《唐五代两宋词简析》：此亦托为闺人别情，实乃自抒己情也，与晏殊《踏莎行》二词同。上半阕行者自道离情，下半阕则居者怀念行者。此词之行者，当即作者本人。

(16)俞平伯《唐宋词选释》：似乎可画，却又画不到。

疏解

上片：首三句言驿馆前的梅花已经凋残，溪桥旁初生的细柳轻垂，远行人策马扬鞭；四、五句写离家已远但离愁仍没有穷尽，像那迢迢不断的春江流水。下片回顾恋人在高楼上远眺的情景：一、二句言女子痛断柔肠，粉泪盈盈。 三句言楼高莫倚，她却登高远望，凭倚栏杆，但见平坦的草地尽头是重重春山，行人还在春山之外。

王介甫(王安石)|一首

桂枝香·金陵怀古[(1)]

登临送目[(2)]。正故国[(3)]晚秋,天气初肃[(4)]。千里澄江似练[(5)],翠峰如簇[(6)]。归帆去棹[(7)]残阳里,背西风、酒旗斜矗[(8)]。彩舟云淡,星河鹭起[(9)],画图难足[(10)]。　念自昔、繁华竞逐[(11)]。叹门外楼头[(12)],悲恨相续[(13)]。千古凭高[(14)],对此谩嗟荣辱[(15)]。六朝旧事随流水,但寒烟、衰草凝绿[(16)]。至今商女[(17)],时时犹唱[(18)],后庭遗曲[(19)]。

校注

(1)桂枝香：词牌名，又名《疏帘淡月》，首见于王安石词作。双片，一百零一字，前后片各五仄韵，宜用入声部韵。前后片第二句第一字是领格，宜用去声。

词牌格律：

平平仄仄(韵)。

仄仄仄中平,中中平仄(韵)。

中仄平平中仄，仄平平仄（韵）。
中平中仄平平仄，仄平平、中平平仄（韵）。
仄平平仄，中平中仄，仄平平仄（韵）。

仄中中、平平仄仄（韵）。
仄中中平中，中中平仄（韵）。
中仄平平中仄，仄平平仄（韵）。
中平中仄平平仄，仄平平、中仄平仄（韵）。
仄平平仄，中平中仄，仄平平仄（韵）。

金陵：今南京市。古称金陵、建康，为中国四大古都之一，是中华文明的重要发祥地，历史上长期为中国南方的政治、经济、文化中心，有“六朝古都”“十朝都会”之称。

（2）登临送目：登山临水，举目望远。《楚辞·九辩》：“憭栗兮若在远行，登山临水兮送将归。”登临，登山临水。《史记·卫将军骠骑列传》：“禅于姑衍，登临瀚海。”孟浩然《与诸子登岘山》：“江山留胜迹，我辈复登临。”杜甫《登楼》：“花近高楼伤客心，万方多难此登临。锦江春色来天地，玉垒浮云变古今。”送目，远眺，远望。张先《喜朝天·清暑堂赠蔡君谟》：“人多送目天际，识渡舟帆小，时见潮回。”

（3）故国：故都，旧时的都城。金陵为六朝故都，故称故国。李后主《虞美人》：“小楼昨夜又东风，故国不堪回首月明中。”

（4）初肃：天气刚开始肃杀。肃，萎缩，肃杀，形容草木枯落，天气寒而高爽。《妙选草堂诗余》后集卷上：（“天气”句）《文选》：“天高万物肃。”

（5）“千里”句：形容长江像一匹长长的白绢。谢朓《晚登三山还望京邑》：“余霞散成绮，澄江静如练。”澄江，清澈的长江。练，白色的绢。《妙选草堂诗余》后集卷上：“千里”作“潇洒”。

（6）如簇：这里指群峰好像簇拥、聚焦在一起。

（7）归帆去棹：往来的船只。棹，划船的一种工具，形似桨，也可引申为船。

（8）斜矗：斜插。矗，直立。

(9)“彩舟”两句：结彩的画船行于薄雾迷离之中，犹在云内；华灯映水，繁星交辉，白鹭翩飞。这两句转写秦淮河，“彩舟”系载人的河上之船，与江上“征帆去棹”的大船不同；又与下片“繁华”相接。星河，天河，此处似指秦淮河。鹭，白鹭，一种水鸟，一说指白鹭洲(长江与秦淮河相汇之处的小洲)。《妙选草堂诗余》后集卷上：(“彩舟”句)杜诗：“清江白日落欲尽，复携美人登彩舟。”

(10)“画图”句：用图画也难以完美地表现它。难足，难以完美地表现出来。

(11)“豪华”句：(六朝的达官贵人)争着过豪华的生活。竞逐，竞相仿效追逐。《乐府雅词》卷上：“自昔”作“往昔”。

(12)门外楼头：指南朝陈的亡国惨剧。杜牧《台城曲》：“门外韩擒虎，楼头张丽华。”韩擒虎是隋朝开国大将，统兵伐陈，已带兵来到金陵朱雀门(南门)外，陈后主尚与他的宠妃张丽华于结绮阁上寻欢作乐。陈后主、张丽华被韩俘获，陈亡于隋。门指朱雀门，楼指结绮阁。《乐府雅词》卷上：“叹门外楼头”作“恨门外楼头”。《词综偶评》：(“叹门外楼头”二句)杜牧之诗：“门外韩擒虎，楼头张丽华。”

(13)“悲恨”句：六朝亡国的悲恨接连不断。

(14)凭高：登高，这是说作者登上高处远望。《妙选草堂诗余》后集卷上：罗邺《金陵登步》：“凭高惆怅揔，今古一何殊。”

(15)谩嗟荣辱：空叹历朝兴衰。荣，兴盛。辱，灭亡。这是作者的感叹。

(16)“六朝”三句：意谓六朝的往事像流水般消逝了，如今只有寒烟笼罩衰草，凝成一片暗绿色，而繁华无存。六朝，三国吴，东晋，南朝宋、齐、梁、陈六个朝代。它们都建都金陵。《乐府雅词》卷上：“衰草”作“芳草”。《妙选草堂诗余》后集卷上：“吴、东晋、宋、齐、梁、陈，并都金陵，是为‘六朝’。杜诗：‘江头宫殿锁千门，细柳新蒲为谁绿。’”

(17)商女：酒楼茶坊的歌女。杜牧《泊秦淮》：“商女不知亡国恨，隔江犹唱《后庭花》。”

(18)《花庵词选》卷二：“犹唱”作“犹歌”。《妙选草堂诗余》后集卷上：“犹唱”作“尚歌”。《南史·张贵妃传》：“陈后主游宴后庭，其曲有《玉树后庭花》，略曰：‘璧月夜夜满，琼树朝朝新。’商女尝歌此。”沈际飞《草堂诗余》卷四：“商女不知亡国恨，隔江犹唱《后庭花》。”

(19)后庭遗曲：《玉树后庭花》：“丽宇芳林对高阁，新装艳质本倾城。映户凝娇乍不进，出帷含态笑相迎。妖姬脸似花含露，玉树流光照后庭。”传为陈后主所作，其辞哀怨绮靡，后人将它看成亡国之音。

集说

(1)杨湜《古今词话》：《金陵怀古》，诸公寄词于《桂枝香》，凡三十余家，独介甫最为绝唱。东坡见之，不觉叹息曰：“此老乃野狐精也。”

(2)许昂霄《词综偶评》：结用杜牧《秦淮》绝句语意。

集评

(1)张炎《乐府指迷》：词以意为主，要不蹈袭前人语意。如东坡《中秋·水调歌头》云……王荆公《金陵怀古·桂枝香》云……此数词皆清空中有意趣，无笔力者未易到。

(2)沈际飞《草堂诗余》正集卷四：叠字妙。宝巩诗：“伤心欲问南朝事，唯见江流去不回。日暮东风春草绿，鹧鸪飞上越王台。”“六朝”句化此。

(3)端木埰《续词选批》：《桂枝香·登临送目》，情韵有美成、耆卿所不能到。

(4)梁令娴《艺蘅馆词选》引梁启超语：李易安谓介甫文章似西汉，然以作歌词，则人必绝倒。但此却颉颃清真、稼轩，未可谩诋也。

(5)吴梅《词学通论》：荆公不以词见长，而《桂枝香》一首大为东坡叹赏。各家选本，亦皆采录。第其词只稳惬而已。

(6)熊依洪《宋元文学大观》：此词抒发金陵怀古人之情，为作者别创一格、非同凡响的杰作。……词中流露出王安石失意无聊之时颐情自然风光的情怀。全词开门见山，写作者在南朝古都金陵胜地，于一个深秋的傍晚，临江揽胜，凭高吊古。他虽以登高望远为主题，却是以故国晚秋为眼目，“正”“初”“肃”三个字逐步将其主旨点醒。以下两句，借六朝名句……点化如同己出。即一个“似练”，一个“如簇”，形胜已赫然而出。然后专写江色，纵目一望，只见斜阳映照之下，数不清的帆风樯影，交错于闪闪江波之上。细看凝眸处，却又见西风紧处，那酒肆青旗高高挑起，因风飘拂。帆樯为广景，酒旗为细景，而词人之意以风物为导引，而以人事为着落。一个“背”字，一个“矗”字，用得极妙……写景至此，全是白描，下面有所变化。“彩舟”“星河”两句一联，顿增明丽之色。然而词拍已到上片歇处，故而笔亦就此敛住，以“画图难足”一句，抒赞美嗟赏之怀，颇有大家风范。“彩舟云淡”，写日落之江天；“星河鹭起”，状夕夜之洲渚。下片另换一幅笔墨，感叹六朝皆以荒淫而相继亡覆的史实。写的是悲恨荣辱，空贻后人凭吊之资；往事无痕，唯见秋草凄碧，触目惊心而已。“门外楼头”，用杜牧《台城曲》句加以点染，亦简净有力。词至结语，更为奇妙，词人写道：时至今日，六朝已远，但其遗曲，往往犹似可闻。此处用典。“商女不知亡国恨，隔江犹唱《后庭花》”，此唐贤小杜于“烟笼寒水月笼沙，夜泊秦淮近酒家”时所吟之名句，词人复加运用，便觉尺幅千里，饶有不尽之情致，而嗟叹之意，千古弥永。

疏解

宋英宗治平四年（1067），王安石第一次任江宁知府，写有不少咏史吊古之作；神宗熙宁九年（1076）之后王安石被罢相，第二次出知江宁府。此词或作于两个时段之一。

上片言登上城楼，放眼远眺，故都金陵正值深秋，天气已经转凉。千里澄江宛如一条白练，青翠的山峰箭镞一般地耸立在前方。帆船在夕阳下往来穿梭，西风起处，斜插的酒旗飘扬。画船如同在淡云中浮游，白鹭好像在银河里飞舞，丹青妙笔也不能画出这壮美的风光。

下片言遥想当年，故都金陵是多么繁华。可惜在朱雀门外、结绮阁上，六朝相继灭亡。多少人在此登高怀古，都对历代荣辱喟叹伤感。六朝往事早已随水而逝，剩下的只有寒烟惨淡、绿草衰黄。时至今日，卖唱的歌女还时常吟唱《后庭花》。

此词通过对金陵景物的赞美和历史兴亡的感喟，寄托了作者对当时朝政的担忧和对国家大事的关心。作为一个政治家，王安石站得高、看得远。词中通过对六朝历史教训的认识，表达了他对北宋社会现实的不满，透露出居安思危的忧患意识。

柳耆卿（柳永）| 二首

一、柳永传文

(1)《后山诗话》：

骩骳从俗，天下咏之，遂传禁中。仁宗颇好其词，每对宴，必使侍从歌之再三，三变闻之，作宫词号《醉蓬莱》，因内宫达后宫，且求其助。仁宗闻而觉之，自是不复歌其词矣。

(2)《避暑录话》：

永为举子时，多游狭邪，善为歌辞。教坊乐工，每得新腔，必求永为辞，始行于世。

(3)《词林纪事》：

初名三变，崇安（《历代诗余》及《词综》皆作乐安）人。景祐元年进士。

(4)《能改斋漫录》：

尝有《鹤冲天》云："忍把浮名，换了浅斟低唱。"及临轩放榜，特落之，曰："且去浅斟低唱，何要浮名。"……后改名永，方得磨勘转官。

(5)《余杭旧志》：

历余杭令、盐场大使。

(6)《避暑录话》：

永亦善为他文辞，而偶先以是得名，始悔为己累。一西夏归朝官云："凡有井水饮处，即能歌柳词。"言其传之广也。永终屯田员外郎，死，旅殡润州僧寺。王和甫为守时，求其后，不得，乃为出钱葬之。

(7)《却扫编》：

徐度尝记柳事云："耆卿以歌词显名于仁宗朝，官为屯田员外郎，故世号柳屯田。其词虽极工致，然多杂以鄙语，故流俗人尤喜道之。其后欧、苏诸公继出，文格一变，至为歌词，体制高雅。柳氏之作，殆不复称于文士之口，然流俗好之自若也。刘季高侍郎，宣和间，尝饭于相国寺之智海院，因谈歌词，力诋柳氏，旁若无人者。有老宦者闻之，默然而起，徐取纸笔，跪于季高之前，请曰：'子以柳词为不佳者，盍自为一篇示我乎？"刘默然无以应。

二、柳永词评价

(1)陈振孙《直斋书录解题》：柳词格固不高，而音律谐婉，语意妥帖，承平气象，形容曲尽，尤工于羁旅行役。

(2)张炎《词源》：康、柳词亦自批风抹月中来。"风月"二字，在我发挥，二公则为风月所使耳。

(3)彭孙遹《金粟词话》：柳七亦自有唐人妙境。今人但从浅俚处求之，遂使《金荃》《兰畹》之音，流入挂枝、黄莺之调，此学柳之过也。

(4)宋翔凤《乐府余论》：柳词曲折委婉，而中具浑沦之气，虽多俚语，而高处足冠群流，倚声家当尸而祝之。如竹垞所录，皆精金粹玉。以屯田一生精力在是，不似东坡辈以余事为之也。

(5)周济《介存斋论词杂著》：耆卿为世訾謷久矣，然其铺叙委婉，言近意远，森秀幽淡之趣在骨。耆卿乐府多，故恶滥可笑者多。使能珍重下笔，则北宋高手也。

(6)刘熙载《艺概》：柳耆卿词，昔人比之杜诗，为其实说无表德也。余谓此论其体则然；若论其旨，少陵恐不许之。耆卿词，细密而妥溜，明白而家常，善于叙事，有过前人。惟绮罗香泽之态，所在多有，故觉风期未上耳。

(7)冯煦《宋六十一家词选》：耆卿词，曲处能直，密处能疏，奡处能平，状难状之景，达难达之情，而出之以自然，自是北宋巨手。然好为俳体，词多媟黩，有不仅如《提要》所云"以俗为病"者。

(8)郑文焯《大鹤山人词话》：屯田则宋专家，其高浑处不减清真，长调尤能以沉雄之魄、清劲之气，写奇丽之情，作挥绰之声。

(9)**夏敬观《吷庵词评》**:耆卿词当分雅、俚二类。雅词用六朝小品文赋作法，层层铺叙，情景兼融，一笔到底，始终不懈。俚词袭五代淫诐之风气，开金元曲子之先声，比于里巷歌谣，亦复自成一格。

雨霖铃·寒蝉凄切[1]

寒蝉凄切[2]，对长亭[3]晚，骤雨初歇。都门帐饮无绪[4]，留恋处，兰舟[5]催发。执手相看泪眼，竟无语凝噎[6]。念去去[7]，千里烟波，暮霭沉沉楚天阔[8]。　　多情自古伤离别，更那堪、冷落清秋节！今宵[9]酒醒何处？杨柳岸，晓风残月。此去经年[10]，应是良辰好景虚设。便总有千种风情[11]，更与[12]何人说。

校注

(1)雨霖铃：词牌名，也写作《雨淋铃》，调见《乐章集》。相传唐玄宗入蜀时因在雨中听到铃声而想起杨贵妃而作此曲。曲调自身就具有哀伤的意味。《雨霖铃》，唐教坊曲，后用为词牌，《乐章集》入双调。《乐府杂录》："《雨霖铃》，明皇自西蜀返，乐人张野狐所制。"《碧鸡漫志》卷五引《明皇杂录》及《杨妃外传》云："帝幸蜀，初入斜谷，霖雨弥旬，栈道中闻铃声。帝方悼念贵妃，采其声为《雨淋铃曲》以寄恨。时梨园弟子惟张野狐一人，善筚篥，因吹之，遂传于世。"《碧鸡漫志》又称："今双调《雨淋铃慢》，颇极哀怨，真本曲遗声。"一百零三字，前后片各五仄韵，例用入声部韵。《花庵词选》卷五、《花草粹编》卷十一：题《秋别》。

格律对照：

例词：柳永《雨霖铃·寒蝉凄切》：

平平平仄。

寒蝉凄切，

仄平平仄,仄仄平仄。
对长亭晚,骤雨初歇。
平平仄仄平仄,平平仄仄,平平平仄。
都门帐饮无绪,方留恋处,兰舟催发。
仄仄平平仄仄,仄平仄平仄。
执手相看泪眼,竟无语凝噎。
仄仄仄,平仄平平,仄仄平平仄平仄。
念去去,千里烟波,暮霭沉沉楚天阔。

平平仄仄平平仄,仄平平、仄仄平平仄。
多情自古伤离别,更那堪、冷落清秋节!
平平仄仄平仄,平仄仄,仄平平仄。
今宵酒醒何处?杨柳岸,晓风残月。
仄仄平平,平仄平平仄仄平仄。
此去经年,应是良辰好景虚设。
仄仄仄平仄平平,仄仄平平仄。
便总有千种风情,更与何人说。

(2)凄切:凄凉急促。嵇康《与山巨源绝交书》:“吾新失母兄之欢,意常凄切。”陶弘景《寒夜怨》:“夜云生,夜鸿惊,凄切嘹唳伤夜情。”何逊《日夕望江山赠鱼司马》:“管声已流悦,弦声复凄切。”孟郊《有所思》:“古镇刀攒万片霜,寒江浪起千堆雪。此时西去定如何,空使南心远凄切。”

(3)长亭:古代在交通要道边每隔十里修建一座长亭供行人休息,又称“十里长亭”。靠近城市的长亭往往是古人送别的地方。秦汉时期在乡村大约每十里设一亭,亭有亭长。如《史记·高祖本纪》记载:“(刘邦)及壮,试为吏,为泗水亭长。”秦制,三十里一传,十里一亭,故又在驿站路上大约每十里设一亭,负责给驿传信使提供馆舍、给养等服务;后来也成为人们郊游驻足和分别相送之地。经过文人的诗词吟咏,十里长亭逐渐演变成为送别地的代名词。为了诗词长短及韵律的需要,又往往简称长亭。李白《菩萨蛮》:“何处是归程,长亭连短亭。”

（4）都门：国都之门，这里代指北宋的首都汴京（今河南开封）。《汉书·王莽传下》："兵从宣平城门入，民间所谓都门也。"颜师古注："长安城东出北头第一门。"韩愈《丰陵行》："羽卫煌煌一百里，晓出都门葬天子。"白居易《长恨歌》："东望都门信马归，归来池苑皆依旧。"帐饮：在郊外十里长亭设帐宴饮，送别饯行。《晋书·石崇传》："（石）崇有别馆在河阳之金谷，一名梓泽；送者倾都，帐饮于此焉。"杨炯《送徐录事诗序》："临御沟而帐饮，就离亭而出宿。"无绪：没有情绪。

（5）兰舟：船的美称。古代传说鲁班曾刻木兰树为舟。任昉《述异记》卷下："木兰川在浔阳江中，多木兰树。昔吴王阖闾植木兰于此，用构宫殿也。七里洲中有鲁班刻木兰为舟，至今在洲中。诗家所云木兰舟出于此。"许浑《重游练湖怀旧》："西风渺渺月连天，同醉兰舟未十年。"范仲淹《与人约访林处士阻雨因寄》："蕙帐未容登末席，兰舟无赖寄前汀。"

（6）凝噎：因伤心或激动，喉咙哽塞，不能用语言表达而只是哭泣、流泪。《花庵词选》卷五、彊村本《乐章集》中卷："凝咽"作"凝噎"。

（7）去去：重复，表示行程遥远。

（8）"暮霭"句：傍晚的云雾笼罩着南天，深厚广阔，不知尽头。暮霭，傍晚的云雾。颜延之《靖节徵士诔》："晨烟暮霭，春煦秋阴，陈书辍卷，置酒弦琴。"沉沉，深厚、深沉貌。鲍照《代夜坐吟》："冬夜沉沉夜坐吟，含声未发已知心。"罗隐《秋夜寄进士顾荣》："秋河耿耿夜沉沉，往事三更尽到心。"苏轼《春宵》："歌管楼台声细细，秋千院落夜沉沉。"楚天，长江中下游一带（古属楚国）的天空，也泛指南方的天空

（9）今宵：今夜。宵，晚上。《说文》："宵，夜也。"

（10）经年：年复一年。陈寿《三国志·孙破虏讨逆传》："（边）章、（韩）遂，跋扈经年，当以时进讨，而卓云未可，沮军疑众，二罪也。"宋之问《登总持寺阁》："东京杨柳陌，少别已经年。"赵嘏《七夕》："今宵自有经年约，何暇闲情送巧来。"

（11）《花庵词选》卷五、《花草粹编》卷十一、彊村本《乐章集》中卷："便总"作"便纵"。风情：情意，男女相爱之情。李煜《柳枝》："风情渐老见春羞，到处芳魂感旧游。"《花庵词选》卷五："风情"作"风流"。

（12）《花庵词选》卷五："更与"作"待与"。

集说

王士禛《花草蒙拾》：柳七葬真州城西仙人掌，仆尝有诗云：“残月晓风仙掌路，何人为吊柳屯田？”

集评

(1)俞彦《爰园词话》：子瞻词，无一语著人间烟火，此自大罗天上一种，不必与少游、易安辈较量体裁也。其豪放亦止“大江东去”一词。……不知万顷波涛，来自万里，吞天浴日，古豪杰英爽都在，使屯田此际操觚，果可以“杨柳岸，晓风残月”命句否？

(2)李攀龙《草堂诗余隽》：“千里烟波”，惜别之情已骋；“千种风情”，相期之愿又赊。真所谓善传神者。

(3)贺裳《皱水轩词筌》：柳屯田“今宵酒醒何处？杨柳岸，晓风残月”，自是古今俊句。或讥为艄公登溷诗，此轻薄儿语，不足听也。

(4)王奕清《历代词话》：东坡在玉堂日，有幕士善歌，因问：“我词何如柳七？”对曰：“柳郎中词，只合十七八女郎，执红牙板，歌‘杨柳岸，晓风残月’。学士词，须关西大汉，铜琵琶、铁绰板，唱‘大江东去’。”东坡为之绝倒。

(5)刘熙载《艺概》：词有“点”，有“染”。柳耆卿《雨霖铃》云：“多情自古伤离别……杨柳岸，晓风残月。”上二句，“点”出离别冷落。“冷落”“今宵”二句，乃就上二句意“染”之。“点”“染”之间，不得有他语相隔；隔则警句亦成死灰矣。

(6)黄苏《蓼园词评》：送别词，清和朗畅，语不求奇，而意致绵密。

(7)周济《宋四家词选》：清真词多从耆卿夺胎，思力沉挚处往往出蓝。然耆卿秀淡幽艳，是不可及。后人摭其《乐章》，訾为俗笔，真瞽说也。

(8)江顺诒《词学集成》：得画家三昧，亦得词家三昧。

(9)唐圭璋《唐宋词简释》：此首写别情，尽情展衍，备足无余，浑厚绵密，兼而有之。宋于庭谓柳词多“精金粹玉”，殆谓此类。

疏解

据说柳永因作词忤仁宗，遂“失意无俚，流连坊曲”，为歌伶乐伎撰写曲子词。此词当为柳永从汴京南下时与恋人的惜别之作。

上片言，秋后的蝉儿叫得十分凄切。面对长亭，正值傍晚，一阵急雨刚停。在都门城外设帐饯别，却没有畅饮的心绪。正当依依不舍的时候，船上的人已催着出发。二人握着手，互相瞧着，满眼泪花，直到兰舟再三催发，才无言相对。想到回去南方，千里迢迢，烟波迷茫，那夜雾沉沉的南楚天空，一望无边。

下片先“点”二句：“多情自古伤离别，更那堪、冷落清秋节”，然后以“今宵酒醒何处？杨柳岸，晓风残月”二句“染”之。以下言此去长年相别，相恋相爱的人，即使是“良辰美景”，也是“虚设”。即便有满腹“风情”，又能与谁一起欣赏呢？

八声甘州[1]·对潇潇暮雨洒江天

对潇潇暮雨洒江天,一番洗清秋[2]。渐霜风凄紧[3],关河[4]冷落,残照当楼。是处红衰翠减[5],苒苒物华休[6]。惟有长江水,无语东流。　　不忍登高临远,望故乡渺邈[7],归思[8]难收。叹年来踪迹,何事苦淹留[9]? 想佳人[10]、妆楼长望,误几回[11]、天际[12]识归舟。争[13]知我、倚阑干处,正恁凝愁[14]。

校注

(1)八声甘州:词牌名,原为唐边塞曲,简称《甘州》,又名《潇潇雨》《宴瑶池》。全词共八韵,所以叫“八声”。本词分上下两阕,上片写景,下片抒情。

词牌格律:诸领格字如“对”“渐”“叹”等并宜用去声。

仄中平仄仄仄平平,中中仄平平(韵)。
仄平平中仄,中平中仄,中仄平平(韵)。
中仄平平中仄,中仄仄平平(韵)。
中仄平平仄,中仄平平(韵)。

中仄中平中仄,仄中平中仄,中仄平平(韵)。
仄平平中仄,中仄仄平平(韵)。
仄平平、中平平仄,仄中平、中仄仄平平(韵)。
平平仄、仄平平仄,中仄平平(韵)。

(2)“对潇潇”二句：写眼前的景象。言潇潇暮雨在辽阔的江天飘洒，经过一番雨洗的秋景，分外清朗寒凉。潇潇，下雨声。许浑《送薛秀才南游》：“绕壁旧诗尘漠漠，对窗寒竹雨潇潇。”南唐王周《宿疏陂驿》：“谁知孤宦天涯意，微雨潇潇古驿中。”清秋，清肃的秋景。殷仲文《南州桓公九井作》：“独有清秋日，能使高兴尽。”李白《忆秦娥》：“乐游原上清秋节，咸阳古道音尘绝。”杜甫《宿府》：“清秋幕府井梧寒，独宿江城蜡炬残。”刘长卿《石梁湖有寄》：“潇潇清秋暮，袅袅凉风发。”

(3)霜风：凛冽的秋风。庾信《卫王赠桑落酒奉答》：“霜风乱飘叶，寒水细澄沙。”何逊《七召·治化》：“故能睦之以九世，齐之以七政，坦坦恢恢，巍巍赫赫，政德洽于霜风，教义穷于足迹。”凄紧：寒气逼人，使人有凄凉紧迫之感。李白《北山独酌寄韦六》：“川光昼昏凝，林气夕凄紧。”

(4)关河：关山与河川，亦指关塞、关防等，常引申指山河。《后汉书·荀彧传》：“此实天下之要地，而将军之关河也。”《宋书·范泰传》：“近者东寇纷扰，皆欲伺国瑕隙，今之吴会，宁过二汉关河，根本既摇，于何不有。”章碣《焚书坑》：“竹帛烟销帝业虚，关河空锁祖龙居。”

(5)是处：到处；处处。《南齐书·虞玩之传》：“填街溢巷，是处皆然。”红衰翠减：花叶凋零。红，代指花。翠，代指绿叶。

(6)苒苒：同“荏苒”，形容时光消逝，有“渐渐(过去)”的意思。南朝梁宣帝《樱桃赋》：“既离离而春就，乍苒苒而冬迎。”王昌龄《同从弟南斋玩月忆山阴崔少府》：“苒苒几盈虚，澄澄变今古。”陈翊《龙池春草》：“因风初苒苒，覆岸欲离离。”孙鲂《芳草》：“萋萋绿远水，苒苒在空林。”物华：美好的景物。柳恽《赠吴均》：“离念已郁陶，物华复如此。”王僧孺《至牛渚忆魏少英》：“非愿岁物华，徒用风光好。”杜甫《曲江陪郑南史饮》：“自知白发非春事，且尽芳樽恋物华。”休：衰残意。

(7)渺邈：远貌，渺茫遥远，一作“渺渺”，有“时间、年代久远，空间广漠，水波淼淼”之意。此言“望故乡渺邈”，应是地域空间遥远意。刘勰《文心雕龙·原道》：“炎皞遗事，纪在《三坟》；而年世渺邈，声采靡追。”此言年代久远。杨大年《喜朝京阙》：“七闽波渺邈，双阙气岧峣。”此言水波淼淼。

(8)归思：渴望回家团聚的心思。陶渊明《始作镇军参军经曲阿作》：

“眇眇孤舟游，绵绵归思纡。”牛僧孺《玄怪录·张佐》：“因暇登楼远望，忽有归思。”

(9)淹留：长年留滞，长期停留。《楚辞·离骚》：“时缤纷其变易兮，又何可以淹留？”曹丕《燕歌行》：“慊慊思归恋故乡，君为淹留寄他方？”贺铸《浪淘沙》：“为问木兰舟，何处淹留。”

(10)佳人：美女。此处指自己怀念的对象。

(11)“误几回”句：言多少次错把远处驶来的船只，当作心上人的归舟。温庭钧《望江南》词“过尽千帆皆不是，斜晖脉脉水悠悠，肠断白蘋洲”，与此意同。

(12)天际：指目力所能达到的极远之处。谢朓《之宣城出新林浦向板桥》：“天际识归舟，云中辨江树。”李白《黄鹤楼送孟浩然之广陵》：“孤帆远影碧空尽，唯见长江天际流。”

(13)争：怎。

(14)恁：如此。凝愁：愁苦不已，愁恨深重。凝，表示一往情深，专注不已。

集评

(1)赵令畤《侯鲭录》卷七：东坡云：“世言柳耆卿曲俗，非也。如《八声甘州》云：‘霜风凄紧，关河冷落，残照当楼。’此语于诗句不减唐人高处。”

(2)吴曾《能改斋漫录》卷十六：晁无咎评本朝乐章，不具诸集，今载于此云：“世言柳耆卿曲俗，非也。如《八声甘州》云：‘渐霜风凄紧，关河冷落，残照当楼。’此真唐人语，不减高处矣。”

(3)刘体仁《七颂堂词绎》：词有与古诗同妙者：“问甚时同赋，三十六陂秋色？”即灞岸之兴也。“关河冷落，残照当楼”，即《敕勒》之歌也。

(4)郑文焯《与人论词遗札》：柳词本以柔婉见长，此词却以沉雄之魄、清劲之气，写奇丽之情。

(5)陈廷焯《白雨斋词话》卷五：炼字琢句，原属词中末技。然择言贵雅，亦不可不慎。古人词有竟体高妙，而一句小疵，致令通篇减色者。如柳耆卿“对潇潇暮雨洒江天”一章，情景兼到，骨韵俱高，而有“想佳人、妆楼长望”之句，“佳人妆楼”四字连用，俗极，亦不检点之过。

（6）梁令娴《艺蘅馆词选》引梁启超语：飞卿词：“照花前后镜，花面交相映。”此词境颇似之。

（7）王国维《人间词话》卷下：长调自以周、柳、苏、辛为最工。美成《浪淘沙慢》二词，精壮顿挫，已开北曲之先声。若屯田之《八声甘州》、东坡之《水调歌头》，则伫性之作，格高千古，不能以常调论也。

疏解

此词抒写了作者漂泊江湖的愁思以及仕途失意的悲慨。上片描绘了雨后清秋的傍晚，关河冷落、夕阳斜照的凄凉之景。下片抒写词人久客他乡、思念家乡之情。全词语浅而情深，融写景、抒情为一体，通过描写羁旅行役之苦，表达了强烈的归思情绪，写出了封建社会知识分子怀才不遇的典型感受，从而成为传诵千古的名篇。

柳永出身士族，从小受儒家思想文化熏陶，有求仕用世之心。因其天性浪漫，极具音乐天赋，适逢北宋安定统一、城市繁华，开封有众多歌楼妓馆被流行歌曲吸引，故其乐与伶工、歌伎为伍。他因谱写俗曲歌词，招致当权者挫辱，而不能伸展抱负，于是浪迹天涯，用词抒写羁旅之志和怀才不遇的痛苦愤懑。《八声甘州》即此类词作品。

苏子瞻(苏轼) | 三首

念奴娇·赤壁怀古[(1)]

大江[(2)]东去,浪淘[(3)]尽,千古风流人物[(4)]。故垒西边,人道是,三国周郎赤壁[(5)]。乱石穿空,惊涛拍岸,卷起千堆雪[(6)]。江山如画,一时多少豪杰。　　遥想[(7)]公瑾当年,小乔初嫁了[(8)],雄姿英发[(9)]。羽扇纶巾[(10)],谈笑间,樯橹灰飞烟灭[(11)]。故国神游[(12)],多情应笑我,早生华发[(13)]。人生如梦,一尊还酹[(14)]江月。

校注

(1)念奴娇：词牌名，又名《百字令》《酹江月》等。 赤壁：此指黄州赤壁，一名“赤鼻矶”，在今湖北黄冈西。 三国古战场的赤壁在何处，历来有多种不同的看法。

《念奴娇》有平、仄韵二体，常见的为仄韵。《词谱》以苏轼“凭空眺远”词为仄体正格。 一百字，前片四十九字，后片五十一字；各十句，四仄韵。此令宜抒发豪迈之情。 东坡赤壁词句读与各家词微有出入，是变格。 另有平韵格，以陈允平词为正体，用者较少。

《花庵词选》卷二、《妙选草堂诗余》后集卷上、沈际飞《草堂诗余》卷

四、彊村本《东坡乐府》卷二、林大椿校《东坡乐府》卷上：调名下题《赤壁怀古》。《花草粹编》卷十调名下注："一名《酹江月》《大江东去》《赤壁词》《百字令》《百字谣》。"彊村本《东坡乐府》卷二词后注："《纪年录》：'壬戌七月作。'"（按：即宋神宗元丰五年，1082年。）《乐府新编阳春白雪》前集卷一：列《大乐》之首。《花草粹编》卷十词后注："东坡《赤壁怀古》之词，曾经御览，重加赏赐，名《酹江月》。"

词牌相关资料：

①王仁裕《开元天宝遗事·眼色媚人》：天宝年间歌伎念奴"善歌唱。……声出于朝霞之上，虽钟鼓笙竽嘈杂而莫能遏"。"念奴娇"之名盖本于此，其调高亢。

②戴复古词《念奴娇》，其首句为"大江西上"，故又名《大江西上曲》。

③曾觌《壶中天慢》，调与《念奴娇》同，故又名《壶中天》。

④姜夔《湘月》自注："即《念奴娇》之鬲指声也。"

⑤张辑《念奴娇》，有"柳花淮甸春冷"句，故又名《淮甸春》。

⑥米友仁词名《白雪词》。

⑦张翥词名《百字令》，又名《百字谣》。

⑧丘长春词名《无俗念》。

⑨游文仲词名《千秋岁》。

⑩《翰墨全书》词名《庆长春》，又名《杏花天》。

⑪姚述尧词有"太平无事，欢娱时节"句，名《太平欢》。

⑫韩淲词有"年年眉寿，坐对南枝"句，名《寿南枝》，又名《古梅曲》。

⑬《碧鸡漫志》："大石调，又转入道调宫，又转入高宫大石调。"姜夔词注双调，元高栻词注："大石调，又大吕调。"

⑭万树《词律》卷十六："一百字，又名《百字令》《百字谣》《酹江月》《大江东去》《大江西上曲》《壶中天》《无俗念》《淮甸春》《湘月》。"（按：苏轼《念奴娇·赤壁怀古》，其首句为"大江东去"，末句为"一尊还酹江月"，故又名《大江东去》或《酹江月》。）

词牌由来：

①唐明皇赞美念奴善歌：念奴是唐代歌女的名字，传说玄宗每年游幸各地

时，念奴常暗中随行，唐玄宗每次辞岁宴会时间一长，宾客就吵闹，使音乐演奏不下去。 玄宗叫高力士高呼念奴出来唱歌，大家才安静下来。 念奴色艺双全，其声名一直传至后世。 因之取念奴为词牌名。 相传《念奴娇》词调就由她而兴，意在赞美她的演技。

②元稹《连昌宫词》:“力士传呼觅念奴，念奴潜伴诸郎宿。 须臾觅得又连催，特敕街中许燃烛。 春娇满眼泪红绡，掠削云鬓旋装束。 飞上九天歌一声，二十五郎吹管篴。”自注:“念奴，天宝中名倡，善歌。 每岁楼下酺宴，累日之后，万众喧隘，严安之、韦黄裳辈辟易不能禁，众乐为之罢奏。 明皇遣高力士大呼于楼上曰:‘欲遣念奴唱歌，邠二十五郎吹小管篴，看人能听否?’未尝不悄然奉诏。”

③王灼《碧鸡漫志》卷五引《开元天宝遗事》:“念奴每执板当席，声出朝霞之上。”

④汤显祖《荆钗记·折柳阳关》:“你红粉楼中一念奴。”

⑤李方叔《品令》:“唱歌须是，玉人檀口，皓齿冰肤。 意传心事，语娇声颤，字如贯珠。 老翁虽是解歌，无奈雪鬓霜须。 大家且道，是伊模样，怎如念奴?”(按:北宋政和年间，李方叔见一老翁善歌，为此戏作。)

《念奴娇》词牌定格格律对照:

例词:苏轼《念奴娇·中秋》:

中平中仄,仄平中中仄,中平平仄(韵)。
凭高眺远,见长空万里,云无留迹。
中仄中平平仄仄,中仄中平平仄(韵)。
桂魄飞来光射处,冷浸一天秋碧。
中仄平平,中平中仄,中仄平平仄(韵)。
玉宇琼楼,乘鸾来去,人在清凉国。
中平中仄,仄平平仄中仄(韵)。
江山如画,望中烟树历历。

中仄中仄平平,中平中仄,中仄平平仄(韵)。
我醉拍手狂歌,举杯邀月,对影成三客。

中仄中平平仄仄，中仄中平平仄（韵）。
起舞徘徊风露下，今夕不知何夕。
中仄平平，中平中仄，中仄平平仄（韵）。
便欲乘风，翻然归去，何用骑鹏翼。
中平平仄，仄平平仄平仄（韵）。
水晶宫里，一声吹断横笛。

《念奴娇》变格：

变格一：
仄平平仄，仄平仄、平仄中平平仄（韵）。
仄仄平平，平仄仄、中仄平平仄仄（韵）。
仄仄平平，平平仄仄，中仄平平仄（韵）。
平平平仄，仄中平仄平仄（韵）。

中仄中仄平平，仄平平仄仄，平平平仄（韵）。
仄仄平平，平仄仄、中仄平平平仄（韵）。
仄仄平平，中平中仄仄，仄平平仄（韵）。
中平平仄，仄平平仄平仄（韵）。

注：前片第二、三句九字，有作“仄平平、仄平仄仄平仄（韵）”者，后片二、三句有作“仄平仄仄，平仄平平仄（韵）”者，第七、八句有作“仄平仄仄，仄仄平平仄（韵）”者。

变格二：
中平中仄，中平平仄仄，中仄平平（韵）。
中仄中平平仄仄，中平中仄平平（韵）。
中仄平平，中平中仄，中仄仄平平（韵）。
中平中仄，中平中仄平平（韵）。

中仄中仄平平,中平中仄,中仄仄平平(韵)。
中仄中平平仄仄,中平中仄平平(韵)。
中仄平平,中平中仄,中仄仄平平(韵)。
中平中仄,中平中仄平平(韵)。

(2)大江：长江。

(3)淘：冲洗，冲刷。此句言“千古风流人物”皆为历史的浪涛洗刷、冲洗而过去。

(4)“千古”句：有史以来，对一个时代有很大影响的人物。千古，久远的年代。郦道元《水经注》：“追芳昔娱，神游千古，故亦一时之盛事。”李白《丁都护歌》：“君看石芒砀，掩泪悲千古。”风流人物，英俊潇洒、杰出不凡之人。陈叔达《答王绩书》：“至若梁、魏、周、齐之间，耳目耆旧所接，风流人物，名实可知，衣冠道义，讴谣尚在。”《妙选草堂诗余》后集卷上：(“千古”句)李白《游溧阳北湖亭望瓦屋山怀古赠同旅》：“遗迹翳九泉，芳名动千古。”

(5)“故垒”三句：苏轼此词在赤壁作，而非赤壁之战时黄州西边的那个赤壁。苏轼自然知道这个情况，故曰“故垒西边”，也就是说三国“赤壁之战”的遗址是在黄州的西边。苏轼因反对“王安石变法”，请求外放，贬为黄州团练副使。黄州有赤鼻矶，位于黄冈市城西门外，断岩临江，突出下垂，色呈赭赤，形如悬鼻，故而得名。苏轼居黄州时，常游此地，有《前赤壁赋》《后赤壁赋》及此词《念奴娇·赤壁怀古》等，生动地描绘了赤鼻矶的壮丽景色。为与三国时期“赤壁之战”的赤壁相别，清朝康熙年间重修时定名为“东坡赤壁”。目前经修缮，已焕然一新。二赋堂、挹爽楼、留仙阁、碑阁、坡仙亭、酹江亭等瑰丽典雅的建筑物掩映在绿树丛中，饶富画意。碑阁四壁嵌有清光绪年间著名学者杨守敬选刻的《景苏园贴》，计石102方，为苏书各体中的精品。故垒，往昔遗留下来的营垒，古代的堡垒、旧堡垒。《晋书·李矩传》：“刘聪遣从弟畅率步骑三万讨矩，屯于韩王故垒。”《陈书·宣帝纪》：“迩全琮之故垒，良畴美柘，畦畎相望，连宇高甍，阡陌如绣。”刘禹锡《西塞山怀古》：“今逢四海为家日，故垒萧萧芦荻秋。”周郎，三国时吴国名将周瑜。周瑜少年得志，二十四岁为中郎将，掌管东吴重兵，吴中皆呼为“周郎”。下文中的“公瑾”亦指周瑜。《吴志》：“周瑜字公瑾，为建威中郎将，吴中皆呼为周郎。曹操入荆州，刘琮举众降。曹公得其水军、船及步兵数十万。将士闻之皆恐惧。时刘备又新为曹公所破。因用鲁肃计，进驻夏口。(刘备)遣诸葛亮诣(孙)权，欲谋同举。权遂遣瑜及程普等，与备并力逆曹公于赤壁。瑜部将黄盖曰：‘今寇众我寡，难与持久。然观操兵方进，船舰首尾相接，可烧而走也。’乃取蒙冲斗舰数十艘，实以薪草、膏油灌其中；裹以帷幕，上建牙旗。书报曹公，诈以欲降。军吏皆延颈观望，指言盖降。放诸船，同时发火，时风甚猛，悉延烧岸上营。……烟焰张天，人马烧溺，死者甚众。曹公退走。”

(6)雪：比喻浪花。李煜《渔父》：“浪花有意千重雪，桃李无言一队春。”(按：诗词中洁白之物，常以雪喻之。如雍裕之《芦花》：“夹岸复连沙，枝枝摇浪花。月明浑似雪，无处认渔家。”《妙选草堂诗余》后集卷上：李白诗：“涛白雪山来。”李白《送友人寻越中山水》：“湖清霜镜晓，涛白雪山来。”)

(7)遥想：想得十分遥远。孙绰《游天台山赋》：“非夫远寄冥搜，笃信通神者，何肯遥想而存之。”陶渊明《游斜川诗序》：“遥想灵山，有爱嘉名。”

(8)“小乔”句：据《三国志·吴志·周瑜传》记载，周瑜从孙策攻皖，“时得桥公两女，皆国色也。策自纳大桥，瑜纳小桥。”“乔”，本作“桥”。其时距赤壁之战已经十年，此处言“初嫁”，乃言其少年得意、倜傥风流。《妙选草堂诗余》后集卷上：“瑜初从琮。拔之时，获乔公二女，皆国色。策纳大乔，瑜纳小乔。策从容戏瑜曰：‘乔公五女，虽流离，得吾二人为婿，亦足矣。’”

(9)雄姿英发：谓周瑜体貌不凡，言谈卓绝。雄姿，雄壮威武之姿。《三国志·魏志·陈矫传》：“雄姿杰出，有王霸之略。”杜甫《骢马行》：“雄姿逸态何崷崒，顾影骄嘶自矜宠。”柳宗元《哭连州凌员外司马》：“凌人古受氏，吴世夸雄姿。”英发，身姿雄踞，才华横溢。《妙选草堂诗余》后集卷上：《吴志》：“权谓吕子明可次于公瑾，但言议英发不及之耳。”

(10)羽扇纶巾：古代儒将的便装打扮。羽扇，羽毛制成的扇子。纶巾，青丝制成的头巾。《北堂书钞》引《晋纪》云：“王敦欲伐甘卓，遣使送白纶巾与卓，卓不取。”又，“谢万著白纶巾。”《正字通》：“纶巾，巾名。世传孔明军中尝服之。”《妙选草堂诗余》后集卷上：《蜀志》：“诸葛亮纶巾羽扇。”

(11)“谈笑间”二句：曹操军舰、船只，很快被吴国所烧毁。樯橹，代指曹操的水军战舰。樯，挂帆的桅杆。橹，一种摇船的桨。《花庵词选》卷二：“樯橹”作“强虏”。沈际飞《草堂诗余》卷四、《妙选草堂诗余》后集卷上：“樯橹”作“樯舻”。（注：一作“强虏”。)《妙选草堂诗余》后集卷上：李白《赤壁歌》：“二龙争斗决雌雄，赤壁楼船扫地空。烈火初张照云海，周瑜于此破曹公。”

(12)故国神游：“神游故国”的倒文。故国，旧地，即当年的赤壁战场。神游，在想象或梦境中游历。

(13)“多情”二句：为“应笑我多情，早生华发”的倒文。多情，感情丰富，深挚。杜牧《赠别》：“多情却似总无情，唯觉樽前笑不成。蜡烛有心还惜别，替人垂泪到天明。”冯延巳《鹊踏枝·梅落繁枝千万片》：“梅落繁枝千万片，犹自多情，学雪随风转。”华发，花白或黑白错杂的头发。《墨子·修身》：“华发隳颠，而犹弗舍者，其唯圣人乎？”《后汉书·文苑传下·边让》：“伏维幕府初开，博选清英，华发旧德，并为元龟。”李贤注：“华发，白首也。”李白《读诸葛武侯传书怀赠长安崔少府封昆季》：“晚途值子玉，华发同衰荣。”

(14)“一尊”句：古人祭奠的方式，以酒浇在地上。《花庵词选》卷二、沈际飞《草堂诗余》卷四：“尊”作“樽”。酹，此处指洒酒酬月，寄托自己的感情。《妙选草堂诗余》后集卷上：李白诗：“处世若大梦，胡为劳其生。”(按：见李白《春日醉起言志》。)

集说

(1)胡仔《苕溪渔隐丛话》：近时有人和此词，题于邮亭壁间，不著其名。语虽粗豪，亦气概可喜。

(2)洪迈《容斋续笔》：向巨原云：“元不伐家有鲁直所书东坡《念奴娇》，与今人歌不同者数处，如‘浪淘尽’为‘浪声沉’，‘周郎赤壁’为‘孙吴赤壁'，'乱石穿空'为'崩云'，'惊涛拍岸'为'掠岸'，'多情应笑我，早生华发'为'多情应是笑我，生华发'，'人生如梦'为'如寄'。”不知此本今何在也？

(3)王楙《野客丛书》：淮东将领王智夫言："尝见东坡亲染所制《水调》词，其间谓'羽扇纶巾，谈笑处樯橹灰飞烟灭'，知后人伪为'强虏'。仆考《周瑜传》，黄盖烧曹公船，时风猛，悉延烧岸上营落，烟焰张天，知'樯橹'为信然。”

(4)俞文豹《吹剑录》：东坡在玉堂，有幕士善歌，因问："我词何如柳词？"对曰："柳郎中词，只合十七八女郎，执红牙拍，歌'杨柳岸，晓风残月'。学士词，须关西大汉，铜琵琶，铁绰板，唱'大江东去'。"东坡为之绝倒。

(5)沈际飞《草堂诗余》正集卷四：东坡在黄(州)，黄之赤壁，土本赤鼻矶也。东坡云"人道是"，亦传疑之意。今岳阳之下、嘉鱼之上有乌林赤壁，是公瑾遇战之所。杜牧《寄岳州李使君》诗"乌林芳草远，赤壁健帆开"可证。

(6)张宗橚《词林纪事》：此阕各本异同甚多，此从《容斋随笔》录出。容斋南渡人，去东坡不远，又本山谷手书，必非伪托，又按《词综》谓他本"浪声沉"作"浪淘尽"，与调未协。考谱，"浪淘尽"三字，平仄未尝不协，觉"浪声沉"更沉着耳。又谓"小乔初嫁"宜句绝，"了"字属下句乃合，此正如村学究说书，不顾上下语意联络，可一喷饭也。

(7)郑文焯《大鹤山人词话》：曩见陈伯弢斋头有王壬老读是词校字，改"了"字为"与"，伯弢极颠倒。余笑谓此正是湘绮不解词格之证，即以音调言，亦哑凤也。

集评

(1)陈师道《后山诗话》：退之以文为诗，子瞻以诗为词，如教坊雷大使之舞，虽极天下之工，要非本色。

(2)胡仔《苕溪渔隐丛话》前集卷五十九：东坡《大江东去》赤壁词，语意高妙，真古今绝唱。

（3）俞文豹《吹剑录》：《大江东去》词，三“江”、三“人”、二“国”、二“生”、二“故”、二“如”、二“千”字，以东坡则可，他人固不可。然语意到处，他字不可代，虽重无害也。今人看人文字，未论其大体如何，先且指点重字。

（4）曾季狸《艇斋诗话》：东坡《大江东去》词，其中云：“人道是，三国周郎赤壁。”陈无己见之，言：“不必道三国。”东坡改云“当日”。今印本两出，不知东坡已改之矣。

（5）元好问《题闲闲书赤壁赋后》：东坡《赤壁词》殆戏以周郎自况也。词才百许字，而江山人物无复余蕴，宜其为乐府绝唱。

（6）先著、程洪《词洁》：坡公才高思敏，有韵之言多缘手而就，不暇琢磨。此词脍炙千古，点检将来，不无小疵。然不失为大家。《词综》从《容斋随笔》改本，以“周郎”“公瑾”伤重，“浪声沉”，较“淘尽”为雅。予谓“浪淘”字虽粗，然“声沉”之下，不能接“千古风流人物”六字，盖此句之意全属“尽”字，不在“淘”“沉”二字分别。至于赤壁之役，应属周郎。“孙吴”二字反失之泛。惟“了”字上下皆不属，应是凑字。“谈笑”句甚率。其他句法伸缩，前人已经备论，此仍从旧本。正欲其瑕瑜不掩，无失此公本来面目耳。

（7）黄苏《蓼园词评》：题是怀古，意谓自己消磨壮心殆尽也。开口“大江东去”二句，叹浪淘人物，是自己与周郎俱在内也。“故垒”句至次阕“灰飞烟灭”句，俱就赤壁写周郎之事，“故国”三句，是就周郎拍到自己。“人生似梦”二句总结以应起二句。总而言之，题是赤壁，心实为己而发，周郎是宾，自己是主，借宾定主，寓主于宾，是主是宾，离奇变幻，细思方得其主意处，不可但诵其词而不知其命意所在也。

（8）许昂霄《词综偶评》：一起真如太原公子褐裘而来。若“乱石”数语，则人人知其工矣。“一时多少豪杰”，应上生下；“故国神游”二句，自叙；“一尊还酹江月”，仍收归赤壁。

（9）沈际飞《草堂诗余》正集：语语高妙闲冷，初不以英气凌人。……介甫“六朝旧事随流水，但寒烟衰草凝绿”，亦此旨。……三国诸人，竟成一时豪杰，吾辈不举杯酹月，何愚乎？

（10）丁绍仪《听秋声馆词话》卷十三：东坡赤壁怀古《念奴娇》词盛传千古，而平仄句调都不合格。《词综》详加辨正。从《容斋随笔》所载山谷手书本云：……较他本“浪声沉”作“浪淘尽”、“崩云”作“穿空”、“掠岸”作“拍岸”，雅俗迥殊，不仅“孙吴”作“周郎”重下公瑾而已。惟“谈笑处”作“谈笑间”、“人生”作“人间”，尚误。至“小乔初嫁”句，谓“了”字属下乃合。考宋人词，后段第二、三句作上五下四者甚多，仄韵《念奴娇》本不止一体，似不必比而同之。万氏《词律》仍从坊本以此词为别格，殊谬。

（11）王闿运《湘绮楼词选》：首句出韵，然自是豪语。

疏解

忆及六十余年前，高中语文教材选有此词。当时年轻，甚懵懂，但觉诵读时，胸中风云鼓荡。以此况告知先生。先生曰：“汝读诗词已初入门，但须逐字逐词疏解，始能算懂了。”六十年后再读此词，但觉月夜江上壮美，似非仅咏“三国周郎赤壁”，应是“夫子自道”，借对古代战场的凭吊和对风流人物才略、气度、功业的追念，表达作者怀才不遇、功业未就、老大未成的忧愤之情。

蝶恋花·春事阑珊芳草歇[1]

春事阑珊芳草歇[2],客里[3]风光,又过清明节[4]。小院黄昏人忆别,落花处处闻啼鸩[5]。　　咫尺江山分楚越[6],目断魂销[7],应是音尘绝[8]。梦破[9]五更心欲折,角声吹落梅花[10]月。

校注

(1)《花草粹编》卷七、沈际飞《草堂诗余》卷三:题《离别》。

(2)阑珊:衰败、将尽之意。白居易《咏怀》:“白发满头归得也,诗情酒兴渐阑珊。”李煜《浪淘沙令》:“帘外雨潺潺,春意阑珊。”芳草歇:香草将凋萎,不再芬芳。班固《西都赋》:“竹林果园,芳草甘木。郊野之富,号为近蜀。”崔颢《黄鹤楼》:“晴川历历汉阳树,芳草萋萋鹦鹉洲。日暮乡关何处是?烟波江上使人愁。”毛熙震《浣溪沙》:“花榭香红烟景迷,满庭芳草绿萋萋。”

(3)客里:离乡在外。

(4)清明节:中国传统节日。民间有上坟扫墓、插柳、踏青、春游等习俗或活动。

(5)落花:《花草粹编》卷七作“落红”。戴叔伦《相思曲》:“落红乱逐东流水,一点芳心为君死。”鸩:鸟名。鸣声悲凄,古人认为是不祥之鸟。《楚辞·离骚》:“恐鹈鸩之先鸣兮,使夫百草为之不芳。”王逸注:“鹈鸩……常以春分鸣也。”《花草粹编》卷七、《妙选草堂诗余》后集卷下、彊村本《东坡乐府》卷三、林大椿校《东坡乐府》:“落花”作“落红”。《妙选草堂诗余》注:《尔雅》:“鸩,鸟名,关西曰‘巧妇’,江东曰‘鶗鸩’。春分鸣则众芳生，秋分鸣则众芳歇。”

（6）咫尺：形容距离近。 周朝制八寸为咫，十寸为尺。 谓接近或刚满一尺。《淮南子·道应训》：“终日行不离咫尺，而自以为远，岂不悲哉！”柳宗元《石渠记》：“渠之广，或咫尺，或倍尺。”牟融《寄范使君》：“未秋为别已终秋，咫尺娄江路阻修。”楚越：楚国和越国，春秋战国时两个诸侯国。《妙选草堂诗余》后集卷下：《左传·僖公九年》：“天威不违颜咫尺。”注：“八寸曰咫。”《庄子·德充符》：“自其异者视之，肝胆楚越也。”

（7）目断：犹望断。 一直望到看不见。 唐丘为《登润州城》：“乡山何处是，目断广陵西。”晏殊《诉衷情》：“凭高目断，鸿雁来时，无限思量。”魂销：谓灵魂离体而消失，形容极度悲伤或极度欢乐激动。《旧唐书·郑畋传》：“自函、洛构氛，銮舆避狄，莫不指铜驼而眦裂，望玉垒以魂销。”张泌《河传》词：“魂销千片玉樽前，神仙，瑶池醉暮天。”

（8）音尘绝：音讯断绝。 音尘，音信，消息。 蔡琰《胡笳十八拍》之十：“故乡隔兮音尘绝，哭无声兮气将咽。”李白《忆秦娥》：“乐游原上清秋节，咸阳古道音尘绝。”白居易《忆微之》：“三年隔阔音尘断，两地飘零气味同。”

（9）梦破：梦醒。 党怀英《雪中》：“梦破窗明虚，开门雪迷空。 萧然视四壁，还与向也同。”

（10）梅花：指《梅花落》，笛曲名，属乐府横吹曲调，传为西汉李延年所作，别名《落梅》《落梅花》《大梅花》《小梅花》等。“横吹”属古乐府中的鼓吹部，《梅花落》就是鼓吹部中的“横吹曲”。“横吹”不仅是横吹曲的简称，也是乐器的称谓，其形类于笛子。《梅花落》是汉横吹曲《摩诃兜勒》二十八解中自魏晋南北朝以来至唐、宋、元、明、清几代一直流传的曲调之一，和《折杨柳》一起成为笛曲的代表。 同时，《梅花落》也是一首大角曲，用于特定的朝廷仪式，由专门人员演奏，隶属一定的部门。（按：《乐府诗集》：“《梅花落》本笛中曲也。”《乐府解题》云，汉“横吹曲”共二十八解，李延年造。 魏晋以后唯传十八曲，《梅花落》即其一。 李白《黄鹤楼闻笛》“黄鹤楼中吹玉笛，江城五月落梅花”中的“落梅花”指的就是乐曲《梅花落》，为了押韵，用倒装手法写成。 高适的《塞上听吹笛》一诗中“借问梅花何处落？ 风吹一夜满关山”中“梅花”也是指乐曲《梅花落》。）在古乐府中，诗词与音乐在意义上不可分割。是什么曲牌，就配其内容的诗词。因此《梅花落》也是乐府诗题。一般的《梅花落》的乐曲和诗词都是以傲雪凌霜的梅花为主题。

集评

(1)沈际飞《草堂诗余》正集：或疑“歇”字似趁韵，非也。唐刘瑶诗“瑶草歇芳心耿耿”，无字无出处。……鸟啼花落、梦回月落，一境惨一境。

(2)王士禛《花草蒙拾》：“春事阑珊芳草歇”一首，凡六十字，字字惊心动魄。“只为一声何满子，下泉须吊孟才人。”恐无此魂销也。

疏解

此词为苏轼在清明思念其弟苏辙之作，或作于宋神宗熙宁七年(1074)。那年清明节，苏轼在镇江一带办理赈饥事务，将近半年未与弟弟见面，因作此词以表达思念之情。

上片设想苏辙忆“我”。在春意阑珊的清明时节，苏轼于客里怀念弟弟苏辙；在落红处处的黄昏小院，他设想弟弟苏辙忆念自己。下片抒发思家之情。末句宕开写景，于斜月角声之旷寂中，蕴含无限悲凉。

水调歌头·明月几时有(1)

丙辰中秋，欢饮达旦，大醉，作此篇，兼怀子由。

明月几时有？把酒问青天(2)。不知天上宫阙(3)，今夕是何年(4)。我欲乘风归去(5)，又恐琼楼玉宇(6)，高处不胜(7)寒。起舞弄清影(8)，何似(9)在人间。　　转朱阁，低绮户，照无眠(10)。不应有恨，何事偏向别时圆(11)？人有悲欢离合，月有阴晴圆缺，此事(12)古难全。但愿(13)人长久，千里共婵娟(14)。

校注

(1)水调歌头：词牌名。唐朝大曲有《水调歌》，据《隋唐嘉话》记载，其为隋炀帝凿汴河时所作。宋乐入中吕调，见《碧鸡漫志》卷四。凡大曲有“歌头”，此殆裁截其首段为之。九十五字，前后片各四平韵，亦有前后片两六言句夹叶仄韵者，有平仄互叶几于句句用韵者。有《元会曲》《凯歌》《台城游》《江南好》《花犯》《念奴》等异名。

格律对照：

例词：苏轼《水调歌头·明月几时有》：

中仄仄平仄，中仄仄平平。
明月几时有？把酒问青天。
中平中仄平中，中仄仄平平。
不知天上宫阙，今夕是何年。
中仄平平中仄，中仄平平中仄，中仄仄平平。

我欲乘风归去,又恐琼楼玉宇,高处不胜寒。
中仄仄平仄,中仄仄平平。
起舞弄清影,何似在人间。

中中中,中中仄,仄平平。
转朱阁,低绮户,照无眠。
中平中仄,平中平仄仄平平。
不应有恨,何事偏向别时圆?
中仄平平中仄,中仄平平中仄,中仄仄平平。
人有悲欢离合,月有阴晴圆缺,此事古难全。
中仄中平仄,中仄仄平平。
但愿人长久,千里共婵娟。

《花草粹编》卷九词后注:“熙宁丙辰中秋,东坡居士欢饮达旦,大醉,作《水调歌头》,兼怀子由。元丰间,都下传唱此词。”《妙选草堂诗余》后集卷上、沈际飞《草堂诗余》卷三:题《中秋》。丙辰:宋神宗熙宁九年(1076)。此年苏轼在密州(今山东省诸城市)任太守。达旦:到天亮。子由:苏轼弟弟苏辙字子由。苏辙与苏洵、苏轼并称“三苏”。

(2)“明月”二句:言端起酒杯,不禁翘首问天:“天上明月,是何年才有的?”把酒,端起酒杯,谓饮酒。把,执,持。孟浩然《过故人庄》:“开轩面场圃,把酒话桑麻。待到重阳日,还来就菊花。”白居易《把酒》:“把酒仰问天,古今谁不死。所贵未死间,少忧多欢喜。穷通谅在天,忧喜即由己。是故达道人,去彼而取此。”范仲淹《岳阳楼记》:“把酒临风,其喜洋洋者矣。”《妙选草堂诗余》后集卷上:李白《把酒问月》:“青天有月来几时,我今停杯一问之。”

(3)天上宫阙:神话传说中的月中宫殿。据神话传说,月宫又名广寒宫,为嫦娥所居。

(4)“今夕”句:《妙选草堂诗余》后集卷上:韩文公诗:“今夕是何朝?”(按:韩愈《次同冠峡》:“今日是何朝?天晴物色饶。”)《妙选草堂诗余》后集卷上、《花庵词选》卷二:“今夕”作“此夕”。

(5)乘风：驾着风，凭借风力。《南史·宗悫传》："悫年少，问其所志，悫答曰：'愿乘长风破万里浪。'"归去：回去。这里指回到月宫里去。《妙选草堂诗余》后集卷上：卢仝《茶歌》："蓬莱山，在何处？玉川子乘此清风欲归去。"

(6)琼楼玉宇：美玉砌成的楼宇，指想象中月宫的楼宇。晋王嘉《大业拾遗记》："翟乾祐于江岸玩月，或问：'此中何有？'翟笑曰：'可随我观之。'俄见月规半天，琼楼玉宇烂然。"《妙选草堂诗余》后集卷上：《明皇杂录》："八月十五日夜，叶静能邀上游月宫。将行，请上衣裘而往。及至月宫，寒凛时异，上不能禁。静能出丹二粒，进上服之。"

(7)不胜：经不住，承受不了。胜，承担、承受。《管子·入国》："子有幼弱不胜养为累者。"尹知章注："胜，堪也。谓不堪自养，故为累。"岑参《终南东溪中作》："沙平堪濯足，石浅不胜舟。"

(8)弄清影：言月光下的身影也跟着做出各种舞姿。弄，即"起舞"之意。杜诗："人间月影清。"(按：杜甫《月》："天上秋期近，人间月影清。")

(9)何似：何如、哪似、哪像。聂夷中《燕台二首》："何似章华畔，空余禾黍生？"

(10)"转朱阁"三句：月儿移动，转过了朱红色的楼阁，低低地挂在雕花的窗户上，照着没有睡意的人(指诗人自己)。朱阁，朱红的华丽楼阁。绮户，雕饰华丽的门窗。

(11)"不应"二句：(月亮)不该(对人们)有什么遗憾吧，为什么偏在人们分离时才圆呢？何事，为什么。《妙选草堂诗余》后集卷上、《花草粹编》卷九："偏向"作"长向"。沈际飞《草堂诗余》卷上："偏向"下注：一作"长向"。《妙选草堂诗余》后集卷上：唐诗："月如无恨月长圆。"(按：此句非唐诗，乃宋初石延年取李贺"天若"句而作之赠友联："天若有情天亦老，月如无恨月常圆。")

(12)此事：指人的"欢""合"和月的"晴""圆"。

(13)但愿：只是希望。

(14)"千里"句：只希望两人年年平安，虽然相隔千里，也能一起欣赏这美好的月光。共，一起欣赏。婵娟，指月亮。《妙选草堂诗余》后集卷上：《文选·谢庄〈月赋〉》："隔千里兮共明月。"李白《忆旧游》："婵娟美女初月辉。”(按:李白《忆旧游寄谯郡元参军》:“翠娥婵娟初月辉,美人更唱舞罗衣。”)

集说

(1)蔡绦《铁围山丛谈》卷三:歌者袁绹,乃天宝之李龟年也,宣、政间供奉九重。尝为吾言:“东坡公昔与客游金山,适中秋夕,天宇四垂,一碧无际,加江流澒漫,俄月色如画。遂共登金山山顶之妙高台,命绹歌其《水调歌头》曰:‘明月何时有?把酒问青天。’歌罢,坡为起舞而顾问曰:‘此便是神仙矣。’”吾谓文章人物,诚千载一时,后世安所得乎?

(2)鲖阳居士《复雅歌词》:是词乃东坡居士以丙辰中秋欢饮达旦,大醉,作《水调歌头》兼怀子由。……读至“又恐琼楼玉宇,高处不胜寒”,上曰:“苏轼终是爱君。”乃命量移汝州。

(3)胡仔《渔隐丛话前集》卷五十九:先君尝云:“坡词‘低绮户’当云‘窥绮户’。二字既改,其词益佳。”

(4)李冶《敬斋古今黈》卷八:东坡《水调歌头》:“我欲乘风归去,又恐琼楼玉宇,高处不胜寒。起舞弄清影,何似在人间?”一时词手,多用此格。如鲁直云:“我欲穿花寻路,直入白云深处,浩气展虹霓。只恐花深里,红露湿人衣。”盖效东坡语也。近世闲闲老赵秉文亦云:“我欲骑鲸归去,只恐神仙官府,嫌我醉时真。笑拍群仙手,几度梦中身。”

(5)俞彦《爰园词话》:唐宣宗爱唱《菩萨蛮》,令狐相公托温飞卿撰进。又旧词“碎挼花打人”,有妇支解夫者,上以戏语宰相,君臣和洽至此。宋真宗召王岐公赏月,令宫嫔解金珠乞诗。帝王此等举动殊不俗。子瞻生平备历危险,而神宗读其“琼楼玉宇,高处不胜寒”之句,曰:“苏轼终是爱君。”遭际亦略相当,俱能令千古艳羡。

(7)沈际飞《草堂诗余》正集卷三:“高处不胜寒”,轲氏“一曝十寒”之“寒”也。神宗读而叹曰,“苏轼终是爱君。”可谓悟矣,仅移汝州,何哉?

(8)刘体仁《七颂堂词绎》:词有与古诗同义者。……“琼楼玉宇”,《天问》之遗也。

(9)徐釚《词苑丛谈》：苏子瞻常自谓“一生坎壈”，而神宗读其“琼楼玉宇，高处不胜寒”之句，曰：“苏轼终是爱君。”此等遭际，足令千古艳羡，岂止金莲归院，为一时奇遇耶！

集评

(1)胡寅《酒边集序》：一洗绮罗香泽之态，摆脱绸缪宛转之度，使人登高望远，举首而歌，而逸怀浩气，超然乎尘垢之外。

(2)胡仔《苕溪渔隐丛话》后集卷二十六：《后山词话》谓：……子瞻佳词最多，其间杰出者，如……凡此十余词，皆绝去笔墨畦径间，直造古人不到处，真可使人一唱而三叹。若谓“以诗为词”，是大不然。子瞻自言平生不善唱曲，故间有不入腔处，非尽如此。后山乃比之教坊司雷大使舞，是何每况愈下？盖其谬耳。

(3)胡仔《苕溪渔隐丛话》后集卷三十九：中秋词自东坡《水调歌头》一出，余词俱废。

(4)张炎《词源》卷下《意趣》：词以意为主，不要蹈袭前人语意。

(5)沈际飞《草堂诗余》正集卷三：谪仙再来。……苕溪改丁词“鳌山彩结蓬莱岛”为“彩缔”，苏词“低绮户”为“窥绮户”，似稳，然“窥”与“照”何异？谢无逸、寇平仲亦云“千里共月”，谢、寇兴悲，坡老增忭。

(6)徐釚《词苑丛谈》卷四《品藻二》：子瞻“与谁同坐，明月清风我”“明月几时有，把酒问青天”，快语也。“大江东去，浪淘尽，千古风流人物”，壮语也。“杏花疏影里，吹笛到天明”，爽语也。（按：此非东坡词，乃陈去非《临江仙》词中语。）其词在浓与淡之间耳。

(7)程洪、先著《词洁》卷三：凡兴象高，即不为字而碍。此词前半，自是天仙化人之笔。惟后半“悲欢离合”“阴晴圆缺”等字，苛求者未免指此为累。然再三读去，抟捖运动，何损其佳。少陵《咏怀古迹》诗云：“支离东北风尘际，漂泊西南天地间。”未尝以风尘、天地、西南、东北等字窒塞，有伤诗之妙。诗家最上一层，固有以神行者矣，于词何独不然。题为“中秋对月怀子由”，宜其怀抱俯仰，浩落如是，录坡公词若并汰此作，是无眉目矣。

然恐词家疆宇狭隘，后来作者，惟堕入纤秾一队，不可以救药也。后村二调亦极力能出脱者，取为此公嗣响，可以不孤。

(8)王奕清《历代词话》引《词统》："明月几时有"一词，画家大斧皴，书家劈窠体也。

(9)刘熙载《艺概》卷四：词以不犯本位为高。东坡《满庭芳》"老去君恩未报，空回首，弹铗悲歌"，语诚慷慨，然不若《水调歌头》"我欲乘风归去，又恐琼楼玉宇，高处不胜寒"，尤觉空灵蕴藉。

(10)黄苏《蓼园词评》：愈转愈曲，愈曲愈深。

(11)王闿运《湘绮楼词选》：大开大阖之笔，亦他人所不能。

(12)王国维《人间词话》：东坡之《水调歌头》，则伫兴之作，格高千古，不能以常调论也。

(13)唐圭璋《唐宋词简释》：此首中秋词。上片，因月而生天上之奇想；下片，因月而感人间之事实。挥洒自如，不假雕琢，而浩荡之气，超绝尘凡。……起句，破空而来，奇崛异常，用意自太白"青天有月来几时，我欲停杯一问之"化出。"不知"两句，承上意，更作疑问，既不知月几时有，故亦不知至今天上为何年也。"我欲"三句，盖因问之不得其解，乃有乘风归去之愿，"我欲"与"又恐"相呼应。"琼楼玉宇，高处不胜寒"，就本意说固高妙，就寓意说亦极蕴藉。"起舞"两句，仍承上来，落到眼前情事，言既不得乘风归去，惟有徘徊于月下。自首至此，一气奔放，诚觉有天风海雨逼人之势。换头，实写月光照人无眠。以下愈转愈深，自成妙谛。"不应"两句，写月圆人不圆，颇有恼月之意。"人有"三句一转，言人月无常，从古皆然，又有替月分解之意。"但愿"两句，更进一解，言人与月既然从古难全，惟有各自善保千金之躯，借月盟心，长毋相忘。原意虽从谢庄《月赋》"隔千里兮共明月"句化出，然坡公加"但愿"二字，则情更深，意更厚矣。

疏解

此词为东坡于宋神宗熙宁九年(1076)中秋在密州时作。小序交代了写词的缘起："丙辰中秋，欢饮达旦，大醉，作此篇，兼怀子由。"苏轼因与王安石政见不同，自求外放，辗转在各地为官。他曾经要求调任到离苏辙较近的地方，以求兄弟能多聚会。熙宁七年(1074)，苏轼知密州，其愿望仍无法实现。第三年(1076)中秋，皓月当空，银辉洒地，他与弟苏辙分别已七年，未得团聚，面对一轮明月，心潮起伏，于是乘酒兴正酣，挥笔作此千古绝唱。

开首即借酒舒郁，翘首问天：明月从何时起出现？端起酒杯问天，不知天上月宫，今晚是何年何月？人间的许多不平事，使他想到要乘着清风回到天上，那里应无不平之事。可是转而一念，恐怕在天庭，他会受不住寒冷。他心里十分矛盾，既然天上不胜寒冷，不如还是在人间吧，于是翩翩起舞，玩赏着月下清影。上片表现了苏轼对现实、对亲情、对人间的留恋和热爱。

月圆时，亲人应当团聚，可为什么此时他们兄弟不能相聚？他心中忽然想到，明月不该对人间世事有何遗憾吧，为什么偏在人们离别时才圆呢？他无法解答，只好托言“此乃常情”：人有悲欢离合，月有阴晴圆缺，这种事自古来难以周全。最后他却又以博大的胸怀祝愿世上所有的人都能平安健康，即便相隔千里，也能共享这美好的月光。

秦少游（秦观）｜八首

如梦令·门外鸦啼杨柳[1]

门外鸦啼杨柳，春色著人[2]如酒。睡起熨沉香[3]，玉腕不胜金斗[4]。消瘦，消瘦，还是褪花时候[5]。

校注

(1)《花草粹编》：列《如梦令》五首其一。

(2)著人：迷，惹。张耒《秋蕊香·帘幕疏疏风透》："别离滋味浓于酒。著人瘦。此情不及墙东柳，春色年年如旧。"李之仪《谢池春·残寒销尽》："著人滋味，真个浓如酒。"贺铸《减字浣溪沙》："连夜断无行雨梦，隔年犹有著人香。"

(3)熨沉香：将沉香熨烫，炼蜜和丸如梧子大，成沉香丸。沉香是一种含有树脂的木材。

(4)"玉腕"句：言女子白玉般的温润手腕，受不了金熨斗的热烫。玉腕，洁白温润的手臂、手腕，亦借指手。南朝宋刘铄《白纻曲》："仙仙徐动何盈盈，玉腕俱凝若云行。"王勃《采莲曲》："桂棹兰桡下长浦，罗裙玉腕轻摇橹。"苏轼《谢郡人田贺二生献花》："玉腕揎红袖，金樽泻白醅。"金斗，铜熨斗的美称，是熨烫衣料的用具，古称“熨斗”，亦称“火斗”“金斗”。李商隐《效徐陵体赠更衣》：“轻寒衣省夜，金斗熨沉香。”

(5)褪花时候：刚褪去花瓣的时候，指暮春时节。赵师侠《点绛唇》：“漠漠春阴，褪花时候余寒峭。”

集评

严有翼《艺苑雌黄》：予又尝读李义山《效徐陵体赠更衣》云：“轻寒衣省夜，金斗熨沉香。”乃知少游词“玉笼金斗熨沉香”，与夫“睡起熨沉香，玉腕不胜金斗”，其话亦有来处。

疏解

此词借一位女子晨起熨沉香，自叹“消瘦”，自况暮春鸦啼、杨柳衰残之时。

如梦令·遥夜月明如水(1)

遥夜月明如水(2),风紧驿亭(3)深闭。梦破(4)鼠窥灯,霜送晓寒侵被(5)。无寐,无寐,门外马嘶人起。

校注

(1)《花草粹编》卷一:列《如梦令》五首其二。沈际飞《草堂诗余》卷一:题《冬景》。

(2)遥夜:长夜。《楚辞·九辩》:“靓杪秋之遥夜兮,心缭悷而有哀。”谢灵运《燕歌行》:“调弦促柱多哀声,遥夜明月鉴帷屏。”张九龄《望月怀远》:“海上生明月,天涯共此时。情人怨遥夜,竟夕起相思。”沈际飞《草堂诗余》卷一:“遥夜”作“冬夜”。月明如水:古诗:“月光如水水如天。”(按:“月光”句,见赵嘏《江楼感旧》:“独上江楼思渺然,月光如水水如天。同来玩月人何处?风景依稀似去年。”)《花草粹编》卷一:“月明”作“沉沉”。

(3)驿亭:古代供旅途行人歇息、住宿的处所,由驿站所设置,亦称邮亭。《晋书·天文志上》:“东壁北十星曰天厩,主马之官,若今之驿亭也,主传令置驿,逐漏驰骛。谓其行急疾,与晷漏竞驰也。”杜甫《秦州杂诗》之九:“今日明人眼,临池好驿亭。”仇兆鳌注:“邮亭,见《汉书·薛宣传》。颜注:‘邮,行书之舍,如今之驿及行道馆舍也。’”据此,则驿亭之名起于唐时也。苏洵《送石昌言使北引》:“既出境,宿驿亭。闻介马数万骑驰过,剑槊相摩,终夜有声,从者怛然失色。”

(4)梦破:梦醒。党怀英《雪中》:“梦破窗明虚,开门雪迷空。萧然视四壁,还与向也同。”

(5)沈际飞《草堂诗余》卷一：古诗："霜寒衾被冷。"

疏解

此词为秦观于晚秋霜冷时节行旅在外独宿驿亭而作。此词言词人长夜无寐，梦醒恰好天明，唯觉"霜送晓寒侵被"，而紧闭的驿亭外面马嘶人起，人们已经继续早行了。

如梦令·幽梦匆匆破后[1]

幽梦匆匆破[2]后，妆粉乱红霑袖[3]。遥想酒醒来，无奈玉销花瘦[4]。回首，回首，绕岸夕阳疏柳。

校注

(1)《花草粹编》卷一：列《如梦令》之三。

(2)幽梦：眠卧时隐隐约约，似有似无的愁心之梦。杜牧《郡斋独酌》诗："寻僧解幽梦，乞酒缓愁肠。"李商隐《赠从兄阆之》："怅望人间万事违，私书幽梦约忘机。"张先《木兰花》："欢情去逐远云空，往事过如幽梦断。"苏轼《江城子·乙卯正月二十日夜记梦》："夜来幽梦忽还乡，小轩窗，正梳妆。"破：梦醒。

(3)"妆粉"句：言幽梦中如妆粉似的飞花乱落，沾满了襟袖。妆粉，女子化妆敷面的粉。乱红，乱落的飞花。李贺《将进酒》："况是青春日将暮，桃花乱落如红雨。"欧阳修《蝶恋花》："泪眼问花花不语，乱红飞过秋千去。"《花草粹编》卷一："乱红"作"乱痕"。

(4)玉销花瘦：形容女子精神不振，玉体消瘦，容貌憔悴。玉，喻女子之形体；花，喻女子之容貌。

疏解

此词写女子为消愁，夜间饮酒，直至"幽梦匆匆"醒来，已是黄昏时刻。她照照镜子，觉玉体消瘦，容貌憔悴（"玉销花瘦"），只好在夕阳疏柳下沉默地徘徊。

如梦令·楼外残阳经满(1)

楼外残阳红满，春入柳条将半(2)。桃李不禁(3)风，回首落英(4)无限。肠断，肠断，人与楚天(5)俱远。

校注

(1)《妙选草堂诗余》前集卷下：列春恨类。沈际飞《草堂诗余》卷一：题《春恨》，刻晏叔原作。《花草粹编》：列《如梦令》之四。

(2)《妙选草堂诗余》前集卷下：（“春入”句）《柳》诗：“青入柳条新。”

(3)不禁：经受不住。杜甫《舍弟观赴蓝田取妻子到江陵喜寄》：“巡檐索共梅花笑，冷蕊疏枝半不禁。”

(4)落英：落花。左思《蜀都赋》：“落英飘摇。”陶渊明《桃花源记》：“忽逢桃花林，夹岸数百步，中无杂树，芳草鲜美，落英缤纷。”

(5)楚天：春秋战国时，长江中下游一带，属楚国领土，故每以“楚天”指代南方，也泛指南方的天空。李商隐《楚吟》：“楚天长短黄昏雨，宋玉无愁亦自愁。”柳永《雨霖铃》：“念去去，千里烟波，暮霭沉沉楚天阔。”《妙选草堂诗余》前集卷下、《花草粹编》卷一、沈际飞《草堂诗余》卷一：“人与”作“人共”。《妙选草堂诗余》前集卷下：（“肠断”以下）杜：“楚客今肠断。”又：“长歌楚天碧”。（按：柳宗元《溪居》：“来往不逢人，长歌楚天碧。”）

集评

沈际飞《草堂诗余》正集卷一：出语大方。

疏解

此为思人念远之词。词言仲春时节，柳枝婀娜，落英遍地，楼外一片残阳余晖，暮色苍茫而不见人归。人在南方的楚地，与楚天一样遥远。

如梦令·池上春归何处[1]

池上春归何处，满目落花[2]飞絮。孤馆悄无人，梦断月堤[3]归路。无绪，无绪，帘外五更风雨。

校注

(1)《花草粹编》卷一：列《如梦令》之五。《妙选草堂诗余》前集卷上、沈际飞《草堂诗余》卷一：题《春晚》。沈际飞《草堂诗余》刻周美成作。（注：一刻少游。）

(2)《妙选草堂诗余》前集卷上、沈际飞《草堂诗余》卷一："落花"作"残花"。《妙选草堂诗余》注：韩文公诗："柳巷还飞絮。"

(3)月堤：月下堤岸。白居易《早朝》："月堤槐露气，风烛桦烟香。"

疏解

作者在孤馆独眠，五更时帘外风雨交加。醒来，他仿佛记得昨夜自月堤回归馆舍时，但见池塘岸上满目落花，柳絮飘飞，却不知春归何处了。

如梦令·莺嘴啄花红溜[1]

莺嘴啄花红溜[2],燕尾点波绿皱[3]。指冷月笙寒[4],吹彻小梅[5]春透。依旧,依旧,人与绿杨俱瘦。

校注

(1)《花草粹编》:刻黄鲁直作。《妙选草堂诗余》前集卷上:列春景类,无作者姓名。沈际飞《草堂诗余》卷一:题《春景》,刻秦少游作。

(2)“莺嘴”句:黄莺用嘴啄过的花朵,显得更加红艳。红溜,形容花朵娇红。

(3)“燕尾”句:燕子用尾点扫过的水波,泛起绿色的涟漪。绿皱,形容春水皱缬,如泛起绿色的波纹。

(4)“指冷”句:据谱按指月下吹笙,显得凄寒。笙为我国古老的簧管乐器。《说文》:“笙,十三簧,象凤之身也。笙,正月之音,物生,故谓之笙。”《妙选草堂诗余》前集卷上:(“指冷”句)李后主词:“小楼吹彻玉笙寒。”(按:李璟《摊破浣溪沙》:“菡萏香销翠叶残,西风愁起绿波间。还与韶光共憔悴,不堪看。　细雨梦回鸡塞远,小楼吹彻玉笙寒。多少泪珠何限恨,倚阑干。”非李煜词。)

(5)小梅:乐曲名。唐《大角曲》里有《大梅花》《小梅花》等。

集评

沈际飞《草堂诗余》正集卷一:春柳未必瘦,然易此字不得。

疏解

此词中有怀吹笙之人，黄莺、燕子、小梅、绿杨亦为仲春时节之物。 作者想起吹笙人当在月下据谱按指。 他看一眼瘦弱的柳枝，猜想她似乎与绿杨一般瘦。

阮郎归·满天风雨破寒初(1)

满天(2)风雨破寒初,灯残(3)庭院虚。丽谯吹彻小单于(4),迢迢清夜徂(5)。　乡梦断(6),旅情孤(7),峥嵘岁又除(8)。衡阳犹有雁传书(9),郴阳和雁无(10)。

校注

(1)《花庵词选》卷四、沈际飞《草堂诗余》卷一：题《旅况》。《妙选草堂诗余》：列旅况类。《花草粹编》卷四：列《阮郎归》之五。阮郎归：词牌名，又名《醉桃源》《醉桃园》《碧桃春》。唐教坊曲有《阮郎迷》，疑为其初名。词名用刘晨、阮肇故事。《神仙记》载刘晨、阮肇入天台山采药，遇二仙女，留住半年，思归甚苦，既归则乡邑零落，经已数世。曲名本此，故作凄音，双调，四十七字，前后片各四平韵。也是曲牌名，有二，均属南曲南吕宫：其一字句格律与词牌同，但多仅用其前半阕或后半阕，用作引子；其二与词牌不同，用作过曲。

格律对照：

例词：李煜《阮郎归·呈郑王十二弟》：

中平中仄仄平平,平平仄仄平。
东风吹水日衔山,春来长自闲。
中平中仄仄平平,平平仄仄平。
落花狼藉酒阑珊,笙歌醉梦间。

『平仄仄，仄平平』，平平仄仄平。

春睡觉，晚妆残，无人整翠鬟。

中平中仄仄平平，平平仄仄平。

留连光景惜朱颜，黄昏独倚阑。

(2)《花庵词选》卷四、《花草粹编》卷四、沈际飞《草堂诗余》卷一："满天"作"湘天"。沈际飞《草堂诗余》注：一作"满"，误。衡、郴皆楚湘地，故曰"湘"。

(3)《花庵词选》卷四、《花草粹编》卷四："灯残"作"深沉"。沈际飞《草堂诗余》卷一："灯残"下注：一作"深沉。"

(4)"丽谯"句：在华丽的高楼上，吹出了悲凉的《小单于》曲调。丽谯，城门楼。《庄子·徐无鬼》："君亦必无盛鹤列于丽谯之间。"郭象注："丽谯，高楼也。"小单于，亦名单于，军中号角常奏此曲。唐《大角曲》中有此曲调。李益《听晓角》："无数塞鸿飞不度，秋风卷入小单于。"韦庄《绥州作》："一曲单于暮烽起，扶苏城上月如钩。"黄庭坚《渔家傲》："一见桃花参学了。呈法要，无弦琴上单于调。"《花草粹编》卷四："吹彻"作"吹罢"。沈际飞《草堂诗余》卷一：《庄子》："盛鹤列于丽谯之间。"（注：丽谯，魏城门名。）《汉书·陈胜传》："战谯门中。"（注：谓门上为高楼以望耳。）

(5)"迢迢"句：长长的清夜逐渐消逝。迢迢，遥深、遥远貌。潘岳《内顾诗》之一："漫漫三千里，迢迢远行客。"李涉《六叹》诗之二："美人清昼汲寒泉，寒泉欲上银瓶落。迢迢碧甃千余尺，竟日倚阑空叹息。"清夜，清静的夜晚。司马相如《长门赋》："悬明月以自照兮，徂清夜于洞房。"唐李端《宿瓜州寄柳中庸》："怀人同不寐，清夜起论文。"徂，往，去。《尔雅》："徂，往也。"《书·大禹谟》："汝徂征。"《诗经·豳风·东山》："我徂东山，慆慆不归。我来自东，零雨其蒙。"《妙选草堂诗余》后集卷下：杜："空悠秋夜徂。"

(6)《妙选草堂诗余》后集卷下："乡梦断"作"人意远"。

(7)《妙选草堂诗余》后集卷下：杜："斟酌旅情孤。"沈际飞《草堂诗余》卷一："旅情孤"作"旅魂孤"。

(8)"峥嵘"句：往昔不凡的人生已经过去了。峥嵘，不平凡。张说《唐故夏州都督太原王公神道碑》:“卓荦文艺，峥嵘武节。”苏轼《和刘景文见赠》:“元龙本志陋曹吴，豪气峥嵘老不除。”《妙选草堂诗余》后集卷下：杜诗：“旅食岁峥嵘。”沈际飞《草堂诗余》卷一：杜诗：“空悲秋夜徂。”又，“旅食岁峥嵘。”

(9)“衡阳”句：衡阳孤雁传书。《舆地纪胜》:“回雁峰在州城南，或曰雁不过衡阳，或曰峰势如雁之回。”据云，古代北雁南飞，至此歇翅停回栖息于此。张衡《西京赋》:“上春候来，季秋就温。南翔衡阳，北栖雁门。”南朝梁刘孝绰《赋得始归雁诗》:“洞庭春水绿，衡阳旅雁归。”高适《送李少府贬峡中王少府贬长沙》:“巫峡啼猿数行泪，衡阳归雁几封书。”《妙选草堂诗余》后集卷下：杜：“万里衡阳雁，今年又北归。”《选》诗：“寄书云间雁。”沈际飞《草堂诗余》卷一：《埤雅》:“盖南地极燠，雁望衡山而止。”又，苏武留匈奴，雁足系帛书。

(10)“郴阳”句：“衡阳”和“郴阳”都在楚地。“和雁无”，连雁也没有一只。秦观被贬谪郴州，言郴州更在衡阳以远，是大雁更飞不到的地方。《花庵词选》卷四：“无”作“舞”。

集评

沈际飞《草堂诗余》正集卷一：伤心！

疏解

此词为秦观贬谪至郴州时所作。除夕时，岁暮天寒，他抒发思乡之情，寄托了沉重的身世之感。

上片写除夕寒夜闻曲难眠，传达了他的寂寞。起二句写所见，勾勒了一个寂冷的环境。“破寒初”，即所谓“春寒料峭”的时候，透露出一股寂冷凄凉的情味。接着环顾所居，庭院深邃，空寂冷落，欲言无人，深沉而空虚，人世间除旧迎新的气氛，一点儿也看不见。一个“虚”字，道出了作者心头郁闷寡欢况味，可见贬谪生活的寂寥。“丽谯”二句写他听着《小单于》乐曲；音声呜咽渐停，长夜清冷。

下片写内心感触，抒怀乡之情。“乡梦”二句，写所思，言他连梦中返回故乡的好梦也不来做一个，只落得像游魂一样飘荡，孤苦伶仃，贬谪在异乡，充分传达出寂寞况味。“峥嵘”句，写天寒岁暮，他在严峻坎坷的厄运中终于又送走了旧岁。歇拍“衡阳”二句写所感。“衡阳”和“郴阳”都在楚地。“和雁无”即连雁也没有。大雁传递书信，而今他身贬郴州，却是连雁儿也飞不到的地方，连雁足传书都不可能了。离乡日益遥远，他的处境更加危险。

八六子·倚危亭[1]

倚危亭[2],恨如芳草[3],萋萋刬[4]尽还生。念柳外青骢[5]别后,水边红袂[6]分时,怆然暗惊。　　无端天与娉婷[7],夜月一帘幽梦,春风十里柔情[8]。怎奈向、欢娱渐随流水[9],素弦声断[10],翠绡香减,那堪片片飞花弄晚[11],蒙蒙残雨笼晴[12]。正消凝[13],黄鹂[14]又啼数声。

校注

(1)毛晋本《秦观集》:题《春怨》。《妙选草堂诗余》前集卷下:列春闺类。《花草粹编》卷八:调名下注:“一名《感黄鹂》。”八六子:词牌名,又名《感黄鹂》,始见于《尊前集》所收的杜牧之作,分上下两片,上片三处平韵,下片五处平韵,共八十八字。通常以秦观此作为定格。

词牌格律:

仄平平(韵),仄平平仄,平平仄仄平平(韵)。

仄『仄仄平平仄仄,仄平平仄平平』,仄平仄平(韵)。

平平平仄平平(韵),仄仄仄平平仄,平平仄仄平平(韵)。

仄仄仄、平平仄平平仄,『仄平平仄,仄平平仄』,平平『仄仄平平仄仄,平平平仄平平(韵)』。

仄平平(韵),平平去平去平(韵)。

（2）危亭：耸立于高处的亭子。白居易《春日题乾元寺上方最高峰亭》诗：“危亭绝顶四无邻，见尽三千世界春。”

（3）“恨如”句：李煜《清平乐》：“离恨恰如芳草，更行更远还生。”芳草，香草，春草。班固《西都赋》：“竹林果园，芳草甘木。郊野之富，号为近蜀。”崔颢《黄鹤楼》：“晴川历历汉阳树，芳草萋萋鹦鹉洲。日暮乡关何处是？烟波江上使人愁。”后蜀毛熙震《浣溪沙》：“花榭香红烟景迷，满庭芳草绿萋萋。”《妙选草堂诗余》前集卷下：（“恨如芳草”二句）《文选》：“王孙游兮不归，芳草生兮萋萋。”

（4）刬：同“铲”，削平。《广雅》：“刬，平也。”李白《陪侍郎叔游洞庭醉后》：“刬却君山好，平铺湘水流。”

（5）青骢：毛色青白相间的马。《古诗为焦仲卿妻作》：“踯躅青骢马，流苏金镂鞍。”杜甫《高都护骢马行》：“安西都护胡青骢，声价欻然来向东。”吴融《李周弹筝歌》：“青骢惯走长楸日，几度承恩蒙急召。一字雁行斜御筵，锵金戛羽凌非烟。”《妙选草堂诗余》前集卷下：（“念柳外”句）刘贡父诗：“户外青骢响玉蹄。”

（6）红袂：红袖，指女子、情人。《楚辞·九歌·湘夫人》：“捐余袂兮江中，遗余佩兮澧浦。”王勃《滕王阁序》：“今兹捧袂，喜托龙门。”

（7）娉婷：美貌，指美人。辛延年《羽林郎》：“不意金吾子，娉婷过我庐。”乔知之《绿珠篇》：“石家金谷重新声，明珠十斛买娉婷。”

（8）“春风”句：杜牧《赠别》：“春风十里扬州路，卷上珠帘总不如。”《妙选草堂诗余》前集卷下：（“春风”句）鲍照《行条》：“春风太多情。”

（9）“欢娱”句：《妙选草堂诗余》前集卷下：《文选》：“朝野多欢娱。”李白诗：“歌声逐流水。”

（10）“素弦”句：《妙选草堂诗余》前集卷下：《晋书·陶潜传》：“有素琴一张，弦徽不具也。”

（11）“那堪”句：《妙选草堂诗余》前集卷下：杜诗：“一片飞花减却春。”

（12）“蒙蒙”句：《妙选草堂诗余》前集卷下：《东山》诗：“零雨其蒙。”

（13）销凝：销魂凝恨，黯然神伤。江淹《别赋》：“黯然销魂者，唯别而已。”

（14）黄鹂：黄莺。杜甫《绝句》：“两个黄鹂鸣翠柳，一行白鹭上青天。”王安石《菩萨蛮》:“何物最关情？ 黄鹂三两声。”

集说

胡仔《苕溪渔隐丛话》:《古今词话》以古人好词，世所共知，易甲为乙。称其所作，仍随其词牵合为说，殊无根蒂，皆不足信也。 如秦少游……《八六子》“倚危亭，恨如芳草，萋萋刬尽还生”者，《浣溪沙》“脚上鞋儿四寸罗”者，二词皆见《淮海集》，乃以《八六子》为贺方回作，以《浣溪沙》为涪翁作……皆非也。

集评

(1)洪迈《容斋随笔》:秦少游《八六子》词云:“片片飞花弄晚，蒙蒙残雨笼晴。 正销凝，黄鹂又啼数声。”语句清峭，为名流推激。 予家旧有建本《兰畹曲集》，载杜牧之一词，其末句云:“正销魂，梧桐又移翠阴。”秦公盖效之，似差不及也。

(2)张炎《词源》:离情当如此作，全在情景交炼，得言外意，有如“劝君更尽一杯酒，西出阳关无故人”，乃为绝唱。

(3)陈霆《渚山堂词话》:少游《八六子》尾阕云:“正销凝，黄鹂又啼数声。”唐杜牧之一词，其末云:“正销魂，梧桐又移翠阴。”秦词全用杜格。 然秦首句云:“倚危亭，恨如芳草，萋萋刬尽还生。”二语甚妙，故非杜可及也。

(4)周济《宋四家词选》:(“倚危亭”)神来之笔。

(5)黄苏《蓼园词评》:音调凄婉如此。

疏解

元丰三年(1080)，秦观作此词。 此词为怀人之作，表达词人与曾经爱恋的一位歌女之间的离别相思之情。全词由情切入，突兀而起，其间绘景叙事，或回溯别前之欢，或追忆离后之苦，或感叹现实之悲，委婉曲折，道尽心中的“恨”字。整首词缠绵悱恻，柔婉含蓄，融情于景，抒发了对佳人的深深追念，鲜明地体现了秦观婉约词情韵兼胜的风格。

上片言他独自靠在高处的亭子上，怨情犹如春草，刚刚被清理，不知不觉又已长出。一想到在柳树外骑马分别的场景，一想到水边与那位红袖佳人分别的情形，他就伤感不已。

下片言上天无端赐她如此娉婷之貌，令人深深投入无力自拔。当年月夜，他们曾共同醉入一帘幽梦，被温柔的春风吹拂着。然无可奈何，往日的欢娱都伴随着流水远去，绿纱巾上的香味也渐渐消退，他再也听不到那悦耳的琴声。此刻正是暮春时令，片片残红在夜色中飞扬，点点细雨下着下着天又晴了，雾气一片迷迷蒙蒙。愁思正浓时，他忽然又听见黄鹂的啼叫声。

贺方回（贺铸）｜一首

柳色黄[1]·薄雨催寒

薄雨催寒[2]，斜照弄晴，春意空阔。长亭柳色[3]才黄，远客一枝[4]先折。烟横水际[5]，映带几点归鸦[6]，东风消尽龙沙雪[7]。还记出门时[8]，却而今时节[9]。　将发。画楼芳酒，红泪清歌，顿成[10]轻别。已是[11]经年，杳杳音尘都绝。欲知方寸，共有几许清愁[12]，芭蕉不展丁香结。枉望断[13]天涯，两厌厌[14]风月。

校注

（1）柳色黄：《碧鸡漫志》卷二作《石州慢》，《阳春白雪》卷二、彊村本《东山词补》作《石州引》。

（2）《能改斋漫录》卷十六："催寒"作"初寒"。《阳春白雪》卷二《石州引》："催寒"作"收寒"。

（3）《阳春白雪》卷二《石州引》："柳色"作"柳蓓"。

（4）《阳春白雪》卷二《石州引》："远客一枝"作"倚马何人"。

（5）《阳春白雪》卷二《石州引》："水际"作"水漫"。

（6）《能改斋漫录》卷十六、《阳春白雪》卷二《石州引》："归鸦"作

"归鸿"。

(7)《阳春白雪》卷二："东风"作"平沙"，"雪"作"荒雪"。

(8)《能改斋漫录》卷十六、《阳春白雪》卷二《石州引》："出门时"作"出关来"。

(9)《能改斋漫录》卷十六："却而"作"恰而"。《阳春白雪》卷二《石州引》："却而"作"恰如"。

(10)《阳春白雪》卷二《石州引》："顿成"作"便成"。

(11)《阳春白雪》卷二《石州引》："已是"作"回首"。

(12)《阳春白雪》卷二《石州引》："清愁"作"新愁"。

(13)《能改斋漫录》卷十六："枉望断"作"望断一"。《阳春白雪》卷二《石州引》："枉望断"作"憔悴一"。

(14)厌厌：懒倦，无聊，精神不振貌。陶渊明《和郭主簿》："检素不获展，厌厌竟良月。"韩偓《春尽日》："把酒送春惆怅在，年年三月病厌厌。"欧阳修《送张屯田归洛歌》："季秋九月予丧妇，十月厌厌成病躯。"柳永《定风波慢》："暖酥消，腻云亸。终日厌厌倦梳裹。"

集说

(1)王灼《碧鸡漫志》卷二：贺方回《石州慢》，予旧见其稿："风色收寒，云影弄晴"改作"薄雨收寒，斜照弄晴"。又，"冰垂玉筯，向午滴沥檐楹，泥融消尽墙阴雪"改作"烟横水际，映带几点归鸿，东风消尽龙沙雪"。

(2)吴曾《能改斋漫录》卷十六：贺方回眷一妓，别久，妓寄诗云："独倚危栏泪满襟，小园春色懒追寻。深恩纵似丁香结，难展芭蕉一寸心。"贺得诗，初叙分别之景色，后用所寄诗，成《石州引》。

(3)张宗橚《词林纪事》卷六："芭蕉不展丁香结，同向春风各自愁"，李玉溪《代赠》诗句也。

章质夫（章楶[1]）｜一首

水龙吟·柳花[2]

燕忙莺懒芳残，正堤上柳花飘坠。轻飞乱舞[3]，点画青林，全无才思[4]。闲趁游丝[5]，静临深院，日长门闭。傍珠帘散漫，垂垂欲下，依前[6]被风扶起。　　兰帐玉人睡觉[7]，怪春衣、雪沾琼缀[8]。绣床暂满，香球[9]无数，才圆却碎。时见蜂儿，仰粘轻粉[10]，鱼吞池水[11]。望章台路杳[12]，金鞍游荡，有盈盈泪。

校注

（1）章楶，字质夫，浦城（今属福建）人，宋治平二年（1065）进士。《宋史》有传。《全宋词》录其词二首。

（2）水龙吟：词牌名，又名《龙吟曲》《庄椿岁》《小楼连苑》等。双调，一百零二字，前后片各四仄韵。柳花，柳絮。《花庵词选》卷五：题《柳花》。《妙选草堂诗余》后集卷下、《花草粹编》卷十一：题《杨花》。

（3）《妙选草堂诗余》后集卷下："轻飞"后无"乱舞"二字。

（4）"全无"句：言无争奇斗艳之心，任性乱飞。才思，思路、文思。《后汉书·祢衡传》："刘表尝与诸文人共草章奏，并极其才思。"白居易《首夏南池独酌》："境胜才思劣，诗成不称心。"韩愈《晚春》："草木知春不久归，百般红紫斗芳菲。杨花榆荚无才思，惟解漫天作雪飞。"

（5）游丝：柳条随风舞动，像飘动浮游的丝线。沈约《三月三日率尔成篇》："游丝映空转，高杨拂地垂。"李白《赋得鹤送史司马赴崔相公幕》："珍禽在罗网，微命若游丝。"皎然《效古诗》："万丈游丝是妾心，惹蝶萦花乱相续。"《妙选草堂诗余》后集卷下：（"闲趁"句）杜："落絮游丝别有情。"

（6）依前：依旧，仍旧。贾思勰《齐民要术》："捋心则科茹不长，更须依法烧之，则依前茂矣。"韩愈《黄家贼事宜状》："不能别立规模，依前还请攻讨。"张先《南乡子·中秋不见月》："今夜相思应看月，无人。露冷依前独掩门。"《妙选草堂诗余》后集卷下：（"依前"句）谢道韫诗："未若柳絮因风起。"

（7）"兰帐"句：美丽的兰帐里少妇正在安睡。玉人，美人。

（8）"怪春"二句：柳花沾满了少妇的春衣，像飞雪一般黏附，像琼玉一般轻缀。雪沾琼缀，落满了柳絮。雪、琼，均喻指白色的柳花。

（9）香球：中国古代香具，为金属制的镂空圆球，内安一能转动的金属碗，无论球体如何转动，碗口均向上，焚香于碗中，香烟由镂空处溢出。

（10）《妙选草堂诗余》后集卷下：柳诗："仰蜂粘落絮。"（按："仰蜂"句非柳诗。杜甫《独酌》："步履深林晚，开樽独酌迟。仰蜂粘落絮，行蚁上枯梨。"）

（11）"鱼吞"句：游鱼在水中戏闹。

（12）章台路杳：韩翃《章台柳·寄柳氏》："章台柳，章台柳，昔日青青今在否？纵使长条似旧垂，也应攀折他人手。"（按：汉代长安有章台街。《汉书·张敞传》："时罢朝会，过走马章台街，使御吏驱，自以便面拊马。"颜师古注谓："其不欲见人，以扇自障面。"后世以"章台走马"指冶游之事。）

集说

徐釚《词苑丛话》卷四《品藻二》：资政殿学士章楶字质夫，以功名显，诗词尤见称于世。尝作《水龙吟·杨花》，东坡与之帖云：“《柳花》词妙绝，使来者何以措词？”

集评

(1)朱弁《曲洧旧闻》：章楶质夫作《水龙吟》咏杨花，其命意用笔，潇洒可喜。东坡和之，若豪放不入律吕，徐而视之，声韵谐婉，反觉章夫词有织绣功夫。

(2)魏庆之《诗人玉屑》：章质夫咏杨花词，东坡和之。晁叔用以为“东坡如毛嫱、西施，净洗却面，与天下妇人斗好，质夫岂可比。”是则然矣。余以为质夫词中，所谓“傍珠帘散漫，垂垂欲下，依前被风扶起”，亦可谓曲尽杨花妙处。东坡所和虽高，恐未能及。诗人议论不公如此耳。

(3)黄昇《唐宋诸贤绝妙词选》：“傍珠帘散漫”数语，形容尽矣，体会入微。

(4)许昂霄《词综偶评》：《水龙吟》与原作均是绝唱，不容妄为轩轾。(“点画”二句)“杨花榆荚无才思”，昌黎句。(“时见”二句)“仰蜂粘坠絮”，少陵句。

(5)王国维《人间词话》：东坡《水龙吟》咏杨花，和韵而似原唱；章质夫词，原唱而似和韵。才之不可强也如是。

(6)俞陛云《唐五代两宋词选释》：此词虽不及东坡和作，而“珠帘”四句、“绣床”三句赋本题极体物浏亮之能，若无名作在前，斯亦佳制。

(7)薛砺若《宋词通论》：《水龙吟》为吟柳花绝唱，最为东坡所称赏。……刻画柳絮，可谓工细委婉之至。

疏解

此词可能作于宋神宗元丰四年(1081)。苏轼谪居黄州时在寄给章楶的信中说：“承喻慎静，以处忧患，非心爱我之深，何以及此？谨置之座右也。

《柳花》词妙绝，使来者何以措词？本不敢继作，又思公正柳花飞时出巡按，坐想四子，闭门愁断，故写其意，次韵一首寄去，亦告不以示人也。《七夕》词亦录呈。”苏轼于元丰三年(1080)到黄州，元丰四年夏四月章楶已任荆湖北路提点刑狱，可知《柳花》词的唱和当在此年春末夏初。

上片写初春柳絮飞舞的情景，寓情于景，将对柳花的描写和感情的抒发结合起来。下片写柳花飘落的情形，表达思妇的寂寞和哀愁。

舒信道（舒亶[1]）｜一首

菩萨蛮·画船捶鼓催君去

画船捶鼓[2]催君去，高楼把酒[3]留君住。去住若为情[4]？江头[5]潮欲平。　　江潮容易得，却是[6]人南北。今日此尊[7]空，知君何日同。

校注

（1）舒亶（1041—1103），字信道，号懒堂，明州慈溪（今属浙江）人，治平二年（1065）进士。元丰二年（1078），论奏苏东坡谢表讥切时事，酿成著名的“乌台诗案”。

（2）画船：装饰华美的游船。韦庄《菩萨蛮·人人尽说江南好》：“春水碧于天，画船听雨眠。”捶鼓：擂鼓，击鼓。岑参《与独孤渐道别长句兼呈严八侍御》：“军中置酒夜捶鼓，锦筵红烛月未午。”《花庵词选》卷四：“捶鼓”作“槌鼓”。

（3）把酒：端起酒杯饮酒。李清照《醉花阴》：“东篱把酒黄昏后，有暗香盈袖。”

（4）若为情：何以为情，难为情。

（5）《花草粹编》卷三："江头"作"西江"。

（6）《花草粹编》卷三："却是"作"只是"。

（7）尊：通"樽"，酒杯。

集评

（1）曾季貍《艇斋诗话》：舒信道亦工小词，如云："画船槌鼓催君去"……亦甚有思致。

（2）徐釚《词苑丛谈》：舒亶与李定，同陷东坡于罪者。尝作《菩萨蛮》词，王阮亭极赏此。尝曰："此等语乃出渠辈之手，岂不可惜。"

（3）王灼《碧鸡漫志》：舒信道、李元膺，思致妍密，要是波澜小。

（4）丁绍仪《听秋声馆词话》：舒亶与苏门四学士同时，词亦不减秦、黄。

（5）黄昇《花庵词选》卷四：此词极有味。

疏解

1065年，舒亶考中进士，之后初任临海县尉，后因故辞官回乡，复起后调任审官院主簿。不久，他接受了一个任务：出使西夏，划分宋夏疆界。这首词便是他在出使西夏期间所作。

此词写别离之情，表达作者难言的相思。上片写送别时的情景。临别依依，行者与送行者，相互留恋，却终于分离。下片写别后的怀念。"江潮容易得，却是人南北"，"知君何日同"，言潮水有信，定时起落，而人一旦离去，便遥遥相隔，再难相见。

赵德麟(赵令畤[1])|一首

蝶恋花·欲减罗衣寒未去[2]

欲减罗衣[3]寒未去。不卷珠帘,人在深深处。残杏[4]枝头花几许。啼红止[5]恨清明雨。　　尽日水沉香[6]一缕。宿酒[7]醒迟,恼破春情绪[8]。飞燕又将归信误[9]。小屏风上西江[10]路。

校注

(1)赵令畤(1051—1134),初字景贶,后改字德麟,自号聊复翁,燕王德昭玄孙。有《侯鲭录》《聊复集》,后者不传,赵万里辑有《聊复词》。

(2)《花庵词选》卷六、沈际飞《草堂诗余》卷二:题《清明》。《妙选草堂诗余》后集卷上:列清明类。

(3)罗衣:软软的丝质衣服。边让《章华赋》:"罗衣飘摇,组绮缤纷。"曹植《美女篇》:"罗衣何飘飘,轻裾随风还。"

(4)《乐府雅词》卷中、《花庵词选》卷六:"残杏"作"红杏"。《妙选草堂诗余》后集卷上:("红杏"二句)欧词:"红杏开,一霎清明雨。"

(5)"啼红"句:深闺思妇的青春就如凋零的杏花一般。清明的雨淅淅沥沥,淋雨的花瓣儿就像那花儿啼哭的泪痕。由于惆怅难安,思妇不由得怨恨起清明细雨。杜牧《清明》:“清明时节雨纷纷,路上行人欲断魂。”止:同“只”。《乐府雅词》卷中、《花庵词选》卷六:“啼红”作“啼痕”。

(6)水沉香:木名,沉香,亦写作“水沉”。(按:能产生沉香的树,如果倒入水中或沼泽地中多年,树木腐烂,其中沉香块不腐烂,其性质发生改变,则称之为水沉。水沉在沉香属于高品质,故于香品中加入水沉,则能提升香品的品质。)《乐府雅词》卷中:“水沉”作“沉烟”。

(7)宿酒:犹宿醉。白居易《早春即事》:“眼重朝眠足,头轻宿酒醒。”亦作隔宿之酒解,即昨晚睡前饮的酒。

(8)“恼破”句:春色恼人,春情难遣之意。恼,撩惹。《乐府雅词》卷中:“宿酒”作“宿雨”。

(9)“飞燕”句:古有飞燕、鸿雁传书的故事。

(10)西江:古代诗词中常泛称江河为西江。此处似指屏风上之江水。

集评

(1)沈际飞《草堂诗余》正集:开口澹冶松秀。末路情景,若近若远,低回不能去。

(2)俞陛云《唐五代两宋词选释》:上段警拔不足而静婉有余,后段以闲淡之笔,写怀人心事。结处风华掩映,含蓄不尽。德麟为安定郡王,天水氏固多才子也。

疏解

此为伤春怀人之闺情词。全词略言:有心减去罗衣,而春寒却未尽退,我只能任珠帘垂地,独守这个深院。枝上红杏还剩多少?伤心流泪,我怨恨清明无情的风雨。为消磨时光,我只能点燃沉香,孤独地对着一缕香烟。昨夜饮酒故今晨醒得迟,我满是恼春情绪。飞燕又没带来那人归家的音信,屏风上的西江水路更引起了我无限的愁情。

上片以时令为线索，伤春惜花，托红杏写兴，由闺人处境写到闺外情景，用景物的描写表现愁绪。下片以离愁为旨归，怀人思远，托燕传情，由闺中情景牵动闺人思绪。

刘巨济（刘泾[1]）| 一首

清平乐·深沉院宇[2]

深沉院宇[3]，枕簟[4]清无暑。睡起花阴初转午，一霎飞云过雨。　雨余隐隐残雷，夕阳却照庭槐。莫把珠帘垂下，妨他双燕归来。

校注

（1）刘泾，字巨济，号前溪，神宗熙宁六年（1073）进士。刘泾是苏轼的及门弟子，与苏轼、苏辙兄弟过从甚密。《宋史》有传。

（2）《乐府雅词》、《花庵词选》卷七、《花草粹编》卷三、沈际飞《草堂诗余》卷一：刻入晁次膺。《花草粹编》卷三：注刘巨济。沈际飞《草堂诗余》卷一：一刻刘巨济。《花庵词选》卷七：题《夏词》。沈际飞《草堂诗余》卷一：题《夏景》。

（3）《乐府雅词》："院宇"作"玉宇"。

（4）枕簟：枕席，泛指卧具。《礼记·内则》："敛枕簟，洒扫室堂及庭，布席，各从其事。"韩愈《新亭》："水文浮枕簟，瓦影荫龟鱼。"黄庭坚《秋竹》："归闲我欲频来此，枕簟仍教到处随。"簟，蕲竹所制竹席。据记载，蕲竹，一名笛竹，以色润者为簟，节疏者为笛，带须者为杖。

集说

沈际飞《草堂诗余》正集卷一：杜诗："野花成子落，江燕引雏归。"着人。

疏解

上片言在深沉的院内，枕席清凉，没有一点暑气。"我"恹恹而卧，睡起时"花阴"初转，正是午时。然而一刹那间天空即飞云过雨。下片言雨后尚闻隐隐的雷声，夕阳正照在院子的槐树上。"我"吩咐家人不要把珠帘垂下，因为那会妨碍双燕归来。

周美成(周邦彦)｜七首

满庭芳·夏日溧水无想山作(1)

风老莺雏(2)，雨肥梅子(3)，午阴嘉树清圆(4)。地卑(5)山近，衣润(6)费炉烟。人静乌鸢(7)自乐，小桥外、新绿溅溅(8)。凭阑(9)久，黄芦苦竹(10)，拟泛(11)九江船。　年年。如社燕(12)，飘流瀚海(13)，来寄修椽(14)。且莫思身外，长近尊前(15)。憔悴江南倦客，不堪听、急管繁弦(16)。歌筵畔，先安枕簟(17)，容我醉时眠(18)。

校注

(1)《花庵词选》卷七、《花草粹编》卷九、沈际飞《草堂诗余》卷三：题《夏景》。彊村本《片玉集》卷四：题《夏景》，调下注中吕。溧水：地名，今属江苏省南京市。无想山：在南京市溧水区南。

(2)“风老”句：雏莺在暖风里长大。

(3)“雨肥”句：梅子因受雨水滋润而长得肥硕。《妙选草堂诗余》前集卷下：杜诗：“红绽雨肥梅。”

(4)“午阴”句：中午时分，阳光照射下的树荫，显得清晰圆正。嘉树，树的美称。《说文》：“嘉，美也。”《尔雅》：“嘉，善也。”《乐府雅词》卷中：

“嘉树”作“槐影”。(注：一作“嘉树”。)《妙选草堂诗余》前集卷下：刘梦得诗：“日午树阴正。”又，《左传·昭公三年》：“季氏有嘉树焉。”

(5)地卑：地势低洼。卑，低微，低下。《管子·水地》：“人皆赴高，己独赴下，卑也。”诸葛亮《出师表》：“先帝不以臣卑鄙。”韩愈《师说》：“位卑则足羞。”《妙选草堂诗余》前集卷下、彊村本《片玉集》卷四：(“地卑”句)杜甫诗：“爽携卑湿地。”

(6)润：湿。炉烟：南方黄梅季节多潮湿，衣服容易发霉，故用炉香烘熏衣服，以除潮气。《妙选草堂诗余》前集卷下：杜诗：“衫裛翠微润。”

(7)鸢：鹞鹰。与“乌”连用，或指乌鸦一类。吴均《与朱元思书》：“鸢飞戾天者，望峰息心。”

(8)溅溅：流水声。《木兰辞》：“不闻爷娘唤女声，但闻黄河流水鸣溅溅。”《乐府雅词》卷中：“新绿”作“新渌”。

(9)凭阑：靠在栏杆上。

(10)“黄芦”句：枯黄的芦苇，瘦削的竹子。或指苦竹，亦名伞柄竹。《妙选草堂诗余》前集卷下：彊村本《片玉集》卷四：乐天《琵琶行》：“住近湓江地低湿，黄芦苦竹绕宅生。”

(11)《乐府雅词》卷中：“拟泛”作“疑泛”。《妙选草堂诗余》前集卷下：彊村本《片玉集》卷四：杜甫诗：“闻道巴山里，春船正好行。都将百年兴，一望九江城。”

(12)社燕：燕子当春社时飞来，秋社时飞走，故称社燕。多喻指人之漂流宦海，行踪不定。羊士谔《郡楼晴望二首》：“地远秦人望，天晴社燕飞。”苏轼《送陈睦知潭州》：“有如社燕与秋鸿，相逢未稳还相送。”

(13)瀚海：其含义随时代化而变，早先为地名，亦多用为征战诗词典故。《史记·卫将军骠骑列传》：“(霍去病)封狼居胥山，禅于姑衍，登临瀚海。”南朝梁虞羲《咏霍将军北伐》：“飞狐白日晚，瀚海愁云生。”高适《燕歌行》：“校尉羽书飞瀚海，单于猎火照狼山。”岑参《白雪歌送武判官归京》：“瀚海阑干百丈冰，愁云惨淡万里凝。”后指沙漠。陶翰《出萧关怀古》：“孤城当瀚海，落日照祁连。”燕子不仅北飞，也南翔，此当借指大海。瀚，浩瀚，广大貌。彊村本《片玉集》卷四：《汉书》：“霍去病登临瀚海。”崔浩注曰：“群鸟之所解羽，故曰瀚海。”

（14）修椽：安在梁上支架屋面和瓦片的长木条。

（15）莫思身外：表明自己不考虑身外之事。身外，指功名利禄。尊：同“樽”，古代盛酒的器具。《妙选草堂诗余》前集卷下：杜甫诗：“莫思身外无穷事，且尽生前有限杯。”

（16）“急管”句：形容各种乐器同时演奏的热闹情景。《乐府雅词》卷中：“繁弦”作“危弦”。（注：一作“繁”。）沈际飞《草堂诗余》卷三：“繁”下注：一作“危”。《花庵词选》卷七：“急管繁弦”作“急筦危弦”。

（17）枕簟：枕席，泛指卧具。簟，竹制床席，俗称篾席。《乐府雅词》卷中、《花庵词选》卷七、彊村本《片玉集》卷四：“枕簟”作“簟枕”。

（18）《妙选草堂诗余》前集卷下：李白诗：“我醉欲眠君且去。”

集评

（1）沈义父《乐府指迷》：词中多有句中韵，人多不晓，不惟读之可听，而歌时最叶韵应拍，不可以为闲字而不押。……又如《满庭芳》过处“年年。如社燕”，“年”字是韵，不可不察也。

（2）卓人月《古今词统》：“老”字、“肥”字、“费”字，字法俱灵。

（3）沈际飞《草堂诗余》正集：“衣润”句，景语也，景在“费”字。“不堪听”句，浅而得情。

（4）潘游龙《古今诗余醉》：“风老”二句，炼。“衣润”句有景，景在“费”字。美成有《塞翁吟》一首，去此远矣。

（5）先著、程洪《词洁》：“黄芦苦竹”，此非词家所常设字面，至张玉田《意难忘》词尤特见之，可见当时推许大家者自有在，决非后人以土泥脂粉为词耳。

（6）许昂霄《词综偶评》：通首疏快，实开南宋诸公之先声。

（7）黄苏《蓼园词评》：前三句见春光已去。“地卑”至“九江船”，言其地之僻也。“年年”三句，见宦情如逆旅。“且莫思”句至末，写其心之难遣也。末句妙于语言。

（8）周济《宋四家词选》：（“人静”二句）体物入微，夹入上下文中，似褒似贬，神味最远。

(9)陈廷焯《白雨斋词话》：美成词，有前后若不相蒙者，正是顿挫之妙。如《满庭芳》上半阕云：“人静乌鸢自乐”……正拟纵乐矣，下忽接云：“年年。如社燕……容我醉时眠。”是乌鸢虽乐，社燕自苦，九江之船，卒未尝泛。此中有多少说不出处，或是依人之苦，或有患失之心，但说得虽哀怨，却不激烈，沉郁顿挫中别饶蕴藉。后人为词，好作尽头语，令人一览无余，有何趣味。

(10)陈廷焯《云韶集》：起笔绝秀，以意胜，不以词胜，笔墨真高。亦凄恻，亦疏狂。

(11)谭献《献评词辨》：“地卑”二句，觉《离骚》廿五，去人不远。“且莫”二句，杜诗韩笔。

(12)谭献《复堂词》：填词者试于此消息之。

(13)陈洵《海绡说词》：方喜“嘉树”，旋苦“地卑”；正羡“乌鸢”，又怀芦竹。人生苦乐万变，年年为客，何时了乎。“且莫思身外”，则齐放一下。“急管繁弦”，徒增烦恼，固不如醉眠之自在耳。词境静穆，想见襟度，柳七所不能为也。

(14)陈洵《海绡说词》：层层脱卸，笔笔钩勒，面面圆成。

(15)俞陛云《唐五代两宋词选释》：通首气脉之贯注，顿挫之蓄势，自是大家。下阕“身外”“尊前”数语，不着闲愁，自成馨逸，尤为超妙。

疏解

此词当作于溧水。周邦彦辗转了数年才当上了溧水县令。官职很小，对一个有才干有抱负的人来说，这是十分苦闷的事情。夏日，周邦彦游览了无想山，感慨系之，作此。

作者感慨遭外放，欲求自我解脱。上片写江南初夏景色，将羁旅愁怀融入景中：暖风中黄莺渐渐长成，雨润梅子，一天天变大，树荫清晰圆正。地势低洼靠近山，衣服潮湿总费炉火烘干。人家寂静，鹞鹰无忧自乐地翩翩而飞，小桥外边，新涨的绿水湍流激溅。久久地凭靠栏杆，遍地黄芦苦竹，自己像遭贬的白居易泛舟九江边。下片抒发羁旅他乡、孤苦寂寞之哀，哀怨却不激烈，含蓄委婉，沉郁顿挫中饶有情味：年复一年，犹如春来秋去的社燕，在荒漠的远方漂流，暂时寄身在人家的屋檐。还是别再去思虑身外的功名，不如常常把美酒畅饮。可如此憔悴之江南倦客受不了宴会上激越的管弦，会使人愁绪更添。最好在歌筵旁边提前安置好枕席，以便喝醉时就地闲眠。

玉楼春·桃溪不作从容住[1]

桃溪[2]不作从容住,秋藕绝来无续处[3]。当时相候赤阑桥[4],今日独寻黄叶路[5]。　　烟中列岫青无数[6],雁背夕阳红欲暮[7]。人如风后入江云[8],情似雨余粘地絮[9]。

校注

(1)玉楼春：词牌名。《词谱》谓五代后蜀顾敻词起句有“月照玉楼春漏促”句及“柳映玉楼春欲晚”句，欧阳炯起句有“日照玉楼花似锦”“春早玉楼烟雨夜”句，因取以调名(或加字令)。亦称《木兰花》《春晓曲》《西湖曲》《惜春容》《归朝欢令》《呈纤手》《归风便》《东邻妙》《梦乡亲》《续渔歌》等。双调，五十六字，前后阕格式相同，各三仄韵，一韵到底。

词牌格律：

定格：
⊙平⊙仄平平仄(韵),⊙仄⊙平平仄仄(韵)。
⊙平⊙仄仄平平(句),⊙仄⊙平平仄仄(韵)。

⊙平⊙仄平平仄(韵),⊙仄⊙平平仄仄(韵)。
⊙平⊙仄仄平平(句),⊙仄⊙平平仄仄(韵)。

《妙选草堂诗余》后集卷上、沈际飞《草堂诗余》卷一：题《天台》。《妙选草堂诗余》调下注：咏刘、阮事。《宋四家词选》：调作《木兰花》。（注：

本作《玉楼春》。)《木兰花》之前后仄起者，一名《玉楼春》；其平起者，但可云《春晓曲》《惜春容》耳。今标其本名以息纷解。彊村本《片玉集》卷十：调下注大石。

(2)桃溪：宜兴有此地名，然此处不作地名解。周济《宋四家词选》所谓“只赋天台事，态浓意远”是也。刘晨、阮肇天台山故事，本云山上有桃树，山下有一大溪，见《幽明录》《续齐谐记》。韩愈《梨花发赠刘师命》：“桃溪惆怅不能过。”魏承班《黄钟乐》：“遥想玉人情事远，音容浑似隔桃溪。”

(3)“秋藕”句：言藕断而丝不连。彊村本《片玉集》卷十：谢玄晖诗：“秋藕折轻丝。”

(4)《妙选草堂诗余》后集卷上：(“当时”二句)《续齐谐记》：“汉永平中，郯县有刘晨、阮肇入天台山采药。……自入山至归，已七代子孙矣。欲还女家，寻山路不获。”赤阑桥：不作地名用。顾况《题叶道士山房》：“水边垂柳赤阑桥。”温庭筠《杨柳枝》：“一渠春水赤阑桥。”韩偓《寒食日重游李氏园亭有怀》：“往年同在鸾桥上，见倚朱阑咏柳绵。今日独来香径里，更无人迹有苔钱。”黄叶路点秋景，赤阑桥虽未言杨柳，却是春景。《妙选草堂诗余》后集卷上、沈际飞《草堂诗余》卷一：“相候赤阑桥”作“无奈鸟声哀”，“独寻黄叶”作“重寻芳草”。彊村本《片玉集》卷十：(“当时”句)《北梦琐言》曰：“唐李匡威少年好勇，曾一日与诸游侠辈约于桑乾赤阑桥之侧，自以酒祝之曰：‘吾若有幽州节制分，则获大鱼。’果钓鱼长三尺，人甚异之焉。”沈际飞《草堂诗余》卷一：“夕阳”作“斜阳”。(注：一作“夕阳”，误。)《花草粹编》卷六：“相候”作“相俟”，“黄叶路”作“黄叶渡”。

(5)彊村本《片玉集》卷十：(“今日”句)《谈苑》云：“僧惟凤《秋日送人》：‘去路正黄叶，别君堪白头。’”

(6)“烟中”句：言烟霭缭绕中，远处排立着无数青翠的山峦。谢朓《郡内高斋闲坐答吕法曹》：“结构何迢递，旷望极高深。窗中列远岫，庭际俯乔林。”

(7)“雁背”句：夕阳的余晖，照映空中飞雁的背上，反射出一抹就要黯淡的红色。温庭筠《春日野行》：“骑马踏烟莎，青春奈怨何。蝶翎胡粉尽，雁背夕阳多。”

(8)《妙选草堂诗余》:(“人如”句)杜诗:“半入江风半入云。”彊村本《片玉集》卷十:杜诗云:“风入渡江云。”

(9)“情似”句:晏幾道《玉楼春》:“便教春思乱如云,莫管世情轻似絮。”“雨余粘地絮”,取譬同,而意相反。

集说

(1)李廷机《草堂诗余评林》:按:东坡有《点绛唇》词咏天台云:“醉漾轻舟,信流直到花深处。尘缘相误,无计花间住。　　但烟水茫茫,回首斜阳暮。山无数。乱红如雨,不计来时路。”盖全用刘晨、阮肇天台事也。

(2)许昂霄《词综偶评》:此首当是咏刘、阮故事。

集评

(1)沈际飞《草堂诗余》正集卷一:“当时”二语,固用刘、阮事,转有醒悟。风云入江散难聚。雨絮粘地牢不解,即“秋藕”句意,而味之有无迴别。

(2)周济《宋四家词选》:只赋天台事,态浓意远。

(3)陈廷焯《白雨斋词话》:美成词有似拙实工者,如《玉楼春》结句云:“人如风后入江云,情似雨余粘地絮。”上言人不能留,下言情不能已。呆作两譬,别饶姿态,却不病其板,不病其纤,此中消息难言。

(4)陈洵《海绡说词》:上阕大意已足,下阕加以渲染,愈见精彩。

(5)俞平伯《清真词释》:忆昔年得读《清真词》及此阕,有初见眼明之乐。后读之乍熟,渐省其通体记叙,以偶句立干,以规矩立极,辞固致佳,惟于空灵窅眇,荡气回肠,似尚有所歉。顷徐而思之,始叹其尽工巧于矩度,敛飞动于排偶,吾初见之未谬而评量之难也。

(6)贺新辉《全宋词鉴赏辞典》引沈祖棻语:这首词是作者在和他的情人分别之后,重游旧地,怅触前情而写下的。……这一词调的组织形式是七言八句，上、下片各四句，原来的格局就倾向于整齐。作者在这里，没有像其他词人或自己另外填这一调子时所常常采取的办法，平均使用散句和对句，以期方便地形成整齐与变化之间的和谐，却故意全部使用了对句，从而创造了一种与内容相适应的凝重风格。然而由于排偶之中，仍具动荡的笔墨，所以凝重之外，也兼备流丽的风姿。这是我们读这首词时，特别值得加以思索之处。

疏解

此词为周邦彦于元祐四年（1089）自庐州府教授离任、将别桃溪时作。词以仙凡恋爱为题材，写与情人分别之后旧地重游而引起的怅惘之情。

尉迟杯·隋堤路[1]

隋堤[2]路。渐日晚、密霭生深树[3]。阴阴淡月笼沙[4],还宿河桥[5]深处。无情画舸[6],都不管、烟波隔前浦[7]。等行人、醉拥重衾[8],载将离恨[9]归去。　　因思旧客京华[10],长偎傍[11]、疏林小槛欢聚。冶叶倡条[12]俱相识,仍惯见、珠歌翠舞[13]。如今向、渔村水驿[14],夜如岁、焚香独自语。有何人、念我无聊[15],梦魂凝想鸳侣[16]。

校注

(1)尉迟杯：词牌名，双调，上片四十八字，下片五十七字，仄韵。《妙选草堂诗余》后集卷下：题《离别》。《花草粹编》卷十一：题《离情》。 彊村本《片玉集》卷九：调下注大石，题《离恨》。

(2)隋堤：隋炀帝开通济渠，沿河筑堤，后称隋堤。

(3)密霭：浓云密雾。 深树：枝叶茂密的树。 深:《才调集》作“远”。树:《全唐诗》注：“有本作‘处’。”

(4)阴阴：形容月色暗淡。 淡月笼沙：杜牧《泊秦淮》：“烟笼寒水月笼沙，夜泊秦淮近酒家。”彊村本《片玉集》卷九：(“阴阴”句)杜牧诗：“烟笼寒水月笼沙，夜泊秦淮近酒家。”

(5)河桥：汴河上的桥。

(6)画舸：装饰华美的游船。 郑文宝诗：“亭亭画舸系春潭，直到行人酒半酣。 不管烟波与风雨，载将离恨过江南。”

(7)浦：水边。《妙选草堂诗余》后集卷下、《花草粹编》卷十一、彊村本

《片玉集》卷九："前浦"作"南浦"。

(8)衾：被子。

(9)离恨：离别的愁苦。

(10)《妙选草堂诗余》后集卷下、《花草粹编》卷十一、彊村本《片玉集》卷九："因思"作"因念"。京华：京城。杜甫《奉赠韦左丞丈二十二韵》："骑驴十三载，旅食京华春。"

(11)偎傍：相互偎依的样子。

(12)冶叶倡条：歌伎。《妙选草堂诗余》后集卷下："冶叶倡条"作"冶叶揭将"。彊村本《片玉集》卷九：("冶叶"句)李义山诗："冶叶倡条遍相识。"

(13)珠歌翠舞：美妙的歌舞。彊村本《片玉集》卷九：("惯见"句)《杨妃外传》："上令宫妓佩七宝璎珞，舞《霓裳羽衣曲》。曲终，珠翠可扫。"白乐天《夜闻贾常州崔湖州茶山境会想羡欢宴田寄此诗》："珠翠歌钟俱绕身。"

(14)水驿：水边的驿站。

(15)无聊：孤单寂寞。彊村本《片玉集》卷九：("无聊"句)《战国策》："上下相愁，民无聊赖。"《妙选草堂诗余》后集卷下、《花草粹编》卷十一："无聊"作"无憀"。

(16)梦魂：古人以为人的灵魂在睡梦中会离开肉体，故称"梦魂"。凝想：聚精会神地想，痴痴地想。鸳侣：情人。彊村本《片玉集》卷九：("梦魂"句)司马长卿赋："忽寝寐而梦想兮，魄若君之在旁。"《花草粹编》卷十一："凝想"作"疑想"。

集评

(1)沈义父《乐府指迷》：结句须要放开，含有余不尽之意，以景结情最好。……或以情结尾亦好。往往轻而露，如清真之"天便教人，霎时厮见何况"，又云"梦魂凝想鸳侣"之类，便无意思，亦是词家病，却不可学也。

(2)周济《宋四家词选》：南宋诸公断不能到者，出之平实，故胜。

(3)谭献《谭评词辨》：("无情"二句)沉着。("因思"句)章法。

(“如今”三句)挽。(“梦魂”句)收处颇率意。

疏解

此词乃作者在宦途中抒离愁之作，抒写在运河之上、隋堤之畔的客舟中的一段离情别恨。上阕抒写离开汴京时的情景；下阕前半忆旧，追忆京华岁月，后半又回到现实。“渔村双驿”与京都的“珠歌翠舞”的鲜明对比，更显得作者落魄。

全词略言：隋堤大路上，天色已晚，雾气笼罩着路旁的柳树。冷冷清清的月光，好像给大地盖上一层轻轻的沙罩。我再一次住在河桥的深处。画船不知人间之意，只顾一直前行，任苍茫的烟波隔着路。只等行人喝得大醉，又盖着厚厚的被子，它便将伤心之人带走，同时载走了多少的离别之情。想到从前在京师，我常到树林边的亭台楼阁中游玩。青楼中的那些歌女都与我熟识，我也看惯了她们华丽的装扮和动人的姿态。如今我却一个人住在这渔村边，漫漫长夜难以度过，对着一缕青烟自言自语。孤单寂寞，谁会来到身边与我相伴?

西河·金陵怀古[1]

佳丽地[2]，南朝盛事谁记？山围故国[3]绕清江，髻鬟对起[4]。怒涛寂寞打孤城[5]，风樯[6]遥度天际。　　断崖树，犹倒倚，莫愁艇子曾系[7]。空余[8]旧迹郁苍苍，雾沉半垒。夜深月过女墙来，伤心[9]东望淮水。　　酒旗戏鼓甚处[10]市？想依稀、王谢[11]邻里，燕子不知何世，入寻常[12]、巷陌人家，相对如说兴亡斜阳里。

校注

(1)西河：词牌名，又名《西河慢》《西湖》。《碧鸡漫志》引《脞说》云：“大历初，有乐工取古《西河长命女》加减节奏，颇有新声。”又谓：“《大石调·西河慢》声犯正平，极奇古。则此调亦是采旧曲而成。”词为双调，一百零五字，分三叠，各叶四仄韵。《清真集》入大石调。相传此调由周邦彦始创。陈本注大吕宫，题作《金陵》。彊村本《片玉集》卷八：“唐大历初，尝有乐工自撰歌，即古曲《长命西河女》也。加减节奏，颇有新声。”金陵：南京。黄龙元年(229)，孙权在武昌称帝。同年九月，将都城自武昌迁至建业，史称东吴。之后，东晋，南朝的宋、齐、梁、陈，南唐，明朝等十个王朝先后定都于此，故称南京为十朝古都。《花庵词选》卷七：题《金陵怀古》。《妙选草堂诗余》后集卷上《地里宫室·金陵》：题《怀古》。彊村本《片玉集》卷八：调下注大吕，题《金陵》。

(2)佳丽地：指江南，更指金陵。南朝齐谢朓《入朝曲》：“江南佳丽地，金陵帝王州。”曹植《赠丁仪王粲》：“壮哉帝王居，佳丽殊百城。”彊村本《片玉集》卷八：谢玄晖：“江南佳丽地，金陵帝王州。”

(3)故国：故都，指金陵。金陵城面临长江，四周群山环抱，故云“山围故国”。此二句与下“怒涛”句，均化用刘禹锡《石头城》诗：“山围故国周遭在，潮打空城寂寞回。”

(4)髻鬟对起：以女子髻鬟喻在长江边相对而屹立的山。

(5)《花庵词选》卷七：“孤城”作“空城”。

(6)风樯：指代顺风扬帆的船只。樯，船上张帆用的桅杆。彊村本《片玉集》卷八：谢玄晖：“天际识归舟。”

(7)“莫愁”句：莫愁，南朝时的民间女子。乐府《莫愁乐》：“莫愁在何处？莫愁石城西。艇子打两桨，催送莫愁来。”系，拴，缚。彊村本《片玉集》卷八：韩偓诗：“应是石城艇子来，两桨咿呀过花坞。”郑谷诗：“石城昔为莫愁乡，莫愁魂散石城荒。帆去帆来风浩渺，花开花谢春悲凉。”

(8)彊村本《片玉集》卷八：“空余”作“空遗”。

(9)彊村本《片玉集》卷八：“伤心”作“赏心”。（按：指赏心亭。《景定建康志》：“赏心亭在下水门上，下临秦淮，尽观览之胜。”亭为北宋丁谓建。）淮水：指秦淮河，横贯金陵城中，为南朝时都人士女游宴之所。彊村本《片玉集》卷八：《诗话总龟》云：“赏心亭，丁晋公所作。秦淮绝致。萧斧诗云：‘千里秦淮在玉壶。’曹子建诗：‘天容何寥廓，山树郁苍苍。’《建康实录》云：‘有白石壶药垒。’”《花草粹编》卷十一：“伤心东望”作“赏心东畔”。

(10)酒旗：挂在酒店外的酒招。彊村本《片玉集》卷八：欧阳永叔诗：“西风酒旗市。”戏鼓：演戏的场所。甚处：何处。

(11)王谢：东晋王、谢两大姓。刘禹锡《乌衣巷》：“朱雀桥边野草花，乌衣巷口夕阳斜。旧时王谢堂前燕，飞入寻常百姓家。”

(12)《花庵词选》卷七：“入寻常”作“向寻常”。

集评

(1)沈际飞《草堂诗余》正集：介甫《桂枝香》独步不得。吴彦高“旧时王谢，堂前燕子，飞向谁家”逊婉切。

（2）许昂霄《词综偶评》：檃栝唐人诗句，浑然天成。“山围故国绕清江”四句，形胜；“莫愁艇子曾系”三句，古迹；“酒旗戏鼓甚处市”至末，目前景物。

（3）陈廷焯《词则》：此词以“山围故国”“朱雀桥边”二诗作蓝本，融化入律，气韵沉雄，音节悲壮。

（4）陈廷焯《云韶集》：此词纯用唐人成句融化入律，气韵沉雄，苍凉悲壮，直是压遍古今。金陵怀古词古今不可胜数，要当以美成此词为绝唱。

（5）梁令娴《艺蘅馆词选》引梁启超语：张玉田谓清真最长处，在融化古人诗句，如自己出。读此词，可见此中三昧。

（6）乔大壮手批《片玉集》：四声之作。别刻《片玉》又有此调，题是“长安”，可参看之。此调必须记诵。“丽”“事”“髻”“子”“戏”“子”，皆绲大韵。

（7）俞陛云《唐五代两宋词选释》：闰庵评此词前二段云：“佳处在境界之高。若仅以点化唐人诗意论之，尚浅。”余谓第三段“燕子”“斜阳”数语，在神韵之远，若仅以点化“王谢堂前”诗意论之，尚浅。

（8）唐圭璋《唐宋词简释》：此首金陵怀古，檃栝刘禹锡诗意，但从景上虚说，不似王半山之“门外楼头”、陈西麓之“后庭玉树”，搬弄六朝史实也。起言“南朝盛事谁记”，即撇去史实不说。“山围”四句，写山川形胜，气象巍峨。第二片，仍写莫愁与淮水之景象，一片空旷，令人生哀。第三片，借斜阳、燕子，写出古今兴亡之感。全篇疏荡而悲壮，足以方驾东坡。

疏解

《西河·金陵》为周邦彦晚年的咏史之作。北宋末年，宋王朝危机四伏。宣和二年（1120），南方爆发了方腊起义，周邦彦仓促间从杭州历经扬州、天长，一路颠簸到了南京（今河南商丘），因此产生了“故国”“孤城”之感。他晚年又遭到一次流放，因而更感慨人世沧桑。

此词为三阕结构：上阕由开头至“风樯遥度天际”，由地形起笔，令人想起故都金陵昔日的繁华；中阕由“断崖树”至“伤心东望淮水”，写他凭吊金陵古迹；下阕由“酒旗戏鼓甚处市”末尾，写眼前的景物，抒千古兴亡之感。

浪淘沙慢[1]·晓阴重

晓阴[2]重，霜凋岸草，雾隐城堞[3]。南陌脂车待发[4]，东门帐饮乍阕[5]。正拂面、垂杨堪揽结[6]，掩红泪[7]、玉手亲折。念汉浦、离鸿去何许[8]？经时信音绝。　情切，望中地远天阔。向露冷、风清无人处，耿耿寒漏咽。嗟万事难忘，惟是轻别[9]。翠尊未竭，凭断云、留取西楼残月[10]。　罗带光销纹衾[11]叠，连环解、旧香顿歇。怨歌永、琼壶敲尽缺[12]。恨春去、不与人期，弄夜色、空余满地梨花雪[13]。

校注

(1)浪淘沙慢：词牌名，慢曲。全调三阕，一百三十三字，前段九句六仄韵，中段八句六平韵，后段七句四平韵。词中领格字，除“嗟”字用平声领四言二句外，其余如“正”“念”“向”三字皆得用去声。

格律对照：

例词：周邦彦《浪淘沙慢·晓阴重》：

仄平仄，平平仄仄，仄仄平仄。
晓阴重，霜凋岸草，雾隐城堞。
平仄平平仄仄。
南陌脂车待发，
平平仄仄仄仄。
东门帐饮乍阕。

仄仄仄、平平平仄仄。
正拂面、垂杨堪揽结,
仄平仄、仄仄平仄。
掩红泪、玉手亲折。
仄仄仄、平平仄平仄,平平仄平仄。
念汉浦、离鸿去何许?经时信音绝。

平仄,
情切,
仄平仄仄平仄。
望中地远天阔。
仄仄仄、平平平平仄,仄仄平仄仄。
向露冷、风清无人处,耿耿寒漏咽。
平仄仄平平,平仄平仄。
嗟万事难忘,惟是轻别。
仄平仄仄,
翠尊未竭,
平仄平、平仄平平平仄。
凭断云、留取西楼残月。

平仄平平平平仄,
罗带光销纹衾叠,
平平仄、仄平仄仄。
连环解、旧香顿歇。
仄平仄、平平平仄仄。
怨歌永、琼壶敲尽缺。
仄平仄、仄仄平平,仄仄仄、平平仄仄平平仄。
恨春去、不与人期,弄夜色、空余满地梨花雪。

(2)《妙选草堂诗余》前集卷上、彊村本《片玉集》卷二:“晓阴”作“昼阴”。

(3)彊村本《片玉集》卷二:(“雾隐”句)杜甫:“雾隐平郊树。”《公羊传》:“五板而堵,五堵而雉,百雉而城。”城堞,城上齿状的矮墙。贾谊《新书·春秋》:“及翟伐卫,寇挟城堞矣。”白居易《大水》:“浔阳郊郭间,大水岁一至。闾阎半漂荡,城堞多倾坠。”元稹《欲曙》:“片月低城堞,稀星转角楼。”苏舜钦《诣匦疏》:“闻河东地大震裂,涌水坏屋庐城堞。”

(4)彊村本《片玉集》卷二:(“南陌”句)《左传》:“巾车脂辖,言以脂涂车辖也。”脂车,车轴涂上油脂的车,润滑以利快行。亦借指驾车出行。夏侯湛《抵疑》:“仆固脂车以须放,秣马以待却。”刘禹锡《代请朝觐表》:“然后脂车,奔赴京辇。”

(5)彊村本《片玉集》卷二:(“东门”句)西汉疏广为太傅,兄子为少傅。在位五岁,广上疏乞骸骨,上许之。公卿大夫故人邑子设祖道,供帐东都门外,送者车数百辆。乍阕:方停,刚结束。

(6)彊村本《片玉集》卷二:(“正拂面”句)温庭筠:“杨柳千条拂面丝。”《妙选草堂诗余》前集卷上:李白赋:“醉愁心于垂杨,随柔条以斜结。”“揽”作“缆”。

(7)彊村本《片玉集》卷二:(“掩红泪”句)《丽情集》:“灼灼与裴质书,以软绡聚红泪为寄。”杜甫:“象床玉手乱殷红。”红泪:胭脂泪,女子的眼泪。据《拾遗记》记载,魏文帝曹丕所爱的美人薛灵芸,离别父母登车上路之时,用玉唾壶承泪,壶呈红色。及至京师,壶中泪凝如血。后人因此称女子的眼泪为“红泪”。

(8)彊村本《片玉集》卷二:(“念汉浦”二句)杜挚《别诗》:“离鸿失所望。”

(9)彊村本《片玉集》卷二:(“嗟万事”二句)东坡云:“李圭曰:‘人世万事,惟别离最难。’”《妙选草堂诗余》前集卷上:“轻别”作“离别”。

(10)彊村本《片玉集》卷二:《苕溪渔隐丛话》:夏宝松诗:“月满西楼酒半醒。”

(11)《妙选草堂诗余》前集卷上、《花草粹编》卷十二:“罗带”以下连上,不分段。

(12)彊村本《片玉集》卷二:(“怨歌”二句)杜诗:“歌长击樽破。”武帝每歌，以如意打玉唾壶，唾壶尽缺。琼壶敲尽缺：据《世说新语》记载，王敦酒后，咏曹操《龟虽寿》：“老骥伏枥，志在千里。烈士暮年，壮心不已。”以如意击唾壶为节，壶边尽缺。

(13)彊村本《片玉集》卷二:《丽情集》:“无双歌庭下，梨花雪四垂。”

集评

(1)周济《宋四家词选》：空际出力，梦窗最得其诀。三句一气赶下，是清真长技。

(2)陈廷焯《白雨斋词话》：美成词操纵处有出人意表者。如《浪淘沙慢》一阕，上二叠写别离之苦。如“掩红泪、玉手亲折”等句，故作琐碎之笔。至末段云……蓄势在后，骤雨飘风，不可遏抑，歌至曲终，觉万汇哀鸣，天地变色。老杜所谓“意惬关飞动，篇终接混茫”也。

疏解

此词为伤春念情之作，全词分三阕。上阕追忆当年的时令节候及折柳惜别之情事，前者则是后者的烘托。“拂面垂杨”与“红泪玉手”，细节传神，足见当年印象之深。“念汉浦”以下三句，抒言信断绝之憾。中阕写别后情思。在流动的情绪中，加深别离的伤感、无可奈何的凄凉，令人叹惜。“凭断云、留取西楼残月”，最先使人哀叹。下阕写去则去矣，可“怨歌”。虽“怨”，却不“恨”她，只有“恨春”不给机会。以景结情，留下怅远、空阔的情韵，使人回味无穷。

全词略言：清早阴云浓重，严霜使得青草凋残，浓雾笼罩着城上的矮墙，南街上的车正要出发，东门之外的别宴刚结束。垂柳轻拂人们的脸，枝条已经可以编成结。以手掩面拭泪，我亲手把送别的柳枝采下。回想汉浦一别后，那人如鸿雁般不知所踪，长时间不通音信。情切切，我登高望远，在露冷风清时，只能苦熬长夜。感叹人间万事最难忘的，只有轻别。翠玉杯中美酒尚存，愿凭借残云留住西楼残月。罗带失去了光泽，绣被叠在一旁，连环锁已被解开，旧香也早已消歇。久久地唱出哀怨的歌儿，玉壶被我敲得边全缺。恨春天不与人相约，装点夜色的只有满地白雪一样的梨花。

夜飞鹊·河桥送人处[1]

河桥送人处,凉夜何其[2]。斜月远,堕余辉。铜盘烛泪已流尽[3],霏霏凉露沾衣[4]。相将散离会处[5],探风前津鼓[6],树杪参旗[7]。花骢[8]会意,纵扬鞭、亦自行迟[9]。　迢递[10]路回清野,人语渐无闻,空带愁归。何意重经前地[11],遗钿[12]不见,斜径[13]都迷。兔葵燕麦[14],向斜阳影、与人齐[15]。但徘徊班草[16],欷歔酹酒[17],极望天西。

校注

(1)夜飞鹊:词牌名。始见《清真集》,入道宫。《梦窗词》入黄钟商。双调,一百零七字,前片五平韵,后片四平韵。

词牌格律:

平平仄平仄,平仄平平(韵)。
平仄仄仄平平(韵)。
平平仄仄仄平仄,中平平仄平平(韵)。
平平仄平仄,仄平平平仄,仄仄平平(韵)。
平平仄仄,仄平平、中仄平平(韵)。

平仄仄平平仄,平仄仄平平,平仄平平(韵)。
平仄平平平仄,平平仄仄,平仄平平(韵)。
仄平仄仄,仄平平、仄仄平平(韵)。

仄平平平仄，平平仄仄，中仄平平(韵)。

《妙选草堂诗余》后集卷下：列离别类。《花草粹编》卷十三：题《别情》。 彊村本《片玉集》卷十一调下注：道宫，题《别情》。

(2)“凉夜”句：夜深到了什么时分。《诗经·小雅·庭燎》：“夜如何其？夜未央。”其，语助词。《妙选草堂诗余》后集卷下、《花草粹编》卷十二、彊村本《片玉集》卷十一：“良夜”作“凉夜”。《妙选草堂诗余》后集卷下：“何其”作“何期”。

(3)彊村本《片玉集》卷十：(“铜盘”句)李贺诗：“铜盘腻烛黄。”

(4)霏霏：雨露盛貌。《楚辞》：“雷霆兮硠磕，雹霰兮霏霏。”范仲淹《岳阳楼记》：“若夫淫雨霏霏，连月不开。”彊村本《片玉集》卷十：西汉《淮南王传》：“宫中生荆棘，露沾衣。”

(5)相将：就要。 离会：离别前的饯行聚会。

(6)“探风”句：言探头听听随风传来的渡口鼓声。 津鼓，河边渡口报时的更鼓。 古代水上交通，于客船上置鼓，舟人以鼓声为号令，指挥动止进退。 杜甫《十二月一日三首》：“负盐出井此溪女，打鼓发船何处郎？”李端《古别离》：“天晴见海樯，月落闻津鼓。”王介甫诗：“月落闻津鼓。”

(7)“树杪”句：指树梢上的夜空中散布着点点繁星。 树杪，树梢。 参旗，星宿名。

(8)花骢：毛色青白相杂的骏马，亦称五花马。 杜甫《骢马行》：“邓公马癖人共知，初得花骢大宛种。”又，《丹青引赠曹将军霸》：“先帝天马玉花骢。”《妙选草堂诗余》后集卷下、《花草粹编》卷十二：“花骢”作“华骢”。

(9)“纵扬鞭”二句：即使我扬鞭催赶，它也只是自顾自地慢慢而行。 李贺诗：“何忍重扬鞭。”

(10)迢递：遥远，高远。 嵇康《琴赋》：“指苍梧之迢递，临回江之威夷。”杜甫《送樊二十三侍御赴汉中判官》：“居人莽牢落，游子方迢递。”欧阳詹《蜀中将归留辞韩相公贯之》：“明晨首乡路，迢递孤飞翼。”

(11)《妙选草堂诗余》后集卷下：“重经前地”作“重红满地”。《花草粹编》卷十二：“重经前地”作“垂红满地”。

(12)遗钿：原指妇人遗落的饰物，亦常比作落花。 此处指旧时送别处遗落的东西。（按：钿，由金翠珠宝等制成的首饰。《旧唐书·杨贵妃传》：“玄宗每年十月幸华清宫，国忠姊妹五家扈从，每家为一队，着一色衣。五家合队，照映如百花之焕发，而遗钿坠舄，瑟瑟珠翠，灿烂芳馥于路。”）彊村本《片玉集》卷十：杜诗云：“神女花钿落。”

（13）斜径：歪斜的小路。

（14）“兔葵”句：野草野谷类，形容蔓草丛生，一派荒凉。《本事诗·事感》：刘禹锡《再游玄都观》序：“重游玄都，荡然无复一树，唯兔葵燕麦动摇于春风耳。”程先《锁窗寒》：“但兔葵燕麦，风前摇荡，径花成土。”

（15）“向斜”句：言低照的斜阳映照着兔葵燕麦，那长长的影子似乎与人相齐。《妙选草堂诗余》后集卷下、《花草粹编》卷十二：“斜阳”作“残阳”。彊村本《片玉集》卷十：“斜阳影”作“残阳欲”。

（16）“但徘徊”句：言二人只是在草地上徘徊相谈。班草，犹班荆。谓朋友相会于途中铺草而坐。《后汉书·逸民传·陈留老父》：“桓帝世，党锢事起，守外黄令陈留张升去官归乡里，道逢友人，共班草而言。”谢灵运《相逢行》：“行行即长道，道长息班草。”王介甫《次韵留别》诗：“班草数行衣上泪。”又，“行追西路聊班草。”

（17）欷歔：叹息、感慨，抽噎、抽泣；亦指哭泣后不由自主的急促呼吸。酹酒：以酒浇地，表示祭奠。古代宴会往往行此仪式。杜台卿《玉烛宝典·正月孟春》：“元日至月晦为酺食，度水。士女悉湔裳，酹酒于水湄，以为度厄。”

集评

（1）卓人月《古今词统》徐士俊评：今人伪为欲别不别之状，以博人欢，避人议者多矣。能使骅骝会意，非真情所潜格乎？

（2）黄苏《蓼园词评》：一首送别词耳。自将行至远送，又自去后写怀望之情。层次井井，而意绵密，词采秾深。时出雄厚之句，耐人咀嚼。

（3）周济《宋四家词选》：“班草”是散会处，“酹酒”是送人处，二处皆前地也，双起故须双收。

(4)陈廷焯《白雨斋词话》卷一：美成《夜飞鹊》云……哀怨而浑雅。白石《扬州慢》一阕，从此脱胎，超出处或过之，而厚意微逊。

(5)陈洵《海绡说词》："河桥送人处"，逆入；"何意重经前地"，平出。换头三句，将上阕尽化烟云，然后转出下句，事过情留，低回无尽。

(6)梁令娴《艺蘅馆词选》引梁启超语："兔葵燕麦"二语，与柳屯田之"晓风残月"，可称送别词中双绝。

疏解

此词先追忆昔日送别情景；再写别宴散场，匆匆分离；最后抒发重经旧地的感受。词中所咏别情还掺杂着政治上的不得志、对个人身世沉浮的感叹和对民众苦难的关心。

上片：在河桥旁的亭子里与情人久久惜别。深夜里凉意弥漫，不知已经到了什么时候。残月西斜，铜盘中的蜡烛即将烧完，露水也打湿了衣襟。临别前短暂的相聚之后，他们将会分开。探头听被风送来的渡口鼓声，看看树梢上空的参旗星，已是黎明。花骢马能解人意，即使我扬鞭，它也只是自顾自地慢行。

下片：送别情人，满怀离愁地回去，我渐渐听不到嘈杂的人声。原野十分空旷，归程是那么遥远。没想到再次来到当初分别之地时，她留下的东西我一点也没看到，歪斜的小路也很难找到。斜阳映照着兔葵燕麦，那长长的影子似乎与人相齐，我们在草地上徘徊相谈，以酒浇地，放眼西方，徒然断魂。

解语花·元宵(1)

风销焰蜡(2),露浥烘炉(3),花市光相射(4)。桂花(5)流瓦。纤云散、耿耿素娥欲下(6)。衣裳淡雅。看楚女、纤腰一把(7)。箫鼓喧,人影参差,满路飘香麝(8)。　　因念帝城放夜(9)。望千门(10)如昼,嬉笑游冶。钿车(11)罗帕。相逢处、自有暗尘随马(12)。年光是也。惟只见(13)、旧情衰谢。清漏移,飞盖(14)归来,从舞休歌罢。

校注

(1)解语花：词牌名。相传太液池中有千叶白莲，中秋盛开，玄宗设宴赏花。群臣左右为莲花之美叹羡不已，玄宗却指着杨贵妃说："那莲花怎比得上我的解语花呢？"后人制曲，即取以为名。（按：或言西府海棠也叫解语花，又称断肠花、思乡草，有象征游子思乡、表达离愁别绪的意思。又因为其妩媚动人，雨后清香犹存，花艳难以描绘，也用来比喻美人。）元宵：正月十五元宵节，又称上元节、小正月、元夕或灯节，是春节之后的第一个重要节日，亦是传统节日之一。正月是农历的元月，古人称夜为"宵"，所以把一年中第一个月圆之夜正月十五称为元宵。（按：中国古俗中，上元节，或称天官节、元宵节；中元节，或称地官节、盂兰盆节；下元节，或称水官节，合称"三元"。元宵节始于2000多年前的秦朝。汉文帝时下令将正月十五定为元宵节。汉武帝时，"太一神"祭祀活动定在正月十五。太一，主宰宇宙一切之神。司马迁创建太初历时，就已将元宵节确定为重大节日。）

沈际飞《草堂诗余》卷四：题《元宵》。彊村本《片玉集》卷七：调下注高平，题《元宵》。又注：《开元天宝遗事》云："帝与妃共赏太液池千叶莲,指妃谓左右曰：‘何如此解语花？’”

（2）“风销”句：蜡烛在风中燃烧。销，熔化。彊村本《片玉集》卷七：“杜诗云：‘花催蜡炬销。’”

（3）“露浥”句：露水沾湿了烘炉。挹，通“浥”，沾湿。《妙选草堂诗以》后集卷上、沈际飞《草堂诗余》卷四、彊村本《片玉集》卷七：“露挹”作“露浥”。

（4）“花市”句：元宵节放夜，游人持灯游花灯。欧阳修《蓦山溪·元夕》：“纤手染香罗，剪红莲、满城开遍。”

（5）桂花：代指月亮、月光。传说月中有桂树，故有以桂代月。《妙选草堂诗余》后集卷上、《花草粹编》卷十、沈际飞《草堂诗余》卷四、彊村本《片玉集》卷七：“桂花”作“桂华”。

（6）“纤云散”二句：细细的云彩正在消散，明艳的月亮好像就要飞下来。素娥，嫦娥。李商隐《霜月》：“初闻征雁已无蝉，百尺楼高水接天。青女素娥俱耐冷，月中霜里斗婵娟。”彊村本《片玉集》卷七：张正见诗：“耿耿长河曙，泛滥宿云浮。月下嫦娥落，风惊织女秋。”

（7）“看楚女”二句：看看元宵节游花灯的女子，一个个都有纤细的腰肢。楚女，南方的女子，此处泛指元宵游灯的女子。《阳春白雪》卷一：“纤腰”作“宫腰”。彊村本《片玉集》卷七：杜诗云：“楚女腰肢亦可怜。”

（8）《阳春白雪》卷一：“香麝”作“兰麝”。彊村本《片玉集》卷七：刘遵诗：“腕动飘香麝。”

（9）放夜：古代京城禁止夜行，唯正月十五夜弛禁，市民可欢乐通宵，称作“放夜”。《阳春白雪》卷一、《花草粹编》卷十、彊村本《片玉集》卷七：“帝城”作“都城”。彊村本《片玉集》卷七：《新记》曰：“京城街衢，有金吾晓暝传呼，以禁夜行。唯正月十五夜敕许金吾弛禁，前后各一日，谓之‘放夜’。”

（10）千门：指皇宫门户，也指千家万户。《花草粹编》卷十：“千门如昼”作“千门如画”。彊村本《片玉集》卷七：杜工部诗：“驻马望千门。”

（11）钿车：用金宝嵌饰的车子，一般指装饰豪华的马车。白居易《春来》：“金谷蹋花香骑入，曲江碾草钿车行。”元稹《痁卧闻幕中诸公征乐会饮》：“钿车迎妓乐，银翰屈朋侪。”彊村本《片玉集》卷七：“钿，车上饰也。”《丽情集》：“贾知微曾城夫人杜兰香既别，赠贾秋云罗帕裹丹五十粒云：‘此罗是玉女缲玉蚕以织成。’”

（12）“自有”句：彊村本《片玉集》卷七注：苏味道诗：“暗尘随马去。”

（13）《阳春白雪》卷一：“只见”作“只有”。

（14）飞盖：飞车，驱车。曹植《公宴》：“清夜游西园，飞盖相追随。”庾肩吾《奉和春夜应令》：“讵假西园燕，无劳飞盖游。”徐铉《和太常萧少卿近郊马上偶吟》：“田园经雨绿分畦，飞盖闲行九里堤。”

集评

（1）张炎《词源》：昔人咏节序，不为不多，付之歌喉者，类似率俗，不过为应时纳祜之声耳。所谓清明“拆桐花烂漫”，端午“梅霖初歇”，七夕“炎光谢”，若律以词家调度，则皆未然。岂如美成《解语花》赋元夕云……如此等妙词颇多，不独措辞精粹，又且见时序风物之胜，人家宴乐之同。

（2）刘体仁《七颂堂词绎》：词起、结最难，而结尤难于起，盖不欲转入别调也。“呼翠袖，为君舞”，“倩红巾翠袖，揾英雄泪”，正是一法。然又须结得有“不愁明月尽，自有夜珠来”之妙，乃得。美成《元宵》云：“从舞休歌罢。”则可以称焉。

（3）周济《宋四家词选》：此美成在荆南作，当与《齐天乐》同时。到处歌舞太平，京师尤为绝盛。

（4）陈廷焯《白雨斋词话》：美成《解语花·元宵》后半阕云……纵笔挥洒，有水逝云卷、风驰电掣之感。

（5）王国维《人间词话》：词忌用替代字。美成《解语花》之“桂华流瓦”，境界极妙，惜以“桂华”二字代月耳。梦窗以下，则用代字更多。其所以然者，非意不足，则语不妙也。盖意足则不暇代，语妙则不必代。此少游之“小楼连苑”“绣毂雕鞍”，所以为东坡所讥也。

疏解

据“旧情衰谢”语可知此词当为周邦彦晚年所作。

上片言：蜡烛在风中燃烧，夜晚的露水将花灯打湿，街上灯光交映。月光洒在屋瓦上，云彩散去，光彩照人的嫦娥想要下凡。衣服如此淡雅，南方女子腰都很细。大街小巷箫鼓喧天、人头攒动，条条路上都有幽香。

下片云：不禁想起昔日京城的灯夜亮如白昼。女孩子们出门游赏，罗帕时不时从香车上扔出。相逢之处必定有飞尘随马车而去。京城如今想必依旧，只是我旧日的情怀已全部衰谢。钟漏轻移，已经不早了，赶快乘车回去吧，任由他们尽情地歌舞玩耍。

徐幹臣（徐伸）｜一首

二郎神·闷来弹鹊[1]

闷来弹鹊，又搅碎、一帘花影[2]。谩试着春衫，还思纤手[3]，熏彻金猊[4]烬冷。动是愁端如何向，但怪得、新来多病[5]。嗟旧日沈腰[6]，而今潘鬓[7]，怎堪临镜？　　重省。别时泪渍，罗襟犹凝[8]。料为我厌厌，日高慵起，长托春酲[9]未醒。雁足[10]不来，马蹄轻驻，门掩一庭芳景。空伫立，尽日阑干倚遍[11]，昼长人静[12]。

校注

（1）《花庵词选》卷八：题《春词》。《妙选草堂诗余》前集卷上：《花草粹编》卷十一：题《春怨》。

（2）《妙选草堂诗余》前集卷上：（“又搅碎”二句）杜荀鹤诗：“风暖鸟声碎，日高花影重。”

（3）《妙选草堂诗余》前集卷上：（“谩试着”二句）《选》诗：“蹙袖春衫薄。”《古诗》：“纤纤出素手。”

（4）金猊：狮形的铜香炉。 李清照《凤凰台上忆吹箫》：“香冷金猊，被翻红浪。”《妙选草堂诗余》前集卷上：“金猊”作“金虬”。

(5)《妙选草堂诗余》前集卷上：杜诗："多病所需唯药物，微躯此外更何求。"

(6)《妙选草堂诗余》前集卷上：（"嗟旧日沈腰"）宋沈约，字休文。武帝立，累迁光禄大夫。居处端从，有志台辅，而帝终不用。乃求外出，以书陈情于萧俛，言己老病，数旬革带常应移孔。以手握臂，率月许，小半分。欲谢事，求归老之秩。

(7)"而今"句：言如今头发已经花白。晋人潘岳中年鬓发初白。此处喻衰老。李煜《破阵子》："一旦归为臣虏，沈腰潘鬓消磨。"《花庵词选》卷八："而今"作"如今"。

(8)"罗襟"句：言泪渍沾湿衣襟，犹凝结不解。《妙选草堂诗余》前集卷上：《洛神赋》："抗罗袂以掩涕兮，泪流襟之浪浪。"

(9)酲：病酒。《说文》："酲，病酒也。"《诗·小雅·节南山》："忧心如酲。"《庄子·人间世》："嗅之则使人狂酲。"

(10)雁足：雁足传书。该典故出自《汉书·苏武传》。苏武被困匈奴多年，单于诡称苏武已死。后来汉使探知实情，声言汉天子在上林苑射得大雁，雁足系有苏武所写帛书（苏武将书信缚在大雁足上传递），言在某泽中。单于不得已，交还苏武等九人，后遂以"雁足传书"指大雁能传递书信。

(11)《妙选草堂诗余》前集卷上：李诗："解释春风无限恨，沉香亭北倚阑干。"

(12)《妙选草堂诗余》前集卷上：温庭筠诗："吴波不动楚山晚，花压阑干春昼长。"

集说

王明清《挥麈余录》：徐幹臣，三衢人。政和初，以知音律为太常典乐，出知常州。尝自制《转调二郎神》之词云……既成，会开封尹李孝寿来牧吴门。李以严治京兆，号"李阎罗"。道出郡下，幹臣大合乐燕劳之，喻群倡令讴此词，必待其问乃止。偈如戒，歌至三四，李果询之。幹臣蹙额云："某顷有一侍婢，色艺冠绝，前岁以亡室不容，逐去。今闻在苏州一兵官处，累遣信欲复来，而今之主公靳之，感慨赋此，词中所叙多其书中语。今焉适有天幸，公拥麾于彼，不审能为我之地否。”李云：“此甚不难，可无虑也。”既次无锡，宾赞者请受谒次第。李云：“郡官当至枫桥。”桥距城十里而远，翌日舣舟其所。官吏上下，望风股栗。李一阅刺字，忽大怒云：“都监在法不许出城，乃亦至此。郡中万一有火盗之虞，岂不殆哉！”斥都监下阶，荷校送狱。又数日，取其供牍判奏字，其家震惧求援，宛转哀鸣致恳。李笑云：“且还徐典乐之妾了来理会。”兵官者解其指，即日承命，然后舍之。

集评

（1）李颀《古今诗话》：“闷”字深有意义，鹊本喜声，为其无凭乃闷而弹之。

（2）黄昇《花庵词选》：徐幹臣，名伸，三衢人。有《青山乐府》一卷行于世。然多杂调词。惟此一曲，天下称之。

（3）陆辅之《词旨》：警句：“闷来弹鹊，又搅碎、一帘花影。”

（4）许昂霄《词综偶评》：此作多说别后情事。起句从“举头闻鹊喜”翻出。

（5）黄苏《蓼园词评》：辞意婉曲深致，最耐讽咏。

（6）王闿运《湘绮楼评词》：妙手偶得之句。

疏解

据说此词乃词人思念一位因不容于妻室而被逐的宠妾所写。上片写词人在宠妾被逐之后触景生情，睹物思人，因相思而多病憔悴的情形。下片设想对方也在为自己终日凝愁，空立伫望。

全词略云：喜鹊叽叽喳喳，增添了我的愁情。我闷得弹走了喜鹊，又搅碎了花影。我漫不经意地试穿春衫，却又想到那是她亲手缝制。那双纤纤玉手，让我时常思念。她曾点燃过的香炉，早已香尽灰冷。忧愁动辄被引起，又不知如何排遣。只怪我近来多病，本就瘦弱的我，如今又添白发。怎么还敢去对镜自照，徒自使人伤心。我又想起当初的场面。她的衣服上至今仍有离别时留下的泪痕。我能预料她一定在为我伤情。终日慵懒，太阳高照我也懒得起。常以春酒太醉人而向人推托，只怪鸿雁不捎信来，又怪门外车马来去匆匆，不曾停留。庭院里有春日的芳景，她却把门关紧。终日倚遍阑干，独自伫立伤情。只觉得白昼太长，庭院也太寂静。

陈子高(陈克[1]) | 三首

谒金门·愁脉脉[2]

愁脉脉[3],目断江南江北[4]。烟树重重芳信隔,小楼山几尺[5]。　细草孤云斜日[6],一向弄晴天色[7]。帘外落花飞不得,东风无气力[8]。

校注

(1)陈克,字子高,号赤城居士,临海(今属浙江)人,寓居金陵(今江苏南京)。吕祉帅建康时,辟为参议。其词语言工丽,风格与温庭筠、韦庄相近。有《赤城词》。

(2)谒金门:词牌名,唐教坊曲名。元高拭词注商调。宋杨湜《古今词话》载,因韦庄词起句,名《空相忆》。张辑词有“无风花自落”句,名《花自落》;又有“楼外垂杨如此碧”句,名《垂杨碧》。李清臣词有“杨花落”句,名《杨花落》。李石词名《出塞》。韩淲词有“东风吹酒面”句,名《东风吹酒面》;又有“不怕醉,记取吟边滋味”句,名《不怕醉》;又有“人已醉,溪北溪南春意,击鼓吹箫花落未”句,名《醉花春》;又有“春尚早,春入湖山渐好”句,名《春早湖山》。《花庵词选》卷八:题《春晚》。《妙选草堂诗余》前集卷上：列春意类。沈际飞《草堂诗余》卷一：题《春晚》，注：一作《春思》。

(3)脉脉：含情相看，默默地用眼神或行动表达情意。《古诗十九首·迢迢牵牛星》："河汉清且浅，相去复几许。盈盈一水间，脉脉不得语。"温庭筠《望江南》："过尽千帆皆不是，斜晖脉脉水悠悠，肠断白蘋洲。"《妙选草堂诗余》前集卷上：（"愁脉脉"）杜牧诗："脉脉无言度几春。"

(4)《妙选草堂诗余》前集卷上：（"目断"句）韩熙载诗："我本江北人，今作江南客。再去江北游，举目无相识。"

(5)几尺：倚楼平眺，山似不高，故云"几尺"。山虽几尺，却能遮人望眼，隔断音书，何况烟树重重呢？

(6)《妙选草堂诗余》前集卷上：（"细草"句）杜诗："夕阳黄细草。"

(7)一向：一霎时。"向"通作"晌"。（注："一向"亦有如字读者，义异。）弄晴：欲晴而又不定。《乐府雅词》卷下、《花庵词选》卷八、《妙选草堂诗余》前集卷上、沈际飞《草堂诗余》卷一："一晌"作"一向"。

(8)"东风"句：东风无力，故残红委地不能重飞。其实即使好风扬起落花，亦岂能重上枝头。《妙选草堂诗余》前集卷上：顾云诗："乞与东风残气力。"

集评

(1)沈际飞《草堂诗余》正集：湿，未飞雨也。飞红雨，风也。飞不得，也可言风。以条风绝景风生也，非春晚乎！

(2)王士禛《花草蒙拾》："东风无气力"，五字妖甚。如"落花无可飞"，便不佳。

(3)黄苏《蓼园词评》：落花到地听无声，怨矣。曰："飞不得"，其怨更深。首阕言事多阻隔，次阕言少吹嘘之力，总是为身世而感也。

(4)谭献《谭评词辨》："小楼"句，不如不见。"细草"一，"孤云"二，"斜日"三。（"帘外落花"二句）宰相何故失此人！

(5)俞平伯《唐宋词选释》：词似泛写闺情，而语甚悲。"江南江北""东风无力”等句似有寓意。

疏解

两宋之交是一段战乱频发的时期。作者亲历两宋之交的战乱，曾随淮西军抗金。他知道失地难收，也体会到有众多夫妻因分离而愁苦，故作此词，一方面描述闺愁，一方面寄托家国之恨。

全词略言：脉脉含愁里，望尽江南江北。只见无边的迷离渺茫，弥漫的轻烟遮绕着树，阻断了伊人书信的传递。可小楼外，山峦连绵才高几许。幽独的小草，轻淡的片云，尽笼在橘黄的斜日里，偏又是一霎晴，一霎阴，天气冷暖不定。落花点点飘落，隔着珠帘，飞不起来。春风是这般柔弱无力。

谒金门·花满院[1]

花满院，飞来飞去双燕。红雨[2]入帘寒不卷，晓屏山[3]六扇。

翠袖玉笙[4]凄断，脉脉两蛾[5]愁浅。消息不知郎近远，一春长梦见。

校注

（1）《花庵词选》卷八：题《春晚》。

（2）红雨：红色花瓣，一般指桃花。李贺《将进酒》："况是青春日将暮，桃花乱落如红雨。"

（3）屏山：屏风。

（4）《花草粹编》卷三："玉笙"作"玉笛"。

（5）两蛾：双眉，双目。蛾，蛾眉。

集评

（1）陈鹄《耆旧续闻》：余谓后辈作词，无非前人已道底句，特善能转换耳。……近日陈子高作《谒金门》云："花满院，飞来飞去双燕。红雨入帘寒不卷，晓屏山六扇。"乃《花间集》和凝词"拂水双飞来去燕，曲槛小屏山六扇"。

（2）沈雄《古今词话》：此以词填词，长短而有致也。

（3）谭献《谭评词辨》：（"红雨"二句）帘既不卷，屏又掩之，亦加倍写。（"消息"二句）不怨帘，亦不怨屏。

疏 解

此词为春闺怀人之作。上片写景，下片抒情。全词抒情委婉，思绪缠绵，辞藻绚丽，隽美多姿。

谒金门·丝丝碧

丝丝碧，柳下人家寒食。莺语匆匆花寂寂，玉阶春藓(1)湿。

闲凭熏笼无力，心事有谁知得。檀炷(2)绕窗灯背壁，画檐残雨滴。

校注

(1)春藓：苔藓植物的一类。

(2)檀炷：焚烧檀香散发的烟雾。

集评

(1)王奕清《历代词话》：子高《菩萨蛮》云："几处簸钱声，绿窗春梦轻。"《谒金门》云："檀炷绕窗灯背壁，画檐残雨滴。"殊觉其香倩。

(2)薛砺若《宋词通论》：（此词）系模仿"花间"，毫未变体之作。他正值北宋末期与南渡以后……而其作品似乎未曾染受丝毫的时代色彩。这真是一个例外作家了。

疏解

此词抒写春情。上片写室外春景，清明时节，杨柳青青，花寂莺语，玉阶藓湿。下片写室内之人闲凭熏笼，心事满怀，檀炷绕窗，画檐残雨。全词委婉细腻，情景交融，工丽柔媚，余韵悠长。

鲁方平(鲁逸仲[1]) | 一首

南浦·风悲画角

风悲画角[2],听单于、三弄落谯门[3]。投宿骎骎[4]征骑,飞雪满孤村。酒市渐阑[5]灯火,正敲窗、乱叶纷纷。送数声惊雁,乍离[6]烟水,嘹唳[7]度寒云。　　好在半胧淡月[8],到如今、无处不销魂。故国梅花归梦[9],愁损绿罗裙[10]。为问暗香闲艳[11],也相思、万点付啼痕。算翠屏[12]应是,两眉余恨倚黄昏。

校注

(1)鲁逸仲，生卒年不详。本名孔夷，字方平，汝州龙兴(今属河南宝丰)人。宋哲宗元祐中隐士。鲁逸仲，别号也。其词如《惜余春慢》《南浦》等均录于赵闻礼《阳春白雪》集。南浦：词牌名，原唐教坊曲名。用《楚辞·九歌》“送美人兮南浦”的句意。宋词借旧曲另制新调。双调，仄韵，也可押平声韵。

(2)“风悲”句：寒风中传来悲凉的号角声。画角，涂有彩绘的号角。《花庵词选》卷八：题《旅怀》。《花草粹编》卷十一：题《旅况》。

(3)单于：曲调名，唐大角曲名。弄：演奏。三弄即演奏三遍。

(4)骎骎：马行快速貌。《说文》："马行疾也。"《诗》曰："载骤骎骎。"《说文解字注》："马行疾貌。'马行'上当本有'骎骎'字。'貌'，各本作'也'。"《小雅·四牡》传曰："骎骎，骤貌。"骤者，马捷步也。

(5)阑：残。杜甫《羌村三首》："夜阑更秉烛，相对如梦寐。"《花庵词选》卷八、《花草粹编》卷十一："渐阑"作"渐闲"。

(6)乍离：刚刚离开。《花庵词选》卷八、《花草粹编》卷十一："乍离"作"下离"。

(7)嘹唳：形容大雁的鸣叫声高远漫长。

(8)好在：幸福。《花庵词选》卷八、《花草粹编》卷十一："淡月"作"溪月"。

(9)梅花归梦：指由《梅花曲》引起思归的梦想。

(10)绿罗裙：指意中人。

(11)为问：试问。

(12)翠屏：画有青山绿水的屏风，或翠玉镶嵌的屏风。

集评

(1)黄昇《花庵词选》：词意婉丽，似万俟雅言。

(2)李攀龙《草堂诗余隽》：上是旅思凄凉之景况，下是故乡怀望之神情。

(3)黄苏《蓼园词评》：细玩词中语意，似亦经靖康乱后作也。第词旨含蓄，耐人寻味。

(4)陈廷焯《白雨斋词话》：此词遣词琢句，工绝警绝，最令人爱。"好在"二语真好笔仗。"为问"二语淋漓痛快，笔仗亦佳。

(5)薛砺若《宋词通论》：尤以《南浦》一词为最婉约蕴藉，与少游《满庭芳》诸作尤神似，即置在《淮海集》中，亦为最上乘之作，余子更不足与并论了。

(6)唐圭璋《唐宋词简释》：此首写旅思。上片景，下片情，琢句极警峭。起写风送角声，次写雪满孤村，所闻所见，无非凄凉景象。"酒市"以下，更写晚间灯火与云中雁声，境尤可悲。下片，由景入情，乡思最切。“好在”两句，言见月销魂。“故国”两句，忆梅、忆人。“为问”两句，承忆梅。“算翠屏”两句，承忆人。以己之深愁难释，故思及对方之人，亦应是余恨难消也。

疏解

此为旅途怀思之作。上片写夜宿孤村的情景：画角悲鸣，遍地积雪，酒市灯火阑珊，惊雁夜飞，鸣声凄楚，征人的颠沛流离之苦自在其中。下片写雪夜思乡，设想故乡的景物也因为相思之情而染上悲愁，故乡的佳人也因思念行人而双眉凝愁。

全词略言：悲风中响起画角之声，听它所吹的《小单于》曲，一遍遍地落至谯门。为了投宿，远行的马急匆匆地赶到孤村，那里已是漫天飞雪。卖酒的集市上，灯火已渐渐稀少。住房之外，纷纷乱舞的落叶不断地敲打窗户。我倾听着几声大雁的叫声，它刚刚离开烟雾蒙蒙的水面，带着嘹亮又悠长的叫声，飞向那寒冷的云层。依旧是月照清溪半朦胧，今天没有一处不让我黯然销魂。睡梦中回到故乡，也只像罗浮山的一场梅花梦，这境况真愁煞我那穿绿罗裙的意中人。我不禁要问：暗里飘香、闲来吐艳的梅花，难道你也因有相思之苦而将万点落花飘洒得如泪雨？料想在那翠绿屏风里的心上人，一定在黄昏时分倚门而望，双眉显示出内心无限的怨恨。

本词作于元祐年间。作者在外漂泊，对故乡和伊人的眷恋日渐浓郁，便创作此词表达思乡之情。黄苏云：“似亦经靖康乱后作也。”(《蓼园词评》)这话就有很大疑问。因为据《宋诗纪事》，作者是“元祐中隐士”，元祐末距“靖康乱”尚有三十余年，作者是否能活到那时候还不确定，且词意中也没有表现出宋室南渡的痕迹来。

叶少蕴（叶梦得[1]）｜一首

贺新郎·睡起啼莺语[2]

睡起啼莺语[3]。掩苍苔[4]、房栊向晚[5]，乱红[6]无数。吹尽残花无人见[7]，惟有垂杨自舞。渐软霭[8]、初回轻暑。宝扇重寻明月影[9]，暗尘侵、上有乘鸾女[10]。惊旧恨[11]，遽如许[12]。　江南梦断横江渚[13]。浪粘天、葡萄涨绿[14]，半空烟雨[15]。无限楼前沧波意[16]，谁采蘋花寄取[17]。但怅望、兰舟容与[18]。万里云帆何时到[19]？送孤鸿、目断千山阻[20]。谁为我[21]，唱金缕[22]？

校注

（1）叶梦得（1077—1148），字少蕴，号肖翁、石林居士。原籍吴县（今江苏苏州），宋代词人。有《石林词》。

（2）《花庵词选》：题《春晚》。《妙选草堂诗余》前集卷下：题《初夏》。《花草粹编》卷十二：题《夏意》。

（3）“睡起”句：《妙选草堂诗余》前集卷下：“啼莺”作“流莺”。（注：韦苏州诗：“流莺日日啼花间。”）

（4）“掩苍”句：《乐府雅词》卷中：“苍苔”作“青苔”。《妙选草堂诗余》

前集卷下：陈充《落花》诗："已谢苍苔容点缀。"

(5)"房栊"句：《乐府雅词》卷中作"房栊向晓"。房栊，窗棂。《汉书·外戚传下·孝成班婕妤》："广室阴兮帷幄暗，房栊虚兮风泠泠。"颜师古注："栊，疏槛也。"向晚，傍晚，黄昏。李商隐《乐游原》："向晚意不适，驱车登古原。夕阳无限好，只是近黄昏。"《乐府雅词》卷中、《妙选草堂诗余》前集卷下："向晚"作"向晓"。

(6)乱红：零落的花朵。欧阳修《蝶恋花·庭院深深》："泪眼问花花不语，乱红飞过秋千去。"《妙选草堂诗余》前集卷下：李贺《将进酒》："况是青春日将暮，桃花乱落如红雨。"

(7)《妙选草堂诗余》前集卷下："无人见"作"无人问"。

(8)软霭：轻雾。《妙选草堂诗余》前集卷下："软"作"暖"。

(9)宝扇：团扇。此扇形状如明月。明月影：此指团扇的影子。《妙选草堂诗余》前集卷下：班婕妤诗："裁为合欢扇，团团似明月。"

(10)乘鸾女：扇上所绘的仕女图画。传说中秦穆公女弄玉与萧史乘鸾凤飞升而去，后人常用此故事作扇面画题材。江淹《拟班婕妤咏扇》："纨扇如圆月，出自机中素。画作秦王女，乘鸾入烟雾。"刘禹锡《团扇诗》："上有乘鸾女，苍苍网虫遍。"《乐府雅词》卷中："上有"作"尚有"。(注：一作"上有"。)《妙选草堂诗余》前集卷下：《龙城录》："八月望日，明皇游月宫，见素娥千余人，皆皓衣，乘白鸾。"

(11)旧恨：指与恋人的别恨。

(12)遽如许：竟如此强烈。遽，急迫。《乐府雅词》卷中、《妙选草堂诗余》前集卷下："遽如许"作"镇如许"。

(13)"江南"句：《妙选草堂诗余》前集卷下：岑参诗："洞房昨夜春风起，遥忆美人湘江水。枕上片时春梦中，行尽江南数千里。"渚，水中的小块陆地。

(14)"葡萄"句：绿水新涨，如葡萄初酿之色。《妙选草堂诗余》前集卷下：《襄阳歌》："遥看汉水鸭头绿，恰似葡萄初泼醅。"

(15)"半空"句：形容浪花向空中飞溅，像雨雾一般。《妙选草堂诗余》前集卷下：古词："余花落处，满地和烟雨。"

(16)"无限"句：《妙选草堂诗余》前集卷下：李白诗："离恨满沧波。"

沧波意，楼前的悠悠江水，别意无穷。

(17)“谁采”句：古人常用采蘋花寄赠故人，以表示相思之情。柳宗元《酬曹侍御过象县见寄》：“春风无限潇湘意，欲采蘋花不自由。”

(18)“但怅望”二句：《妙选草堂诗余》前集卷下：屈原《九歌》：“聊逍遥兮容与。”柳子厚诗：“骚人遥驻木兰舟。”兰舟，舟船的美称。柳永《雨霖铃》：“都门帐饮无绪，留恋处，兰舟催发。”容与，徘徊，悠闲自得貌。屈原《涉江》：“船容与而不进兮，淹回水而凝滞。”陶渊明《闲情赋》：“步容与于南林。”

(19)“万里”句：《妙选草堂诗余》前集卷下：李白诗：“云帆遥望不相见。”

(20)“送孤鸿”二句：《妙选草堂诗余》前集卷下：《选》：“目断归鸿。”又，韩诗：“千山隔兮万山阻。”《乐府雅词》卷中：“目断”作“目尽”。(注：一作“目断”。)

(21)《乐府雅词》卷中：“谁为我”作“重为我”。(注：重，一作“谁”。)

(22)金缕：金缕曲，古曲名。或以为即指此《贺新郎》词。(按：金缕曲，词牌名，又名《贺新郎》《乳燕飞》。亦作曲牌名。)

集说

(1)王楙《野客丛书》：章茂深尝得其妇翁石林所书《贺新郎》词，首曰“睡起啼莺语”，章疑其误，颇诘之。石林曰：“老夫尝得之矣，流莺不解语，啼莺解语，见《禽经》。”

(2)周密《浩然斋雅谈》：石林词“谁采蘋花寄与”，又“怅望兰舟容与”。或以为重押韵，遂改为“寄取”，殊无义理。盖“容与”之“与”，自音“豫”，乃去声也。扬子云《河东赋》云：“灵舆安步，风流容与。”……汉《礼乐志》：“练时，淡容与。”注：“闲舒，皆去声”。

(3)刘昌诗《芦蒲笔记》：庆元庚申，石林之孙筠守临江，尝从容语及，谓赋此词时年方十八，而传者乃云为仪真妓女作。详味句意皆不相干，或是书此以遗之尔。

集评

(1)张侃《拙轩集》：叶石林“睡起流莺语”词，平日得意之作也，名震一时，虽游女亦知爱重。帅颍日，其侣乞词，石林书此词赠之。后人亦取“金缕”二字名词。虽然豪逸而迫近人情，纤丽而摇动闺思。二公之名俱不朽，识者盍深考焉。

(2)黄昇《中兴以来绝妙词选》：石林叶少蕴“睡起流莺语”词，人人能道之，集中未有胜此者，盖得意之作也。

(3)杨慎《词品》：《贺新郎》“睡起流莺语”、《虞美人》“落花已作风前舞”，皆其词之入选者也。

(4)沈际飞《草堂诗余》正集：一意一机，自语自话。草木花鸟字面叠来，不见质实，受知于蔡元长，宜也。

(5)黄苏《蓼园词评》：梦得理学名臣，晚年致政家居而作。此词自有所指，可细玩之。《文选》：“裁为合欢扇，团圆似明月。”《龙城录》：“八月望日，明皇游月宫，见素娥千余人，皆皓衣，乘白鸾。”李太白诗：“离恨满沧波。”柳子厚诗：“春风无限潇湘意，欲采蘋花不自由。”“采蘋花”，即《离骚》撷芳草之意也。

(6)陈廷焯《词则·别调集》：低回哀怨，寄托遥深。

(7)俞陛云《唐五代两宋词选释》：“残花”二句喻无限离怀，只堪独喻。下阕“楼前”五句写临江望远之神，寄情绵远，笔复空灵。词有以真气为尚者，如明镜中不着尘沙一点也。

(9)唐圭璋《唐宋词简释》：此首纤丽而豪逸。……末句，怅无人歌唱，振起全篇。

疏解

此为怀人之词，应是作者早期作品。上片写作者在初夏的午睡后醒来，天热寻扇，见扇上所画之美人而产生对意中人的深深的思念。下片写遥望江上，烟雨迷蒙，伊人归舟却渺无踪影。本词借暮春景色抒发怅恨失意的无限相思、青春虚掷的无限感慨，写景清新明快，词风婉丽，抒情深婉，情深意长。

陈去非（陈与义）｜一首

一、陈与义传文

《宋史·陈与义传》：

陈与义字去非，其先居京兆，自曾祖希亮始迁洛，故为洛人。与义天资卓伟，为儿时已能作文，致名誉，流辈敛衽，莫敢与抗。登政和三年上舍甲科，授开德府教授。累迁太学博士，擢符宝郎，寻谪监陈留酒税。

及金人入汴，高宗南迁，遂避乱襄汉，转湖湘，逾岭峤。久之，召为兵部员外郎。绍兴元年夏，至行在。迁中书舍人，兼掌内制。拜吏部侍郎，寻以徽猷阁直学士知湖州。召为给事中，驳议详雅。又以显谟阁直学士提举江州太平观，被召，会宰相有不乐与义者，复用为中书舍人、直学士院。六年九月，高宗如平江，十一月，拜翰林学士、知制诰。

七年正月，参知政事，唯师用道德以辅朝廷，务尊主威而振纲纪。时丞相赵鼎言："人多谓中原有可图之势，宜便进兵，恐他时咎今日之失机。"上曰："今梓宫与太后、渊圣皆未还，若不与金议和，则无可还之理。"与义曰："若和议成，岂不贤于用兵？万一无成，则用兵必不免。"上曰："然。"三月，从帝如建康。明年，扈跸还临安。以疾请，复以资政殿学士知湖州，陛辞，帝劳问甚渥，遂请间提举临安洞霄宫。十一月，卒，年四十九。

与义容状俨恪，不妄言笑，平居虽谦以接物，然内刚不可犯。其荐士于朝，退未尝以语人，士以是多之。尤长于诗，体物寓兴，清邃纡余，高举横厉，上下陶、谢、韦、柳之间。尝赋《墨梅》，徽宗嘉赏之，以是受知于上云。

二、陈与义生平简介

陈与义（1090—1139），字去非，号简斋，洛阳（今属河南）人。北宋徽宗政和年间上舍及第，南宋初官至参知政政事。有《简斋集》《无住词》。

三、简斋体

严羽《沧浪诗话》在“以人而论”诗体时，将陈与义的诗称为简斋体。简斋体中的早年流连光景之作，观察细致，描写生动，饶有情趣，善用直致、浅语入诗，重意境，重白描。后期的简斋体取法杜诗，得其沉雄之韵，规模宏大，声调浏亮；对仗着重上下句之间气脉的内在联系，潜气内转，意境圆融，风格雄浑沉郁。

临江仙·夜登小阁忆洛中旧游[1]

忆昔午桥[2]桥上饮,坐中都是豪英[3]。长沟流月去无声[4]。杏花疏影[5]里,吹笛到天明。　　二十余年如一梦[6],此身虽在堪惊[7]。闲登小阁眺新晴[8]。古今多少事,渔唱起三更[9]。

校注

(1)临江仙：词牌名，又称《鸳鸯梦》《雁后归》《庭院深深》。双调，上、下片均为五句，押三平韵，三十字，全词共六十字。洛中：指洛阳一带。旧游：昔日的游览。《乐府雅词》卷下、《花庵词选》、《妙选草堂诗余》后集卷下、彊村本《无住词》：题《夜登小阁忆洛中旧游》。《花草粹编》卷七、沈际飞《草堂诗余》卷二：题《感旧》。

(2)午桥：在今河南洛阳。

(3)坐中：座中，指一起喝酒的人。豪英：豪杰英雄。《战国策·齐策六》："内牧百姓，循抚其心，振穷补不足，布德于民；外怀戎翟，天下之贤士，阴结诸侯之雄俊豪英。"董仲舒《春秋繁露·观德》："至德以受命，豪英高明之人辐辏归之。"李白《邺中赠王大》："投躯寄天下，长啸寻豪英。"《阳春白雪》卷一、《妙选草堂诗余》后集卷下、沈际飞《草堂诗余》卷二、彊村本《无住词》："都"作"多"。

(4)"长沟"句：月光随着流水悄悄地消逝。月去无声，表示月亮西沉，夜已深。《妙选草堂诗余》后集卷下：（"长歌"句）杜（诗）："月涌大江流。"

(5)疏影：稀疏的影子。杜牧《长安夜月》："古槐疏影薄，仙桂动秋声。"

(6)“二十”句：言二十多年来历经北宋亡国的变乱及南宋偏安的衰弱局面。《阳春白雪》卷二、彊村本《无住词》：“成”作“如”。

(7)堪惊：总是心惊胆战。

(8)眺新晴：看新雨初晴。晴，这里指晴夜。《阳春白雪》卷一：“眺”作“看”。

(9)渔唱：打鱼人编的歌。郑谷《江行》：“殷勤听渔唱，渐次入吴音。”三更：古代以滴漏计时，自黄昏至晓明分为五刻，即五更。三更正值午夜。

集说

彊村本《无住词》：午桥在洛中。（按：《唐史》：裴度于东都午桥作别墅。）

集评

(1)胡仔《苕溪渔隐丛话》：去非旧有诗云：“风流丘壑真吾事，筹策庙堂非所知。”其后登政府，无所建明，卒如其言。《九日》词云：“九日登临有故常，随晴随雨一传觞。”用退之《淮西碑》“欲事故常”之语。如忆洛中旧游词云……此数语奇丽，《简斋集》后载数词，惟此词为优。

(2)刘辰翁《须溪评点简斋诗集》：词情俱尽，俯仰如新。

(3)张炎《词源》：词之难于令曲，如诗之难于绝句，不过十数句，一句一字闲不得。末句最当留意，有有余不尽之意始佳。当以唐《花间集》中韦庄、温飞卿为则。又如冯延巳、贺方回、吴梦窗亦有妙处。至若陈简斋“杏花疏影里，吹笛到天明”之句，真自然而然。大抵前辈不留意于此，有一两曲脍炙人口，余多近乎率易。近代词人，却有用功于此者。倘以为专门之学，亦词家射雕手。

(4)元好问《自题乐府引》：世所传乐府多矣……陈去非怀旧云：“忆昔午桥桥下饮”……如此等类，诗家谓之一言外句，含咀之久，不传之妙，隐然眉睫间。惟具眼者乃能赏之。古有之，人莫不饮食，鲜能知味，譬之羸牸老羝，千煮百炼，椒桂之香逆于人鼻，然一吮之后，败絮满口，成厌而吐之矣。必若金头大鹅，盐养之再宿，使一老奚知火候者烹之，肤黄肪白，愈嚼而味愈出，乃可言其隽永耳。

（5）沈际飞《草堂诗余》正集：意思超越，腕力排奡，可摩坡仙之垒。

（6）卓人月《古今词统》：又是一首“二十年前旧板桥”也。

（7）李攀龙《草堂诗余隽》：“天地无情吾辈老，江山有恨古人休。”亦吊古伤今之意。

（8）王世贞《艺苑卮言》：“杏花疏影里，吹笛到天明”，爽语也。此词在浓与淡之间。

（9）彭孙遹《金粟词话》：词以自然为宗，但自然不从追琢中来，亦率然无味。如所云绚烂之极，仍归平淡。若使语意淡远者稍加刻划，镂金错彩者渐近天然，则骎骎乎绝唱矣。若《无住词》之“杏花疏影里，吹笛到天明”，《石林词》之“美人不用敛蛾眉，我亦多情无奈酒阑时”，自然而然者也。

（10）先著、程洪《词洁》卷二：刘过《唐多令》“芦叶满汀洲”，与陈去非“杏花疏影里，吹笛到天明”，并数百年来绝作，使人不复敢以《花间》眉目限之。

（11）许昂霄《词综偶评》：神到之作，无容拾袭。渔隐称为清婉奇丽，玉田称为自然而然，不虚也。

（12）黄苏《蓼园词评》：按“长沟流月”即“月涌大江流”之意，言自去滔滔而兴会不歇。首一阕是忆昔，至第二阕则感怀也。

（13）张宗橚《词林纪事》：按思陵尝喜简斋“客子光阴诗卷里，杏花消息雨声中”之句，惜此词未经乙览，不然，其受知更当如何耶？

（14）陈廷焯《白雨斋词话》：笔意超旷，逼近大苏。

（15）刘熙载《艺概》：词之好处有在句中者，有在句之前后际者。陈去非《虞美人》：“吟诗日日待春风，及至桃花开后却匆匆。”此好在句中者也。《临江仙》：“杏花疏影里，吹笛到天明。”此因仰承“忆昔”，俯注“一梦”，故此二句不觉豪酣转成怅悒，所谓好在句外者也。

（16）唐圭璋《唐宋词简释》：此首豪旷，可匹东坡。上片言昔事，下片言今情。“忆昔”两句，言地言人。“长沟”三句，言景言情。一气贯注，笔力疏宕。换头忽转悲凉。“二十”两句，言旧事如梦。“闲登小阁”三句，仍以景收，叹惋不置。

疏解

此词作于宋高宗绍兴五年（1135）或六年（1136），为陈与义退居青墩镇僧舍时所作，时年四十六岁或四十七岁。陈与义，洛阳人。词中他其追忆了二十多年前的洛中旧游，那时是宋徽宗政和年间，天下还太平无事，可以有游赏之乐。当时词人“天资卓伟，为儿时已能作文，致名誉，流辈敛衽，莫敢与抗”。（《宋史》）其后金兵南下，北宋灭亡，陈与义流离逃难，艰苦备尝，而南宋朝廷仅能自立。他回忆二十多年的往事，百感交集，不禁感叹今昔巨变，写下了这首词。

上片写对已经沦落的家乡以及早年自在快乐生活的回顾。下片宕开笔墨，回到现实，概括了词人从踏上仕途所经历的颠沛流离和国破家亡的痛苦生活。结句将古今悲慨、国恨家仇，都融入“渔唱”之中，将沉郁的悲感化为旷达的襟怀，直抒胸臆，表情达意真切感人。

全词略言：回忆年轻时在午桥上酣饮，座中多为杰出的才俊。月光随长沟流水奔涌，流去悄然无声。对着杏花疏落的清影，我们吹笛直到天亮。二十余年如梦境，此身劫后虽存，每想起一切，只觉魄悸魂惊！如今我闲登小楼，观赏雨后初晴之景，感叹古今有多少兴亡事，都寄托在渔父三更的歌唱声中。

赵长卿 | 一首

赵长卿生平简介

赵长卿生活年代有两说：一、约宋宁宗嘉定（1208—1224）末前后在世。《四库提要》云："约宋宁宗嘉定末前后在世。"二、据唐圭璋《两宋词人时代先后考》记载，赵之《惜香乐府》第三卷末尾有一段附录，记张孝祥死后临乱事。考张孝祥卒于南宋乾道五年（1169），那时赵长卿还在世作词，可知他是南宋初期人，得出他的生活年代大约在北宋末南宋初，即徽宗、钦宗朝，南宋高宗及孝宗朝前半期，与周邦彦、李清照同期稍后，在辛弃疾之前。二说各有千秋，未可定论。

赵长卿，生卒年不详，号仙源居士，宋代著名词人，宋宗室，居南丰。从作品中可知他少时孤洁，厌恶王族豪奢的生活，后辞帝京，纵游山水，居于江南，遁世隐居，过着清贫的生活。他同情百姓，友善乡邻，常作词呈乡人。

赵长卿词作甚多，有词集《惜香乐府》10卷，毛晋刻入《宋六十名家词》中。唐圭璋编《全宋词》录其词339首，为宋代词人现存作品最多的作家之一。《四库提要》云："长卿恬于仕进，觞咏自娱，随意成吟，多得淡远萧疏之致。"长卿词文通俗，善于抒情感怀，尤擅令词。如《如梦令·汉上晚步》："何处一声鸣橹。惊起满川寒鹭。一著画难成，雪霁乱山无数。且住。且住。数遍溪南烟树。"《探春令·早春》："笙歌间错华筵启，喜新春新岁。菜传纤手，青丝轻细。和气入、东风里。　幡儿胜儿都姑婶。戴得更忔戏。愿新春已后，吉吉利利，百事都如意。"《探春令》："冰澌池面。柳摇金线，春光无限。问梅花底事，收香藏蕊，到此方舒展。　　百花头上俱休管。且惊开俗眼。看绿阴结子，成功调鼎，有甚迟和晚。”《诉衷情》：“檀心刻玉几千重。开处对房栊。黄昏淡月笼艳，香与酒争浓。　　宜轻素，鄙轻红，思无穷。化工著意，南南北北，一种东风。”

临江仙·过尽征鸿来尽雁[1]

过尽征鸿[2]来尽雁,故园消息茫然[3]。一春憔悴有谁怜?怀家寒食[4]夜,中酒[5]落花天。　　见说[6]江头春浪渺,殷勤欲送归船。别来此处最萦牵[7]。短篷南浦[8]雨,疏柳断桥[9]烟。

校注

(1)《宋六十一家词选》卷六:题《暮春》。

(2)征鸿:远飞的大雁。江淹《赤亭渚》:"远心何所类,云边有征鸿。"李白《相和歌辞·鞠歌行》:"奈何今之人,双目送征鸿。"刘长卿《送李二十四移家之江州》:"逋客多南渡,征鸿自北飞。"陈亮《好事近》:"懒向碧云深处,问征鸿消息。"(按:"来尽雁"似应作"来尽燕"。"过尽征鸿"之"鸿"已是鸿雁,故下应为燕子,才不重复。)

(3)"故园"句:言故乡、家人绝无书信。消息茫然,没有消息。

(4)寒食:古代在清明节前一两天的节日,只吃冷食,所以称寒食。

(5)中酒:醉酒。中,读去声。

(6)见说:告知,说明。

(7)萦牵:萦绕牵挂。鲍照《和王丞》:"明涧予沿越,飞萝子萦牵。"黄滔《壶公山》:"清吟思却隐,簪绂奈萦牵。"

(8)短篷:小船。南浦:水边的送别之所,南面的水边。古时行客船行后常用称送别之地。屈原《九歌·河伯》:"子交手兮东行,送美人兮南浦。"江淹《别赋》:"春草碧色,春水渌波。送君南浦,伤如之何?"李贺《黄头郎》:"黄头郎,捞拢去不归。南浦芙蓉影,愁红独自垂。"王琦注引曾益曰："南浦，送别之地。"

(9)断桥：在杭州西湖东北角，与白堤相连。或言本名宝祐桥，原名段家桥。

集评

俞陛云《唐五代两宋词选释》：长卿以宗室之贵，而安心风雅，其词以春、夏、秋、冬四景，编成六卷，为词家所稀有。殆居高声远，较易流传。录其春景一首，上、下阕结句皆能情寓景中。《惜香集》中和雅之音也。

疏解

此词为思乡抒怀之作。上片以景开笔，鸿去雁来，已寓词人客居思归之情。结二句写寒食思家，对花醉酒，虚实相映，哀丽隽永。下片转笔写归乡。春水有情送归船，而又有不忍离别之情，结尾又设想人已在舟，烟雨过断桥，踏上了归途。其词表达了思念故园、急切渴望归去的情感。

上片起首二句用比兴手法，以征鸿比喻漂泊他乡之客，以归雁兴起思家之情。第二句把起句的迅发之势收束。仔细品味词意，词人望征鸣，看归燕，可能经历了好长时间。但词中把这一长长的过程略去，仅截取生活中的一个横断面并尽情抒写。第三句表达了惆怅自怜的感情。四、五两句，愈觉韵味浓醇，思致邈远。

下片一转，由思家转入归家。过片二句情略一扬：本已沉醉在思家心境中，忽然听说江上春潮高涨，精神一振。这与前片起首二句恰好正反相成。前片说"故园消息茫然"，在感情上是一跌；此处则借江头春汛，激起一腔回乡的热望，是一扬。钱塘江上浩渺春浪，似乎对人有情。江水有情，更反衬人的无情。词人曾慨叹"一春憔悴有谁怜"。下面"别来"一句，缠绵不尽。春浪来了，船靠岸了，词人即将告别临安，却又舍不得离开。词的最后以景作结，寄情于景，富有余味。

全词略言：多少次征鸿经过，梁燕归来。望眼欲穿，却没有一点家乡的消息。从春分到春社，在思乡煎熬中消瘦了，有谁同情？常常怀念家乡的寒食节夜晚，可以醉酒在落花之时。忽然听说钱塘江春潮高涨，似乎殷勤地想送我回去，说到离别，还是这个地方令我魂牵梦绕。南浦的雨敲打着低矮的船篷，只见断桥边的杨柳如烟。

辛幼安（辛弃疾）｜二首

念奴娇·书东流村壁[1]

野棠[2]花落，又匆匆[3]过了，清明时节。刬地[4]东风欺客梦，一枕云屏寒怯[5]。曲岸持觞[6]，垂杨系马[7]，此地曾轻别。楼空人去，旧游飞燕能说[8]。　　闻道绮陌[9]东头，行人曾见，帘底纤纤月[10]。旧恨春江流不尽[11]，新恨云山千叠。料得明朝[12]，尊前重见[13]，镜里花难折。也应惊问，近来多少华发[14]。

校注

（1）书东流村壁：东流县，旧地名，在今安徽省南部。《花庵词选》下卷卷三、《妙选草堂诗余》前集卷上、《花草粹编》卷十：调名《酹江月》，题《春恨》。沈际飞《草堂诗余》卷四：题《春恨》，注："书东流村壁。"

（2）《花庵词选》下卷卷三、《阳春白雪》卷一、《妙选草堂诗余》前集卷上、《花草粹编》卷十、沈际飞《草堂诗余》卷四："野塘"作"野棠"。沈际飞《草堂诗余》注：一作"堂"，一作"塘"，俱误。

（3）又匆匆：形容时间过得飞快。南唐李煜《相见欢·林花谢了春红》："林花谢了春红，太匆匆，无奈朝来寒雨晚来风。"唐牟融《送客之杭》："西风吹冷透貂裘，行色匆匆不暂留。”

(4)划地：宋时方言，相当于“无端地”“只是”“依然”。

(5)云屏：云母镶制的屏风。寒怯：形容才气或才力不足。《花庵词选》下卷卷三、《妙选草堂诗余》前集卷上、《花草粹编》卷十、沈际飞《草堂诗余》卷四：“云屏”作“银屏”。沈际飞《草堂诗余》注：一作“云”，误。《阳春白雪》卷一：“一枕云屏”作“一夜银屏”。

(6)觞：中国古代的一种盛酒器具。

(7)系马：拴马。《花庵词选》下卷卷三、《妙选草堂诗余》前集卷上、《花草粹编》卷十：“系马”作“立马”。沈际飞《草堂诗余》卷四：“系”作“立”，注：一作“系”，误。

(8)“楼空”二句：白居易《燕子楼诗序》：“徐州故张尚书有爱妓曰盼盼，善歌舞，雅多风态。……尚书既殁，归葬东洛，而彭城有张氏旧第，第中有小楼名燕子，盼盼念旧爱而不嫁，居是楼十余年，幽独块然，于今尚在。”苏轼《永遇乐·明月如霜》：“燕子楼空，佳人何在？空锁楼中燕。”《妙选草堂诗余》前集卷上：(“楼空”二句)东坡词：“燕子楼空，佳人何在？空锁楼中燕。”

(8)绮陌：繁华的大道。宋人多用以指花街柳巷。

(10)纤纤月：形容美人之足纤细。刘过《沁园春》(咏美人足)：“知何似，似一钩新月，浅碧笼云。”沈际飞《草堂诗余》卷四：(前一个“纤”)一作“织”。

(11)春江流不尽：南唐李煜《虞美人·春花秋月何时了》：“问君能有几多愁？恰似一江春水向东流。”《阳春白雪》卷一、林大椿校《稼轩长短句》：“不尽”作“不断”。沈际飞《草堂诗余》卷四：“不尽”下注：一作“未断”。

(12)料得：预测到，估计到。明朝：以后，将来。

(13)尊：指酒器。重见：重新相见，重新遇到。

(14)“近来”句：华发，花白的头发。《墨子·修身》：“华发隳颠，而犹弗舍者，其唯圣人乎！”《妙选草堂诗余》前集卷上：唐褚遂良帖：“是远观之，华发萧然。”

集评

（1）周密《浩然斋雅谈》：汪彦章舟行汴河，见傍岸画舫，有映帘而窥者，止见其额。赋词云："小舟帘隙。佳人半露梅妆额。绿云低映花如刻。恰似秋宵，一半银蟾白。"盖以月喻额也。辛幼安尝有句云："闻道绮陌东头，行人曾见，帘底纤纤月。"则以月喻足，无乃太媟乎？

（2）杨慎《词品》："旧恨"二句，纤丽语，脍口之极。

（3）潘游龙《古今诗余醉》："划地东风"句，"欺"字安得妙。

（4）沈际飞《草堂诗余》正集："欺"字妙。……合江水云山言恨，天才骏发。

（5）谭献《谭评词辨》：大踏步出来，与眉山同工异曲。然东坡是衣冠伟人，稼轩则弓刀游侠。"楼空"二句，当识其俊逸清新兼之故实。

（6）陈廷焯《白雨斋词话》：稼轩词如"旧恨春江流不尽，新恨云山千叠"……皆于悲壮中见浑厚。后之狂呼叫嚣者，动托苏、辛。真苏、辛之罪人也。

（7）梁令娴《艺蘅馆词选》引梁启超语：此南渡之感。

（8）俞陛云《唐五代两宋词选释》：客途遇艳，瞥眼惊鸿，村壁醉题，旧游回首，乃赋此闲情之曲。前四句写景轻秀，"曲岸"五句寄思婉渺。下阕伊人尚在，而陌头重见，托诸行人，笔致便觉虚灵。"明朝"五句，不言重遇云英，自怜消瘦，而由对面着想，镜里花枝，相见争如不见，老去相如，羞入文君之顾盼。以幼安之健笔，此曲化为绕指柔矣。

疏解

此为辛弃疾书写个人爱情之词，写得缠绵婉曲，哀而不伤，用健笔写柔情，堪称杰作。辛弃疾年轻时路过池州东流，结识一位女子。大约在淳熙五年（1178），辛自江西帅召为大理少卿时，经过东流，重访不遇，有感而作此。

全词略言：野棠花飘落，匆匆又到了清明。东风欺凌着路上的行人，使我从短梦中惊醒。一阵凉气吹过，向我的孤枕袭来，使人感到寒意。在那弯曲的河边，我曾与佳人举杯同饮。在垂柳下，我曾与佳人离别。如今人去楼空，只有燕子还栖息在此，那时的欢乐，唯有它可以见证。听说在繁华街道的东边，行人曾见过她在帘下的纤足。旧日的情事如春水东流，一去不返，新的遗憾又像千重云山般叠起。假如有一天，我们在宴会上再相遇，她会如镜中鲜花般难折，会惊讶我又多了白发。

满江红·敲碎离愁

敲碎离愁[(1)],纱窗外、风摇翠竹[(2)]。人去后、吹箫声断[(3)],倚楼人独[(4)]。满眼不堪三月暮[(5)],举头已觉千山绿[(6)]。但试把、一纸寄来书[(7)],从头读。　相思字,空盈幅[(8)]。相思意,何时足[(9)]。滴罗襟[(10)]点点,泪珠盈掬[(11)]。芳草不迷行客路[(12)],垂杨只碍离人[(13)]目。最苦是、立尽月黄昏[(14)],阑干曲[(15)]。

校注

(1)“敲碎”句:风摇翠竹的响声,把饱含离愁的心都快要敲碎了。

(2)“风摇”句:宋秦观《满庭芳·碧水惊秋》:“风摇翠竹,疑是故人来。”

(3)“吹箫”句:传说古时萧史善吹箫,作凤鸣。秦穆公以女弄玉妻之,筑凤台以居。此用该典,暗指夫婿远离。

(4)“倚楼”句:独自一人倚偻。杜甫《江上》:“勋业频看镜,行藏独倚楼。”黄庭坚《南乡子·重阳日宜州城楼宴集即席作》:“诸将说封侯,短笛长歌独倚楼。”

(5)“满眼”句:所看到的都是暮春三月的景色,令人伤感得受不了。不堪,禁不住,忍受不了。三月暮,晚春时节的景象。

(6)千山绿:春花落去后一片翠绿,指夏天将到来。

(7)“一纸”句:寄来的一封书信。

(8)“相思字”二句:信上写满相思的话,也是徒然。盈幅,满篇。

(9)“相思意”二句:此种相思的感情,什么时候才能得到满足。

(10)罗襟：丝绸衣襟。

(11)盈掬：满把，形容眼泪很多。掬，两手相合捧物。《礼记·曲礼》："受珠玉者以掬。"《释文》："两手曰掬。"

(12)行客：女子所思念的人。林大椿校《稼轩长短句》卷四："行客路"作"行路客"。

(13)垂杨：垂柳。碍：遮蔽。离人：伤离的人，女子自谓。

(14)"立尽"句：自清晨站立到日没，月出。

(15)阑干曲：栏杆的角落。曲，折，弯曲处。

集评

(1)沈际飞《草堂诗余》正集：灵焮。虽剜心着地，不过与数斤肉相似，唯妙句足以自明。

(2)陈廷焯《云韶集》：起笔精湛。情致楚楚，那弗心动。低回宛转，一往情深，非秦、柳所及。

疏解

此词为"代言体"闺怨词，写闺中女子与情郎分别后的离愁别绪及相思之苦。词的主人公应是一个思妇。她所思念的不是别人，正是她心爱的而又远行的丈夫。

全词略言：仿佛要把我的离愁敲碎似的，纱窗外，阵阵清风把翠竹摇响。自从他走了之后，悠扬的玉箫之声我便再也听不到了。我倚在高楼上苦苦思念着，多么孤独冷清！已是暮春三月，到处是飞絮落花，令人怎么能开怀？举目望去，远处的群山一片碧绿，眼看夏天就要到了。有什么办法呢？我只能拿起他寄来的信，从头再读一遍。信上写满相思的话，也是徒然。可是相思之情，何时才能满足呢？是什么东西滴落衣襟上？那是满把的泪珠啊！但愿漫山遍野的芳草，不至于让他迷失道路。讨厌的是簇簇垂杨，老是遮住我眺望的视线。最凄苦之时，就是月亮在暮色中升起来时，我还倚着栏杆守候着，却不知该守候什么。

张安国（张孝祥）｜一首

张孝祥传文

《宋史·张孝祥传》：

张孝祥字安国，历阳乌江人。读书过一目不忘，下笔顷刻数千言。年十六，领乡书，再举冠里选。绍兴二十四年，廷试第一。时策问师友渊源，秦埙与曹冠皆力攻程氏专门之学，孝祥独不攻。考官已定埙冠多士，孝祥次之，曹冠又次之。高宗读埙策皆秦桧语，于是擢孝祥第一，而埙第三，授承事郎、签书镇东军节度判官。谕宰相曰："张孝祥词翰俱美。"

先是，上之抑埙而擢孝祥也，秦桧已怒，既知孝祥乃祁之子，祁与胡寅厚，桧素憾寅，且唱第后，曹泳揖孝祥于殿庭，以请婚为言，孝祥不答，泳憾之。于是风言者诬祁有反谋，系诏狱。会桧死，上郊祀之二日，魏良臣密奏散狱释罪，遂以孝祥为秘书省正字。故事，殿试第一人，次举始召，孝祥第甫一年得召由此。

初对，首言乞总揽权纲以尽更化之美。又言："官吏忤故相意，并缘文致，有司观望锻炼而成罪，乞令有司即改正。"又言："王安石作《日录》，一时政事，美则归己。故相信任之专，非特安石。臣惧其作《时政记》，亦如安石专用己意，乞取已修《日历》详审是正，黜私说以垂无穷。"从之。

迁校书郎。芝生太庙，孝祥献文曰《原芝》，以大本未立为言，且言："芝在仁宗、英宗之室，天意可见，乞早定大计。"迁尚书礼部员外郎，寻为起居舍人、权中书舍人。

初，孝祥登第，出汤思退之门，思退为相，擢孝祥甚峻。而思退素不喜汪澈，孝祥与澈同为馆职，澈老成重厚，而孝祥年少气锐，往往陵拂之。至是澈为御史中丞，首劾孝祥奸不在卢杞下，孝祥遂罢，提举江州太平兴国宫，于是汤思退之客稍稍被逐。

寻除知抚州。年未三十，莅事精确，老于州县者所不及。孝宗即位，复集英殿修撰，知平江府。事繁剧，孝祥剖决，庭无滞讼。属邑大姓并海囊橐为奸利，孝祥捕治，籍其家得谷粟数万。次年，吴中大饥，迄赖以济。

张浚自蜀还朝，荐孝祥，召赴行在。孝祥既素为汤思退所知，及受浚荐，思退不悦。孝祥入对，乃陈："二相当同心戮力，以副陛下恢复之志。且靖康以来惟和战两言，遗无穷祸，要先立自治之策以应之。"复言："用才之路太狭，乞博采度外之士以备缓急之用。"上嘉之。

除中书舍人，寻除直学士院兼都督府参赞军事。俄兼领建康留守，以言者改除敷文阁待制，留守如旧。会金再犯边，孝祥陈金之势不过欲要盟。宣谕使劾孝祥落职，罢。

复集英殿修撰、知静江府、广南西路经略安抚使，治有声绩，复以言者罢。俄起知潭州，为政简易，时以威济之，湖南遂以无事。复待制，徙知荆南、荆湖北路安抚使。筑寸金堤，自是荆州无水患，置万盈仓以储诸漕之运。

请祠，以疾卒，孝宗惜之，有用才不尽之叹。进显谟阁直学士致仕，年三十八。

孝祥俊逸，文章过人，尤工翰墨，尝亲书奏札，高宗见之，曰："必将名世。"但渡江初，大议惟和战，张浚主复仇，汤思退祖秦桧之说力主和，孝祥出入二人之门而两持其说，议者惜之。

满江红·听雨[1]

斗帐[2]高眠,寒窗静、潇潇雨意。南楼近,更移三鼓[3],漏传一水[4]。点点不离杨柳外,声声只在芭蕉里[5]。也不管、滴破故乡心,愁人耳[6]。　　无似有,游丝细[7]。聚复散,真珠碎[8]。天应分付与,别离滋味。破我一床蝴蝶梦[9],输他双枕鸳鸯睡[10]。向此际、别有好思量[11],人千里[12]。

校注

(1)满江红:双调,九十三字。前阕四仄韵,后句五仄韵;前阕五、六句,后阕七、八句要对仗,后阕三字四句也用对仗。此调例用入声韵脚。《妙选草堂诗余》后集卷上、《花草粹编》卷九、沈际飞《草堂诗余》卷三:题《咏雨》。

(2)斗帐:一种上狭下宽、形状像斗向下覆盖的圆顶小帐。汉刘熙《逸雅》六曰:“帐,张也,张施于床上也。小帐曰斗,形如覆斗也。”《孔雀东南飞》:“红罗复斗帐,四角垂香囊。”欧阳修《渔家傲》:“船小难开红斗帐,无计向,合欢影里空惆怅。”

(3)“南楼”二句:《妙选草堂诗余》后集卷上:古词:“楼头尚有三通鼓。”

(4)“漏传”句:言室内夜漏滴答、滴答,有节奏地连成一支水滴之声。沈际飞《草堂诗余》卷三:《说文》:“漏以铜盛水,节昼夜以为刻。”

(5)“声声”句:沈际飞《草堂诗余》卷三:唐诗:“一夜不眠孤客耳,主人窗外有芭蕉。”

(6)“也不管”三句：沈际飞《草堂诗余》卷三：唐诗：“无端一夜空阶雨，滴破思乡万里心。”《选》：“空阶滴不入，滴入愁人耳。”

(7)“游丝”句：《妙选草堂诗余》后集卷上：杜诗：“落絮游丝别有情。”

(8)“真珠”句：言雨滴如颗颗珍珠，叶子承受不了，滴答一声，雨点落地破碎。《妙选草堂诗余》后集卷上：杜诗：“万珠跳猛雨。”

(9)蝴蝶梦：《庄子·齐物论》：“昔者庄周梦为蝴蝶，栩栩然蝴蝶也，自喻适志与，不知周也。俄然觉，则蘧蘧然周也。不知周之梦为蝴蝶与，蝴蝶之梦为周与？周与蝴蝶，则必有分矣。此之谓物化。”

(10)“输他”句：鸳鸯睡，言男女同床相拥，如鸳鸯交颈而眠。杜甫《绝句》：“迟日江山丽，春风花草香。泥融飞燕子，沙暖睡鸳鸯。”《妙选草堂诗余》后集卷上：古诗：“客从远方来，遗我一端绮。文采双鸳鸯，裁为合欢被。”

(11)思量：考虑；忖度。《晋书·王豹传》：“得前后白事，具意，辄别思量也。”杜荀鹤《秋日寄吟友》：“闲坐细思量，惟吟不可忘。”

(12)人千里：《妙选草堂诗余》后集卷上：谢希逸《月赋》：“美人迈兮音尘阙，隔千里兮共明月。”

集评

(1)卓人月《词统》卷十二：孙夫人咏雪则云：“梅边竹上。”张安国咏雨则云：“柳外蕉里。”

(2)沈际飞《草堂诗余》正集：杨柳芭蕉助雨悲凄，其破人心耳可知也。

(3)许昂霄《词综偶评》：（“也不管”句）出唐诗。（“愁人耳”）出古诗。（“破我一床”二句）工妙。

(4)张宗橚《词林纪事》卷十：朱竹垞云：“张安国词‘点点不离杨柳外，声声只在芭蕉里。’无名子词：‘窗外芭蕉窗里人，分明叶上心头滴。’古之愁夜雨者多以蕉叶为词，高荷大芋，非所憎也。”

疏解

此为咏雨词，雨滴声贯穿全篇。作者敏锐地捕捉住这一听觉形象，并且别出心裁地联想到人生感受。

此词上片写雨滴声造境；下片写雨滴引起的更多联想与感伤。通过雨滴声，联想到雨滴柳叶、雨打芭蕉的情景。词把雨滴声贯穿全篇，巧妙地沟通各种联想，从雨丝的若有若无联想到梦的飘忽断续，从水珠的聚散想到人生的离合，别出心裁地联想出人生感受。

程正伯(程垓[1]) | 三首

摸鱼儿·掩凄凉黄昏庭院

掩[2]凄凉黄昏庭院,角声何处呜咽。矮窗曲屋风灯冷,还是苦寒时节。凝伫切,念翠被薰笼,夜夜成虚设。倚窗[3]愁绝,听风竹声中,犀帷[4]影外,簌簌[5]酿寒雪。　　伤心处,却忆当年轻别,梅花满院初发。吹香弄蕊无人见,惟有暮云千叠。情未彻,又谁料而今,好梦分吴越[6]。不堪重说,但记得当初,重门[7]锁处,犹有夜深月。

校注

(1)程垓,字正伯,眉山(今属四川)人。苏轼中表程之才(字正辅)之孙。有《书舟词》。

(2)掩:掩蔽,笼罩貌。

(3)《宋六十一家词选》卷六:“倚窗”作“倚阑”。

(4)犀帷:四角挂着犀角的帷帐,防止帷帐牵动。杜牧《杜秋娘》:“虎睛珠络褓,金盘犀镇帷。”史达祖《三姝媚》:“倦出犀帷,频梦见、王孙骄马。”

(5)簌簌：物体下落时发出轻微的声响。元稹《连昌宫词》："又有墙头千叶桃，风动落花红簌簌。"

(6)分吴越：《吕氏春秋·知化篇》："吴之与越也，接土邻境，壤交道属，习俗同，言语通。"《吴越春秋》卷五《夫差内传》："吴与越同音共律，上合星宿，下共一理。"此处言二人后来终于分手。《宋六十一家词选》卷六："吴越"作"胡越"。

(7)重门：层层所设之门。杜甫《彭衙行》："延客已曛黑，张灯启重门。"张先《青门引》："楼头画角风吹醒，入夜重门静。"

疏解

此词充满对当初爱情生活及所爱之人的无限追思。通过幽怨、自责、爱怜的复杂心理活动，表现出一片深情。

上片起句："掩凄凉黄昏庭院，角声何处呜咽。"展现出日暮时庭院萧索的景象。接着又写远处的角声，仿佛四处都在呜咽。置身于此，郁郁寡欢的人会感到心神茫然、不知所措。"矮窗曲屋风灯冷"，虽然窗低屋深，但经年累月，已经很不严实的房屋很难阻止寒风入户吹动灯火。此处意在表现内心的寒冷与情绪的波动。接下来以"还是"二字唤起昔日"苦寒时节"的追忆：过去曾与恋人嘘寒问暖的情景都已成为往事；如今心头的余温尚在，单凭这点余温如何能敌得住严冬大寒呢？此时映入眼帘的"翠被熏笼"，从前是那么温暖，现今只是虚设床头，只能使人触目伤情罢了。

"念翠被熏笼，夜夜成虚设"，可能是希望借此招来魂魄。她期望恋人夜夜入梦，然而好梦难成，反而夜不成寐，只好起来倚窗待晓。通过"听凤竹声中，犀帷影外，簌簌酿寒雪"，我们可以想象轻雪之后会更加寒冷。从上片所写的情与景来看，天寒不解人意冷，而心寒却得不到温暖，内外交迫，寒上加寒。

下片起句"伤心处，却忆当年轻别"，全是自责的口吻。"伤心处"指此时此地，因此自然地追忆起当年与恋人离散的情由。虽然其中原委并未直说，但此处特别拈出"轻别"，可见责任主要在词人一方。自己酿成的悲剧只好由自己收场。下句“梅花满院初发。吹香弄蕊无人见，惟有暮云千叠”，把物态化为人情。枝头的梅花散发着阵阵幽香，花蕊含笑仿佛有意引人怜爱。这一切作者都看在眼里，却偏说“无人见”，极耐人寻味。举目遥天，唯见暮云千重万叠，思念的人却天各一方，到哪里去寻觅她呢?“情未彻，又谁料而今，好梦成吴越。”这么一场令人追慕的恋情，既然未能始终如一，就应该从此了结，免受折磨。但如今虽人各一方，却藕断丝连。

最后，从“不堪重说”起，转而自慰。重门锁后，只有那深夜的明月知道一切。当初，月影婵娟，两情欢爱，不愿就眠；月下携手，寒夜赏梅，真有一番深情。如今又是轻雪之夜，满院梅花初放，作者感到的却只有苦寒。

卜算子·独自上层楼

独自上层楼,楼外青山远。望到斜阳欲尽时,不见西飞雁(1)。
独自下层楼,楼下蛩声(2)怨。待到黄昏月上时,依旧柔肠断。

校注

(1)《花草粹编》卷二:“飞雁”作“飞燕”。

(2)蛩声:蟋蟀的鸣声。白居易《禁中闻蛩》:“西窗独暗坐,满耳新蛩声。”

集说

许昂霄《词综偶评》:与刘后村“海棠为风雨所败”一作相似,亦可备一体。

疏解

“不见西飞雁”:未见西飞之鸿雁传伊人书信。《汉书·苏武传》:“(苏武陷匈奴)数月,昭帝即位。数年,匈奴与汉和亲。汉求武等,匈奴诡言武死。后汉使复至匈奴,常惠请其守者与俱,得夜见汉使,具自陈道。教使者谓单于,言天子射上林中,得雁,足有系帛书,言武等在某泽中。”《西洲曲》:“忆郎郎不至,仰首望飞鸿。”李清照词云:“雁字回时,月满西楼。”“雁过也,正伤心,却是旧时相识。”

水龙吟·夜来风雨匆匆

夜来风雨匆匆，故园定是花无几。愁多怨极(1)，等闲孤负(2)，一年芳意。柳困桃慵，杏青梅小，对人容易。算好春长在，好花长见，元只是、人憔悴。　回首池南(3)旧事。恨星星(4)、不堪重记。如今但有，看花(5)老眼，伤时(6)清泪。不怕逢花瘦，只愁怕、老来风味。待繁红乱处，留云借月，也须拼醉。

校注

(1)《花草粹编》卷十一："怨极"作"愁极"。

(2)孤负：徒然错过。"孤负"同"辜负"。

(3)池南：池阳之南，指蜀地，即作者故园。

(4)星星：比喻间杂的白发。谢朓《咏风》："时拂孤鸾镜，星鬓视参差。"卢照邻《和王奭秋夜有所思》："劳歌欲有和，星鬓已将垂。"

(5)《花草粹编》卷十一："看花"作"霜花"。

(6)《花草粹编》卷十一："伤时"作"伤情"。

集评

(1)陈廷焯《白雨斋词话》卷六：正伯词，余所赏者惟《渔家傲》结句云："细拾残红书怨泣。流水急，不知那个传消息。"为有深婉之致。其次则《水龙吟》云："算好春长在，好花长见，原只是、人憔悴。"及《词选》所录

《卜算子》一阕，尚有可观。余则一篇之中，雅郑多不分矣。

(2)冯煦《宋六十一家词选》：凄婉绵丽。

疏解

此词可以用“看花老眼，伤时清泪”概括，既言其“嗟老”，又言其“伤时”。先说“嗟老”。作者曾流落江浙一带，两首词为客居临安所作，如《满庭芳》：“谁知道、吴侬未识，蜀客已情孤”；又如《凤栖梧》(客临安作)云：“断雁西边家万里。料得秋来，笑我归无计。”而随着年岁渐老，其“嗟老”之感就因其离乡背井而日益浓烈。其《孤雁儿》云：“如今客里伤怀抱。忍双鬓、随花老。”这后面三句所表达之情，正和此处的《水龙吟》一词完全合拍，是为其“嗟老”而又“怀乡”的思想情绪。再说“伤时”。作者曾经受过完颜亮南下和张浚北伐失败的沉重打击，所以其词里也生发过一些“伤时”之语。其《凤栖梧》云：“蜀客望乡归不去。当时不合催南渡。忧国丹心曾独许。纵吐长虹，不奈斜阳暮。”这种忧国之感和本词也有联系。

此词以“夜来风雨匆匆”起句，接言“故园定是花无几”，他的思绪一下子飞到了千里之外的故园去。作者在眉山的老家中有园圃池阁，现今极其思念故园的花朵，其思乡之情可谓深浓。但故园之花如何，自不可睹，而眼前的花凋谢却是事实。所以不禁对花叹息：“愁多怨极，等闲孤负，一年芳意。”

本身愁怨难清，所以无心赏花，故辜负了一年的春意；若反过来说，花草对人太敷衍。其实，“好春”本“长在”，“好花”本“长见”，之所以会产生上述人、花两相辜负的情况，归根到底，“元只是、人憔悴”。因而上片自“伤春”写起，至此就点出了憔悴嗟老。

过片又提故园往事：“回首池南旧事。”池南或许是指他的“书舟”书屋所在地。他在“书舟”书屋的日子是比较舒适和值得留恋、值得回忆的。但如今，“恨星星、不堪重记”。已有星鬓，而人在异乡，故而更加不愿回首往事。以下则直陈现实的苦恼：“如今但有，看花老眼，伤时清泪。”“老”与“伤时”，均于此几句中挑明。作者心中家国身世的感触便借着惜花、伤春的意绪而尽情表出。“待繁红乱处，留云借月，也须拼醉。”趁着繁花乱开、尚未谢尽之时，让他“留云借月”，尽量地珍惜美好的时光，拼命地去饮酒寻欢吧！ 这几句的意思类似杜甫的“且看欲尽花经眼，莫厌伤多酒入唇”（《曲江二首》其一），表达了一种且当及时行乐的消极心理。

程垓这首词，通过委婉哀怨的笔触，曲折尽致、反反复复地抒写了他郁积重重的“嗟老”与“伤时”之情。 以前不少人作的“伤春词”中，大多仅写才子佳人的春恨闺怨，而他的这首词中，寄寓了有关家国身世的思想情绪，因而显得立意更加深远。

刘潜夫(刘克庄)|一首

沁园春·梦方孚若[(1)]

何处相逢,登宝钗楼[(2)],访铜雀台[(3)]。唤厨人斫[(4)]就,东溟鲸脍[(5)],圉人[(6)]呈罢,西极龙媒[(7)]。天下英雄,使君与操[(8)],余子[(9)]谁堪共酒杯。车千乘[(10)],载燕南代北[(11)],剑客奇才[(12)]。 饮酣鼻息[(13)]如雷。谁信被晨鸡催唤回[(14)]。叹年光过尽,功名未立,书生老矣[(15)],机会方来。使李将军[(16)],遇高皇帝,万户侯[(17)]何足道哉。推衣起[(18)],但凄凉感旧[(19)],慷慨生哀[(20)]。

校注

(1)孚若:方孚若,名信儒,福建莆田人,以使金不屈著名。著有《南冠萃稿》等。彊村本《后村长短句》:题作《梦孚若》。

(2)宝钗楼:汉武帝时建,故址在今陕西咸阳。

(3)铜雀台:曹操时建,故址在今河南临漳西南。

(4)《阳春白雪》外集:“唤”作“令”。斫:用刀砍。

(5)东溟:东海。脍:切细的肉沈际飞。

(6)圉人:养马的小官,掌管养马放牧等事,亦称“圉牧”。《左传·昭公七年》:“马有圉,牛有牧。”《左传·僖公二十八年》:“不有行者,谁扞牧圉?”

(7)西极:西域,古时名马多来自西域。 龙媒:骏马。《汉书·礼乐志》:“天马徕,龙之媒。”颜师古注引应劭曰:“言天马者乃神龙之类,今天马已来,此龙必至之效也。”后因称骏马为“龙媒”。《晋书·庾亮传论》:“马控龙媒,势成其逼。”王安石《河中使君修撰陆公挽辞三首》诗之二:“晥城初得故人诗,叹息龙媒踠壮时。”

(8)使君:古时对州郡长官的称呼,这里指刘备。 汉代称刺史为使君。《陌上桑》:“使君从南来,五马立踟蹰。”后即以“使君”尊称州郡长官。《三国志·刘璋传》:“(张松)还,疵毁曹公,劝璋自绝,因说璋曰:‘刘豫州,使君之肺腑,可与交通。’”白居易《武丘寺宴留别诸妓》诗:“莫忘使君吟咏处,女坟湖北武丘西。”王禹偁《寒食》:“使君慵不出,愁坐读《离骚》。” 操:曹操。

(9)余子:其他人。

(10)乘:古时一车四马叫乘。

(11)燕南代北:今河北山西一带。《阳春白雪》外集、《历代诗余词话》引张炎《刘潜夫后村别调》:“代北”作“赵北”。

(12)剑客奇才:剑术和武艺出众者。《花庵词选》、《历代诗余·词话》引张炎《刘潜夫后村别调》:“奇才”作“奇材”。

(13)鼻息:从鼻腔出入的气息,此处指酒酣后熟睡的鼾声。 刘孝标《广绝交论》:“衡所以揣其轻重,纩所以属其鼻息。”《阳春白雪》外集、《历代诗余词话》引张炎《刘潜夫后村别调》:“鼻息”作“画鼓”。

(14)“谁信”句:谁信,谁料。《阳春白雪》外集:“谁信被晨鸡催唤回”作“又争信邻鸡轻唤回”。

(15)《花庵词选》、《阳春白雪》外集、《历代诗余·词话》引张炎《刘潜夫后村别调》:“老矣”作“老去”。

(16)李将军:西汉名将李广。

(17)万户侯:据《史记·李将军列传》记载,李广曾与匈奴作战七十余次,以勇敢善战闻名天下。 他虽有战功,却未得封侯。

(18)《阳春白雪》外集:“推衣起”作“披衣起”。

(19)《阳春白雪》外集："感旧"作"念旧"。《历代诗余词话》引张炎《刘潜夫后村别调》："感旧"作"四顾"。

(20)《阳春白雪》外集："慷慨生哀"作"感慨兴衰"。

集说

周密《齐东野语》：隆兴间，魏胜战死淮阴，孝宗追惜之。一日，谕近臣曰："人才须用而后见。使魏胜不因边衅，何以见其才？如李广在文帝时，是以不用，使生高帝时，必将有大功矣。"其后放翁赠刘改之曰："李广不生楚汉间，封侯万户宜其难。"盖用阜陵语也。改之大喜，以为"善名我"。异时刘潜夫作《沁园曲》云："使李将军，遇高皇帝，万户侯何足道哉。"又祖放翁语也。

集评

(1)杨慎《词品》：大抵直致近俗，效稼轩而不及者。

(2)陈廷焯《白雨斋词话》卷六：沉痛激烈，几欲敲破唾壶。二帝蒙尘，偷安南渡，苟有人心者，未有不拔剑斫地也。

(3)冯煦《蒿庵论词》：后村词与放翁、稼轩犹鼎三足。其生于南渡，拳拳君国，似放翁；志在有为，不欲以词人自域，似稼轩。

(4)俞平伯《唐宋词选释》：观其通篇不用实笔，似粗豪奔放，仍细腻熨帖，正如脱羁之马，驰骤不失尺寸也。

疏解

此词采用虚实结合的手法，借助梦境写对友人的思念之情。上片以虚为主，下片以写实为主，对比强烈，淋漓尽致地表达了对故友的思念之情以及报国无门的愤愤之情。

全词略言：我们在何处相逢？一起游览咸阳的宝钗楼，登上曹操所建的铜雀台。把厨师叫出来，让他们把东海的鲸鱼切成碎片；把马夫叫出来，让他牵来西域的宝马。天下的英雄，除了你我，还有谁配与我们饮酒抒情？我们准备千辆马车，网罗侠士奇才！畅饮之后，酣然大醉，耳边响起了如雷的鼾声。谁料想，美梦被雄鸡的啼鸣打破。感慨自己的一生就要过去，但是还没有建立功名。难道非要等到书生老后，建功立业的时机才会来？如果威名赫赫的李广将军遇到珍惜人才的汉高祖刘邦，那么区区一个万户侯算什么！披衣起床，只觉得凄凉感旧，更加怀念亡友，在孤寂中产生哀伤。

俞国宝[1] 一首

风入松[2]·一春长费买花钱

一春长费买花钱,日日醉湖边[3]。玉骢惯识西湖路[4],骄嘶过、沽酒楼前[5]。红杏香中歌舞[6],绿杨影里秋千。　　暖风[7]十里丽人天,花压鬓云[8]偏。画船载得[9]春归去,余情付[10]、湖水湖烟。明日重扶残醉[11],来寻陌上花钿。

校注

(1)《花草粹编》卷八:"俞国宝"作"于国宝"。俞国宝,生卒年不详,临川(今江西抚州)人。孝宗淳熙间为太学生。著有《醒庵遗珠集》,今已不存。

(2)风入松:词牌名。传为晋嵇康作,见于郭茂倩《乐府诗集》。双调,七十四字或七十六字,上下阕各六句四平韵。《宋史·乐志》入林钟商。《词谱》收有四种体式,以北宋晏幾道词和南来吴文英词为正体,另有变格。韩淲词有"小楼春映远山横"句,名《远山横》。《绝妙好词续钞》:题《题酒肆》。

(3)《阳春白雪》卷一:"湖边"作"花边"。

(4)《武林旧事》："西湖路"作"西泠路"。

(5)《阳春白雪》卷一："酒楼前"作"酒垆前"。

(6)《阳春白雪》卷一、《花草粹编》卷八："歌舞"作"箫鼓"。

(7)《武林旧事》："暖风"作"东风"。

(8)《阳春白雪》卷一："鬓云"作"髻云"。

(9)《阳春白雪》卷一、《武林旧事》、《绝妙好词续钞》："载得"作"载取"。

(10)《阳春白雪》卷一："付"作"寄"。《武林旧事》："付"作"在"。

(11)《绝妙好词续钞》："扶"作"携"，"醉"作"酒"。

集说

周密《武林旧事》：一日，御舟经断桥。桥旁有小酒肆，颇雅洁，中饰素屏，书《风入松》一词于上。光尧驻目，称赏久之，宣问何人所作，乃太学生俞国宝醉笔也。……上笑曰："此词甚好，但末句未免儒酸。"因为改定云："明日重扶残醉。"则迥不同矣，即日命解褐云。

集评

(1)许昂霄《词综偶评》："明日重扶残醉"，较原本"重携残酒"，工拙判然。

(2)况周颐：《蕙风词话》：淳熙间，太学生俞国宝以题断桥酒肆屏风上《风入松》词"一春长费买花钱"云云，为高宗所称赏，即日以释褐。此则屡经记载，稍涉倚声者知之。其实赵词近沉着，俞第流美而已。以体格论，俞殊不逮赵。顾当时盛传，以其句丽可喜，又谐适便口诵，故称述者多。文字以投时为宜。词虽小道，可以窥显晦之故。古今同揆，感慨系之矣。

疏解

此词由“自我形象”开篇。“一春长费”“日日醉”等，传达了作者对西湖的无比留恋；三、四句借马写人，再因人写湖，最后达到了人与境、情与景高度融合之境。

“红杏”以下四句是游乐主体：有繁盛的红杏、浓密的杨柳、如云之丽人，有抑扬的箫鼓、晃荡的秋千、漂亮的簪花，有氤氲的香气、和暖的春风。浓墨渲染，为读者提供了想象的最佳契途径。

“画船”两句是游乐的尾声，将“春”写成有形有质、可取可载之物。春在游舟中。“余情付、湖水湖烟”，热闹浓烈之后又添了幽悄淡远，在载春归去的满足之后补充余情，表现了作者游兴中高雅的一面。至人去湖空，作者别出心裁，以来日之事相期，收得别致而耐人寻味，也突出了当日之尽兴欢乐。“重扶残醉”是说前一日醉得很深，隔日余醉尚不解。这一句又作“明日重携残酒”，反映了一个尚未解褐的太学生清寒潇洒、忘情山水的性格，未必不工，只是没有高宗那种皇帝气罢了。

姜尧章（姜夔）| 七首

一萼红·人日登长沙定王台[1]

古城阴，有官梅几许，红萼未宜簪。池面冰胶，墙腰雪老，云意还又沉沉。翠藤共[2]、闲穿径竹，渐笑语、惊起卧沙禽。野老林泉，故王台榭[3]，呼唤登临。　　南去北来何事，荡湘云楚水[4]，目极伤心。朱户粘鸡[5]，金盘簇燕[6]，空叹时序侵寻。记曾共、西楼雅集[7]，想垂杨[8]、还袅万丝金。待得归鞍[9]到时，只怕春深。

校注

（1）《花庵词选》、《花草粹编》卷十二：题《人日长沙登定王台》。《绝妙好词笺》卷二、彊村本《白石道人歌曲》、《白石道人词笺平》卷五：题《人日登定王台》。

（2）共：都，同时。

（3）台榭：据《礼记·月令》记载，古人将地面上的夯土高墩称为台，台上的木构房屋称为榭，两者合称为台榭。自春秋至汉代的几百年间，台榭都是宫室、宗庙中常用的建筑形式。

（4）《白石道人词笺平》卷五：（“荡湘云楚水”句）郑文焯云：“麓山在湘

江上。”

(5)《白石道人词笺平》卷五:(“朱户”句)《拾遗记》:“尧时有祇支之国，献重明之鸟，一名重睛，状如鸡，能搏逐猛兽虎狼，使妖灾群恶不能为害。”

(6)《白石道人词笺平》卷五:(“金盘簇燕”句)《荆楚岁时记》有剪彩为燕之说。

(7)彊村本《白石道人歌曲》卷四:“共西楼”作“共沼西楼”。雅集:古代文人雅士吟咏诗文、议论学问的一种集会。

(8)《花庵词选》、《绝妙好词》、彊村本《白石道人歌曲》:“垂杨”作“垂柳”。

(9)《绝妙好词笺》卷二:“归鞍”作“归鞭”。

集说

(1)查为仕、厉鹗《绝妙好词笺》卷二引《白石道人歌曲》题云:丙午人日，余客长沙别驾之观政堂。堂下曲沼，沼西负古垣。有卢橘幽篁，一径深曲。穿径而南，官梅数十株，如椒如菽，或红破白露，枝影扶疏。屐苍苔细石间，野兴横生，亟命驾登定王台。乱湘流，入麓山，湘云低昂，湘波容与。兴尽悲来，醉吟成调。

(2)祝穆《方舆胜览》:定王台在潭州。俗传汉长沙定王载米博长安土筑台于此，以望其母唐姬。张安国名曰“定王台”，自为书匾。

疏解

此词为姜夔登长沙定王台，目极麓山、湘水“兴尽悲来”之作。

长亭怨慢[1]·渐吹尽

余颇喜自制曲。初率意[2]为长短句,然后协以律,故前后阕多不同。桓大司马[3]曰:“昔年移柳,依依汉南。今看摇落[4],凄怆江潭。树犹如此,人何以堪。”此语余深爱之。

渐吹尽、枝头香絮[5]。是处人家,绿深门户。远浦萦回[6],暮帆零乱向何许[7]。阅人多矣,谁得似、长亭树[8]。树若有情时,不会得、青青如此。　　日暮。望高城不见,只见乱山无数。韦郎去也,怎忘得、玉环分付[9]。第一是、早早归来,怕红萼、无人为主。算只有并刀[10],难剪离愁千缕。

校注

(1)长亭怨慢:词牌名。南宋音乐家、文学家姜夔自度曲之一,调属中吕宫。或作《长亭怨》,无“慢”字。以柳树作衬托,表达自己的惜别之情。

(2)率意:随便。

(3)桓大司马:桓温,东晋人,官至大马司。《花庵词选》、《花草粹编》卷六、《白石道人词笺平》卷六:调下“桓”字上有“中吕宫”三字。

(4)摇落:凋残零落。

(5)香絮:柳絮。

(6)“远浦”句:曲折迂回的水岸伸向远方。远浦,遥远的水滨。浦,水边,此处指远水萦回。

(7)向何许:向何处。

(8)长亭树:种在长亭边上的柳树。

（9）“韦郎”三句：韦郎泛指有情的男子或女子之意中人，“玉箫”泛指痴情的女子。范摅《云溪友议》：“西川韦相公皋昔游江夏，止于姜使君之馆。姜氏孺子曰荆宝。……有小青衣曰玉箫，年才十岁，常令祗候侍于韦兄。……遂与言约，少则五载，多则七年，取玉箫，因留玉指环一枚，并诗一首。”汪元量《湖州歌》之二十六：“可怜后土空祠宇，望断韦郎不见来。”周密《霓裳中序第一》：“人何在，玉箫旧约，忍对素娥说。”

（10）彊村本《白石道人歌曲》卷五：“只有”作“空有”。并刀：并州（今山西）出产的锋利的剪刀。并州刀，砍骨不卷；并州剪，剪毛不沾。杜甫《戏题王宰画山水图歌》：“焉得并州快剪刀，剪取吴淞半江水。”

集评

（1）先著、程洪《词洁》卷四：“时”字凑，“不会得”三字呆。“韦郎”二句，口气不雅。“只”字疑误，“只”字唤不起“难”字。白石人工熔炼，此一、二笔容是率处。

（2）许昂霄《词综偶评》：“是处人家”四句，先言别时之景。“阅人多矣……如此。”借树以言别时之情。阅人既多，安得尚有情耶。一笑。“此”字借叶。“日暮……只见乱山无数。”别后。何记室诗：“日夕望高城，缈缈青云外。”“韦郎去也”四句，望其早归。韦皋与玉箫别，留玉指环，约七年再会，以其地在江夏，故用之，后遂沿为通用语。“算只有并刀”二句，总收。

（3）吴衡照《莲子居词话》卷二：白石《长亭怨慢》小引桓大司马云云，乃庾信《枯树赋》，非桓温语。

（4）孙麟趾《词径》：路已尽而复开出之，谓之转。如：“谁得似、长亭树。树若有情时，不会得、青青如此。”

（5）陈廷焯《词则·大雅集》：哀怨无端，无中生有，海枯石烂之情。缠绵沉着。

（6）陈廷焯《白雨斋词话》卷八：白石《长亭怨慢》云：“阅人多矣，谁得似、长亭树。树若有情时，不会得、青青如此。”白石之词，惟此数语最沉痛迫烈。此外如"最可惜一片江山，总付与啼鴂"，又"文章信美知何用，漫赢得、天涯羁旅"，皆无此沉至。

(7)梁令娴《艺蘅馆词选》引麦孺博语：浑灏流转，夺胎稼轩。

(8)陈锐《褎碧斋词话》：姜白石《长亭怨慢》云："树若有情时，不会得、青青如此。"王碧山云："水远怎知流水外，却是乱山尤远。"似觉轻俏可喜。细读之，毫无理由。所以词贵清空，尤贵质实。

疏解

姜夔二十三岁时，曾游安徽合肥，与此地的歌女姊妹二人相识，时日一长，往来酬唱，情投意合。无奈客子行色匆匆，终有一别。后来，作者屡次到合肥与二女相会，情意愈浓。光宗绍熙二年，作者再次来到合肥，但不久就离去了。这首词大概作于离去之时，以寄托对二女的无尽眷念之情。"昔我往矣，杨柳依依。"(《诗经·小雅·采薇》)灞桥柳岸，"柳"与"留"谐音，柳枝一折，令多少人心胆俱裂。

全词略云：当春风渐渐吹尽枝头的柳絮，掩映在绿荫深处的人家十分安静。远处江岸迂回曲折，黄昏时分，船帆稀少，不知都到哪里去了。我见过太多的离别场面，没有谁能像长亭边的柳树一样。如果柳树懂得人间的情意，它一定不会年年青青。天色渐渐昏暮，高高的城楼已经不见，眼前只是一片连绵纵横的乱山。我像韦郎一样离开你，但你要记得，我把玉环留下给你作信物，你在分别时也一再叮嘱让我早早归来，免得红花没人怜惜。如今纵有锋利的剪刀，也无法剪断我心头的愁绪。

在本词中，柳树的角色是频频转换的。水边岸上，一株株、一片片的柳树随水萦绕徘徊。客船来去匆匆，各奔东西，天晚后要在何处停泊呢？以下四句写长亭边的柳树，不知目睹了多少执手惜别、依依不舍的场景。好在柳树不懂人间情意，否则早就悲伤衰老，不会似今天这般青了。下片，循着离别的线索，着重写"树犹如此，人何以堪"之景。天晚了，一个女子站在长亭边柳树下，望着情人所去的高城，渐渐天黑，望不见了，只看见无数黑黝黝的山峰的轮廓。她在想，他走了，大概不会忘记她的叮咛吧。她让他做的第一件事便是早早回来，也不知他记住没有。在旅船远行、回望旧地时，她回味着她的叮咛，离绪纷乱。并刀难剪一往情深啊。

齐天乐·蟋蟀(1)

庾郎(2)先自吟愁赋，凄凄更闻私语。露湿铜铺(3)，苔侵石井，都是曾听伊处。哀音似诉。正思妇无眠，起寻机杼。曲曲屏山(4)，夜凉独自甚情绪。　　西窗又吹暗雨。为谁频断续，相和砧杵(5)？候馆(6)迎秋，离宫(7)吊月，别有伤心无数。豳诗(8)漫与。笑篱落呼灯，世间儿女。写入琴丝(9)，一声声更苦(10)。

校注

(1)齐天乐：词牌名，又名《台城路》《五福降中天》《如此江山》。《清真集》《白石道人歌曲》《梦窗词集》并入正宫(即黄钟宫)。兹以姜词为准，一百零二字，前后片各六仄韵。前片第七句、后片第八句第一字是领格，例用去声。亦有前后片首句有不用韵者。《花庵词选》下卷卷六调下注、《阳春白雪》卷三词末注：“蟋蟀，中都呼为促织。”《阳春白雪》卷三：题《蟋蟀》。

(2)庾郎：庾信，曾作《愁赋》，今唯存残句。

(3)铜铺：装在大门上用来衔环的铜制零件。

(4)屏山：屏风上画有远山，故称屏山。

(5)砧杵：捣衣石和棒槌。

(6)候馆：迎客的馆舍。

(7)离宫：皇帝出巡在外住的行宫。

(8)豳诗：《诗经·豳风·七月》：“七月在野，八月在宇，九月在户，十月蟋蟀入我床下。”

(9)“写入”句：谱成乐曲，入琴弹奏。姜夔自注：“宣、政间，有士大夫制《蟋蟀吟》。”

(10)《词源》卷下《咏物》:“更苦”作“最苦”。

集评

(1)张炎《词源》:作慢词,看是甚题目。先择曲名,然后命意。命意既了,思量头如何起,尾如何结,方始选韵,而后述曲。最是过片不要断了曲意,须要承上接下,如姜白石词云:“曲曲屏山,夜凉独自甚情绪。”于过片则云:“西窗又吹暗雨。”此则曲之意脉不断矣。

(2)张炎《词源》:《绮罗香·春雨》云……此皆全章精粹,所咏了然在目,且不留滞于物。

(3)贺裳《皱水轩词筌》:稗史称韩幹画马,人入其斋,见幹身作马形,凝思之极,理或然也。作诗文亦必如此始工。如史邦卿《咏燕》,几于形神俱似矣。次则姜白石《咏蟋蟀》:“露湿铜铺,苔侵石井,都是曾听伊处。哀音似诉。正思妇无眠,起寻机杼。”又云:“西窗又吹暗雨。为谁频断续,相和砧杵?”数语刻划亦工。蟋蟀无可言,而言听蟋蟀者,正姚铉所谓“赋水不当仅言水,而言水之前后左右”也。

(4)刘体仁《七颂堂词绎》:词欲婉转而忌复,不独“不恨古人吾不见”与“我见青山多妩媚”,为岳亦斋所诮。即白石之工,如“露湿铜铺”与“候馆吟秋”,总是一法。

(5)查为仁、厉鹗《绝妙好词笺》卷二引《白石道人歌曲》题云:“丙辰岁与张功父会饮张达可之堂,闻屋壁间蟋蟀有声,功父约予同赋,以授歌者。功父先成,辞甚美。予裴回茉莉花间,仰见秋月,顿起幽思,寻亦得此。蟋蟀,中都呼为促织,善斗。好事者或以二三十万钱致一枚,镂象齿为楼观以贮之。”(按:丙辰岁:宁宗庆元二年即1196年。张功父:名镃,张俊之后,有《南湖集》。张达可:张镃旧字时可,与达可连名,疑是兄弟。裴回:徘徊。)

(6)先著、程洪《词洁》:咏物一派,高不能及。石帚此种亦最可法。分明都是泪。石帚《促织》云:“西窗又吹暗雨。”玉田《春水》云:“和云流出空山。”皆是过处争奇，用笔之妙，如出一手。

(7)许昂霄《词综偶评》：将蟋蟀与听蟋蟀者层层夹写，如环无端，真化工之笔也。“候馆吟秋”三句，音响一何悲；“笑篱落”二句，高绝。

(8)刘熙载《艺概》：东坡《水龙吟》起云：“似花还似非花。”此句可作全词评点，盖不离不即也。时有举史梅溪《双双燕》咏燕、姜白石《齐天乐》赋蟋蟀，令作评语者，亦曰：“似花还似非花。”

(9)陈廷焯《白雨斋词话》：白石《齐天乐》一阕，全篇皆写怨情。独后一半云：“笑篱落呼灯，世间儿女。”以无知儿女之乐，反衬出有心人之苦，最为入妙；用笔亦别有神味，难以言传。

(10)陈锐《褎碧斋词话》：古人文字，难可吹求；尝谓杜诗“国初以来画马”句，何能着一“鞍”字，此等处绝不通也。词句尤甚，姜尧章《齐天乐》咏蟋蟀最为有名，然开口便说“庾郎愁赋”，捏造故典。“豳诗”四字太觉呆诠，至“铜铺”“石井”“候馆”“离宫”，亦嫌重复。其《扬州慢》“纵豆蔻词工”三句，语意亦不贯。若张玉田之《南蒲》咏春水一首，了不知其佳处，今人和者牛毛，何也?

(11)顾文荐《负暄杂录》：“斗蛩之戏，始于天宝间。长安富人镂象牙为笼而蓄之。以万金之资付之一喙。”此叙所记好事者云云，可知其习尚，至宋宣、政间，殆有甚于唐之天宝时矣。功父《满庭芳》词咏促织儿，清俊秀美，实擅词家能事，有观止之叹；白石别构一格，下阕托寄遥深，亦足千古已。

疏解

姜夔此词，据小序可知，作于宋宁宗庆元二年，张功父即张镃，先赋《满庭芳·促织儿》，写景状物“心细如丝发”，曲尽形容之妙。姜夔则另辟蹊径。

本词借描写蟋蟀悲鸣抒发人间幽恨，以蟋蟀的鸣叫声为线索，以凄苦的声调将词人、思妇、帝王等不同身份人的忧心事串联在一起，巧妙地融合于一篇，抒发了深切的家国之痛。全词写蟋蟀悲鸣，广泛触发人间哀思。举凡骚人失意、思妇念远、迁客怀乡乃至帝王蒙尘，如许憾恨，无不借秋虫宣发。秋虫之鸣，实乃时代哀音也。

念奴娇·荷花[1]

闹红一舸[2]，记年时[3]、常与鸳鸯为侣[4]。三十六陂[5]人未到，水佩风裳[6]无数。翠叶吹凉[7]，玉容销酒，更洒菰蒲[8]雨。嫣然摇动，冷香飞上诗句。　　日暮，青盖亭亭，情人不见，争忍凌波去？只恐舞衣寒易落，愁入西风南浦[9]。高柳垂阴，老鱼吹浪，留我花间住。田田[10]多少，几回沙际归路。

校注

(1)《绝妙好词笺》卷二引《白石道人歌曲》题云："予客武陵，湖北宪治在焉。古城野水，乔木参天。予与二三友日荡舟其间，薄荷花而饮，意象幽闲，不类人境。秋水且涸，荷叶出地寻丈，因列坐其下。上不见日，清风徐来，绿云自动，间于疏处窥见游人画船，亦一乐也。朅来吴兴，数得相羊荷花中。又夜泛西湖，光景奇绝，故以此句写之。"（按：武陵：今湖南常德。涸：干竭。寻：八尺。朅：发语词。吴兴：今浙江湖州。相羊：徘徊，流连。屈原《离骚》："聊逍遥以相羊。"）《花庵词选》卷下、《绝妙好词笺》卷二：题《吴兴荷花》。

(2)舸：船。扬雄《方言》："南楚江湘，凡船大者谓之舸。"《三国志·赤壁之战》："预备走舸，系于其尾。"

(3)《花庵词选》卷下、《阳春白雪》卷一、《绝妙好词笺》卷二、彊村本《白石道人歌曲》卷四："年时"作"来时"。

(4)"常与"句：《词综偶评》：唐诗："鸳鸯相对浴红衣。"《阳春白雪》卷一、彊村本《白石道人歌曲》卷四："常与"作"尝与"。《绝妙好词笺》卷二:“常与”作“长与”。

(5)三十六陂:言水塘极多。“三十六陂”虚指,而非实指。王安石《题西太一宫壁》:“三十六陂春色,白头想见江南。”

(6)水佩风裳:李贺《苏小小墓》:“风为裳,水为佩。”

(7)《阳春白雪》卷一:“吹凉”作“招凉”。

(8)菰蒲:生于陂塘间的水草。谢灵运《从斤竹涧越岭溪行》:“蘋萍泛沉深,菰蒲冒清浅。”苏轼《夜泛西湖》:“菰蒲无边水茫茫,荷花夜开风露香。”

(9)“只恐”二句:李璟《摊破浣溪沙》:“菡萏香销翠叶残,西风愁起碧波间。还与容光共憔悴,不堪看。”此处化用其意。

(10)田田:叶浮水上貌。古乐府《江南曲》:“江南可采莲,莲叶何田田。”

集评

(1)陈廷焯《白雨斋词话》卷二:白石词如“无奈苕溪月,又唤我扁舟东下”,又“冷香飞上诗句”,又“高柳垂阴,老鱼吹浪,留我花间住”等语,是开玉田一派。在白石集中,只算隽句,尚非夐高之境。

(2)梁令娴《艺蘅馆词选》引麦孺博语:俊语。

(3)王国维《人间词话》卷上:美成《苏幕遮》词:“叶上初阳干宿雨,水面清圆,一一风荷举。”此真能得荷之神理者。觉白石《念奴娇》《惜红衣》二词,犹有隔雾看花之恨。

(4)沈祖棻《宋词赏析》:首二句,泛舟赏荷。“三十”二句,荷之盛。“翠叶”三句,花之艳冶。“嫣然”二句,香之蓊勃。过片是花是人,殆不可辨。“只恐”二句,自盛时想到衰时,温厚。“高柳”以下,言盛时不再,虽高柳、老鱼,亦解劝人少住,惜此芳时;虽游人日暮,不得不归,而在归途,犹时有田田莲叶萦人情思,尤可念也。“多少”应上“无数”。

(5)唐圭璋《唐宋词简释》:此首写泛舟荷花中境界,俊语纷披,意趣深远。首言与鸳鸯为侣,即富逸趣。“三十六”两句,写湖远无人,荷叶无数,亦清绝幽绝。“翠叶”三句，兼写荷叶及雨、酒、菰蒲。“嫣然”两句，写荷花姿态生动，不说人闻香，而说冷香飞来，缀句峭俊。换头，言日暮不忍便去。“只恐”两句，言西风愁人，不得不去。“高柳”三句，言虽然拟去，但柳、鱼犹留我暂住。“田田”两句，言终于归去，仍扣住田田莲叶作收。上片写景，下片笔笔转换，一往情深。

(6)诸葛忆兵《宋词解读》：词的小序记叙了作者爱荷、赏荷的经历，写得清丽俊逸、人花合一。在荷花盛开的时候，词人乘小船缓缓驶入池塘深处，沿途有鸳鸯相戏。这是一个人迹罕至的荷花世界，周围水声激荡，如佩环鸣响，风吹荷叶，翩翩如绿色衣裳。荷花“出淤泥而不染，濯清涟而不妖”，文人学士向来视荷花为花中君子。白石一生漂泊，布衣清客以终老，襟怀清旷。他喜爱荷花，可谓人花神理相通。开篇措辞即妙。“闹”字写花，又写人。以下将荷花写得仿佛凌波而去的仙子，“水佩风裳”“玉容销酒”“情人不见，争忍凌波去”。词人心驰神往，处处追随，人恋花，花留人。词中警句，最数“嫣然摇动，冷香飞上诗句”，及“高柳垂阴，老鱼吹浪”。前者想象新奇，诗句亦染荷香，美而富诗意；后者炼句生动传神。

疏解

此词约作于淳熙年间，描写泛舟荷池的景象和作者对荷花深深的爱怜，充满诗情画意。词中所绘的荷塘之景十分清丽，将人带入梦幻世界。作者用“水佩风裳”写出荷花的神韵。“嫣然摇动，冷香飞上诗句”，亦奇思妙想。下片把荷花比成多情少女。“只恐”二句，自伤身世。结拍抒无限留恋之情。

琵琶仙·吴兴[1]

双桨来时,有人似、旧曲桃根桃叶[2]。歌扇轻约[3]飞花,蛾眉正奇绝。春渐远,汀洲[4]自绿,更添了几声啼鴂[5]。十里扬州,三生杜牧,前事休说[6]。　　又还是、宫烛分烟[7],奈愁里、匆匆换时节。都把一襟芳思[8],与空阶榆荚[9]。千万缕、藏鸦细柳[10],为玉尊、起舞回雪[11]。想见西出阳关[12],故人初别。

校注

(1)琵琶仙：词牌名，原为姜白石的自度曲。双调，一百字。上片十一句四仄韵，下片八句四仄韵。《白石道人词笺平》卷五：调下注黄钟宫。《花庵词选》：题《吴兴感遇》。《绝妙好词笺》卷二、彊村本《白石道人歌曲》卷四、《白石道人词笺平》卷五：题《吴兴春游》。

(2)旧曲：旧日坊曲。坊曲，常代指歌妓集聚之地。桃根桃叶：桃叶系晋王献之爱妾，见辛弃疾《祝英台近》注。桃根为桃叶之妹。此处借指歌女姐妹。

(3)歌扇：晏幾道《鹧鸪天》："舞低杨柳楼心月，歌尽桃花扇底风。"约：缠绕，邀结，此处意谓沾惹。

(4)汀洲：沙洲。

(5)鴂：鸟名，一说为伯劳鸟。屈原《离骚》："恐鹈鴂之先鸣兮，使夫百草为之不芳。"

(6)"十里"三句：杜牧《赠别》："春风十里扬州路，卷上珠帘总不如。"黄庭坚《广陵早春》："春风十里珠帘卷，仿佛三生杜牧之。"此处作者自指。

三生，佛家语，指过去、现在、未来三世。白居易《赠张片士山人》："世说三生如不谬，共疑巢许是前身。"

(7)宫烛分烟：韩翃《寒食》："日暮汉宫传蜡烛，轻烟散入五侯家。"《白石道人词笺平》卷五："宫烛"作"官烛"。（注："官"，《历代诗余》作"宫"。《词谱》同。）

(8)《白石道人词笺平》卷五：（"都把"句）"都"，沈逊斋本作"多"，郑文焯云："陆本作'都'，是。"

(9)空阶榆荚：韩愈《晚春》："杨花榆荚无才思，惟解漫天作雪飞。"此化用其意。

(10)"千万缕"二句：周邦彦《渡江云》："千万丝、陌头杨柳，渐渐可藏鸦。"此用其意。

(11)玉尊：亦作"玉樽"，玉制的酒器。亦泛指精美贵重的酒杯。《神异经·西北荒经》："西北荒中有玉馈之酒。……上有玉尊、玉笾，取一尊，一尊复生焉。与天同休，无干时。"曹植《仙人篇》："玉樽盈桂酒，河伯献神鱼。"张泌《河传》："魂销千片玉樽前，神仙，瑶池醉暮天。"起舞回雪：曹植《洛神赋》："仿佛兮若轻云之蔽日，飘摇兮如流风之回雪。"

(12)西出阳关：王维《送元二使安西》："劝君更尽一杯酒，西出阳关无故人。"

集评

(1)张炎《词源》：离情当如此作，全在情景交炼，得言外意。

(2)姜夔《琵琶仙》引《吴都赋》："户藏烟浦，家具画船。"惟吴兴为然。春游之盛，西湖未能过也。己酉岁，余与萧时甫载酒南郭，感遇成歌。

(3)许昂霄《词综偶评》："更添了几声啼鴂。"《离骚》："恐鹈鴂之先鸣兮，使百草为之不芳。""三生杜牧。"涪翁诗："春风十里珠帘卷，仿佛三生杜牧之。"词中用"三生杜牧"，本此。"都把一襟芳思"至末，句句说景，句句说情，真能融情景于一家者也。

(4)俞陛云《唐五代两宋词选释》：此在客吴兴时感遇而用。首四句叙往事，“春渐远”，三句叙别后光阴，写愁中闻见，以疏秀之笔出之。下阕感节序而伤离。榆钱柳絮，皆借物怀人，便无滞相，其佳处在空灵也。

(5)唐圭璋《唐宋词简释》：此首感怀旧游，情景交胜，而文笔清刚顿宕，尤人所难能。……“春渐远”两句，一气径转，秀逸绝伦；不写人虽似实非之恨，但写出眼前见闻，以见旧游不堪回首之情。“十里扬州”三句，言前事之可哀，因说来伤感，故不如不说之为愈，语亦沉痛。换头，因景物似昔，颇感时光迁流之速。“都把”两句，因前事怕说，愁恨难消，故只有将无聊情思，付与榆荚。“千万缕”两句，言细柳起舞，更增人悲感。末句，回想当年初别时之情景，正与今同，亦有无限感伤。

(6)陈匪石《宋词举》：全篇以跌宕之笔写绵邈之情，往复回环，情文兼至。结拍想到“初别”，即行收住，尤觉余味曲包，非徒以清刚胜也。

(7)沈祖棻《宋词赏析》：“双桨”四句，画船自远而近，其中有人，乍睹之，似曲中旧识，谛视之，虽非，而其妖冶固相同也。“春渐远”以下，先点时序景物，以谓春光之渐远，正如旧梦之渐遥。旧游远矣，当前则唯有啼鴂引人离恨，前事何堪再说耶？换头两句，谓风景节序依然，而年华暗换。“都把”以下，谓前事既不忍说，则满怀情思，何异满地榆钱，亦唯有付之而已。而回忆当时，细柳犹知为离尊起舞，飞絮漫天，情何堪乎？“长安陌上无穷树，唯有垂杨管别离。”(刘禹锡《杨柳枝》)故因柳而复忆别时情味。“蛾眉”虽自“奇绝”，而属意终在“故人”，所谓“任他弱水三千，我只取一瓢饮”也。

疏解

淳熙十六年(1189)，姜白石在吴兴(今浙江湖州)载酒游春时，因见画船歌女酷似合肥情人，而引发怀人之一襟芳思。词中“桃叶桃根”拟指其旧日情侣姐妹二人，她们善弹琵琶，这就是调名为《琵琶仙》的缘故。它是白石自创新调。上片写春游误认舟女为旧日情人，表现出惊喜又失望之情。下片抒发时序更易、景物依旧、人事全非的感伤。

全词略言：江面上划来一只小船，我忽然发现，船上的人好像是昔日恋人。她的团扇沾惹了飞来飞去的杨花，她的眼神真是动人。春光渐渐远去，沙洲自然变绿，又添了几声悦耳的啼鸣。遥想当年，在繁华的扬州路，我如年少杜牧般放荡寻欢。往事如烟，思念也没有用处。又一次到了寒食之时，宫廷中恐怕又在分烟。无奈此时我满怀惆怅，眼见时节已经变换。只能把满腔的幽怨交给榆荚，任它飞到空荡荡的石阶前。千丝万缕的细柳里面，乌鸦掩身，轻软的柳絮好像在为客人飞舞回旋。忆起当年出关与她分别的情景，令人难忘。

翠楼吟·武昌安远楼成[1]

淳熙丙午[2]冬,武昌安远楼成,与刘去非[3]诸友落之,度曲见志。余去武昌十年,故人有泊舟鹦鹉洲[4]者,闻小姬[5]歌此词,问之,颇能道其事,还吴为余言之。兴怀[6]昔游,且伤今之离索[7]也。

月冷龙沙[8],尘清虎落[9],今年汉酺初赐[10]。新翻胡部曲[11],听毡幕元戎[12]歌吹。层楼高峙[13]。看槛曲萦红,檐牙飞翠。人姝丽[14]。粉香吹下,夜寒风细。　此地。宜有神仙[15],拥素云[16]黄鹤,与君游戏。玉梯[17]凝望久,叹芳草、萋萋千里。天涯情味。仗酒祓[18]清愁,花消英气。西山外[19]。晚来还卷,一帘秋霁[20]。

校注

(1)翠楼吟:词牌名,姜夔自度双调曲。双片,一百零一字,前片六仄韵,后片七仄韵。前后片第七句第一字是领格,宜用去声。后片第二句是上一、下四句式。安远楼:武昌南楼,在黄鹤楼上。彊村本《白石道人歌曲》卷六、《白石道人词笺平》卷七:调下注双调,题《武昌安远楼成》。

词牌格律:

仄仄平平,平平仄仄,平平仄仄平仄(韵)。
平平平仄仄,仄平仄平平平仄(韵)。
平平平仄(韵)。
仄仄仄平平,平平平仄(韵)。

平平仄(韵)。
仄平平仄,仄平平仄(韵)。

仄仄(韵)。
平仄平平,仄仄平平仄,仄平平仄(韵)。
仄平平仄仄,仄平仄、平平平仄(韵)。
平平平仄(韵)。
仄仄仄平平,平平平仄(韵)。
平平仄(韵)。
仄平平仄,仄平平仄(韵)。

(2)淳熙丙午:宋孝宗淳熙十三年(1186)。

(3)刘去非:作者友人,生平未详。

(4)鹦鹉洲:在今湖北武昌西南长江中。东汉末,黄祖为江夏(今武昌)太守,祖长子射大会宾客,有人献鹦鹉,祢衡作《白鹦鹉赋》,洲因此得名。崔颢《黄鹤楼》:“晴川历历汉阳树,芳草萋萋鹦鹉洲。”

(5)小姬:年轻女子,古代人对妇人的美称;亦指歌女、歌姬。《吴越春秋》:“于是庄王弃其秦姬、越女,罢钟鼓之乐。”侯方域《壮悔堂文集》:“妖姬静女。”

(6)兴怀:引起感触。王羲之《兰亭集序》:“俯仰之间,已为陈迹,犹不能不以之兴怀。”《旧唐书》:“言念于此,慨然兴怀。”

(7)离索:离群索居;因分居而离散,孤独之感。杜甫《夜听许十一诵诗爱而有作》:“离索晚相逢,包蒙欣有击。”仇兆鳌注:“离索,离群索居,见《礼记》子夏语。”张孝祥《忆秦娥》:“年华冉冉惊离索。惊离索。倩春留住,莫教摇落。”陆游《钗头凤》:“东风恶,欢情薄。一怀愁绪,几年离索。”(按:《礼记·檀弓上》:“吾离群而索居,亦已久矣。”)

(8)龙沙:《后汉书》:“坦步葱、雪,咫尺龙沙。”后世泛称塞外沙漠为龙沙。贺铸《石州引》:“烟横水际,映带几点归鸿,东风销尽龙沙雪。”

(9)虎落:遮护城堡或营寨的竹篱。《汉书·晁错传》:“要害之处,通川之道,调立城邑,毋下千家,为中周虎落。”刘禹锡《捣衣曲》:“天狼正芒角，虎落定相攻。”（按：“芒角”谓放射光芒。苏轼《夜泛西湖》诗之三：“苍龙已没牛斗横，东方芒角升长庚。”）

（10）汉酺初赐：秦汉之法，三人以上不得聚饮，朝廷有庆典之事，特许臣民聚会欢饮，此谓“赐酺”。《汉书·文帝纪》：“朕初即位，其赦天下，赐民爵一级，女子百户牛酒，酺五日。”后来历代王朝遇新皇帝登位、帝后诞日、丰收、平定叛乱等事，常有赐酺之举。酺，合聚饮食。赐酺，聚饮。封建帝王为表示欢庆，常赐大酺，特许民间举行大聚饮三天。后用以指代大规模庆贺。《宋史·礼志十六》：“赐酺，自秦始，秦法，三人以上会饮则罚金，故因事赐酺，吏民会饮，过则禁之。唐尝一再举行。”《白石道人词笺平》卷七：《汉书·文帝纪》：“十六年九月，得玉杯，刻曰‘人主延寿，令天下大酺。’”张九龄诗：“汉酺歌圣酒，韶乐舞薰风。”郑文焯云：“‘酺’字作平声，和此调者每用上声，非是。太白诗：‘汉酺闻奏钧天乐，愿得风吹到夜郎。’唐宋人诗多用平声。”

（11）胡部曲：唐时西凉地方乐曲，一种以琵琶为主的音乐。《新唐书·礼乐志》：“开元二十四年(736)，升胡部于堂上……后又诏道调、法曲与胡部新声合作。”此处泛指异族音乐。

（12）毡幕：指用毛毡制作的帐篷。元戎：主将，军事长官。《汉书·董贤传》：“统辟元戎。”注：“元戎，大将也。”

（13）高峙：高高耸立。峙，直立，耸立。曹操《观沧海》：“东临碣石，以观沧海。水何澹澹，山岛竦峙。”葛洪《抱朴子·交际》：“以岳峙独立者，为涩吝疏拙；以奴颜婢睐者，为晓解当世。”于邵《送陈留李少府归上都序》：“莹若玉立，舲然鹤峙。”

（14）人姝丽：女子容貌美丽。姝丽，美丽，美女。《后汉书·邓皇后纪》：“后长七尺二寸，姿颜姝丽，绝异于众。”张鷟《朝野佥载》：“见一青衣女子独行，姿容姝丽。”柳永《玉女摇仙佩》：“取次梳妆，寻常言语，有得几多姝丽。”

（15）此地：崔颢《黄鹤楼》：“昔人已乘黄鹤去，此地空余黄鹤楼。黄鹤一去不复返，白云千载空悠悠。晴川历历汉阳树，芳草萋萋鹦鹉洲。日暮乡关何处是？烟波江上使人愁。”此处化用其意。彊村本《白石道人歌曲》卷六、《白石道人词笺平》卷七：“神仙”作“词仙”。

(16)素云：白云楼。

(17)玉梯：玉楼，即华丽的楼阁，或指传说中天帝或仙人的居所。江淹《倡妇自悲赋》："青苔积兮银阁涩，网罗生兮玉梯虚。"李商隐《代赠》："楼上黄昏欲望休，玉梯横绝月如钩。"

(18)祓：原指古代为除灾去邪而举行仪式的习俗，此处指消除。《说文》："祓，除恶祭也。"《尔雅·释天》："祓，祭也。"《左传·昭公十八年》："祓禳于四方。"

(19)"西山"句：王勃《滕王阁诗》："滕王高阁临江渚，佩玉鸣鸾罢歌舞。画栋朝飞南浦云，珠帘暮卷西山雨。闲云潭影日悠悠，物换星移几度秋。阁中帝子今何在？槛外长江空自流。"此处化用其意。

(20)"一帘"句："秋"字修饰语，非实指。作者游"安远楼"为冬季。霁，雨后天晴。

集评

(1)许昂霄《词综偶评》："月冷龙沙"五句，题前一层，即为题后铺叙，手法最高。"玉梯凝望久"五句，凄婉悲壮，何减王粲《登楼》一赋。

(2)周济《宋四家词选》：此地宜得人才，而人才不可得。

(3)陈廷焯《白雨斋词话》：白石《翠吟楼》(武昌安远楼成)，后半阕云……一纵一操，笔如游龙，意味深厚，是白石最高之作。……特不敢穿凿求之。

(4)王国维《人间词话》卷上：问"隔"与"不隔"之别，曰：陶、谢之诗不隔，延年则稍隔矣；东坡之诗不隔，山谷则稍隔矣；"池塘生春草""空梁落燕泥"等二句，妙处唯在不隔，词亦如是。即以一人一词论，如……白石《翠楼吟》："此地。宜有神仙，拥素云黄鹤，与君游戏。玉梯凝望久，叹芳草、萋萋千里。"便是不隔。至"仗酒祓清愁，花消英气"则隔矣。

疏解

淳熙十三年丙午(1186)秋，姜夔正住在姐姐家。入冬以后，武昌黄鹤山上建起了一座安远楼。姜为参加落成典礼，曾携友人刘去非前往一游，并自度此曲记述此事。十年过后，朋友在汉阳江边听到歌女咏唱此曲，昔日情景，如在目前，于是便道出了该词的本事。姜夔得知这一消息，深受感动，于是，便为此曲补写了词序。

全词略言：明月之光映照着边塞的风沙，围护城堡四周的竹篱是一片寂静，今年朝廷开始特许臣民饮酒欢庆。弹奏起塞北之曲，听到将军的军帐里歌声清越。安远楼高耸入云，看它那红色栏杆萦绕楼檐，是一片翠碧。佳人美丽动人，从她身体上飘散出一股幽香，寒夜里风轻轻地吹。就在此地，该有潇洒的词友同仙人一样，与登楼观瞻的朋友游戏。我登上高楼凝神望远，只见芳草萋萋、绵绵不尽。漂泊天涯的游子，心中的孤苦有谁会知道？只好借酒消愁，借赏花来忘却豪情。此时西山外，黄昏时又出现秋雨之后的晴丽。

八归·湖[1]中送胡德华

芳莲坠粉，疏桐吹绿，庭院暗雨乍[2]歇。无端抱影销魂处，还见篠墙[3]萤暗，藓阶蛩[4]切。送客重寻西去路，问水面琵琶[5]谁拨？最可惜、一片江山，总付与啼鴂[6]。　长恨相从未款[7]，而今何事，又对西风离别？渚[8]寒烟淡，棹[9]移人远，缥缈行舟如叶。想文君[10]望久，倚竹愁生步罗袜。归来后、翠尊[11]双饮，下了珠帘，玲珑[12]闲看月。

校注

(1)八归：词牌名，姜夔自度曲，有仄韵、平韵两体。仄韵词始于姜夔，双调，一百一十五字。平韵体有高观国词，一百一十字，有脱文。二体虽用韵有平仄之异，而声调则同。《花庵词选》："湖"作"湘"。

格律对照：

例词：史达祖《八归·秋江带雨》：

平平仄仄，
秋江带雨，
平平平仄，
寒沙萦水，
平仄仄仄◎仄(韵)。
人瞰画阁愁独。
平平仄仄平平仄，

烟蓑散响惊诗思，
平仄仄平平仄，
还被乱鸥飞去，
平◎平仄(韵)。
秀句难续。
仄仄◎平平仄仄，
冷眼尽归图画上，
仄仄仄、平平平仄(韵)。
认隔岸、微茫云屋。
仄仄仄、◎仄平平，
想半属、渔市樵村，
仄仄仄平仄(韵)。
欲暮竞燃竹。

平仄平平仄仄，
须信风流未老，
平平平仄，
凭持尊酒，
仄仄平平平仄(韵)。
慰此凄凉心目。
仄平平仄，
一鞭南陌，
仄平平仄，
几篙官渡，
仄仄平平平仄(韵)。
赖有歌眉舒绿。
仄平平仄仄，
只匆匆残照，
仄仄平平仄平仄(韵)。
早觉闲愁挂乔木。

平平仄、仄平平仄，
应难奈、故人天际，
仄仄平平，
望彻淮山，
平平平仄仄(韵)。
相思无雁足。

注：此调押仄声韵者，只有此词及史达祖词，故可平可仄，悉校史词。(按：史词前段第三句“人瞰画阁愁独”，“愁”字平声；第六句“秀句难续”，“句”字仄声；第七句“冷眼尽归图画上”，“尽”字仄声；“想半属、渔市樵村”，“渔”字平声。谱内可平可仄据此。)

(2)暗雨：夜雨。乍：忽然。

(3)篠墙：竹篱院墙。篠，细竹。《字林》：“篠，小竹也。”《汉书·地理志上》：“篠簜既敷。”注：“篠，小竹也。”许浑《和宾客相国咏雪》：“霁添松篠媚，寒积蕙兰猜。”

(4)蛩：蟋蟀。

(5)水面琵琶：白居易《琵琶行》序：“元和十年，予左迁九江郡司马。明年秋，送客湓浦口。闻舟中夜弹琵琶者，听其音，铮铮然有京都声。问其人，本长安倡女，尝学琵琶于穆、曹二善才，年长色衰，委身为贾人妇。遂命酒，使快弹数曲。曲罢悯然。自叙少小时欢乐事，今漂沦憔悴，转徙于江湖间。予出官二年，恬然自安，感斯人言，是夕始觉有迁谪意。因为长句，歌以赠之，凡六百一十二言。命曰《琵琶行》。”其首云：“浔阳江头夜送客，枫叶荻花秋瑟瑟。主人下马客在船，举酒欲饮无管弦。醉不成欢惨将别，别时茫茫江浸月。”

(6)鴂：鸟名。《离骚》：“恐鹈鴂之先鸣兮，使夫百草为之不芳。”张先《千秋岁》：“数声鶗鴂，又报芳菲歇，惜春更把残红折。”

(7)未款：不能久留。

(8)渚：水中小洲。

(9)棹：划船的一种工具，形状和桨差不多。

(10)文君：卓文君。卓文君为蜀郡临邛冶铁巨商卓王孙之女，姿色娇美，精通音律，善弹琴，有文名。与著名文人司马相如一见钟情，违父意，私奔。有不少佳作，如《白头吟》云："愿得一心人，白头不相离。"堪称经典佳句。《白石道人词笺平》卷五：《史记·司马相如传》："卓王孙有女文君，新寡，好音。"杜甫云："茂陵多病后，尚爱卓文君。"

(11)翠尊：翠玉的酒杯。

(12)玲珑：皎洁晶莹、明彻貌。《文选·甘泉赋》："前殿崔巍兮，和氏玲珑。"李善注引晋灼曰："玲珑，明见貌也。"鲍照《中兴歌》之四："白日照前窗，玲珑绮罗中。"邵楚苌《题马侍中燧木香亭》："树影参差斜入檐，风动玲珑水晶箔。"

集评

(1)许昂霄《词综偶评》：历叙离别之情，而终以室家之乐，即《豳风·东山》诗意也。谁谓长短句不源于三百篇乎？"翠尊欢饮"三句，括尽康伯可《满庭芳》。翻用太白《玉阶怨》，妙。

(2)吴衡照《莲子居词话》卷二：言情之词，必借景色衬托，乃具深婉流美之致。白石"问后约、空指蔷薇，叹如此溪山，甚时重至"，又"想文君望久，倚竹愁生步罗袜。归来后、翠尊双饮，下了珠帘，玲珑闲看月。"似此造境，觉秦七、黄九尚有未到，何论余子？

(3)梁令娴《艺蘅馆词选》引麦孺博语：全首一气到底，刀挥不断。

疏解

据夏承焘《姜白石词编年笺校》记载，本词约作于宋孝宗淳熙十三年(1186)前，时姜夔客游长沙。胡德华，生平不详。

此为送别词，写客中送客。上片写别时景色，描绘莲花坠红、梧叶纷飞、蟋蟀凄鸣的秋色，渲染凄凉感伤的气氛。下片写送别情景，抒写惜别之情和对友人的美好祝愿。词以清笔写浓愁，以健笔写深哀，故感情真切而不流于颓衰，符合白石词中和的特色。

全词略言：荷花飘落，梧桐开始落下绿叶。庭院里，一场秋雨刚刚停下。我说不出原因，突然独自悲伤。又看见竹篱边的萤火虫在幽暗中飞，苔阶旁蟋蟀之声更让人断肠。我送别客人，又一次找寻西去的水路，不知那里有没有人为你演奏一曲。最可惜的是把大好风景交付给悲鸣的鸟儿。常常遗憾我俩相识相知的时间实在太短，在这落花时节，为什么又要无奈地相别？清冷的洲渚烟水茫茫，船儿就要出发，友人的行舟已经走远，如轻叶一片。他的妻子一定盼望着他，日日站在翠竹旁，任由罗袜染尘。等到丈夫归来后，夫妻二人便可幸福地团圆，双双放下珠帘，对着明月对饮至天明。

刘改之（刘过）｜一首

一、刘过生平简介

刘过（1154—1206），字改之，号龙洲道人，吉州太和（今江西泰和）人。刘过的名和字，非常有趣：“过”者，过错，“过”则“改之”。正如韩愈，“愈”者，过（过头了）也，“过”则应“退之”。

刘过四次应举不中，流落江湖，终身布衣。刘过少怀壮志，读书论兵，好言古今治乱盛衰之变，曾多次上书朝廷，“屡陈恢复大计，谓中原可一战而取”，是南宋著名的爱国词人。其《沁园春》云：“拂拭腰间，吹毛剑在，不斩楼兰心不平。”《念奴娇》云：“知音者少，算乾坤许大，著身何处。直待功成方肯退，何日可寻归路。”《贺新郎》云：“男儿事业无凭据。记当年、击筑悲歌，酒酣箕踞。腰下光芒三尺剑，时解挑灯夜语。”写得心中激昂、势倾天外。尤其是《六州歌头·题岳鄂王庙》，颂赞岳飞的生平业绩、痛斥朝廷奸佞诬陷忠良，更是悲情淋漓、壮怀激越；不光一哭英雄，更寄希望于朝廷和激励主战派。刘过最后客死于昆山，其墓地在昆山亭林园内玉峰山东麓，至今尚在。有《龙洲集》《龙洲词》传世，有516篇诗文，存词70余首。

二、刘过轶事

（1）蒋子正《山房随笔》：辛稼轩帅浙东时，晦庵、南轩任仓宪使。刘改之欲见辛，不纳。二公为之地，云：“某日公燕……君可来。门者不纳，但喧争之，必可入。”既而，改之如所教，门外果喧哗。辛问故，门者以告，辛怒甚。二公因言："改之豪杰也，善赋诗，可试纳之。"改之至，长揖。公问："能诗乎？"曰："能。"时方进羊腰肾羹，辛命赋之。改之对："寒甚，愿乞卮酒。"酒罢，乞韵。时饮酒手颤，余沥流于怀，因以"流"字为韵。即吟云："拔毫已付管城子，烂首曾封关内侯。死后不知身外物，也随樽俎伴风流。"辛大喜，命共尝此羹，终席而去，厚馈焉。席散，南轩邀至公廨，置酒语之曰："先君魏公，一生公忠，为国功臣，而厄于命，来挽者竟无一篇得此意。愿君有作以发幽潜。"改之即赋一绝云："背水未成韩信阵，明星已陨武侯军。平生一点不平气，化作祝融峰上云。"南轩为之堕泪。今《龙洲集》中不见此二诗，岂遗之邪？又云：稼轩守京口时，大雪，率僚佐登多景楼。改之敝衣曳履而前，辛令赋雪，以"难"字为韵。即吟云："功名有分平吴易，贫贱无交访戴难。"

(2)**岳珂《桯史》**：嘉泰癸亥岁，改之在中都。辛稼轩弃疾帅越，闻其名，遣介招之。适以事不及行，作书归辂者，因效辛体赋《沁园春》一词，并缄往，下笔便逼真。其词曰："斗酒彘肩"云云。辛得之大喜。……竟邀之去，馆燕弥月。……改之归，竟荡于酒，不问也。

(3)**郭霄凤《江湖记闻》**：刘改之性疏豪好施，辛稼轩客之。稼轩帅淮时，改之母病告归，囊橐萧然。是夕，稼轩与改之微服登倡楼。适一都吏命乐饮酒，不知为稼轩也，命左右逐之。二公大笑而归，即以为有机密文书，唤某都吏，其夜不至，稼轩欲籍其产而流之。言者数十，皆不能解，遂以五千缗为改之母寿，请言于稼轩。稼轩曰："未也，令倍之。"都吏如数增作万缗，稼轩为买舟于岸，举万缗于舟中曰："可即行，无如常日轻用也。"

(4)**周密《浩然斋词话》**：刘改之尝游富沙，与友人吴平仲饮于吴所欢盼儿家，尝赋词赠之。所谓"云一窝。玉一梭。淡淡衫儿薄薄罗。轻颦双黛螺"，盼遂属意改之。吴愤甚，挟刃刺之，误伤其妓，遂悉系有司。吴居父为帅，改之以启上之云……居父遂释之。……改之有"春风重到凭阑处，肠断妆楼不敢登"，盖为此也。

(5)**徐釚《词苑丛谈》**：刘改之得一妾，爱甚。……在道赋《天仙子》。每宴饮旅舍，辄使小童歌之。到建昌，游麻姑山，屡歌，至于堕泪。二更后，有美人执拍板来，愿唱一曲劝酒，即赓前韵云："别酒未斟心已醉，忽听《阳关》辞千里。扬鞭勒马到皇都，三题尽，当际会，稳跳龙门三汲水。　天意命吾先送喜，不审君侯知得未？蔡邕博识焦桐声，君抱负，却如是，酒满金杯来劝你。”刘喜，与之偕东，果擢第。调荆门教授。遇临江道士熊若水谓之曰：“窃疑随车娘子，非人也。”刘具以告，曰：“是矣，今夕与并枕时，吾于门外作法，教授紧紧抱之，勿令窜逸。”刘如所戒，乃一琴耳，顿悟昔日蔡邕之语，携至麻姑山，访之，知是赵知车所瘗坏琴，焚之。

贺新郎·老去相如倦[(1)]

老去相如[(2)]倦。向文君[(3)]、说似而今，怎生消遣？衣袂京尘曾染处[(4)]，空有香红尚软[(5)]。料彼此[(6)]、魂消肠断。一枕新凉眠客舍，听梧桐疏雨秋风[(7)]颤。灯晕冷，记初见。　楼低[(8)]不放珠帘卷。晚妆残，翠蛾狼藉[(9)]，泪痕凝脸[(10)]。人道愁来须殢酒[(11)]，无奈愁深[(12)]酒浅。但托意、焦琴纨扇[(13)]。莫鼓琵琶江上曲[(14)]，怕荻花枫叶俱凄怨。云万叠[(15)]，寸心远。

校注

(1)《花庵词选》：题《怀旧》。彊村本《龙洲词》卷下：题《赠娼》。

(2)相如：西汉文人司马相如，此为作者自指。

(3)文君：卓文君，此指作者在客舍所遇的歌妓。《花庵词选》："向文君"作"问文君"。

(4)"衣袂"句：自己在京城艰苦谋生。

(5)"空有"句：意为自己漂泊多年只落得歌楼妓馆中的风流名声。香红，指代歌妓。

(6)《花草粹编》卷十二："彼此"作"比此"。

(7)《阳春白雪》卷四："疏雨"作"夜雨"，"秋风"作"秋声"。《绝妙好词笺》卷一："秋风"作"秋声"。

(8)《阳春白雪》卷四："楼低"作"楼高"。

(9)"翠蛾"句：此指歌妓身上杂乱地穿戴一些首饰。狼藉，纵横散乱貌。《史记·滑稽列传》："日暮酒阑，合尊促坐，男女同席，履舄交错，杯盘狼藉。”元稹《夜坐》:“孩提万里何时见,狼藉家书卧满床。”《阳春白雪》卷四、《绝妙好词笺》卷一:“翠蛾”作“翠钿”。

(10)《花草粹编》卷十二、彊村本《龙洲词》卷下:“凝脸”作“流脸”。

(11)殢酒:醉酒。殢,沉溺、困于。罗隐《西京崇德里居》:“长随豪贵殢长安。”

(12)《阳春白雪》卷四、《花草粹编》卷十二、《绝妙好词笺》卷一、彊村本《龙洲词》卷下:“愁深”作“愁多”。

(13)“但托”二句:焦琴,琴名,即焦尾琴。《后汉书·蔡邕传》:“吴人有烧桐以爨者。”纨扇,古扇名,由细绢制成,故又称罗扇;因形似圆月,故亦称“团扇”;因宫中多用之,故又称“宫扇”。纨扇出现于羽扇之后、折扇以前。西汉成帝妃嫔班婕妤有《怨歌行》:“新裂齐纨素,皎洁如霜雪。裁为合欢扇,团团似明月。出入君怀袖,动摇微风发。常恐秋节至,凉飙夺炎热。弃捐箧笥中,恩情中道绝。”借咏团扇表露受赵飞燕嫉妒排挤,恐受君王冷落的复杂心理。此纨扇之始。(按:《西京杂记》:“天子夏设羽扇,冬设缯扇。”)《花庵词选》:“托意”作“寄兴”。《阳春白雪》卷四:“托意”作“寄恨”。

(14)琵琶江上曲:白居易《琵琶行》:“浔阳江头夜送客,枫叶荻花秋瑟瑟。”

(15)“云万”句:云海苍茫辽远。

集说

陈耀文《花草粹编》卷十二:江西人来云,以为邓南秀词,非也。

集评

(1)许昂霄《词综偶评》:青山憔悴,红粉飘零,千古一泪。

(2)况周颐《蕙风词话》:刘改之词格本与辛幼安不同。其《龙洲词》中如《贺新郎·赠张彦功》云:“……衣袂京尘曾染处,空有香红尚软。料彼此、魂消肠断。”又云:“但托意焦琴纨扇。莫鼓琵琶江上曲,怕荻花枫叶俱凄怨……”此等句,是其当行本色。

(3)俞陛云《唐五代两宋词选释》:上阕起结二句,当老去而回忆初逢,则昔年之东京梦华,事事皆堪肠断,况在秋灯客舍中耶!下阕代伊人写怀,殢酒调琴,借作排愁之具。

疏解

张世南《游宦纪闻》云:“尝于友人张正子处,见改之亲笔词一卷,云:‘壬子秋,予求牒四明,尝赋《贺新郎》与一老娼,至今天下与禁中皆歌之。’江西人来,以为邓南秀词,非也。”壬子为宋光宗绍熙三年(1192),当时刘过已经年近四十。此年秋,他赴四明(宁波)参加选拔举人的牒试,又遭黜落,失意中邂逅了一位半老徐娘。一种“同是天涯沦落人”的沧桑感,使他们的心接近了,于是他写下了这首著名的《贺新郎》。

刘过词向以慷慨豪放为本色,这一首却哀婉绵丽,但它与一般的婉约词有所不同。刘过一心将身许国,但英雄失路,报国无门,满怀痛苦不得排遣,依红偎翠也医治不了心灵的创伤。所以此词所写虽为一段艳遇,却绝无一般婉约词的绮丽香软之风,贯穿全词的是一种悲凉的气氛。

词写贫士失职之悲,却巧妙地把一个歌楼商女的飘零身世夹入其中,加以映衬烘托,笔极曲折,意极凄怨,缠绵悱恻,哀感无端。此词可与白居易《琵琶行》并读,两者虽立意和主旨都有所不同,但失意文人与沦落商女的情节模式极为相似。

全词略言:我如相如,你如文君。相如老了,常感精力不济,请问文君,我们现在都如此穷困潦倒,今后又该如何度过?回顾当年我们一起赴京居住的地方,恐怕至今还留着我们依红偎翠的痕迹。想想你我那时的情景,怎不让人魂销肠断?那时我们在凉爽的客舍中同眠共枕,一起听秋雨敲打窗外梧桐树叶的响声。眼前昏暗的烛火中,我们初见时的情景总是浮现。如今在这低矮的楼阁中,帘幕低垂,你晚妆脱落,一脸憔悴,首饰、器物一片狼藉，泪水挂满了脸。人们都说，忧伤可用酒驱散，可我们的忧伤如此深重，酒这么浅淡，怎么能消解愁苦呢？我们只能弹几下琴、摇几下扇子。我告诉你，千万不要到江边弹奏琵琶曲，我真怕会让荻花也同我们一起伤心、让枫叶同我们一起凄怨。云海辽远，但怎能与我们心中积压的那么深的伤感比？

杨　炎[1] ｜一首

蝶恋花·稼轩坐间作首句用丘六[2]书中语

点检[3]笙歌多酿酒。不放东风,独自迷杨柳。院院翠阴停永昼。曲栏随处堪垂手[4]。　　昨日解酲今夕又。消得情怀,长被春僝僽[5]。门外马嘶人去后。乱红不管花消瘦。

校注

(1)杨炎，应作杨炎正。《四库全书总目提要》:“《西樵语业》一卷(江苏巡抚采进本)，宋杨炎正撰。炎正字济翁，庐陵人。”陈振孙《直斋书录解题》载:“《西樵语业》一卷，杨炎正济翁撰。”马端临《文献通考》引之，误以“正”字为“止”字。毛晋刻六十家词，遂误以杨炎为姓名，以止济翁为别号。近时所印，始改刊杨炎正姓名。跋中止济翁字亦追改为杨济翁。然旧印之本与新印之本并行，名字两歧，颇滋疑惑。故厉鹗《宋诗纪事》辨之曰:“尝见《西樵语业》旧钞本，作杨炎正济翁。后考《武林旧事》载杨炎正《钱塘迎酒歌》一首,《全芳备祖》亦载此诗，称杨济翁。是炎正其名，济翁其字可见。”云云。今观辛弃疾《稼轩词》中，屡有与杨济翁赠答之作。又杨万里《诚斋诗话》曰:“余族弟炎正字济翁，年五十二乃登第。初为宁远簿，甚为京丞相所知，有《启上丞相》云：‘秋惊一叶，感蒲柳之先知；春到千花，叹桑麻之后长。’丞相遂厚待，除掌故之令。”其始末甚明，足证厉鹗所辨为不误。……是集词仅三十七首，而因辛弃疾作者凡六首。其纵横排奡之气，虽不足敌弃疾，而屏绝纤秾，自抒清俊，要非俗艳所可拟。一时投契，盖亦有由云。

(2)丘六：丘密，字宗卿。《宋史·丘密传》：“丘密字宗卿，江阴军人，隆兴元年进士。为建康府观察推官，丞相虞允文奇其才，奏除国子博士。……密仪状魁杰，机神英悟。尝慷慨谓人曰：‘生无以报国，死愿为猛将以灭敌。’其忠义性然也。”丘密与杨万里善，《诚斋集》卷二十二《走笔送济翁弟过浙东谒丘宗卿》有句：“若见丘迟问老夫，为言臞似向来臞。更将双眼寄吾弟，带去稽山看鉴湖。”

(3)点检：点检，清理。方干《赠山阴崔明府》：“压酒晒书犹检点，修琴取药似交关。”

(4)“曲栏”句：言于曲折的回廊深处日日可以垂手“点笙歌”。垂手，手下垂貌。韩愈《泷吏》：“泷吏垂手笑，官何问之愚。”又，垂手，舞乐名。《乐府诗集·杂曲歌辞十六·大垂手》：“《乐府解题》曰：‘大垂手、小垂手，皆言舞而垂其手也。’”吴均《大垂手》：“垂手忽迢迢，飞燕掌中娇。”鲍溶《范真传侍御累有寄因奉酬》之六：“红袂歌声起，因君始得闻。黄昏小垂手，与我驻浮云。”亦可备一说。

(5)“长被”句：言日日沉醉，冷落了美好的春景，而被春日责骂，埋怨。僝僽，责骂、埋怨。《玉篇》：“僝僽，恶骂也。”周邦彦《青玉案》：“只愁彰露，那人知后，把我来僝僽。”辛弃疾《蝶恋花》：“可惜春残风雨又。收拾情怀，闲把诗僝僽。”

疏解

上片言日日沉醉，“检点笙歌”，原是为“杨柳”所迷。在曲阑深处的翠阴里消遣。下片言昨日醉酒才解醒，今天晚上又沉醉，是为消释心中块垒，所谓“情怀”，是由于冷落了春美好的春景，而被春日责骂、怪罪。直至人嘶马吼，离开娼家后，也不管其“花”之消瘦。“花”，双关。

谢勉仲（谢懋[1]）｜一首

浪淘沙·黄道雨初干

黄道雨初干[2]，霁霭空蟠[3]。东风杨柳碧毵毵[4]。燕子不归花有恨，小院春寒。　　倦客亦何堪，尘满征衫。明朝野水几重山。归梦已随芳草绿，先到江南。

校注

(1)谢懋，字勉仲，号静寄居士，工乐府，闻名于当时。

(2)“黄道”句：黄道当指黄泥道路，雨后初干，故言“雨初干”。

(3)“霁霭”句：言雨后晴空，云霭仍如蟠龙停于空中。霁霭，雨止后空中的轻雾。霁，《说文解字·雨部》：“霁，雨止也。”《汉书》：“旬日不霁。”

(4)碧毵毵：毛发或枝条细长的样子，此处形容柳条细长下垂。

集评

陆辅之《词旨》：警句：“燕子不归花有恨，小院春寒。”

疏解

此为思念远人之词。上片言雨后黄泥路上泥泞初干，天空虽然放晴，但雾霭仍盘绕空中。地上碧绿的杨柳，依依下垂。虽然春花已放，但是院子仍充满寒意，燕子也还未归来。下片“倦客”自指，言不堪浪迹征尘。今日不知明日去何处，野水重山总是行不尽，然而归梦已经随着芳草先回到江南了。

陆子逸（陆淞[1]）｜一首

瑞鹤仙·脸霞红印枕[2]

脸霞[3]红印枕，睡起来，冠儿犹是不整[4]。屏间麝煤冷[5]，但眉山压翠[6]，泪珠弹粉[7]。堂深昼永[8]，燕交飞、风帘露井[9]。怅无人、与说相思[10]，近日带围宽尽[11]。　重省。残灯朱幌[12]，淡月疏窗[13]，那时风景[14]。阳台路迥[15]，云雨梦[16]，便无准。待归来，先指花梢教看，欲把心期[17]细问。问因循[18]、过了青春，怎生意稳[19]？

校注

（1）陆淞，字子逸，号云溪，山阴（今浙江绍兴）人，是陆游的长兄。曾知辰州，官至左朝请大夫。传词仅两首。《瑞鹤仙》一词流传甚广。

（2）瑞鹤仙：词牌名。《清真集》《梦窗词集》并入高平调。各家句读出入颇多。双片，一百零二字，前片七仄韵，后片六仄韵。第一格起句及结句倒数第二句，皆上一、下四句式。第三格后片增一字。此调始见于周邦彦词。王明清《玉照新志》言，其父王铚云：“美成以待制提举南京鸿庆宫，自杭徙居睦州，梦中作长短句《瑞鹤仙》一阕。”《妙选草堂诗余》前集卷上、《花草粹编》卷十一：题《春情》。（按:《妙选草堂诗余》刻欧阳永叔词。）

(3)脸霞：脸上泛起的红润光泽。温庭筠《南歌子》：“脸上金霞细，眉间翠钿深。”周邦彦《醉桃源》：“烧蜜炬，引莲娃，酒香薰脸霞。”

(4)“睡起来”二句:《妙选草堂诗余》前集卷上、《绝妙好词笺》卷一、《词源》卷下:“起来”作“觉来”，“犹是”作“还是”。

(5)“屏间”句：麝墨所画的屏风，使人感到寒意。麝煤，制墨的原料，后又以为墨的别称。词中指水墨画。韩偓《横塘》：“蜀纸麝煤添笔媚，越瓯犀液发茶香。”杨万里《送罗永年西归》：“南溪鸥鹭如相问，为报春吟费麝煤。”

(6)眉山压翠：双眉紧皱，如同挤压在一起的青翠远山。《绝妙好词笺》卷一：“眉山”作“眉峰”。《妙选草堂诗余》见集卷上：(“眉山”句)韩诗：“天空浮修眉，浓绿画新就。”今俗妆有远山眉者。

(7)《妙选草堂诗余》前集卷上：李(白)诗：“茫茫泪如珠。”

(8)昼永：白日漫长。永，水流长。《说文》：“永，水长也。”《诗·周南·汉广》：“江之永矣，不可方思。”。《毛传》：“永，长。”(按：“永”之长，亦兼指时间和空间，此处指日长。)

(9)“燕交飞”二句：交飞，交翅并飞。露井，没有盖的井。贺知章《望人家桃李花》：“桃李从来露井傍，成蹊结影矜艳阳。”王昌龄《春宫曲》：“昨夜风开露井桃，未央前殿月轮高。”《妙选草堂诗余》前集卷上、《绝妙好词笺》卷一：谢：“风帘入双燕”。又：杜：“露井冻银床。”(按：谢朓《和王主簿季哲怨情诗》：“花丛乱数蝶，风帘入双燕。”又：杜甫《冬日洛城北谒玄元皇帝庙》：“风筝吹玉柱，露井冻银床。”)

(10)“帐无人”二句:《妙选草堂诗余》前集卷上、《绝妙好词笺》卷一、《词源》卷下：“帐”作“恨”。《绝妙好词笺》卷一：“与说”作“说与”。《妙选草堂诗余》前集卷上：李白诗：“更报长相思。”

(11)“近日”句：形体日渐消瘦。带围，俗称腰围。

(12)朱幌：床上的红色帷幔。

(13)《花草粹编》卷十一、《绝妙好词笺》卷一、《词源》卷下：“疏窗”作“纱窗”。

(14)“那时”句：风景，此处指“情景”。《妙选草堂诗余》前集卷上：韩诗：“萧萧风景寒。”

（15）“阳台”句：阳台，隐指男女欢会之地。迥，遥远。《词源》卷下、《花草粹编》卷十一：“路迥”作“路远”。

（16）云雨梦：本指神女与楚王欢会之梦，引指男女欢会。

（17）心期：内心期望，相许。陶潜《酬丁柴桑》：“实欣心期，方从我游。”王勃《山亭兴序》：“百年奇表，开壮志于高明；千里心期，得神交于下走。”引申为相思。晏幾道《采桑子》：“心期昨夜寻思遍，犹负殷勤。齐斗堆金，难买丹诚一寸真。”

（18）因循：轻易、随便。《五灯会元》：“苟或因循，何由体悟。”司马光《答胡寺丞书》：“京师日困俗事，因循逾年，尚未报谢。”

（19）意稳：心安。

集说

陈鹄《耆旧续闻》：南渡初，南班宗子寓居会稽，为近属，士子最盛，园亭甲于浙东。一时坐客皆骚人墨客，陆子逸尝与焉。士有侍姬盼盼者，色艺殊绝，公每属意焉。一日宴客，偶睡，不预捧觞之列。陆因问之，士即呼至，其枕痕犹在脸。公为赋《瑞鹤仙》，有“脸霞红印枕”之句。一时盛传之，逮今为雅曲。

集评

（1）张炎《词源》：簸弄风月，陶写性情，词婉于诗。盖声出莺吭燕舌间，稍近乎情可也。若邻乎郑卫，与缠令何异也？如陆云溪《瑞鹤仙》云……皆景中带情，而存骚雅。故其燕酣之乐，别离之愁，回文题叶之思，岘首西州之泪，一寓于词。若能屏去浮艳，乐而不淫，是亦汉魏乐府之遗意。

（2）卓人月《古今词统》：委宛深厚，不忍随口念过。汉、魏遗意。

(3)先著、洪程《词洁》:能如此作情词，亦复何妨?

(4)贺裳《皱水轩词筌》:从来文之所在，不必名之所在。如陆雪窗名不甚著，其《瑞鹤仙·春情》末云:“待归来，先指花梢教看，欲把心期细问。问因循、过了青春，怎生意稳?”迷离婉妮，几在周、秦之上。今误作欧公，非是。

(5)王闿运《湘绮楼评词》:小说造为咏歌姬睡起之词，不顾文理，本事之附会，大要如此。

疏解

此词写别离。上阕写佳人之睡。写睡起之态、睡起之神情、睡起之景色、睡起所想的心事，将她的孤独愁思描绘得惟妙惟肖。下阕写情景。先忆旧时情景，再叙别后情景，构想重逢情景，把情切切、意浓浓的佳人之心写得细致入微。

全词略言:红霞般的脸蛋上印着枕痕，她一觉醒来，衣冠零乱也懒得去整理。彩屏里水墨丹青透着冷意，只见丽人紧锁眉头，盈盈的泪珠打湿了脸上的脂粉。白昼漫长庭院深深，燕子双飞嬉戏在风帘露井。可恨身边没有一个人能陪她诉说相思之情，近来衣带宽松得叫人惊心。反复地回想当年的幽会，残灯映照在朱红帷幔上，淡淡的月光从纱窗透进来，那时的情景多么迷人。如今，通向他的路是那么遥远，纵然想在梦中欢会，也没有定准。等到他归来时，要先让他去看那败落的花枝，再把心中期盼之情细细盘问。问他为何耽误了青春，怎么那么忍心?

高宾王（高观国[1]）｜一首

菩萨蛮·春风吹绿湖边草[2]

春风吹绿湖边草，春光依旧湖边道。玉勒锦障泥[3]，少年游冶[4]时。　烟明花似绣，且醉旗亭[5]酒。斜日照花西，归鸦花外啼。

校注

(1)高观国，字宾王，号竹屋，山阴（今浙江绍兴）人。有《竹屋痴语》。

(2)《花庵词选》、《花草粹编》卷三：题《春思》。

(3)玉勒：白玉装饰的马络头。庾信《三月三日华林园马射赋》："控玉勒而摇星，跨金鞍而动月。"高适《送浑将军出塞》："银鞍玉勒绣蝥弧，每逐嫖姚破骨都。"锦障泥：用织锦做成的马鞍垫子。

(4)游冶：出外游乐，男女交游，或指流连妓馆、追逐声色。欧阳修《蝶恋花》："玉勒雕鞍游冶处，楼高不见章台路。"王安石《次韵酬宋玘》之三："游冶水边追野马，啸歌林下应山君。"贺铸《南乡子》："二十四桥游冶处，留连。携手娇饶步步莲。"

（5）旗亭：酒店，酒楼。《集异记》："开元中，诗人王昌龄、高适、王涣之齐名。……一日，天寒微雪，三诗人共诣旗亭，贳酒小饮。忽有梨园伶官十数人，登楼会宴。三诗人因避席偎，映拥炉火以观焉。"

集评

（1）黄昇《中兴以来绝妙词选》：称其与史邦卿皆秦、周之词，所作要是不经人道语，其妙处少游、美成，若唐诸公亦未及也。

（2）周济《宋四家词选目录序论》：竹屋、蒲江并有盛名。蒲江窘促，等诸自郐；竹屋硁硁，亦凡声耳。

（3）周济《介存斋论词杂著》：竹屋得名甚盛，而其词一无可观，当由社中标榜而成耳。

（4）陈廷焯《白雨斋词话》卷二：竹屋词最隽快，然亦有含蓄处。抗行梅溪则不可，要非竹山所及。

（5）冯煦《蒿庵论词》：平心论之，竹屋精实有余，超逸不足。以梅溪较之，究未能旗鼓相当。今若求其同调，则惟卢蒲江差足肩随耳。

疏解

此为湖边重温旧梦之作。"春风吹绿湖边草"，也吹醒了作者旧情，唤起了美好的回忆。湖边道上春意盎然，"春光依旧"。"玉勒锦障泥，少年游冶时"则回忆了少年时来到"湖边道"的情景。下片续写少年时游冶的追忆。"烟明花似绣，且醉旗亭酒。"早春湖畔阳光明媚，红花像绣在轻绡上似的；他且到酒店以求一醉。"斜日照花西，归鸦花外啼。"他在旗亭里沉入了回忆，直到归鸦啼鸣，他才从沉思中回到现实，此时夕阳已经西下。"归鸦花外啼"，日暮乌鸦归来在不少人诗中都有男女欢会的意思，

吴梅《词学通论》云："大抵南宋以来，如放翁，如于湖，则学东坡，如龙川，如龙洲，则学稼轩；至蒲江、宾王辈，以江湖叫嚣之习，非倚声家所

宜，遂瓣香周、秦，而词境亦闲适矣。”高观国此词正是周邦彦、秦观的风格。

史达祖（史邦卿[1]）| 三首

绮罗香[2]·春雨

做冷欺花[3]，将烟[4]困柳，千里偷催春暮。尽日冥迷[5]，愁里欲飞还住。惊粉重、蝶宿西园[6]，喜泥润、燕归南浦[7]。最妨他、佳约风流，钿车不到杜陵[8]路。　　沉沉江上望极，还被春潮晚急[9]，难寻官渡[10]。隐约遥峰，和泪谢娘[11]眉妩。临断岸、新绿生时，是落红、带愁流处。记当日、门掩梨花[12]，剪灯深夜语[13]。

校注

（1）史达祖，字邦卿，号梅溪，汴（今河南开封）人。史达祖的词以咏物为长，其中不乏身世之感。他还在宁宗朝北行使金，这一时期的北行词，充满了沉痛的家国之感。今传有《梅溪词》。

（2）绮罗香：史达祖创调。绮罗香用喻豪华旖旎之境，唐宋人多用于诗词。如秦韬玉诗："蓬门未识绮罗香，拟托良媒益自伤。"欧阳修诗："绮罗香里留佳客，弦管声来扬晚风。"词调即取以为名。

（3）"做冷"句：春天寒冷，妨碍了花儿的开放。《妙选草堂诗余》后集卷上："做冷"作"微冷"。

(4)《妙选草堂诗余》后集卷上:“将烟”作“薄烟”。注:萧遘诗:“水堤烟报柳。”

(5)冥迷:迷蒙。

(6)惊粉重:蝴蝶身上的花粉,经春雨淋湿,飞不起来,故云“惊”。西园:泛指园林。《妙选草堂诗余》后集卷上:郑谷《蝶》诗:“微雨宿花房。”

(7)《妙选草堂诗余》后集卷上:(“喜泥润、燕归南浦”句)杜:“芹泥随燕嘴。”

(8)钿车:用珠宝装饰的车,古时为贵族妇女所乘。杜陵:地名,在陕西西安东南。

(9)“还被”句:《妙选草堂诗余》后集卷上:唐韦(应物)诗:“春潮带雨晚来急,野渡无人舟自横。”《花庵词选》、《妙选草堂诗余》后集卷上:“春潮晚急”作“春潮急”。

(10)官渡:官府设的渡口。

(11)谢娘:唐代歌女名,此处指歌女。

(12)门掩梨花:《妙选草堂诗余》后集卷上:古词:“雨打梨花深闭门。”《花庵词选》、《花草粹编》卷十一:“门掩”作“开掩”。

(13)“剪灯”句:《妙选草堂诗余》后集卷上:司空曙诗:“孤灯寒照雨。”

集评

(1)黄昇《中兴以来绝妙词选》卷七:“临断岸”以下数语,最为姜尧章称赏。

(2)张炎《词源》卷下《句法》:如史邦卿《春雨》云:“临断岸、新绿生时,是落红、带愁流处。”……此皆平易中有句法。

(3)张炎《词源》卷下《咏物》:诗难于咏物,词为尤难。体认稍真,则拘而不畅;模写差远,则晦而不明。要须收纵联密,用事合宜。一段意思,全在结句,斯为绝妙。如史邦卿……《绮罗春》咏春雨云……此皆全章精粹,所咏了然在目,且不留滞于物。

(5)杨慎《词品》:“做冷欺花”一联,将春雨神色拈出。

(7)先著、程洪《词洁》卷五：无一字不与题相依，而结尾始出“雨”字，中边皆有。前后两段七字句，于正面尤着到。如意宝珠，玩弄难于释手。

(8)许昂霄《词综偶评》：绮合绣联，波属云委。“尽日冥迷”二句，摹写入神。“记当日”二句，如此运用，实处皆虚。

(9)孙麟趾《词径》：词中四字对句，最要凝练，如史梅溪云：“做冷欺花，将烟困柳。”只八个字，已将春雨画出。

(11)李佳《左庵词话》：史达祖《春雨》词煞句“记当日、门掩梨花，剪灯深夜语”，就题烘衬推开去，亦是一法。

(12)黄苏《蓼园词评》：愁雨耶？怨雨耶？多少淑偶佳期，尽为所误，而伊乃浸淫渐渍，联绵不已。小人情态如是，句句清隽可思。好在结二语写得幽闲贞静，自有身份，怨而不怒。

(13)陈廷焯《白雨斋词话》：梅溪词……又《临江仙》结句云：“枉教装得旧时多。向来箫鼓地，犹见柳婆娑。”慷慨生哀，极悲极郁。

(14)周济《介存斋论词杂著》：梅溪甚有心思，而用笔多涉尖巧，非大方家数，所谓一勾勒即薄者。

(15)俞陛云《唐五代两宋词选释》：此调体物殊工，与碧山之咏蝉，玉田之咏春水，白石之咏蟋蟀，皆能融情景于一篇者。虞山毛晋心醉其《双双燕》词，但“柳昏花暝”自是名句，而全篇多咏燕，仅于结处见意，不若此调之情文并茂也。起三句吸春雨之神。四、五句关合听雨之情。“蝶”“燕”二句从侧面写题，“惊”“喜”二字为蝶燕设想，殊妙。“佳期”句承愁雨之意，写到怀人，以领起后幅。转头处言临江望远，意境开拓。以山喻眉，以雨喻泪，常语也，眉黛与泪痕合写，便成隽语。上阕言近处庭院之雨，后言远处江湖之雨。“新绿”二句非特江干风景，而送春念远，皆在其中。“落红”句造语尤工。结句听雨西窗，虽意所易到，而回首当年，以“梨花门掩”，点染生姿，觉余音绕梁也。

(16)俞平伯《唐宋词选释》：本篇为咏物体，写江南烟雨极为工细。有正面描写处，有侧面衬托处，有点缀风华处，有与怀人本意夹写处，而以回忆作结。姜夔称为“融情景于一家，会句意于两得”。……知姜氏此评是恰当的。

疏解

此词为咏物词，以多种艺术手法摹写春雨缠绵的景象。上片写近处春雨。蝶惊粉重，燕喜泥润。佳期被阻，钿车不行。下片写远处春雨。春潮晚急，群山迷蒙，新绿落红，带愁流去。通篇不着“雨”字，却处处贴切题意。

全词略言：春雨带着冷气，欺凌早开之花，雾气弥漫，柳树低垂。千里烟雨暗暗地催促着晚春之迟暮。整日里昏暗迷蒙，仿佛忧愁满腹，想要飘飞，又忽然停住。蝴蝶惊讶于自己翅膀的湿重，在西园栖息；春燕爱用湿泥筑巢，飞来飞去。最无奈的是泥泞的道路，妨碍了男女约会之期，使华丽的车辆无法到达杜陵路。极目眺望，江上烟雾沉沉。再加上春潮迅急，很难找到官方的渡口。远山隐隐约约，宛如佳人的眉眼。临近残断的河岸，可见绿波涨起，水面上漂着片片落红，带着幽愁向东漂流。记得当日，正是因为有你，我怕梨花被吹打才关上院门；正是因为有你，我才和佳人在西窗下秉烛谈心。

万年欢[1]·两袖梅风

两袖梅风[2],谢桥[3]边、岸痕犹带阴雪。过了匆匆灯市,草根青发。燕子春愁未醒,误几处、芳音辽绝。烟溪上、采菉[4]人归,定应愁沁花骨[5]。　　非干厚情易歇。奈燕台句[6]老,难道离别。小径吹衣,曾记故里风物。多少惊心旧事,第一是、侵阶罗袜。如今但、柳发晞春[7],夜来和露梳月。

校注

(1)万年欢,唐教坊曲名。《宋史·乐志》云:中吕宫。《高丽史·乐志》名《万年欢慢》。双调,一百字,仄韵格。又有一百零一字、一百零二字体,平韵格。押平韵者上阕九句五平韵,下阕九句四平韵。《花庵词选》题《春思》。

(2)梅风:早春的风。杜审言《守岁侍宴应制》:“弹弦奏节梅风入,对局探钩柏酒传。”或以“梅风”指黄梅季节的风。李贺《湖中曲》:“横船醉眠白昼闲,渡口梅风歌扇薄。”王琦汇解引《岭南录》:“梅雨后,风曰梅风。”周邦彦《过秦楼·夜景》:“梅风地溽,虹雨苔滋,一架舞红都变。”(按:据“犹带阴雪”“灯市”,此处应指早春之风。)

(3)谢桥:唐诗中所称之谢家、谢娘桥。张泌《寄人》:“别梦依依到谢家,小廊回合曲阑斜。多情只有春庭月,犹为离人照落花。”晏幾道《鹧鸪天》:“梦魂惯得无拘检,又踏杨花过谢桥。”(按:谢娘桥,唐李卫公李德裕镇苏州时,有宠姬谢秋娘,居谢桥。谢秋娘红颜薄命,逝于德裕镇浙西之日。为纪念谢秋娘,李德裕就用隋炀帝所作湖上曲《望江南》曲调,撰《谢秋娘》曲。是则《谢秋娘》即《望江南》。后人每将谢秋娘作为歌姬、爱妾的昵称。)

(4)采菉:菉,草名,即荩草,一名“王刍”。《说文》:“菉,王刍也。从草,录声。”《诗·淇澳》疏:“菉似竹,高五六尺,淇水侧人谓之菉竹。”《楚辞·招魂》:“菉蘋齐叶兮。”《花庵词选》、《花草粹编》卷十、《宋七家词选》卷二:“采菉”作“采绿”。

(5)花骨:花蕾,俗称花骨朵。

(6)燕台句:李商隐《燕台诗四首》,描情摹怨、忆旧伤别,备极工细,传诵一时。洛中少女柳枝尤赞诵之。后因以“燕台句”指工于言情的诗词佳作。周邦彦《瑞龙吟·春词》:“惟有旧家秋娘,声价如故。吟笺赋笔,犹记燕台句。”周密《长亭怨慢》:“醉墨题香,闲箫横玉尽吟趣。胜流星聚,知几诵、燕台句。”

(7)“柳发”句:言如发丝一般的柳枝,春日下已经晒干了。晞,日干,晒干。《说文》:“晞,日干也。”《诗经·秦风·蒹葭》:“蒹葭萋萋,白露未晞。所谓伊人,在水之湄。”《乐府诗集·长歌行》:“青青园中葵,朝露待日晞。”

集说

戈载《宋七家词选》卷二:前之“未醒”,后之“旧事”,宋词多有叶韵。又“故里”之“里”字,宜平声,疑“园”字之误。(按:《听秋声馆词话》:“故里”作“故园”。)

疏解

上片首二句,描写初春的景物:漫步在谢桥边,轻风吹拂着落梅,也吹满了词人的两袖。沿岸春寒未褪。四、五句点明时节。灯市指正月十五的元宵灯市。元宵过后,草儿已开始变绿,春天已经到来了,词人却发出“误几处、芳音辽绝”的怨语。“燕子”三句显示其用笔之精妙。题中“春思”之意至此方出。“烟溪”三句，笔锋一转，从对方着想，“愁沁花骨”四字甚炼。

下片“非干厚情易歇”则表现了作者无可奈何的心情。“奈燕台句老，难道离别”，痛心彻骨。“小径”五句，回首前尘，深情如揭。“小径吹衣”与首句“两袖梅风”呼应。结三句“如今但、柳发晞春，夜来和露梳月”，用春景写愁思。“夜来”句写词人在冷月之下凄然抚鬓的情景。

东风第一枝·立春[1]

草脚[2]愁回，花心梦醒，鞭香[3]拂散牛土。旧歌空忆珠帘，彩笔[4]倦题绣户。粘鸡贴燕[5]，想占断[6]、东风来处。暗惹起、一掬相思，乱藏[7]翠盘红缕。　　今夜觅、梦池[8]秀句。明日动、探花芳绪。寄声沽酒人家，款约嬉游[9]伴侣。怜他梅柳，怎忍后、天街酥雨[10]。待过了、一月灯期，日日醉扶归去。

校注

(1)东风第一枝：词牌名，亦曲牌名。据传为吕渭老所首创，原为咏梅而作。又名《琼林第一枝》。双调，上片九句，押四仄韵，五十字；下片八句，押五仄韵，五十字，共一百字。代表作有史达祖的《东风第一枝·春雪》等。《宋七家词选》卷二：题《立春日》，同高宾王赋。

(2)草脚：草根。《词源》卷下、《花草粹编》卷十、《宋七家词选》卷二："愁回"作"愁苏"。

(3)鞭香：《词综偶评》："宋时内官皆用五色丝彩杖鞭牛，故曰'鞭香'。"

(4)彩笔：五彩之笔。江淹少时，曾梦人授以五色笔，从此文思大进，晚年又梦一个自称郭璞的人索还其笔，自后作诗，再无佳句。人称"江郎才尽"。后人即以"彩笔"指辞藻富丽的文笔。李商隐《牡丹》："我是梦中传彩笔，欲书花叶寄朝云。"黄滔《喜侯舍人蜀中新命》："内人未识江淹笔，竟问当时不早求。"

(5)"粘鸡"句：《词综偶评》云："剪彩为雁以戴之，贴'宜春'二字，元日贴画鸡于户上。”

(6)占断：占尽，全部占有。 吴融《杏花》：“粉薄红轻掩敛羞，花中占断得风流。”《词源》卷下、《花草粹编》卷十：“占断”作“立断”。

(7)《词源》卷下、《宋七家词选》卷二：“乱藏”作“乱若”。

(8)梦池：梦中，梦境。

(9)《词源》卷下、《花草粹编》卷十、《宋七家词选》卷二：“款约嬉游”作“预约俊游”。 款约：诚意邀请。

(10)“怎忍后”二句：御街上正下着绵绵细雨，怎能忍到小雨之后。 天街，隋、唐京师长安城朱雀大街的别称，因其直通太极宫，所以又被称为“天街”。 另有朱雀门街，因为通向皇宫门的大街，称为“天门街”。 韩愈《早春呈水部张十八员外》：“天街小雨润如酥，草色遥看近却无。”韦庄《秦妇吟》：“内库烧为锦绣灰，天街踏尽公卿骨。”酥雨，茫茫细雨。《词源》卷下、《宋七家词选》卷二：“怎忍后”作“怎忍润”。

集评

(1)张炎《词源》卷下：昔人咏节序，不惟不多，附之歌喉者，类是率俗，不过为应时纳祜之声耳。 所谓清明“折桐花烂漫”、端午“梅霖初歇”、七夕“炎光谢”，若律以词家调度，则皆未然。 岂如……史邦卿《东风第一枝》赋立春云……如此等妙词颇多，不独措辞精粹，又且见时序风物之盛，人家宴乐之同，则绝无歌者。

(2)先著、程洪《词洁》卷四：史之逊姜，有一二欠自然处。 雕镂有痕，未免伤雅。 短处正不必为古人曲护。 意欲灵动，不欲晦涩。 语欲稳秀，不欲纤佻。 人工胜则天趣减。 梅溪、梦窗自不能不让白石出一头地。

(3)陈廷焯《白雨斋词话》卷二：梅溪《东风第一枝・立春》，精妙处竟是清真高境。 张玉田云：“不独措辞精粹，又且见时节风物之感。”乃深知梅溪者。 余尝谓白石、梅溪皆祖清真，白石化矣，梅溪或稍逊焉。 然高者亦未尝不化，如此篇是也。

疏解

此词另有题作《壬戌闰腊望雨中立癸亥春与高宾王各赋》。

全词略云：春天来了，草根正愁何时可以变绿，而花朵沉睡了一个冬天，已经“梦醒”了。都城宫中的太监们正用有五色丝的彩杖鞭牛做游戏，宫女们都忙于将彩绢剪成鸿雁戴在头上。宫门上到处都贴上“宜春”两字，并有“画鸡”贴在门上，想占尽春风给人们带来的一切好处。此时，唯有我却暗暗地想起当年的一掬相思的泪水，胡乱藏掖着翠盘上的红丝。谁想到今日夜里却在梦中寻觅着好词妙句，惹起明日探望她的一缕心思。我想还是找一处沽酒人家，真诚地邀请往昔这位嬉游的伴侣吧。春天的梅花已经开过，柳枝也已经低低地飘拂，怎能让都城大街上下起蒙蒙细雨、让泥泞路滑呢？元宵节已经过了一个月。约不到她，我将日日大醉而归。

方巨山（方岳[1]）｜一首

水调歌头·平山堂[2]用东坡韵

秋雨一何碧，山色倚晴空。江南江北愁思，分付酒螺红[3]。芦叶蓬舟千里，菰菜莼羹[4]一梦，无语寄归鸿。醉眼渺河洛[5]，遗恨夕阳中。　　蘋洲[6]外，山欲暝，敛眉[7]峰。人间俯仰陈迹，叹息两仙翁[8]。不见当年[9]杨柳，只是从前烟雨，磨灭几英雄。天地一孤啸，匹马[10]又西风。

校注

（1）方岳（1199—1262），字巨山，号秋崖，徽州祁门（今属安徽）人。绍定五年（1232）进士。先后忤史弥远、丁大全，被弹劾罢官。以诗名世，有《秋崖集》。

（2）平山堂：在今扬州西北蜀岗上，为欧阳修所建。

（3）酒螺红：即红螺酒杯。酒螺，亦作“酒蠃”，用螺壳做成的酒杯，泛指酒杯。白居易《酬梦得见喜疾瘳》：“暖卧摩绵褥，晨倾药酒螺。”梅尧臣《送李载之殿丞赴海州榷务》：“茶官到有清闲味，海月团团入酒蠃。”

（4）菰菜莼羹：相传张翰在外做官时，见秋风起，想起了家乡的菰莼羹和鲈鱼脍，就辞官归乡。《晋书·张翰传》："齐王冏辟为大司马东曹掾。冏时执权，翰谓同郡顾荣曰：'天下纷纷，祸难未已。夫有四海之名者，求退良难。吾本山林间人，无望于时。子善以明防前，以智虑后。'荣执其手，怆然曰：'吾亦与子采南山蕨，饮三江水耳。'翰因见秋风起，乃思吴中菰莼羹、鲈鱼脍，曰：'人生贵得适志，何能羁宦数千里以要名爵乎！'遂命驾而归。俄而冏败，人皆谓之见机。翰任心自适，不求当世。或谓之曰：'卿乃可纵适一时，独不为身后名邪？'答曰：'使我有身后名，不如即时一杯酒。'时人贵其旷达。"

(5)渺河洛：中原河洛地区恢复渺茫。河洛，黄河与洛水，此处泛指沦陷于金兵之手的土地。

(6)蘋洲：江中长满蘋草的洲渚。

(7)敛眉：皱眉。

(8)两仙翁：指欧阳修与苏东坡。

(9)《宋四家词选》："当年"作"当时"。

(10)匹马：方岳自喻。

疏解

欧阳修在扬州西北修建了平山堂。后来，方岳身处平山堂，俯仰江山，缅怀先贤，不禁思绪如潮，就以苏东坡《黄州快哉亭》词的韵脚，作此《水调歌头·平山堂用东坡韵》。

方岳有收复中原之志，全词表现了他壮志未酬的苦闷心情。词一开始就展现了江南的秋景："秋雨一何碧，山色倚晴空"，寥寥两句，就把江南秋日雨天和晴天的特色呈现出来，自然地引出了"山色倚晴空"的景色。南国之秋并不像北国那样凄凉，词人的愁情却仍弥漫在"江南江北"，这就表明他的愁不是被自然景色引起的，而是由"江南江北"引起的：江山社稷正处于内忧外患之中，哪能不令人愁？"分付酒螺红"即借酒浇愁。"芦叶篷舟千里"表明词人正在行旅途中，篷舟穿过芦叶漂泊在江湖中，菰菜莼羹之味仅存于记忆中。抬头望南归的大雁，却无语可寄；醉眼朦胧中北望黄河、洛水，河山不能恢复之恨只能沉浸在夕阳之中，多么沉痛、深刻！

下片依然是眼前景物与内心情绪的交织。词人在江上漂泊，回眸蘋洲之外，暮色从四面袭来，几乎溶尽了山影，山峰与词人的眉头都紧蹙着。“人间俯仰陈迹”用了王羲之《兰亭集序》的典故。“不见当时杨柳”以下三句则言，英雄豪杰尚且随着时光的流逝而流逝，更何况我辈？最后词人发出“天地一孤啸”的长叹。

全词略言：秋雨过后，山色在晴空的映衬下如此青碧。一个人辗转大江南北，有多少愁思都付之一醉，暂且忘记吧。乘坐小船沿着芦苇岸千里漂泊，张翰那种因思念菰菜莼羹辞官的作为，于我只是一场梦，我唯有默默地把思念寄托给南飞之雁。醉眼朦胧中回望黄河、洛水，夕阳下有多少遗憾和愤恨！在蘋草萋萋的洲渚之外，远山在暮色里即将收敛眉峰。俯仰平山堂的遗迹，叹息欧、苏两人早已逝。磨灭当时杨柳的，是从前的烟雨，也磨灭了英雄。且发出一声孤啸，我又将催马启程，在凄紧的西风中行走。

吴君特(吴文英[1]) | 二首

唐多令·何处合成愁[2]

何处合成愁？离人心上秋[3]。纵芭蕉、不雨也飕飕[4]。都道晚凉天气好，有明月、怕登楼。　　年事[5]梦中休。花空烟水流。燕辞归[6]、客尚淹留[7]。垂柳不萦裙带[8]住，漫长是、系行舟。

校注

(1)吴文英(约1200—约1272)，字君特，号梦窗、觉翁，四明(今浙江宁波)人。原出翁姓，后出嗣吴氏。《宋史》无传。一生未第，游幕终身，于苏州、杭州、越州三地居留最久。有《梦窗词》。

(2)唐多令：词牌名。《太和正音谱》注越调，亦入高平调。也写作《糖多令》，又名《南楼令》《箜篌曲》等。双调，六十字，上下片各四平韵，亦有前片第三句加一衬字者。《花庵词选》、《花草粹编》卷七：题《惜别》。

(3)心上秋："心"上加"秋"字，即合成"愁"字。点明"愁"字来自惜别伤离。

(4)飕飕：风雨声。言即使不下雨，芭蕉仍然发出飕飕之声。《艺文类聚》卷一引汉赵壹《迅风赋》："啾啾飕飕，吟啸相求。"杜甫《秋雨叹》："雨声飕飕催早寒，胡雁翅湿高飞难。”白居易《效陶潜体诗十六首》：“月明愁杀人，黄蒿风飕飕。”郑谷《鹭鸶》：“闲立春塘烟淡淡，静眠寒苇雨飕飕。”宋章丽贞《长相思》：“风飕飕。雨飕飕。万里归人空白头。南冠泣楚囚。”

(5)年事：年岁，年纪，亦指岁月，此言往事如梦，似花落水流。何逊《入西塞示南府同僚》：“年事以蹉跎，生平任浩荡。”杜甫《重送刘十弟判官》：“年事推兄忝，人才觉弟优。”《词源》卷下：“年事”作“前事”。

(6)“燕辞归”句：曹丕《燕歌行》：“群燕辞归鹄南翔，念君客游多思断肠。慊慊思归恋故乡，君为淹留寄他方？”此用其意。客，作者自指。

(7)淹留：羁留，逗留。《离骚》：“时缤纷其变易兮，又何可以淹留？”柳永《八声甘州》：“不忍登高临远，望故乡渺邈，归思难收。叹年来踪迹，何事苦淹留？”贺铸《浪淘沙》：“为问木兰舟，何处淹留？”

(8)萦：旋绕。裙带：指离别而去的女子。

集说

郑文焯《梦窗词校议》：“燕辞归、有客尚淹留”，据《草堂诗余》云，一本如是。盖此调本有三五句法，不得谓上句衍一字也。

集评

(1)张炎《词源》：此调疏快，却不质实。如是者集中尚有，惜不多耳。

(2)王士禛《花草蒙拾》：“何处合成愁，离人心上秋。”滑稽之隽，与龙辅《闺怨》诗“得郎一人来，便可成仙去”，同是《子夜》变体。

(3)许昂霄《词综偶评》：第二句如诗中离合体，亦从少游“一钩残月带三星”得来。（“有明月”句）唐诗：“好月那堪独上楼。”（按：谭用之《月夜怀寄友人》：“剑气徒劳望斗牛，故人别后阻仙舟。残春逿道深倾酒，好月那堪独上楼。”）

（4）沈际飞《草堂诗余》正集：所以感伤之本，岂在蕉雨？ 妙妙。

（5）陈廷焯《白雨斋词话》卷二：张皋文《词选》独不收梦窗词，以苏、辛为正声，却有巨识。 而以梦窗与耆卿、山谷、改之辈同列，不知梦窗者也。 至董氏《续词选》只取梦窗《唐多令》《忆旧游》两篇，此二篇绝非梦窗高诣。《唐多令》一篇，几于油腔滑调，在梦窗集中，最为下乘。《续选》独取此两篇，岂故收其下者，以实皋文之言耶？ 谬矣。

（6）陈洵《海绡说词》：玉田不知梦窗，乃欲拈出此阕，牵彼就我。 无识者群聚而和之，遂使四明绝调，沉没几六百年，可叹！

（7）江顺诒《词学集成》卷二：词体之多，芜杂实甚。 其始误于传写，其继误于妄作。 其一调而同时或增减一二字，别为一体者，大约皆增字。 后人误以旁行列正，因群相仿效。（如吴梦窗《唐多令》“纵芭蕉、不雨也飕飕”，“纵”字非如曲之旁行增字乎？）……毛稚黄曰：“梦窗词‘纵芭蕉、不雨亦飕飕’，应上三下四，则‘也’字当为衬字。 谓‘纵’字为衬字，非。”（诒按：词中有衬字，可指证者甚少，故后人不知耳。）

（8）俞陛云《唐五代两宋词选释》：首二句以“心上秋”合成“愁”字，犹古乐府之“山上复有山”，合成征人“出”字。 金章宗之“二人土上坐”，皆借字以传情，妙语也。“垂柳”二句与《好事近》“藕丝缆船”同意。“明月”及“燕归”二句，虽诗词中恒径，而句则颇耐吟讽。 张叔夏以“疏快”两字评之，殊当。

疏解

此词反映了吴文英漂泊生涯中的失意。 上片就眼前之景抒发离别之愁；下片展示自己的心灵背景和深层意绪，把与友人的惜别赋予了较深的内涵，表现了词人写作时的复杂心情和离别之际的纷纷意绪。

上片言：如何能合成一个“愁”？ 只有离别之人的“心”上加“秋”。秋雨停歇之后，风吹芭蕉叶也有飕飕之声。 别人都说是晚上天气最好，可是我却害怕登楼，那明月光下的情景会令我滋生忧愁。

下片言：往昔的种种情事好似梦境一般去悠悠，就像花开花谢，就像滚滚烟波般向东流。 燕子已经飞回南方的故乡，只有我还在异地停留。 丝丝的垂柳不能系住她的裙带，却能拴住我的行舟。

忆旧游·别黄澹翁[1]

送人犹未苦，苦送春，随人去天涯。片红[2]都飞尽，正阴阴[3]润绿，暗里啼鸦。赋情顿雪[4]双鬓，飞梦逐尘沙。叹病渴凄凉，分香瘦减，两地看花。　　西湖断桥[5]路，想系马垂杨，依旧欹斜。葵麦迷烟处[6]，问离巢孤燕，飞过谁家？故人为写深怨，空壁扫秋蛇[7]。但醉上吴台[8]，残阳草色归思赊[9]。

校注

(1)忆旧游：离别之作，南宋吴文英所作，收录于《梦窗词》，其词婉约隽永。该词被选入《全宋词》及《词综》。《清真集》入越调。双调，一百零二字，前片四平韵，后片五平韵。过片二字亦可不叶。此调正体有六领格字。亦有开端不用领格字，改上一、下四句法为上二、下三，改二、三句为八言一句，过片二字减去一韵者。有前片第四句改五言为上三、下四的七言句式，而将第五句之领格字减去，又于过片五字改作“仄平平仄仄”的上一、下四句式，并于结尾倒数第二句增叶一韵。黄澹翁：南宋名医，作者的好友。清人黄述宁曾撰《黄澹翁医案》记录其人其事。

(2)片红：花草。

(3)阴阴：湿润的样子。

(4)顿：顿时。雪：名词用作动词，此处形容情思使双鬓白如雪。

(5)断桥：位于杭州白堤东端，自古为离别之地。张祜《题杭州孤山寺》：“断桥荒藓涩，空院落花深。”

(6)“葵麦”句：借用《诗经·黍离》：“彼黍离离，彼稷之苗。行迈靡靡，中心摇摇。知我者，谓我心忧；不知我者，谓我何求。”

(7)空壁：白色的墙壁。作者为友题词其上，故曰“空壁”。秋蛇：比喻作者题词行书似秋天之蛇，笔迹劲瘦委蛇。

(8)吴台：吴王阖闾(一说夫差)所筑之姑苏台。李嘉祐《春日长安送从弟尉吴县》：“人向吴台远，莺飞汉苑多。”

(9)赊：长，远。

集说

彊村本《梦窗词集小笺》“忆旧游”：黄澹翁。（按：《阳春白雪》：“澹翁，名中。”载其《瑞鹤仙》一词。）又，施枢《芸隐横舟稿》云：“开炉次夕，以不禁离抱，来访宏庵，挑灯细雨，漏促忘归，即事有赋。”时黄澹翁在焉。

集评

谭献《复堂词话》卷一：深湛之思，最是善学清真处。

疏解

作者一生未曾及第，与仕途无缘。曾游访苏杭，借寄人家门客，并结识了好友黄澹翁。该词为作者秋日离别之作。

上片：“送人犹未苦，苦送春，随人去天涯。”写春花已去，人也去，送人苦，春天送人更苦。情景交融。“片红都飞尽，正阴阴润绿，暗里啼鸦。”继续写景铺垫，用落红、寒鸦一起调动词人的情绪。“赋情顿雪双鬓，飞梦逐尘沙。”此句用夸张的手法抒发愁思。双鬓如雪，固然不仅仅是此次送别的哀思，词人在送人之时，联想到自己一生已过大半，青年时的梦想还未曾实现。

该句承前启后，到此笔锋一转，开始着重写自己的境况。“叹病渴凄凉，分香瘦减，两地看花。”埋怨自己与友人分别后，再也无人陪伴、无人交心同游。

下片紧跟两句排比，开始回忆当年与友人一起同游之地。“西湖断桥路，想系马垂杨，依旧欹斜。”用西湖断桥、系马杨柳，生动地再现了当时的情景。 然而如今，系马之处空无一人，使人触景空叹。“葵麦迷烟处，问离巢孤燕，飞过谁家”则借用了《诗经·黍离》的意象：“彼黍离离，彼稷之苗。 行迈靡靡，中心摇摇。 知我者，谓我心忧；不知我者，谓我何求。”“故人为写深怨，空壁扫秋蛇。”说明自己实在惘然，只能以题壁的方式来宣泄对友人的思念之情，而秋蛇般的字迹，将内心的情感暴露无遗。 全词末句“但醉上吴台，残阳草色归思赊”再次写景，以景收尾。

蒋胜欲(蒋捷[1]) | 一首

贺新郎·梦冷黄金屋

梦冷黄金屋[2]。叹秦筝[3]、斜鸿阵里[4],素弦[5]尘扑。化作娇莺飞归去,犹认纱窗旧绿。正过雨、荆桃如菽[6]。此恨难平君知否,似琼台、涌起弹棋局[7]。消瘦影,嫌明烛。　鸳楼醉泻东西玉[8]。问芳踪、何时再展,翠钗[9]难卜。待把宫眉横云[10]样,描上生绡[11]画幅。怕不是、新来妆束。彩扇红牙[12]今都在,恨无人、解听开元曲[13]。空掩袖,倚寒竹[14]。

校注

(1)蒋捷(约1245—1305后),字胜欲,号竹山,常州宜兴(今属江苏)人,度宗咸淳十年进士。宋亡,隐居不仕,其气节为时人所重。长于词,与周密、王沂孙、张炎并称“宋末四大家”。其词多抒发故国之思、山河之恸,风格多样,而以悲凉清俊、萧寥疏爽为主。尤以造语奇巧之作,在宋季词坛上独具一格,有《竹山词》。

(2)黄金屋:形容极其富贵奢华的生活环境。据班固《汉武故事》记载,汉武帝幼时曾对姑母长公主说:“若得阿娇作妇,当以金屋贮之。”阿娇,汉武帝刘彻的姑母(馆陶长公主)的女儿。此典故原指汉武帝刘彻要用金屋接纳阿娇为妇。阿娇泛指美丽高贵的女子。

(3)秦筝:古秦地(今陕西一带)的一种弦乐器,似瑟,传为秦蒙恬所造,故名。《风俗通义校注》卷六《声音·筝》:“按:《礼乐记》:‘筝,五弦,筑身也。’今并、凉二州筝形如瑟,不知谁所改作也。或曰:秦蒙恬所造。”曹丕《善哉行》:“齐倡发东舞,秦筝奏西音。”潘岳《笙赋》:“晋野悚而投琴,况齐瑟与秦筝。”岑参《秦筝歌送外甥萧正归京》:“汝不闻秦筝声最苦,五色缠弦十三柱。”

(4)“斜鸿”句:筝柱斜列如雁阵。李商隐《昨日》:“二八月轮蟾影破,十三弦柱雁横斜。”

(5)素弦:素琴的弦。素琴即有名无实的琴,是没有弦和徽(标记音位的13个圆形标志,多由螺钿、贝壳制成,镶嵌在琴面)的琴,抚弄这样的琴,只是一种雅趣。《礼记·丧服》:“祥之日,鼓素琴,告民有终也,以节制者也。”《宋书·陶潜传》:“潜不解音声,而畜素琴一张,无弦,每有酒适,辄抚弄以寄其意。”《晋书·陶潜传》:“性不解音,而畜素琴一张,弦徽不具,每朋酒之会,则抚而和之曰:‘但识琴中趣,何劳弦上声。’”《全梁文》:“渊明不解音律,而蓄无弦琴(一作‘无弦素琴’)一张,每酒适,辄抚弄以寄其意。”汉秦嘉《留郡赠妇诗》之三:“芳香去垢秽,素琴有清声。”唐代诗人多用“素琴”一词来表示无弦。李白《戏赠郑溧阳》:“陶令日日醉,不知五柳春。素琴本无弦,漉酒用葛巾。”又,《古风》之五:“安识紫霞客,瑶台鸣素琴。”李益《闻亡友王七嘉禾寺得素琴》:“素琴苦无徽,安得宫商全。”白居易《清夜琴兴》:“明镜懒开长在匣,素琴欲弄半无弦。”刘禹锡《陋室铭》:“可以调素琴,阅金经。”

(6)荆桃:樱桃。《尔雅·释木》:“楔,荆桃。”郭璞注:“今樱桃。”周邦彦《大酺·春雨》:“红糁铺地,门外荆桃如菽。”菽:豆的总称。

(7)弹棋局:弹棋,古博戏,此喻世事变幻如棋局。蔡邕《弹棋赋》:“于是列象棋,雕华丽,丰腹敛边,中隐四企。”曹丕《弹棋赋》:“丰腹高隆,庳根四颓,平如砥砺,滑若柔荑。”阎伯玙《弹棋局赋》:“丰腹上圆,颓根下矩。”沈括《梦溪笔谈》:“其局方二尺,中心高如覆盂,其巅为小壶,四角微隆起。”李商隐《无题》:“莫近弹棋局,中心最不平。”

(8)鸳楼：鸳鸯楼，为楼殿名。东西玉：指酒器。见《词统》："山谷诗：'佳人斗南北，美酒玉东西。'注：酒器也。"

(9)翠钗：翡翠钗。刘孝绰《淇上戏荡子妇》："翠钗挂已落，罗衣拂更香。"李商隐《蝶》："为问翠钗钗上凤，不知香颈为谁回。"贺铸《绿头鸭》："翠钗分。银笺封泪，舞鞋从此生尘。"（按：钗：旧时妇女别在发髻上的一种饰物，由两股合成。）

(10)横云：唐代妇女眉型之一。唐张泌《妆楼记·十眉图》："明皇幸蜀，令画工作《十眉图》，横云、却月皆其名。"苏轼《眉子石砚歌》："君不见成都画手开十眉，横云却月争新奇。"［按：《丹铅总录》："唐明皇令画工画《十眉图》，一曰鸳鸯眉（又名八字眉），二曰小山眉（又名远山眉），三曰五岳眉，四曰三峰眉，五曰垂珠眉，六曰月棱眉（又名却月眉），七曰分梢眉，八曰涵烟眉，九曰拂云眉（又名横烟眉），十曰倒晕眉。"现已不可考。］

(11)生绡：未漂煮过的丝织品。古时多用以作画，因亦以指画。韩愈《桃源图》："流水盘回山百转，生绡数幅垂中堂。"

(12)红牙：牙板，古乐器。南宋俞文豹《吹剑录》载，东坡在玉堂日，有幕士善歌，因问："我词何如柳七？"对曰："柳郎中词，只合十七八女郎，执红牙板，歌'杨柳岸，晓风残月'；学士词须关西大汉执铁绰板，唱'大江东去'。"

(13)开元曲：开元盛世时的歌曲。唐明皇开元年间，农业、手工业、商业都有较大发展，国力十分强盛，史称"开元盛世"。据杜佑《通典》记载："至(开元)十三年封泰山，米斗至十三文，青、齐谷斗至五文。自后天下无贵物，两京米斗不至二十文，面三十二文，绢一匹二百一十二文。东至宋、汴，西至岐州，夹路列店肆待客，酒馔丰溢。每店皆有驴，赁客乘，倏忽数十里，谓之驿驴。南诣荆、襄，北至太原、范阳，西至蜀川、凉府，皆有店肆，以供商旅，远适数千里，不持寸刃。"

(14)倚寒竹：杜甫《佳人》："天寒翠袖薄，日暮倚修竹。"

集评

（1）陈廷焯《白雨斋词话》卷八：蒋竹山《贺新郎》云……似此亦磊落可喜。竹山集中，便算最高之作。乃秀水必谓其效法白石，何异痴人说梦耶！

（2）谭献《复堂词话》：瑰丽处，鲜妍自在，词藻太密。

（3）吴梅《词学通论》：竹山词亦有警策处，如《贺新郎》之“浪涌孤亭起”“梦冷黄金屋”二首，确有气度。竹垞《词综》推为南宋一家，且谓源出白石，亦非无见。

疏解

南宋亡国后，蒋捷的许多词作都表现出怀念故国的心情，抒发了丧失山河之恸。此词中，他用隐喻象征手法，以美人自拟，抒写亡国遗恨。富贵的黄金屋隐喻往日繁华，如今只有“冷梦”能到，暗示家国的败亡。“弹棋局”，表面为追忆与佳人弈棋情事，实则追怀南宋灭亡前的国势。伊人用过的物品还在，睹物恋人，实是对故国的悠悠情思。失落、孤寂、伤亡国、思往日，无限复杂情绪，全借失时佳人写出，耐人寻味。

全词略言：梦中的黄金屋已经凄冷，叹秦筝上的斜弦恰似雁阵飞行，洁白的筝弦蒙上了灰尘。她化为娇莺飞回去了，还能辨认出纱窗旧日的绿痕。窗外正下着蒙蒙细雨，樱桃如红豆般圆润晶莹。这相思愁恨难以平静，你可知情？就像琼玉棋枰、弹棋局。孤灯映着我消瘦的身影，总嫌那烛光太亮。鸳鸯楼上碰杯饮酒，玉杯碰碎美酒倾。想问她的芳踪，何时再能相见？实在难寻她头簪翠钗的丽影。想把宫眉画成纤云式，在生绡画幅上绘出她的面容，只怕不是现在流行的妆容。歌舞用的彩扇与牙板还在，只恨无人能听懂开元曲。我只能空虚地掩袖拭泪，独倚着寂寞寒冷的翠竹。

周公瑾（周密[1]）| 二首

疏影·梅影

冰条冻叶[2]，又横斜照水[3]，一花初发。素壁秋屏[4]，招得芳魂[5]，仿佛玉容明灭[6]。疏疏满地珊瑚冷[7]，全误[8]却、扑花幽蝶。甚美人、忽到窗前镜里，好春难折。　闲想孤山旧事，浸清漪倒映，千树残雪。暗里东风，可惯无情，搅碎一帘香月。轻妆谁写崔徽面[9]，认隐约、烟绡重叠。记梦回、纸帐残灯，瘦倚数枝清绝。

校注

(1)周密(1232—1298)，字公谨，号草窗、蘋洲、四水潜夫等。原籍济南，后为吴兴(今浙江湖州)人。宋德祐间曾任义乌(今属浙江)令等职。宋亡隐居不仕。其词讲求格律，风格在姜夔、吴文英两家之间，与吴文英(梦窗)并称“二窗”。宋室覆亡之后多慨叹怀旧之作，并能诗文书画，谙熟宋代掌故。著有《蘋洲渔笛谱》等，编有《绝妙好词》。

(2)“冰条”句：早春冰雪，梅枝如冰条，叶子如冻叶。彊村本《蘋洲渔笛谱·集外词》：“冻叶”作“木叶”。

(3)横斜照水：林逋《山园小梅》：“众芳摇落独暄妍，占尽风情向小园。

疏影横斜水清浅，暗香浮动月黄昏。”

(4)“素壁”句：白色的墙壁和屏风。素屏，白色的墙壁，或山壁、石壁。此借指屏风上的画幅。《宣和画谱·郭熙》：“至摅发胸臆，则于高堂素壁，放手作长松巨木，回溪断崖，岩岫巉绝，峰峦秀起。”郦道元《水经注·澧水》：“高峰孤竦，素壁千寻，望之苕亭，有似香炉。”江淹《建平王太妃周氏行状》：“素壁丹墀，实隆家贵。”许浑《早发中岩寺别契直上人》：“苍苍松桂阴，残月半西岑。素壁寒灯暗，红炉夜火深。”

(5)芳魂：美人之魂。《剪灯新话·滕穆醉游聚景园记》：“不必仗少翁之奇术，自能返倩女之芳魂。”此处借指梅花。

(6)“仿佛”句：墙上屏风之梅花，如女子美丽的脸容，忽隐忽现。玉容，女子的容貌。陆机《拟西北有高楼》：“玉容谁能顾，倾城在一弹。”白居易《长恨歌》：“玉容寂寞泪阑干，梨花一枝春带雨。”姚合《咏云》：“怜君翠染双蝉鬓，镜里朝朝近玉容。”王建《调笑令》：“玉容憔悴三年，谁复商量管弦。”明灭，忽明忽暗、忽隐忽现，此处言忽闪忽闪的。沈约《奉和竟陵王药名诗》：“玉泉亟周流，云华乍明灭。”王维《山中与裴秀才迪书》：“夜登华子冈，辋水沦涟，与月上下，寒山远火，明灭林外。”李之仪《好事近》：“暮山浓淡锁烟霏，梅杏半明灭。”彊村本《蘋洲渔笛谱·集外词》：“玉容明灭”作“玉明灭”。

(7)“疏疏”句：梅枝疏影洒满地上，如清冷的珊瑚枝。（按：珊瑚形象似树枝，颜色鲜艳美丽，可以当装饰品。此喻梅树枝条。）彊村本《蘋洲渔笛谱·集外词》：“珊瑚冷”作“珊瑚”。

(8)彊村本《蘋洲渔笛谱·集外词》：“全误”作“今误”。

(9)崔徽面：梅影之美如唐代女子崔徽的面容。（按：崔徽，唐时蒲地妓也。）元稹曾作《崔徽歌》云：“崔徽本不是娼家，教歌按舞娼家长。使君知有不自由，坐在头时立在掌。”秦观《南乡子·妙手写徽真》：“妙手写徽真，水剪双眸点绛唇。疑是昔年窥宋玉，东邻。只露墙头一半身。　往事已酸辛，谁记当年翠黛颦？尽道有些堪恨处，无情。任是无情也动人。”

疏解

南宋末年国势危殆，许多漂泊的词人便常常题咏梅花、水仙以表现个人高洁的情操，表示自己厌憎政治上的腐朽与黑暗。周密这首词便是这一特殊时代背景下的产物。其改咏梅为咏梅影，境界更为清幽。

上片云："冰条冻叶，又横斜照水，一花初发"，描写了梅花在水中横斜的倒影。梅在冬天枝上有雪。作者多用冰枝、冰花来指代，写水中倒影，更易去掉非美的因素，与实物有一定的"距离美"。"素壁秋屏，招得芳魂，仿佛玉容明灭。"转笔写梅影照在白壁与屏风上，像引来梅魂在月照与风拂下忽明忽灭，婷婷袅袅，似玉人之来去。此处笔法专注于取神而不拘于形似，将梅生动传神地写了出来。"疏疏满地珊瑚冷，全误却、扑花幽蝶。"梅横斜像珊瑚的倒影，使蝴蝶误认而扑空。"甚美人、忽到窗前镜里，好春难折。"此处化用卢仝《有所思》"相思一夜梅花发，忽到窗前疑是君"句意，将梅影比作美人，梅影在镜中婆娑，美丽动人，却不能攀折。这仍是写影，是镜子中的映象。上片角度不断转换，分写水中、壁屏上、地上、窗前、镜中的梅影。

过片以回忆总承："闲想孤山旧事，浸清漪倒映，千树残雪。"从前在孤山林处士种梅处赏梅，看水中倒影。"闲"字加入作者感情，回忆当年孤山悠闲赏梅的情景。"暗里东风，可惯无情，搅碎一帘香月。"此处描绘梅影摇曳于帘上的情景。可东风是如此无情，它吹动帘幕，使映照其上的月影、梅影摇曳、破碎。"香月"，月照梅影，影、月同香。"轻妆谁写崔徽面，认隐约、烟绡重叠。"朵朵梅花影被明月印上疏帘，好像是薄绡剪就，千重万叠。接着用美女崔徽的面容形容梅影之美。最后写："记梦回、纸帐残灯，瘦倚数枝清绝。"此词虽有美人、玉容、崔徽等的比喻，但仍按林逋梅妻鹤子的想法，写与世不同的情趣。因此结尾表明其审美倾向：还记得梦醒时，睡在画梅花的纸帐中，灯已燃尽，正照在纸帐上的几枝梅花瘦影上，极为幽静。纸帐写梅是幽雅相配的。梅花纸帐的寓意便是羡慕归隐超逸的清幽。此词以美人、歌女的形象写梅影，变酒楼笙歌的兴趣而为梅的凄清、冷峻，将两种不同的美在此处融合为一，反映出南宋灭亡前夜词人思想的变化，梅影可谓是词人情操节义的写照，所以宋亡之后，周密退隐山林，终身不仕元朝。

鹧鸪天·清明

燕子时时度翠帘[1]。柳寒犹未透香棉[2]。落花门巷家家雨，新火楼台处处烟。　　情默默，恨恹恹[3]。东风吹动画秋千[4]。刺桐[5]开尽莺声老，无奈春风只醉眠。

校注

(1)翠帘：绿色的帘幕。温庭筠《定西番》：“罗幕翠帘初卷，镜中花一枝，肠断塞门，消息雁来稀。”韦庄《谒金门》：“楼外翠帘高轴，倚遍阑干几曲。”

(2)香棉：柳绵。彊村本《蘋洲渔笛谱》卷一：“透香棉”作“褪香绵”。

(3)恹恹：形容因患病而精神疲乏；精神不好，困倦的样子。晏幾道《阮郎归》：“春冉冉，恨恹恹。章台对卷帘。”

(4)“东风”句：言春风中人在秋千上摇荡如在画中。

(5)刺桐：一种高大落叶乔木。彊村本《蘋洲渔笛谱》卷一：“刺桐”作“拆桐”。(按：“刺”“拆”形讹。)

疏解

此词为词人思念一位在春风中荡秋千的女子之作。上片一、二句以春景点时令：春燕飞来，柳绵吐蕊，正是仲春时节。三、四句言雨沃花落，家家户户春烟袅袅。下片转入写情。过片“情默默”，暗示情在心中；“恨恹恹”，表明有一丝遗憾在心头，使人心情落寞。“东风吹动画秋千”，女子一个使人永不遗忘的细节突然在词人脑海出现。无奈花落、莺老，只能在春风中沉醉了。

王圣与（王沂孙）｜四首

王沂孙评价

（1）**张炎《山中白云词》**：碧山能文，工词，琢语峭拔，有白石意度。

（2）**邓廷桢《双砚斋随笔》**：王圣与工于体物，而不滞色相。

（3）**王鹏运《花外集》**：碧山词颉颃双白，揖让二窗，实为南宋之杰。

（4）**谭献《谭评词辨》**：圣与精能以婉约出之。律以诗派，大历诸家，去开、宝未远，玉田正是劲敌，但士气则碧山胜矣。

（5）**张惠言《词选》**：碧山咏物诸篇，并有君国之忧。

（6）**陈廷焯《白雨斋词话》**：碧山词，观其全体，固自高绝；即于一字一句间求之，亦无不工雅。

（7）**陈廷焯《白雨斋词话》**：词法之密，无过清真。词格之高，无过白石。词味之厚，无过碧山。词坛三绝也。

（8）**周济《介存斋论词杂著》**：中仙最多故国之感，故着力不多，天分高绝，所谓意能尊体也。

（9）**周济《宋四家词选》**：碧山胸次恬淡，故黍离麦秀之感，只以唱叹出之，无剑拔弩张习气。词以思笔为入门阶陛。碧山思笔，可谓双绝，幽折处大胜白石。惟圭角太分明，反复读之，有水清无鱼之恨。

（10）**戈载《宋七家词选》**：予尝谓白石之词，空前绝后，匪特无可比肩，抑且无从入手，而能学之者则惟中仙。其词运意高远，吐韵妍和；其气清，故无沾滞之音；其笔超，故有宕往之趣；是真白石之入室弟子也。

（11）**况周颐《香海棠馆词话》**：初学作词，最宜读碧山乐府，如书中欧阳信本，准绳规矩极佳。二晏如右军父子，贺方回如李北海，白石如虞伯施而隽上过之，公谨如褚登善，梦窗如鲁公，稼轩如诚悬，玉田如赵文敏。

(12)**龙榆生《中国韵文史》**:集咏物词之大成，而能提高斯体之地位者，厥惟王沂孙氏。

南浦·春水[1]

柳下碧粼粼[2]，认曲尘[3]乍生，色嫩如染。清溜满银塘[4]，东风细，参差縠纹[5]初遍。别君南浦[6]，翠眉[7]曾照波痕浅。再来涨绿迷旧处[8]，添却残红[9]几片。　　葡萄[10]过雨新痕，正拍拍[11]轻鸥，翩翩[12]小燕。帘影蘸楼阴，芳流去，应有泪珠千点[13]。沧浪一舸[14]，断魂重唱蘋花怨[15]。采香幽径鸳鸯睡，谁道湔裙人[16]远。

校注

(1)南浦：词牌名。唐《教坊记》有南浦子曲，宋词借旧曲名，另倚新声，用作词牌名。双调，一百零五字，上片九句四仄韵，下片八句五仄韵。

王沂孙（？—约1290）字圣与，号碧山、中仙、玉笥山人，会稽(今浙江绍兴)人。王沂孙工词，风格接近周邦彦，含蓄深婉，如《花犯·苔梅》之类。其清峭处，又颇似姜夔，张炎说他“琢语峭拔，有(姜)白石意度”。尤以咏物为工，如《齐天乐·蝉》《水龙吟·白莲》等，皆善于体会物象以寄托感慨。其词章法缜密，在宋末格律派词人中是一位有显著艺术个性的词家，与周密、张炎、蒋捷并称“宋末四大家”。词集《花外集》，又称《碧山乐府》。

(2)粼粼：水波碧绿清澈，泛着光亮。

(3)曲尘：酒曲上所生菌，因色淡黄如尘，故称淡黄色为曲尘。此处用以比喻新柳之色泽。

(4)“清溜”句：化用梁简文帝《和武帝宴》诗“银塘泻清溜”。清溜，清澈的水流。银塘，清澈明净的池塘。

(5)参差：层层丛聚之貌。縠纹：绉纱似的皱纹，常以喻水的波纹。

縠，一种轻纱。

(6)南浦：南面的水边，后常用称送别之地。江淹《别赋》："春草碧色，春水渌波。送君南浦，伤如之何？"

(7)翠眉：此处指代美女。杜甫《解闷》诗之十二："云壑布衣骀背死，劳生害马翠眉须。"翠眉指古代女子用青黛画的眉。宋玉《登徒子好色赋》："眉如翠羽。"吕向注："眉色如翡翠之羽。"崔豹《古今注·杂注》："魏宫人好画长眉。"江淹《丽色赋》："夫绝世而独立者，信东方之佳人，既翠眉而瑶质，亦卢瞳而赪唇。"卢纶《宴席赋得姚美人拍筝歌》："微收皓腕缠红袖，深遏朱弦低翠眉。"张祜《折杨柳枝二首》之一："伤心日暮烟霞起，无限春愁生翠眉。"

(8)涨绿：春水上涨。旧处：昔日离别之地。

(9)残红：凋残的花。

(10)葡萄：碧绿的葡萄酒色，古人常用以形容江水碧绿。

(11)拍拍：形容鸟翅拍打之状。

(12)翩翩：飞翔貌。

(13)"应有"句：化用苏轼词句意，揣想别后闺中女子伤心情状。苏轼《水龙吟·次韵章质夫杨花词》："春色三分，二分尘土，一分流水。细看来不是杨花，点点是离人泪。"

(14)"沧浪"句：离人乘舟远行。舸，船只。

(15)蘋花怨：宋时歌曲，此处指代闺怨。

(16)湔裙人：所思念的闺中女子。湔，洗涤。

集说

周济《宋四家词话》卷六引戈载云：《南浦》"清溜初满"，诸本作"色嫩如染"，出韵。下"色嫩染银塘"作"清溜满银塘"，实则颠倒之误耳。

集评

(1)许昂霄《词综偶评》："别君南浦"四句，点化文通《别赋》，却又转进一层，匪夷所思。“应有泪珠千点”，用东坡词意。

(2)吴衡照《莲子居词话》卷一：咏物虽小题，然极难作，贵有不粘不脱之妙。此体南宋诸老尤擅长。王碧山《春水》云：“别君南浦，翠眉曾照波痕浅。再来涨绿迷旧处，添却残红几片。”……数语刻画精巧，运用生动，所谓空前绝后矣。

(3)陈廷焯《白雨斋词话》卷二：玉田以“春水”一词得名，用冠词集之首。

(4)陈廷焯《云韶集》：“和云”三句，神化之句，碧山《春水》一篇，不能及此。

(5)邓廷桢《双砚斋词话》：《南浦》咏春水云：“葡萄过雨新痕，正拍拍轻鸥，翩翩小燕。帘影蘸楼阴，芳流去、应有泪珠千点。”皆态浓意远，如曳五铢。

(6)俞陛云《唐五代两宋词选释》：咏春水不难于写景言情，而难于寓情于景，沉思入细。此作一往情深，且有托意。“南浦”以下四句及“帘影”至结句皆经意之作。如永叔之方夜读，树树秋声；如司马之听琵琶，弦弦掩抑。与玉田《春水》词，可堪双美。

疏解

王沂孙是一个特别善于状物的词人。他笔下的梅花、春水、柳、落叶，都能给人以清新之感。

“柳下碧粼粼，认曲尘乍生，色嫩如染。”杨柳之下，碧波荡漾。曲尘的颜色和春水相似，均为嫩绿带黄，所以说范成大《谒金门》词中的“塘水碧，仍带曲尘颜色”亦写春水的嫩绿。“清溜满银塘，东风细，参差縠纹初遍。”此处写清水溢满池塘，徐徐的春风拂过，波纹如纱纹。“别君南浦，翠眉曾照波痕浅。”南浦，此处为泛指。陆游《沈园二首》诗的“伤心桥下春波绿，曾是惊鸿照影来”和此处写法相似。此处词人回忆的重点还是放在春水上。下二句紧承回忆：“再来涨绿迷旧处，添却残红几片。”重到后却发现春水满溢，水面上又添几片落花。

上片思念离别的妻子，下片则展开眼前之画面。“葡萄过雨新痕，正拍拍轻鸥，翩翩小燕。”春水有葡萄酒般的色泽，加上水面上有轻鸥与乳燕，好一幅自然优美之景。“帘影蘸楼阴”，小楼的倒影及帘子的影像是浸蘸在池塘里一样。 看到水中楼帘倒影，词人心中泛起几许相思，所以接着说：“芳流去，应有泪珠千点。”“沧浪一舸，断魂重唱蘋花怨。”此处，词人想象妻子在汀洲采蘋重唱起相思怨词。“采香幽径鸳鸯睡”，采蘋的幽径边鸳鸯成双睡卧，勾起了妇人满腹的心事，妇人却无人倾诉。“谁道湔裙人远”则点出了春水。“沧浪一舸”到末尾，都是写想象中妻子对自己望断秋水而不得见之愁怨。

《南浦・春水》一词一字不提春水，但句句贴切春水。 不仅直接涂色，回忆处也都是春水画境，令人回味无穷。

水龙吟·落叶

晓霜初著[(1)]青林，望中故国[(2)]凄凉早。萧萧[(3)]渐积，纷纷犹坠[(4)]，门荒径悄[(5)]。渭水风生[(6)]，洞庭波起[(7)]，几番秋杪[(8)]。想重崖半没[(9)]，千峰尽出[(10)]，山中路，无人到。　　前度题红杳杳[(11)]，溯宫沟[(12)]、暗流空绕。啼螀[(13)]未歇，飞鸿[(14)]欲过，此时怀抱。乱影翻窗[(15)]，碎声敲砌[(16)]，愁人多少！望吾庐甚[(17)]处？只应[(18)]今夜，满庭谁扫[(19)]？

校注

（1）晓霜：早上的霜露。 著：附着。

（2）望中：视野之中。 权德舆《酬冯监拜昭陵回途中遇雨见示》："甘谷行初尽，轩台去渐遥。 望中犹可辨，耘鸟下山椒。"王安石《江口送道源》："六朝人物草连空，今日无端入望中。"辛弃疾《永遇乐·京口北固亭怀古》："四十三年，望中犹记，烽火扬州路。"故国：指南宋故地。

（3）萧萧：风雨中草木摇落之声。《战国策·燕策》："风萧萧兮易水寒，壮士一去兮不复还。"杜甫《登高》："无边落木萧萧下，不尽长江滚滚来。"王安石《试院中》其四："萧萧疏雨吹檐角，噎噎暝蛩啼草根。"

（4）"纷纷"句：落叶片片飘坠。 范仲淹《御街行》："纷纷坠叶飘香砌，夜寂静，寒声碎。"

（5）"门荒"句：落叶掩埋了门庭路径，一片荒凉寂静。

（6）"渭水"句：贾岛《忆江上吴处士》："秋风吹渭水，落叶满长安。"周邦彦《齐天乐·绿芜凋尽台城路》："渭水西风，长安乱叶，空忆诗情婉转。"

此化用贾岛、周邦彦诗词写落叶。

（7）“洞庭”句：屈原《湘夫人》：“袅袅兮秋风，洞庭波兮木叶下。”言秋风袅袅，洞庭微波，树叶在秋风中纷纷飘落。木叶，树叶。

（8）秋杪：暮秋，秋末。

（9）重崖半没：山中落叶堆积，万木凋零，重重山崖几乎有一半为落叶所盖。

（10）尽出：全是。

（11）题红：红叶题诗事。范摅《云溪友议》：“卢渥舍人应举之岁，偶临御沟，见一红叶，命仆搴来。叶上有一绝句。置于巾箱，或呈于同志。及宣宗既省宫人，初下诏从百官司吏，独不许贡举人。渥后亦一任范阳，独获其退宫人。睹红叶而吁嗟久之，曰：‘当时偶随流，不谓郎君收藏巾箧。’验其书迹无不讶焉。诗曰：‘流水何太急，深宫尽日闲。殷勤谢红叶，好去到人间。’”杳杳：幽远貌。

（12）宫沟：御沟，在皇宫内环绕后，通过宫墙流出宫外。

（13）螿：寒螿，蝉的一种，俗称“寒蝉”，比较小，墨色，有黄绿色的斑点，秋天出来叫。

（14）飞鸿：鸿雁。

（15）“乱影”句：树叶在窗前纷乱地飘落，似照影窗棂。

（16）碎声：此指落叶之声。砌：台阶。

（17）吾庐：我的家。甚：何。

（18）只应：只是。

（19）“满庭”句：无人清扫落叶。白居易《长恨歌》：“西宫南内多秋草，落叶满阶红不扫。”

集评

（1）陈廷焯《白雨斋词话》卷二：碧山《水龙吟》诸篇，感慨沉至。咏落叶云：“渭水风生，洞庭波起，几番秋杪。想重崖半没，千峰尽出，山中路，无人到”。笔意幽冷，寒芒刺骨，其有慨于崖山乎？

(2)俞陛云《唐五代两宋词选释》:《淮南子》云:“木叶落,长年悲。”见落叶而伤秋,词人每有此感。但碧山忠爱于忱,出于不容已,故词中“宫沟”“故国”,触处生悲。“渭水”“洞庭”句引乱愁于无次,“山路无人”句叹劫后之萧条。下阕因落叶而动乡思,断燕残蛩,同其凄韵。此词“洞庭”七句及“前度”以下五句颇警动。

(3)刘永济《唐五代两宋词简析》:起从未落叶说,是题前著笔。

(4)陶尔夫、刘敬圻《南宋词史》:《水龙吟·落叶》,构思与其他咏物词有所不同。……这首咏落叶的《水龙吟》则是从整个国家的灭亡来抒写这万叶萧疏、飘摇零落的现实。

(5)常国武《读〈花外集〉卮言》:例如《水龙吟·落叶》,上片先写自北向南的广大地域中秋末之凄凉景象,由此引发故乡之思,然后再具体描写入夜之后旅寓“乱影翻窗,碎声敲砌”的孤苦情景,而以“望吾庐甚处,只应今夜,满庭谁扫”作结,点出怀乡之情。

(6)王筱芸《碧山词研究》:从此词的时间脉络看,词人客舍怀乡(故国又有故乡之指)是实,其意绪氛围体验是虚,却隐实就虚——着意层层渲染其“故国凄凉”之思和身世飘零欲归不得之叹。这种不得归而悲,“故国凄凉”、纵归更悲的悲苦情境和意绪氛围,以及层层往复勾勒烘染的沉郁之势,使其超脱羁旅愁怀的实境层次,而具有传达词人所处时代情境和意绪氛围的迳曲势远、由此及彼的艺术张力。

(7)谢桃坊《宋词概论》:此词比其余的咏物词有更为浓厚的抒情气氛,从结句可知,它是词人在异乡之夜见落叶而怀念故乡的。情绪黯淡而凄苦,在想望中,故园秋风落叶,荒凉寂寞,词的过片用红叶题诗的故实,借以抒写往事不堪回首之意。秋夜的啼蛩、哀鸿、枯叶的乱影、叶飘的细碎声响,它们都恰与词人的情绪相应,因而更思念故山了。

疏解

本词表现了王沂孙的故国之思,表现他在南宋末期对现实难排的抑郁之情和凄凉境地。据“望吾庐何处”,说明此词为杭州陷落后、宋军于崖山死守时作，大约作于祥兴元年至二年(1278—1279)。

全词略言：早上的霜露刚刚附着在青绿的树上，视野中故国也早是一片凄凉。地上的落叶渐渐积累，树上的叶子也纷纷坠落。门前荒芜，路径悄悄。渭水秋风起，洞庭湖波涌，已历几回暮秋！想来山上已经落满树叶，千峰尽是万木凋零之景。山上的路，没有人可以走。从前题红之事已不再见，顺着宫沟而上，暗流空绕。寒蝉啼叫还没有停歇。看天空中鸿雁欲飞，此时我十分悲伤。树叶杂乱地落于窗前，落叶掉落在台阶上发出声音，撼动多少愁苦人的心。望我家在何处，只是今夜，满庭的落叶的谁来打扫。

齐天乐·萤[1]

碧痕初化池塘草[2]，荧荧野光相趁[3]。扇薄星流[4]，盘明露滴[5]，零落秋原飞磷[6]。练裳暗近[7]。记穿柳生凉，度荷分暝[8]。误我残编，翠囊空叹梦无准[9]。　楼阴时过数点，倚阑人[10]未睡，曾赋幽恨。汉苑飘苔，秦陵坠叶，千古凄凉不尽[11]。何人为省[12]。但隔水余晖，傍林残影。已觉萧疏[13]，更堪[14]秋夜永。

校注

(1)齐天乐：词牌名，姜夔词注黄钟宫。双调，一百零二字，上片十句五仄韵，下片十一句五仄韵。萤：萤火虫。

(2)“碧痕”句：碧痕指萤，萤光颜色微绿。古人认为萤火虫为碧草腐后所化。《礼记·月令》：“夏季之月，腐草为萤”。

(3)荧荧：微光闪烁的样子。野光：指萤夜间所发出的微绿色光。相趁：指萤相逐而飞。

(4)“扇薄”句：杜牧《秋夕》：“银烛秋光冷画屏，轻罗小扇扑流萤。”星流，形容萤飞如流星。

(5)“盘明”句：《汉武故事》：“帝以铜作承露盘，上有仙人掌，擎玉盘以承云表之露。”此处以承露盘中露珠喻萤。

(6)“零落”句：以秋原上飞动的磷火喻萤。磷，俗称“鬼火”，实为动物骨骸中所含的磷氧化时发出的淡绿色微光。

(7)“练裳”句：“暗近练裳”，指萤在暗中飞近读书之人。练裳，素色罗衣，指代着衣之人。刘克庄《贺新郎》：“身畔无丝缕。但从前、练裳练帨，做他家主。”

(8)度荷：飞过荷塘。分瞑：划开夜色。

(9)“误我”二句：反用“车胤囊萤”事，言自己虽好读书，然国破家亡，终难成就功名。残编，读书太用功而把书翻烂。编，书籍，文章。翠囊，因囊内盛有萤火虫而成青绿色。

(10)倚阑人：词人自谓。

(11)“汉苑”三句：以汉苑、秦陵的荒废感慨千古兴亡更替。李商隐《令狐八拾遗见招送裴十四归华州》：“汉苑风烟吹客梦，云台洞穴接郊扉。”秦陵，秦始皇陵墓，南依骊山，北临渭水之滨。李显《幸秦始皇陵》：“眷言君失德，骊邑想秦余。政烦方改篆，愚俗乃焚书。阿房久已灭，阁道遂成墟。欲厌东南气，翻伤掩鲍车。”

(12)省：懂得，理解，有反省之义。

(13)萧疏：萧条冷落。

(14)更堪：岂堪，哪堪。

集评

(1)陈廷焯《白雨斋词话》卷二：碧山《齐天乐》诸阕，哀怨无穷，都归忠厚，是词中最上乘。《咏萤》云：“汉苑飘苔，秦陵坠叶，千古凄凉不尽。何人为省。但隔水余晖，傍林残影。”咏叹苍茫，深人无浅语。“隔水”二句，意者其指帝昺乎！

(2)谭献《谭评词辨》卷一：“误我”二句亦寓言。“楼阴”拓成远势，过变中又一法。“汉苑”三句，可谓盘拿倔强矣。

(3)俞陛云《唐五代两宋词选释》：上阕句句切本题，工致妥帖，咏物之本色。下阕以“幽恨”二字领起下文。“汉苑”“秦陵”以下，今愁古怨，并赴毫端，如秋声自西南来，金铁皆鸣。“余晖”“残影”句，草间之爝火，即劫后之遗民，为之一叹。

(4)刘永济《微睇室说词》：词本咏萤，今乃以萤作我之陪衬，化主为客，亦一作法也。

(5)王筱芸《碧山词研究》：它们(指《齐天乐·萤》和《齐天乐·蟋蟀》)所共有的凄苦情采和横空流走、盘曲往复之势，使这种意绪氛围超脱一己情思意绪的实指性，具有言近指远的兴发功能和艺术张力。

(6)陶尔夫、刘敬圻《南宋词史》：全篇咏萤却不着“萤”字。

(7)艾治平《婉约词派的流变》：上阕句句景，句句萤，虽“字字刻画”，却也“字字天然”。至下阕，变主(萤)为客，非复赋物，直是抒怀，写来却又“胸次恬淡，无剑拔弩张习气”，清韵绝妙。

(8)谢桃坊《宋词概论》：王沂孙在《齐天乐·萤》里，描述秋夜阴森的野外熠熠飞动的萤火之后，联想到“汉苑飘苔，秦陵坠叶，千古凄凉不尽。何人为省”。他试图探索历史兴亡的原因以解释汉民族所遭受的现实灾难。

疏解

此词为王沂孙创作的一首咏物词。词的上片大量引用典故描写萤之情态；下片则写宋亡之现实，寄托了词人亡国遗民之恨。全词借咏萤倾注了一腔因怀恋故国而产生的郁闷心绪。全词结构甚为严密，体物精工，托意较为深远。

有人以为，词中“汉苑飘苔”三句，或指元世祖命人建佛塔于宋故宫之事。此事发生于至元十四年(1277)，则此词应作于这年之后。

琐窗寒[1]·趁酒梨花

趁酒梨花,催诗柳絮[2],一窗春怨。疏疏过雨,洗尽满阶芳片。数东风、二十四番[3],几番误了西园宴[4]。认小帘朱户,不如飞去,旧巢双燕。　曾见。双蛾浅。自别后,多应黛痕[5]不展。扑蝶花阴,怕看题诗团扇[6]。试凭他、流水寄情[7],溯红不到春更远[8]。但无聊、病酒厌厌[9],夜月荼蘼[10]院。

校注

(1)琐窗寒:词牌名。双调,九十九字,前段十句四仄韵,后段十句六仄韵。

词牌格律:

仄仄平平(句),平平仄仄(句),仄平平仄(韵)。
平平仄仄(句),中仄中平平仄(韵)。
仄中平、中中中中(句),中平中仄平平仄(韵)。
仄中平中仄(句),中平中仄(句),仄平平仄(韵)。

平仄(韵)。
平平仄(韵)。
仄中仄中中(句),仄平中仄(韵)。
平平中仄,仄仄中平平仄(韵)。
仄中平、中仄中平(句),中中仄仄平中仄(韵)。

仄中平、中仄平平(句),仄中平中仄(韵)。

(2)“趁酒”二句:“梨花趁酒,柳絮催诗”的倒文。言趁梨花开放时饮酒,柳絮飘飞时作诗。

(3)二十四番:应花期而来的二十四番花信风。所谓“花信风”,就是指某种节气时开的花。梁元帝《纂要》:“一月两番花信风,阴阳寒暖,各随其时,但先期一日,有风雨微寒者即是。其花则:鹅儿、木兰、李花、杨花、桤花、桐花、金樱、黄芳、楝花、荷花、槟榔、蔓罗、菱花、木槿、桂花、芦花、兰花、蓼花、桃花、枇杷、梅花、水仙、山茶、瑞香,其名俱存。”

(4)西园宴:郑愔《夜游曲》:“西园宴公子,北里召王侯。”

(5)黛痕:指眉黛。古代女子用黛画眉,因称眉为眉黛。白居易《喜小楼西新柳抽条》:“须教碧玉羞眉黛,莫与红桃作曲尘。”黛,青黑色的颜料。

(6)题诗团扇:用汉宫班婕妤失宠事,表现女子的闺愁。班婕妤《团扇歌》:“新制齐纨素,皎洁如霜雪。裁作合欢扇,团团似明月。出入君怀袖,动摇微风发。常恐秋节至,凉飙夺炎热。弃捐箧笥中,恩情中道绝。”

(7)“试凭他”二句:反用红叶题诗事,言拟凭流水寄情,可惜红叶只在御沟,不能漂流得更远。凭,仗,凭借。

(8)“溯红”句:不料伊人遡回未来,春宵更加遥远了。

(9)病酒厌厌:饮酒过度,晕眩,精神不振貌。唐韩偓《春尽日》:“把酒送春惆怅在,年年三月病厌厌。”欧阳修《送张屯田归洛歌》:“季秋九月予丧妇,十月厌厌成病躯。”

(10)荼蘼:也作酴醾。“花开荼靡”的事情结局并不完美,往往是以伤心散场。人们常常认为荼靡花开是一年花季的终结。苏轼《杜沂游武昌以荼蘼花菩萨泉见饷》其一:“荼靡不争春,寂寞开最晚。”任拙斋《荼醾》:“一年春事到荼醾,香雪纷纷又扑衣。尽把檀心好看取,与留春住莫教归。”王淇《暮春游小园》:“一丛梅粉褪残妆,涂抹新红上海棠。开到荼靡花事了,丝丝天棘出莓墙。”(按:“开到荼蘼花事了”,意为荼蘼花开时,春天那些五色斑斓、美艳不可方物的各类花儿,都悄悄地把喧嚣让给即将到来的如火夏天。荼蘼花开代表女子的青春已成过去。)

集评

(1)李调元《雨村词话》卷一：王沂孙……有《碧山乐府》三卷，一名《花外集》，盖取比《花间集》而名也。其词以韵胜，如《琐窗寒》起句云：“趁酒梨花，催诗柳絮，一窗春怨”。末句云：“夜月荼蘼院。”皆倩丽宜人。

(2)谭献《谭评词辨》卷一：“数东风”二句，幽咽如诉。“曾见”二句，章法。“试凭他”二句，宕逸得未曾有。碧山胜处独擅。

疏解

此词虚实结合，上片写实，由眼前景色写起，下片抒情，虚写。上片，开篇“趁酒梨花，催诗柳絮”描写梨花绽放、柳絮飘飞的春景，景中含情。“一窗春怨”，照应题目“春思”，用一“怨”字奠定全词的感情基调。“数东风、二十四番”，描摹闲适的生活。“旧巢双燕”，用燕喻人，双燕犹能飞回旧巢，游子却不能返回故里，大有人不如物之感。下片从对方落笔，想象闺中人愁眉不展、怕看旧物，想借流水寄情、百无聊赖、病酒恹恹、月下独自徘徊的生活情状，表达作者对闺中人的无限思念之情。

张叔夏（张炎）｜二十三首

一、张炎生平简介

张炎（1248—1314 后），字叔夏，号玉田、乐笑翁，临安（今浙江杭州）人。循王张俊六世孙。其生于南宋理宗淳祐八年（1248），距离临安被元军攻陷（1276）仅二十八年，而后又生活于元朝。有人曾以“半生富贵，半生沦落”来概括他的一生。

张炎出身于官宦世家，先祖张俊是宋朝著名的将领。祖父张濡也是南宋将军，父亲张枢精音律，是“西湖吟社”的重要成员。然其后半生沦落的分水岭即南宋的灭亡，所谓“国破”即“家亡”：其祖父张濡于宋恭帝德祐元年（1275）率兵北上阻击元军，1276 年被杀，不久后张家被抄没。从此，一个世族王孙变成了飘零天涯的落魄书生。

南宋灭亡前的前半生，张炎恃才傲物，狂放不羁，几乎日日花坛柳榭，醉号挥写，留下不少表面繁荣的词作。宋末那位“画兰不画根”的郑思肖评说：“（张炎）鼓吹春声于繁华世界，能令后三十年西湖锦绣山水，犹生清响。”从帝昺二年（1279）至元朝仁宗延祐二年（1315）的三十多年间，张炎漫游吴、越，四处漂泊，凭吊山川风物、哀感国运家世。晚年归隐杭州，靠在四明书肆卖卜维持生计，落魄而终。

张炎有词集《山中白云词》和词论著作《词源》，存词 302 首。主要代表作品有《南浦》《高阳台》《月下笛》《解连环》《甘州》等，多写身世盛衰之感。与蒋捷、王沂孙、周密并称“宋末四大家”。宋词选注者到宋末就会选张炎，可知张炎是宋词的“殿军”。

二、张炎评价

(1)**朱彝尊《静志居诗话》**:浙西填词者，家白石而户玉田。

(2)**周济《宋四家词选》**:玉田才本不高，专持磨砻雕琢，装头作脚。

(3)**周济《介存斋论词杂著》**:积谷作米，把缆放船，无开阔手段。

(4)**王国维《人间词话》**:玉田之词，余得取词中一语以评之，曰“玉老田荒”。

南浦·春水

波暖绿粼粼[(1)]，燕飞来，好是苏堤[(2)]才晓。鱼没浪痕圆，流红[(3)]去、翻笑东风难扫。荒桥断浦，柳阴撑出扁舟小。回首池塘青欲遍，绝似梦中芳草[(4)]。　　和云流出空山，甚年年净洗，花香不了。新绿[(5)]乍生时，孤村路、犹忆那回曾到。余情渺渺[(6)]，茂林觞咏[(7)]如今悄。前度刘郎从去后[(8)]，溪上碧桃多少。

校注

(1)粼粼：形容水波碧绿清澈，泛着光亮。

(2)苏堤：西湖景色之"苏堤春晓"。西湖苏堤位于杭州，是苏轼任杭州知州时，疏浚西湖，利用挖出的葑泥构筑而成。苏堤全长近三千米，后人为纪念苏轼而取名"苏堤"。苏堤南起南屏山麓，北到栖霞岭下，长堤卧波，连接了南山北山，给西湖增添了一道妩媚的风景线。

(3)流红：把红花流走。

(4)梦中芳草：据《南史·谢惠连传》记载，谢灵运梦见弟弟谢惠连，从而写出了"池塘生春草"的句子。（按：谢灵运《登池上楼》："池塘生春草，园柳变鸣禽。"）

(5)绿：清澈的水。此处指暮春新流出的溪水。。

(6)渺渺：绵绵不绝。

(7)茂林觞咏：王羲之《兰亭集序》记述暮春三月三日上巳日，在溪边会集，饮酒赋诗事。茂林，茂密的树林，指会集的地点。觞，饮酒。咏，咏诗。（按:《兰亭集序》："群贤毕至，少长咸集。此地有崇山峻岭，茂林修竹，又有清流激湍，映带左右，引以为流觞曲水，列坐其次。虽无丝竹管弦之盛，一觞一咏，亦足以畅叙幽情。”)

(8)“前度”句：当日的欢愉聚会已经过去。刘禹锡《再游玄都观》：“种桃道士归何处？前度刘郎今又来。”

集评

(1)邓牧《伯乐琴》：叔夏《春水》一词，绝唱古今，人以“张春水”目之。

(2)陈廷焯《白雨斋词话》：玉田以《春水》一词得名，用冠词集之首。

疏解

此为咏物词，约为词人早年隐居杭州时所作。

上片开篇点题，重笔写春水。“波暖绿粼粼”三句，词人用“绿波”“归燕”和“苏堤”等展现了春日西湖阳光明媚、生机盎然的景象。随后词人再用“鱼没”“流红”和“东风”等意象进一步描写春天之景。“荒桥断浦”两句是全词的转折之笔。“桥断”即断桥，与前文的“苏堤”相应。词人用一“荒”字与前文形成鲜明对比，转写西湖之荒凉。“柳阴撑出扁舟小”一句则静中见动，反衬西湖此刻的寂静。结尾两句则化用谢灵运的典故，为这幅春景增添了虚幻色彩。

下片抒情。起句写“空山”，悲凉之意变浓。“新绿乍生时”三句以及“余情渺渺”两句均为对往日美好生活的追忆。词人看到“孤村路”，想起当初与一群友人到此游玩、在“茂林”中尽情“觞咏”的情景，而今“茂林”变成了“孤村路”，“觞咏”的热闹也变成“悄”，只余下“情渺渺”。至此彻底反转上片轻松、优美的意境，抒发了词人对往昔的回忆和“物是人非”之感。结尾两句，进一步抒发自己的哀叹，可见其心中愁绪之浓。

全词略言：水温转暖，湖光粼粼。燕子归来，正好是春晓。鱼儿潜入湖水里，在水面上留下圈圈的波纹；流水带走了落花，还嘲笑东风不能把落花扫净。 在荒僻的小桥下，有小船从柳荫深处出来。 如今池塘里长满青草，如同当年谢灵运诗中的梦境。 溪水、白云流出空山，流水年年都冲洗落花，为何花香不散？ 看到路上新绿初生，回想起在这孤村路上我曾与朋友们一起游玩，结伴畅游，吟诗作乐。 可惜当时的欢愉已经过去，只是满怀余情不了。上次游玩之处，现在溪上的碧桃是有所增加还是有所减少？

忆旧游·看方壶拥翠

大都长春宫,即旧之太极宫也。

看方壶拥翠(1),太极(2)垂光,积雪初晴。阊阖(3)开黄道,正绿章封事(4),飞上层青。古台半压琪树(5),引袖拂寒星(6)。见玉冷闲坡,金明邃宇,人往深清。　　幽寻。自来去,对华表(7)千年,天籁(8)无声。别有长生路,看花开花落,何处无春。露台深锁丹气(9),隔水唤青禽(10)。尚记得归时,鹤衣散影(11)都是云。

校注

(1)方壶:又名方丈,传说中的仙山。先民认为海上有五座神山:岱舆、员峤、方壶、瀛洲、蓬莱。《列子》:“其山高下周旋三万里,其顶平处九千里。山之中间相去七万里,以为邻居焉。其上台观皆金玉,其上禽兽皆纯缟。珠玕之树皆丛生,华实皆有滋味,食之皆不老不死。所居之人皆仙圣之种,一日一夕飞相往来者,不可数焉。”(按:东海仙山相传位于山东蓬莱沿海一带。据史书记载,其北治大池,渐台高二十余丈,名曰泰液池,中有蓬莱、方丈、瀛洲、壶梁,象海中神山龟鱼之属。这种求仙追求长生的思想,直接影响了我国历代皇家园林的发展模式,为了更加接近神仙,帝王们在园林里挖池筑岛,模拟海上仙山的形象。汉代出现具有完整三仙山的仙苑式皇家园林——建章宫。此后“一池三山”遂成为历来皇家园林的主要模式,一直沿袭到清代。圆明园中就有“方壶胜境”。)方壶拥翠:这里指当时张炎北游至大都长春宫所见的皇家园林。

(2)太极:宇宙混沌之气。太极即为天地未开、混沌未分阴阳之前的状态。《易经·系辞》:“是故易有太极，是生两仪。”两仪即为太极的阴、阳二仪。（按:“太极”一词，就迄今所见文献看，初见于《庄子》:“大道，在太极之上而不为高，在六极之下而不为深，先天地而不为久，长于上古而不为老。”后见于《易传》:“是故易有太极，是生两仪。两仪生四象，四象生八卦。”庄子之后，人们据《周易·系辞》相关“太极”的论述而逐渐推演成熟的太极观念，着实吸收了庄子混沌哲学的精华。同庄子混沌哲学一样，太极观念这种迷离恍惚地看待万事万物的现象和本质的人生态度，以及这种思维方式本身，实则包含着清醒睿智的哲思，其终极目的是希望人类活动顺应大道至德和自然规律，不为外物所拘，“无为而无不为”，最终到达一种无所不容的宁静和谐的精神领域。）

(3)阊阖：传说中的西边的天门，后泛指宫门或京都城门，又借指京城、宫殿、朝廷等。《楚辞·离骚》:“吾令帝阍开关兮，倚阊阖而望予。”王逸注:“阊阖，天门也。”《淮南子·地形训》:“八纮之外，乃有八极：自东北方曰方土之山，曰苍门；东方曰东极之山，曰开明之门；东南方曰波母之山，曰阳门；南方曰南极之山，曰暑门；西南方曰编驹之山，曰白门；西方曰西极之山，曰阊阖之门；西北方曰不周之山，曰幽都之门；北方曰北极之山，曰寒门。凡八极之云，是雨天下；八门之风，是节寒暑；八纮、八殥、八泽之云，以雨九州而和中土。”沈约《游金华山》:“若蒙羽驾迎，得奉金书召。高驰入阊阖，方睹灵妃笑。”

(4)绿章：青词。旧时道士祭天时所写的奏章表文，用朱笔写在青藤纸上，故名。封事：密封的奏章。古时臣下上书奏事，防有泄漏，用皂囊封缄，故称。此处指大都长春宫道士正以皂囊的方式密奏上天，故下云“飞上层青”。《文心雕龙·奏启》:“自汉置八能，密奏阴阳，皂囊封板，故曰封事。”《汉书·宣帝纪》:“上始亲政事，又思报大将军功德，乃复使乐平侯山领尚书事，而令群臣得奏封事，以知下情。”《后汉书·明帝纪》:“于是在位者皆上封事，各言得失。”李贤注:“宣帝始令群臣得奏封事，以知下情。封有正有副，领尚书者先发副封，所言不善，屏而不奏。后魏相奏去副封，以防拥蔽。”

(5)琪树：仙境中的玉树。《文选》:“建木灭景于千寻，琪树璀璨而垂珠。”吕延济注:“琪树，玉树。”崔珏《哭李商隐》:“只应物外攀琪树，便着霓衣上绛坛。”范成大《步虚词》:“琪树玲珑珠网碎,仙风吹作步虚声。”

(6)寒星:启明星。在黑暗将去黎明来临之前,寒星是天空中最亮的一颗星。孟郊《石淙》:“百尺明镜流,千曲寒星飞。”陆龟蒙《华阳巾》:“须是古坛秋霁后,静焚香炷礼寒星。”(按:天亮前后,东方地平线上有时会出现一颗特别明亮的“晨星”,人们叫它“启明星”;而在黄昏时分,西方有时会出现一颗非常明亮的“昏星”,人们叫它“长庚星”。这两颗星其实是同一颗,即金星,中国民间称它为“太白星”或“太白金星”。)

(7)华表:古代设在宫殿、桥梁、城垣或陵墓等大型建筑物前面作为标志和装饰用的巨大石柱。亦称桓表,是古代用以表示王者纳谏或指路的木柱。

(8)天籁:自然界的声音,指物自然而然发出的声音,如风声、鸟声、流水声等。《庄子·齐物论》:“‘敢问天籁。’子綦曰:‘夫吹万不同,而使其自己也,咸其自取。’”“女闻人籁而未闻地籁,女闻地籁而未闻天籁夫!”(注:“籁”,本指古代的管乐器箫,这里泛指由空虚的地方而发出的各种自然音响,因其声音所出的不同,有天籁、地籁、人籁之分。天籁的发声全凭自己,完全摆脱了任何外力的约束,是天然自发而生,因而这种不依赖任何外力的自然音响最美,胜于地籁及人籁。又,天籁构成的乐曲是“天乐”,“与天和者,谓之天乐”,反映出庄子标举自然之美、贬抑人造艺术的主张。)刘禹锡《武陵北亭记》:“林风天籁,与金奏合。”

(9)丹气:炼丹时产生的气。陆游《晨坐道室有感》:“丹气初升勤沐浴,芝房未熟饱耘锄。”虞集《为范尊师赋云林清游》:“绿室嘘丹气,苍崖受日精。”

(10)青禽:青鸟,西王母信使。南齐王融《法寿乐》之七:“青禽承逸轨,文镳镜重川。”李白《寓言三首》之二:“遥裔双彩凤,婉娈三青禽。”王琦注引《山海经》:“三青鸟,皆西王母使也。”

(11)鹤衣散影:双关,一指鹤氅散开披肩,一以鹤毛为喻,指雪。鹤氅是汉服中的一种。仙鹤是道教常用的图案,世称成仙为“羽化登天”。氅,古代指一种像鹤的水鸟的羽毛,用来做衣服和仪仗中的旗幡,如鹤氅、戈氅、戟氅。

集说

陈廷焯《词则·大雅集》：直是仙笔，古艳幽香，别饶感喟。

集评

陈廷焯《白雨斋词话》：玉田工于造句，每令人拍案叫绝。如《忆旧游》（大都长春宫）云："古台半压琪树，引袖拂寒星。"结云："鹤衣散影都是云。"

疏解

此词为张炎北游期间，至元大都观览长春宫，对长春宫内外周围的描写。全词略言：看到宛若仙界的皇宫被绿色环抱，空中光辉下照，一场大雪过后天刚刚放晴。宫门前的大道畅通无阻，正有奏章传进深宫。古老的墀台高出玉树一半，人在台上伸手就能拂拭寒夜的星星，可见清冷的月光洒在山坡上，可见金色的阳光照亮了深邃的宫廷。人们来往于静穆之中。我来而复去探求幽静，面对宫殿前面千年的华表，万物竟然默不作声。另有长生路可求，看花开花落，哪里没有春。皇宫墀台被帝王之气笼罩不得接近，我隔着山山水水呼唤可以引路的青鸟。我还清楚地记得离开这皇城时，就像一个隐士，仿佛一朵自由自在飘游的云。

壶中天·夜渡古黄河与沈尧道[1]曾子敬同赋

扬舲[2]万里,笑当年底事,中分南北[3]。须信平生无梦到,却向而今游历。老柳官河,斜阳古道,风定波犹直。野人[4]惊问,泛槎[5]何处狂客。　迎面绿叶[6]萧萧,水流沙共远,都无行迹。衰草凄迷秋更绿,惟有闲鸥独立。浪挟天浮,山邀云去,银浦[7]横空碧。扣舷[8]歌断,海蟾飞上孤白[9]。

校注

(1)《壶中天》即《念奴娇》。沈尧道名钦。

(2)舲:有窗的小船,也泛指小船。《广韵》:"舲,舟上有窗。"《楚辞·九章·涉江》:"乘舲船余上沅兮,齐吴榜以击汰。"《淮南子》:"越舲蜀艇,不能无水而浮。"

(3)"笑当年"二句:如今元人统一,可笑当年为何以黄河为界? 底事,何事,犹言"为什么"。《三国志·吴志》:"魏文帝至广陵,临江观兵……叹曰:'嗟夫,固天所以隔南北也。'"本指长江而言,这里或代指黄河。

(4)野人:上古谓居国城之郊野的人,与"国人"相对。泛指村野之人,后亦借指隐逸者。

(5)泛槎:以浮筏渡水。槎,筏,即木排竹排。古亦称桴。《论语·公冶长》马融注:"桴,编竹木,大者曰筏,小者曰桴。"(按:《初学记》卷六引《孝经援神契》:"河者水之伯,上应天汉。"张华《博物志》:"旧说天河与海相通。近有人居海渚者,年年八月有浮槎来,甚大,往反不失期。……见一丈夫牵牛渚次饮之。惊问此人何由至此,此人即问此是何处,答曰:'君可诣蜀问严君平。'此人还，问君平，君平曰：'某月日有客星犯牵牛。'"又《太平御览》卷八引《集林》："昔有一人寻河源，见妇人浣纱，以问之，曰：'此天河也。'乃与一石而归。问严君平，云：'此织女支机石也。'"）作者夜渡黄河，以乘槎客自比，而以野人比牵牛，未涉织女。

（6）彊村本《山中白云》："绿叶"作"落叶"。

（7）银浦：银汉，即天河。李贺《天上谣》："银浦流云学水声。"

（8）扣舷：王维《送綦毋校书弃官还江东》："清夜何悠悠，扣舷明月中。"苏轼《赤壁赋》："于是饮酒乐甚，扣舷而歌之。"

（9）"海蟾"句：旧说月中有蟾蜍，且传为嫦娥所化。如《后汉书·天文志》注引张衡《灵宪》："姮娥遂托身于月，是为蟾蜍。""蟾""兔"俱可作为月的代称。"海蟾"即海月。"飞"字状月的移动。颜延年《为织女赠牵牛》："姮娥栖飞月。"李白《渡荆门送别》："月下飞天镜。""孤白"为月的形状。王禹偁《再泛吴江》："随船晓月孤轮白。"本篇题为"夜渡黄河"，所写海月飞上，当亦是下半夜光景。

集说

彊村本《山中白云词》江昱疏证：子敬疑即心传。八卷《风入松·别心传》作："满头风雪昔同游，同载月明舟。"似正指夜渡情事。

集评

（1）许昂霄《词旨》：乐笑翁奇对："浪卷天浮，山邀云去。"

（2）许昂霄《词综偶评》：淡语入情，人不能道。

（3）陈廷焯《白雨斋词话》卷二：玉田工于造句，每令人拍案叫绝。……《中天·夜渡古黄河》云："扣舷歌断，海蟾飞上孤白。"……此类皆精警无匹，然不及碧山处正在此。盖碧山已几于浑化，并无惊奇可喜之句，令人叹赏，所以为高，所以为大。

疏解

上片言亡国之苦闷。“须信平生无梦到，却向而今游历”，没想到会来，却产生了一种极度失意、苦闷的心情。“老柳官河，斜阳古道，风定波犹直”，黄河古道，水流湍急，极写羁旅之愁。至“野人惊问”，更显示未被人理解之苦闷。下片转写兴亡之感。绿叶萧萧，化静为动，则北地霜风之劲吹可见。“水流沙共远”，静态的月光亦因水之流动与远水之沙洲对比而增添了动态感。“飞”写出在苍茫的河面上月光似从海底飞起的奇绝之景。远眺与耳聆，以景结情，言有尽而意无穷。此词以描写古黄河为主，一改张炎婉约词风，在“夜渡古黄河”这样的题材中，自然带有黄河古道的粗犷苍劲的风格，似东坡、稼轩之豪放。

整首词略言：行船万里，笑叹当年为什么以黄河为界分成南北。本是一生梦中也不会到达的地方，如今却漫游经历。衰飒的柳树竖立在黄河岸边，夕阳余晖映照着历年久远的大道，狂风虽然休停下来，河水仍旧奔腾不息。田野间的农人吃惊地问道，这些乘船而游的究竟是哪里来的狂人？对面落叶稀疏冷落，黄河之水挟带泥沙流向远方，一切都不会留下痕迹。枯草凄凉迷茫，在深秋之时更是青中带黄，只有清闲的鸥鸟自由地站立。巨浪撑起天穹，高山迎候白云，银河横陈在空际。敲击船的边沿吟唱，歌声断绝之时，海上一轮明月分外明朗。

台城路·十年前事翻疑梦(1)

庚辰秋九月之北，遇汪菊坡，因赋此词。

十年前事翻(2)疑梦，重逢可怜俱老。水国春空(3)，山城岁晚，无语相看一笑。荷衣(4)换了。任京洛尘沙，冷凝风帽(5)。见说吟情，近来不到谢池草(6)。　欢游曾步翠窈(7)。乱红迷紫曲，芳意多少(8)。舞扇招香，歌桡唤玉，犹忆钱塘苏小(9)。无端暗恼。又几度留连(10)，燕昏莺晓。回首妆楼(11)，甚时重(12)去好。

校注

(1)彊村本《山中白云词》卷一：题作《庚寅秋九月之北遇汪菊坡一见若惊相对如梦回忆旧游已十八年矣因赋此词》。江昱疏证云："曾心传题《日观葡萄自序》，以至元庚寅入京，玉田因同行之侣。此题'辰'字，当是'寅'之讹。"台城路：词调名。《钦定词谱》："《齐天乐》，周密《天基节乐次》：乐奏夹钟宫，第一盏，觱篥起《圣寿齐天乐慢》。"姜夔词注：黄钟宫，俗名正宫。周邦彦词，有"绿芜凋尽台城路"句，名《台城路》。汪菊坡：张炎之友。旧游：元世祖至元二十七年(1290)，张炎北游大都燕京。

(2)翻：表示转折，相当于"反而""却"。

(3)水国：水国，水乡，即多河流、湖泊的地区。《花草粹编》卷十一："春空"作"春山"。

(4)荷衣：《离骚》："制芰荷以为衣兮，集芙蓉以为裳。"《北山移文》："焚制芰而裂荷衣，抗尘容而走俗状。"《文选》注："制芰荷衣，隐者之服。言皆焚裂之，举骋尘俗之容状。"

(5)“任京洛”二句：大都九月即十分寒冷，尘沙扫面，风帽凝冻。京洛，约言京都、京城。本指洛阳，因东周、东汉曾在这里建都，故称“京洛”。此处所指为元朝京城大都。《花草粹编》卷十一：“尘沙”作“风尘”，“风帽”作“沙帽”。

(6)《花草粹编》卷十一：“不到”作“不见”。谢池草：南朝谢灵运《登池上楼》：“池塘生春草，园柳变鸣禽。”《南史·谢惠连传》：“谢惠连年十岁能属文，族兄灵运加赏之，云：‘每有篇章，对惠连辄得佳句。’尝于永嘉西堂思诗，竟日不就，忽梦见惠连，即得‘池塘生春草’，大以为工。”

(7)翠窈：苍翠幽深。

(8)乱红：乱飞的落花。欧阳修《蝶恋花·庭院深深》：“泪眼问花花不语，乱红飞过秋千去。”紫曲：街道的曲巷深处，往往为歌楼聚集的热闹街巷。吴文英《三姝媚·过都城旧居有感》：“湖山经醉惯。渍春衫，啼痕酒痕无限。又客长安，叹断襟零袂，涴尘谁浣。紫曲门荒，沿败井、风摇青蔓。对语东邻，犹是曾巢，谢堂双燕。”（按：有时亦作“紫陌”。“紫”指紫红色泥路；“陌”本指田间小路，这里借指道路，或都城郊外之大道。刘禹锡《元和十年自郎州召至京师戏赠》：“紫陌红尘拂面来，无人不道看花回。玄都观里桃千树，尽是刘郎去后栽。”）芳意：春意。《花草粹编》卷十一：“多少”作“今少”。

(9)舞扇：晏幾道《鹧鸪天》：“舞低杨柳楼心月，歌尽桃花扇底风。”钱塘苏小：钱塘，杭州。因杭州在钱塘江畔，故以钱塘代称杭州。苏小，南齐时钱塘名妓苏小小。李绅在《真娘墓》诗序中说：“嘉兴县前有吴妓人苏小小墓，风雨之夕，或闻其上有歌吹之音。”白居易《杭州春望》：“望海楼明照曙霞，护江堤白踏晴沙。涛声夜入伍员庙，柳色春藏苏小家。红袖织绫夸柿蒂，青旗沽酒趁梨花。谁开湖寺西南路，草绿裙腰一道斜。”

(10)留连：不愿意离开。杜甫《江岸独步寻花》：“黄四娘家花满蹊，千朵万朵压枝低。留连戏蝶时时舞，自在娇莺恰恰啼。”

(11)妆楼：闺房。柳永《八声甘州》：“想佳人妆楼颙望，误几回、天际识归舟。”

(12)《花草粹编》卷十一：“甚时重”作“甚时归”。

集评

王奕清《历代词话》：如此等词，即以为杜诗、韩笔可也，岂止极填词之能事。

疏解

此词为张炎北游时遇到友人汪菊坡而赋。全词略言：十八年前，北游大都就像一场梦，今日重逢，可叹你我都已年老。多年来经历坎坷，看惯春天水乡空荡、秋日山城枯黄，相对无语，只有苦笑浮现在脸上。不再有求官的幻梦，又穿上隐士的衣裳。任他大都风尘滚滚，使风帽凝冻。听说你近来再也无心去探望官宦人家的花和草。曾满怀兴致漫步把苍翠幽深境界寻找。乱飞的落花弥漫旧都杭城繁华的街巷，盎然的春意太少。尽情欢乐要有歌舞，又记起杭州的苏小小。无来由暗中生出烦恼。黄昏归燕，清晨啼莺，几次流连，至今仍然客居他乡。回头遥望杭州美人的妆楼，不知道我什么时候归去才好。

甘州·饯沈尧道并寄赵学舟[1]

庚寅岁,沈尧道同余北归,各处杭、越。逾岁,尧道来问寂寞,语笑数日,又复别去。赋此曲,并寄赵学舟。

记玉关踏雪事清游[2],寒气脆貂裘[3]。傍枯林古道,长河饮马[4],此意悠悠。短梦依然江表[5],老泪洒西州[6]。一字无题处,落叶都愁。　　载取白云归去,问谁留楚佩[7],弄影中洲[8]。折芦花赠远[9],零落一身秋。向寻常、野桥流水,待招来、不是旧沙鸥[10]。空怀感,有斜阳处,却怕登楼[11]。

校注

(1)赵学舟:人名,张炎词友。

(2)“记玉关”句:指年前北游的生活。二人未到玉门关,这里用玉关泛指边地风光。清游,清雅游赏。

(3)貂裘:貂皮制成的衣裘。

(4)长河:黄河。应玚《别诗》之二:“浩浩长河水,九折东北流。”王维《使至塞上》诗:“大漠孤烟直,长河落日圆。”

(5)短梦:短暂的梦。江表:江外,长江以南的地区。从中原看,地处长江之外,南方六朝都泛称江表。晋虞溥有《江表传》,以记录三国东吴之事,后加入《三国志》,成为《三国志》的添注。《资治通鉴·赤壁之战》:“江表英豪,咸归附之。”

(6)西州:古城名,西州城,在今南京西,此代指故国旧都。晋谢安死后,羊昙醉至西州门,恸哭而去,即在此处。(按:事见《晋书·谢安传》。)

(7)楚佩:《楚辞》中有湘夫人因湘君失约而捐玦遗佩于江边,后因用“楚佩”作为咏深切之情谊的典故。李商隐《碧城三首》其二:“紫凤放娇含楚佩,赤鳞狂舞拨湘弦。”

(8)弄影:物动使影子也随着摇晃或移动。中洲:即洲中。《楚辞·九歌·湘君》:“君不行兮夷犹,蹇谁留兮中洲。”王逸注:“中洲,洲中也。水中可居者曰洲。”

(9)赠远:赠送东西给远行的人。李商隐《十一月中旬至扶风界见梅花》:“赠远虚盈手,伤离适断肠。”

(10)沙鸥:栖息于沙滩、沙洲上的鸥鸟。旧沙鸥,这里指志同道合的老朋友。

(11)登楼:汉末王粲避乱客荆州,思归作《登楼赋》之事。

集说

彊村本《山中白云词》卷一江昱疏证:秋江即尧道……与曾心传同以庚寅岁写经至都,为玉田北游之友。故前后诸作,多沈与曾并。

集评

(1)陈廷焯《白雨斋词话》卷二:玉田工于造句,每令人拍案叫绝。……《甘州·饯沈尧道并寄赵学舟》云:“短梦依然江表,老泪洒西州。一字无题处,落叶都愁。”后叠云:“折芦花赠远,零落一身秋。”……此类皆精警无匹。然不及碧山处正在此。盖碧山已几于浑化,并无惊奇可喜之句,令人叹赏。所以为高,所以为大。

(2)谭献《谭评词辨》卷一:一气旋折,作壮语须识此法。白石嘤求稼轩,脱胎耆卿。此中消息,愿与知音人参之。“一字无题处”二句,诙谐。

(3)俞陛云《唐五代两宋词选释》:通首警重,无懈可击。

疏解

张炎曾与友人沈尧道为元政府写金字《大藏经》，翌年回归南方，之后在越州居住，和沈尧道及赵学舟都有词相往来，这首词即作于此时。此词先悲后壮，先友情而后国恨，一股荡气回肠之情，贯穿始终。

全词略言：记得在那北方边关，专程去踏雪漫游，寒气冻硬了貂裘。沿着荒枯的树林古道行走，到黄河边饮马暂休，内心的情意如同河水悠悠。北游如一场梦，梦醒后我依旧在江南漂流，我不禁老泪纵横，洒落在旧都杭州。想借红叶题诗，却连一个字都没有题写的地方，那飘落的红叶已经写满忧愁。你载着白云归去，谁会将玉佩相留，在中洲顾盼水中倒影？折一枝芦花给远方的朋友，零落的芦花透出一身的秋意。向着平常的野桥流水漫步，待招来的已不是昔日熟识的沙鸥。空怀着无限的情感，在斜阳夕照的时候，我却怕登楼。

扫花游·赋高疏寮[1]东墅园

烟霞万壑[2]，记曲径幽寻[3]，霁痕[4]初晓。绿窗窈窕。看垂花甃石[5]，就泉通沼。几日不来，一片苍云[6]未扫。自长啸。怅乔木荒凉，都是残照。　　碧天秋浩渺。听虚籁泠泠[7]，飞下孤峭。山空翠老。步仙风[8]，怕有采芝人到。野色闲门[9]，芳草不除更好[10]。境深悄[11]。比斜川[12]、又清多少。

校注

(1)扫花游：词牌名，又名《扫地花》《扫地游》。因周邦彦词有“任占地持杯，扫花寻路”句故名。双调，九十五字，上片十一句六仄韵，下片十句七仄韵。高疏寮：高似孙，字续古，余姚(今属浙江)人。南宋孝宗淳熙进士，历知徽州、处州。有《剡录》《纬略》等。

(2)烟霞：烟雾和云霞，一般指“山水胜景”。万壑：形容峰峦、山谷极多。《世说新语·言语》：“顾长康从会稽还，人问山川之美，顾云：‘千岩竞秀，万壑争流，草木蒙笼其上，若云兴霞蔚。’”李白《听蜀僧濬弹琴》：“蜀僧抱绿绮，西下峨眉峰。为我一挥手，如听万壑松。”杜甫《咏怀古迹》：“群山万壑赴荆门，生长明妃尚有村。”壑，沟，溪沟。《说文》：“壑，沟也。”《尔雅·释诂》：“壑，溪壑也。”张衡《西京赋》：“陵峦超壑。”陶渊明《归去来兮辞》：“既窈窕以寻壑，亦崎岖而经丘。木欣欣以向荣，泉涓涓而始流。”欧阳修《醉翁亭记》：“环滁皆山也。其西南诸峰，林壑尤美，望之蔚然而深秀者，琅琊也。”

(3)曲径幽寻：在弯曲的小路上寻觅胜景。常建《题破山寺后禅院》：

“清晨入古寺，初日照高林。竹径通幽处，禅房花木深。山光悦鸟性，潭影空人心。万籁此俱寂，但余钟磬音。”

(4)霁痕：雨后初晴的景象。

(5)绿窗：屋舍。韦庄《菩萨蛮》：“琵琶金翠羽，弦上黄莺语。劝我早归家，绿窗人似花。”窈窕：幽深。陶渊明《归去来兮辞》：“既窈窕以寻壑，亦崎岖而经丘。”甃石：砌石；垒石为壁。白居易《池上即事》诗：“行寻甃石引新泉，坐看修桥补钓船。”彊村本《山中白云词》卷一：“垂花”作“随花”。

(6)苍云：青云。许慎《说文》：“苍，草色也。”《广雅》：“苍，青也。”《素问・阴阳应象大论》：“在色为苍。”注：“谓薄青色。”

(7)虚籁：间断的声响。谢庄《月赋》：“声林虚籁，沦池灭波。”虚，空闲，间断。籁，从孔穴中发出的声音，亦泛指一般的声响，如“人籁”(人口吹奏出的声音)、“地籁”(风吹孔穴发出的声音)、“天籁”(天然自发的声响)。泠泠：流水声，借指清凉、清幽、凄冷，声音清越、悠扬。宋玉《风赋》：“清清泠泠，愈病析酲。”李善注：“清清泠泠，清凉之貌也。”徐幹《情诗》：“高殿郁崇崇，广厦凄泠泠。”陆机《招隐诗》：“山溜何泠泠，飞泉漱鸣玉。”吴均《与朱元思书》：“泉水激石，泠泠作响。”刘长卿《听弹琴》：“泠泠七弦上，静听松风寒。”

(8)仙风：道教语，谓有仙人及得道者的气质神采。李白《大鹏赋序》：“余昔于江陵见天台司马子微，谓余有仙风道骨，可与神游八极之表。因著《大鹏遇希有鸟赋》以自广。”

(9)野色：草野之色，此处作者自指为“草野之人”。《说文》：“芝，神草也。”闲门：指进出往来的人不多，显得清闲的门庭。

(10)“芳草”句：《楚辞・招隐士》曰：“王孙游兮不归，春草生兮萋萋。”杜甫《客至》：“花径不曾缘客扫，蓬门今始为君开。”

(11)深悄：深邃宁静。

(12)斜川：古地名，在今江西，风景秀丽，晋陶潜曾游于此，作《游斜川》诗并序。(按：陶渊明的《游斜川》在赞美斜川一带自然风光的同时，抒发了晚年苦闷的心境，其末云：“且极今朝乐，明日非所求。”虽然流露出及时行乐的消极不满情绪，但其孤高不群、坚贞挺拔的情操，却卓然可见。)

集说

戚辅之《佩楚轩客谈》：高续古东墅堂馆名秀堂、疏阁、分绣阁、是堂、雪庐、凉观、听雪斋、云壑、清香馆、渔庄、历斋、绿漪、墨沼、游雅斋、藏书寮、疏寮、兰磴、集砚亭、朝霞林、藻景亭、光碧乡、剡兴亭、蓬莱游。

集评

陈辅之《词旨》：乐笑翁奇对："随花甃石，就泉通沼。"……警句："几日不来，一片苍云未扫。"

疏解

此词咏高似孙东墅亭别墅景致，末以陶渊明斜川比之。

全词略言：群山风景殊异，难忘曲径寻幽，恰是雨后，天刚破晓。一处房舍幽静深渺，可见依花草长势而用石垒起的花池，可见把泉水引往水池的渠道。几天没有来此，一片青云仍在空中飘摇，径自开怀吟啸。可叹的是满目乔木荒凉，西风残照。天空碧蓝而明净，秋意萧萧。静听天籁清幽之声下落孤峭处。空山寂静，草木渐老。欲步仙人后尘，又怕那些采摘芝草的人来此骚扰。一派野色直到闲置的门前，不除芳草，任其自生更好。此境深邃宁静，比起陶渊明的斜川又清静多少。

渡江云[1]·山阴久客一再逢春回忆西杭渺然愁思

久客山阴,王菊存问予近作,书以寄之。

山空天入海,倚楼望极,风急暮潮初。一帘鸠外雨[2],几处闲田,隔水动春锄[3]。新烟禁柳[4],想如今、绿到西湖。犹记得,当年深隐,门掩两三株。　愁余。荒洲古溆[5],断梗[6]疏萍,更漂流何处。空自觉、围羞带减,影怯灯孤。常疑即见桃花面[7],甚近来、翻笑无书。书纵远,如何梦也都无?

校注

(1)渡江云:词牌名,又名《三犯渡江云》。《清真集》入小石调,一百字,前后片各四平韵,后片第四句为上一、下四之句法,必须押一同部仄韵。

词牌格律:

中平平仄仄,仄平仄仄,中仄仄平平(韵)。
仄平平仄仄,仄仄平平,仄仄仄平平(韵)。
平平仄仄,仄中中,中仄平平(韵)。
平仄中,中平平仄,中仄仄平平(韵)。

平平(韵)。
平平中仄,仄仄平平,仄平平中仄(韵)。
平仄中、平平中仄,中仄平平(韵)。
平平仄仄平平仄,仄仄中、平仄平平(韵)。

平仄仄,平平仄仄平平(韵)。

(2)“一帘”句：听帘外雨中鸠声。鸠，鸟名，俗称斑鸠。

(3)动春锄：开始春耕。

(4)禁柳：宫中的柳树。此指西湖一带的杨柳。

(5)古溆：古水浦渡头。溆，浦，水边。何逊《赠江长史别》：“长飙落江树，秋月照沙溆。”

(6)断梗：比喻漂泊不定。秦观《别贾耘老》：“人生百龄同臂伸，断梗浮萍暂相亲。”

(7)桃花面：古代女子的一种梳妆样式，亦泛指美人容貌。此处指代佳人。宇文士及《妆台记》：“隋文宫中梳九真髻红妆，谓之桃花面。”崔护《题都城南庄》：“去年今日此门中，人面桃花相映红。人面不知何处去，桃花依旧笑春风。”韦庄《女冠子》：“依旧桃花面，频低柳叶眉。”

集评

(1)许昂霄《词综偶评》：“更漂流何处”，“处”字亦是叶韵。“长疑即见桃花面”四句，曲折如意。

(2)孙麟趾《词径》：路已尽而复开出之，谓之转……如“甚近来、翻笑无书。书纵远，如何梦也都无。”皆用转笔，以见其妙者也。

疏解

这首词是作者客居江阴时追忆杭州旧游之作。上片以景出情，由此及彼，点出思念杭州西湖美景之意。先写远景，起二句为倒装句，“山空天入海”即“倚楼望极”所见。山耸春空，天登大海，起势十分壮阔。“一帘”三句写雨中春耕的农村风光，清丽生动，生活气息很浓。“想”字是关键，触景生情，引出下文。下片自伤羁旅漂泊，抒怀人之情。前半化用典故写自己的漂泊与瘦弱，“常疑”以下揭示主旨，点明怀人之意。先写认为很快就能见到恋人，结果没有见到。不但不见人，连信也没有。既然没有信便退一步，想做梦见一见，可是连梦也做不成。层层转折，越转越深，且又是人常历之生活情境，故极有艺术感魅力。

张炎本是贵公子，世代生活在杭州。宋亡之后家资丧尽，四处漂泊，故其对杭州有特殊的感情。全词由眼前之景联想到西湖之景，再由自己之愁思而想到西湖之恋情，娓娓道来，意脉清晰，层次井然。

郑思肖在为张炎词所作的序中云：“吾识张循王孙玉田先辈，喜其三十年汗漫南北数千里，一片空狂怀抱，日日化雨为醉。”这首《渡江云》即如是之词作。

整首词略言：远山随空阔的长天没入大海，我倚着高楼望着海天，只见风势劲急，黄昏时暮潮才刚涌起。帘外下起雨，斑鸠正在鸣啼，几处闲置的水田里，农夫已趁着春雨开始了春耕，嫩叶泛出新绿。这情景，不禁使我想起西湖的美景，如今也一定是春光旖旎。我还清楚地记得，当年在深巷中隐居，几棵垂柳将柴门轻掩，绿荫掩映令人心醉。如今我满怀愁绪，在这荒洲旧浦苦挨着。就像断梗之浮萍，不知还要漂泊到何处。只觉得腰带渐宽、身躯瘦了，我怕对孤灯看到瘦影可怜的自己。我常常怀疑自己很快能见到她那桃花般的容颜，为什么她近来反而连书信都绝断？纵使书信难以到达，为何她连梦里都不见我？

琐窗寒·乱雨敲春

旅窗孤寂，雨意垂垂，买舟西渡未能也。赋此为钱塘故人韩竹闲问。

乱雨敲春[(1)]，深烟带晚，水窗慵凭[(2)]。空帘谩卷，数日更无花影。怕依然、旧时归燕[(3)]，定应未识江南冷。最怜他、树底嫣红[(4)]，不语背人吹尽。　　清润。通幽径。待移灯剪韭，试香温鼎[(5)]。分明醉里，过了几番风信。想竹间、高阁半间[(6)]，小车未来犹自等。傍新晴、隔柳呼船，待教潮信稳。

校注

(1)“乱雨”句：寒冬才过，一阵急雨敲响了春天的大门。周邦彦《忆旧游·越调》：“听寒蛩夜泣，乱雨潇潇。”

(2)慵凭：懒散，无精打采地靠在窗前。慵，懒散。杜甫《送李校书二十六韵》：“小来习性懒，晚节慵转剧。”王安石《初晴》：“幅巾慵整露苍华，度陇深寻一径斜。小雨初晴好天气，晚花残照野人家。”

(3)彊村本《山中白云词》卷一：“归燕”作“燕归”。

(4)嫣红：红艳的花色，多借指艳丽的花。李商隐《河阳诗》：“百尺相风插重屋，侧近嫣红伴柔绿。”楼钥《林和叔侍郎龟潭庄》：“海棠炫昼绕栏槛，细数嫣红遍繁枝。”彊村本《山中白云词》卷一：“嫣红”作“蔫红”。

(5)“待移灯”二句：作者热情款待友人。杜甫《赠卫八处士》：“夜雨剪春韭，新炊间黄粱。主称会面难，一举累十觞。”(按：《幼学琼林》：“冒雨剪韭，郭林宗款友情殷。”汉代郭泰自种畦圃，见友人范达夜至。郭冒雨剪韭，作汤饼以供之。)温鼎，热锅。

(6)彊村本《山中白云词》卷一："半间"作"半开"。

集评

(1)陈辅之《词旨》：乐笑翁奇对："乱雨敲春，深烟带晚。"

(2)先著、程洪《词洁》卷四：此春雨也，熨帖流转乃尔。前结十三字，皆单字领下十二字，作五四四句法，此破作七六句，未尝不可讽咏，恐执谱者必废是词矣。

疏解

此词为张炎在越州时作。"旅窗孤寂"，天空又将下雨，原拟买舟西渡钱塘江，而未能成行。钱塘(杭州)友人韩竹闲问何时回杭州，作者作此为答。

全词略言：寒冬才过，一阵急雨敲响了春天的大门。浓重的烟雾促使黄昏来临，我无精打采地靠在窗前。随意卷起窗帘，向外一望，几天来连春花的影子也都没有看见。想到旧时的春燕，一定还没经历过江南的寒冷。最令人怜惜的是树林里飘落的红花，似乎沉默不语，背向人为乱风吹尽。望望幽邃的小路上，一片清润。夜色降临，只能把灯移到桌面上，剪剪韭菜，在热锅上炒熟。一个人小饮几盅，不觉已经有些醉意。想不起二十四番花信已过了几番。又想到竹林里的高阁上，还有半间空屋。客人的车还没有到，就只好等着。至于去钱塘，得等待天气转晴后，雇一只小船，还要等候潮信波平时才能返归。

解连环·孤雁[1]

楚江[2]空晚，怅离群万里，恍然[3]惊散。自顾影[4]，欲下寒塘[5]，正沙净草枯，水平天远。写不成书[6]，只寄得相思一点。料因循[7]误了，残毡拥雪[8]，故人心眼。　　谁怜旅愁荏苒[9]。谩长门[10]夜悄，锦筝[11]弹怨。想伴侣，犹宿芦花，也曾念春前，去程应转。暮雨相呼，怕蓦地，玉关[12]重见。未羞他，双燕归来，画帘半卷。

校注

(1)解连环：词牌名。因周邦彦词有“信妙手能解连环”句而名。本名《望梅》，又名《杏梁燕》等。此调始自柳永。双调，一百零六字。前段十一句，五仄韵，五十三字；后段十句，五仄韵，五十三字。

词牌格律：

仄平平仄(韵)，
(仄)平平仄仄，仄平平仄(韵)。
仄仄(仄)(仄)仄平平，仄(平)仄(仄)平，仄(平)平仄(韵)。
(仄)仄平平，(仄)(仄)仄(平)平平仄(韵)。
仄平平仄仄，(平)平仄仄，仄(平)平仄(韵)。

平平仄平仄仄(韵)。
(仄)平平仄仄，(仄)(平)平仄(韵)。

仄仄（仄）、（平）仄平平，仄（平）仄（平）平，仄（平）平仄（韵）。

（仄）仄平平，（仄）（仄）仄、（仄）平平仄（韵）。

（仄）平（平）、平仄平平，仄平仄仄（韵）。

（2）楚江：此处泛指南方。

（3）恍然：失意貌。

（4）自顾影：顾影自怜，对自己的孤单表示怜惜。《后汉书·南匈奴传》：“昭君丰容靓饰，光明汉宫，顾影裴回，竦动左右。”王安石《明妃曲》之一：“低回顾影无颜色，尚得君王不自持。”

（5）下寒塘：崔涂《孤雁》：“暮雨相呼疾，寒塘欲下迟。”

（6）“写不”句：雁飞行时行列整齐如“一”字、“人”字，而孤雁无法成字，只像笔画中的“一点”，故云“写不成书”。暗用苏武雁足传书之事。

（7）因循：迟延拖拉，或指沿用旧习而不改。这里指孤雁因为离群而耽搁。《慎子·因循》：“因也者，因人之情也。人莫不自为也，化而使之为我，则莫可得而用矣。”

（8）“残毡”句：用苏武事。苏武被匈奴强留，毡毛和雪而吞食，幸免于死。这里喻指被金人系掳北行，困于元统治下而坚贞不屈之士。《汉书·苏武传》：“天雨雪，武卧，啮雪与旃毛并咽之，数日不死。匈奴以为神。”后苏武得以生还，而汉武已逝。此处以苏武比喻。

（9）荏苒：时光易逝，辗转不断。丁廙妻《寡妇赋》：“时荏苒而不留，将迁灵以大行。”潘岳《悼亡诗》：“荏苒冬春谢，寒暑忽流易。”陶潜《杂诗》之五：“荏苒岁月颓，此心稍已去。”韩愈《陪杜侍御游湘西两寺独宿有题一首因献杨常侍》：“旅程愧淹留，徂岁嗟荏苒。”李商隐《为贺拔员外上李相公启》：“世故推迁，年华荏苒。”

（10）谩：通“漫”，徒然意。王安石《桂枝香·金陵怀古》：“千古凭高对此，谩嗟荣辱。六朝旧事随流水，但寒烟衰草凝绿。”长门：汉宫名，汉武帝时，陈皇后被打入长门冷宫。这里用长门宫的寂寞冷落来形容孤雁的凄凉哀怨。杜牧《早雁》：“仙掌月明孤影过，长门灯暗数声来。”

（11）锦筝：筝的美称。古筝有十二或十三弦，斜列如雁行，故称雁筝；其声凄清哀怨，故又称哀筝。《晋书·桓伊传》：“抚哀筝而歌怨诗。”

(12) 玉关：玉门关，这里泛指北方。

集评

孔齐《至正直记》：张炎尝赋孤雁词，有云："写不成书，只寄得相思一点。"人皆称之曰"张孤雁"。

疏解

张炎在南宋灭亡之后曾隐居浙江，后北游燕赵谋官，失意南归，漫游于江浙一带。《解连环·孤雁》或作于此期间。

此词描写了一只孤雁在江野彷徨的凄苦情景，抒发了作者羁旅漂泊的愁怨，将大雁的形孤影单和自己的凄凉身世结合，委婉地流露出故人之思与亡国之痛。全词将咏物、抒怀、叙事紧密结合，构思巧妙，体物细腻，情意隽永。

上片先点出了一个阴暗空阔的境界，衬托雁的孤单。"写不成书"句，暗用雁飞成字和雁足传书二事，不但精巧，还显得情思宛转。"料因循"三句再用苏武典实，悲壮苍凉而不觉词意重复。

换头三句，人雁双关，物我相融。作者以己愁及雁，推想其"想伴侣"之思，而孤雁又替伴侣着想，情思层进，曲折深挚。但情深至极则成疑惧，怕见玉关，意同宋之问《渡汉江》之"近乡情更怯，不敢问来人"，暗寓亡国遗民不堪重见。末句再用双燕衬托孤雁，更显风致。

整首词略言：在空阔的楚江之夜，我痛心被惊散后，自己离雁群已有万里之远。顾影自怜，我想飞下寒塘，却只见眼前一片草枯沙净，江水平阔伸向天边。孤单的我无法排成字形，只有寄去一点相思情意，还害怕徘徊迁延会耽误吞毡嚼雪的故人传达眷念故乡的心思。谁会可怜我长途飞行的困难？让我想起孤居长门宫的陈皇后在深夜里用锦筝弹出心中无限的哀怨。料想同伴还栖宿在芦花中，它们是否正惦念我，在春前会转头从旧路飞回北方？我仿佛听到它们在暮雨中的呼唤，只怕突然在边塞相见。 这样当双燕归来后栖息于画帘半卷的房檐，我不会羞惭。

忆旧游·登蓬莱阁[1]

问蓬莱[2]何处，风月依然，万里江清。休说神仙事，便神仙纵有，即是闲人。笑我几番醒醉[3]，石磴扫松阴[4]。任狂客[5]难招，采芳[6]难赠，且自微吟[7]。　　俯仰[8]成陈迹，叹百年谁在，阑槛孤凭[9]。海日生残夜[10]，看卧龙和梦[11]，飞入秋冥[12]。还听水声东去，山冷不生云[13]。正目极空寒，萧萧汉柏愁茂陵[14]。

校注

(1)蓬莱阁：江南名胜，位于浙江绍兴卧龙山下。登高一望，江天空阔，风景极为独特。周密、张炎等人曾于此处作诗吟咏。

(2)蓬莱：又称“蓬壶”“蓬山”，神话中渤海里仙人居住的神山。《列子·汤问篇》：“渤海之东……有大壑焉……其中有五山焉：一曰岱舆，二曰员峤，三曰方壶，四曰瀛洲，五曰蓬莱。”李商隐《无题》：“刘郎已恨蓬山远，更隔蓬山一万重。”

(3)醒醉：晏幾道《木兰花》：“劝君莫作独醒人，烂醉花间应有数。”

(4)石磴：山路上的石级。磴，台阶或楼梯的层级。松阴：松树之阴，多指幽静之地。

(5)狂客：唐诗人贺知章，知章晚年自号“四明狂客”，退居于绍兴镜湖之滨。

(6)采芳：欲采芳草，无人可赠。屈原《九歌·湘君》：“采芳洲兮杜若，将以遗兮下女。”《古诗十九首·涉江采芙蓉》：“涉江采芙蓉，兰泽多芳草。采之欲遗谁，所思在远道。”

(7)微吟：小声吟咏。词人感到孤独，无以排忧，只好微吟以求慰藉。《汉书·中山靖王刘胜传》："雍门子壹微吟，孟尝君为之于邑。"曹丕《与朝歌令吴质书》："清风夜起，悲笳微吟。"释贯休《冬末病中作二首》之二："近来胸中物，已似输药力。微吟复微吟，依稀似庄舄。"

(8)俯仰：低头和抬头，比喻时间短暂。阮籍《咏怀》："去此若俯仰，如何似九秋？"王羲之《兰亭集序》："夫人之相与，俯仰一世，或取诸怀抱，悟言一室之内；或因寄所托，放浪形骸之外。"王安石《送李屯田守桂阳二首》诗之一："追思少时事，俯仰如一夕。"陆游《送曾学士赴行在》："流年不贷人，俯仰遂成昔。"

(9)"阑槛"句：独自凭靠栏杆。阑槛，栏杆。李煜《浪淘沙》："独自莫凭栏，无限江山。"

(10)"海日"句：王湾《次北固山下》："客路青山下，舟行绿水前。潮平两岸阔，风正一帆悬。海日生残夜，江春入旧年。乡书何处达，归雁洛阳边。"残夜，天快亮时。

(11)卧龙和梦：言见卧龙山在朦胧中的盘踞情状。山腾如龙，人在梦境。陈寿《三国志·诸葛亮传》："诸葛孔明者，卧龙也。"

(12)秋冥：秋天日落时，天色幽暗。"冥"通"暝"。

(13)不生云：云气蛰状，一片凄冷不动气象。

(14)茂陵：汉武帝的陵墓，在今陕西兴平东南。这里借是指南宋帝王的陵墓。

集评

陈廷焯《词则·大雅集》：后阕愈唱愈高，是玉田真面目。

疏解

此词为宋亡之后作者登临感怀之作。张炎于深秋之夜独自登上蓬莱阁，凭吊山河，面对人世的大变和大自然的永恒，感慨生哀而作此。

全词略言：问蓬莱仙山在何处，眼前风月依旧而人事已非。江天空阔，客子形单影只。不要说神仙事，神仙并不存在，只有放弃俗世的纷扰，才是真正的神仙。应笑我多少次独醒烂醉，“松阴”之下把石磴扫个没完。无奈贺知章一样的狂客难以召回，采得芳草无人可赠，我姑且小声吟咏孤单。转眼许多世事尽成陈迹，感叹“生年不满百，常怀千岁忧”，独自凭靠栏杆。天快亮时大海上升起太阳，山腾如龙，人在梦境，一切尽为秋天幽深的幻景。又听到大江东去滔滔之声，山壑不生白云一片凄暗。我用尽目力远望寒天，惦念茂陵葱葱郁郁的柏林，不知它们如今受到怎样的摧残。

月下笛[1]·万里孤云

孤游万竹山[2]中,闲门[3]落叶,愁思黯然。因动黍离[4]之感。时寓甬东[5]积翠山舍。

万里孤云,清游渐远,故人何处?寒窗梦里,犹记经行旧时路。连昌[6]约略无多柳,第一是难听夜雨。漫惊回凄悄[7],相看竹影[8],拥衾谁语?　　张绪[9]归何暮!半零落依依,断桥鸥鹭。天涯倦旅,此时心事良苦。只愁重洒西州泪[10],问杜曲[11]人家在否?正翠袖[12]天寒,又倚[13]梅花那树。

校注

(1)月下笛：词牌名。调始周邦彦《片玉词》，因词有“凉蟾莹彻”及“静倚官桥吹笛”句，取以为名。

词牌格律：

中仄平平,中平中仄,仄平平仄(韵)。
平平仄仄,平仄平平仄平仄(韵)。
中平仄仄平平仄,仄仄仄、平平中仄(韵)。
仄平平中仄,平平中仄,平中平仄(韵)。

中仄(韵),平平仄(韵)。
仄中仄平平,中平平仄,平平中仄(韵)。
中平平仄平仄(韵)。

中平中仄平平仄，中仄仄、平平仄仄(韵)。
中中仄、仄平平，平仄平平仄仄(韵)。

(2)万竹山：据《赤城志》记载，万竹山在浙江天台县西南四十五里。

(3)闲门：进出往来的人不多、显得清闲的门庭。

(4)黍离：指亡国之悲。《诗经·黍离》写周朝的志士看到故都宫里尽是禾黍，悼念国家的颠覆，彷徨不忍去，而作此诗："彼黍离离，彼稷之苗。行迈靡靡，中心摇摇。知我者，谓我心忧；不知我者，谓我何求。悠悠苍天，此何人哉！彼黍离离，彼稷之穗。行迈靡靡，中心如醉。知我者，谓我心忧；不知我者，谓我何求。悠悠苍天，此何人哉！彼黍离离，彼稷之实。行迈靡靡，中心如噎。知我者，谓我心忧；不知我者，谓我何求。悠悠苍天，此何人哉！"

(5)甬东：今浙江舟山市定海区。(按："甬"名，源于甬江，而甬江又源于甬山。甬山是鄞州与奉化交界处的奉化江口镇塔山，发源于四明山麓，是雪窦山的余脉，山南为奉化，山北为鄞州。)

(6)连昌：唐宫名，高宗所置，在今河南宜阳县西，多植柳，元稹有《连昌宫词》。(按:《连昌宫词》通过一个老人之口叙述连昌宫的兴废变迁，反映唐朝自唐玄宗至唐宪宗时期的兴衰历程，探索了安史之乱前后朝政治乱的缘由。)

(7)凄悄：伤感寂寞。

(8)彊村本《山中白云词》卷二："竹影"作"烛影"。

(9)张绪：南齐吴郡人，字思曼，少有文才，南齐武帝置蜀柳于灵和殿前，尝曰："此柳风流可爱，似张绪当年。"此处为作者自比。

(10)西州泪：晋羊昙感旧兴悲哭悼舅谢安事。后遂用"西州泪"等表示感旧兴悲、悼亡故友之情。《晋书·谢安传》："羊昙者，太山人，知名士也，为安所爱重。安薨后，辍乐弥年，行不由西州路。尝因石头大醉，扶路唱乐，不觉至州门。左右白曰：'此西州门。'昙悲感不已，以马策扣扉，诵曹子建诗曰：'生存华屋处，零落归山丘。'恸哭而去。"王质《八声甘州·读谢安石传》："西州泪，千年犹湿，回望兴哀。"苏轼《八声甘州·寄参寥子》："约他年、东还海道，愿谢公雅志莫相违。西州路，不应回首，为我沾衣。"

辛弃疾《水调歌头》：“莫说西州路，且尽一杯看。”

（11）杜曲：唐时杜氏世居于此，故名。这里指高门大族聚居的地方。

（12）翠袖：杜甫《佳人》：“天寒翠袖薄，日暮倚修竹。”写一位为避乱世而幽居深谷的佳人。此处借用其意，以“翠袖佳人”比喻那些隐居不仕的南宋遗民逸士，即前面所提的“故人”。

（13）彊村本《山中白云词》卷二：“又倚”作“犹倚”。

集说

（1）彊村本《山中白云词》卷二江昱疏证：《赤城志》：万竹山在县西南四十五里，绝顶曰新罗，九峰回环，道极险隘。岭上丛薄敷秀，平旷幽窈，自成一村。薛左丞昂诗所谓“万竹源中数百家，重重流水绕桑麻”是也。

（2）司马迁《史记·吴太伯世家》：越王勾践欲迁吴王夫差于甬东。（注：韦昭曰：“句章，东海口外洲也。”）

疏解

此为张炎抒发其遗民心态之词。宋亡后，张炎怀着国亡家破的巨大悲痛到处飘零，元成宗大德二年流寓甬东（今浙江定海一带）。一次独游天台万竹山，他触景生情，创作了这首寄托“黍离之悲”的词。

全词略言：万里长空飘着一片孤云，清寂地浮游着，渐飘渐远，故人啊到何处能将你寻见？在寒窗里入梦酣然，旧时曾经走过的道路还能想起。连昌宫的杨柳大概已所剩无几，最叫我难过的是，听着淅淅沥沥的雨，梦回惊醒，无端忧伤凄寂。面对着烛影摇曳，拥被孤眠，与谁倾心话语？丰姿清雅的张绪为何迟迟不归去？断桥边的鸥鹭半已零落却仍然眷恋依依。我疲倦地颠簸于天涯，此时实在痛苦悲凄。只怕重返临安故地，又重洒愁苦的泪滴，试问杭州故居的人家，而今是否还在那里？恐怕她翠袖单薄，正当天寒日暮之际，还在梅花树旁斜倚。

绮罗香[1]·红叶

万里飞霜，千林落木，寒艳不招春妒[2]。枫冷吴江[3]，独客又吟愁句。正船舣[4]、流水孤村，似花绕、斜阳归路。甚荒沟、一片凄凉，载情不去载愁去。　　长安谁问倦旅[5]？羞见衰颜[6]借酒，飘零如许。谩倚新妆，不入洛阳花谱[7]。为回风[8]、起舞尊前，尽化作、断霞千缕。记阴阴、绿遍江南，夜窗听暗雨。

校注

（1）绮罗香：词牌名，最早由宋代史达祖用为词牌，双调，一百零四字。

中仄平平（句），平平仄仄（句），中仄平平平仄（韵）。
中仄平平（句），中仄仄平平仄（韵）。
中中仄、中仄平平（句），仄中仄、中平平仄（韵）。
仄中中、中仄平平（句），中平中仄仄平仄（韵）。

平平平仄中仄（句）。
平仄平平中仄（句），中中平仄（韵）。
仄仄平平（句），中仄仄平平仄（韵）。
中中中、中仄平平（句），中中中、仄平平仄（韵）。
中中中、中仄平平（句），仄平平仄仄（韵）。

（2）春妒：春天里群芳为争艳而相妒。

（3）吴江：吴淞江。

（4）舣：舣舟，停船靠岸。左思《蜀都赋》："试水客，舣轻舟。"

（5）倦旅：疲倦的旅人，作者自指。卢祖皋《鱼游春水》："昨夜山阴杜宇。似把归期惊倦旅。"

（6）衰颜：憔悴的容颜。隋尹式《别宋常侍诗》："秋鬓含霜白，衰颜倚酒红。"王维《冬晚对雪忆胡居士家》："寒更传晓箭，清镜览衰颜。"梅尧臣《雪中廖宣城寄酒》："任从六花壅船户，满酌春色生衰颜。"

（7）洛阳花谱：《洛阳牡丹记》，欧阳修撰。是记凡三篇，一曰《花品》，叙所列凡二十四种；二曰《花释名》，述花名之由；三曰《风俗记》，首略叙游宴及贡花，余皆接植栽灌之事。文格古雅有法，蔡襄尝书而刻之于家，以拓本遗修。修自为跋，编入《文忠全集》。南宋周必大作《欧集考异》，称当时士大夫家有修《牡丹谱》印本，始列花品，叙及名品，与此卷前两篇颇同。（按：宋代文人当时还撰写了一批有关牡丹的专著，如周师厚的《洛阳花木记》、张峋的《牡丹花谱》、李格非的《洛阳名园记》等。牡丹花，又称洛阳花。李商隐《送王十三校书分司》："多少分曹掌秘文，洛阳花雪梦随君。定知何逊缘联句，每到城东忆范云。"）

（8）回风：旋风。《楚辞·九章·悲回风》："悲回风之摇蕙兮，心冤结而内伤。"

集评

（1）陈廷焯《白雨斋词话》：情词兼工，颇近淮海。

（2）俞陛云《唐五代两宋词选释》：贞元朝士回首承平，渺如天上矣。

疏解

作此词时，张炎为应元政府写经之召而被迫北行。行至大都（今北京），感伤亡国之情顿上心头，遂借眼前之"红叶"抒发其虽漂浮不定但仍忠贞爱国的情操。 词中着力表现红叶的特点和姿态，借咏红叶以写亡国遗民的飘零身世和光辉节操。

疏影·梅影[1]

黄昏片月。似满地碎阴[2],还更清绝。枝北枝南,疑有疑无,几度背灯难折。依稀倩女离魂处,缓步出、前村[3]时节。看夜深、竹外横斜,应妒过云明灭。　　窥镜蛾眉淡扫[4],为容不在貌[5],独抱孤洁。莫是花光[6],描取春痕,不怕丽谯[7]吹彻。还惊海上燃犀去,照水底、珊瑚疑活[8]。做弄得、酒醒天寒,空对一庭香雪。

校注

(1)谢朝征《白香词谱笺》卷三:《疏影》又名《绿意》《解佩环》,双调,一百一十字,前段十句五仄韵,后段十句四仄韵。此谱与姜夔自度曲《疏影》平仄略有不同,为张炎之另一体。

(2)彊村本《山中白云词》卷二:“满地碎阴”作“碎阴满地”。

(3)前村:五代齐己《早梅》诗:“前村深雪里,昨夜一枝开。”

(4)彊村本《山中白云词》卷二:“淡扫”作“淡抹”。

(5)“为容”句:杜荀鹤《春宫怨》:“承恩不在貌,教妾若为容。”

(6)花光:《冷斋夜话》载,宋衡州有花光山,僧仲仁为该山长老,善画梅。

(7)丽谯:华丽的高楼。《庄子·徐无鬼》:“君亦必无盛鹤列于丽谯之间。”郭象注:“丽谯,高楼也。”成玄英疏:“言其华丽嶕峣也。”

(8)彊村本《山中白云词》卷二:“疑活”作“如活”。

集评

(1)许昂霄《词综偶评》：人巧极而天工错，草窗亦应退三舍而避之。（“黄昏片月”）标出眼目。（“几度”句）句中句。（“窥镜蛾眉”八句）三层模写，赋而比也。

(2)吴衡照《莲子居词话》：陆辅之《词旨》摘乐笑翁警句十余条。阅《山中白云》警句，殆不止此，因为之补：“依稀倩女离魂处，缓步出、前村时节”。

(3)彊村本《山中白云词》卷二江昱疏证：此二首似与玉田唱和之作，但不次韵耳。

疏解

此词离开梅的形质，专写梅影，意在突出梅的韵致和格调，从各个角度表现了梅之美。

“黄昏片月”，写梅而先言片月，以月衬托梅影，紧接着精雕细刻，为月下梅影传神写照，从七个方面刻画梅：“清绝影”“疑似影”“缥缈影”“竹外影”“淡洁影”“贞固影”“玲珑影”。七笔连环，惟妙惟肖。

初笔“似满地碎阴，还更清绝”，写“清绝影”。

“枝北”三句，写“疑似影”。梅影清绝，使词人顿生爱意，因而在枝南枝北环绕寻觅，及至“背灯”折取，却又不可捉摸。

“依稀倩女”数句，写“缥纱影”。以倩女比喻梅，而又以其“魂”比喻梅影。一个“魂”字使梅影的轻盈缥缈脱然而出。“缓步”两句更使这首词描述的梅影生动、鲜活。

“看夜深、竹外横斜，应妒过云明灭”，写“竹外影”。苏轼《和秦太虚梅花》有“竹外一枝斜更好”，林逋亦有咏梅名句“疏影横斜水清浅”。词人以“横斜”指代梅影。此处短短几句以忽明忽暗的云彩与岁寒三友之一的竹衬托出梅影的美好、高洁。

“窥镜蛾眉”三句写“淡洁影”。此处不再写月下之梅与竹外之梅，而写镜中之梅。深夜，皎洁的月光把梅影映照在屋内的镜面上。一个“窥”字，给人以美人临窗、飘然欲入之感。一个“淡”字又给人芙蓉出水之感。“为容不在貌”，化用杜荀鹤《春宫怨》“承恩不在貌，教妾若为容”之意而又翻陈出新，加上“独抱孤洁”一句，道出梅影的洁身自好、独抱孤洁的追求。此为全词主旨所在，其不平的遭遇，内心的愤懑，对美的追求，词人复杂的内心世界隐含在这几句中。

“莫是花光”三句，写“贞固影”。花光即僧仲仁，与苏轼、黄庭坚同时。黄庭坚曾说：“雅闻花光能画梅，更乞一枝洗烦恼”，可见其画笔之神。“莫是花光”以疑问语气表达出肯定的意思。这梅影难道是花光笔下的一痕春色吗？“不怕丽谯吹彻”，写出梅超俗脱凡，贞而不堕，即使城楼号角吹响也不畏惧。梅的铁骨幽香不知道激励了多少仁人志士。此处的含意，熟悉张炎的读者都会明白。

最后，“还惊海上”三句，写“玲珑影”。“燃犀”用晋温峤在采石矶燃犀牛角照水底灵怪故事，极力描写海底的珊瑚，言其玲珑晶莹。其实用意在以极尽珊瑚之美，表现梅影的形象。

梅子黄时雨·病后别罗江[1]诸友

流水孤村，爱尘事顿消，来访深隐。向醉里谁扶，满身花影。鸥鹭相看[2]如瘦，近来不是伤春病。嗟流景[3]。竹外野桥，犹系烟艇。　　谁引。斜川[4]归兴。便啼鹃[5]纵少，无奈时听。待棹击空明，烟波[6]千顷。弹到琵琶留不住[7]，最愁人是黄昏近。江风紧。一行柳阴吹暝。

校注

(1)梅子黄时雨：词牌名。双调九十四字，前段十句五仄韵，后段十句七仄韵。罗江，在今余姚市河姆渡镇。

词牌格律：

平仄平平(句)，仄平仄仄平(句)，平仄平仄(韵)。
仄仄仄平平(句)，仄平平仄(韵)。
平仄平平平仄仄(句)，仄平仄仄平平仄(韵)。
平平仄(韵)。
仄仄仄平(句)，平仄平仄(韵)。

平仄(韵)。
平平平仄(韵)。
仄平平仄仄(句)，平仄平仄(韵)。
仄仄仄平平(句)，平平平仄(韵)。

平仄平平平仄仄(句),仄平平仄平平仄(韵)。

平平仄(韵)。

仄平仄平平仄(韵)。

(2)鸥鹭相看:已从鸥鹭游,忘却了身内事物。《列子·黄帝篇》:“海上之人有好沤鸟者,每旦之海上,从沤鸟游,沤鸟之至者,百数而不止。其父曰:‘吾闻沤鸟皆从汝游,汝取来,吾玩之。’明日之海上,沤鸟舞而不下也。”鸥鹭忘机,道家语,意思是忘却了计较,无巧诈之心,自甘恬淡,与世无争,异类亦可亲近。后即以此比喻淡泊隐居,不以世事为怀。李商隐《太仓箴》:“海翁无机,鸥故不飞。”陆龟蒙《西州袭美夏首病愈见招次韵》:“除却伴谈秋水外,野鸥何处更忘机。”朱淑真《愁怀》:“鸥鹭鸳鸯作一池,须知羽翼不相宜。东君不与花为主,何似休生连理枝。”张元幹《临江仙·送宇文德和被召赴行在所》:“泛宅浮家游戏去,流行坎止忘怀。江边鸥鹭莫相猜。上林消息好,鸿雁已归来。”

(3)嗟流景:感叹时光的流逝,言光阴如流。武平一《妾薄命》:“流景一何速,年华不可追。”张先《天仙子》:“送春春去几时回?临晚镜,伤流景。往事后期空记省。”

(4)斜川:陶渊明《游斜川》:“且极今朝乐,明日非所求。”(按:斜川,古地名,在今江西。)

(5)啼鹃:杜鹃啼血。春夏季节,杜鹃彻夜不停啼鸣,啼声清脆而短促,唤起人们多种情思。杜鹃高歌之时,正是杜鹃花盛开之际,人们见杜鹃花那样鲜红,便把这种颜色说成是杜鹃啼的血。

(6)彊村本《山中白云词》卷二:“烟波”作“鱼波”。

(7)琵琶留不住:白居易《琵琶行》:“浔阳江头夜送客,枫叶荻花秋瑟瑟。主人下马客在船,举酒欲饮无管弦。”然客终是“留不住”,还是乘船走了。此处“留不住”的客人,应是作者自指。

集说

彊村本《山中白云词》卷二江昱疏证:《赤城志》:“晋太康四年,以罗江属晋安郡。罗江即罗阳，今温之瑞安。”（按：江昱言非是。此罗江当在鄞州。）

疏解

此词为张炎于鄞州罗江生病，钱塘友人闻讯并催回，病后临离别罗江时所赋。

全词略言：在罗江，诸种俗事尽消，日日看流水绕孤村，似亲访隐居之士；闲来高饮，醉了有人扶归。走过小径，满身皆是花影。水边有鸥鸟、鸬鹚，看起来是一样瘦弱。近来不是伤春而病，是嗟叹人生短暂，时光过得太快了。只有竹林外的野桥上，小艇仍静静地躺在水上。是谁吸引我自斜川返归钱塘？虽然此处杜鹃的鸣声难得听见，然而可以击棹江上，悠游于万顷烟波。枫叶荻花，琵琶声声，也留不住“客人”之行舟。最令人忧愁的是那黄昏时刻，江风拂柳，有友人折柳送别，却是“柳阴”将黄昏吹来。

渡江云[1]·怀归

江山居未定,貂裘[2]已敝,空自带愁归。乱花流水外,访里寻邻,都是可怜时。桥边燕子,似软语、斜日江蓠[3]。休问我、如今心事,错认镜中谁。　　还思。新烟惊换,旧雨难招,做不成春意。浑未省[4]、谁家芳草,犹梦吟诗。一株古柳观鱼港[5],傍清深[6]、足可幽栖[7]。闲趣好,白鸥尚识天随[8]。

校注

(1)渡江云:又名《三犯渡江云》。《清真集》入小石调。双调,一百字,前段十句四平韵,后段九句一叶韵、四平韵;后段第四句为上一、下四之句法,必须押一同部仄韵。

词牌格律:

中平平仄仄(句),中平中仄(句),中仄仄平平(韵)。
仄中平中仄(句),中仄平平(句),中仄仄平平(韵)。
平平中仄(句),中中中、中仄平平(韵)。
中仄中、中平中仄(句),中仄仄平平(韵)。

平平(韵)。
中平中仄(句),仄仄平平(句),仄中平中仄(叶)。
中中中、平平中仄(句),中仄平平(韵)。
中平中仄平平仄(句),中中中、中仄平平(韵)。
平仄仄,中平中仄平平(韵)。

(2)貂裘：用貂的毛皮制作的衣服。《淮南子·说山训》："貂裘而杂，不若狐裘而粹。"李白《秋浦歌十七首》："醉上山公马，寒歌宁戚牛。空吟白石烂，泪满黑貂裘。"薛逢《侠少年》："五花骢马白貂裘。"苏轼《江城子·密州出猎》："老夫聊发少年狂。左牵黄，右擎苍。锦帽貂裘，千骑卷平冈。"裘，皮衣。《说文》："裘，皮衣也。"《白虎通·衣裳》："裘所以佐女功助温也。"

(3)江蓠：一种香草，苗似芎䓖，叶似当归，香气似白芷。

(4)浑未省：全不记得。《灵枢·外揣》："然余愿杂之毫毛，浑束为一，可乎？"

(5)观鱼港：西湖十景之一"花港观鱼"。南宋时有一条小溪，从花家山经此流入西湖，因此小溪就叫花溪。当时，内侍官卢允升在花溪侧畔建了一座山野茅舍，称为"卢园"。时卢园又以地近花家山而名"花港"。园内架梁为舍，叠石为山，凿地为池，立埠为港，畜养异色鱼类，广植草木。因景色恬静，游人萃集，雅士题咏，被称为"花港观鱼"。花港观鱼公园位于苏堤南段以西，在里西湖与小南湖之间的一块半岛上。据传宫廷画师创作西湖十景组画时将它列入其中，由此而名声远扬。古时这里只有一池、一碑、三亩地。后经扩建，全园面积近三百亩。微风过处，沿池岸花木落英缤纷，飘浮于水面。

(6)清深：清静幽深。杜甫《自瀼西荆扉且移居东屯茅屋四首》诗之四："幽独移佳境，清深隔远关。"林逋《小隐自题》："竹树绕吾庐，清深趣有余。"元好问《库城》："疏林护悬险，绝壁入清深。"

(7)幽栖：避世隐居。《宋书·隐逸传·宗炳》："南阳宗炳、雁门周续之，并植操幽栖，无闷巾褐，可下辟召，以礼屈之。"杜甫《有客》："幽栖地僻经过少，老病人扶再拜难。岂有文章惊海内？漫劳车马驻江干。"白居易《与僧智如夜话》："懒钝尤知命，幽栖渐得朋。"

(8)天随：唐诗人陆龟蒙别号。陆氏取《庄子·在宥》："神动而天随"(精神活动用于自然)语义，而自号"天随子"。(按:《新唐书·陆龟蒙传》："陆龟蒙，字鲁望，元方七世孙也。父宾虞，以文历侍御史。龟蒙少高放，通《六经》大义，尤明《春秋》。举进士，一不中，往从湖州刺史张抟游，抟历湖、苏二州，辟以自佐。尝至饶州，三日无所诣。刺史蔡京率官属就见之，龟蒙不乐，拂衣去。居松江甫里，多所论撰，虽幽忧疾痛，赀无十日计，不少辍也。……故常苦饥。身畚锸，薅刺无休时。或讥其劳，答曰：‘尧、舜微瘠，禹胼胝。彼圣人也，吾一褐衣，敢不勤乎？’……不乘马，升舟设蓬席，赍束书、茶灶、笔床、钓具往来。时谓江湖散人，或号天随子、甫里先生，自比涪翁、渔父、江上丈人。后以高士召，不至。李蔚、卢携素与善，及当国，召拜左拾遗。诏方下，龟蒙卒。光化中，韦庄表龟蒙及孟郊等十人，皆赠右补阙。”)陆龟蒙《奉和袭美太湖诗二十首·缥缈峰》：“身为大块客，自号天随子。”苏轼《寄周安孺茶》：“鹿门有佳士，博览无不瞩。邂逅天随翁，篇章互赓续。”

疏解

郑思肖在为张炎词所作的序中云：“吾识张循王孙玉田先辈，喜其三十年汗漫南北数千里，一片空狂怀抱，日日化雨为醉。……鼓吹春声于繁华世界，飘飘微情，节节弄拍，嘲明月以谑乐，卖落花而赔笑，能令后三十年西湖锦绣山水，犹生清响。”《渡江云·怀归》即如是之作。

庆清朝·浅草犹霜

韩亦颜[1]归隐两水之滨，殆未逊王右丞茱萸沜。予从之游，盘花旋竹，散怀[2]吟眺，一任所适。太白去后，三百年无此乐也。

浅草犹霜，融泥未燕，晴梢润叶初干。闲扶短策[3]，邻家小聚清欢。错认篱根是雪，梅花过了一番寒。风还峭，较迟芳信，却[4]是春残。　此境此时此意，待携琴[5]独去，石冷慵弹。飘飘爽气，飞鸟相与[6]俱还。醉里不知何处，好诗尽在夕阳山。山深杳[7]，更无人到，流水花间。

校注

(1)韩亦颜：南宋蕲王韩世忠孙。

(2)散怀：抒发情怀。晋孙绰《游天台赋》："方解璎珞，永托兹岭，不任吟想之至，聊奋藻以散怀。"

(3)短策：短杖。晋陆云《逸民赋》："杖短策而遂往兮，乃枕石而漱流。"皮日休《销夏湾》："小艖或可泛，短策或可支。"

(4)彊村本《山中白云词》卷三："却"作"恰"。

(5)彊村本《山中白云词》卷三："携琴"作"移琴"。

(6)相与：相处，相交往。《易·大过》："象曰：老夫女妻，过以相与也。"《史记·平原君虞卿列传》："平原君竟与毛遂偕。十九人相与目笑之而未废也。"《史记·淮阴侯列传》："此二人相与，天下至欢也。然而卒相禽者，何也？患生于多欲，而人心难测也。"

(7)深杳：深邃幽暗。李朝威《柳毅传》："奇秀深杳，不可殚言。"

集说

(1)彊村本《山中白云词》卷三：调作《庆清宫》，题“韩亦颜归隐两水之滨，殆未逊王右丞。予从之游，盘花旋竹，散怀吟眺，一任所适。太白去后，三百年无此乐也”。

(2)彊村本《山中白云词》卷三江昱疏证：《词旨》：“蕲王孙韩铸字亦颜，雅有才思，学词于乐笑翁。一日，与周公瑾父泛舟西湖，泊荷花而饮酒半，公瑾举似亦颜学词之意，翁指花云：‘莲子结成花自落。’”

集评

陆辅之《词旨》：乐笑翁奇对：“浅草犹霜，融泥未燕。”

疏解

此词写与韩亦颜的交往，两人散怀吟眺，一任所适，以为唐李太白后三百年内均无人得此乐。全词略言：秋日虽浅草仍有薄霜，泥融而燕未归来。天稍放晴，润叶初干，即与韩亦颜杖策出游，齐至邻家小聚清饮。饮间见邻家竹篱根下显示白色，以为小雪。此时梅花刚刚开过，竹篱外似有一番寒意；且秋末冬初，西北风吹峭。虽有些芳意，很像是残春天气。如此境界，最好有琴声相伴。想携琴独弹，门外石凳太冷，实在不想弹奏。忽然感觉一丝清爽之气飘来，抬头看，天空飞鸟正相与飞回。几人喝得大醉，竟不知身在何处。望夕阳在山，山间深邃幽渺。趁着酒兴，正是作诗的好时光。如此流水花间，竟然没有人到此处。

探春慢·雪霁[(1)]

银浦[(2)]流云，绿房[(3)]迎晓，一抹墙腰月淡。暖玉生烟[(4)]，悬冰解冻，碎滴瑶阶如霰。才放些晴意，早瘦了、梅花一半。也知不做花看，东风何事吹散。　　摇落似成秋苑，甚酿得春来，怕教春见。野渡舟回[(5)]，前村门掩，应是不胜清怨。次第[(6)]寻芳去，灞桥外、蕙香波暖。犹妒檐声，看灯人在深院。

校注

(1)探春慢：词牌名，或作《探春》，无“慢”字。双调，一百零三字，前后段各十句、四仄韵。

词牌格律：

中仄平平（句），中平中仄（句），平平平仄平仄（韵）。
中仄平平（句），中平中仄（句），中仄中平中仄（韵）。
平仄中平中（句），仄中仄、中平平仄（韵）。
仄中平仄平平（句），中平平仄平仄（韵）。

中仄中平中仄（句），中中仄中平（句），中中平仄（韵）。
仄仄平平（句），中平中仄（句），中仄中平平仄（韵）。
中仄中平中（句），仄中仄、中平平仄（韵）。
中仄平平（句），中平中中平仄（韵）。

雪霁：雨雪停止，天放晴。《说文》："霁，雨止也。"《汉书》："旬日不霁。"杜牧《阿房宫赋》："复道行空，不霁何虹？"

(2)银浦：银河。李贺《天上谣》："天河夜转漂回星，银浦流云学水声。"王琦汇解："银浦，即天河也。"

(3)绿房：花苞。花未开时，花苞为绿色，故称。李贺《牡丹种曲》："水灌香泥却月盆，一夜绿房迎白晓。"亦指莲房。陆云《芙蕖》："绿房含青实，金条悬白璆。"李商隐《韩翃舍人即事》："萱草含丹粉，荷花抱绿房。"

(4)暖玉生烟：李商隐《锦瑟》："沧海月明珠有泪，蓝田日暖玉生烟。"

(5)野渡舟回：韦应物《滁州西涧》："独怜幽草涧边生，上有黄鹂深树鸣。春潮带雨晚来急，野渡无人舟自横。"

(6)次第：依次，按照顺序或以一定顺序，一个接一个。《战国策·韩策一》："子尝教寡人循功劳，视次第，今有所求，此我将奚听乎？"唐刘知几《史通·杂说上》："以种类为篇章，持优劣为次第。"

集评

(1)陆辅之《词旨》：警句："才放些晴意，早瘦了、梅花一半。也知不做花看，东风何时吹散。"

(2)许昂霄《词综偶评》："才放些晴意"四句，可谓笔如其手、手如口矣，不意于咏物题得之。

疏解

此为张炎咏雪霁之词，景色如画，情与景和谐。全词略言：银河里云彩流动，地上的花苞迎晓开放，墙壁上有一抹淡淡的月光。此时地底蕴含的宝玉蒸腾起浓浓的烟霭；树木和屋檐下悬挂着冰柱也逐渐在解冻，细碎地滴落在地面上，像雪霰一般。刚刚有了些放晴的意思，枝条上有冰柱，像梅一般疏影横斜。明知不是花，那东风为何又把它吹散了呢？枝叶摇落像是秋天的花苑，怎么就酿就了春天；似乎怕让春天看见。野外江边的渡口，小舟已经摇回，可前村人居的门都还掩着，莫不是存有许多清怨。不管怎么样，还是寻芳去吧，灞桥外蕙兰香草在波中摇漾。是在嫉妒屋檐上的簌簌的风声，还是知道主人就在院子里听着秋声？

渡江云·次赵元父[1]韵

锦香[2]缭绕地,深灯挂壁,帘影浪花斜。酒船归去后,转首河桥,那处认纹纱[3]。重盟镜约,还记得、前度秦嘉[4]。惟只有、叶题堪寄[5],流不到天涯。　　惊嗟。十年心事,几曲阑干,想萧娘[6]声价。闲过了、黄昏时候,疏柳啼鸦。浦潮夜涌平沙白,问断鸿、知落谁家。书又远,空江片月芦花。

校注

(1)赵元父：生平不详。仇远《问赵元父病》:“裹饭无因绝往还，惟应帖子报平安。山公马向花前放，岐伯书从枕上看。贸易近来多北药，支持强欲著南冠。有时泥醉西园月，只欠梅花共倚阑。”周密有《庆宫春·送赵元父过吴》:“重叠云衣，微茫雁影，短篷稳载吴雪。霜叶敲寒，风灯摇晕，棹歌人语呜咽。拥衾呼酒，正百里、冰河乍合。千山换色，一镜无尘，玉龙吹裂。　　夜深醉踏长虹，表里空明，古今清绝。高台在否，登临休赋，忍见旧时明月。翠消香冷，怕空负、年芳轻别。孤山春早，一树梅花，待君同折。”

(2)锦香：锦香桃树，一种黄桃。

(3)纹纱：纱罗质地，有透明与白色、绿色、红色等单色及彩色纹纱，中国古代用作窗帘、门上帷帘等。“那处认纹纱”，言转首河桥辨认往年相知相好之人的窗帘，表达思念之意。

(4)秦嘉：字士会，陇西(治今甘肃临洮)人。东汉诗人。桓帝时，为郡吏，岁终为郡上计簿使赴洛阳，被任为黄门郎，后病死于津乡亭。秦嘉赴洛阳时，妻子徐淑因病还家，未能面别。秦嘉客死他乡后，徐淑兄逼她改嫁。她“毁形不嫁，哀恸伤生”（《史通·人物》），守寡终生。秦嘉、徐淑今存的诗文并收集于严可均《全上古三代秦汉三国六朝文》。（按：秦嘉《赠妇三首》其一云：“人生譬朝露，居世多屯蹇。忧艰常早至，欢会常苦晚。念当奉时役，去尔日遥远。遣车迎子还，空往复空返。省书情凄怆，临食不能饭。独坐空房中，谁与相劝勉。长夜不能眠，伏枕独辗转。忧来如循环，匪席不可卷。”徐淑《答秦嘉诗》：“妾身兮不令，婴疾兮来归。沉滞兮家门，历时兮不差。旷废兮侍觐，情敬兮有违。君今兮奉命，远适兮京师。悠悠兮离别，无因兮叙怀。瞻望兮踊跃，伫立兮徘徊。思君兮感结，梦想兮容晖。君发兮引迈，去我兮日乖。恨无兮羽翼，高飞兮相追。长吟兮永叹，泪下兮沾衣。”）

(5)叶题堪寄：用红叶题诗故事。中唐诗人顾况在洛阳，闲暇时与三诗友在上阳宫宫廷苑囿内游玩。看到流水从宫墙内飘来一片大梧桐树叶，上面写有一首诗：“一入深宫里，年年不见春。聊题一片叶，寄与有情人。”顾况第二天走到流水的上游，也题了一首诗在叶上，让它顺着水流入宫墙内。诗曰：“花落深宫莺亦悲，上阳宫女断肠时。帝城不禁东流水，叶上题诗欲寄谁？”过了十多天，有人到苑中踏春，又在红叶上得到一首诗，拿来给顾况看。红叶上写着：“一叶题诗出禁城，谁人酬和独含情？自嗟不及波中叶，荡漾乘春取次行。”［按：顾况，字逋翁，苏州海盐（今属浙江）人。唐肃宗至德进士，曾任著作佐郎。晚年隐居茅山，自号华阳真人，有《华阳集》。）

(6)萧娘：原为年轻女子的泛称。南朝以后，诗中男子所恋女子常称为萧娘，女子所恋男子则称为萧郎。《南史·梁临川靖惠王宏传》：“宏受诏侵魏，军次洛口，前军克梁城。宏闻魏援近，畏懦不敢进。魏人知其不武，遗以巾帼。北军歌曰：‘不畏萧娘与吕姥，但畏合肥有韦武。’”“萧娘”即姓萧的女子，言(王)宏怯懦如女子。唐杨巨源《崔娘诗》：“风流才子多春思，肠断萧娘一纸书。”晏殊《采桑子》：“樱桃谢了梨花发，红白相催。燕子归来，几处风帘绣户开。　　人间乐事知多少，且酌金杯。管咽弦哀，慢引萧娘舞袖回。”周邦彦《西园竹》：“奈向灯前坠泪，肠断萧娘。”

疏解

此词为作者思念一位相知女子之作。

全词略言：一个春日的晚上，我与友人在船上饮酒后将归家，见一处栽满了锦香桃树的地方，树影里隐隐露出一处房屋，明亮的灯火挂在墙壁上，透过灯光，窗帘的影子斜照在浪花上。酒船归去以后，第二天，我独自一人又“转首”(回头)到河桥上辨认往年相知相好之人的窗户。回忆那时的山盟海誓，我心里不禁问道：还记得当年秦嘉与徐淑的情感吗？今日一切都过去了，“红叶题诗”那样的情事即使有，又如何能将红叶流到天涯海角呢？偶然与您的居处邂逅，可惊，可叹！十年来的思念，那当年的九曲栏杆相依相偎的情景，如在眼前。等过了黄昏，疏柳鸣鸦，江岸波平沙白的时候，我再来询问：零鸿孤雁落到谁家？书寄遥远，但见空江片月，芦花飘飞。

台城路·送周方山游吴[1]

朗吟[2]未了西湖酒，惊心又歌南浦[3]。折柳官桥，呼船野渡，还忆五湖风雨[4]。漂流最苦。况如此江山，此时情绪。怕有鸱夷[5]，笑人何事载诗去。　　荒台[6]只今在否。登临休望远，都是愁处。暗草埋沙，明波洗月，谁念天涯羁旅。荷阴未暑。快料理归程，再盟鸥鹭。只恐空山，近来无杜宇[7]。

校注

(1)台城路：词牌名，又名《齐天乐》《五福降中天》《如此江山》。《清真集》《白石道人歌曲》《梦窗词集》并入正宫(黄钟宫)。兹以姜词为准，一百零二字，前后片各六仄韵。前片第七句、后片第八句第一字是领格，例用去声，亦有前后片首句有不用韵者。（按：《台城路》为周邦彦创于绍圣二年。其年周邦彦至建康，访台城寻幽探胜，但见百草凋零，景色黯然，身处异乡，又正逢晚秋时节，触景伤情而作《齐天乐》。其词有云：“绿芜凋尽台城路，殊乡又逢秋晚。”后人取“绿芜凋尽台城路”句，取作《台城路》词。）周方山：周暕字伯阳，号方山，自署识字耕夫，泰州(今属江苏)人，月泉吟社第十九名，不事排奡而意语新妥，自是佳作。月泉吟社是元初宋遗民创立的人数最多、规模最大、影响最深的遗民诗社，其作品《月泉吟社诗》是中国现存最早的一部诗社总集。《花草粹编》卷十一：题作《送周方之吴》。

(2)朗吟：高声吟诵。唐段成式《酉阳杂俎续集》：“执红笺题诗一首，笑授暇。暇因朗吟之。”张祜《题灵隐寺师一上人十韵》：“朗吟挥竹拂，高揖曳芒鞋。”刘克庄《贺新郎·实之用前韵为老者寿戏答》：“朗吟白雪阳春句。待夫君、骊驹不至，鹊声还误。”

(3)南浦：南面的水边，后常用称送别之地。《楚辞·九歌·河伯》：“子交手兮东行，送美人兮南浦。”王逸注：“愿河伯送己南至江之涯。”江淹《别赋》：“春草碧色，春水渌波。送君南浦，伤如之何？”李贺《黄头郎》诗：“黄头郎，捞拢去不归。南浦芙蓉影，愁红独自垂。”王琦注引曾益曰：“南浦，送别之地。”

(4)五湖风雨：《史记·河渠书》集解：“五湖，湖名耳，实一湖，今太湖是也。”《花草粹编》卷十一、彊村本《山中白云词》卷三：“忆五湖”作“听垂虹”。

(5)鸱夷：革囊。刘向《战国策·燕策二》：“昔者伍子胥说听乎阖闾，故吴王远迹至于郢。夫差弗是也，赐之鸱夷而浮之江。”《史记·伍子胥列传》：“吴王闻之大怒，乃取子胥尸，盛以鸱夷革，浮之江中。”裴骃集解引应劭语曰：“取马革为鸱夷。鸱夷，榼形。”此处指盛酒之酒器，也泛指酒、饮酒。扬雄《酒箴》：“鸱夷滑稽，腹大如壶。尽日盛酒，人复借酤。”司马光《柳溪对雪》：“鸱夷赊美酒，油壁系轻车。”

(6)荒台：建康台城。

(7)杜宇：望帝。杜宇为传说中的古蜀国开国国王。杜宇参加了武王伐纣的战争，号称蜀。古蜀军队是伐纣联军中最具战斗力的队伍之一，是推翻暴君殷纣王的重要力量。杜宇始称帝于蜀，号曰望帝。晚年时，洪水为患，蜀民不得安处，乃使其相鳖灵治水。鳖灵察地形，测水势，疏导宣泄，水患遂平，蜀民安处。杜宇感其治水之功，让帝位于鳖灵。杜宇退而隐居西山，传说死后化作鹃鸟。每年春耕时节，子鹃鸟鸣，蜀人闻之曰：“我望帝魂也”，因呼鹃鸟为杜鹃。一说因通于其相之妻，惭而亡去，其魂化作鹃鸟，后因称杜鹃为“杜宇”。李商隐《锦瑟》：“庄生晓梦迷蝴蝶，望帝春心托杜鹃。”

集说

彊村本《山中白云词》卷三江昱疏证：周暕，字伯阳，号方山，泰州人。

武林月泉吟社第十九名，自署“识字耕夫”。又，至大庚戌尝为白珽作《湛渊静语序》。

疏解

此词中心在“漂流最苦。况如此江山，此时情绪”，表达作者即使在漂流中借酒浇愁，仍念念不忘故国。

整首词约言：在西湖饮酒吟诗，还没有结束，看到现实中西湖歌舞之景，令人心惊，又唱起了江淹的“送君南浦，伤如之何”的曲子。上了岸，在官桥折了杨柳枝，又呼船野渡，心中只想到伍子胥“鸱夷”和范蠡泛舟五湖载西施而去的故事。人生漂流最苦。何况今日江山早已易主，心情又如此沮丧。只怕装满了美酒、腹大如壶的鸱夷，要笑我为何还要作诗。荒凉的台城还在吗？登高临远，却不敢远望，因为是处都令人忧愁。看看湖边，暗草埋沙，明波洗月，一片静寂。有谁人念及我这个天涯羁客？看湖中荷叶阴阴，并未觉得暑热。时间久了，还是料理归程，下回再与鸥鹭相聚。怕只怕湖边山空，再无杜鹃那“不如归去”的啼鸣。

长亭怨[1]·旧居有感

望花外、小桥流水,门巷愔愔[2],玉箫声绝。鹤去台空[3],佩环何处弄明月。十年前事,愁千折、心情顿别。露粉风香谁为主,都成消歇。　　凄咽。晓窗分袂[4]处,同把带鸳亲结[5]。江空岁晚,便忘了、尊前曾说。恨西风、不庇寒蝉,便扫尽、一林残叶。谢他杨柳多情[6],还有绿阴时节。

校注

(1)长亭怨:即《长亭怨慢》,姜夔自制曲。双调,九十七字,仄韵格。"张炎体"为双调,九十七字,前段九句四仄韵,后段九句五仄韵。姜体前段第七句末添一仄声字,第八句减首字,前段第六句、后段第二句、第四句押韵。

(2)愔愔:幽深、悄寂貌。蔡琰《胡笳十八拍》:"雁飞高兮,邈难寻;空肠断兮,思愔愔。"韩愈《送浮屠令纵西游序》:"乘间致密,促席接膝,讥评文章,商较人士,浩浩乎不穷,愔愔乎深而有归。"

(3)"鹤去"句:崔颢《黄鹤楼》:"昔人已乘黄鹤去,此地空余黄鹤楼。黄鹤一去不复返,白云千载空悠悠。晴川历历汉阳树,芳草萋萋鹦鹉洲。日暮乡关何处是,烟波江上使人愁。"李白《登金陵凤凰台》:"凤凰台上凤凰游,凤去台空江自流。吴宫花草埋幽径,晋代衣冠成古丘。三山半落青天外,二水中分白鹭洲。总为浮云能蔽日,长安不见使人愁。"

(4)分袂:离别,分手。干宝《驸马都尉》:"(秦女)取金枕一枚,与度为信。乃分袂泣别。"李白《广陵赠别》:"兴罢各分袂,何须醉别颜?"李山甫《别杨秀才》："如何又分袂，难话别离情。"范成大《吴船录》卷上："早食后，与送客出寺，至慈姥岩前徘徊，皆不忍分袂。"

(5)"同把"句：古代结婚仪式上，夫妻要同时牵着鸳鸯带进入洞房。

(6)彊村本《山中白云词》卷三："谢他杨柳多情"作"谢杨柳多情"。

疏解

本词暗含了张炎一生最悲惨的遭遇。张炎出身贵族世家，其六世祖为南宋初的大将张俊。祖父张濡守独松关时，部将误杀元使，激怒了元主。1276年3月，元兵攻破临安，张濡被处以"磔杀"，不久又被籍家。（据《元史·廉希贤传》）从此，张炎遭遇灭顶之灾，家破国亡。

本词为张炎重游故居，回想往昔之作。上片起首两句"望花外、小桥流水"，描摹了昔时盛景，但紧接两句"门巷愔愔，玉箫声绝"，则写出此时的寂寞景象。此处盛衰对比鲜明。"鹤去台空，佩环何处弄明月"，前句用"鹤去台空"之典补充上文，后句又化用杜甫"环佩空归月夜魂"的诗句表达了怀念妻子之情。"十年前事，愁千折、心情顿别"，写离故居被籍已经过了十年，而今重游故地，他仍愁肠千结。"露粉风香谁为主，都成消歇"，既写昔日之花，也借喻如花美人如今都已玉殒香消。上片以回忆故居为主，但句句都抒发了追忆往昔之情。

下片由回忆过去转到当前。"凄咽。晓窗分袂处，同把带鸳亲结。"描写与妻子的生死诀别。"江空岁晚，便忘了、尊前曾说。"昔情昔人，直到十年之后"江空岁晚"的今天，他仍未能忘记。"便忘了"一语实为反语。"恨西风、不庇寒蝉，便扫尽、一林残叶。"用比兴手法，使人顿生恻隐之情，为此词的高潮之句。"谢他杨柳多情，还有绿阴时节"，这两句说江边故居的杨柳随风起舞，依依不舍。词人由此想到杨柳还有逢春到夏的机会，浪迹离散的游子却再也没有重聚的机会，因而只能无可奈何了。

全词怀人感旧，情真意切，表达之法又极其巧妙，词风婉转缠绵，而比兴手法更显示了幽婉之情。本词是张炎描写故居的几首词中的一首，但本词以景叙事，以景抒情，在清空之中见婉约蕴藉。因此邓廷桢评价说："玉田则返虚入浑，不啻嚼蕊吹香。”(《双砚斋词话》)读过此词，读者对张炎的身世会有进一步的了解。

甘州·寄李筠房[1]

望娟娟一水隐芙蓉[2]，几被暮云遮。正凭高送目[3]，西风断雁[4]，残月平沙。未觉丹枫[5]尽老，摇落[6]已堪嗟。无避秋声[7]处，愁满天涯。　　一自盟鸥[8]别后，甚酒瓢诗锦[9]，轻误年华。料荷衣[10]初暖，不忍负烟霞[11]。记前度[12]、剪灯一笑[13]，再相逢、知在那人家。空山远，白云休赠，只赠梅花[14]。

校注

(1)李筠房：李彭老，字商隐，号筠房，浙江湖州人，张炎友人，宋亡后隐遁山中。两人南宋时时常相聚，宋亡后天隔一方。

(2)芙蓉：此处指水芙蓉，荷花的别名。

(3)凭高送目：站在高处向远望。

(4)断雁：孤雁，失群的雁。薛道衡《出塞二首和杨处道》诗之二："寒夜哀笛曲，霜天断雁声。"方干《别从兄部》："已呼断雁归行里，全胜枯鳞在辙中。"蒋捷《虞美人·听雨》："江阔云低，断雁叫西风。"

(5)丹枫：深秋时，经霜泛红的枫叶。李商隐《访秋》："殷勤报秋意，只是有丹枫。"陆游《秋晚杂兴十二首》其十一："漠漠渔村烟雨中，参差苍桧映丹枫。"

(6)摇落：凋残，零落。宋玉《九辩》："悲哉秋之为气也，萧瑟兮草木摇落而变衰。"曹丕《燕歌行》："秋风萧瑟天气凉，草木摇落露为霜。"庾信《枯树赋》："沉沦穷巷，芜没荆扉。既伤摇落，弥嗟变衰。"杜甫《谒先主庙》："如何对摇落，况乃久风尘。"李商隐《摇落》："摇落伤年日，羁留念远心。”

(7)秋声：秋天里自然界发出的声音，如风声、落叶声、虫鸟声等。欧阳修《秋声赋》：“噫嘻，悲哉！此秋声也，胡为而来哉？”陆游《秋声》：“人言悲秋难为情，我喜枕上闻秋声。”蒋捷《声声慢·秋声》：“黄花深巷，红叶低窗，凄凉一片秋声。”

(8)盟鸥：与水中鸥鸟为友。比喻隐退。陆游《夙兴》：“鹤怨凭谁解，鸥盟恐已寒。”

(9)酒瓢诗锦：吟酒赋诗。张炎《台城路·归杭》：“快料理幽寻，酒瓢诗卷。赖有湖边，踢时鸥数点。”诗锦，辞藻华美、佳句迭出的诗作。萨都剌《赠刘尊师》：“天上赐衣沾雨露，山中诗锦织云霞。”

(10)料：想来，料想。猜测之词。荷衣：荷叶编成的衣服，或荷叶般的衣裳。自屈原《离骚》“制芰荷以为衣兮，集芙蓉以为裳”之后，后世常借“荷衣”以指隐者的服装，而“荷衣”这个意象也就具有隐者的含义。

(11)负：辜负。烟霞：山水云烟等自然景物，亦指山水、山林，泛称归隐生涯。梁萧统《锦带书十二月启·夹钟二月》：“敬想足下，优游泉石，放旷烟霞。”杨炯《原州百泉县令李君神道碑》：“不扫一室，自怀包括之心；独守大玄，且忘名利之境。于时魏特进、房仆射、杜相州等，并以江海相期，烟霞相许。”

(12)前度：上次，前一次。刘禹锡《再游玄都观》：“百亩庭中半是苔，桃花净尽菜花开。种桃道士归何处？前度刘郎今又来。”

(13)剪灯一笑：指二人灯下相逢，剪烛夜语，促膝谈心。古人晚上用烛灯照明，蜡烛燃烧久了，露出的烛芯就会变长且容易分开，所以需要剪掉多余的烛芯。李商隐《夜雨寄北》：“君问归期未有期，巴山夜雨涨秋池。何当共剪西窗烛，却话巴山夜雨时。”欧阳彬《生查子》：“竟日画堂欢，入夜重开宴。剪烛蜡烟香，促席花光颤。”陈人杰《沁园春·辛丑岁自寿》：“东窗。剪烛焚香，剩满引梅花进寿觞。”

(14)只赠梅花：用陆凯与范晔故事。南朝陆凯自江南寄一枝梅花给在长安的友人范晔，并题写一首诗云：“折梅逢驿使，寄与陇头人。江南无所有，聊赠一枝春。”此处用此故典，表明作者与李彭老友情之深厚。

集说

彊村本《山中白云词》卷三江昱疏证:《景定建康志》:“李彭老，淳祐中沿江制置司属官。”

集评

夏承焘、唐圭璋等《宋词鉴赏辞典》引杨海明语：所以总观全词，既不同于某些婉约词的软媚烂熟，又不同于某些豪放词的生硬突兀，而是在空灵流转的章法中寓有“波澜老成”之致，在整饬锤炼的字句中却又流露出“一气贯注”之妙。

疏解

此词或作于元兵攻占临安(1276)后。李筠房在南宋为官，宋亡后不愿出仕，和自己的兄弟隐居在龟溪(今浙江衢州)一带，号称“龟山二隐”。张炎和他们时常相聚，并以诗词相酬唱。词为张炎在此时期所作，表达了对友人的思念，将家国身世之感“打并”入友情之中，行文一气卷旋，清空摇曳。

上片写登高远望及由此而生的思友、自伤之情。“望娟娟一水隐芙蓉，几被暮云遮”，写远望之景。句中用荷花隐含着对远处友人的思念，表达望故人而不见的黯淡心情。“正凭高送目，西风断雁，残月平沙。”一个“正”字，与开头的“望”字呼应，把词的重心从思友转到自伤身世上。西风中失群的孤雁，残月下大片的沙滩，这些凄凉的意象，反映的是作者想到与老友各分散在天涯，彼此挂念却又不通音信的悲苦感受。

下片则直抒其“寄人”之情。“一自盟鸥别后，甚酒瓢诗锦，轻误年华。”写自己在赋诗饮酒中消磨了大好时光，忏悔之情可见。“料荷衣初暖，不忍负烟霞。”化用《离骚》中“集芙蓉以为裳”和孔稚珪《北山移文》“使我高霞孤映，明月独举”中的“荷衣”“烟霞”，称赞李筠房在国破家亡之后，马上披上“荷衣”、陪伴“烟霞”，不作元朝之官、宁作大宋的遗民隐士之志。然而友人的音讯未通，只能是“料想”。“记前度、剪灯一笑，再相逢、知在那人家。”这时只能回忆以前共勉，苦盼再相逢之日。“空山远，白云休赠，只赠梅花。”以梅花相赠，以梅花互勉，表达出不慕荣华、不畏冰霜的高洁品格。以此相赠，即明其不仕新朝之志。

全词略言：看着流水中的荷花，大部分被傍晚的云朵遮蔽。站在高处向远望，西风里孤雁在飞，平沙上残月高挂。不知不觉中，那丹枫树已经完全老了，它飘飘摇摇，让人看到了就难免要为它伤怀。即使逃到天涯海角，也无法摆脱内心的愁苦情绪。自从分别之后，我一直在赋诗饮酒中苦度年华。料想你穿上隐士之服不久，不忍心辜负山水烟霞。记得你我曾在西湖聚会赋词，诗酒唱和，非常愉快，不知道在哪里能够重逢。你我今日既都已经隐遁空山，而山中则尽多“白云”，所以自今后如欲两地相赠，以表友情的话，那就赠以梅花吧。

忆旧游·寄友

记琼筵卜夜[1]，锦槛[2]移春，同恼莺娇。暗水流花径，正无风院落，银烛迟销。闹枝浅压髻髻[3]，香脸泛红潮。甚如此心情[4]，还将乐事，轻趁冰消。　　飘零又成梦，但长歌袅袅，柳色迢迢。一叶江心冷，望美人不见，隔浦难招。认得旧时鸥鹭，重过月明桥。溯万里天风，清声谩忆何处箫。

校注

（1）琼筵：盛宴，美宴。谢朓《始出尚书省》：“既通金闺籍，复酌琼筵醴。”谢朓《送远曲》：“琼筵妙舞绝，桂席羽觞陈。”李白《春夜宴从弟桃花园序》：“开琼筵以坐花，飞羽觞而醉月。”卜夜：形容不分昼夜、没有节制地饮酒作乐。《左传·庄公二十二年》：“齐侯使敬仲为卿。辞曰：‘羁旅之臣，幸若获宥，及于宽政，赦其不闲于教训而免于罪戾，弛于负担，君之惠也，所获多矣。敢辱高位，以速官谤？请以死告。《诗》云：“翘翘车乘，招我以弓，岂不欲往，畏我友朋。”’使为工正。饮桓公酒，乐。公曰：‘以火继之。’辞曰：‘臣卜其昼，未卜其夜，不敢！’”唐张登《冬至夜郡斋宴别前华阴卢主簿》诗序：“登与宾客僚吏，会别于郡斋，酾酒卜夜，夜艾酒酣而不能自已。”罗大经《鹤林玉露》卷二：“乃邀至其家，具酒食，卜夜尽欢。”

（2）锦槛：锦棚。《开元天宝遗事》：“长安富家……每至暑伏中，各于林亭内植画柱，结锦为凉棚，设坐具，召名姝间坐，递请为避暑会。”李商隐《锦槛》：“锦槛芙蓉入，香台翡翠过。”（按：或作“镜槛”，徐逢源注改“锦槛”。）

(3)髫髻：谓垂髫与辫髻，借指幼年。《广阳杂记》卷二引钱驭少《居庸关》诗："髫髻生当战伐年，南军正戍白狼烟。"

(4)彊村本《山中白云词》卷四："心情"作"游情"。

集评

陈廷焯《白雨斋词话》：玉田工于造句。……《忆旧游·寄友》云："一叶江心冷，望美人不见，隔浦难招。认得旧时鸥鹭，重过月明桥。"

疏解

此为张炎寄友人之词，写琼筵夜宴事。张炎与友人曾不分昼夜地饮酒寻欢，于锦槛凉棚中移来"春色"，寻欢对象竟然是幼女，可见其在宋亡入元后的无奈与消极颓废。

声声慢·寄叶书隐

百花洲畔，十里湖边[1]，沙鸥未许盟寒。旧隐琴书[2]，犹记渭水长安[3]。苍云数千万叠，却依然、一笑人间。似梦里，对清尊白发，秉烛更阑[4]。　渺渺烟波无际，唤扁舟[5]欲去，且与凭阑。此别何如，能消几度阳关[6]。江南又听夜雨，怕梅花、零落孤山[7]。归最好，甚闲人、犹自未闲。

校注

(1)“百花”二句：此指西湖景致。

(2)旧隐琴书：言往昔有如隐士，以琴书自娱。琴书，弹琴与读书，古时书生出仕前的典型生活。李商隐《漫成五章》其三：“生儿古有孙征虏，嫁女今无王右军。借问琴书终一世，何如旗盖仰三分。”

(3)“犹记”句：此处借“渭水长安”，指代亡宋故都杭州。贾岛《忆江上吴处士》：“秋风吹渭水，落叶满长安。”

(4)秉烛更阑：《古诗十九首·生年不满百》：“生年不满百，常怀千岁忧。昼短苦夜长，何不秉烛游？”孟浩然《初春汉中漾舟》：“良会难再逢，日入须秉烛。”梅尧臣《送道损司门》：“朝看不足暮秉烛，何暇更寻桃与杏。”更阑，夜阑，夜深。杜甫《羌村三首》其一：“夜阑更秉烛，相对如梦寐。”

(5)扁舟：小船。《史记·货殖列传》：“范蠡既雪会稽之耻，乃喟然而叹曰：‘计然之策七，越用其五而得意。既已施于国，吾欲用之家。’乃乘扁舟浮于江湖。”李白《还山留别金门知己》：“扁舟寻钓翁。”王昌龄《卢溪主人》:“武陵溪口驻扁舟,溪水随君向北流。”

(6)阳关:指王维《阳关三叠》,中国古曲,又名《阳关曲》《渭城曲》。该曲取材自王维的七言绝句《送元二使安西》:“渭城朝雨浥轻尘,客舍青青柳色新。劝君更尽一杯酒,西出阳关无故人。”歌曲分三大段,即三次叠唱,每次叠唱除原诗外,加入由原诗诗意所发展的若干词句,为当时的梨园乐工广为传唱。因取诗中“阳关”一词,再加之歌曲的三次叠唱,故名《阳关三叠》。

(7)“怕梅花”二句:孤山是西湖中最大的岛屿。孤山景色在唐、宋已闻名遐迩,白居易有“孤山寺北贾亭西,水面初平云脚低”。宋代隐居诗人林和靖林逋,以杰出的咏梅诗词闻名于世的。其中《山园小梅》云:“疏影横斜水清浅,暗香浮动月黄昏”,成为从古至今咏梅的第一佳句。

集评

许昂霄《词综偶评》:一片神行。

疏解

作者将此词寄给友人叶书隐,表达不忘故国之情,所谓“旧隐琴书,犹记渭水长安”。

全词略言:西湖的景色令人流连忘返,十里湖边,百花惊艳。往昔我如隐士,以琴书自娱,但仍不能忘怀故国。如今,一切似乎都在梦里。面对清尊白发,我只能秉烛夜游。所见湖面烟波无际,我却只想泛一叶扁舟,五湖归去,如今只能是凭栏远眺。自别离之后,每听王维《阳关》之曲,我都心绪茫然。我本拟如林和靖孤山隐居,今夜一场风雨,只怕孤山的梅花也已零落。归去最好,我现在做一个闲人,心情不佳,却也未能悠闲!

吴彦高(吴激[1])｜一首

春从天上来[2]·海角飘零

会宁府遇老姬[3]，善鼓瑟，自言梨园[4]旧籍，因感而赋此。

海角飘零。叹汉苑秦宫，坠露飞萤[5]。梦回[6]天上，金屋银屏。歌吹竞举青冥[7]。问当时遗谱，有绝艺、鼓瑟湘灵[8]。促哀弹，似林莺呖呖[9]，山溜泠泠[10]。　梨园太平乐府，醉几度春风，鬓发星星[11]。舞彻中原，尘飞沧海，风雪万里龙庭[12]。写胡笳幽怨，人憔悴、不似丹青[13]。酒微醒。对一轩凉月[14]，灯火青荧。

校注

(1)吴激（？—1142），字彦高，号东山，有文名，书法俊逸，绘画得其岳父米芾笔意。北宋钦宗靖康年间奉命使金被留，任翰林待制。天会十四年十月，为高丽王生日使，出使高丽。金皇统初，出知深州(今河北深州市)，到官三日卒。有《东山集》。

(2)春从天上来：词牌名。调见《中州乐府》，吴激词。双调，一百零四字，前段十一句六平韵，后段十一句五平韵。《花庵词选》：自序中无“因感而赋此”五字。

词牌格律：

中仄平平（韵）。
仄仄仄平平（句），中仄平平（韵）。
中仄平仄（句），中仄平平（韵）。
中仄仄仄平平（韵）。
仄平平平仄（句），仄中仄、仄仄平平（韵）。
仄平平（句），仄平平仄仄（句），中仄平平（韵）。

平平仄平中仄（句），仄仄仄平平（句），中仄平平（韵）。
中仄平平（句），中平平仄（句），中仄中仄平平（韵）。
仄平平平仄（句），平中仄、中仄平平（韵）。
仄平平（韵）。
仄仄平平仄（句），平仄平平（韵）。

（3）会宁府：金朝上京路下设的行政建制。初为会宁州，金太宗以建都于此而升为府。府治上京城（今哈尔滨市阿城区南2千米白城）。《大金国志》载："国初无城郭，星散而居，呼曰皇帝寨、国相寨、太子庄。后升皇帝寨曰会宁府，建为上京。"城近"按出虎水"（今阿什河）。会宁府辖区：北抵松花江，西涉拉林河，南达长白山，东至蜚克图河流域，下辖会宁、曲江、宜春三县。（按：北宋政和五年即1115年，完颜阿骨打称帝，国号"大金"，年号"收国"，定都于此。南宋绍兴二十三年即1153年，完颜亮宣布燕京为首都，命名为中都大兴府。金朝的都城从会宁府迁至燕京。会宁府作为金的都城，历时三十八年。金末地入蒙古，府废。）《妙选草堂诗余》后集卷下："老姬"作"老媪"。

（4）梨园：原是唐代都城长安的一个地名，因唐玄宗李隆基在此地教演艺人，训练乐工，号"皇帝梨园子弟"。宫女数百亦为梨园弟子，居宜春北院。斯为梨园发轫之始。后来就与戏曲艺术联系在一起，成为艺术组织和艺人的代名词。《新唐书·礼乐志》："玄宗既知音律，又酷爱法曲，选坐部伎子弟三百，教于梨园。声有误者，帝必觉而正之，号皇帝梨园弟子。"梨园的主要职责是训练乐器演奏人员，与专司礼乐的太常寺和充任串演歌舞散乐的内外教坊鼎足而三。后世遂将戏曲界习称为梨园界或梨园行，戏曲演员称为梨园弟子。白居易《长恨歌》：“梨园弟子白发新，椒房阿监青娥老。”

（5）“海角”三句：言老姬自都城临安流落至金朝会宁府，当年的“汉苑秦宫”，如今却早已是“坠露飞萤”。汉苑，汉家苑囿。唐人每以汉代唐，“汉苑”即唐代宫廷苑囿、园林。杜甫《喜达行在所三首》其二：“愁思胡笳夕，凄凉汉苑春。”杜牧《长安雪后》：“秦陵汉苑参差雪，北阙南山次第春。”李商隐《送千牛李将军赴阙五十韵》：“会与秦楼凤，俱听汉苑莺。”秦宫，阿房宫，秦朝宫殿，此借指唐朝宫廷。（按：阿房宫乃秦王朝的宫殿。秦始皇统一全国后，国力日益强盛，人口增多。秦人在渭河以南的上林苑中开始营造朝宫，即阿房宫。由于工程浩大，始皇在位时只建成一座前殿。《史记·秦始皇本纪》：“前殿阿房东西五百步，南北五十丈，上可以坐万人，下可以建五丈旗，周驰为阁道，自殿下直抵南山，表南山之巅以为阙，为复道，自阿房渡渭，属之咸阳。”秦始皇死后，秦二世胡亥继续修建。杜牧《阿房宫赋》：“覆压三百余里，隔离天日。骊山北构而西折，直走咸阳。二川溶溶，流入宫墙。五步一楼，十步一阁；廊腰缦回，檐牙高啄；各抱地势，钩心斗角。”）

（6）《花庵词选》、《妙选草堂诗余》后集卷下、《花草粹编》卷十一、彊村本《中州乐府》：“梦回”作“梦里”。

（7）青冥：青天，天空。《楚辞·悲回风》：“据青冥而摅虹兮，遂倏忽而扪天。”李白《梦游天姥吟留别》：“青冥浩荡不见底，日月照耀金银台。”

（8）“问当时”三句：《妙选草堂诗余》后集卷下：杜甫《酬高蜀州》诗：“鼓瑟至今悲帝子。”（注：湘妃，尧之女，故曰帝子。）鼓瑟湘灵，自序云：“遇老姬，善鼓瑟。”钱起《省试湘灵鼓瑟》：“善鼓云和瑟，常闻帝子灵。冯夷空自舞，楚客不堪听。苦调凄金石，清音入杳冥。苍梧来怨慕，白芷动芳馨。流水传潇湘，悲风过洞庭。曲终人不见，江上数峰青。”

（9）林莺呖呖：言老姬鼓瑟之声如林子中黄莺之啼声呖呖。

（10）山溜泠泠：山溜，山间向下倾注的细小水流。《孔丛子·连丛子上》：“山溜至柔，石为之穿。”陆机《招隐诗》：“山溜何泠泠，飞泉漱鸣玉。”前蜀释贯休《湖上作》：“山溜穿苔壁，风钟度雪林。”欧阳修《浮槎山水记》:“至于荫长松,藉丰草,听山溜之潺湲,饮石泉之滴沥,此山林者之乐也。”

(11)“梨园”三句:言老姬在宋亡前的梨园里鼓瑟,原是“太平乐府”“醉度春风”,如今则头发花白。

(12)“舞彻”三句:彊村本《中州乐府》:“舞彻”作“舞破”。《花草粹编》卷十一:“风雪”作“风云”。

(13)丹青:丹指丹砂,青指青雘,本是两种可作颜料的矿物。因为我国古代绘画常用朱红色和青色两种颜色,丹青便成为绘画艺术的代称。《汉书·苏武传》:“竹帛所载,丹青所画。”《晋书·顾恺之传》:“尤善丹青。”杜甫《丹青引赠曹将军霸》:“丹青不知老将至,富贵于我如浮云。”此处“不似丹青”言姬已衰老,不似画图中之女子。

(14)《花庵词选》、《妙选草堂诗余》后集卷下、《花草粹编》卷十一:“对一轩凉月”作“一轩凉月”。彊村本《中州乐府》:“一轩”作“一窗”。

集说

(1)何士信《妙选草堂诗余》后集卷下:(吴彦高)米元章之婿。

(2)黄昇《花庵词选》:三山郑中卿从张贵谟北使时,闻彼中有歌此调者。

(3)黄昇《花庵词选》:右二曲皆精妙凄婉,(按:另一曲为《青衫湿》。)惜无人拈出,今录入选,必有能知其味者。

(4)沈雄《词品》卷上:如七字句在中句,亦有定法。……《春从天上来》中句“人憔悴、不似丹青”,句中上三字须用读断,谓之折腰句,不是一句七言诗可填也。

(5)沈雄《词品》卷下:《春从天上来》一首,全用琵琶故实。即如沈伯时评梦窗词:“用事下,语太晦处人不易知,亦是一病。”

(6)王士禛《居易录》:高丽宰相李藏用,字显甫,从其王入朝于元,翰林学士王鹗邀宴于第。歌人唱吴彦高《人月圆》《春从天上来》二曲,藏用微吟其词,抗坠中音节。鹗起执其手,叹为海东贤人。

(7)元好问《中州乐府》:(元)好问曾见王防御公,王说彦高此词句句用琵琶故实,引据甚明,今忘之矣。

集评

吴衡照《莲子居词话》卷一:吴彦高为《中州乐府》之冠,不特词高,其用韵亦谨饬有法。如《人月圆》专用“麻”韵,《春从天上来》专用“青”韵,《满庭芳》专用“盐”韵,即《风流子》、“阳”“唐”并用,只就近通融,不搁入“江”也。

疏解

北宋钦宗靖康二年(1127),吴彦高奉命使金,次年金人攻破东京,金人慕其名,强留不遣,命为翰林待制。老姬原为宋廷梨园弟子,流落金朝。二人均怀故国,“同是天涯沦落人”,故吴“因感赋此”。

德祐太学生 | 二首

百字令·德祐乙亥[1]

半堤花雨。对芳辰[2]消遣，无奈情绪。春色尚堪描画在，万紫千红尘土。鹃促归期，莺收佞舌[3]，燕作留人语。绕栏红药[4]，韶华[5]留此孤主。　　真个恨杀东风，几番过了，不似今番苦。乐事赏心[6]磨灭尽，忽见飞书传羽[7]。湖水湖烟，峰南峰北，总是堪伤处。新塘杨柳，小腰[8]犹自歌舞。

校注

(1)又名《念奴娇·德祐乙亥》，为南宋德祐时太学生褚生所作。

(2)芳辰：美好的时光，多指春季。沈约《反舌赋》："对芳辰于此月，属今余之遵暮。"陈子昂《三月三日宴王明府山亭》："暮春嘉月，上巳芳辰。"李群玉《三月五日陪裴大夫泛长沙东湖》："上巳余风景，芳辰集远坰。彩舟浮泛荡，绣毂下娉婷。"皇甫冉《奉和对山僧》："草长风光里，莺喧静默间。芳辰不可住，惆怅暮禽还。"

(3)佞舌：巧嘴，巧舌。陆龟蒙《登高文》："前呵后骑，佞舌咿哑。"苏轼《贺时宰启》："某愚有赤心，老无佞舌。"

（4）红药：红药花大艳丽，品种丰富，在园林中常成片种植，花开时十分壮观。因为它开花较迟，故又被称为“殿春”。

（5）韶华：美好的时光，常指春光；或指美好的年华、青年时期。丁鹤年《暮春感怀》：“东皇去后韶华尽，老圃寒香别有秋。”李贺《嘲少年》：“莫道韶华镇长在，发白面皱专相待。”秦观《江城子》：“韶华不为少年留，恨悠悠，几时休？”

（6）乐事赏心：亦作赏心乐事。赏心，心情欢畅。欢畅的心情，快乐的事情。谢灵运《拟魏太子集诗序》：“天下良辰、美景、赏心、乐事，四者难并。”

（7）飞书传羽：元兵将至的军情报告。有人作诗，有云：“羽书莫报襄樊急。”羽，羽书，即羽檄，古代插有鸟羽的紧急军事文书。

（8）小腰：亦称“水蛇腰”，比喻女子婀娜多姿的身段。此处言元兵已经打到城下，歌姬舞女仍在载歌载舞。

集说

（1）王奕清《历代词话》引《西湖志余》：张淑芳，西湖樵家女。理宗选妃日，贾似道匿为己妾，即德祐太学生《百字令》中所指“新塘杨柳”也。有无名氏题壁云：“山上楼台湖上船，平章醉后懒朝天。羽书莫报樊城急，新得蛾眉正少年。”淑芳亦知必败，营别业以遁迹焉。木棉之后，自度为尼，罕有知者。

（2）张宗橚《词林纪事》引《宋季三朝政要》：“似道蛊声色。宠妾叶氏，本淑妃宫人也，潘氏、倪氏，妓也。”

集评

陈耀文《花草粹编》：时事已非，太学诸生为此词以叹世，意各有所属。

疏解

宋恭帝德祐元年(1275)，皇帝年幼，朝政大权被奸相贾似道掌握。元军南下，朝廷上下一片恐慌。独有贾似道匿情不报，过着纸醉金迷的生活。这首词《百字令》即作于此时。1276年，元兵攻入临安。

上片写杭州西湖之景。“半堤花雨”，扣住西湖。游人绕堤游玩，堤上春花落地。“对芳辰消遣”写三月暮春。“无奈情绪”表空虚寥落、无可奈何之情。愁绪满腹，赏景排遣，谁知所对芳辰，竟是春意阑珊。下面数句则写触目所见，景物中浸透了惜春、伤春之情。“春色尚堪描画在，万紫千红尘土。”春色虽尚堪描画，但春花已落，好景不长，大势已去。“鹃促归期，莺收佞舌，燕作留人语。”杜鹃哀啼，呼唤离去；黄莺收起歌喉，春光寂寥；唯有紫燕呢喃，尚作留语。“绕栏红药，韶华留此孤主。”芍药在栏杆边盛开，仍装点春色，灼人的红色却出现在“万紫千红”已经成为“尘土”的背景之上，使人寂寞，甚至有点惨然。“韶华留此孤主”一句既是西湖景色的聚焦点，又是词人情感流露的表现。

“真个恨杀东风，几番过了，不似今番苦。”这三句承上启下。“真个”表明恼恨至极。东风过了，春意阑珊，令人憎恨。仔细分析词人之恨，可知它是由人事的沧桑变化引起的。“乐事赏心磨灭尽，忽见飞书传羽。”南宋君臣的享乐如过眼云烟，顷刻磨灭，而军情紧急，元军将至。“湖水湖烟，峰南峰北，总是堪伤处。”亡国之祸将临，此景此情，怎不令人神伤?“新塘杨柳，小腰犹自歌舞。”此处曲笔直书，表达极为含蓄。回到春景，“犹自”两字甚为拙重，如杜牧诗中表意：“隔江犹唱《后庭花》。”杨柳袅娜，如在东风中曼舞，如何能懂得人们忧国伤时的痛苦!

这是一首即景抒怀之作，但其中的意蕴已大大超越了赏景本身。在国破家亡之际，词人心中所想的唯有国家兴亡。词中的暮春之景，恰如将亡的南宋王朝。陈廷焯在《白雨斋诗话》中说：“宋德祐太学生《百字令》《祝英台近》两篇，字字譬喻，然不得谓之比也。以词太浅露，未合风人之旨。”这篇评论非作者本意，是陈氏未揣透之。词的基调较为哀婉动人，令人心中自然升腾起一种对奸臣贾似道之流的切齿之恨，表达出作者忧国忧民的心情。

祝英台近·德祐乙亥[1]

倚危栏，斜日暮，蓦蓦[2]甚情绪。稚柳娇黄，全未禁风雨。春江万里云涛，扁舟飞渡。那更听[3]、塞鸿无数。　　叹离阻。有恨流落天涯[4]，谁念[5]泣孤旅。满目风尘，冉冉如飞雾。是何人惹愁来，那人何处。怎知道、愁来不去[6]。

校注

(1)《花草粹编》卷八："太学生"下注："见《湖海新闻》。"

(2)蓦蓦：恍惚不安貌。

(3)《花草粹编》卷八："那更"下无"听"字。

(4)流落：穷困潦倒，漂泊外地。天涯：天边。涯，边际，形容极远的地方，如天涯海角。《花草粹编》卷八："有恨"下无"流"字。

(5)《花草粹编》卷八："谁念"下无"泣"字。

(6)《花草粹编》卷八："不去"作"又去"。

集说

董毅《续词选》卷二："稚柳"谓幼君，"娇黄"谓太后，"扁舟飞渡"谓北军至，"塞鸿"指流民也，"人惹愁来"谓贾出，"那人何处"谓贾去。

集评

陈廷焯《白雨斋词话》卷六：或问比与兴之别。余曰：宋德祐太学生《百字令》《祝英台近》两篇，字字譬喻，然不得可谓之比也。以词太浅露，未合风人之旨。如王碧山咏萤、咏蝉诸篇，低回深婉，托讽于有意无意之间，可谓精于比义。（婉讽之谓比，明喻则非。《随园诗话》中所载诗，如《咏六月菊》云："秋士偶然轻出处，高人原不解炎凉。"《咏落花》云："看他已逐东流去，欲又因风倒转来。"《咏茶灶》云："两三杯水作波涛"等类，皆舌尖聪明语，恶薄浅露，何异刘四骂人。即"经纶犹有待，吐属已非凡"之句，无不倾倒，然亦不过考试中兴会佳句耳，于风诗比义了不相关。宋人"而今未问和羹事，且向百花头上开"，自是富贵福泽人声口。以云风格，视经纶句又低一筹矣。）若兴则难言之矣。托喻不深，树义不厚，不足以言兴。……所谓兴者，意在笔先，神余言外，极虚极活，极沉极郁，若远若近，可喻不可喻，反复缠绵，都归忠厚。求之两宋，如东坡《水调歌头》《卜算子·雁》、白石《暗香》《疏影》、碧山《眉妩·新月》《庆清朝·榴花》《高阳台·残雪庭除》等篇，亦庶乎近之矣。

疏解

德祐是南宋恭帝的年号，恭帝在甲戌（1274）年七月继位，次年（1275）改咸淳为德祐，到丙子年五月端宗立，改元景炎，德祐年号使用的实际时间是一年多。由此可知这首词是写于乙亥年春。当时，元兵已经先后攻破了南宋的军事重地樊城和襄阳，元将伯颜正乘胜率军东下，分道攻宋。

"稚柳娇黄，全未禁风雨"，是实写，更是影射。稚嫩的弱柳、发黄的花草，根本无法抵御风雨。从当时的时局来看，恭帝赵显只不过是个乳臭未干的幼童，而临朝执政的谢道清是老态龙钟的妇人。他们岂能抵挡住元兵的猛烈进攻？"春江万里云涛，扁舟飞渡。那更听、塞鸿无数。""春"点明时间，

“江”点明地点。“万里云涛，扁舟飞渡”，形容了元军的攻势，万里军帆一齐冲向临安。战乱之中，流民四散。以上表现了词人在江山易帜之际深切的忧国忧民之情。

下片结合词人身世，反映了战争带来的灾难，表达了词人对卖国者的痛恨。“叹离阻。有恨流落天涯，谁念泣孤旅。”由于战乱，太学生们不得不混在难民的队伍中。词人独自在孤馆中暗自落泪。“谁念”是反问，表现了词人对战争的强烈义愤，更表现了对南宋国势微弱挡不住铁骑的慨叹之情。“满目风尘，冉冉如飞雾”，言征尘纷纷，满目皆是，如云雾般四处飘散。此句承上启下，既问战云弥漫，流浪生活何时才能结束；又追寻失败的原因，是谁造成了这场灾难？“是何人惹愁来，那人何处。怎知道、愁来不去。”“何人”并非仅指贾似道。宋元大战的失败，固然与贾似道一次兵败有关，更与贾似道长期专权、实行投降政策有关，同时也与南宋君王宠信议和派有关，叛将奸臣也有责任。

李易安（李清照[1]）| 一首

卖花声·帘外五更风[2]

帘外五更风，吹梦无踪。画楼[3]重上与谁同？记得玉钗斜拨火[4]，宝篆[5]成空。　　回首紫金峰[6]，雨润烟浓[7]。一江春浪醉醒中。留得罗襟[8]前日泪，弹与征鸿[9]。

校注

（1）李清照，号易安居士，齐州章丘（今属山东）人。所作词，前期多写其悠闲生活，后期多悲叹身世，情调感伤，有的也流露出对中原的怀念。形式上善用白描手法，自辟途径，语言清丽。论词强调协律，崇尚典雅、情致，提出“词别是一家”之说，反对以作诗文之法作词。并能诗，留存不多，部分篇章感时咏史，情辞慷慨，与其词风不同。有《易安居士文集》《易安词》，已散佚。后人有《漱玉词》辑本。

此《卖花声》究系何人所作，素存争议。（按：此词最早见于《草堂诗余》，署无名氏。后《续草堂诗余》《古今词统》《古今诗余醉》《记红集》《古今词选》皆题作《闺情》。《续草堂诗余》卷上、《古今词统》卷七、《古今诗余醉》卷十、《见山亭古今词选》卷中、《记红集》卷一、《古今词选》卷二、《词汇》卷二、《自怡轩词选》卷一，诸书皆以为欧阳修作。《林下词选》则云："一本误刻六一居士。"指出此词乃误题欧阳修作。赵万里辑《漱玉词》云："案《花草粹编》卷五引此阕，不注撰人。《词林万选》注：'一作六一居士。'检《醉翁琴趣》无之，未知升庵何据？"指出此首词既非李清照所作，亦非欧阳修所作。而且杨慎《词林万选》误题撰人姓名之词极多，一般不足为据，清代的《四库全书总目·词林万选提要》疑其书为后人所伪托。此书所注："一作某某。"不似杨慎原注，殆为毛晋刻《词苑英华》时所加。由此可见此词在宋代不知作者为何人，而明代之前又被众多文人误记作欧阳修，只是在近代被众多考证不严谨的著作记为李清照作品，却无任何根据。所以当代对宋词及李清照颇有研究的学者，如王学初、杨合林等都把此词划为李清照存疑作品。而赵万里辑《漱玉词》则收入《附录》，云："前人误收误引诸作，悉入附录。"《花草粹编》卷五：收入《浪淘沙》调内，题作《二》，无作者姓名；前一首题作《感旧》，名幼卿，名下注《能改斋漫录》。但《能改斋漫录》卷十六中，幼卿《浪淘沙》词一则内只有前一首。)

(2)卖花声：唐教坊曲，又称作《浪淘沙》，五代时始流行长短句双调小令，又名浪淘沙令。五十四字，前后片各四平韵，多作激越凄壮之音。

(3)画楼：华丽的楼阁。

(4)拨火：因为篆香燃过后成香灰，必须拨除香灰避免断了火路。

(5)宝篆：篆香。黄庭坚《画堂春》："宝篆烟销龙凤，画屏云锁潇湘。"

(6)紫金峰：紫金山。

(7)雨润烟浓：水汽腾腾，雾气浓郁。

(8)罗襟：罗襦的前襟。

(9)弹：挥洒。征鸿：大雁。

集评

(1)钱允治《续选草堂诗余》：此词极与后主相似。

(2)陈廷焯《白雨斋词话》：凄艳不忍卒读。

(3)况周颐《漱玉词笺》：玉梅词隐云前《孤雁儿》云："吹箫人去玉楼

空，肠断与谁同倚？一枝折得，人间天上，没个人堪寄。”此阕云：“画楼重上与谁同？记得玉钗斜拨火，宝篆成空。”皆悼亡词也。其清才也如彼，其深情也如此，玉壶晚节之诬，忍令斯人任受耶？

疏解

上片起首二句，“吹梦无踪”写她正在做好梦。梦中相见，互诉衷肠，两人分外亲昵。孰料五更时分一阵凄风突然袭来，把好梦吹散，使梦中情事了无踪影。醒来之后，只觉形单影只。死生异路，幽明永隔，除了梦里有时相见，别无他法。这是一种不胜惋惜而又无限憎恨、极其沉痛的呼唤。醒后重上画楼，不期然发出“与谁同”的感慨。“与谁同”一问，写作者之孤独无依。“记得玉钗斜拨火”二句，写作者在“画楼”中想起的闺中韵事。“玉钗斜拨火”正是对美好生活的回忆。“斜拨火”的细节，将生活中的意趣活画了出来。“宝篆成空”，绝不是小别轻分时的“香冷金猊”“瑞脑香消”，简直是“万事皆空”。

过片：“回首紫金峰，雨润烟浓。”水汽云腾，烟雾弥漫，挡住视野，看不到中原大好河山。作者悲从中来，愁思起伏，如紫金峰前大江汹涌。“一江春浪醉醒中”，蕴含了国破家亡之悲。故陈廷焯说：“凄艳不忍卒读。”结云：“留得罗襟前日泪，弹与征鸿。”“前日泪”是指因国破家亡洒下的痛苦之泪。故乡远隔，亲人永别，千言万语，向谁诉说？作者只得把满腔悲痛与愤慨所凝成之泪弹与南飞的鸿雁。

朱淑真[1] | 一首

谒金门·春已半[2]

春已半[3]，触目此情无限[4]。十二阑干[5]闲倚遍，愁来天不管。　好是风和日暖，输与[6]莺莺燕燕。满院落花帘不卷，断肠芳草[7]远。

校注

(1)朱淑真，号幽栖居士，钱塘(今浙江杭州)人。生于仕宦之家。夫为文法小吏，因志趣不合，夫妻不睦，终致其抑郁早逝。又传淑真过世后，父母将其生前文稿付之一炬。其余生平不可考，素无定论。有《断肠集》《断肠词》。

(2)谒金门：原为唐教坊曲，后用为词牌，双调，仄韵，四十五字。代表作有冯延巳的《谒金门·风乍起》、李好古的《谒金门·花过雨》等。《花草粹编》卷三：题《春半》。

(3)春已半：化用李煜《清平乐》："别来春半，触目愁肠断。"

(4)此情无限：春愁无限。

(5)十二阑干：十二曲栏杆。语出李商隐《碧城三首》中的"碧城十二曲阑干”。

(6)输与：比不上、还不如。

(7)芳草：在古代诗词中，多象征所思念的人。

集评

陈廷焯《白雨斋词话》：朱淑真词，才力不逮易安，然规模唐五代，不失分寸。如《年年玉镜台》及《春已半》等篇，殊不让和凝、李珣辈。惟骨韵不高，可称小品。

疏解

朱淑真是宋代著名女词人，与李清照“差堪比肩”。她们并称“词坛双璧”。虽然家世显赫，但她的婚姻却十分不幸。

首两句：“春已半，触目此情无限”，作者通过描写对暮春景象的感受，写出了无限伤感。“此情”指什么？这里并未明说，从词的下文及作者生平来看，是思佳偶不得、惜春伤怀。“无限”二字有两层意思：一来说明作者此时极其忧郁，连大好春色都能触发她的忧思；二来表明作者的隐忧无法消除。“十二阑干闲倚遍，愁来天不管。”此两句写出她的愁怀难遣、百无聊赖。“遍”字，写出停留时间之长。“闲”字用意极重，表现了作者不得解脱的心境。她只能发出“愁来天不管”的怨恨。“愁来天不管”，则表现了她自哀自怜的绝望。古代女子不能为自己的婚事做主，常常怨天尤人。朱淑真不得不嫁给一个庸俗之徒，故她痛苦强烈又深沉。

过片：“好是风和日暖，输与莺莺燕燕。”大好春光，风和日暖，本应被人享受，可她却因孤寂忧伤而无心赏玩，还不如莺莺燕燕。此处既表现出对莺燕的羡妒，又反映了现实的残酷无情。莺莺、燕燕，作者叠用双字，用它们的成双成对反衬自己的单身只影。末两句进一步表现作者的情思：“满院落花帘不卷，断肠芳草远。”它不但与开头两句相照应，更透露了愁怨的根源。她思念的人在远方，他们相思而又不得相聚，故她为之“断肠”。 全词至此结束，言有尽而意无穷。 末两句与晏殊的“当时轻别意中人，山长水远知何处”(《踏莎行》)、李清照的“人何处，连天芳草，望断归来路”(《点绛唇》)相似。 只是朱淑真写得隐晦，而晏、李说得明朗。

徐君宝妻[1] | 一首

满庭芳·汉上繁华

汉上[2]繁华，江南人物[3]，尚余宣政风流[4]。绿窗朱户，十里烂银钩[5]。一旦刀兵齐举，旌旗拥、百万貔貅[6]。长驱入，歌楼舞榭，风卷落花[7]愁。　清平三百载[8]，典章文物，扫地都休。幸此身未北，犹客南州[9]。破鉴徐郎[10]何在，空惆怅、相见无由。从今后，断魂千里，夜夜岳阳楼[11]。

校注

(1)徐君宝妻，事见陶宗仪《辍耕录》："岳州徐君宝妻某氏亦同时被掳来杭，居韩蕲王府。自岳至杭，相从数千里。其主者数欲犯之，而终以巧计脱。盖某氏有令姿，主者弗忍杀之也。一日，主者怒甚，将即强焉。因告曰：'俟妾祭谢先夫，然后乃为君妇不迟也。君奚用怒哉。'主者喜诺。即严妆焚香再拜默祝，南向饮泣，题《满庭芳》词一阕于壁上已，投大池中以死。"

此词从回忆落笔，先写南宋亡国前的繁华景象，然后写元军的入侵和国家沦亡，再叙述国破家亡的巨大灾难，最后抒写对丈夫的怀念，表明自尽的决心。

(2)汉上：泛指汉水至长江一带。

(3)江南人物：南宋的许多人才。

(4)“尚余”句：宣和、政和都是北宋徽宗年号。此句言南宋的都市和人物还保持着徽宗时的流风余韵。

(5)“十里”句：烂，鲜明光亮。银钩，银质的帘勾。本句指汉上依旧繁华。

(6)貔貅：一种传说中的猛兽。《逸周书·周祝》：“山之深也，虎豹貔貅何为可服？”《礼记·曲礼》：“前有挚兽，则载貔貅。”《史记》：“(轩辕)教熊罴貔貅貙虎，以与炎帝战于阪泉之野。”司马贞索隐：“此六者猛兽，可以教战。”《汉书·西域传》：“乌戈山离国有桃拔、狮子、犀牛”。孟康注：“桃拔，一曰符拔，似鹿尾长，独角者称为天禄，两角者称为辟邪。”辟邪便是貔貅。

(7)风卷落花：比喻元兵占领临安，南宋灭亡，形势如风卷落花，没有丝毫的怜惜。

(8)三百载：北宋建国至南宋灭亡，这里指整数。

(9)犹客南州：言被掠至杭州，但她仍保持贞洁，没有使丈夫蒙羞。南州，南方。

(10)破鉴徐郎：陈亡后，徐德言和他的妻子乐昌公主分别，破镜各携一半，约定将来如果能够见面，以合镜为信。故后世夫妇生离后又复合，叫“破镜重圆”。作者丈夫也姓徐，所以用此典故。(按：据唐孟棨《本事诗·情感》记载，南朝陈太子舍人徐德言与妻乐昌公主恐国破后两人不能相保，因破一铜镜，各执其半，约于他年正月望日卖破镜于都市，希望能够相见。后陈亡，公主没入越国公杨素家。德言依期至京，见有苍头卖半镜，出其半相合。德言题诗云：“镜与人俱去，镜归人不归。无复嫦娥影，空留明月辉。”公主得诗，悲泣不食。素知之，即召德言，以公主还之，偕归江南终老。后因以“破镜重圆”喻夫妻离散或决裂后重又团聚或和好。)

(11)岳阳楼：湖南岳阳洞庭湖畔。作者是岳阳人，相信死后魂魄能回到故乡。

集说

董毅《续词选》卷二：徐君宝妻，岳州人，被掠至杭，其主者数欲犯之，辄以计脱。主者强焉，告曰："俟祭先夫，然后为君妇。"主者许诺。乃焚香再拜，题词壁上，投池中死。

疏解

徐君宝妻被掳掠，题词壁上，投池而死。本词先写南宋都会繁华，人才众多，国力也较为雄厚；但当元军长驱直入时，竟无力抵抗，使人慨恨不已。然后说到自身的遭遇，叹息丈夫不知所踪，死前无缘再见一面。自己不能生还故乡，死后魂魄还恋念那里。全词凄苦哀怨，抒写对家国的眷恋，对丈夫的挚爱，真切感人。

"汉上繁华，江南人物，尚余宣政风流。"以追怀南宋起笔。"汉上"，作者故乡。"江南"，借指南宋。"尚余宣政风流"，南宋文脉传承北宋。"绿窗朱户，十里烂银钩。"千里长街，连云高楼，朱户绿窗，帘钩银光灿灿。"一旦刀兵齐举，旌旗拥、百万貔貅。"貔貅，借指元兵，其势如洪水猛兽。"长驱入，歌台舞榭，风卷落花愁"，"风卷落花愁"写元兵南下。

"清平三百载"，从南宋直接扩展至约三百年的两宋。"典章文物"四字，写有宋一代文化之繁荣昌盛。以下转写个人命运之悲剧。"幸此身未北，犹客南州。"词人庆幸自身在死节之前保全了清白。"破鉴徐郎何在，空惆怅、相见无由。"借用南朝陈亡时徐德言与其妻乐昌公主破镜离散的典故，写出了词人与丈夫徐君宝岳州城破后生离死别的悲剧命运，表达了她对丈夫的怀念。"从今以后，断魂千里，夜夜岳阳楼。"从今后，她的魂魄要飞过几千里路，回到岳阳故土，到君宝身边。"夜夜岳阳楼"结笔于岳阳楼，意蕴遥深，亦当细细体味。

刘永济在《唐五代两宋词简析》中的评价很有代表性："读其'此身未

北，犹客南州’与‘断魂千里，夜夜岳阳楼’之句，知其有‘生为南宋人、死为南宋鬼’之意。 惜但传其词而逸其名姓，致千百年后仍无从得知此爱国女子之生平也。”

引用书目

（一）《花间集》十卷，五代蜀赵崇祚编（振绮堂重雕济阳晁氏本）

（二）《花间集评注》，李冰若评注（人民文学出版社 1993 年影印本）

（三）《墨记》三卷，宋王铚撰（商务印书馆校印本）

（四）《中山诗话》一卷，宋刘攽撰（医学书局影印清何文焕编《历代诗话》本）

（五）《后山诗话》一卷，宋陈师道撰（医学书局影印清何文焕编《历代诗话》本）

（六）《湘山野录》三卷、《续录》一卷，宋文莹撰（《古书丛刊》影印本）

（七）《碧鸡漫志》五卷，宋王灼撰，鲍廷博编（《知不足斋》丛书本）

（八）《竹坡诗话》一卷，宋周紫芝撰（影印《历代诗话》本）

（九）《避暑录话》二卷，宋叶梦得撰（商务印书馆校印本）

（一〇）《石林诗话》一卷，宋叶梦得撰（影印《历代诗话》本）

（一一）《曲洧旧闻》十卷，宋朱弁撰（《知不足斋丛书》本）

（一二）《乐府雅词》三卷、《拾遗》二卷，宋曾慥编（《词学丛书》本）

（一三）《苕溪渔隐丛话》前集六十卷、后集四十卷（人民文学出版社 1962 年点校本）

（一四）《优古堂诗话》一卷，宋吴幵撰（丁福保《历代诗话续编》本）

（一五）《铁围山丛谈》六卷，宋蔡絛撰（《知不足斋丛书》本）

（一六）《能改斋漫录》十八卷，宋吴曾撰（《守山阁丛书》本）

（一七）《西溪丛语》三卷，宋姚宽撰（《学津讨原》本）

（一八）《中吴纪闻》六卷，宋龚明之撰（《珠丛别录》本）

（一九）《庚溪诗话》二卷，宋陈岩肖撰（丁福保《历代诗话续编》本）

（二〇）《容斋随笔》十六卷、《续笔》十六卷、《三笔》十六卷，宋洪迈撰（扫叶山房石印本）

（二一）《却扫篇》三卷，宋徐度撰（《古书丛刊》本）

（二二）《独醒杂志》十卷，宋曾敏行撰（《知不足斋丛书》本）

（二三）《桯史》，宋岳珂撰（《学津讨原》本）

（二四）《梁溪漫志》十卷，宋费衮撰（商务印书馆校印本）

（二五）《清波杂志》十卷、《别志》三卷，宋周辉撰（《知不足斋丛书》本）

（二六）《耆旧续闻》十卷，宋陈鹄撰（《知不足斋丛书》本）

（二七）《挥麈录》二十卷（《前录》四卷、《后录》十一卷、《三录》三卷、《余话》二卷），宋王明清撰（《学津讨原》本）

（二八）《野客丛书》十二卷附《野老纪闻》，宋王楙撰（广益书局据明陈眉公重订本排印）

（二九）《贵耳集》三卷，宋张端义撰（《津逮秘书》本）

（三〇）《诗人玉屑》二十卷，宋魏庆之编（扫叶山房石印本）

（三一）《乐府指迷》一卷，宋沈义父撰（明陈耀文《花草粹编》附录刻）

（三二）《鹤林玉露》十六卷，宋罗大经撰（商务印书馆校印本）

（三三）《花庵词选》二十卷（《唐宋诸贤绝妙词选》十卷、《中兴以来绝妙词选》十卷），宋黄昇编（商务印书馆《四库丛刊》本）

（三四）《阳春白雪》八卷、《外集》一卷，宋赵闻礼编（《词学丛书》本）

（三五）《武林旧事》十卷，宋周密撰（《武林掌故丛编》本）

（三六）《齐东野语》二十卷，宋周密撰（商务印书馆校印本）

（三七）《浩然斋雅谈》三卷，宋周密撰（商务印书馆《丛书集成》本）

（三八）《词源》二卷，宋张炎撰（《词学丛书》本）

（三九）《鼠璞》三卷，宋戴埴撰（《学津讨原》本）

（四〇）《增修笺注妙选草堂诗余》四卷（《前集》二卷、《后集》二卷），宋何士信编（《四部丛刊》本）

（四一）《滹南诗话》一卷，金王若虚撰（丁福保《历代诗话续编》本）

（四二）《归潜志》十四卷，元刘祁撰（《知不足斋丛书》本）

（四三）《词旨》一卷，元陆辅之撰（《词林纪事》附刻本）

（四四）《琅嬛记》三卷，元伊世珍撰（《学津讨原》本）

（四五）《乐府新编阳春白雪》十卷，元杨朝英编（南陵徐氏刻本）

（四六）《渚山堂词话》三卷，明陈霆撰（嘉兴刘承幹嘉业堂刻本）

（四七）《少室山房笔丛》四十八卷（《正集》三十二卷、《续集》十六卷），明胡应麟撰（扫叶山房石印本）

（四八）《花草粹编》二十四卷，附《乐府指迷》一卷，明陈耀文编（陶风楼影印明万历本）

（四九）《爰园词话》一卷，明俞彦撰（大东书局《词话丛钞》本）

（五〇）《草堂诗余》正集四卷，明顾从敬类选，沈际飞评正（坊间本）

（五一）《柳堂词话》四卷，清沈雄撰（《词话丛钞》本）

（五二）《远志斋词衷》一卷，清邹祇谟撰（《词话丛钞》本）

（五三）《金粟词话》一卷，清彭孙遹撰（《词话丛钞》本）

（五四）《词藻》四卷，清彭孙遹撰（《学海类编》本）

（五五）《词统源流》一卷，清彭孙遹撰（《学海类编》本）

（五六）《花草蒙拾》一卷，清王士禛撰（《词话丛钞》本）

（五七）《皱水轩词筌》一卷，清贺裳撰（《词话丛钞》本）

（五八）《七颂堂词绎》一卷，清刘体仁撰（《词话丛钞》本）

（五九）《词苑丛谈》十二卷，清徐釚撰（《海山仙馆》本）

（六〇）《历代诗余·词话》十卷，清沈辰垣等奉敕编（《枝巢丛书》排印本）

（六一）《历代诗余·词人姓氏》十卷，清沈辰垣等奉敕编（《枝巢丛书》排印本）

（六二）《绝妙好词笺》七卷，附《续钞》二卷，清查为仁、厉鹗撰（会稽章氏重刊本）

（六三）《词洁》六卷，清先著、程洪辑录（坊间本）

（六四）《词综偶评》一卷，清许昂霄撰、张载华辑，附《初白庵词评》，（坊间本）

（六五）《雨村词话》四卷，清李调元撰（函海本）

（六六）《词林纪事》二十二卷，附《乐府指迷》《词旨》《词韵考略》，清张宗橚编（扫叶山房石印本）

（六七）《四库全书总目提要》二百卷，清永瑢、纪昀主编，附阮元《四库未收书目提要》（大东书局石印本）

（六八）《词家辨证》一卷，清李良年撰（《学海类编》本）

（六九）《介存斋论词杂著》，清周济撰（《谭评词辨》附录）

（七〇）《宋四家词选》，清周济选辑（长沙坊间本）

（七一）《莲子居词话》四卷，清吴衡照撰（钱塘汪氏振绮堂刻本）

（七二）《宋七家词选》七卷，清戈载选（曼陀华阁重刊本，又冶城山馆刻本）

（七三）《乐府余论》一卷，清宋翔凤撰（《词话丛钞》本）

（七四）《词径》一卷，清孙麟趾撰（《词话丛钞》本）

（七五）《听秋声馆词话》二十卷，清丁绍仪撰（医药书局石印本）

（七六）《词学集成》八卷，清江顺诒撰（清光绪辛巳刊本）

（七七）《白香词谱笺》四卷，清舒梦兰辑、谢朝征笺（清光绪乙酉刻本，又柳琪校订，广东人民出版社 1981 年校订本）

（七八）《芬陀利室词话》三卷，清蒋敦复撰（《词话丛钞》本）

（七九）《艺概》六卷，清刘熙载撰（北京富晋书社排印本，又上海古籍出版社 1978 年排印本）

（八〇）《唐五代词选》，清成肇麐选（冶城山馆刻本）

（八一）《宋六十一家词选》十二卷，清冯煦选（冶城山馆刻本，又辛亥扫叶山房刻本）

（八二）《白雨斋词话》八卷，清陈廷焯撰（文瑞楼石印本，又人民文学出版社 1959 年校点本，齐鲁书社 1983 年屈兴国校注《白雨斋词话足本校注》，上海古籍出版社 1984 年手稿影印本十卷）

（八三）《谭评词辨》二卷，附《介存斋论词杂著》，清周济选、谭献评（坊间石刻本）

（八四）《四印斋刻阳春集》，清王鹏运刻（据毛晋汲古阁旧钞刻本）

（八五）《彊村丛书》本《尊前集》、《乐府补遗》、《中州乐府》、《金奁集》、《宋徽宗集》、《范文正公诗余》、《张子野词》及《补遗》、《乐章集》及《续添曲子》、《小山词》、《临川先生歌曲》、《东山词》及《东山词补》、《赤城词》、《无住词》、《樵歌》、《南涧词余》、《竹屋拟谱》、《龙洲词》、《方舟

词》、《白石道人歌曲》、《后村长短句》、《梦窗词》、《蘋洲渔笛谱》、《竹山词》(1922年第三次校补本)

(八六)《蕙风词话》五卷，清况周颐撰(《惜阴堂丛书》本，又人民文学出版社1960年排印本)

(八七)《人间词话》，王国维撰(六艺书局印行增补本)

(八八)《唐五代二十一家词辑》，王国维辑(六艺书局印本)

(八九)《淮海先生诗词丛话》一卷，秦国璋辑录(秦氏家刻本)

(九〇)《历代词选集评》，徐珂选评(商务印书馆排印本)

(九一)《清词选集评》，徐珂选评(商务印书馆排印本)

(九二)《词选》，胡适选注(商务印书馆排印本)

(九三)《褒碧斋词话》一卷，陈锐撰(谭延闿等校刻本)

(九四)《东坡乐府》二卷、《补遗》一卷、《校记》一卷，林大椿校(商务印书馆排印本)

(九五)《稼轩长短句》十二卷、《补遗》一卷、《校记》一卷，林大椿校(商务印书馆排印本)

(九六)《珠玉词》一卷、《补遗》一卷、《校记》一卷，林大椿校(商务印书馆排印本)

(九七)《欧阳文忠公近体乐府》三卷、《校记》一卷，林大椿校(商务印书馆排印本)

(九八)《淮海词经见各本字句异同表》，叶恭绰编(《淮海长短句》附录)

(九九)《白石道人词笺平》八卷，陈柱编纂(商务印书馆排印本)

(一〇〇)《樵歌》三卷、《补遗》一卷，章衣萍校点(商务印书馆排印本)

(一〇一)《南唐二主全集》，管效先编(商务印书馆排印本)

(一〇二)《词史》，刘毓盘撰(群众图书公司印本，又上海书店1985年版)

(一〇三)《词曲通义》，任中敏撰(商务印书馆排印本)

(一〇四)《梦窗词校议》二卷，张寿镛校刻(《四明丛书》辑本)

(一〇五)《词源疏证》二卷，蔡桢撰(1940年金陵大学中国文化研究所印本)

(一〇六)《词学通论》，吴梅撰(商务印书馆排印本)

[附]《历代诗话》27种，《历代诗话续编》29种

（一〇七）《历代诗话》（清何文焕撰，中华书局1981年点校本），共收诗话27种，起自萧梁，迄于明代。计：《诗品》（梁钟嵘）、《诗式》（唐皎然）、《二十四诗品》（唐司空图）、《全唐诗话》（宋尤袤）、《六一诗话》（宋欧阳修）、《温公续诗话》（宋司马光）、《中山诗话》（宋刘攽）、《后山诗话》（宋陈师道）、《临汉隐居诗话》（宋魏泰）、《竹坡诗话》（宋周紫芝）、《紫微诗话》（宋吕本中）、《彦周诗话》（宋许颉）、《石林诗话》（宋叶少蕴）、《唐子西文录》（宋强幼安）、《珊瑚钩诗话》（宋张表臣）、《韵语阳秋》（宋葛立方）、《二老堂诗话》（宋周必大）、《白石诗说》（宋姜夔）、《沧浪诗话》（宋严羽）、《山房随笔》（元蒋正子）、《诗法家数》（元杨载）、《木天禁语》（元范梈）、《诗学禁脔》（元范梈）、《谈艺录》（明徐祯卿）、《艺圃撷余》（明王世懋）、《存余堂诗话》（明朱承爵）、《夷白斋诗话》（明顾元庆），末附何氏自撰《历代诗话考索》一种。

（一〇八）《历代诗话续编（丁福保辑，中华书局1983年点校本），共收诗话29种。29种如下：《本事诗》一卷（唐孟棨）、《乐府古题要解》二卷（唐吴兢）、《诗人主客图》一卷（唐张为）、《风骚旨格》一卷（唐齐己）、《观林诗话》二卷（宋吴聿）、《诚斋诗话》一卷（宋杨万里）、《庚溪诗话》二卷（宋陈岩肖）、《杜工部草堂诗话》二卷（宋蔡梦弼）、《优古堂诗话》一卷（宋吴开）、《艇斋诗话》一卷（宋曾季狸）、《藏海诗话》一卷（宋吴可）、《岧溪诗话》十卷（宋黄彻）、《对床夜语》五卷（宋范晞文）、《岁寒堂诗话》二卷（宋张戒）、《江西诗派小序》一卷（宋刘克庄）、《娱书堂诗话》（宋赵与虤）、《滹南诗话》三卷（金王若虚）、《梅涧诗话》三卷（元韦居安）、《吴礼部诗话》一卷（元吴师道）、《诗谱》（元陈绎曾）、《升庵诗话》十四卷（明杨慎）、《艺苑卮言》八卷（明王世贞）、《国雅品》一卷（明顾起纶）、《四溟诗话》四卷（明谢榛）、《归田诗话》三卷（明瞿佑）、《逸老堂诗话》二卷（明俞弁）、《南濠诗话》一卷（明都穆）、《麓堂诗话》一卷（明李东阳）、《诗镜总论》一卷（明陆时雍）。